DIE SCHULD

JOHN GRISHAM wurde 1955 in Arkansas geboren. Anfang der 80er Jahre war er in Mississippi als Anwalt tätig. Sein erster Gerichtsthriller *Die Jury* erschien 1988, mit dem zweiten Buch *Die Firma* gelang ihm der internationale Durchbruch, und seitdem stehen seine Bücher stets ganz oben auf den Bestsellerlisten. John Grisham lebt mit seiner Familie in Virginia und Mississippi.

JOHN GRISHAM

DIE SCHULD

ROMAN

Aus dem Amerikanischen
von Dr. Bernhard Liesen, Bea Reiter,
Kristiana Ruhl und Imke Walsh-Araya

Weltbild

Die amerikanische Originalausgabe erschien 2003 unter dem Titel
The King of Torts
bei Doubleday, New York.

Besuchen Sie uns im Internet:
www.weltbild.de

Genehmigte Lizenzausgabe für Verlagsgruppe Weltbild GmbH,
Steinerne Furt, 86167 Augsburg
Copyright der Originalausgabe © 2003 by Belfry Holdings, Inc.
Copyright der deutschen Ausgabe © 2003
by Ullstein Heyne List GmbH & Co. KG, München
Übersetzung: Dr. Bernhard Liesen, Bea Reiter,
Kristiana Ruhl und Imke Walsh-Araya
Umschlaggestaltung: Jarzina Kommunikations-Design, Köln
Umschlagmotiv: mauritius-images, Mittenwald
Gesamtherstellung: GGP Media GmbH,
Karl-Marx-Straße 24, 07381 Pößneck
Printed in Germany
ISBN 3-8289-7568-2

2007 2006 2005 2004
Die letzte Jahreszahl gibt die aktuelle Lizenzausgabe an.

I

Als die Kugeln Pumpkins Kopf durchschlugen, hörten nicht weniger als acht Leute die Schüsse. Drei schlossen instinktiv die Fenster, überprüften die Türschlösser und verharrten in ihren kleinen Wohnungen, wo sie sich halbwegs in Sicherheit wähnten. Zwei andere, denen derartige Vorfälle vertraut waren, suchten schneller das Weite als der Mörder. Ein weiterer, der Mülltrennungsfanatiker des Viertels, hörte die kurzen, scharfen Explosionen aus nächster Nähe, als er gerade auf der Suche nach Getränkedosen den Abfall durchwühlte. Da solche Scharmützel hier an der Tagesordnung waren, sprang er hinter einen Berg aufeinander getürmter Kartons und wartete dort, bis der letzte Schuss verhallt war. Dann trat er vorsichtig wieder auf die kleine Straße. Dort fiel sein Blick auf das, was von Pumpkin noch übrig war.

Die restlichen zwei Personen sahen fast alles. Sie saßen an der Ecke Georgia Avenue und Lamont Street direkt vor einem Spirituosenladen auf Plastikkästen für Milchkartons. Bevor der Mörder Pumpkin in die Seitengasse folgte, blickte er sich flüchtig um, aber er bemerkte die beiden nicht, weil sie teilweise durch einen geparkten Wagen verdeckt wurden. Gegenüber der Polizei gaben sie später übereinstimmend zu Protokoll, sie hätten gesehen, dass der Mann eine Waffe aus der Tasche gezogen habe – eine kleine schwarze Pistole. Eine Sekunde später seien die Schüsse gefallen. Allerdings hätten sie nicht gesehen, wie die Kugeln in Pumpkins Schädel einschlugen. Einen Augenblick darauf tauchte der junge Mann mit der Pistole aus der Seitenstraße auf und flüchtete aus unerfindlichen Gründen ausgerechnet in Richtung der beiden Augenzeugen. Er rannte wie ein verängstigter Hund, hatte den Oberkörper gebeugt, als lastete schwere Schuld auf ihm. Seine rot und gelb gemusterten Basketballschuhe wirkten fünf Nummern zu groß und verursachten bei jedem Schritt ein klatschendes Geräusch auf dem Asphalt.

Als er an den beiden Zeugen vorbeilief, hielt er die Waffe, wahrscheinlich eine Achtunddreißiger, noch in der Hand. Er bemerkte sie und zuckte zusammen, da ihm schlagartig bewusst wurde, dass sie zu viel gesehen hatten. Einen quälenden Moment lang kam es ihnen so vor, als würde er die Waffe auf sie richten, um sie zu töten. Geistesgegenwärtig ließen sie sich von den Getränkekästen nach hinten fallen und robbten in einem wilden Durcheinander aus Armen und Beinen in Deckung. Währenddessen verschwand der Mann mit der Pistole.

Einer der beiden stieß die Tür des Spirituosenladens auf und schrie, jemand solle die Polizei benachrichtigen, es habe eine Schießerei gegeben.

Eine halbe Stunde später erhielt die Polizei die Nachricht, dass ein junger Mann, auf den die Beschreibung von Pumpkins Mörder passte, zweimal in der Ninth Street gesehen worden sei. Er halte die Pistole noch in der Hand und habe sich einigermaßen auffällig verhalten. Zumindest eine Person habe er auf ein unbebautes Grundstück zu locken versucht, doch dem Betreffenden sei es gelungen zu fliehen. Anschließend informierte er die Polizei.

Eine Stunde später wurde der Mann verhaftet. Er hieß Tequila Watson, war zwanzig Jahre alt, schwarz und hatte das übliche Vorstrafenregister eines Drogenabhängigen. Keine Familie, die diese Bezeichnung verdient hätte, kein fester Wohnsitz. Zuletzt hatte er in einer Drogenentziehungseinrichtung in der W Street gewohnt. Die Pistole hatte er unterwegs verschwinden lassen. Falls er Pumpkin Drogen oder sonst etwas geraubt hatte, musste er auch das weggeworfen haben, denn in seinen Taschen war nichts zu finden. Sein Blick wirkte klar, und die Polizeibeamten waren sicher, dass er bei der Festnahme weder unter Drogen- noch unter Alkoholeinfluss stand. Nach einem kurzen und ruppigen Verhör, das an Ort und Stelle stattfand, legte man ihm Handschellen an, um ihn dann unsanft auf die Rückbank eines Streifenwagens der Washingtoner Polizei zu verfrachten.

Die Beamten brachten den Verdächtigen zur Lamont Street zurück, wo eine Art Gegenüberstellung mit den beiden Zeugen stattfinden sollte. Sie führten Tequila in die Seitengasse, in der Pumpkins Leiche gelegen hatte. »Schon mal hier gewesen?«, fragte einer der Polizeibeamten.

Statt zu antworten, starrte Tequila nur auf die Blutlache auf dem schmutzigen Asphalt. Mittlerweile wurden die beiden Zeugen unauffällig geholt.

»Das ist er«, sagten beide wie aus einem Mund.

»Dieselben Klamotten, dieselben Schuhe. Nur die Pistole fehlt.«

»Ja, das ist er.«

»Da gibt's keinen Zweifel.«

Nachdem Tequila wieder in den Streifenwagen geschoben worden war, brachte man ihn ins Gefängnis. Da er wegen Mordverdachts eingesperrt wurde, hatte er keine Chance, gegen Kaution sofort wieder auf freien Fuß gesetzt zu werden. Ob aus Erfahrung oder aus Angst – Tequila sagte kein Wort, als die Polizeibeamten ihn befragten, bedrängten und schließlich bedrohten. Nichts Belastendes, nichts Klärendes. Es gab keinerlei Hinweise auf ein mögliches Motiv für den Mord an Pumpkin oder darauf, ob zwischen ihnen eine Verbindung bestand. Ein erfahrener Detective hielt in einer kurzen Aktennotiz fest, dieser Mord komme ihm willkürlicher vor als bei ähnlichen Fällen.

Tequila bat nicht darum, telefonieren zu dürfen, und fragte weder nach einem Anwalt noch nach einem Kautionsbürgen. Er wirkte benommen und schien damit zufrieden zu sein, in einer überfüllten Zelle zu sitzen und auf den Boden zu starren.

Pumpkins Vater war spurlos verschwunden. Seine Mutter arbeitete als Sicherheitsbeamtin im Erdgeschoss eines großen Bürogebäudes in der New York Avenue. Die Polizei hatte drei Stunden benötigt, um den richtigen Namen – Ramón Pumphrey – und die Adresse ihres Sohnes herauszubekommen und einen Nachbarn zu finden, der bereit war, den Beamten zu sagen, dass Ramón Pumphrey noch eine Mutter hatte.

Als die Polizisten an ihrem Arbeitsplatz eintrafen, saß Adelfa Pumphrey hinter einem Tisch und starrte unbeteiligt auf mehrere Monitore. Sie war groß, dick und trug eine eng sitzende Khakiuniform, an deren Gürtel eine Pistole baumelte. Ihre Miene wirkte völlig desinteressiert. Die Beamten hatten sich schon hunderte Male in einer solchen Situation befunden. Nachdem sie die schlechte Nachricht überbracht hatten, fragten sie nach ihrem Chef.

In einer Stadt, in der sich tagtäglich junge Menschen gegenseitig umbrachten, wurden die Menschen dickfellig und hartherzig. Jede Mutter kannte etliche andere Mütter, deren Kinder durch Gewaltverbrechen ums Leben gekommen waren, und jeder Verlust eines Menschenlebens ließ den Tod auch in der eigenen Familie einen Schritt näher rücken. Alle Mütter wussten, dass jeder Tag der letzte sein konnte. Aber sie hatten auch gesehen, wie andere Mütter die Tragödie überlebt hatten. Während Adelfa Pumphrey dasaß, das Gesicht in die Hände gebettet, dachte sie an ihren Sohn, an seinen leblosen Körper, der jetzt irgendwo in dieser Stadt lag und von Fremden untersucht wurde.

Sie schwor demjenigen Rache, der Ramón getötet hatte, wer immer es auch sein mochte.

Sie verfluchte seinen Vater, der das eigene Kind im Stich gelassen hatte.

Sie weinte.
Aber Adelfa Pumphrey wusste, dass sie überleben würde. Irgendwie würde sie es schaffen.

Als die Vernehmung zur Anklage stattfand, war auch Adelfa Pumphrey anwesend. Die Polizisten hatten ihr erzählt, dies sei der erste Auftritt des Mörders ihres Sohnes vor dem Richter – eine reine Routineangelegenheit, die schnell über die Bühne gehen werde. Der Häftling werde sich nicht schuldig bekennen und einen Anwalt verlangen. Eingerahmt von ihrem Bruder und einem Nachbarn, saß Adelfa weinend in der letzten Reihe des Gerichtssaals und tupfte sich mit einem durchnässten Taschentuch die Tränen ab. Sie wollte den Jungen endlich sehen. Sie wollte ihn fragen, warum er ihren Sohn umgebracht hatte. Aber sie machte sich keine Illusionen – diese Chance würde man ihr nicht geben.
Nacheinander wurden die Kriminellen durch den Raum getrieben wie Rinder bei einer Viehauktion. Es waren ausnahmslos junge Schwarze, alle in orangefarbenen Overalls und mit Handschellen. Und mit einem vergeudeten Leben.
Bei Tequila hatte man sich nicht mit Handschellen begnügt, sondern seine Handgelenke und Fußknöchel zusätzlich aneinander gekettet. Obwohl er ein besonders gewalttätiges Verbrechen begangen hatte, machte er einen ziemlich harmlosen Eindruck, als er mit der nächsten Gruppe von Gesetzesbrechern in den Gerichtssaal gebracht wurde. Mit einem raschen Blick über die Anwesenden suchte er nach irgendeinem bekannten Gesicht. Vielleicht hatte sich ja jemand seinetwegen in den Gerichtssaal bemüht. Als man ihn auf einen der Stühle drückte, ließ es sich einer der bewaffneten Gerichtsdiener nicht nehmen, Tequila auf Adelfa Pumphrey aufmerksam zu machen: »Da hinten sitzt die Mutter von dem Jungen, den du umgebracht hast. Die Frau in dem blauen Kleid.«
Mit gesenktem Kopf wandte sich Tequila langsam um. Er blickte Pumpkins Mutter in die verheulten, geröteten Augen, aber nur für einen winzigen Moment. Während Adelfa den

dürren Jungen in dem viel zu großen Overall anstarrte, fragte sie sich, wo seine Mutter sein mochte, wie sie ihn großgezogen hatte, ob auch er ohne Vater aufgewachsen war und – am wichtigsten – wie und warum sich die Wege dieses Jungen und ihres Sohnes gekreuzt hatten. Die beiden waren im selben Alter wie die anderen Delinquenten hier – um die zwanzig. Die Polizeibeamten hatten ihr berichtet, bislang deute bei diesem Mord nichts darauf hin, dass Drogen im Spiel gewesen seien. Aber sie wusste es besser. Bei dem, was auf den Straßen passierte, waren auf die eine oder andere Weise immer Drogen im Spiel. Adelfa kannte sich aus. Auch Pumphrey hatte Marihuana und Crack konsumiert. Er war sogar einmal festgenommen worden, aber nur wegen Drogenbesitz. Gewalttätig war er nie gewesen. Die Polizisten sahen kein Motiv; ihrer Meinung nach hatte bei diesem Mord der Zufall Regie geführt. Adelfas Bruder dagegen hatte gesagt, alle Straßenmorde wirkten zwar zufällig, aber es gebe immer einen Grund.

An einem Tisch auf der einen Seite des Gerichtssaals saßen die Vertreter des Staates. Die Polizisten flüsterten mit den Anklägern, während diese Akten und Berichte durchblätterten und sich tapfer bemühten, mit ihrem Papierkram nicht hinter den vorgeführten Kriminellen zurückzubleiben. Auf der anderen Seite stand ein Tisch für die Rechtsanwälte, die kamen und gingen, während die Verdächtigen an dem Richter vorbeidefilierten. Der Richter seinerseits rasselte die Anklagen herunter – Drogendelikte, dazwischen ein bewaffneter Raubüberfall, ein etwas unklares Sexualdelikt, erneut Drogengeschichten und immer wieder Verletzung der Bewährungsauflagen. Wenn die Namen der Angeklagten aufgerufen wurden, brachte man sie vor den Richter, wo sie wortlos warteten. Nachdem Papierkram und Formalitäten erledigt waren, wurden sie unsanft weggezerrt und wieder in ihre Zellen gebracht.

»Tequila Watson«, rief schließlich einer der Gerichtsdiener.

Ein Kollege half Tequila aufzustehen. Während er mit kleinen Trippelschritten auf den Richter zustolperte, hallte das Klirren der Ketten durch den Raum.

»Sie sind des Mordes angeklagt, Mr Watson«, sagte der Richter laut. »Wie alt sind Sie?«

»Zwanzig«, antwortete Tequila mit gesenktem Blick.

Die laut vorgebrachte Mordanklage war niemandem im Gerichtssaal entgangen. Einen Augenblick lang herrschte Schweigen. Die Mienen der anderen Kriminellen verrieten Bewunderung, die der Rechtsanwälte und der Polizisten Neugier.

»Können Sie sich einen Anwalt leisten?«

»Nein.«

»Hätte mich auch gewundert«, murmelte der Richter, während sein Blick bereits zum Tisch der Anwälte schweifte. Beim Obersten Gericht des Distrikts Columbia, Abteilung Kapitalverbrechen, gab es fruchtbare Felder zu beackern, um die sich Tag für Tag die Anwälte des Büros der Pflichtverteidiger, des OPD, bemühten. Das OPD war die letzte Hoffnung aller mittellosen Angeklagten. Siebzig Prozent der Prozesse wurden von vom Gericht bestellten Anwälten übernommen, von denen in der Regel immer ein halbes Dutzend anwesend war. Pflichtverteidiger erkannte man an ihren billigen Anzügen, dem ramponierten Schuhwerk und den vor Unterlagen berstenden Aktentaschen. Doch ausgerechnet in diesem Augenblick war nur ein einziger anwesend, nämlich der ehrenwerte Clay Carter II., der kurz vorbeigeschaut hatte, um sich um zwei Verbrecher deutlich weniger schweren Kalibers zu kümmern. Jetzt fand er sich allein auf weiter Flur und hatte nur einen Wunsch – diesen Gerichtssaal so schnell wie möglich wieder zu verlassen. Er blickte nach links und nach rechts und begriff dann, dass der Richter tatsächlich ihn ins Visier genommen hatte. Wo waren die anderen Pflichtverteidiger abgeblieben?

Vor einer Woche hatte Mr Carter einen Mordfall abgeschlossen, der ihn fast drei Jahre lang beschäftigt hatte. Als das Urteil gefällt war, wurde sein Mandant in ein Gefängnis verfrachtet, das er sein Leben lang nicht mehr verlassen würde – zumindest nicht auf dem offiziellen Weg. Clay Carter war ziemlich glücklich darüber, dass dieser Mandant jetzt hinter Gittern saß, und erleichtert, weil im Augenblick keine Akten auf seinem Schreibtisch herumlagen, die irgendetwas mit Mord zu tun hatten.

Doch das sollte sich jetzt offensichtlich ändern.

»Mr Carter?«, fragte der Richter. Das war kein Befehl, sondern eine Einladung, die ihm zugedachte Rolle zu spielen. Man erwartete von ihm, dass er vortrat und sich wie ein Pflichtverteidiger verhielt, dessen Aufgabe eben darin bestand, die Mittellosen zu vertreten, egal, worum es ging. In Anwesenheit der Staatsanwälte und der Polizisten durfte er sich keine Verunsicherung anmerken lassen. Carter musste schlucken, aber er zuckte nicht zusammen. Möglichst beherzt trat er vor den Richter, als wollte er sofort ein Schwurgerichtsverfahren beantragen. Der Richter reichte ihm die eher dünne Akte, und Carter blätterte sie flüchtig durch, ohne Tequila Watsons flehendem Blick Aufmerksamkeit zu schenken. »Wir werden auf nicht schuldig plädieren, Euer Ehren«, sagte er dann.

»Danke, Mr Carter. Heißt das, dass Sie die Verteidigung übernehmen?«

»Zumindest fürs Erste.« Carter tüftelte bereits aus, unter welchem Vorwand er diesen Fall einem seiner Kollegen aufhalsen konnte.

»Gut, vielen Dank«, sagte der Richter und griff nach den Unterlagen zum nächsten Fall.

Für ein paar Minuten nahm Carter mit seinem neuen Mandanten am Tisch der Verteidigung Platz. Tequila Watson rückte allerdings nur ein paar äußerst dürftige Informationen heraus. Abschließend versprach Carter, am nächsten Tag im Gefängnis vorbeizuschauen, damit sie ein längeres Gespräch führen konnten. Während die beiden sich leise unterhielten, tauchten plötzlich wie aus dem Nichts Carters Kollegen aus dem OPD auf.

War das ein abgekartetes Spiel?, fragte er sich. Waren die anderen Pflichtverteidiger klammheimlich verschwunden, weil sie wussten, dass dem Richter ein Mordverdächtiger vorgeführt werden sollte? Während der vergangenen fünf Jahre hatte sich auch Carter mehrfach auf diese Weise aus der Affäre gezogen. In seinen Kreisen hatte es sich fast zu einer Kunst entwickelt, sich vor den unangenehmen Fällen zu drücken.

Er klemmte sich seine Aktentasche unter den Arm und stürmte durch den Mittelgang, ohne von den besorgten Verwandten der Angeklagten oder von Adelfa Pumphrey und ihren beiden Begleitern Notiz zu nehmen. Im Flur befanden sich etliche weitere Kriminelle, auch sie in Begleitung ihrer Mütter, Freundinnen und Anwälte. Unter den anderen Pflichtverteidigern gab es einige, die schworen, ohne das Chaos im H. Carl Moultrie Courthouse nicht leben zu können. Angeblich liebten sie den Druck, unter dem die Verfahren stattfanden, die Atmosphäre latenter Gefahr, die die vielen, in einem Raum zusammengepferchten Gewaltverbrecher verströmten, die schmerzlichen Konflikte zwischen Opfern und Tätern und die endlos langen Prozesslisten mit den dicht gedrängten Terminen. Wollte man ihren Worten Glauben schenken, dann hielten sie es für ihre Mission, die Unterprivilegierten zu schützen und dafür zu sorgen, dass sie von der Polizei und der Justiz fair behandelt wurden.

Sollte Clay Carter jemals den Wunsch empfunden haben, als Pflichtverteidiger im OPD Karriere zu machen, so war ihm der Grund dafür mittlerweile entfallen. In einer Woche stand sein fünfjähriges Dienstjubiläum an, doch zum Feiern gab es keinen Anlass. Er hoffte, dass sich niemand daran erinnern würde. Mit seinen einunddreißig Jahren war Clay bereits ausgebrannt, gefangen in einem Büro, das er seinen Freunden allenfalls beschämt präsentieren konnte, und auf der Suche nach einem Ausweg aus seiner Misere. Doch er fand keinen. Und jetzt hatte er auch noch diesen sinnlosen Mordfall am Hals, der von einer Minute zur anderen zu einer immer schwereren Last wurde.

Im Aufzug verfluchte er sich, weil er so blöde gewesen war, sich den Mord aufbürden zu lassen. Er hatte einen echten Anfängerfehler gemacht und war doch eigentlich schon viel zu lange in diesem Geschäft, um noch in eine solche Falle zu tappen. Eine Falle, die ihm zudem auf bestens vertrautem Terrain gestellt worden war. Ich schmeiß den ganzen Kram hin, versprach er sich, doch diesen Schwur hatte er während des vergangenen Jahres fast jeden Tag vor sich hin gemurmelt.

Außer ihm waren noch zwei andere Personen im Lift – eine Gerichtsschreiberin mit einem Haufen Akten unter dem Arm und ein etwa vierzigjähriger Mann in schwarzer Designerkleidung: Jeans, T-Shirt, Jackett, Krokodillederstiefel. Er hielt eine Zeitung in den Händen und schien zu lesen. Seine kleine Lesebrille hatte er bis auf die Spitze der ziemlich langen, markanten Nase hinabgeschoben. Tatsächlich beobachtete er Clay, der aber nichts bemerkte, weil er in Gedanken versunken war. Warum sollte man auch einem anderen Menschen im Aufzug dieses Gebäudes Beachtung schenken?

Hätte Carter seine Umgebung aufmerksam betrachtet, statt seinen Gedanken nachzuhängen, wäre ihm mit Sicherheit aufgefallen, dass dieser Mann für einen Angeklagten zu gut und für einen Anwalt nicht dezent genug gekleidet war. Außer der Zeitung hatte er nichts dabei, und schon das war merkwürdig. Dieses Gerichtsgebäude war nicht gerade dafür bekannt, dass man darin ein gemütliches Lektürestündchen abhalten konnte. Der Mann schien weder Richter noch Gerichtsschreiber, weder Verbrechensopfer noch Angeklagter zu sein. Aber Clay nahm ihn nicht zur Kenntnis.

2

In Washington gab es etwa sechsundsiebzigtausend Rechtsanwälte, von denen viele für die riesigen Kanzleien arbeiteten, die sich in Steinwurfnähe zum Kapitol befanden. Das waren reiche und mächtige Büros, die die hellsten Köpfe der Branche mit geradezu obszönen Bonussen als Partner köderten, farblosen ehemaligen Kongressabgeordneten großzügig dotierte Lobbyistenjobs anboten und deren gefragteste Prozessführer eigene Agenten hatten. Das OPD spielte nicht annähernd in dieser Liga.

Einige Pflichtverteidiger vom OPD glaubten mit missionarischem Eifer daran, die Armen und Unterdrückten verteidigen zu müssen. Für sie war dieser Job kein Sprungbrett für eine aussichtsreichere Karriere an anderer Stelle. Ungeachtet des miserablen Gehalts und der mickrigen Budgets blühten sie förmlich auf, wenn sie daran dachten, dass ihre einsame Arbeit immerhin mit einer gewissen Unabhängigkeit verbunden war. Außerdem verschaffte es ihnen innere Befriedigung, ihre schützende Hand über die Underdogs zu halten.

Andere Pflichtverteidiger sahen diesen Job nur als Übergangslösung, als hartes Grundlagentraining, das für einen späteren Karrieresprung unabdingbar war. Wollte man die Stufen des gesellschaftlichen Erfolgs erklimmen, musste man diese harte Schule eben durchstehen und sich dabei auch die Hände schmutzig machen. Als Pflichtverteidiger machte man

Erfahrungen, die einem Juristen aus einer großen Kanzlei verwehrt blieben. Eines Tages würde sich der Lohn dieser harten Fronarbeit schon einstellen, und zwar in Form einer lukrativen Offerte einer Kanzlei mit Perspektive. Eine unerschöpfliche, praktische Erfahrung mit Prozessen, das Wissen um den Umgang mit Richtern, Gerichtsschreibern und Polizisten, die Bewältigung härtester Arbeitsbelastung und der geschickte Umgang mit den schwierigsten Mandanten – dies waren nur einige der Pluspunkte, die ein Pflichtverteidiger bereits nach ein paar Jahren gesammelt hatte.

Beim OPD arbeiteten achtzig Anwälte, deren Büros in zwei Stockwerken des Gebäudes der Stadtverwaltung untergebracht waren, einem gesichtslosen Betonkasten an der Mass Avenue, ganz in der Nähe des Thomas Circle, der allgemein nur »Würfel« genannt wurde. Außer den Pflichtverteidigern waren im Gewirr der mikroskopisch kleinen Büros des OPD noch etwa vierzig schlecht bezahlte Sekretärinnen und drei Dutzend Anwaltsassistenten tätig. Chefin des OPD war eine Frau namens Glenda, die sich die meiste Zeit in ihrem Büro einschloss, weil sie sich dann in Sicherheit glaubte.

Das Anfangsgehalt eines Pflichtverteidigers betrug 36 000 Dollar pro Jahr. Gehaltserhöhungen gab es nur in großen Abständen, und sie fielen immer minimal aus. Der älteste Anwalt – mit dreiundvierzig Jahren bereits völlig ausgepowert – verdiente mittlerweile 57 800 Dollar und drohte seit neunzehn Jahren mit Kündigung. Der Grund für die extreme Arbeitsbelastung lag darin, dass Washington den Kampf gegen das Verbrechen verlor. Seit acht Jahren beantragte Glenda zehn weitere Rechtsanwälte und ein Dutzend Anwaltsassistenten. Stattdessen wurde ihr das Budget seit vier Jahren im Vergleich zum Vorjahr immer weiter zusammengestrichen. Doch im Augenblick war ihr Problem, dass sie die unangenehme Entscheidung treffen musste, welche Anwaltsassistenten sie entlassen und welchen Rechtsanwälten sie eine Teilzeitstelle verordnen sollte.

Wie die meisten seiner Kollegen hatte auch Clay Carter während des Jurastudiums nicht im Traum daran gedacht, eines Tages als Pflichtverteidiger verarmter Krimineller sein Geld zu verdienen – nicht einmal übergangsweise. Während seiner Zeit am College und später an der juristischen Fakultät der Georgetown-Universität hatte Clays Vater eine eigene Anwaltskanzlei gehabt. Neben seinem Studium hatte Clay dort jahrelang in einem eigenen Büro stundenweise gearbeitet. Damals konnte er sich noch ausschweifenden Träumen hingeben, in denen er gemeinsam mit seinem Vater finanziell lukrative Prozesse führte.

Doch als Clay im letzten Studiumsjahr war, musste sein Vater die Kanzlei dichtmachen. Anschließend verließ er Washington – aber das war eine andere Geschichte. Clay wurde Pflichtverteidiger, weil er kurzfristig keine andere Stelle ergattern konnte.

An seinem neuen Arbeitsplatz musste er drei Jahre lang taktieren und alles in Bewegung setzen, um ein eigenes Büro zu bekommen, in dem er nicht ständig von einem Kollegen oder einem Anwaltsassistenten gestört wurde. Leider war der fensterlose Raum nur so groß wie die Abstellkammer einer bescheidenen Vorortwohnung, und schon der Schreibtisch nahm die Hälfte der Fläche ein. Sein Büro in der Kanzlei seines Vaters war viermal so groß gewesen und hatte Fenster auf das Washington Monument gehabt. Clay versuchte, diese Bilder aus seinem Gedächtnis zu löschen, doch sie drängten sich ihm immer wieder auf. Mittlerweile waren fünf Jahre ins Land gegangen. Manchmal saß er nur an seinem Schreibtisch, starrte die Wände an, die von Monat zu Monat näher zu rücken schienen, und fragte sich, wie um alles in der Welt er in diesem Kabuff gelandet war.

Er warf Tequila Watsons Akte auf seinen sauberen, aufgeräumten Schreibtisch und zog das Jackett aus. In dieser trostlosen Atmosphäre war die Versuchung groß, das Büro zu vernachlässigen. Unordnung, aufeinander getürmte Akten und hohe Papierstöße wären jederzeit durch die extreme Arbeitsbelastung und fehlendes Personal zu entschuldigen gewesen.

Aber sein Vater hatte immer gesagt, ein aufgeräumter Schreibtisch lasse auf ein gut funktionierendes Gehirn schließen. Wenn man nicht in der Lage sei, etwas innerhalb von dreißig Sekunden wiederzufinden, müsse man mit finanziellen Verlusten rechnen. Eine weitere unumstößliche Regel, die zu befolgen er Clay gelehrt hatte, besagte, dass anfallende Rückrufe sofort getätigt werden sollten.

Folglich war Clay eifrig darum bemüht, Schreibtisch und Büro aufgeräumt zu halten, was bei seinen eher schlampigen Kollegen für Erheiterung sorgte. In der Mitte einer Wand hing das gerahmte Abschlusszertifikat der juristischen Fakultät der Georgetown-Universität. Zwei Jahre lang hatte er das gute Stück in der Schublade gelassen, aus Furcht davor, dass seine Anwaltskollegen fragten, warum ein Absolvent von Georgetown für ein so lausiges Gehalt arbeite. Weil man Erfahrungen sammeln muss, sagte sich Clay. Ich arbeite hier, um Erfahrungen zu sammeln. Jeden Monat ein Prozess – harte Prozesse gegen harte Staatsanwälte vor harten Jurys. Umgang mit den Unterprivilegierten aus der Gosse, den ihm keine große Kanzlei bieten konnte. Geld würde er später verdienen, als im Kampf gestählter und immer noch sehr junger Anwalt.

Während er auf die dünne Watson-Akte starrte, die fein säuberlich genau in der Mitte seines Schreibtischs lag, dachte Clay erneut darüber nach, wie er diesen undankbaren Job einem Kollegen aufhalsen konnte. Allmählich hatte er die Nase voll von der exzellenten praktischen Ausbildung, den schwierigen Fällen und all den anderen unsinnigen Aufgaben, mit denen man sich als unterbezahlter Pflichtverteidiger gewöhnlich abfinden musste.

Sechs Zettel auf seinem Schreibtisch informierten ihn darüber, dass er sechs Rückrufe tätigen musste, fünf davon geschäftlicher Natur. Doch zuerst rief er seine langjährige Freundin Rebecca an.

»Ich habe wahnsinnig viel zu tun«, sagte Rebecca, nachdem sie die obligatorischen einleitenden Nettigkeiten hinter sich gebracht hatten.

»Du hast mich angerufen«, erinnerte Clay sie.

»Ja, aber jetzt habe ich trotzdem nur eine Minute.« Rebecca arbeitete als Assistentin für einen Hinterbänkler aus dem Kongress, der Vorsitzender irgendeines sinnlosen Unterausschusses war. Doch wegen dieser Funktion hatte man ihm ein weiteres Büro zugebilligt, in dem er zusätzliches Personal unterbringen konnte, zu dem auch Rebecca gehörte. Tagelang war sie damit beschäftigt, sich hektisch auf die nächsten Anhörungen vorzubereiten, die vor leeren Reihen stattfanden. Den Job verdankte sie ihrem Vater, der im Hintergrund die Fäden gezogen hatte.

»Ich kann mich vor Arbeit auch kaum retten«, sagte Clay. »Gerade kam wieder ein Mordfall rein.« Irgendwie schaffte er es, ein bisschen Stolz in seiner Stimme mitschwingen zu lassen, ganz so, als wäre es eine Ehre, den Pflichtverteidiger für Tequila Watson spielen zu dürfen.

Diese Gespräche waren bei ihnen ein Ritual. Wer hatte am meisten zu tun, wer den wichtigeren Job? Wer arbeitete am härtesten? Wer musste dem größeren Druck standhalten?

»Morgen hat meine Mutter Geburtstag«, sagte Rebecca. Eine kleine Kunstpause gab Clay die Chance zu der Bemerkung, er habe es nicht vergessen. Aber so war es nicht. Der Geburtstag ihrer Mutter war ihm herzlich egal. Er mochte sie nicht. »Meine Eltern haben uns zum Essen im Club eingeladen.«

Ein ohnehin schlimmer Tag drohte zum Fiasko zu werden. Clay fiel nur eine reflexhafte Antwort ein: »Ja, natürlich.«

»Also, so gegen sieben Uhr. Mit Jackett und Krawatte.«

»Natürlich.« Lieber hätte er mit Tequila Watson im Knast zu Abend gegessen.

»Ich muss weitermachen«, sagte Rebecca. »Ich liebe dich.«

»Ich dich auch.«

Wieder eines der typischen Gespräche zwischen ihnen. Ein paar schnell hingeworfene Sätze, bevor beide wieder ihren ach so wichtigen Aufgaben nachgingen. Clay blickte auf die Fotografie von Rebecca, die vor ihm auf dem Schreibtisch stand.

Die Komplikationen ihrer bisherigen Beziehung hätten völlig ausgereicht, um zehn Ehen zu zerstören. Vor langer Zeit hatte Clays Vater ihren Vater verklagt; wer den Prozess gewonnen oder verloren hatte, ließ sich nicht mehr recht nachvollziehen. Ihre Familie stammte aus der alteingesessenen Gesellschaft von Alexandria, während Clay in deren Augen nur der Sohn eines Verlierers war. Rebeccas Eltern waren stark rechtsgerichtete Republikaner, was man von Clay nicht behaupten konnte. Weil ihr Vater durch rücksichtslose Naturzerstörung im Norden Virginias Bauland für die wuchernden Vorstädte von Washington erschloss, wurde er allgemein »Bennett der Bulldozer« genannt. Da Clay nicht gefiel, was Bennett trieb, überwies er – ohne es an die große Glocke zu hängen – Geld an zwei Organisationen von Umweltschützern, die gegen diese Erschließung kämpften. Rebeccas Mutter hatte nichts außer dem gesellschaftlichen Aufstieg der Familie im Sinn und hätte es am liebsten gesehen, wenn ihre beiden Töchter schwerreiche Männer geheiratet hätten. Clay hatte seine Mutter seit elf Jahren nicht mehr gesehen. Gesellschaftliche Ambitionen waren ihm fremd. Und Geld hatte er auch nicht.

Seit fast vier Jahren gab es zwischen Clay und Rebecca jeden Monat heftige Auseinandersetzungen, die in den meisten Fällen von ihrer Mutter angezettelt wurden. Beider Liebe, Lust und Entschlossenheit, allen Widrigkeiten zu trotzen, hatten ihre Beziehung bisher am Leben gehalten. Doch in letzter Zeit glaubte Clay bei Rebecca eine gewisse Ermüdung wahrzunehmen, einen sich unmerklich steigernden Überdruss, der vermutlich etwas mit dem Älterwerden und dem permanenten Druck ihrer Familie zu tun hatte. Mittlerweile war sie achtundzwanzig. An einer beruflichen Karriere hatte sie eigentlich kein Interesse. Sie wollte einen Ehemann und eine Familie. Sie sehnte sich nach müßigen Tagen im Country Club, wo sie ihre Kinder verwöhnen, Tennis spielen und mit ihrer Mutter essen gehen konnte.

Als plötzlich wie aus dem Nichts Paulette Tullos auftauchte, zuckte Clay erschrocken zusammen. »Sie haben dich wieder drangekriegt und dir einen Mordfall angehängt, oder?«, fragte sie schmunzelnd.

»Warst du dort?«

»Ich habe das Unheil kommen sehen und beobachtet, wie es seinen Lauf nahm. Leider konnte ich nichts für dich tun.«

»Wirklich sehr aufmerksam. Ich werde mich revanchieren.«

Wäre in Clays Büro ein weiterer Stuhl gewesen, hätte er Paulette gebeten, sich einen Moment zu setzen, doch für zusätzliche Möbel gab es keinen Platz. Allerdings benötigte Clay auch in der Regel keinen zweiten Stuhl, da seine Mandanten sowieso immer im Gefängnis saßen. Gemütliche Plauderstündchen waren in der täglichen Routine des OPD nicht vorgesehen.

»Wie stehen meine Chancen, mir diesen Fall vom Hals zu schaffen?«

»Schlecht bis aussichtslos. Auf wen wolltest du ihn denn abwälzen?«

»Eigentlich hatte ich an dich gedacht.«

»Tut mir Leid, ich habe bereits zwei Mordfälle. An deiner Stelle würde ich mich nicht darauf verlassen, dass Glenda dir hilft, den Fall loszuwerden.«

Von seinen Kollegen im OPD war Clay mit Paulette am engsten befreundet. Sie stammte aus einer üblen Gegend der Stadt und hatte College und Jurastudium mühsam in Abendkursen absolviert. Trotz allem schien ihr Aufstieg in die Mittelklasse vorgezeichnet gewesen zu sein. Dann lernte sie einen wohlhabenden alten Griechen kennen, der ein Faible für junge schwarze Frauen hatte. Er heiratete sie und brachte sie in einer komfortablen Wohnung im Nordwesten Washingtons unter. Kurz darauf entschloss er sich überraschend, doch wieder in Europa zu leben, und entschwand über den Ozean. Paulette vermutete, dass er dort eine oder zwei weitere Ehefrauen hatte, aber das bereitete ihr kein sonderliches Kopfzerbrechen. In finanzieller Hinsicht hatte sie keinen Grund zum Klagen, und sie war alles andere als vereinsamt. Nach zehn Jahren funktionierte das Arrangement mit ihrem Mann bestens.

»Ich habe gehört, was der Staatsanwalt gesagt hat«, berichtete Paulette. »Wieder ein Mord auf offener Straße, aber das Motiv ist unklar.«

»Das kam in der langen Geschichte dieser Stadt schon öfter vor«, bemerkte Clay.

»Aber es scheint kein Motiv zu geben.«

»Irgendein Motiv gibt's immer – Geld, Drogen, Sex oder auch nur ein Paar neue Nikes.«

»Stimmt es, dass der Junge bisher nie durch Gewalttätigkeit aufgefallen ist? Kein ellenlanges Vorstrafenregister?«

»Du weißt, dass man sich nur selten auf den ersten Eindruck verlassen kann, Paulette.«

»Vor zwei Tagen bekam Jermaine einen ähnlichen Fall – kein Motiv.«

»Davon habe ich nichts gehört.«

»Vielleicht solltest du es mal mit ihm versuchen. Er ist ehrgeizig und noch nicht lange im Geschäft. Wer weiß, möglicherweise kannst du den Fall auf ihn abwälzen.«

»Ich werde mich sofort darum kümmern.«

Jermaine war nicht im Haus. Aber aus irgendeinem seltsamen Grund stand die Tür von Glendas Büro einen Spaltbreit offen, und so klopfte Clay kurz an und trat dann ein. »Haben Sie einen Augenblick Zeit?«, fragte er, obwohl ihm klar war, dass es seiner Chefin verhasst war, auch nur eine Minute mit ihren Untergebenen zu verbringen. Glenda erledigte ihren Job ganz passabel. Sie organisierte die Arbeitsabläufe und hielt die Gelder zusammen, doch am wichtigsten war, dass sie sich um die politischen Angelegenheiten im Rathaus kümmerte. Aber eigentlich mochte sie die Menschen nicht, und deshalb zog sie es vor, sich hinter ihrer Bürotür zu verschanzen.

»Natürlich«, antwortete Glenda, ohne dass es auch nur im Geringsten überzeugend geklungen hätte. Es war unübersehbar, dass ihr die Störung nicht behagte, und genau damit hatte Clay auch gerechnet.

»Ich war heute Morgen zufällig zur falschen Zeit am falschen Ort und habe wieder einen Mordfall angehängt bekommen, den ich lieber abgeben würde. Ich habe gerade erst den

Fall Traxel abgeschlossen, und Sie wissen ja, dass mich diese Geschichte drei Jahre in Anspruch genommen hat. Was Mord angeht, könnte ich mal eine kleine Pause gebrauchen. Wie wär's denn mit einem der jüngeren Kollegen?«

»Sie wollen kneifen, Mr Carter?«, fragte Glenda stirnrunzelnd.

»Allerdings. Mal wieder ein paar Monate Drogendelikte und Einbrüche. Um mehr bitte ich Sie gar nicht.«

»Und wer soll Ihrer Meinung nach den Fall ... Wie heißt der Angeklagte?«

»Tequila Watson.«

»Ah, Tequila Watson. Also, Mr Carter, wem hatten Sie den Fall Watson zugedacht?«

»Ist mir eigentlich egal. Ich brauche nur einfach eine kleine Atempause.«

Glenda lehnte sich in ihrem Bürosessel zurück wie eine weise alte Vorstandsvorsitzende und begann, auf dem hinteren Ende ihres Stifts herumzukauen. »Ist das nicht bei uns allen so, Mr Carter? Brauchen wir nicht alle eine kleine Atempause?«

»Ja oder nein?«

»Wir haben achtzig Rechtsanwälte, Mr Carter, von denen nur etwa die Hälfte die für Mordfälle nötigen Voraussetzungen mitbringt. Von denen hat jeder mindestens zwei solche Fälle am Hals. Übergeben Sie Ihren Fall einem Kollegen, wenn Sie es schaffen – aber ich werde mich nicht einschalten.«

Auf dem Weg zur Tür drehte sich Clay noch einmal um. »Übrigens, eine Gehaltserhöhung könnte ich auch brauchen. Wenn Sie die Güte hätten, sich damit zu befassen.«

»Nächstes Jahr, Mr Carter. Nächstes Jahr.«

»Ein Anwaltsassistent wäre auch hilfreich.«

»Nächstes Jahr.«

Und so blieb die Akte Tequila Watson auf dem penibel aufgeräumten Schreibtisch von Jarrett Clay Carter II.

3

Das Gebäude war ein Gefängnis, und obwohl es der modernen Architektur entsprach und von einigen stolzen Stadtoberen mit großem Pomp eingeweiht worden war, blieb es das auch. Es entsprach den neuesten Sicherheitsstandards und war mit allem möglichen technischen Schnickschnack ausgerüstet. Gebaut für das nächste Jahrhundert, effizient, sicher und human, aber vom ersten Tag an überbelegt. Schon von außen verbreitete der an einer Seite fensterlose Betonklotz eine Atmosphäre der Hoffnungslosigkeit. Innen waren die von zahllosen Wärtern beaufsichtigten Kriminellen auf engstem Raum zusammengepfercht. Weil es sich besser anhörte, hatte man den von den Architekten geprägten Projektnamen »Strafjustizzentrum« übernommen, doch auch dieser zeitgemäße Euphemismus konnte nicht darüber hinwegtäuschen, dass dieses Wunderwerk der Baukunst ein Gefängnis war.

Für Clay Carter war das Gefängnis vertrautes Terrain, da er fast alle seine Mandanten hier traf, nachdem sie verhaftet worden waren und bevor sie gegen Zahlung einer Kaution wieder freigelassen wurden – falls sie sie bezahlen konnten. Etliche waren dazu nicht in der Lage. Obwohl bei den Verbrechen vieler seiner Mandanten keine Gewalttätigkeit im Spiel war, wurden sie – ungeachtet von Schuld oder Unschuld – so lange weggeschlossen, bis sie ihren letzten Gerichtstermin hinter sich gebracht hatten. Tigger Banks hatte fast acht Monate in diesem Gefängnis gesessen – wegen eines Einbruchs, den er gar nicht begangen hatte. Dadurch verlor er nicht nur seine beiden Teilzeitjobs, sondern auch seine Wohnung, von seiner Würde ganz zu schweigen. Als er Clay zum letzten Mal anrief, bettelte er ihn mit flehenden Worten um Geld an. Er lebte auf der Straße, rauchte wieder Crack und war auf dem besten Weg, erneut mit dem Gesetz in Konflikt zu geraten.

In dieser Stadt konnte praktisch jeder Strafverteidiger seine eigene Tigger-Banks-Story erzählen; auf ein Happyend wartete man bei diesen Geschichten vergebens. Daran war nichts zu ändern. Jeder Gefängnisinsasse kostete den Staat einundvierzigtausend Dollar pro Jahr. Warum war das System so scharf darauf, Geld zum Fenster rauszuwerfen?

Clay hatte es satt, sich mit diesen Fragen herumschlagen zu müssen. Er hatte die Nase voll von den Tigger Banks dieser Welt, von dem Gefängnis und den mürrischen Wärtern, die ihn am Kellereingang, der von den meisten Anwälten benutzt wurde, in Empfang nahmen. Er konnte den Gestank in dem Gefängnis nicht mehr ertragen und hatte die idiotischen Formalitäten satt, die aus irgendwelchen Bürokratenhandbüchern über die Sicherheit in Gefängnissen stammten.

Neun Uhr an einem Mittwoch. Eigentlich war das egal, da für Clay ohnehin ein Tag wie der andere war. Über einem Schiebefenster hing ein Schild mit der Aufschrift RECHTSANWÄLTE. Als die Justizangestellte befand, dass Clay lange genug gewartet hatte, schob sie das Fenster wortlos ein Stück nach oben. Da die beiden sich seit fast fünf Jahren immer nur mit einem finsteren Blick begrüßten, war jedes Wort überflüssig. Nachdem sich Clay in ein Register eingetragen und es zurückgegeben hatte, schloss sich das Fenster wieder. Zweifelsohne war es aus kugelsicherem Glas, damit die Justizangestellte nicht von durchdrehenden Anwälten attackiert wurde.

Zwei Jahre lang hatte sich Glenda damit abgemüht, ein einfaches Procedere durchzusetzen. Die Pflichtverteidiger und andere Kollegen sollten sich eine Stunde vor ihrem Eintreffen durch einen Anruf ankündigen, damit die Mandanten zeitig in die Nähe des für die Anwälte bestimmten Sprechzimmers gebracht werden konnten. Ein simpler, vernünftiger Vorschlag, der von den Bürokraten zweifellos deshalb abgelehnt worden war, weil er so simpel und vernünftig war.

An einer Wand standen ein paar Stühle, auf denen die Anwälte warten sollten, während ihre Bitte, mit ihrem Mandanten sprechen zu dürfen, im Schneckentempo an jemanden in den oberen Stockwerken weitergereicht wurde. Um neun Uhr morgens saßen hier immer ein paar von Clays Kollegen herum, die nervös in ihren Unterlagen blätterten, im Flüsterton Handygespräche führten und sich gegenseitig ignorierten. Zu Beginn seiner Laufbahn hatte Clay gelegentlich dicke juristische Wälzer mitgebracht und wichtige Passagen mit einem gelben Filzstift markiert, um den anderen Rechtsanwälten zu imponieren. Heute zog er stattdessen die *Washington Post* aus der Tasche, um den Sportteil zu studieren. Wie immer warf er vorher einen Blick auf die Uhr, um später zu wissen, wie viel Zeit er mit dem Warten auf Tequila Watson verplempert hatte.

Vierundzwanzig Minuten, stellte er schließlich fest. Gar nicht mal so übel.

Ein Wärter führte ihn durch einen Flur in einen länglichen Raum, der in der Mitte durch eine dicke Scheibe aus Plexiglas geteilt wurde. Der Wärter zeigte auf die vierte Kabine, und Clay setzte sich. Der Platz auf der anderen Seite der Scheibe war noch leer. Erneut musste er sich in Geduld üben. Er zog einige Papiere aus der Aktentasche und versuchte, sich ein paar Fragen für Tequila zurechtzulegen. In der Kabine rechts neben ihm war ein Kollege in ein geflüstertes, aber intensives Gespräch mit seinem Mandanten vertieft. Den Häftling konnte Clay nicht sehen.

Der Wärter kam zurück und sagte so leise, dass man fast auf die Idee gekommen wäre, ein solches Gespräch sei gesetzwidrig: »Ihr Mandant hat eine schlechte Nacht hinter sich.« Er kauerte sich neben Clay nieder und blickte zu den Überwachungskameras auf.

»Aha«, sagte Clay.

»Um zwei Uhr hat er sich auf einen anderen Häftling gestürzt, ihn windelweich geschlagen und damit einen hübschen kleinen Aufruhr provoziert. Wir mussten sechs Leute schicken, um die Lage unter Kontrolle zu bekommen. Er wurde, na ja, übel zugerichtet.«

»Tequila?«

»Ja, Tequila Watson. Der andere Kerl liegt auf der Krankenstation. Rechnen Sie damit, dass die Anklage um ein paar Punkte erweitert wird.«

»Gibt's da keine Zweifel?«, fragte Clay.

»Ist alles auf Video.«

Damit war das Gespräch beendet, denn auf der anderen Seite der Plexiglasscheibe wurde Tequila von zwei Wärtern zu seinem Platz geführt. Normalerweise wurden den Häftlingen die Handschellen abgenommen, wenn sie mit ihren Anwälten sprachen. Offensichtlich hatte man sich in Tequilas Fall dagegen entschieden. Als er sich setzte, traten die Wärter zwar etwas zurück, blieben aber in der Nähe.

Tequilas linkes Auge war so stark geschwollen, dass er darauf vermutlich nicht sah. Seine Augenwinkel waren mit getrocknetem Blut verklebt. Das rechte Auge war nicht geschwollen, aber die Pupille war grellrot. Auf seiner Stirn prangte ein Klebeband mit einer Mullbinde darunter, auf seinem Kinn klebte ein Pflaster. Auch seine Lippen und Wangen waren stark angeschwollen. Unwillkürlich fragte Clay sich, ob der Mann, der ihm da in etwa einem Meter Entfernung hinter der Plexiglasscheibe gegenübersaß und brutal zusammengeschlagen worden war, tatsächlich sein Mandant war.

Clay nahm den schwarzen Hörer und forderte Tequila durch eine Geste auf, dasselbe zu tun. Umständlich ergriff Tequila den Hörer auf seiner Seite mit beiden Händen.

»Sie sind Tequila Watson?« Clay blickte seinem Mandanten in das halbwegs unversehrte Auge.

Tequila nickte sehr langsam, als würden ihm lose Knochen durch den Kopf fliegen.

»Waren Sie beim Arzt?«

Ein Nicken. Ja.
»Haben die Wärter Sie so zugerichtet?«
Tequila schüttelte den Kopf, ohne zu zögern. Nein.
»Die anderen Jungs aus Ihrer Zelle?«
Ein Nicken. Ja.
Es war schwer vorstellbar, dass ein Leichtgewicht wie Tequila Watson, der deutlich unter siebzig Kilo wog, die anderen Insassen einer überbelegten Gefängniszelle einschüchtern konnte.
»Kannten Sie den Jungen?«
Kopfschütteln. Nein.
Bis jetzt wäre Tequilas Hörer nicht vonnöten gewesen. Allmählich hatte Clay das ewige Nicken und Kopfschütteln satt.
»Warum haben Sie ihn verprügelt?«
Unter großer Anstrengung öffnete Tequila die geschwollenen Lippen. »Weiß ich nicht.« Er brachte die Antwort nur mühsam und offenbar unter Schmerzen hervor.
»Na großartig, Tequila. Damit kann ich wirklich viel anfangen. Wie wäre es mit Selbstverteidigung? Hat er Sie angegriffen? Zuerst zugeschlagen?«
»Nein.«
»War er auf Drogen oder betrunken?«
»Nein.«
»Hat er Sie beleidigt oder bedroht?«
»Nein … geschlafen.«
»Wie bitte?«
»Er hat geschlafen.«
»Und dabei zu laut geschnarcht? … Vergessen Sie's.«
Clay wandte den Blick ab. Plötzlich hatte er das Gefühl, sich Notizen auf seinen gelben Notizblock kritzeln zu müssen. Er notierte Datum, Zeit und Ort des Gesprächs sowie den Namen seines Mandanten. Dann fiel ihm nichts Wichtiges mehr ein, das festgehalten zu werden lohnte. In seinem Gedächtnis waren hundert Fragen gespeichert, und weitere hundert hatte er noch in Reserve. Eigentlich wurden bei diesen ersten Gesprächen fast immer dieselben Fragen gestellt: Man erkundigte sich

beim Mandanten nach seinem elenden Leben und wie es dazu gekommen war, dass man sich jetzt hier gegenübersaß. Die Wahrheit lag immer verborgen wie seltene Edelsteine und gelangte nur dann durch die Plexiglasscheibe, wenn sich der Mandant nicht bedroht fühlte. Fragen zu den Bereichen Familie, Schule, Jobs und Freunde wurden in aller Regel ziemlich aufrichtig beantwortet. Doch wenn es um das jeweilige Verbrechen ging, musste man äußerst geschickt agieren. Jeder Strafverteidiger wusste, dass es bei den ersten Gesprächen mit einem Mandanten wenig förderlich war, sich zu sehr auf die Straftat zu konzentrieren. Man grub an anderer Stelle nach Details. Forschte nach, ohne dem Mandanten die Führung zu überlassen. Vielleicht kam die Wahrheit ja später ans Tageslicht.

Wie auch immer, mit Tequila schien es sich anders zu verhalten. Angst vor der Wahrheit konnte man ihm bislang nicht vorwerfen. Clay entschloss sich zu einem Schritt, der ihm unter Umständen viel wertvolle Zeit ersparen konnte. Er beugte sich vor und sagte mit gedämpfter Stimme: »Es heißt, Sie haben einen Jungen durch fünf Schüsse in den Kopf getötet.«

Der geschwollene Kopf bewegte sich leicht auf und ab.

»Einen gewissen Ramón Pumphrey, auch unter dem Namen Pumpkin bekannt. Kannten Sie ihn?«

Wieder ein Nicken.

»Haben Sie ihn erschossen?«, fragte Clay fast flüsternd. Die Wärter passten zwar nicht auf, aber das änderte nichts daran, dass ein Anwalt diese Frage nicht stellte, schon gar nicht in einem Gefängnis.

»Ja«, antwortete Tequila leise.

»Mit fünf Schüssen.«

»Ich dachte, es wären sechs gewesen.«

So viel zum Verfahren. Sechzig Tage, dann kann ich die Akte zuklappen, dachte Clay. Ein einfaches, schnell abzuwickelndes Geschäft. Man bekannte sich schuldig, dafür kam der Angeklagte mit einer lebenslangen Haftstrafe davon.

»Ging es um Drogen?«, fragte Clay.

»Nein.«
»Haben Sie ihn ausgeraubt?«
»Nein.«
»Sie müssen mir schon helfen, Tequila. Es gab doch einen Grund für Ihre Tat, oder?«
»Ich kannte ihn.«
»Das war's? Sie kannten ihn? Das ist alles, was Sie anzubieten haben?«
Tequila nickte, sagte aber nichts.
»War ein Mädchen im Spiel? Haben Sie ihn mit Ihrer Freundin erwischt? Sie haben doch ein Mädchen, oder?«
Clays Mandant schüttelte den Kopf. Nein.
»Ging es in irgendeiner Hinsicht um Sex?«
Nein.
»Reden Sie mit mir, Tequila. Ich bin Ihr Anwalt und der einzige Mensch auf diesem ganzen Planeten, der Ihnen helfen will. Geben Sie mir was, womit ich arbeiten kann.«
»Ich hab manchmal Drogen bei Pumpkin gekauft.«
»Na endlich. Seit wann?«
»Seit ein paar Jahren.«
»Okay. Hat er Ihnen Geld oder Stoff geschuldet? Oder haben Sie ihm was geschuldet?«
»Nein.«
Clay atmete tief durch. Erst jetzt fielen ihm Tequilas Hände auf, die mit Schnitten übersät und so stark angeschwollen waren, dass man keinen einzigen Knöchel erkennen konnte.
»Prügeln Sie sich häufiger?«
Eine vage Kopfbewegung – vielleicht ein Ja, vielleicht ein Nein. »Nicht mehr.«
»Aber früher?«
»Wie's bei Jungs halt so ist. Mit Pumpkin hab ich mich auch mal geprügelt.«
Nachdem Clay ein weiteres Mal tief durchgeatmet hatte, hob er seinen Stift. »Besten Dank für Ihre Hilfe, Sir. Wann genau haben Sie sich mit Pumpkin geprügelt?«
»Ist schon lange her.«

»Wie alt waren Sie damals?«

Tequila zuckte die Achseln, als hätte man ihm eine besonders dumme Frage gestellt. Clay wusste aus Erfahrung, dass Mandanten ein schlechtes Langzeitgedächtnis hatten. Sie erinnerten sich, dass man sie gestern ausgeraubt oder letzten Monat verhaftet hatte, aber was länger als dreißig Tage zurücklag, verlor sich im Nebel. Wenn man auf der Straße lebte, musste man sich darauf konzentrieren, den jeweiligen Tag zu überstehen. Für Erinnerungen blieb keine Zeit. Außerdem gab es in der Vergangenheit dieser Menschen nichts, das nostalgische Anwandlungen gerechtfertigt hätte. Eine Zukunft hatten sie nicht, also war auch die kein Orientierungspunkt.

»Ein Kind.« Ob es eine Angewohnheit war oder an seinem schlimm zugerichteten Kopf lag – Tequila blieb bei seinen einsilbigen Antworten.

»Also, wie alt?«

»Vielleicht zwölf.«

»In der Schule?«

»Beim Basketball.«

»War es eine richtige Schlägerei, mit Blut und gebrochenen Knochen?«

»Nein. Ein paar ältere Jungs haben uns getrennt.«

Clay legte den Hörer für einen Moment auf den Tisch, um sich über seine aussichtslose Verteidigungsstrategie Gedanken zu machen. Meine Damen und Herren Geschworenen, mein Mandant hat in einer verdreckten Seitengasse Mr Pumphrey (der unbewaffnet war) aus nächster Nähe durch fünf oder sechs Kopfschüsse getötet, und zwar mit einer gestohlenen Waffe. Für seine Tat gab es zwei Gründe: Er kannte ihn und hat sich vor ungefähr acht Jahren einmal mit ihm auf dem Spielfeld geprügelt. Vielleicht klingt das nicht besonders sinnvoll, meine Damen und Herren, aber wir alle wissen, dass diese Gründe in Washington, D.C., genauso gut sind wie irgendwelche anderen.

Clay griff wieder nach dem Hörer. »Haben Sie Pumpkin häufig getroffen?«

»Nein.«

»Wann haben Sie ihn zum letzten Mal gesehen, bevor Sie ihn erschossen haben?«

Ein Achselzucken. Wieder das Problem mit der Erinnerung.

»Haben Sie ihn einmal pro Woche getroffen?«

»Nein.«

»Einmal im Monat?«

»Nein.«

»Zweimal im Jahr?«

»Könnte hinkommen.«

»Als Sie ihn jetzt getroffen haben, hatten Sie da Streit mit ihm? Helfen Sie mir, Tequila, allmählich wird es mir zu mühsam, die Details aus Ihnen herauszuquetschen.«

»Wir hatten keinen Streit.«

Tequila legte seinen Hörer hin und bewegte den Kopf sehr langsam vor und zurück, als wollte er etwas gegen seine Schmerzen tun. Es war offensichtlich, dass er litt. Die Handschellen schienen an seinen geschwollenen Gelenken in die Haut zu schneiden. Nachdem er den Hörer wieder aufgenommen hatte, sagte er: »Ich erzähl Ihnen, wie's war. Ich hatte eine Pistole und wollte jemanden erschießen. Wen, war egal. Nachdem ich das Camp verlassen hatte, bin ich losgegangen, ohne konkretes Ziel. Ich hab nur jemanden gesucht, den ich umlegen kann. Fast hätte ich einen Koreaner erschossen, der vor seinem Laden stand, aber da waren zu viele Leute. Dann hab ich Pumpkin gesehen, den ich ja kannte. Wir haben uns kurz unterhalten, und dann hab ich gesagt, ich hab Stoff dabei, wenn er was will. Wir sind in die Seitenstraße, und ich hab ihn erschossen. Keine Ahnung, warum. Ich wollte einfach jemanden töten.«

Als klar war, dass Tequilas Geschichte beendet war, fragte Clay: »Was ist das ›Camp‹?«

»Das Entziehungsheim, wo ich zuletzt gelebt hab.«

»Wie lange?«

Tequila ließ sich mit der Antwort Zeit. Als sie dann kam, war Clay überrascht. »Einhundertfünfzehn Tage.«

»Sie waren einhundertfünfzehn Tage clean?«
»Ja.«
»Und als Sie Pumpkin erschossen haben, standen Sie auch nicht unter Drogen?«
»Nein. Ich bin immer noch clean. Jetzt sind es einhundertsechzehn Tage.«
»Haben Sie vorher schon mal jemanden erschossen?«
»Nein.«
»Wo hatten Sie die Pistole her?«
»Hab ich aus der Wohnung von meinem Cousin gestohlen.«
»Wird das Entziehungsheim abgesperrt?«
»Ja.«
»Sind Sie ausgerissen?«
»Nein, ich hatte zwei Stunden Ausgang. Nach hundert Tagen kann man zwei Stunden raus.«
»Sie haben also das Camp verlassen, sind zur Wohnung Ihres Cousins gegangen, haben die Pistole geklaut, sind dann einfach so rumgelaufen, um jemanden zu finden, den Sie umbringen können, und dann sind Sie Pumpkin begegnet.«
Tequila nickte schon, als Clay noch gar nicht ausgeredet hatte. »Genau. Fragen Sie mich nicht, warum. Ich weiß es nicht. Ich hab keine Ahnung.«
Clay glaubte zu sehen, dass Tequilas gerötetes rechtes Auge etwas feucht wurde. Vielleicht empfand er Schuldgefühle oder Reue, aber Clay war sich nicht sicher. Er zog ein paar Papiere aus seiner Aktentasche und schob sie durch den Schlitz in der Plexiglasscheibe. »Unterschreiben Sie diese Formulare neben den roten Markierungen. In zwei Tagen komme ich wieder.«
Tequila ignorierte die Papiere. »Was passiert jetzt mit mir?«, fragte er.
»Darüber reden wir später.«
»Wann komme ich hier raus?«
»Das könnte lange dauern.«

4

Die Betreiber des Entziehungsheims »Deliverance Camp« sahen keinen Grund, vor Problemen in Deckung zu gehen. Folglich befand sich der Sitz dieses Hauses der »Erlösung« mitten in der urbanen Kriegszone, die jene Opfer produzierte, deren letzte Hoffnung eine rigorose Therapie war. D-Camp war keine abgelegene Entziehungsanstalt auf dem Land, keine hinter Mauern verborgene Klinik in einem wohlhabenden Viertel der Stadt. Die Patienten kamen von der Straße, wo ein Großteil von ihnen auch wieder landen würde.

Die Einrichtung lag in der W Street im Norden Washingtons, mit Aussicht auf eine Reihe verlassener Doppelhäuser mit zugenagelten Fenstern, wo manchmal Crackdealer ihren Geschäften nachgingen. In Sichtweite befand sich ein berüchtigtes, verwaistes Grundstück, auf dem früher eine Tankstelle betrieben worden war. Hier trafen die kleinen Dealer ihre Zulieferer, und die Geschäfte wurden in aller Öffentlichkeit abgewickelt. Wollte man den inoffiziellen Angaben der Polizei Glauben schenken, dann waren auf diesem Grundstück schon mehr von Kugeln durchsiebte Leichen gefunden worden als irgendwo sonst in Washington.

Clay fuhr langsam die W Street hinab. Die Fenster seines Autos waren geschlossen, seine Hände umklammerten krampfhaft das Lenkrad, sein Blick irrte unstet umher, und es schien ihm unvermeidlich, dass er bald Schüsse hören würde. In diesem Getto war ein Weißer für viele eine unwiderstehliche Zielscheibe. Die Tageszeit spielte dabei keine Rolle.

Das D-Camp war in einem ehemaligen Lagerhaus untergebracht, das früher in städtischem Besitz gewesen war. Irgendwann hatte die Kommune das Interesse an dem Gebäude verloren und es für ein paar Dollar an eine Non-Profit-Organisation verkauft, die mit gutem Grund in dieser Gegend reichlich Kunden vermutete. Das große Lagerhaus aus rotem Backstein hatte mittlerweile eine kastanienbraune Fassade, deren unterer Teil von den ortsansässigen Graffiti-Künstlern dekoriert worden war. Der Kasten nahm die Länge eines ganzen Häuserblocks ein. An der Straßenfront und an den beiden Außenseiten des Gebäudes waren sämtliche Türen und Fenster zubetoniert, sodass hohe Zäune mit Stacheldraht überflüssig waren. Wer aus dem Haus der Erlösung ausbrechen wollte, musste Hammer und Meißel mitbringen – und die Bereitschaft, einen Tag lang ununterbrochen zu arbeiten.

Clay parkte seinen Honda Accord direkt vor dem ehemaligen Lagerhaus und fragte sich, ob er aussteigen oder lieber Vollgas geben sollte. Über der massiven Sicherheitstür hing ein kleines Schild: DELIVERANCE CAMP. PRIVATGRUNDSTÜCK. BETRETEN VERBOTEN. Als ob irgendjemand den Wunsch verspüren könnte, freiwillig da hineinzuspazieren. Vor dem Gebäude lungerten genau die Charaktere herum, mit denen man in dieser Gegend rechnen musste: die übliche Horde abgebrühter Gettokids, die mit Sicherheit mit Drogen handelten und genügend Waffen dabei hatten, um die Polizei fern zu halten, außerdem zwei alkoholisierte, nebeneinander torkelnde Penner – womöglich Familienangehörige, die Verwandte im D-Camp besuchen wollten. Clays Job hatte ihn schon in die meisten ungemütlichen Stadtteile Washingtons geführt, und mittlerweile hatte er genügend Erfahrung gesammelt, um den Furchtlosen mimen zu können. Ich bin Anwalt und geschäftlich hier. Halten Sie den Mund, und treten Sie zur Seite. In fast fünf Jahren beim OPD war noch nicht einmal auf ihn geschossen worden.

Während er seinen am Bordstein geparkten Wagen abschloss, musste er sich bekümmert eingestehen, dass möglicherweise keiner dieser Kriminellen Interesse hatte, sein mickriges Auto zu klauen, das mittlerweile zwölf Jahre und zweihunderttausend Meilen auf dem Buckel hatte. Nehmt es, sagte er im Stillen.

Mit angehaltenem Atem ging er los. Er ignorierte die neugierigen Blicke der auf dem Bürgersteig herumlungernden Jugendlichen. Hier gibt's im Umkreis von zwei Meilen außer dir keinen einzigen Weißen, dachte er. Nachdem er auf den Klingelknopf neben der Tür gedrückt hatte, meldete sich eine krächzende Stimme über die Gegensprechanlage. »Wer ist da?«

»Mein Name ist Clay Carter. Ich bin Rechtsanwalt und habe um elf Uhr eine Verabredung mit Talmadge X.« Noch immer davon überzeugt, dass es sich um ein Missverständnis handeln musste, sprach er den Namen sehr deutlich aus. Am Telefon hatte er die Sekretärin gebeten, ihm den Nachnamen zu buchstabieren, doch sie hatte ihm barsch geantwortet, dies sei kein Nachname. Was war es dann? Einfach ein X. Ob es ihm passe oder nicht.

»Moment«, sagte die Stimme, und Clay wartete. Er zwang sich verzweifelt, nur die Tür anzustarren und alles andere zu ignorieren. Zu seiner Linken glaubte er ganz in der Nähe eine Bewegung wahrzunehmen.

»Du bist also Anwalt, ja?«, ertönte das hysterische Organ eines schwarzen Jugendlichen, so laut, dass es niemandem entgangen sein konnte.

Als Clay sich umdrehte, fiel sein Blick auf die schrille Sonnenbrille der Nervensäge. »Allerdings«, antwortete er so cool wie möglich.

»Nie und nimmer«, sagte der Junge, hinter dem sich mittlerweile eine kleine Gruppe Neugieriger gebildet hatte.

»Tut mir Leid, aber es ist so.«

»Du kannst kein Anwalt sein, Mann.«

»Keine Chance«, sagte ein anderer aus der Gang.

»Ganz sicher, dass du Anwalt bist?«

»Ja«, antwortete Clay, der wusste, dass er wohl oder übel mitspielen musste.

»Welcher Anwalt fährt so eine beschissene kleine Karre?«

Clay wusste nicht, was ihn mehr verletzte – das Gelächter der Gang oder die Tatsache, dass der Junge Recht hatte. Dann machte er alles noch schlimmer. »Den Mercedes fährt meine Frau.« Ein misslungener Versuch, witzig zu sein.

»'ne Frau hast du auch nicht. Du hast kein' Ring.«

Gibt's was, das denen nicht aufgefallen ist?, fragte Clay sich. In diesem Augenblick öffnete sich die Tür mit einem Klicken. Statt sich fluchtartig in das Gebäude zu retten, gelang es ihm, einigermaßen cool einzutreten. Der Empfangsbereich glich einem Bunker: Boden und Wände aus Beton, Stahltüren, keine Fenster, eine niedrige Decke, ein paar grelle Lampen. Eigentlich fehlten nur noch Sandsäcke und Waffen. Hinter einem großen Behördenschreibtisch saß eine Frau, die auf zwei Leitungen gleichzeitig telefonierte. »Er kommt gleich«, sagte sie, ohne aufzusehen.

Talmadge X war ein drahtiger, impulsiver Mann um die fünfzig, der kein Gramm Fett auf den Rippen hatte. Auf seinem faltigen und frühzeitig gealterten Gesicht zeichnete sich nicht der Anflug eines Lächelns ab. Der verletzliche Blick seiner großen Augen ließ vermuten, dass er jahrzehntelang auf der Straße gelebt hatte. Seine Hautfarbe war sehr dunkel – ein augenfälliger Kontrast zu dem gestärkten weißen Baumwollhemd und der ebenfalls strahlend weißen Latzhose. Seine Kampfstiefel waren auf Hochglanz gewienert und glänzten mit der Vollglatze um die Wette.

Er wies auf den einzigen Stuhl in seinem nur mit dem notwendigsten eingerichteten Büro und schloss dann die Tür. »Haben Sie den Papierkram dabei?«, fragte er. Einleitender Smalltalk gehörte offensichtlich nicht zu seinen Stärken.

Clay reichte ihm die erforderlichen, von Tequila Watson unterzeichneten Formulare, dessen Schrift wegen der Handschellen kaum zu entziffern war. Talmadge X studierte die Papiere ausführlich. Clay fiel auf, dass er keine Uhr trug.

Die Zeit schien an der Eingangstür ausgesperrt worden zu sein.

»Wann hat er die unterschrieben?«

»Heute. Ich habe ihn vor ungefähr zwei Stunden im Gefängnis aufgesucht.«

»Und Sie sind sein Pflichtverteidiger?«, fragte Talmadge X. »Offiziell?«

Der Mann hatte nicht nur einmal persönliche Erfahrungen mit dem Strafrecht gemacht. »Ja. Vom Gericht bestellt, vom Office of the Public Defender beauftragt.«

»Arbeitet Glenda noch da?«

»Ja.«

»Wir kennen uns schon lange.« Für seine Verhältnisse kam das einer Plauderei sehr nahe.

»Wussten Sie das mit dem Mord schon?«, fragte Clay, während er einen Notizblock aus seiner Aktentasche zog.

»Bis zu Ihrem Anruf vor einer Stunde nicht«, antwortete Talmadge X. »Als er am Dienstag nicht von seinem Ausgang zurückgekommen ist, war uns allerdings klar, dass etwas nicht stimmte. Aber wir rechnen immer damit, dass irgendetwas nicht stimmt.« Talmadge X sprach gemächlich und wählte seine Worte sorgfältig. Er blinzelte häufig, doch sein Blick irrte nie umher. »Erzählen Sie mir, was passiert ist.«

»Das ist vertraulich, okay?«

»Ich bin sein Betreuer und sein religiöser Beistand. Sie sind sein Anwalt. Alles, was in diesem Raum gesagt wird, bleibt unter uns. Einverstanden?«

»In Ordnung.«

Clay informierte Talmadge X über die Details, die er bisher zusammengetragen hatte, und ließ auch Tequilas Schilderung der Ereignisse nicht aus. Formal gesehen und hinsichtlich der Standesregeln war es heikel, die Äußerungen eines Mandanten an einen Dritten weiterzugeben, aber wer scherte sich schon darum? Talmadge X wusste mehr über Tequila Watson, als Clay auf eigene Faust je herausbekommen würde.

Während Clay sprach, blickte Talmadge X resigniert zur

Decke auf und schloss die Augen. Es schien, als wollte er Gott fragen, warum all dies geschehen musste. Er wirkte tief in Gedanken verloren und beunruhigt.

»Was kann ich tun?«, fragte er, als Clay schwieg.

»Ich würde gern die Akte sehen, die Sie über Tequila Watson angelegt haben. Er hat sein Einverständnis gegeben.«

Die Akte lag vor Talmadge X auf dem Schreibtisch. »Später«, sagte er. »Zuerst sollten wir reden. Was wollen Sie wissen?«

»Lassen Sie uns mit Tequila beginnen. Wo kommt er her?«

Jetzt blickte Talmadge X Clay wieder an. Ganz offensichtlich wollte er helfen. »Von der Straße, wie alle hier. Man hat ihn an die Fürsorge überwiesen, weil er ein hoffnungsloser Fall war. Von einer Familie kann man bei ihm eigentlich nicht sprechen. Seinen Vater hat er nicht gekannt, seine Mutter starb an Aids, als er drei war. Aufgezogen haben ihn eine oder zwei Tanten, die ihn gelegentlich zu anderen Verwandten abgeschoben haben. Dann hier und da Pflegeheime, manchmal auf gerichtlichen Beschluss, schließlich Jugenderziehungsanstalten. Die Schule hat er geschmissen. Für uns hier ein typischer Fall. Wissen Sie über diese Einrichtung Bescheid?«

»Nein.«

»Wir sind für die schlimmsten Fälle zuständig, für die Schwerstabhängigen. Wir sperren sie monatelang ein, und es geht ähnlich zu wie in der Grundausbildung bei der Army. Was das Personal angeht, haben wir außer mir sieben Leute, alles Drogenabhängige. Einmal süchtig, immer süchtig – auch wenn man clean ist. Bestimmt wissen Sie das. Vier von uns sind jetzt Geistliche. Ich habe dreizehn Jahre lang wegen Drogendelikten und Raub gesessen. Dann habe ich den Weg zu Jesus gefunden. Wie auch immer, wir sind auf die jungen Cracksüchtigen spezialisiert, denen sonst niemand mehr helfen kann.«

»Nur Crack?«

»Crack ist *die* Droge, Mann. Billig, massenhaft verfügbar. Damit kann man dieses elende Leben für ein paar Minuten vergessen. Aber wenn man einmal mit Crack angefangen hat, kann man die Finger nicht mehr davon lassen.«

»Tequila konnte mir nicht viel über seine Vorstrafen erzählen.«

Talmadge X öffnete die Akte und blätterte darin herum. »Wahrscheinlich erinnert er sich an kaum was, weil er jahrelang permanent unter Drogen gestanden hat. Hier, ich hab's. Ein paar kleinere Delikte in der Jugend: Diebstahl, geklaute Autos, das Übliche. Haben wir alle gemacht, um an Geld für den Stoff zu kommen. Mit achtzehn hat er vier Monate wegen Ladendiebstahl gesessen. Letztes Jahr haben sie ihn wegen Drogenbesitz drangekriegt, dafür gab's drei Monate. Eigentlich gar keine schlechte Bilanz für einen von unserer Art. Gewalt war nie im Spiel.«

»Wie viele schwere Verbrechen?«

»Eingetragen ist keines.«

»Das könnte hilfreich sein«, sagte Clay. »In gewisser Hinsicht.«

»Hört sich für mich eher so an, als könnte ihm nichts mehr helfen.«

»Mir wurde gesagt, es gibt mindestens zwei Augenzeugen. Optimistisch bin ich also nicht.«

»Hat er vor den Bullen gestanden?«

»Nein. Die haben mir erzählt, er hätte nach der Festnahme kein Sterbenswörtchen gesagt.«

»Das kommt selten vor.«

»Allerdings.«

»Klingt nach lebenslänglich ohne Bewährung«, meinte Talmadge X. Hier sprach die Stimme der Erfahrung.

»Sie sagen es.«

»Für uns ist das nicht der Weltuntergang, Mr Carter. Das Leben im Gefängnis ist in vielerlei Hinsicht besser als das auf der Straße. Ich kenne jede Menge Leute, die den Knast vorziehen. Traurig ist nur, dass Tequila einer der seltenen Fälle war, der es hätte schaffen können.«

»Warum?«

»Er hat Grips. Nachdem er erst mal clean und gesund war, hat er sich gut gefühlt. Zum ersten Mal seit etlichen Jahren war sein Kopf nicht vernebelt. Er konnte nicht lesen, also haben wir es ihm beigebracht. Er hat gern gemalt, und wir haben sein Talent gefördert. Wir machen uns keine Illusionen hier, aber auf Tequila waren wir stolz. Er hat sogar darüber nachgedacht, seinen Namen zu ändern. Sie können sich denken, warum.«

»Sie machen sich keine Illusionen?«

»Sechsundsechzig Prozent unserer Schützlinge werden rückfällig, Mr Carter. Zwei Drittel. Wenn wir sie hier aufnehmen, sind sie krank und zugedröhnt, das Crack hat ihren Körpern und Gehirnen bereits schwer zugesetzt. Sie sind unterernährt, fast verhungert. Sie haben Hautausschlag, die Haare fallen ihnen aus. Es sind die kränksten Schwerstabhängigen, die eine Stadt wie Washington produziert. Wir entziehen ihnen das Gift, päppeln sie wieder auf, sperren sie ein und verordnen ihnen die erwähnte Grundausbildung. Wie bei der Army stehen sie um sechs Uhr morgens auf, schrubben ihre Zimmer und warten die Inspektion ab. Um halb sieben gibt's Frühstück, dann werden sie einer Non-Stop-Gehirnwäsche unterzogen. Unsere Leute hier kennen keinen Spaß. Sie haben früher dasselbe durchgemacht wie ihre Schützlinge. Kein Scheiß, Mr Carter – verzeihen Sie den Ausdruck –, aber sie haben keine Chance, uns zu betrügen, weil wir selbst Betrüger waren. Nach einem Monat sind sie clean und sehr stolz auf sich. Die Außenwelt vermissen sie schon aus dem Grund nicht, weil dort sowieso nichts Erfreuliches auf sie wartet: kein Job, keine Familie, niemand, der sie liebt. Gehirnwäsche ist bei ihnen einfach, und wir ziehen die Sache erbarmungslos durch. Nach drei Monaten gestatten wir ihnen unter Umständen ein bis zwei Stunden Ausgang pro Tag, aber das hängt vom Einzelfall ab. Neun von zehn Leuten kommen zurück und können es gar nicht abwarten, endlich wieder in ihren kleinen Zimmern zu sein. Ein Jahr lang behalten wir sie hier, Mr Carter, volle zwölf Monate. Wir versuchen, ihnen was beizubringen, zum Beispiel, wie man mit einem Computer umgeht. Sachen, die ihnen später mal bei einem Job nützlich sein könnten. Und wir geben uns jede nur erdenkliche Mühe, um Jobs für sie zu finden. Wenn sie sich gut entwickeln, verdrücken wir ein paar Freudentränen. Dann verlassen sie uns, und innerhalb eines Jahres sind zwei Drittel von ihnen wieder auf Crack und auf dem Weg in die Gosse.«

»Nehmen Sie sie ein zweites Mal auf?«

»Selten. Wenn sie wissen, dass ihnen unsere Tür noch mal offen steht, ist die Wahrscheinlichkeit größer, dass sie wieder Mist bauen.«

»Was passiert mit dem anderen Drittel?«

»Wegen denen sind wir hier, Mr Carter. Deshalb bin ich Betreuer. Sie überleben in der Welt da draußen, genau wie ich, und haben eine Widerstandskraft, die niemand sonst verstehen kann. Wir sind aus der Hölle zurückgekommen, und das ist ein verdammt beschwerlicher Weg. Viele von denen, die es geschafft haben, arbeiten heute selbst mit Drogenabhängigen.«

»Wie viele Patienten können Sie unterbringen?«

»Wir haben insgesamt achtzig Betten, die alle belegt sind. Vom Platz her könnten wir die doppelte Anzahl Betten aufstellen, aber wir haben nie genug Geld.«

»Wer finanziert die Einrichtung?«

»Achtzig Prozent kommen vom Staat, aber das Geld muss jedes Jahr neu beantragt werden, und es gibt keine Garantie, dass es wieder bewilligt wird. Den Rest betteln wir uns bei privaten Stiftungen zusammen. Wir haben zu viel zu tun, um uns permanent um die Beschaffung von Geldern zu kümmern.«

Clay blätterte eine Seite um und machte sich eine Notiz. »Tequila hat keinen einzigen Familienangehörigen, mit dem ich reden könnte?«

Talmadge X durchstöberte seine Akte und schüttelte dann den Kopf. »Vielleicht könnten Sie irgendwo eine Tante finden, aber erwarten Sie nicht zu viel. Selbst wenn Sie sie fänden, wie sollte sie Ihnen helfen?«

»Sie wird mir nicht helfen können. Trotzdem ist es immer gut, wenn man Kontakt zu einem Verwandten hat.«

Talmadge X blätterte die Unterlagen weiter durch, als hätte er etwas Bestimmtes im Kopf. Clay vermutete, dass er nach Notizen oder Einträgen suchte, die er herausnehmen wollte, bevor er ihm die Akte übergab.

»Wann kann ich das haben?«, fragte Clay.

»Wie wär's mit morgen? Ich möchte es mir gern noch mal anschauen.«

Clay zuckte die Achseln. Wenn Talmadge X morgen sagte, hieß das morgen.

»Mr Carter, ich finde kein Motiv. Sagen Sie mir, warum er es getan hat.«

»Das kann ich nicht. Erzählen Sie's mir. Immerhin kennen Sie ihn seit fast vier Monaten. Tequila war nie gewalttätig und hat bis zu diesem Vorfall nichts mit Waffen zu tun gehabt. Er hat keinen Hang zur Gewalt. Was Sie mir erzählt haben, hört sich nach einem Vorzeigepatienten an. Sie haben ihn erlebt. Sagen *Sie* mir, warum er es getan hat.«

»Ich habe schon fast alles gesehen«, entgegnete Talmadge X, dessen Blick jetzt trauriger wirkte als zuvor. »Aber so was ist mir noch nie untergekommen. Dieser Junge hatte geradezu *Angst* vor Gewalt. Prügeleien dulden wir hier nicht, aber Jungs sind Jungs, und Einschüchterungsrituale wird es immer geben. Tequila war einer von den Schwachen. Es ist vollkommen ausgeschlossen, dass er hier rausspaziert, eine Pistole stiehlt, sich aufs Geratewohl ein Opfer herauspickt und es umbringt. Und ich halte es für genauso ausgeschlossen, dass er sich im Gefängnis auf einen Zellengenossen stürzt und ihn krankenhausreif schlägt. Ich glaube das nicht.«

»Okay, und was soll ich den Geschworenen erzählen?«

»Welchen Geschworenen? Er muss sich schuldig bekennen, und das wissen Sie. Die Sache ist gelaufen. Er wird für den Rest seines Lebens im Gefängnis verschwinden. Ich bin sicher, dass er dort jede Menge alte Bekannte treffen wird.«

Eine längere Gesprächspause entstand, die Talmadge X aber nicht im Mindesten zu irritieren schien. Er schloss die Akte und schob sie zur Seite. Das Gespräch war zu Ende. Zeit zu gehen.

»Ich komme morgen wieder«, sagte Clay. »Wann ist es Ihnen recht?«

»Nach zehn«, antwortete Talmadge X. »Ich bringe Sie raus.«

»Das ist wirklich nicht nötig«, sagte Clay erleichtert und nur der Form halber.

Die Gang war mittlerweile um einige Mitglieder gewachsen und schien darauf zu warten, dass Clay das D-Camp verließ. Sie saßen auf oder lehnten an seinem Honda, aber immerhin war der Wagen noch da und ganz. Auf welchen Spaß sie sich auch freuen mochten, als Talmadge X erschien, war alles schnell vergessen. Mit einer einzigen energischen Kopfbewegung vertrieb er sie, und Clay konnte ungestört losfahren. Sorgenvoll dachte er an seine morgige Rückkehr.

Acht Häuserblocks weiter bog er in die Lamont Street ein. An der Ecke Georgia Avenue hielt er, um sich einen Überblick zu verschaffen. An Seitengassen, in denen man jemanden erschießen konnte, herrschte kein Mangel, und er hatte nicht vor, nach Blutflecken zu suchen. Das Viertel war genauso trostlos wie das, in dem er eben gewesen war. Er würde mit Rodney zurückkommen, einem schwarzen Anwaltsassistenten, der sich hier auskannte. Dann würden sie sich genauer umsehen und Fragen stellen.

5

Der Potomac Country Club in McLean, Virginia, war vor hundert Jahren von ein paar wohlhabenden Leuten gegründet worden, denen andere Country Clubs die kalte Schulter gezeigt hatten. Reiche können fast alles ertragen, nur keine Zurückweisung. Die Ausgeschlossenen pumpten beträchtliche Summen in das Potomac-Projekt und errichteten einen der exklusivsten Clubs im Großraum Washington. Sie warben bei rivalisierenden Clubs ein paar Senatoren ab, köderten andere Prominente und investierten so in ihre Respektabilität. Nachdem man genug Mitglieder hatte, um sich mit Beiträgen finanzieren zu können, ging man auch hier zu der obligatorischen Praxis über, andere auszugrenzen. Wenngleich der Potomac noch als relativ junger Country Club galt, unterschied er sich so gut wie gar nicht mehr von der Konkurrenz.

Lediglich einen signifikanten Unterschied gab es. Im Potomac Country Club hatte man nie ein Geheimnis daraus gemacht, dass man sich mit dem entsprechenden Vermögen die Mitgliedschaft erkaufen konnte. Von Wartelisten, Auswahlkomitees und geheimen Abstimmungen war dann keine Rede mehr. Wenn man erst kürzlich nach Washington gezogen oder plötzlich reich geworden war, konnte man, falls der Geldbetrag stimmte, über Nacht Status und Prestige erwerben. Aus diesem Grund hatte der Potomac Country Club den besten Golfplatz, die schönsten Tennisplätze und Swimmingpools und die elegantesten Gebäude und Speisesäle. Also alles, was ein prätentiöser Country Club sich nur wünschen konnte.

Soweit Clay wusste, gehörte Bennett van Horn zu denen, die einen dicken Scheck ausgestellt hatten. Clays Eltern hatten kein Geld mehr und wären ohnehin mit Sicherheit nicht in den Potomac Country Club aufgenommen worden. Vor achtzehn Jahren hatte Clays Vater Bennett van Horn wegen eines dubiosen Grundstücksgeschäfts in Alexandria verklagt. Zu dieser Zeit war Bennett ein großmäuliger Immobilienmakler, der jede Menge Schulden und nur sehr wenige unbelastete Vermögenswerte hatte. Damals war er nicht Mitglied des Clubs gewesen. Auch wenn er jetzt so tat – er war keineswegs im Potomac Country Club zur Welt gekommen.

In den späten Achtzigerjahren war Bennett der Bulldozer auf Gold gestoßen, als er die sanfte Hügellandschaft Virginias für seine geschäftlichen Aktivitäten entdeckt und eine regelrechte Invasion gestartet hatte. Ein Geschäft führte zum nächsten, Partner tauchten auf. Zwar hatte Bennett die rücksichtslose Baulanderschließung nicht erfunden, doch immerhin perfektioniert. Auf unberührten Hügeln wurden Shopping Malls errichtet. Nicht einmal die unmittelbare Umgebung eines sakrosankten Schlachtfeldes des amerikanischen Bürgerkriegs wurde verschont. Für eines seiner Projekte ließ er ein ganzes Dorf niederwalzen. Apartmentkomplexe und Eigentumswohnungen, große und kleine Häuser, ein Teich, zwei Tennisplätze und ein drolliges Einkaufszentrum, das als Modell im Architekturbüro hübsch aussah und nie gebaut wurde. Auch wenn ihm die Ironie nicht auffiel, taufte der Baulöwe seine genormten Projekte im Zuckerbäckerstil auf Namen, die einen direkten Bezug zu den von ihm zerstörten Landschaften hatten – »Wiesengrund«, »Eichenhain«, »Waldsenke« und so weiter und so fort. Er tat sich mit anderen zusammen, die auf dem Gebiet der metastasenhaften Städteausdehnung zu wahren Künstlern geworden waren, und verrichtete Lobbyarbeit bei der in Richmond residierenden Bundesregierung, um mehr Geld für den Straßenbau und die Besiedlungspolitik rauszuholen. So gelangte Bennett zu Einfluss auf dem politischen Parkett, und sein Ego schwoll immer mehr an.

In den frühen Neunzigerjahren wuchs die BvH Group in rasantem Tempo, wobei die Gewinne etwas schneller stiegen als die für die Schuldentilgung erforderlichen Summen. Bennett und seine Frau kauften ein Haus in einem teuren Stadtteil von McLean. Im Potomac Country Club gehörten sie bald fast zum Inventar. Die beiden gaben sich alle Mühe, bei anderen den Eindruck zu erwecken, sie wären schon immer reich gewesen.

Den Unterlagen der Börsenaufsichtsbehörde zufolge, die Clay kopiert und eingehend studiert hatte, war Bennett 1994 mit seinem Unternehmen an die Börse gegangen, um sich Kapital in Höhe von zweihundert Millionen Dollar zu beschaffen. Einen Teil des Geldes wollte er zur Schuldentilgung nutzen, doch am wichtigsten war ihm »die Investition in die fantastische Zukunft Nordvirginias«. Darunter verstand er noch mehr Bulldozer und weitere Baulanderschließung durch rücksichtslose Naturzerstörung. Kein Zweifel, die örtlichen Caterpillar-Händler konnten sich freuen. Dagegen hätten die Behörden eigentlich entsetzt sein müssen, aber dort schlief man.

Unter Führung eines Blue-Chip-Investmentbankers stieg die Aktie der BvH Group, die einen Emissionskurs von zehn Dollar gehabt hatte, auf einen Höchststand von 16,50 Dollar. Das war nicht schlecht, blieb aber doch weit hinter dem zurück, was der Gründer und CEO der BvH Group prognostiziert hatte. Eine Woche vor dem Börsengang hatte Bennett gegenüber einem nicht besonders seriösen örtlichen Wirtschaftsblatt namens *Daily Profit* getönt, die Analysten der Wall Street seien sicher, dass die BvHG-Aktie »auf vierzig Dollar hochschnellen« werde. Im Freiverkehr wurde die Aktie aber schnell auf den Boden der Tatsachen zurückgeholt. Nach dieser Bauchlandung war sie damals noch etwa sechs Dollar wert. Bennett war nicht klug genug gewesen, sich wie alle guten Unternehmer von einem Teil seiner Aktien zu trennen. Er hielt seine vier Millionen Stück und sah zu, wie der Marktwert des

Unternehmens von einst sechsundsechzig Millionen auf beinahe null fiel.

An jedem Werktag machte Clay sich das Vergnügen, morgens den Kurs des Papiers in Erfahrung zu bringen. Aktuell wurde die BvHG-Aktie zu siebenundachtzig Cent gehandelt.

»Wie steht die Aktie?« Diese Frage wäre die schallende Ohrfeige gewesen, die Clay Bennett van Horn gern verpasst hätte. Bisher hatte er sich noch nicht getraut.

»Vielleicht heute Abend«, murmelte er vor sich hin, während er auf das Gelände des Potomac Country Clubs einbog. Aber da eine baldige Heirat im Raum stand, wären bei diesem Abendessen wahrscheinlich *seine* Unzulänglichkeiten Thema – nicht die van Horns. Clay sprach die Sätze, die er Rebeccas Vater so gern an den Kopf geschleudert hätte, laut vor sich hin: »Meinen Glückwunsch, Bennett, in den letzten zwei Monaten ist Ihre Aktie um zwölf Cent gestiegen! Sie halten den Laden ja richtig am Brummen, alter Junge! Ist jetzt wieder ein neuer Mercedes fällig?«

Weil er das Trinkgeld für den Parkservice sparen wollte, stellte er den Honda Accord auf einem abgelegenen Parkplatz hinter ein paar Tennisplätzen ab. Auf dem Weg zum Clubhaus richtete er seinen Krawattenknoten und führte weiter Selbstgespräche. Er hasste diesen Club – wegen all der Arschlöcher, die hier Mitglied waren, weil er selbst es nicht werden konnte und weil der Club das Revier der van Horns war, die ihm nur zu gern das Gefühl vermittelten, dass er nicht hierher gehörte. Zum hundertsten Mal hatte er sich wie an jedem anderen Tag auch heute die Frage gestellt, warum er sich in eine Frau mit so unerträglichen Eltern verliebt hatte. Wenn er überhaupt einen Plan hatte, dann den, mit Rebecca nach Neuseeland durchzubrennen. Er wollte das OPD hinter sich lassen und mit ihr ans Ende der Welt flüchten – so weit wie möglich weg von ihren Eltern.

Ich weiß, dass Sie kein Mitglied sind, werde Sie aber trotzdem an Ihren Tisch geleiten, schien ihm der frostige Blick der Empfangsdame bedeuten zu wollen. »Folgen Sie mir«, sagte die Angestellte mit dem Anflug eines falschen Lächelns. Clay antwortete nicht. Er schluckte, blickte starr geradeaus und versuchte, das flaue Gefühl in seinem Magen zu ignorieren. Wie konnte man nur von ihm erwarten, dass er ein Abendessen in dieser Umgebung genießen würde? Schon zweimal hatte er hier mit Rebecca gespeist – einmal in Anwesenheit ihrer Eltern, einmal ohne sie. Das Essen war teuer und ziemlich gut, aber da Clay sich in der Regel nur von Fertiggerichten ernährte, waren seine Ansprüche niedrig. Was ihm durchaus bewusst war.

Bennett war noch nicht da. Clay begrüßte Mrs van Horn mit einer vorsichtigen Umarmung – ein Ritual, dass sie beide nicht mochten. Dann entrichtete er eher kläglich seine Glückwünsche: »Alles Gute zum Geburtstag.« Rebecca wurde mit einem Küsschen auf die Wange bedacht. Es war ein guter Tisch. Man hatte einen hervorragenden Blick auf das achtzehnte Loch des Golfplatzes und konnte komische alte Käuze studieren, die im Sand herumstocherten und aus nächster Nähe keinen Putt zustande brachten.

»Wo ist denn Mr van Horn?«, fragte Clay. Hoffentlich nicht in der Stadt, dachte er. Noch besser wäre es, wenn er auf der Intensivstation im Krankenhaus läge.

»Er ist auf dem Weg«, antwortete Rebecca.

»Mein Mann hat sich heute in Richmond mit dem Gouverneur getroffen«, fügte Mrs van Horn hinzu. Sie konnten es einfach nicht lassen. Ihr habt gewonnen!, hätte Clay am liebsten geschrien. Ihr habt gewonnen! Ihr seid wichtiger als ich!

»Woran arbeitet er gerade?«, erkundigte er sich, wieder einmal erstaunt darüber, wie aufrichtig er klingen konnte. Er wusste genau, warum der Bulldozer in Richmond war. Der Bundesstaat war pleite und konnte es sich nicht mehr leisten, im nördlichen Virginia die von Bennett und seiner Clique geforderten neuen Straßen zu bauen. Aber es galt, dort wichtige Wählerstimmen zu holen. Die Regierung erwog ein Referendum über Verkaufssteuern, damit die Städte und Countys im Einzugsgebiet von Washington eigene Verkehrswege anlegen konnten. Noch mehr neue Straßen, noch mehr Eigentumswohnungen, Shopping Malls und Verkehr. Noch mehr Geld für die angeschlagene BvH Group.

»Irgendwas Politisches«, antwortete Barb van Horn. Wahrscheinlich hatte sie keinen blassen Schimmer, worüber ihr Mann mit dem Gouverneur debattierte. Vermutlich wusste sie nicht einmal, wie die BvHG-Aktie zurzeit stand. Sie kannte die Termine ihres Bridge Clubs und wusste, wie wenig Clay verdiente, aber der Rest war im Großen und Ganzen Bennetts Sache.

»Wie ist es denn bei dir heute gelaufen?«, fragte Rebecca, um eine politisch angehauchte Diskussion sofort im Keim zu ersticken. Clay hatte in Gesprächen mit ihren Eltern zwei- oder dreimal das Wort »Zersiedlung« gebraucht, was sofort zu einer angespannten Atmosphäre geführt hatte.

»Das Übliche«, antwortete Clay. »Und bei dir?«

»Morgen finden Anhörungen statt, sodass heute im Büro alles drunter und drüber ging.«

»Rebecca hat mir erzählt, man habe Ihnen einen neuen Mordfall übertragen«, sagte Barb.

»Ja, das stimmt.« Clay fragte sich, über welche anderen Aspekte seiner Arbeit als Pflichtverteidiger sie wohl noch gesprochen haben mochten. Die Weißweingläser der beiden waren schon mindestens halb leer. Offenbar war er mitten in eine Diskussion hineingeplatzt, wahrscheinlich über ihn. Oder reagierte er nur überempfindlich? Vielleicht.

»Wer ist denn Ihr Mandant?«, fragte Barb.

»Ein Junge von der Straße. Ein Schwarzer.«

»Und wen hat er getötet?«

»Einen anderen schwarzen Straßenjungen.«

Das schien sie etwas zu erleichtern. Schwarze gegen Schwarze. Wen kümmerte das schon, solange sie sich nur gegenseitig umbrachten? »Und, war er es?«

»Bis jetzt gilt die Unschuldsvermutung. So läuft das nun mal.«

»Mit anderen Worten, er war es.«

»Es scheint so.«

»Wie können Sie solche Leute verteidigen, wenn Sie wissen, dass sie schuldig sind? Wie kann man nur so hart arbeiten, um die da *raus*zuholen?«

Rebecca trank einen großen Schluck Wein und beschloss, die Sache auszusitzen. In den letzten Monaten war sie Clay immer seltener zur Seite gesprungen. Clay belastete der Gedanke, dass das Leben mit ihr einerseits zwar wunderbar, wegen ihrer Eltern andererseits aber auch ein Alptraum werden würde. Alpträume wogen schwerer.

»Unsere Verfassung garantiert jedem einen Rechtsanwalt und ein faires Gerichtsverfahren.« Clays herablassender Tonfall gab Rebeccas Mutter zu verstehen, dass das doch jeder Narr wissen musste. »Ich tue nur meinen Job.«

Barb rollte die Augen, mit denen sich kürzlich ein Schönheitschirurg befasst hatte, und blickte dann auf das achtzehnte Loch hinaus. Viele der Damen im Potomac Country Club hatten einen plastischen Chirurgen aufgesucht, dessen Spezialität offenbar der asiatische Look war. Die Haut an den Augenwinkeln wurde gestrafft. Nach der zweiten Sitzung war die Partie zwar faltenfrei, wirkte aber gespannt und völlig unnatürlich. Bei der guten alten Barb hatte man ohne Plan abgesaugt, geklammert und gespritzt, und das Resultat war alles andere als überzeugend.

Rebecca trank einen weiteren großen Schluck Weißwein. Als Clay und sie zum ersten Mal von ihren Eltern zum Essen in diesen Country Club eingeladen worden waren, hatte sie unter dem Tisch einen Schuh abgestreift und mit den Zehen sein Bein liebkost, als wollte sie sagen: »Lass uns hier abhauen und in die Kiste hüpfen.« Doch heute Abend war alles anders. Sie war eiskalt und wirkte irgendwie geistesabwesend. Clay wusste, dass sie nicht wegen der Anhörung beunruhigt war, die sie am nächsten Tag ertragen musste. Offensichtlich brodelte es unter der Oberfläche, und Clay fragte sich, ob zum Abendessen Themen auf den Tisch kommen würden, die über ihre Zukunft entschieden.

Jetzt stürmte Bennett an ihren Tisch, wobei er seine Verspätung mit etlichen vorgeschobenen Gründen entschuldigte. Er klopfte Clay jovial auf die Schulter, als wären sie alte Kameraden aus derselben Studentenverbindung. Dann küsste er seine Frau und seine Tochter auf beide Wangen.

»Wie geht es dem Gouverneur?«, fragte Barb so laut, dass es auch dem letzten Gast im Speisesaal nicht entging.

»Großartig«, antwortete Bennett. »Er lässt beste Grüße ausrichten. Nächste Woche ist der Präsident von Südkorea in der Stadt. Der Gouverneur hat uns zu einer Feier in seinem Landhaus eingeladen. Abendkleidung ist Vorschrift.« Auch seine Stentorstimme hallte durch den ganzen Raum.

»Wirklich?«, kreischte Barb. Der verzerrte Ausdruck ihres kürzlich überholten Gesichts sollte offenbar Entzücken ausdrücken.

Mit diesen Augen müsste sie sich unter den Koreanern wie zu Hause fühlen, dachte Clay.

»Wird eine großartige Feier«, sagte Bennett, während er eine ganze Kollektion von Handys aus der Tasche zog und sie vor sich auf dem Tisch anordnete. Nur ein paar Sekunden nach seinem Eintreffen tauchte hinter ihm ein Kellner mit einem doppelten Scotch auf. Chivas mit ein bisschen Eis, ganz wie immer.

Clay bestellte einen Eistee.

»Wie geht's denn meinem Kongressabgeordneten?«, fragte Bennett in Rebeccas Richtung, natürlich wiederum aus vollem Hals. Mit einem schnellen Blick nach rechts vergewisserte er sich, dass das Paar am Nebentisch alles mitbekommen hatte. Ich habe meinen persönlichen Kongressabgeordneten!

»Gut, Daddy. Er lässt grüßen. Im Augenblick ist er sehr beschäftigt.«

»Du siehst müde aus, Honey. War's ein harter Tag?«

»Nicht schlimmer als sonst.«

Die drei van Horns tranken einen Schluck. In letzter Zeit war Rebeccas Müdigkeit eines der Lieblingsthemen ihrer Eltern. Nach deren Meinung arbeitete sie zu hart und hätte es eigentlich überhaupt nicht tun sollen. Sie näherte sich den Dreißig, und es war an der Zeit, dass sie einen netten jungen Mann mit gut bezahltem Job und einer strahlenden Zukunft heiratete, um Enkelkinder zu gebären und den Rest ihres Lebens im Potomac Country Club zu verbringen.

Das wäre Clay herzlich egal gewesen, wenn nicht Rebecca denselben Träumen nachgehangen hätte. Früher hatte sie davon geredet, sich im Dienst an der Allgemeinheit eine Karriere aufbauen zu wollen. Doch nach vier Jahren Capitol Hill hatte sie von der Bürokratie die Nase voll. Auch sie wollte nur noch einen Ehemann, Kinder und ein Haus in der Vorstadt.

Die Speisekarten wurden verteilt. Eines von Bennetts Handys piepte, und er erledigte das Telefonat vom Tisch aus. Irgendein Deal schien zu platzen. Die Zukunft von Amerikas finanzieller Freiheit stand auf Messers Schneide.

»Was soll ich denn da anziehen?«, fragte Barb Rebecca, während Clay sich hinter der Speisekarte verschanzte.

»Am besten etwas Neues«, empfahl Rebecca.

»Ja, du hast Recht«, pflichtete ihr Barb bei. »Lass uns Samstag zusammen einkaufen gehen.«

»Gute Idee.«

Der große Geschäftsmann rettete den Deal, dann bestellten sie. Anschließend informierte Bennett die anderen über den Anruf. Angeblich agierte irgendeine Bank nicht schnell genug, und er hatte den Leuten Feuer unterm Hintern gemacht. Erst als der Salat gebracht wurde, nahm die Suada ein Ende.

Aber nach ein paar Bissen begann Bennett schon wieder zu reden, wie üblich mit vollem Mund. »In Richmond habe ich mit meinem guten Freund Ian Ludkin gegessen, dem Sprecher des dortigen Repräsentantenhauses. Wirklich, Clay, der Mann würde Ihnen gefallen. Ein perfekter Gentleman.«

Clay nickte beifällig, als könnte er es gar nicht abwarten, jeden Einzelnen von Bennetts guten Freunden zu treffen.

»Wie auch immer, Ian schuldet mir wie fast alle dort ein paar Gefälligkeiten. Also habe ich ihn einfach gefragt.«

Clay brauchte einen Augenblick, bis er bemerkte, dass die

Frauen nicht mehr aßen und ihre Gabeln hingelegt hatten. Beide hörten erwartungsvoll zu.

»Was haben Sie ihn gefragt?«, erkundigte er sich, weil er den Eindruck hatte, dass es von ihm erwartet wurde.

»Nun, ich habe Ian von Ihnen erzählt, Clay. Begabter junger Anwalt, messerscharfer Verstand, keine Angst vor der Arbeit, Absolvent der juristischen Fakultät der Georgetown-Universität, ein stattlicher junger Mann mit Charakter. Ian antwortete, er sei immer auf der Suche nach unverbrauchten Talenten. Und Gott allein weiß, wie schwer es ist, solche Leute zu finden. Ian sprach von einer freien Stelle für einen Anwalt. Ich habe geantwortet, ich hätte keine Ahnung, ob Sie interessiert wären, würde Ihnen aber gern von dem Angebot erzählen. Also, wie denken Sie darüber?«

Ich denke, dass ich hier in einen Hinterhalt geraten bin, wäre es fast aus Clay herausgeplatzt. Rebecca starrte ihn an und schien genau auf seine erste Reaktion zu achten.

»Das ist ja wunderbar«, sagte Barb, als hätte es so im Drehbuch gestanden.

Begabt, keine Angst vor der Arbeit, gute Universitätsausbildung, sogar stattlich. Erstaunt nahm Clay zur Kenntnis, wie schnell seine Aktien gestiegen waren. »Klingt interessant«, sagte er, und in gewisser Weise war es das auch. Jeder einzelne Aspekt dieser Inszenierung war interessant.

Jetzt wollte Bennett Nägel mit Köpfen machen, denn das Überraschungsmoment verschaffte ihm natürlich einen Vorteil. »Es ist eine großartige Position. Faszinierende Arbeit, und Sie werden die Leute kennen lernen, die da unten was in Bewegung setzen können. Langweilig wird's bestimmt nicht. Klar, es werden jede Menge Überstunden anfallen, zumindest während der Sitzungsperioden des dortigen Repräsentantenhauses, aber ich habe Ian versichert, dass Ihre breiten Schultern dazu geschaffen sind, Verantwortung zu tragen.«

»Was genau würde ich denn da tun?«, brachte Clay mühsam hervor.

»Mit dem ganzen Juristenkram kenne ich mich nicht aus.

Aber falls Sie Interesse haben sollten … Ian hat zugesagt, sofort mit Freuden ein Vorstellungsgespräch für Sie zu arrangieren. Allerdings sind auch noch andere auf die Stelle scharf. Laut Ian gehen schon jede Menge Bewerbungen ein. Sie müssten sich schnell entscheiden.«

»So weit weg ist Richmond doch auch gar nicht«, sagte Barb.

Auf jeden Fall sehr viel näher als Neuseeland, dachte Clay. Vermutlich plante Barb bereits die Hochzeit. Was Rebecca wollte, konnte er nicht einschätzen. Manchmal schien es, als würden ihre Eltern sie erdrücken, aber nur selten ließ sie den Wunsch erkennen, ihnen den Rücken zu kehren. Mit Geld als Köder – falls er noch welches hatte – versuchte Bennett, seine beiden Töchter in seiner Nähe zu halten.

»Nun, äh, danke«, stammelte Clay, der sich trotz seiner angeblich breiten Schultern plötzlich eher schwach fühlte.

»Anfangsgehalt fünfundneunzigtausend Dollar im Jahr.« Diesmal senkte Bennett seine Stimme um ein paar Dezibel, damit die anderen Gäste nichts hörten.

Das war mehr als das Doppelte seines gegenwärtigen Verdienstes, und Clay ging davon aus, dass das allen am Tisch bewusst war. Die van Horns beteten das Geld an und diskutierten wie Besessene über Gehälter und Vermögen.

»Toll!«, sagte Barb wie aufs Stichwort.

»Ein hübsches Sümmchen«, räumte Clay ein.

»Ja, kein übler Start«, bemerkte Bennett. »Ian sagt, Sie würden dort wirklich bedeutende Rechtsanwälte kennen lernen. In diesem Leben kommt's nur auf Beziehungen an. Reißen Sie ein paar Jahre ab, dann können Sie sich im Unternehmensrecht selbständig machen. Da ist das große Geld zu holen.«

Es war kein angenehmer Gedanke, dass Bennett van Horn plötzlich Gefallen daran gefunden hatte, Clays Lebensplanung zu übernehmen. Aber dieses Interesse hatte natürlich nichts mit ihm zu tun. Es ging nur um Rebecca.

»Wie könnte man dazu Nein sagen«, platzte Barb reichlich ungeschickt heraus.

»Bedräng ihn nicht, Mutter«, mahnte Rebecca.

»Es ist nur so eine wunderbare Chance«, erwiderte Barb, als könnte Clay vor lauter Bäumen den Wald nicht sehen.

»Lassen Sie es sich durch den Kopf gehen, und schlafen Sie eine Nacht darüber«, sagte Bennett. Das Angebot stand, jetzt musste man abwarten, ob der Junge clever genug war, es auch anzunehmen.

Clay hatte einen guten Grund gefunden, seinen Salat hinunterzuschlingen. Er nickte lediglich, als könnte er jetzt nicht antworten. Nachdem Bennetts zweiter Scotch eingetroffen war, entspannte sich die Situation, und er ging zu einem seiner Lieblingsthemen über. Jetzt wurde der jüngste Klatsch über einen möglichen neuen Baseball-Franchise-Deal für den Raum Washington kolportiert. Bennett spielte eine Nebenrolle in einer der drei Investmentgruppen, die um die beste Ausgangsposition für den Abschluss des Deals rangelten – falls dieser je genehmigt werden sollte. Er blühte förmlich auf, wenn er andere über die letzten Entwicklungen unterrichten konnte. In einem Artikel der *Washington Post* hatte Clay kürzlich gelesen, Bennetts Gruppe belege den dritten Platz und verliere Monat für Monat an Boden. Nach einer ungenannten Quelle waren die Finanzen nicht nur undurchsichtig, sondern standen regelrecht auf wackeligen Beinen. Der Name Bennett van Horn wurde in dem ganzen Artikel nicht ein einziges Mal erwähnt. Clay wusste, dass er einen gigantischen Schuldenberg angehäuft hatte. Etliche seiner Projekte zur Erschließung neuen Baulands waren erfolgreich von Umweltschützern blockiert worden, die die noch verbliebenen unberührten Landschaften im nördlichen Virginia bewahren wollten. Er führte erbitterte Prozesse gegen ehemalige Partner und war praktisch pleite. Trotzdem schlürfte er hier Whiskey und faselte über ein neues Stadion für vierhundert Millionen Dollar, eine Franchise-Gebühr von zweihundert Millionen und eine zukünftige Gehaltsliste von einhundert Millionen.

Als sie mit dem Salat fertig waren, kamen auch schon die Steaks, und das ersparte Clay ein paar quälende Minuten, in denen er etwas hätte sagen müssen. Das Essen lieferte ihm ein

Alibi, auch weiterhin schweigen zu können. Rebecca ignorierte ihn, und umgekehrt war es genauso. Der Streit würde sowieso nicht lange auf sich warten lassen.

Es folgten Geschichten über den Gouverneur – auch er selbstredend einer von Bennetts »guten Freunden« –, der gerade ein Team zusammenstellte, weil er in den Senat gewählt werden wollte. Natürlich sollte Bennett auch dabei eine Hauptrolle spielen. Dann wurden Einzelheiten über ein paar seiner brisantesten Geschäfte offenbart, und schließlich war von einem neuen Flugzeug die Rede, das schon längere Zeit auf der Themenliste stand. Bennett konnte einfach nicht die passende Maschine finden. Clay kam es so vor, als dauerte dieses Essen bereits zwei Stunden. Doch es waren erst neunzig Minuten verstrichen, als das Ehepaar van Horn sich gegen ein Dessert entschied und sich zum Aufbruch rüstete.

Clay bedankte sich für das Essen und versprach, sich hinsichtlich des Jobs in Richmond rasch zu entscheiden. »So ein Angebot bekommt man nur einmal im Leben«, verkündete Bennett feierlich. »Vermasseln Sie sich diese Chance nicht.«

Als Clay sicher war, dass ihre Eltern verschwunden waren, bat er Rebecca, ihn in die Bar zu begleiten. Dort warteten sie schweigend auf ihre Drinks. In angespannten Situationen neigten beide dazu, darauf zu lauern, dass der andere zuerst das Wort ergriff.

»Von der Geschichte mit dem Job in Richmond wusste ich nichts«, begann Rebecca schließlich.

»Es fällt mir schwer, das zu glauben«, sagte Clay. »Ich hatte eher den Eindruck, als wäre die ganze Familie eingeweiht. Deine Mutter wusste mit Sicherheit davon.«

»Mein Vater macht sich nur Sorgen um dich, das ist alles.«

Dein Vater ist ein Idiot, hätte Clay am liebsten geantwortet.

»Nein, er sorgt sich um *dich*. Schließlich kann er es nicht zulassen, dass du einen Mann ohne Zukunft heiratest. Also versucht er, unsere Zukunft zu managen. Findest du es nicht anmaßend, dass er glaubt, mir einen neuen Job besorgen zu müssen, weil ihm mein jetziger nicht passt?«

»Vielleicht versucht er einfach nur zu helfen. Er liebt es, seine Beziehungen spielen zu lassen.«

»Wie kommt er denn zu der Annahme, dass ich Hilfe benötige?«

»Vielleicht ist es ja so.«

»Verstehe. Nun kommt's raus.«

»Du kannst nicht bis ans Ende deiner Tage im OPD arbeiten, Clay. Du bist ein guter Pflichtverteidiger und ganz für deine Mandanten da, aber vielleicht ist es wirklich an der Zeit, dass du dir einen anderen Job suchst. Fünf Jahre sind eine lange Zeit. Das hast du selbst mal gesagt.«

»Vielleicht habe ich aber keine Lust, in Richmond zu leben. Vielleicht habe ich noch nie einen Gedanken daran verschwendet, Washington zu verlassen. Was ist, wenn ich keine Lust habe, für einen Kumpel deines Vaters zu arbeiten? Hast du schon mal darüber nachgedacht, dass mir die Vorstellung zuwider sein könnte, mich mit einer Horde Lokalpolitiker herumzuschlagen? Ich bin Anwalt, Rebecca, kein subalterner Sachbearbeiter.«

»Na gut. Wie du meinst.«

»Ist dieser Job ein Ultimatum?«

»In welcher Hinsicht?«

»In jeder Hinsicht. Was ist, wenn ich Nein sage?«

»Meiner Ansicht nach hast du dich bereits dagegen entschieden, was übrigens ziemlich typisch ist für dich. Eine Affektentscheidung.«

»Wenn die Antwort auf der Hand liegt, fallen einem solche Entscheidungen leicht. Sollte ich einen neuen Job brauchen, suche ich ihn mir selbst. Ich habe deinen Vater nicht darum gebeten, seine Beziehungen spielen zu lassen. Also, was passiert, wenn ich Nein sage?«

»Ich bin sicher, dass die Sonne trotzdem weiterhin aufgehen wird.«

»Und deine Eltern?«

»Sie werden enttäuscht sein.«

»Und du?«

Rebecca zuckte nur die Achseln und nippte an ihrem Drink. Über eine Heirat war schon etliche Male gesprochen worden, aber sie hatten nichts vereinbart. Sie waren nicht verlobt, es gab keinen Zeitplan. Für einen Rückzieher hatten sie sich genügend Spielraum gelassen, wenngleich es nicht ohne Schrammen abgehen würde. Nach vier Jahren, in denen keiner der beiden eine Affäre gehabt hatte, in denen sie sich permanent gegenseitig ihrer Liebe versichert und mindestens fünfmal in der Woche miteinander geschlafen hatten, schien alles auf eine dauerhafte Beziehung hinauszulaufen.

Dennoch war Rebecca nicht bereit, endlich mit der Wahrheit herauszurücken – dass sie sich einen Ehemann und eine Familie wünschte, an einer beruflichen Karriere aber vielleicht gar kein Interesse mehr hatte. Noch immer konkurrierten sie miteinander und versuchten, die eigene Bedeutung zu unterstreichen. Sie konnte sich einfach nicht eingestehen, dass sie sich von einem Ehemann den Lebensunterhalt finanzieren lassen wollte.

»Mir ist es egal, wie du dich entscheidest, Clay«, sagte sie. »Es ist nur ein Job, kein Kabinettsposten. Wenn du Nein sagen willst, tust du es eben.«

»Danke.« Plötzlich fühlte er sich wie ein Trottel. Was, wenn Bennett ihm wirklich nur zu helfen versuchte? Er mochte ihre Eltern so wenig, dass er sich immer über sie ärgerte. Aber war das nicht *sein* Problem? Sie hatten ein Recht, sich über den zukünftigen Mann ihrer Tochter Gedanken zu machen, den Vater ihrer Enkel.

Widerstrebend musste Clay einräumen, dass sich eigentlich jeder Gedanken machen musste, der mit ihm als künftigem Schwiegersohn zu rechnen hatte.

»Ich würde gern gehen«, sagte Rebecca.

»Natürlich.«

Als sie den Country Club verließen, ging Clay einen Schritt hinter Rebecca. Fast hätte er gesagt, er habe noch Zeit, um auf eine schnelle Nummer mit zu ihr zu kommen. Aber angesichts ihrer Stimmung und des Verlaufs des Abends könnte sie womöglich Gefallen an einer barschen Zurückweisung finden. Dann würde er sich als zur Kontrolle seiner Triebe unfähiger Narr vorkommen, der er in solchen Situationen ja auch war. Also biss er in den sauren Apfel und verkniff sich den Vorschlag.

Während er Rebecca die Tür ihres BMW aufhielt, fragte sie: »Hättest du nicht Lust, noch für ein paar Minuten zu mir zu kommen?«

Clay rannte zu seinem Wagen.

6

In Rodneys Begleitung fühlte Clay sich in der Lamont Street etwas sicherer. Außerdem waren die gefährlichen Zeitgenossen um neun Uhr morgens noch nicht auf der Straße. Was immer sie in der vergangenen Nacht an legalen oder illegalen Drogen konsumiert haben mochten, jetzt schliefen sie ihren Rausch aus. Die Läden öffneten allmählich. Clay parkte in der Nähe der Seitengasse.

Rodney war ein ehrgeiziger Anwaltsassistent beim OPD. Er studierte seit zehn Jahren – mit diversen Unterbrechungen – in Abendkursen Jura und sprach immer noch davon, eines Tages seinen Abschluss zu machen. Da er vier Kinder hatte, waren Geld und Zeit gleichermaßen knapp. Weil Rodney selbst in den Straßen von Washington aufgewachsen war, kannte er sich hier bestens aus. Folglich wurde er praktisch täglich von einem – in der Regel weißen, verängstigten und unerfahrenen – OPD-Anwalt gebeten, ihn in gefährliche Gegenden der Stadt zu begleiten, um irgendein abscheuliches Verbrechen zu untersuchen. Da er Anwaltsassistent und kein Untersuchungsbeamter war, entsprach er höchstens jeder zweiten Bitte.

Bei Clay hatte er noch nie Nein gesagt, und die beiden hatten schon bei vielen Fällen zusammengearbeitet. Sie untersuchten die Stelle in der Straße, wo Ramón Pumphrey ermordet worden war. Dann nahmen sie die Umgebung des Tatorts in Augenschein. Sie wussten, dass die Polizei mehrfach hier gewesen war. Trotzdem verschossen sie einen ganzen Film und schickten sich dann an, nach Zeugen zu suchen.

Sie fanden keine, was nicht weiter überraschend war. Nach einer Viertelstunde hatte sich herumgesprochen, dass zwei Fremde vor Ort waren und sich mit dem jüngsten Mord in der Gegend befassten. Alle verriegelten ihre Türen und blieben stumm. Die beiden Augenzeugen, die zur Tatzeit wie jeden Tag Wein trinkend vor dem Spirituosenladen gesessen hatten, waren längst verschwunden, und natürlich hatte sie niemand gekannt. Die Ladenbesitzer schienen überrascht zu sein, dass es überhaupt eine Schießerei gegeben hatte. »Bei uns, in dieser Gegend?«, fragte einer, als wäre die Welt des Verbrechens bisher noch nicht in das Viertel vorgedrungen.

Nach einer Stunde setzten sie sich ins Auto, um zum Deliverance Camp zu fahren. Clay saß am Steuer, Rodney trank kalten Kaffee aus einem kleinen Pappbecher. Seine Miene verriet, dass der Kaffee nicht schmeckte. »Vor ein paar Tagen hat Jermaine einen ähnlichen Fall übernommen«, sagte er. »Ein Junge auf Entzug, der ein paar Monate weggesperrt war. Dann ist er verschwunden. Keine Ahnung, ob er ausgebrochen ist oder Ausgang hatte, aber innerhalb von vierundzwanzig Stunden hatte er sich eine Waffe besorgt und auf zwei Leute geschossen. Einer hat's nicht überlebt.«

»War es geplant oder willkürlich?«

»Was ist hier schon willkürlich? Zwei Typen in nicht versicherten Autos fabrizieren einen Auffahrunfall und schießen aufeinander. Ist das nun willkürlich? Oder gerechtfertigt?«

»Ging es bei dem Junkie um Drogen, Raub oder Notwehr?«

»Meiner Meinung nach war es blanker Zufall. Um nicht zu sagen Willkür.«

»In welcher Einrichtung war er?«

»Nicht im D-Camp, sondern irgendwo in der Nähe von Howard, wenn ich mich richtig erinnere. Aber ich habe die Akte nicht gesehen. Jermaine ist ziemlich langsam, wie du weißt.«

»Also arbeitest du nicht an dem Fall?«

»Nein, ist mir nur so zu Ohren gekommen.«

Durch Gerüchte und Tratsch wusste Rodney mehr über die OPD-Anwälte und ihre Fälle als Glenda, die Direktorin. »Warst du schon mal im D-Camp?«, fragte Clay, während er in die W Street einbog.

»Ein- oder zweimal. Das ist eine Entziehungsanstalt für die ganz schweren Fälle, sozusagen die letzte Ausfahrt vor dem Friedhof. Der Entzug da ist kein Zuckerschlecken, und das Personal versteht keinen Spaß.«

»Kennst du Talmadge X?«

»Nie von ihm gehört.«

Diesmal lungerte keine Clique von Halbstarken auf dem Bürgersteig herum. Nachdem Clay den Wagen direkt vor der Tür geparkt hatte, stürmten sie zum Eingang. Talmadge X war nicht im Haus, sondern wegen eines Notfalls in ein Krankenhaus gerufen worden. Ein Kollege namens Noland empfing sie freundlich und sagte, er sei der Chef der Betreuer. Nachdem sie in seinem Büro an einem kleinen Tisch Platz genommen hatten, gab Noland ihnen Tequila Watsons Akte und forderte sie auf, sie in Ruhe durchzusehen. Clay bedankte sich. Er war sicher, dass die Akte gesäubert worden und folglich unvollständig war.

»Wir halten es hier immer so, dass einer von uns im Raum bleibt, wenn Fremde sich eine Akte ansehen«, erklärte Noland. »Kopien kosten fünfundzwanzig Cent pro Stück, falls Sie welche brauchen sollten.«

»Natürlich, ich verstehe«, sagte Clay. Über dieses Procedere würde Noland kaum mit sich reden lassen. Wenn Clay die gesamte Akte einsehen wollte, konnte er sie jederzeit durch eine richterliche Anordnung in seinen Besitz bringen. Noland setzte sich hinter seinen Schreibtisch. Ein beeindruckender Stapel von Unterlagen verriet, dass jede Menge Papierkram auf ihn wartete. Clay begann, die Akte durchzublättern, und Rodney machte nach seinen Anweisungen Notizen.

Tequilas Geschichte war so traurig wie vorhersagbar. Im Januar war er auf Initiative der Sozialfürsorge ins D-Camp eingewiesen worden. Eine Überdosis hatte ihn fast das Leben gekostet. Zu dieser Zeit wog er bei einer Körpergröße von einem Meter achtzig gerade fünfundfünfzig Kilo. In dem Entziehungsheim wurde er einer gründlichen medizinischen Untersuchung unterzogen. Er hatte etwas Fieber, Schüttelfrost und Kopfschmerzen, was bei Schwerstabhängigen nichts Ungewöhnliches war. Ansonsten wurde außer Unterernährung und einer leichten Grippe nichts Bemerkenswertes festgestellt – abgesehen davon, dass sein Körper durch den Drogenmissbrauch insgesamt in einem desolaten Zustand war. Laut Angaben des Arztes war er wie alle neu aufgenommenen Patienten für dreißig Tage eingesperrt und erst einmal regelmäßig ernährt worden.

Die Aktennotizen von Talmadge X informierten Clay und Rodney über Tequilas Vorgeschichte. Sein Abstieg hatte bereits im Alter von acht Jahren begonnen, als er mit seinem Bruder einen Kasten Bier von einem Lieferwagen klaute. Nachdem die beiden sich die eine Hälfte einverleibt hatten, verkauften sie die andere, um von dem Erlös eine Riesenflasche billigen Wein zu erstehen. Tequila wurde von mehreren Schulen geworfen. Als er mit etwa zwölf Jahren zum ersten Mal Crack rauchte, war seine schulische Karriere beendet. Von nun an finanzierte er seinen Lebensunterhalt mit Diebstahl.

Da sein Gedächtnis durch den exzessiven Crackkonsum praktisch zerstört war, lagen diese Jahre für Tequila selbst in einem undurchdringlichen Nebel. Doch Talmadge X hatte sich kundig gemacht, und in Tequilas Akte fanden sich Briefe und Ausdrucke von E-Mails, die über die offiziell registrierten Stationen seines Leidensweges informierten. Mit vierzehn hatte er einen Monat auf der Entzugsstation eines Washingtoner Jugendgefängnisses verbracht, des D.C. Youth Detention Center. Als er entlassen wurde, besorgte er sich sofort beim erstbesten Dealer Crack. Auch zwei Monate im Orchard House, einer berüchtigten Institution für drogensüchtige Teenager, wo diese während des kalten Entzugs eingesperrt wurden, brachten keinen Erfolg. Später räumte Tequila gegenüber Talmadge

X ein, er habe im »OH« genauso viele Drogen konsumiert wie draußen. Mit sechzehn folgte das Clean Streets, wo ein ähnlich rigoroser Kurs verfolgt wurde wie im Deliverance Camp. Nachdem Tequila immerhin dreiundfünfzig Tage durchgehalten hatte, verschwand er ohne ein einziges Wort. In der Aktennotiz von Talmadge X hieß es: »... war zwei Stunden nach seinem Verschwinden schon wieder auf Crack.« Mit siebzehn verurteilte ihn ein Jugendrichter zu einem Zwangsaufenthalt in einem Sommercamp für verhaltensauffällige Teenager, aber da die Kontrollen dort eher lax waren, gelang es Tequila sogar, durch den Verkauf von Drogen Geld zu verdienen. Sein letzter Entzugsversuch vor dem D-Camp wurde von der Grayson Church organisiert und von Reverend Jolley beaufsichtigt, einem allseits bekannten Experten für Drogentherapie. Später verlieh Jolley in einem Brief an Talmadge X seiner Meinung Ausdruck, Tequila sei einer jener tragischen Fälle, bei denen »wahrscheinlich keinerlei Hoffnung« bestehe.

Tequilas Geschichte mochte deprimierend sein, aber bemerkenswert blieb, dass er nie gewalttätig geworden war. Fünfmal war er wegen Einbruchs festgenommen und verurteilt worden, einmal wegen Ladendiebstahls und zweimal wegen Besitzes geringfügiger Mengen von Drogen. Tequila hatte nie eine Waffe benutzt – zumindest war er nie mit einer erwischt worden. Das war Talmadge X nicht entgangen: »... hat die Neigung, jeglicher gewalttätigen Auseinandersetzung aus dem Weg zu gehen«, hielt er in einer Aktennotiz am 39. Tag von Tequilas Aufenthalt im Camp fest. »Er scheint Angst vor den körperlich stärkeren Heimbewohnern zu haben, aber auch vor den meisten schwächeren.«

Am 45. Tag wurde Tequila erneut von einem Arzt untersucht. Mittlerweile hatte er deutlich zugenommen und wog knapp dreiundsechzig Kilo. »Hautabschürfungen und Ausschlag« gehörten der Vergangenheit an. In einigen Notizen wurde berichtet, Tequila mache Fortschritte beim Lesenlernen, und auch seine künstlerischen Neigungen fanden Erwähnung. Im Laufe der Zeit wurden die Einträge immer kürzer. Das

Leben im D-Camp war geregelt und bald alltäglich geworden. An etlichen Tagen gab es gar keine Notizen mehr.

Am 80. Tag fand sich eine ganz neuartige Bemerkung: »Tequila begreift, dass er der göttlichen Führung bedarf, wenn er clean bleiben will. Allein schafft er es nicht. Er sagt, er würde am liebsten für immer bei uns bleiben.«

Der Eintrag vom 100. Tag lautete: »Wir haben sein kleines Jubiläum mit Schokoladenkuchen und Eis gefeiert. Tequila hat eine kurze Rede gehalten und geweint. Ab sofort hat er zwei Stunden Ausgang.«

104. Tag: »Zwei Stunden Ausgang. Nach zwanzig Minuten war er wieder da. Hatte sich nur ein Eis gekauft.«

107. Tag: »Schickte ihn zur Post, er war fast eine Stunde weg, kam zurück.«

110. Tag: »Zwei Stunden Ausgang, kam zurück, keine Probleme.«

Der letzte Eintrag stammte vom 115. Tag: »Zwei Stunden Ausgang, kam nicht zurück.«

Noland bemerkte, dass sie die Akte fast durchgesehen hatten. »Noch Fragen?«, erkundigte er sich, als hätten Clay und Rodney bereits genug von seiner Zeit in Anspruch genommen.

»Eine ziemlich traurige Geschichte.« Mit einem tiefen Seufzer klappte Clay die Akte zu. Fragen hatte er reichlich, doch Noland würde sie nicht beantworten können oder wollen.

»Das ist eine Welt des Elends, Mr Carter, aber dieser Fall ist tatsächlich einer der traurigsten. Mich rührt so leicht nichts zu Tränen, doch bei Tequila habe ich geweint.« Noland stand auf. »Brauchen Sie Kopien?« Das Treffen war beendet.

»Vielleicht später«, antwortete Clay. Nachdem sie sich bedankt hatten, begleitete Noland sie zur Tür.

Während Rodney sich im Auto anschnallte, ließ er seinen Blick über die Straße schweifen. »Hey, wir haben einen neuen Freund.«

Clay überprüfte gerade den Benzinstand und hoffte, dass sie es noch bis zum OPD schaffen würden. »Was für einen Freund?«

»Siehst du den weinroten Jeep, etwa einen halben Block entfernt, auf der anderen Straßenseite?«

Clay blickte aus dem Fenster. »Ja. Und?«

»Hinter dem Steuer sitzt ein großer Schwarzer mit einer Redskins-Kappe, wie's aussieht. Er beobachtet uns.«

Clay schaute angestrengt in die Richtung des Jeeps, erkannte aber gerade einmal schemenhaft den Umriss des Fahrers. Über die Hautfarbe und die Kappe konnte er aus dieser Entfernung nichts sagen. »Woher weißt du, dass er uns beobachtet?«

»In der Lamont Street ist er zweimal an uns vorbeigegangen. Er wirkte desinteressiert, hat uns aber genau beobachtet. Als wir hier geparkt haben, habe ich den Jeep drei Häuserblocks weiter unten gesehen, und jetzt steht er *da*.«

»Woher willst du wissen, dass es derselbe Jeep ist?«

»Weinrot ist eine auffällige Farbe. Und siehst du die Beule am rechten Kotflügel?«

»Ja. Vielleicht hast du Recht.«

»Derselbe Jeep, da gibt's keinen Zweifel. Lass uns in seine Richtung fahren, damit wir ihn etwas näher in Augenschein nehmen können.«

Als sie an dem weinroten Jeep vorbeikamen, versteckte sich der Fahrer blitzartig hinter einer Zeitung. Rodney notierte das Kennzeichen.

»Aber warum sollte uns jemand folgen?«, fragte Clay.

»Drogen. Wie immer. Vielleicht hat Tequila gedealt. Vielleicht hatte dieser Pumpkin, den er umgelegt hat, ein paar unangenehme Freunde. Wer weiß?«

»Ich würde es gern herausfinden.«

»Alles zu seiner Zeit. Du fährst, und ich beobachte, was sich in unserem Rücken abspielt.«

Sie fuhren eine halbe Stunde lang in südlicher Richtung die Puerto Rico Avenue hinab, dann bremste Clay an einer Tankstelle in der Nähe des Anacostia River. Während er tankte, beobachtete Rodney die vorbeifahrenden Autos. »Er ist verschwunden«, sagte er, als Clay wieder Gas gab. »Lass uns zum OPD zurückfahren.«

»Warum folgen die uns nicht mehr?«, fragte Clay. Er war bereit, jeder nur erdenklichen Erklärung Glauben zu schenken.

»Ich bin mir nicht sicher«, antwortete Rodney, der noch immer in den Seitenspiegel blickte. »Vielleicht wollten die nur sehen, ob wir zum D-Camp fahren. Oder der Kerl hat begriffen, dass wir ihn gesehen haben. Am besten, du passt eine Weile gut auf, ob dir jemand folgt.«

»Na großartig. Bisher bin ich noch nie observiert worden.«

»Dann bete, dass es dabei bleibt.«

Jermaine Vance teilte sich sein Büro mit einem anderen unerfahrenen Anwalt, der gerade nicht im Haus war. Folglich durfte Clay auf dessen Stuhl Platz nehmen. Dann verglichen sie die Notizen, die sie sich zu ihren jüngsten Mordfällen gemacht hatten.

Jermaines Mandant war ein hartgesottener, vierundzwanzigjähriger Krimineller namens Washad Porter, dessen langes und Furcht erregendes Vorstrafenregister im Gegensatz zu dem Tequila Watsons auf einen gewalttätigen Charakter schließen ließ. Washad war Mitglied von Washingtons größter Gang und bei Schießereien zweimal ernsthaft verwundet worden. Wegen Mordversuchs verurteilt, hatte er sieben von seinen vierundzwanzig Lebensjahren hinter Gittern verbracht. Er hatte wenig Interesse gezeigt, sich von seiner Drogensucht zu befreien. Einmal hatte er es im Gefängnis mit einem Entzug probiert, doch der Versuch war erfolglos geblieben. Jetzt war er angeklagt, weil er vier Tage vor dem Mord an Ramón Pumphrey auf zwei Menschen geschossen hatte. Einer der beiden war auf der Stelle gestorben, der andere schwebte noch in Lebensgefahr.

Nach dem Fehlschlag im Gefängnis hatte Washad es im Clean Streets noch einmal sechs Monate lang versucht, und offensichtlich war ihm der rigorose Entzug dort gut bekommen. Jermaine hatte mit seinem Betreuer gesprochen. Die Unterhaltung war ähnlich verlaufen wie die Clays mit Talmadge X. Washad war ein Vorzeigepatient gewesen. Er war bald wieder gesund geworden und hatte jeden Tag mehr Selbstvertrauen gewonnen. Nur einmal hatte es bei der Therapie einen Rückschlag gegeben, als er ausgebüchst war und high zurückgekehrt um Vergebung gebettelt hatte. Anschließend gab es vier Monate lang praktisch keine Probleme.

Im April wurde er aus dem Clean Streets entlassen. Schon am nächsten Tag schoss er mit einer gestohlenen Waffe auf zwei Männer. Die Opfer schien er sich aufs Geratewohl herausgepickt zu haben. Zuerst provozierte er in der Nähe des Walter Reed Hospital einen Auslieferungsfahrer. Nach einem heftigen Wortwechsel kam es zu einer Rangelei, und Washad schoss dem Mann viermal in den Kopf. Zeugen sahen, wie er flüchtete. Der Fahrer lag noch immer im Koma. Eine Stunde später tötete Washad nur sechs Häuserblocks entfernt mit seinen letzten beiden Kugeln einen ihm bekannten Kleindealer. Die Freunde des ermordeten Dealers brachten ihn nicht um, sondern hielten ihn fest, bis die Polizei eintraf.

Bisher hatte Jermaine nur während der Vernehmung zur Anklage einmal kurz mit seinem Mandanten gesprochen. »Er hat alles abgestritten«, sagte er. »Er hatte diesen leeren Blick und beteuerte immer wieder, er könne sich einfach nicht vorstellen, dass er jemanden erschossen habe. Er sagte: ›Das kann nur der alte Washad gewesen sein, nicht der neue.‹«

7

Clay konnte sich nur an eine Gelegenheit in den letzten vier Jahren erinnern, bei der er Bennett den Bulldozer angerufen oder es zumindest versucht hatte. Seine Bemühungen waren kläglich gescheitert, weil er Bennett, der sich aus Wichtigtuerei rar machte, nicht an den Apparat bekommen hatte. Der große Mr BvH wollte die Menschheit in dem Glauben lassen, dass er seine gesamte Zeit ausschließlich mit »Arbeiten« verbrachte. Am liebsten hielt er sich mitten zwischen Baggern und Planierraupen auf, wo er andere dirigieren und die fantastische Zukunft Nordvirginias förmlich riechen konnte. Im Haus der Familie van Horn hingen große Fotos, die Bennett beim »Arbeiten« zeigten – samt maßgefertigtem Sturzhelm mit Monogramm. Er zeigte entschlossen mal in die eine, mal in die andere Richtung. Immer wurden Flächen planiert oder Malls und Einkaufszentren errichtet. Bennett behauptete, zu beschäftigt zu sein, um sich mit müßigem Geschwätz abgeben zu können. Angeblich hasste er Telefone, aber er hatte immer mindestens eines griffbereit, um sich um seine Geschäfte kümmern zu können.

In Wahrheit spielte Bennett häufig Golf, und zwar ziemlich schlecht, wie der Vater eines ehemaligen Kommilitonen von Clay behauptete. Mehr als nur einmal hatte Rebecca erzählt, ihr Vater spiele pro Woche mindestens vier Runden Golf im Potomac Country Club. Sein geheimer Traum sei es, eines Tages die Clubmeisterschaft zu gewinnen.

Mr van Horn war ein Mann der Tat und zu ungeduldig, um sein Leben hinter einem Schreibtisch zu verbringen. Seinen eigenen Worten nach traf man ihn dort nur selten an. Als Clay jetzt anrief, erklärte sich der Wachhund, der sich mit »BvH Group« meldete, nur zögernd bereit, ihn mit einer Sekretärin zu verbinden, die schon etwas näher am Chefbüro residierte. Sie meldete sich mit einem barschen »Landerschließung«, als hätte Bennetts Laden unendlich viele Abteilungen. Bis Clay schließlich seine persönliche Sekretärin am Apparat hatte, verstrichen mindestens fünf Minuten. »Er ist nicht in seinem Büro«, sagte sie.

»Wie kann ich ihn erreichen?«, fragte Clay.

»Er arbeitet.«

»Ja, das habe ich schon verstanden. Aber wie kann ich ihn erreichen?«

»Geben Sie mir Ihre Nummer, und ich setze Sie auf die Liste der Leute, die er zurückrufen soll.«

»Vielen Dank.« Clay nannte ihr die Nummer seines Büros.

Eine halbe Stunde später rief Bennett zurück. Es klang nicht so, als würde er »arbeiten«. Vielleicht saß er in der Men's Lounge des Potomac Country Club und spielte mit seinen Freunden eine Partie Rommee, den obligatorischen doppelten Scotch in der Hand und eine dicke Zigarre im Mund. »Wie geht's denn so, Clay?«, fragte Bennett, als hätten sie sich monatelang nicht gesehen.

»Gut, Mr van Horn, und Ihnen?«

»Großartig. Unser gemeinsames Essen gestern habe ich sehr genossen.«

Clay hörte weder Dieselmotoren noch Sprengungen im Hintergrund. »O ja, es war wirklich nett«, log er. »Ist mir immer ein Vergnügen, mit Ihrer Familie zu speisen.«

»Was kann ich für Sie tun, mein Sohn?«

»Nun, Sie sollten wissen, dass ich Ihre Bemühungen, mir den Job in Richmond zu verschaffen, sehr zu schätzen weiß. Ich hatte nicht damit gerechnet, und es war sehr nett von Ihnen, bei Ihrem Freund für mich einzutreten.« Clay musste kurz schlucken. »Aber ehrlich gesagt glaube ich nicht, dass ich in der nächsten Zeit nach Richmond umziehen möchte, Mr van Horn. Ich habe immer hier gelebt. Washington ist meine Heimat.«

Clay hatte etliche Gründe, die Offerte zurückzuweisen, und sein Wunsch, in Washington zu bleiben, stand keineswegs ganz oben auf der Liste. Der vorrangige Grund für seine Absage bestand darin, dass er keine Lust hatte, sich sein Leben von Bennett van Horn planen zu lassen und anschließend in seiner Schuld zu stehen.

»Das kann nicht Ihr Ernst sein«, erwiderte van Horn.

»Doch, ist es. Ich bin Ihnen dankbar, sage aber trotzdem Nein.« Clay hatte absolut keine Lust, sich noch mehr Schwachsinn aus dem Mund dieses Trottels anzuhören. In solchen Situationen liebte er das Telefon, weil man das Gespräch schnell beenden konnte.

»Sie machen einen großen Fehler, mein Sohn«, sagte van Horn. »Sie sehen die Zusammenhänge nicht.«

»Vielleicht nicht. Aber ich bin mir auch nicht sicher, ob Sie sie sehen.«

»Sie haben sehr viel Stolz, Clay, und das gefällt mir. Aber Sie sind auch noch sehr feucht hinter den Ohren. Sie müssen erst lernen, dass in diesem Leben alles von Beziehungen und Gefälligkeiten abhängt, und wenn einem jemand zu helfen versucht, nimmt man das Angebot an. Vielleicht bietet sich eines Tages eine Chance, sich dafür zu revanchieren. Sie machen einen Fehler, Clay, und ich befürchte, dass er ernsthafte Konsequenzen haben könnte.«

»Was für Konsequenzen?«

»Dieser Fehler könnte Auswirkungen auf Ihre Zukunft haben.«

»Es ist meine Zukunft, nicht Ihre. Sollte ich einen neuen Job brauchen, suche ich ihn mir selbst, und beim nächsten Mal wird es wieder so laufen. Aber im Augenblick bin ich mit meiner Arbeit sehr zufrieden.«

»Wie kann es Sie zufrieden machen, den ganzen Tag Kriminelle zu verteidigen? Ist mir völlig unverständlich.«

Diese Diskussion hatten sie schon häufiger geführt. Wenn sie nach dem üblichen Schema ablief, würde sie gleich eskalieren. »Diese Frage stellen Sie mir nicht zum ersten Mal. Lassen Sie uns nicht wieder damit anfangen.«

»Es geht um eine enorme Gehaltserhöhung, Clay. Mehr Geld, bessere Arbeit. Sie werden Ihre Zeit mit soliden Menschen verbringen, nicht mit Kriminellen aus der Gosse. Wachen Sie endlich auf, Junge!« Jetzt hörte Clay im Hintergrund Stimmen. Wo immer Bennett auch sein mochte, er agierte vor Publikum.

Mit zusammengebissenen Zähnen nahm Clay den »Jungen« kommentarlos hin. »Ich werde mich nicht mit Ihnen streiten, Mr van Horn. Ich habe Sie lediglich angerufen, um Ihr Angebot abzulehnen.«

»Das sollten Sie sich lieber noch mal überlegen.«

»Ich habe es mir bereits überlegt. Besten Dank, aber ich habe kein Interesse.«

»Sie sind ein Verlierer, Clay, und das wissen Sie. Mir ist das schon seit einiger Zeit klar, und dieses Gespräch bestätigt es mir aufs Neue. Sie lassen einen vielversprechenden Job sausen, damit Sie sich weiter in Ihrer stumpfsinnigen Routine bewegen und für ein lausiges Gehalt arbeiten können. Sie haben keinen Ehrgeiz, keinen Mumm und keine Vision.«

»Gestern Abend war ich noch jemand, der keine Angst vor der Arbeit hat – ein begabter Anwalt mit Charakter und einem messerscharfen Verstand.«

»Das nehme ich zurück. Sie sind ein Verlierer.«

»Ich hatte nicht nur eine sehr gute Universitätsausbildung, sondern war sogar ein *stattlicher* junger Mann.«

»Das war alles Unsinn. Sie sind ein Verlierer.«

Mit einem Lächeln knallte Clay den Hörer auf die Gabel, stolz darauf, den großen Bennett van Horn richtig geärgert zu haben. Er hatte dem Druck standgehalten und ihm deutlich zu verstehen gegeben, dass er sich nicht herumschubsen ließ.

Mit Rebecca würde er später reden. Es würde kein angenehmes Gespräch werden.

Clays dritter und letzter Besuch im Deliverance Camp verlief dramatischer als die beiden ersten. Er folgte einem Streifenwagen der Washingtoner Polizei. Neben ihm auf dem Beifahrersitz saß Jermaine, auf der Rückbank Rodney. Auch diesmal parkte Clay direkt vor dem Gebäude. Zwei junge schwarze Polizisten, die es zu langweilen schien, unter Strafandrohung richterliche Anordnungen durchsetzen zu müssen, verhandelten am Eingang, um ihnen Zutritt zu verschaffen. Innerhalb weniger Minuten waren sie in eine hitzige Auseinandersetzung verstrickt, an der außer Talmadge X und Noland auch ein Hitzkopf namens Samuel beteiligt war.

Die drei Betreuer vom D-Camp reagierten ihre Wut an Clay ab, was vielleicht teilweise damit zusammenhing, dass er der einzige Weiße war. Ausschlaggebend aber war, dass er die richterliche Anordnung besorgt hatte. Clay wiederum war das völlig egal, da er diese Leute ohnehin nie wiedersehen würde.

»Sie haben die Akte doch durchgeschaut, Mann!«, brüllte Noland ihn an.

»Ich habe das gesehen, was Sie mich sehen lassen wollten«, entgegnete Clay. »Jetzt möchte ich auch den Rest haben.«

»Wovon reden Sie?«, fragte Talmadge X.

»Ich will jedes einzelne Blatt Papier sehen, auf dem Tequilas Name steht.«

»Das ist unmöglich.«

Clay wandte sich dem Polizisten zu, der die Papiere in der Hand hielt. »Würden Sie bitte die richterliche Anordnung vorlesen?«

Der Beamte hielt die Anordnung hoch, damit alle sie sehen konnten, und las vor: »... Herausgabe aller Akten, die die Aufnahme, medizinischen Untersuchungen, medizinische Behandlung, den Entzug, die Drogenberatung und die Therapie Tequila Watsons betreffen. Angeordnet vom Ehrenwerten F. Floyd Sackman, Richter am Obersten Gericht des Distrikts Columbia, Abteilung Kapitalverbrechen.«

»Wann hat er das unterschrieben?«, fragte Samuel.

»Vor ungefähr drei Stunden.«

»Wir haben Ihnen alles gezeigt«, sagte Noland.

»Das bezweifle ich. Ich merke es, wenn eine Akte manipuliert worden ist.«

»Sieht dann viel zu ordentlich aus«, sprang Jermaine Clay zur Seite.

»Wir wollen keinen Streit«, sagte der größere der beiden Polizisten, dessen Tonfall jedoch keinen Zweifel daran ließ, dass er nichts gegen eine kleine Auseinandersetzung einzuwenden hätte. »Also, wo fangen wir an?«

»Die medizinischen Unterlagen sind vertraulich«, sagte Samuel. »Immerhin gibt es die ärztliche Schweigepflicht.«

Das war ein exzellentes Argument, hatte in diesem Fall aber keine Schlagkraft. »Die Unterlagen des Arztes sind selbstverständlich vertraulich«, erwiderte Clay. »Aber nicht die des Patienten. Ich habe hier eine von Tequila Watson unterzeichnete Vollmacht. Er besteht nicht darauf, dass seine Akten vertraulich behandelt werden, und gestattet mir umfassende Einsicht. Das schließt auch die medizinischen Unterlagen ein.«

Sie begannen in einem fensterlosen Raum, in dem nicht zueinander passende Aktenschränke an den Wänden standen. Als Talmadge X und Samuel nach ein paar Minuten verschwanden, löste sich die Spannung allmählich. Die Polizisten setzten sich und nahmen dankbar den Kaffee an, den ihnen die Frau vom Empfang anbot. Die Gentlemen vom OPD bekamen keinen.

Nach einer Stunde hatten sie immer noch nichts Nützliches gefunden. Clay und Jermaine beauftragten Rodney, die Suche allein fortzusetzen. Sie hatten ein weiteres Rendezvous mit Polizeibeamten.

Die Aktion im Clean Streets verlief ähnlich. Mit den Polizisten im Schlepptau marschierten die beiden Anwälte in das Büro am Eingang. Die Chefin wurde aus einer Besprechung geholt. Während sie die richterliche Anordnung las, murmelte sie vor sich hin, sie kenne Richter Sackman und werde sich später mit ihm in Verbindung setzen. Sie war äußerst verärgert, aber die Anordnung ließ an Deutlichkeit nichts zu wünschen übrig – alle Akten und Papiere, die Washad Porter betrafen, mussten unverzüglich herausgerückt werden.

»Das war wirklich überflüssig«, sagte die Frau zu Clay. »Wir kooperieren immer mit Anwälten.«

»Da habe ich was anderes gehört«, bemerkte Jermaine. Tatsächlich stand das Clean Streets in dem Ruf, selbst die höflichsten Bitten des OPD abzulehnen.

Nachdem sie die richterliche Anordnung ein zweites Mal gelesen hatte, sagte einer der Polizeibeamten: »Wir haben nicht den ganzen Tag Zeit.«

Endlich führte sie die Besucher in ein geräumiges Büro und beauftragte einen Assistenten, die Akten herbeizuschleppen. »Wann bekomme ich sie zurück?«, fragte sie.

»Wenn wir sie nicht mehr brauchen«, antwortete Jermaine.

»Und wohin bringen Sie die Akten?«

»Ins OPD, wo sie unter Verschluss aufbewahrt werden.«

Begonnen hatte ihre Bekanntschaft in einer Bar namens Abe's Place. Rebecca hatte mit zwei Freundinnen in einer Nische gesessen. Als Clay auf dem Weg zur Toilette an ihr vorbeikam, trafen sich ihre Blicke, und Clay hielt unwillkürlich für einen Moment inne. Bald gingen die beiden Freundinnen, und Clay verließ seine Trinkkumpane. Sie setzten sich an die Bar und unterhielten sich zwei Stunden lang. Am nächsten Abend hatten sie ihr erstes Rendezvous, innerhalb einer Woche zum ersten Mal Sex. Damals hatte Rebecca ihn zwei Monate lang von ihren Eltern fern gehalten.

Jetzt, vier Jahre später, war ihre Beziehung Routine geworden, und Rebecca stand unter dem Druck, sich neu orientieren zu müssen. Da schien es nur passend zu sein, das Ganze auch im Abe's Place zu beenden.

Clay traf zuerst ein und wartete an der Bar. Um ihn herum standen Politiker und Leute aus der Regierungsbürokratie, die ihren vorabendlichen Drink nahmen. Alle redeten schnell, laut und durcheinander. Sie diskutierten über die ach so wichtigen Themen, die sie den ganzen Tag über in Atem gehalten hatten.

Clay liebte Washington, und zugleich hasste er es. Er liebte die Geschichte, die Energie und die Bedeutung dieser Stadt, doch er verachtete das Heer von Speichelleckern, die sich um die Jobs schlugen und gegenseitig zu beweisen versuchten, wer am wichtigsten war. Neben ihm wurde gerade leidenschaftlich über die Abwassergesetze in den Central Plains debattiert.

Abe's Place war nichts als eine strategisch günstig gelegene Tränke in der Nähe des Capitol Hill, wo die Masse aus den Regierungsbüros auf dem Heimweg in die Vorstädte ihren Durst stillen konnte. Clay fielen etliche großartig aussehende, gut angezogene Frauen auf, von denen viele auf der Jagd zu sein schienen. Er stolperte über ein paar einladende Blicke.

Rebecca wirkte ruhig, entschlossen und kühl. Nachdem sie sich in eine Nische gesetzt hatten, bestellten sie hochprozentige Drinks – das war angesichts dessen, was folgen sollte, auch nötig. Clay stellte ein paar belanglose Fragen über die Anhörungen des Unterausschusses, die jetzt begonnen hatten. Allerdings ohne öffentliches Interesse, wenn man der *Washington Post* Glauben schenken wollte. Die Drinks kamen, und es ging los.

»Ich habe mit meinem Vater gesprochen«, begann Rebecca.

»Ich auch.«

»Warum hast du mir nicht gesagt, dass dich der Job in Richmond nicht interessiert?«

»Und warum hast du mir nicht gesagt, dass dein Vater im Hintergrund Strippen gezogen hat, um mir einen Job zu verschaffen?«

»Du hättest es mir sagen sollen.«

»Ich dachte, meine Entscheidung wäre auch so klar gewesen.«

»Bei dir ist nichts klar.«

Beide tranken einen Schluck.

»Dein Vater hat mich einen Verlierer genannt. Ist das in deiner Familie die vorherrschende Meinung?«

»Im Augenblick sieht's so aus.«

»Du teilst sie also auch?«

»Ich habe zumindest *Zweifel* an dir. Einer von uns muss ja realistisch sein.«

In ihrer Beziehung hatte es eine Unterbrechung gegeben, aber der Versuch war fehlgeschlagen. Vor einem Jahr hatten sie beschlossen, nur noch gute Freunde zu sein. Sie wollten sich umschauen, herausfinden, ob es nicht vielleicht doch jemand anderen gab. Später entdeckte Clay, dass Barb diese »Trennung« eingefädelt hatte. Im Potomac Country Club hatte sie einen sehr reichen jungen Mann aufgetan, dessen Frau gerade an Unterleibskrebs gestorben war. Selbstredend war Bennett ein enger persönlicher Freund der Familie. Er und Barb betätigten sich als Fallensteller, doch der Witwer witterte den Köder. Ein Monat im Umkreis der Familie van Horn genügte ihm, um die Flucht zu ergreifen und sich ein Haus in Wyoming zu kaufen.

Doch jetzt war die Lage sehr viel ernster. Mit größter Wahrscheinlichkeit war dies das Ende. Nach einem weiteren Schluck schwor sich Clay, Rebecca unter keinen Umständen zu verletzen, was immer sie auch sagen mochte. Seinetwegen konnte sie unter die Gürtellinie schlagen, wenn ihr danach war. Er würde es nicht tun.

»Also, was willst du, Rebecca?«

»Ich weiß es nicht.«

»Doch, du weißt es. Willst du Schluss machen?«

»Ich denke schon.« Tränen stiegen ihr in die Augen.

»Gibt es einen anderen?«

»Nein.«

Zumindest noch nicht. Man musste Barb und Bennett nur ein paar Tage Zeit lassen.

»Du lässt dich ziellos treiben, Clay. Du bist intelligent und begabt, hast aber keinen Ehrgeiz.«

»Wie schön, mal wieder zu hören, dass ich intelligent und begabt bin. Vor ein paar Stunden war ich noch ein Verlierer.«

»Versuchst du jetzt, witzig zu sein?«

»Warum nicht, Rebecca? Was spricht dagegen? Es ist vorbei, lass uns den Tatsachen ins Auge sehen. Wir lieben uns, aber ich bin ein Verlierer, der ziellos der Zukunft entgegentaumelt. Dein Problem, wenn du das so siehst. Mein Problem sind deine Eltern. Sie werden den armen Kerl, den du eines Tages heiraten wirst, ganz schön fertig machen.«

»Den armen Kerl?«

»Genau. Ich bemitleide ihn, weil deine Eltern einfach unerträglich sind. Und das weißt du.«

»Den armen Kerl, den ich heiraten werde?« Von Tränen war nichts mehr zu sehen. Jetzt blitzten ihre Augen.

»Reg dich nicht auf.«

»Den armen Kerl, den ich heiraten werde?«

»Hör zu, ich mach dir ein Angebot. Lass uns auf der Stelle heiraten. Wir schmeißen unsere Jobs und heiraten sofort, ganz ohne Gäste und Zeremonie. Wir verkaufen alles und fliegen nach … vielleicht nach Seattle oder Portland, auf jeden Fall weit weg. Dann werden wir eine Zeit lang nur von der Luft und der Liebe leben.«

»Nach Richmond willst du nicht ziehen, aber nach Seattle?«

»In Richmond wären deine Eltern nicht weit genug weg.«

»Und wie ginge es dann weiter?«

»Wir werden uns Jobs suchen.«

»Und was für Jobs? Herrscht im Westen etwa ein großer Mangel an Anwälten?«

»Du vergisst etwas, Rebecca. Gestern Abend noch war ich ein begabter Anwalt mit einer hervorragenden Universitätsausbildung und einem messerscharfen Verstand. Die großen Kanzleien werden förmlich Jagd auf mich machen. Nach eineinhalb Jahren bin ich irgendwo Teilhaber. Wir werden Kinder haben.«

»Spätestens dann werden meine Eltern kommen.«

»Nein, denn wir werden ihnen nicht sagen, wo wir sind. Sollten sie uns trotzdem finden, werden wir unseren Namen ändern und nach Kanada ziehen.«

Als zwei weitere Drinks serviert wurden, kippten sie die alten mit einem Schluck hinunter.

Der unbeschwerte Moment war schnell wieder vorbei. Aber er hatte beide daran erinnert, warum sie sich geliebt und wie sehr sie das Zusammensein genossen hatten. Insgesamt hatte es in ihrer Beziehung mehr erfreuliche als traurige Momente gegeben, aber die Dinge hatten sich geändert. Weniger heitere Augenblicke, mehr sinnlose Kabbeleien, mehr Einflussnahme seitens ihrer Familie.

»Ich mag die Westküste nicht«, sagte Rebecca schließlich.

»Dann such du einen Ort aus.« Doch das imaginäre Abenteuer war schon beendet. Ihre Eltern hatten einen Ort für sie ausgesucht, und sie würde sich nicht zu weit von Papa und Mama entfernen.

Was immer Rebecca auch im Hinterkopf haben mochte, jetzt musste sie damit herausrücken. Sie nahm einen tiefen Schluck, beugte sich vor und blickte Clay direkt in die Augen. »Ich brauche Zeit für mich, Clay.«

»Mach's dir nicht so schwer, Rebecca. Wir tun, was immer du willst.«

»Danke.«

»Wie lange soll die Auszeit dauern?«

»Das ist keine Verhandlung, Clay.«

»Einen Monat?«

»Länger.«

»Nein, das akzeptiere ich nicht. Wir einigen uns darauf, uns einen Monat lang nicht zu sehen und auch nicht zu telefonieren, okay? Heute ist der siebte Mai. Wir treffen uns am sechsten Juni, hier an diesem Tisch. Dann können wir über eine Verlängerung reden.«

»Eine Verlängerung?«

»Nenn es, wie du willst.«

»Besten Dank. Ich nenne es eine Trennung, Clay, das Ende. Du gehst deinen Weg, ich meinen. In einem Monat werden wir reden, aber ich glaube kaum, dass sich dann etwas geändert hat. Genauso, wie sich im letzten Jahr nicht viel geändert hat.«

»Würdest du dich auch von mir trennen, wenn ich diesen grauenhaften Job in Richmond angenommen hätte?«

»Wahrscheinlich nicht.«
»›Wahrscheinlich nicht‹ heißt ja, richtig?«
»Ja.«
»Dann war das alles inszeniert, stimmt's? Der Job, das Ultimatum. Die Geschichte gestern Abend war genau das, wofür ich sie gehalten habe – ein mieser Hinterhalt. Nehmen Sie den Job, mein Junge, sonst ...«

Rebecca stritt es nicht ab. »Ich habe diese Auseinandersetzungen satt, Clay. Ruf mich einen Monat lang nicht an.«

Sie griff nach ihrer Handtasche, sprang auf und schaffte es im Vorbeigehen gerade noch, Clay einen flüchtigen und bedeutungslosen Kuss auf die rechte Schläfe zu drücken. Clay nahm es kaum wahr. Er blickte ihr nicht nach.

Auch Rebecca drehte sich nicht um.

8

Clay wohnte in einem Gebäudekomplex in Arlington, an dem bereits der Zahn der Zeit nagte. Als er die Wohnung vor vier Jahren gemietet hatte, sagte ihm der Name BvH Group rein gar nichts. Später sollte er erfahren, dass das Unternehmen den Komplex in den frühen Achtzigerjahren errichtet hatte und dass das Projekt eines seiner ersten riskanten Bauvorhaben gewesen war. Es entpuppte sich als Fiasko, und der Gebäudekomplex wurde mehrfach verkauft. Somit hatte Clay nie auch nur einen Cent Miete an Mr van Horn überwiesen. Niemand in der Familie wusste, dass er in einem Haus wohnte, das einst von Bennett gebaut worden war. Nicht einmal Rebecca.

Clay teilte sich die Zwei-Zimmer-Wohnung mit Jonah, einem alten Freund aus Studentenzeiten, der beim Juraexamen viermal durchgefallen war und es erst beim fünften Anlauf geschafft hatte. Jetzt verkaufte er Computer. Das war zwar nur ein Teilzeitjob, aber er verdiente trotzdem mehr als Clay, und das war beiden unterschwellig immer präsent.

Am Morgen nach der Trennung von Rebecca ging Clay zur Wohnungstür, um die *Washington Post* zu holen. Er setzte sich mit der Zeitung an den Küchentisch und trank die erste Tasse Kaffee. Wie immer schlug er zuerst den Wirtschaftsteil auf, um sich über die miserable Entwicklung der BvHG-Aktie zu informieren. Mittlerweile wurde sie kaum mehr gehandelt.

Die paar fehlgeleiteten Investoren, die sie noch besaßen, waren bereit, sie für fünfundsiebzig Cent pro Stück zu verschleudern.

Wer war hier der Verlierer?

Die angeblich so wichtigen Anhörungen von Rebeccas Unterausschuss wurden in der ganzen Zeitung mit keinem Wort erwähnt.

Nachdem er sich dieses Vergnügen gegönnt hatte, schlug Clay den Sportteil auf. Dabei sagte er sich, dass jetzt die Zeit gekommen war, die Familie van Horn zu vergessen. Die *ganze* Familie.

Um zwanzig nach sieben, genau zu der Zeit, da er sich gewöhnlich eine Schüssel Cornflakes einverleibte, klingelte das Telefon. Das ist sie, dachte er lächelnd. Sie hat es sich schon anders überlegt.

Zu dieser frühen Tageszeit würde außer ihr niemand anrufen, abgesehen vielleicht vom Freund oder Ehemann irgendeiner Frau, die gerade gemeinsam mit Jonah ihren Rausch ausschlief. Solche Anrufe hatte Clay im Laufe der Jahre gelegentlich erhalten. Jonah liebte die Frauen – besonders solche, die verheiratet waren oder einen Freund hatten. Seinen Worten zufolge waren sie eine größere Herausforderung.

Aber es war weder Rebecca noch ein Ehemann oder Freund.

»Mr Clay Carter?«, fragte eine unbekannte Männerstimme.

»Ja?«

»Mr Carter, mein Name ist Max Pace. Ich arbeite für Anwaltskanzleien aus New York und Washington und treffe eine Vorauswahl für potenzielle zukünftige Mitarbeiter. Ihr Name hat unser Interesse geweckt, und ich kann Ihnen zwei sehr gute Positionen anbieten, die Sie möglicherweise interessieren werden. Sind Sie heute Mittag zum Essen frei?«

Clay verschlug es die Sprache. Unter der Dusche sollte er sich später daran erinnern, dass er merkwürdigerweise zuerst nur an die Aussicht auf ein gutes Essen gedacht hatte.

»Äh, natürlich«, brachte er schließlich mühsam hervor. Genau wie für jeden anderen Beruf gab es auch für Anwälte Headhunter. Aber es kam selten vor, dass sie sich in jene Niederungen verirrten, in denen das OPD angesiedelt war.

»Gut, dann treffen wir uns in der Lobby des Willard. Ist Ihnen zwölf Uhr recht?«

»Passt mir gut«, antwortete Clay. Er richtete den Blick auf den Berg schmutziger Teller im Spülbecken. Kein Traum. Es passierte *wirklich*.

»Vielen Dank, dann sehen wir uns heute Mittag, Mr Carter. Ich verspreche Ihnen, dass Sie es nicht bereuen werden.«

»Äh, ja.«

Max Pace legte auf. Clay verharrte einen Augenblick lang reglos, den Hörer noch in der Hand. Weiterhin auf die ungespülten Teller starrend, fragte er sich, welcher seiner ehemaligen Kommilitonen von der juristischen Fakultät ihm da einen Streich spielte. Oder steckte der Bulldozer dahinter? Wollte er sich an ihm rächen?

Er hatte nicht einmal die Geistesgegenwart besessen, Max Pace nach seiner Telefonnummer oder dem Namen seiner Firma zu fragen.

Und er hatte keinen frisch gereinigten Anzug. Er besaß zwei graue Anzüge, einen für den Winter und einen für den Sommer, aber beide waren alt und reichlich abgetragen. Clay benutzte sie für den Gerichtssaal. Da es im OPD glücklicherweise keine verbindliche Kleiderordnung gab, erschien er dort in der Regel in legeren Baumwollhosen und einem marineblauen Blazer. Auch eine Krawatte trug er nur vor Gericht, und er nahm sie sofort ab, sobald er wieder in seinem Büro war.

Unter der Dusche sagte er sich, dass seine Garderobe eigentlich keine Rolle spielte. Da Max Pace wusste, wo er arbeitete, musste er auch eine ungefähre Vorstellung davon haben, wie wenig man beim OPD verdiente. Wenn er mit einer abgenutzten Baumwollhose auftauchte, konnte er auch mehr Geld verlangen.

Als er auf der Arlington Memorial Bridge im Verkehrsstau steckte, gelangte er zu dem Schluss, dass sein Vater hinter dieser Geschichte stecken musste. Der Alte mochte aus Washington verbannt worden sein, hatte aber immer noch Beziehungen. Endlich hatte er den richtigen Knopf gedrückt und jemanden gefunden, der ihm noch einen Gefallen schuldete. Er wollte seinem Sohn einen anständigen Job besorgen. Als Jarrett Carters illustre Anwaltskarriere nach einem langen und abwechslungsreichen letzten Akt zu Ende gegangen war, hatte er seinen Sohn dazu gedrängt, den Job beim OPD anzunehmen. Jetzt hatte Clay diese Lehrzeit überstanden – fünf lange, harte Jahre –, und es war an der Zeit, dass er eine respektable Position erhielt.

Clay fragte sich, was für Kanzleien sich wohl für ihn interessieren mochten, und dieser Gedanke machte ihn neugierig. Sein Vater hasste die großen Lobbyisten-Kanzleien, die sich in der Connecticut und Massachusetts Avenue drängten. Aber er hatte auch nichts mit Winkeladvokaten am Hut, die auf Bussen oder Plakaten Reklame für sich machten und mit albernen Fällen das Rechtssystem lähmten. In der einstigen Kanzlei seines Vaters hatten zehn Anwälte gearbeitet, die vor Gericht aggressiv und erfolgreich zur Sache gegangen und seinerzeit sehr gefragt waren.

»Und das ist auch meine Bestimmung«, murmelte Clay vor sich hin, während er auf den unter ihm fließenden Potomac blickte.

Nachdem er den unproduktivsten Vormittag seiner bisherigen Laufbahn überstanden hatte, verließ Clay um halb zwölf sein Büro. Auf der Fahrt zum Willard, dessen voller Name Willard Inter-Continental Hotel lautete, ließ er es langsam angehen. In der Eingangshalle wurde er von einem muskulösen jungen Mann begrüßt, der ihm vage bekannt vorkam. »Mr Pace wartet schon auf Sie«, sagte er. »Wenn es Ihnen recht ist, möchte er Sie oben empfangen.« Die beiden gingen auf die Aufzüge zu.

»Natürlich«, erwiderte Clay und fragte sich, weshalb er so schnell erkannt worden war.

Während der Liftfahrt sprachen die beiden Männer kein

Wort. Im neunten Stock klopfte Clays Begleiter an die Tür der Theodore-Roosevelt-Suite, die sich sofort öffnete. Max Pace begrüßte Clay mit einem geschäftsmäßigen Lächeln. Er war etwa Mitte vierzig, hatte sehr dunkles, welliges Haar und einen Schnurrbart. Auch seine Garderobe orientierte sich an der Haarfarbe: schwarze Jeans, schwarzes T-Shirt, spitze schwarze Stiefel. Es war, als hätte sich jemand aus Hollywood ins Willard verirrt. Diese Kleidung entsprach nicht ganz dem Businesslook, den Clay eigentlich erwartet hatte. Als die beiden sich die Hand gaben, ahnte Clay, dass hier nichts so war, wie es auf den ersten Blick schien.

Der Bodyguard wurde mit einem unauffälligen Blick weggeschickt.

»Danke, dass Sie gekommen sind«, sagte Pace, während sie ein oval geschnittenes Zimmer betraten, in dem jede Menge Marmor verbaut worden war.

»Keine Ursache.« Clay studierte die weitläufige, mit viel Leder und exquisiten Stoffen ausgestattete Suite. »Ein hübscher Ort.«

»Ich werde noch für ein paar Tage hier wohnen. Lassen Sie uns den Zimmerservice informieren und oben essen. Dann können wir uns ungestört unterhalten.«

»Soll mir recht sein.« Clay schossen ein paar Fragen durch den Kopf. Die ersten von vielen. Warum mietete ein Headhunter aus Washington eine sündhaft teure Hotelsuite? Warum hatte er nicht irgendwo in der Nähe ein Büro? Brauchte er wirklich einen Bodyguard?

»Haben Sie irgendwelche Wünsche?«

»Ich bin mit allem einverstanden.«

»Gestern habe ich Capellini mit Lachssauce gegessen. Hat großartig geschmeckt.«

»Dann probiere ich die.« Da Clay halb verhungert war, hätte er im Augenblick alles gegessen.

Während Max Pace den Zimmerservice anrief, bewunderte Clay die Aussicht auf die Pennsylvania Avenue. Als das Essen bestellt war, nahmen sie in der Nähe des Fensters Platz. Der einleitende Smalltalk wurde schnell erledigt: das Wetter, die jüngste Niederlagenserie der Orioles und die miserable Verfassung der Wirtschaft. Pace beherrschte die Kunst der ungezwungenen Konversation und schien über jedes Thema nur so lange zu reden, wie es seinen Gast interessierte. Er stemmte Gewichte und nahm das so ernst, dass er es andere wissen lassen wollte. Sein enges T-Shirt klebte förmlich an seinem Brustkasten und seinen muskulösen Armen. Häufig und gern zupfte er an seinem Schnurrbart, wobei sich sein Bizeps wölbte.

Vielleicht hätte man Pace für einen Stuntman halten können, aber bestimmt nicht für einen Headhunter der obersten Kategorie.

Nach zehn Minuten machte Clay dem oberflächlichen Geplauder ein Ende. »Warum erzählen Sie mir nicht ein bisschen was über die beiden Kanzleien, die Sie erwähnten?«

»Weil es sie nicht gibt«, antwortete Pace. »Ich gebe zu, ich habe Sie angelogen, verspreche aber, dass Sie ab jetzt nur noch die Wahrheit hören werden.«

»Sie sind gar kein Headhunter?«

»Nein.«

»Was dann?«

»Feuerwehrmann.«

»Danke, sehr erhellend.«

»Lassen Sie's mich erklären. Ich habe einiges zu sagen und bin sicher, dass es Ihnen gefallen wird.«

»Dann sollten Sie sich beeilen, Mr Pace. Sonst bin ich nämlich ganz schnell wieder weg.«

»Entspannen Sie sich, Mr Carter. Darf ich Sie Clay nennen?«

»Noch nicht.«

»Wie Sie wünschen. Ich bin eine Art freiberuflicher Bevollmächtigter mit einem besonderen Spezialgebiet. Wenn's brennt, heuern mich große Unternehmen als Troubleshooter an. Sie haben Mist gebaut und erkennen ihre Fehler, bevor sie irgendwelchen Anwälten auffallen. Ich erscheine auf der Bildfläche, um den ganzen Schlamassel klammheimlich zu bereinigen. Wenn alles gut läuft, sparen die Unternehmen eine Menge Geld.

Meine Dienste sind sehr gefragt. Ob ich nun Max Pace heiße oder nicht, spielt keine Rolle. Es ist völlig irrelevant, wer ich bin und woher ich komme. Wichtig ist nur, dass ein großes Unternehmen von mir erwartet, dass ich einen Brand lösche. Irgendwelche Fragen?«

»Zu viele, um sie jetzt stellen zu können.«

»Dann hören Sie weiter zu. Den Namen meines Auftraggebers kann ich Ihnen jetzt nicht nennen. Vielleicht werden Sie ihn nie erfahren. Sollten wir zu einer Einigung gelangen, kann ich Ihnen aber sehr viel mehr erzählen. Also, es geht um Folgendes: Mein Auftraggeber ist ein multinationaler Pharmakonzern. Sie werden den Namen kennen. Das Unternehmen hat eine breite Produktpalette, die von gängigen Arzneien, die sich auch in Ihrem Badezimmerschrank finden, bis zu Medikamenten reicht, die im Kampf gegen Krebs und Fettleibigkeit eingesetzt werden. Es handelt sich um ein altes, bestens etabliertes Blue-Chip-Unternehmen mit weltweit tadelloser Reputation. Vor zwei Jahren hat es ein Medikament entwickelt, mit dem die Hoffnung verbunden war, dass es die Abhängigkeit von Drogen auf Opium- oder Kokainbasis heilen kann – ein sehr viel besseres Mittel als Methadon, das vielen Süchtigen vielleicht hilft, aber selbst suchtbildend ist und in großem Stil missbraucht wird. Lassen Sie uns dieses Wundermittel Tarvan nennen, was in der Entwicklungsphase tatsächlich eine Zeit lang sein Spitzname war. Ursprünglich durch ein Versehen entdeckt, wurde Tarvan schnell an jedem verfügbaren Labortier getestet. Die Resultate übertrafen alle Erwartungen, aber die Ergebnisse und das Suchtverhalten von Ratten lassen sich nur schwer auf Menschen übertragen.«

»Also brauchten sie menschliche Versuchskaninchen«, sagte Clay.

Pace zupfte an seinem Schnurrbart, und sein Bizeps spannte sich dabei. »Das Marktpotenzial von Tarvan war so groß, dass die hohen Tiere in den teuren Anzügen nachts kein Auge mehr zutaten. Stellen Sie sich das mal vor: Man nimmt drei Monate lang eine Pille am Tag und wird seine Sucht los, unabhängig davon, ob man kokain-, heroin- oder cracksüchtig war. Ist man dann clean, nimmt man alle zwei Tage eine Pille und hat sich das Problem lebenslang vom Hals geschafft. Eine fast sofortige Heilung, für Millionen Süchtige. Denken Sie an den Profit: Man kann den Preis praktisch nach Belieben bestimmen, da es immer irgendwo Leute geben wird, die das Geld mit Freuden auf den Tisch blättern. Denken Sie an die vielen Leben, die gerettet werden könnten, die vielen Verbrechen, die gar nicht erst begangen würden, die vielen Familien, die nicht auseinander brächen. Ganz zu schweigen davon, dass Milliarden eingespart werden könnten, die für Entziehungstherapien ausgegeben werden. Je länger die hohen Tiere darüber nachdachten, wie großartig Tarvan sein könnte, desto schneller wollten sie das Medikament auf den Markt bringen. Aber wie Sie bereits sagten: Sie brauchten menschliche Versuchskaninchen.«

Eine kurze Pause, ein Schluck Kaffee. Wieder spannte sich der Stoff des T-Shirts.

»Und damit begannen die Fehler«, fuhr Pace fort. »Sie suchten sich drei Orte aus, die außerhalb des Zuständigkeitsbereichs unserer Gesundheits- und Arzneimittelzulassungsbehörde liegen. In Mexiko City, Singapur und Belgrad hat die FDA nichts zu sagen. Unter dem Deckmäntelchen einer nebulösen internationalen Hilfsorganisation für Drogensüchtige begannen sie, Entziehungseinrichtungen zu bauen, richtig hübsche Kliniken, in denen man die Patienten wegschließen und permanent kontrollieren konnte. Nachdem sie sich die übelsten Fälle unter den Schwerstabhängigen ausgesucht hatten, sperrten sie sie ein, um nach dem einleitenden Entzug sofort mit der Tarvan-Therapie zu beginnen, von der die Patienten allerdings nichts wussten. Solange es kostenlos war, kümmerte es sie nicht, was sie bekamen.«

»Laboratorien für Menschenversuche«, bemerkte Clay. Bis jetzt war die Geschichte faszinierend, und dieser Feuerwehrmann war ein guter Erzähler.

»Sie sagen es. Menschenversuche an fernen Orten, wo keine Schadenersatzklagen nach amerikanischem Muster, keine amerikanischen Journalisten und keine FDA zu fürchten waren. Es war ein brillanter Plan, und das Medikament übertraf alle Erwartungen. Nach dreißig Tagen hatte Tarvan das Verlangen nach Drogen besiegt, nach sechzig Tagen waren die Süchtigen schon ziemlich zufrieden damit, dass sie clean waren, und nach neunzig Tagen hatten sie keine Angst mehr, in der Welt draußen wieder unter die Räder zu kommen. Alles wurde genauestens überwacht – Ernährung, Körperübungen, die eigentliche Therapie. Selbst Gespräche wurden aufgezeichnet. Bei meinem Auftraggeber kam auf einen Patienten mindestens ein Angestellter, und diese Entziehungseinrichtungen hatten jeweils einhundert Betten. Nach drei Monaten wurden die Patienten mit der Auflage entlassen, sich jeden zweiten Tag in der Klinik ihre Tarvan-Pille abzuholen. Neunzig Prozent hielten sich daran und blieben clean. Neunzig Prozent. Nur zwei Prozent wurden rückfällig.«

»Und die restlichen acht Prozent?«

»Die wurden zu einem ernsthaften Problem, mit dem meine Auftraggeber nicht gerechnet hatten. Wie auch immer, die Betten waren weiterhin voll belegt, und im Verlauf von achtzehn Monaten wurden über tausend Süchtige mit Tarvan behandelt. Die Resultate sprengten alle Erwartungen, und mein Auftraggeber witterte einen Milliardenprofit. Überdies gab es keine Konkurrenz. Die anderen Pharmaunternehmen beschäftigten sich nicht mehr ernsthaft mit der Entwicklung eines Medikaments gegen die Drogensucht. Die meisten von ihnen haben schon vor Jahren aufgegeben.«

»Und der nächste Fehler?«

»Es gab einige«, sagte Pace nach kurzem Zögern. Der Zimmerservice klingelte. Ein Kellner rollte einen Wagen mit dem Essen herein und brauchte dann fünf Minuten, bis er alles arrangiert hatte. Clay stand am Fenster und starrte auf das Washington Monument, doch er war so tief in Gedanken versunken, dass er es nicht wahrnahm. Nachdem der Kellner sein Trinkgeld erhalten hatte, verließ er die Suite endlich.

»Haben Sie Hunger?«, fragte Pace.

»Nein. Fahren Sie fort.« Clay zog sein Jackett aus und setzte sich. »Ich glaube, jetzt wird's langsam interessant.«

»So kann man es auch nennen. Der nächste Fehler bestand darin, einen Teil der Veranstaltung in die Vereinigten Staaten zu verlegen, und hier lief die Geschichte aus dem Ruder. Mein Auftraggeber hatte sich nach einem sorgfältigen Blick auf den Globus drei Städte ausgesucht – eine für Weiße, eine für Hispanics, eine für Asiaten. Jetzt brauchte er noch Schwarze.«

»Die haben wir in Washington reichlich.«

»Genau das hat sich mein Auftraggeber auch gedacht.«

»Das ist alles Quatsch, oder? Geben Sie zu, dass Sie lügen.«

»Ich habe Sie einmal angelogen, Mr Carter, und Ihnen versprochen, dass es nicht wieder geschehen wird.«

Clay stand langsam auf und ging erneut zum Fenster hinüber. Pace beobachtete ihn aufmerksam. Das Essen wurde kalt, aber keiner der beiden verschwendete einen Gedanken daran. Die Zeit schien still zu stehen.

Clay drehte sich um. »Tequila?«, fragte er.

Pace nickte. »Ja.«

Eine Minute verstrich. Clay verschränkte die Arme vor der Brust und lehnte sich an die Wand, Pace zupfte an seinem Schnurrbart. »Erzählen Sie weiter«, sagte Clay schließlich.

»Bei ungefähr acht Prozent der Patienten geht etwas schief«, fuhr Pace fort. »Mein Auftraggeber kann sich keinen Reim darauf machen, was es ist, wie es passiert und wer gefährdet ist. Aber Tarvan macht sie zu Mördern, daran gibt es nichts zu deuten. Nach ungefähr hundert Tagen passiert etwas in ihrem Gehirn, und sie empfinden das unwiderstehliche Bedürfnis zu morden. Dabei spielt es keine Rolle, ob sie vorher gewalttätig waren. Auch Alter, Rasse und Geschlecht lassen keinerlei Rückschlüsse zu.«

»Dann haben wir also achtzig Mordopfer?«

»Mindestens. In den Slums von Mexiko City kommt man nicht so leicht an entsprechende Informationen heran.«

»Wie viele Morde sind es in Washington?«

Dies war die erste Frage, die Pace zusammenzucken ließ, und er antwortete ausweichend. »In ein paar Minuten sage ich es Ihnen. Lassen Sie mich die Geschichte erst zu Ende erzählen. Würden Sie sich bitte wieder setzen? Ich schau nicht gern nach oben, während ich rede.«

Clay nahm Platz.

»Der nächste Fehler bestand darin, dass mein Auftraggeber die FDA umgehen wollte.«

»Klar.«

»Er hat viele einflussreiche Freunde in dieser Stadt. Er ist ein alter Profi, wenn es darum geht, Interessen durchzusetzen und Politiker mit zweckgebundenen Geldern zu versorgen oder ihre Frauen, Freundinnen oder ehemaligen Assistenten einzustellen. Eben die üblichen miesen Geschäfte, durch die das große Geld sich hier auszeichnet. Schließlich kam ein schmutziger Deal zustande, in den auch hohe Tiere aus dem Weißen Haus, dem Außenministerium, der Drug Enforcement Administration, dem FBI und ein paar anderen Behörden verwickelt waren. Über diesen Deal existieren keinerlei schriftliche Unterlagen, Bestechung spielte keine Rolle. Mein Auftraggeber hat alle auf eine sehr geschickte Weise davon überzeugt, dass Tarvan vielleicht die Welt retten könnte. Aber eben nur dann, wenn das Medikament noch in einem weiteren Laboratorium für Menschenversuche getestet werden kann. Der Deal wurde abgeschlossen, weil das Genehmigungsverfahren durch die FDA zwei bis drei Jahre in Anspruch genommen hätte und das Verhältnis zwischen der Behörde und dem Weißen Haus alles andere als gut ist. Die hohen Tiere, deren Namen sich nicht mehr ermitteln lassen, haben einen Weg gefunden, Tarvan in ein paar sorgfältig ausgewählte, vom Staat finanzierte Drogeneinrichtungen in Washington einzuschmuggeln. Wenn das Experiment erfolgreich verlaufen wäre, hätten das Weiße Haus und die hohen Tiere erbarmungslosen Druck auf die FDA ausgeübt, die Zulassung des Medikaments umgehend zu genehmigen.«

»Wusste Ihr Auftraggeber von den acht Prozent, als das Geschäft abgeschlossen wurde?«

»Keine Ahnung. Er hat mir nicht alles erzählt, wird es auch nie tun, und ich stelle nicht allzu viele Fragen. Das ist nicht mein Problem. Aber ich vermute, dass er nichts von den acht Prozent wusste. Sonst wäre es ein zu großes Risiko gewesen, das Experiment hier in Washington zu starten. Alles ging sehr schnell, Mr Carter.«

»Sie können mich jetzt Clay nennen.«

»Danke, Clay.«

»Keine Ursache.«

»Ich habe Ihnen erzählt, dass Bestechung keine Rolle spielte. Zumindest hat mein Auftraggeber das behauptet. Aber lassen Sie uns die Sache mal realistisch betrachten. Bei der Schätzung, wie viel Profit Tarvan während der nächsten zehn Jahre bringen würde, ging man von dreißig Milliarden Dollar aus – nicht etwa Umsatz, sondern Reingewinn. Zusätzlich wurde für den gleichen Zeitraum prognostiziert, dass durch Tarvan ungefähr hundert Milliarden Dollar Steuergelder eingespart werden könnten. Da ist es praktisch unvorstellbar, dass kein Schmiergeld im Spiel gewesen sein soll.«

»Aber all das ist bereits Schnee von gestern?«

»Richtig. Vor sechs Tagen wurde das Medikament zurückgezogen. All die tollen Entziehungseinrichtungen in Mexiko City, Singapur und Belgrad wurden mitten in der Nacht dichtgemacht, und das nette Personal verschwand spurlos. Die Experimente haben nie stattgefunden, alle Unterlagen sind im Reißwolf gelandet. Mein Auftraggeber hat nie etwas von einem Medikament namens Tarvan gehört. Wir wollen, dass auch nie wieder die Rede davon sein wird.«

»Ich schätze, damit komme ich auf die Bühne.«

»Nur, wenn Sie die Rolle übernehmen wollen. Sollten Sie ablehnen, werde ich mit einem anderen Anwalt reden.«

»Was ablehnen?«

»Mein Angebot, Mr Carter, unser Geschäft. Mit Tarvan behandelte Abhängige haben in Washington bisher fünf Menschen umgebracht. Ein armer Kerl, Washad Porters erstes Opfer, liegt noch im Koma und wird es wahrscheinlich nicht schaffen. Er wäre Nummer sechs. Wir kennen die Namen der Mörder und die ihrer Opfer, und wir wissen, wie sie ums Leben gekommen sind. Unser Wunsch ist es, dass Sie ihre Familien vertreten. Sie gewinnen sie als Mandanten, wir zahlen sie aus, und dann ist alles schnell in trockenen Tüchern. Die Sache geht in aller Stille über die Bühne: ohne Klage, ohne Gerichtsverfahren, ohne jede Publicity. Es dürfen keine Spuren zurückbleiben.«

»Warum sollten sich die Familien von mir vertreten lassen?«

»Weil sie bis jetzt keine Ahnung haben, dass es einen Grund gibt, weshalb sie Klage erheben könnten. Sie glauben, ihre Lieben wären aus blankem Zufall von irgendwelchen Kriminellen umgebracht worden. So läuft das hier: Dein Sohn wird von einem anderen Straßenjungen erschossen, du begräbst dein Kind, der Mörder wird verhaftet. Du verfolgst den Prozess und hoffst, dass der Mörder für den Rest seines Lebens hinter Gittern verschwindet. Aber keiner von diesen Leuten würde jemals auf die Idee kommen, selbst vor Gericht zu gehen. Wen sollten sie auch verklagen? Etwa den Jungen, den Mörder? Einen solchen Fall würde selbst der ärmste Anwalt nicht übernehmen. Sie werden sich von Ihnen vertreten lassen, weil Sie sie aufsuchen und ihnen sagen, dass sie eigentlich einen Grund hätten, vor Gericht zu gehen. Dann werden Sie diesen Familien in Aussicht stellen, dass sie sehr schnell vier Millionen Dollar bekommen, wenn sie einer vertraulichen außergerichtlichen Einigung zustimmen.«

»Vier Millionen Dollar«, wiederholte Clay. Er war nicht sicher, ob das zu viel oder zu wenig war.

»Jetzt zum Risiko, Clay. Bisher sind Sie der Einzige, der ein bisschen was weiß. Wenn aber einer Ihrer Kollegen von der Tarvan-Story Wind kriegen sollte, könnte es zu einem Gerichtsverfahren kommen. Nehmen wir einmal an, dieser Anwalt liebt Schwurgerichtsverfahren und sucht sich hier in Washington eine Jury zusammen, die ausschließlich aus Schwarzen besteht.«

»Das dürfte ihm keine Probleme bereiten.«

»Natürlich nicht. Lassen Sie uns weiterhin annehmen, dass dieser Anwalt irgendwie an die richtigen Beweise herankommt. Vielleicht an ein paar schriftliche Unterlagen, die nicht im Reisswolf gelandet sind. Wahrscheinlicher ist allerdings, dass er einen Mitarbeiter meines Auftraggebers präsentieren kann, der die Geschichte auffliegen lassen will. Wie auch immer, das Verfahren läuft ganz im Sinne der Familie des Ermordeten. Am Ende des Prozesses könnte ein Urteil mit einer spektakulären Summe stehen. Für meinen Auftraggeber wäre die negative Publicity allerdings noch verheerender. Der Aktienkurs würde einbrechen. Malen Sie sich den schlimmstmöglichen Alptraum aus, Clay, und glauben Sie mir, diese Leute träumen ihn ebenfalls. Sie haben etwas sehr Schlimmes getan und wollen ihren Fehler wieder gutmachen. Natürlich sind sie auch an Schadensbegrenzung interessiert.«

»Für die sind vier Millionen Dollar ein gutes Geschäft.«

»Ja und nein. Nehmen Sie Ramón Pumphrey: zweiundzwanzig Jahre alt, Teilzeitjob, Jahresverdienst sechstausend Dollar. Bei einer durchschnittlichen Lebenserwartung von dreiundfünfzig weiteren Lebensjahren und einem geschätzten Jahresverdienst, der etwa doppelt so hoch wie der gesetzlich vorgeschriebene Mindestlohn ist, beträgt der volkswirtschaftliche Wert seines Lebens – nach dem heutigen Geldwert – ungefähr eine halbe Million Dollar. So viel ist er wert.«

»Eine Schadenersatzforderung wäre leicht durchzusetzen.«

»Kommt drauf an. Weil es keine schriftlichen Unterlagen gibt, ist die Beweislage sehr kompliziert. Die Akten, die Sie gestern konfisziert haben, werden gar nichts enthüllen. Das Personal von Deliverance Camp und Clean Streets hatte keine Ahnung, was für Medikamente es da verabreicht hat, und die FDA hat noch nie was von Tarvan gehört. Mein Auftraggeber würde eine Milliarde lockermachen, um sich durch die besten Anwälte und Experten zu schützen. Der Rechtsstreit würde schon aus dem Grund zu einem wahren Krieg ausarten, weil mein Auftraggeber ohne jeden Zweifel schuldig ist.«

»Sechs mal vier Millionen macht vierundzwanzig Millionen.«

»Rechnen Sie zehn für den Anwalt hinzu.«
»Zehn Millionen?«
»Genau, Clay, das ist unser Geschäft. Zehn Millionen für Sie.«
»Sie machen wohl Witze.«
»Ich meine es völlig ernst. Insgesamt vierunddreißig Millionen Dollar. Ich kann die Schecks sofort ausstellen.«
»Ich muss einen kleinen Spaziergang machen.«
»Wir wär's jetzt mit Mittagessen?«
»Nein, danke.«

9

Clay ließ sich durch die Straßen treiben. Vor dem Weißen Haus fand er sich in einem Pulk holländischer Touristen wieder, die Fotos schossen und auf ein Winken des Präsidenten warteten. Er schlenderte durch den Lafayette Park, wo sich tagsüber die Obdachlosen aufhielten, dann zu einer Bank am Farragut Square, wo er ein kaltes Sandwich aß, ohne irgendetwas zu schmecken. Seine Sinne waren abgeschaltet, sein Gehirn arbeitete langsam, in seinen Gedanken herrschte Konfusion. Obwohl es bereits Mai war, konnte von einem klaren Tag keine Rede sein. Die hohe Luftfeuchtigkeit trug auch nicht dazu bei, dass er wieder einen klaren Kopf bekam.

Vor seinem geistigen Auge sah Clay zwölf wütende schwarze Geschworene, die sich eine Woche lang die schockierende Tarvan-Story angehört hatten. In seinem Schlussplädoyer sagte er zu ihnen: »Sie brauchten schwarze Laborratten, meine Damen und Herren Geschworenen, vorzugsweise Amerikaner, weil hier das große Geld zu machen ist. Also haben sie das Wundermittel Tarvan in unsere Stadt gebracht.« Zwölf Augenpaare hingen an Clays Lippen, zwölf Köpfe nickten zustimmend. Offensichtlich konnten es die Geschworenen gar nicht abwarten, sich zurückzuziehen und dem Recht Genüge zu tun.

Welches war das in puncto Schadenersatz spektakulärste Urteil, das jemals gefällt worden war? Gab es im *Guinness Buch der Rekorde* auch dafür eine Statistik? Wie groß diese

Summe auch immer gewesen sein mochte, er konnte sie fordern. »Hochverehrte Jury, füllen Sie einfach die Leerstelle aus.«

Aber dieser Fall würde nie vor Gericht verhandelt werden; keine Jury würde je davon hören. Wer immer Tarvan produziert haben mochte, er würde es sich mehr als vierunddreißig Millionen Dollar kosten lassen, die Wahrheit für alle Zeiten aus der Welt zu schaffen. Diese Leute würden Gangster jeglicher Provenienz anheuern, damit sie Menschen die Knochen brachen, Dokumente stahlen, Telefone abhörten und Büros anzündeten. Sie würden nichts unversucht lassen, damit das Geheimnis diesen zwölf wütenden schwarzen Geschworenen nie zu Ohren kommen würde.

Seine Gedanken schweiften zu Rebecca ab. Was würden seine zehn Millionen Dollar aus ihr machen! Sie würde die Sorgen vom Capitol Hill hinter sich lassen und sich mit einem Leben als Mutter begnügen. Innerhalb von drei Monaten hätten sie geheiratet. Vielleicht auch noch schneller, wenn Barb die Vorbereitungen zügiger abwickelte.

Seltsamerweise erschienen ihm die van Horns bereits als Fremde, die nichts mehr mit seinem Leben zu tun hatten. Er wollte sie nur noch vergessen. Nach vier Jahren Gängelung hatte er sich von diesen Leuten befreit; nie wieder würden sie ihn quälen.

Und bald brauchte er sich auch um viele andere Dinge keine Gedanken mehr zu machen.

Eine Stunde verstrich. Schließlich fand sich Clay am Dupont Circle wieder, wo er die Schaufenster der kleinen Läden in der Massachusetts Avenue betrachtete: antiquarische Bücher, seltenes Porzellan, exquisite Mode, erlesenes Publikum. Eine Fassade war unten verspiegelt, und er blickte sich an und fragte sich, ob Max der Feuerwehrmann real oder nur ein Phantom war. Oder ein Betrüger. Während er den Bürgersteig hinabschlenderte, wurde ihm fast übel bei dem Gedanken, dass ein anerkanntes Unternehmen die schwächsten Mitglieder der Gesellschaft als Versuchskaninchen für seine verwerflichen Experimente ausnutzte. Doch schon ein paar Sekunden später faszinierte ihn die Aussicht auf einen Reichtum, von dem er nie auch nur hatte träumen können. Jetzt brauchte er den Rat seines Vaters. Jarrett Carter würde wissen, was zu tun war.

Eine weitere Stunde ging dahin. Im OPD wartete man auf ihn, weil eine wöchentliche Besprechung der Mitarbeiter angesetzt war. »Sollen sie mich doch rauswerfen«, murmelte er lächelnd.

Eine Zeit lang stöberte er bei Kramerbooks herum, seiner Lieblingsbuchhandlung in Washington. Vielleicht würde er sich schon bald statt der Taschenbücher die gebundenen Ausgaben ansehen. Dann konnte er sämtliche Wände seines neuen Hauses mit Büchern tapezieren.

Um Punkt fünfzehn Uhr trat er in das im hinteren Teil der Buchhandlung untergebrachte Café. Dort saß Max Pace – allein – und trank Limonade. Offensichtlich freute er sich, Clay zu sehen.

»Haben Sie mich verfolgen lassen?«, fragte Clay, während er Platz nahm und seine Hände in den Hosentaschen vergrub.

»Natürlich. Möchten Sie etwas trinken?«

»Nein. Was wäre, wenn ich morgen als Anwalt der Familie von Ramón Pumphrey Klage einreichen würde? Allein dieser Fall könnte mehr wert sein als das, was Sie für alle sechs Fälle bieten.«

Offensichtlich hatte Pace diese Frage erwartet, und er hatte auch schon eine Antwort parat. »Dann hätten Sie eine lange Liste von Problemen, von denen ich hier nur die ersten drei erwähnen will. Zunächst einmal wissen Sie gar nicht, *wen* Sie verklagen sollten. Sie haben keine Ahnung, wer Tarvan produziert hat, und es ist durchaus denkbar, dass niemand es je erfahren wird. Zweitens: Sie haben nicht das erforderliche Geld, um es mit meinem Auftraggeber aufzunehmen. Dafür bräuchten Sie mindestens zehn Millionen Dollar. Und drittens würden Sie damit die Chance verspielen, alle sechs potenziellen Kläger zu vertreten. Wenn Sie nicht bald zusagen, werde ich mit dem nächsten Anwalt auf meiner Liste reden und ihm dasselbe Angebot machen. Mein Ziel ist es, diese Geschichte innerhalb von dreißig Tagen abzuschließen.«

»Ich könnte zu einer großen, auf Schadenersatzklagen spezialisierten Kanzlei gehen.«

»Ja, könnten Sie, und dann hätten Sie noch mehr Probleme am Hals. Zunächst müssten Sie mindestens die Hälfte Ihres Anwaltshonorars herausrücken. Zweitens würde es fünf Jahre dauern, bis ein Urteil zustande käme, vielleicht sogar noch länger. Drittens könnte selbst die größte auf Schadenersatzklagen spezialisierte Kanzlei der ganzen Vereinigten Staaten diesen Prozess verlieren. Unter Umständen wird die Wahrheit nie ans Licht kommen.«

»Das sollte sie aber.«

»Vielleicht, aber das ist nicht mein Problem. Meine Aufgabe ist es, jegliche Publicity zu verhindern, die Opfer angemessen zu entschädigen und die ganze Geschichte dann für immer zu begraben. Benehmen Sie sich nicht wie ein Narr, mein Freund.«

»Ich glaube kaum, dass wir Freunde sind.«

»Stimmt, aber wir machen Fortschritte.«

»Sie haben eine Liste von Anwälten?«

»Ja, und es stehen noch zwei weitere Namen darauf. Die beiden sind Ihnen sehr ähnlich.«

»Mit anderen Worten, auch sie sind arme Schlucker.«

»Genau. Aber Sie sind nicht nur ein armer Schlucker, sondern auch intelligent.«

»Das habe ich kürzlich schon einmal gehört. Demnach scheue ich auch harte Arbeit nicht. Leben die beiden Kollegen ebenfalls in Washington?«

»Ja, aber das sollte uns jetzt nicht kümmern. Heute ist Donnerstag. Sie haben bis Montag Zeit. Bis zwölf Uhr mittags muss ich wissen, wie Sie sich entscheiden, sonst gehe ich zum nächsten Kandidaten.«

»Wurde Tarvan auch in einer anderen amerikanischen Stadt ausprobiert?«

»Nein, nur in Washington.«

»Und wie viele Menschen wurden damit behandelt?«

»Ungefähr hundert, vielleicht ein paar mehr, vielleicht ein paar weniger.«

Clay trank einen Schluck von dem Eiswasser, das ein Kellner vor ihn auf den Tisch gestellt hatte. »Dann laufen hier also noch mehr potenzielle Killer herum?«

»Gut möglich. Ich brauche wohl nicht eigens zu betonen, dass wir die Lage mit großer Sorge beobachten.«

»Können Sie ihnen nicht irgendwie Einhalt gebieten?«

»Was soll man gegen Straßenkriminalität in Washington schon ausrichten? Niemand hätte vorhersagen können, dass Tequila Watson das D-Camp verlassen und innerhalb von zwei Stunden einen Mord begehen würde. Dasselbe gilt für Washad Porter. Das Wissen über Tarvan lässt keine Rückschlüsse darauf zu, wer wann durchdrehen könnte. Es spricht einiges dafür, dass die Versuchspersonen keine Gefahr mehr darstellen, wenn sie Tarvan erst einmal zehn Tage abgesetzt haben. Aber letztlich ist das reine Spekulation.«

»Dann könnte es mit den Morden also in einigen wenigen Tagen vorbei sein.«

»Darauf zählen wir. Ich hoffe, dass wir das Wochenende ohne weitere Vorfälle überstehen.«

»Ihr Auftraggeber sollte im Gefängnis sitzen.«

»Mein Auftraggeber ist ein Unternehmen.«

»Auch Unternehmen können strafrechtlich verfolgt werden.«

»Wir sollten uns diese Diskussion ersparen, okay? Sie führt zu nichts. Wir müssen uns ausschließlich auf die Frage konzentrieren, ob Sie diese Herausforderung annehmen wollen.«

»Wie ich Sie einschätze, haben Sie bestimmt einen Plan für mich.«

»Ja, und zwar einen sehr detaillierten.«

»Also, zuerst kündige ich meinen gegenwärtigen Job. Wie geht es dann weiter?«

Pace schob sein Limonadenglas zur Seite und beugte sich etwas vor, als kämen jetzt die guten Nachrichten. »Sie werden eine eigene Kanzlei gründen. Neue Büroräume, eine nette Einrichtung und so weiter. Sie müssen Ihren Mandanten diese Geschichte verkaufen, Clay, und da führt kein Weg daran vorbei, dass Sie wie ein erfolgreicher Prozessanwalt aussehen und auftreten müssen. Ihre potenziellen Mandanten werden Sie in Ihrer Kanzlei aufsuchen und müssen schwer beeindruckt sein. Dafür sind auch Angestellte erforderlich, außerdem ein paar andere Anwälte, die in Ihren Diensten stehen. Glauben Sie mir, alles kommt auf den äußeren Eindruck an. Ich habe selbst mal als Anwalt gearbeitet. Mandanten erwarten ein hübsches Ambiente. Für sie ist das das Zeichen für Erfolg. Dann werden Sie diesen Leuten erzählen, dass Sie sie durch eine außergerichtliche Einigung um vier Millionen Dollar reicher machen.«

»Vier Millionen ist zu wenig.«

»Darüber reden wir später, okay? Jetzt geht es erst einmal darum, dass Sie wie ein erfolgreicher Anwalt auftreten müssen.«

»Ich hab's kapiert. Im Übrigen habe ich bei meinem Vater lange Jahre in einer sehr erfolgreichen Kanzlei gearbeitet.«

»Wissen wir. Auch das hat für Sie gesprochen.«

»Ist Büroraum im Augenblick sehr knapp?«

»Wir haben an der Connecticut Avenue ein Objekt für Sie angemietet. Möchten Sie Ihr neues Büro gern sehen?«

Nachdem sie Kramer's durch den Hintereingang verlassen hatten, schlenderten sie den Bürgersteig hinab, als wären sie zwei alte Freunde auf einem Spaziergang. »Werde ich immer noch beschattet?«, erkundigte sich Clay.

»Warum fragen Sie?«

»Keine Ahnung, nur so, aus Neugier. Kommt bei mir nicht jeden Tag vor, dass man mir folgt. Ich wüsste nur gern, ob man auf mich schießt, falls ich Reißaus nehme.«

Dieser Gedanke ließ Pace lächeln. »Das wäre ziemlich absurd, oder?«

»Ja, ziemlich.«

»Mein Auftraggeber ist äußerst nervös, Clay.«

»Dazu hat er auch allen Grund.«

»Im Augenblick sind Dutzende Leute in der Stadt unterwegs, die die Lage beobachten und beten, dass nicht noch mehr Morde passieren. Außerdem hoffen sie, dass Sie unserem Geschäft zustimmen und die Sache schaukeln werden.«

»Was ist mit dem Berufsethos?«

»Was genau meinen Sie damit?«

»Ich meine zum Beispiel die Standesregeln – Interessenkonflikt und Anstiftung zum Rechtsstreit.«

»Letzteres ist ein Witz. Denken Sie nur an die Werbemethoden Ihrer Kollegen.«

Sie blieben an einer Ampel stehen. »Im Augenblick vertrete ich noch Tequila Watson«, sagte Clay, während sie warteten. »Wie bringe ich das Kunststück zustande, bald die Mutter seines Opfers zu vertreten?«

»Tun Sie's einfach. Mit den Standesregeln für Anwälte haben wir uns eingehend befasst. Die Sache ist heikel, aber ein Verstoß läge nicht vor. Sobald Sie Ihren Job beim OPD gekündigt haben, steht es Ihnen frei, ein eigenes Büro zu eröffnen und Fälle anzunehmen.«

»Meinetwegen, das mag nicht weiter schwierig sein. Aber was ist mit Tequila Watson? Mittlerweile weiß ich, warum er zum Mörder wurde. Dieses Wissen kann ich ihm nicht vorenthalten. Dasselbe gilt für den Kollegen, der den Fall von mir übernehmen wird.«

»Man kann die Verteidigung bei einem Verbrechen nicht auf Trunkenheit, Drogenkonsum oder Medikamenteneinfluss aufbauen. Er ist schuldig, und Ramón Pumphrey ist tot. Tequilas Akte können Sie schließen.« Mittlerweile gingen sie wieder.

»Die Antwort gefällt mir nicht.«

»Eine bessere habe ich nicht anzubieten. Wenn Sie mir einen Korb geben und Ihren jetzigen Mandanten weiterhin vertreten wollen, wird es Ihnen praktisch unmöglich sein, einen Beweis dafür zu erbringen, dass Tequila Watson jemals ein Medikament namens Tarvan eingenommen hat. Obwohl Sie es wissen, werden Sie es nicht beweisen können. Wenn Sie damit anfangen, machen Sie sich zum Narren.«

»Vielleicht ließen sich wenigstens mildernde Umstände herausholen.«

»Nur wenn Sie einen Beweis erbringen können, Clay. Hier ist es.« Sie hatten die Connecticut Avenue erreicht und standen vor einem modernen Gebäude mit einem Portal aus Glas und Bronze, das sich bis zum dritten Stock in die Höhe zog.

Clay blickte an der Fassade hinauf. »Die Gegend mit den höchsten Mieten.«

»Ach, kommen Sie. Sie sitzen im vierten Stock, in einem Eckbüro mit fantastischem Blick.«

Ein riesiges Foyer, Wände und Boden aus Marmor. Eine Wandtafel mit einem Verzeichnis der Mieter, das einem Who's Who der Topjuristen von Washington glich. »Nicht ganz meine Liga«, bemerkte Clay, während sein Blick über die Namen der Kanzleien glitt.

»Das kann sich bald ändern«, sagte Max Pace.

»Was wäre, wenn ich hier nicht arbeiten möchte?«

»Das ist Ihre Sache. Zufällig haben wir hier gerade etwas Büroraum frei, und wir werden ihn zu einem sehr günstigen Preis an Sie untervermieten.«

»Wann haben Sie die Büros gemietet?«

»Stellen Sie nicht zu viele Fragen, Clay. Schließlich spielen wir im selben Team.«

»Noch nicht.«

In den für Clay vorgesehenen Büros im vierten Stock wurden gerade die Wände gestrichen und Teppichböden verlegt. *Teure* Teppichböden. Sie standen am Fenster eines großen, leeren Büros und beobachteten den unter ihnen auf der Connecticut Avenue fließenden Verkehr. Wenn man eine neue Anwaltskanzlei eröffnen wollte, mussten tausend Dinge erledigt werden, von denen Clay im Moment allenfalls hundert einfielen. Aber er hatte so eine Ahnung, dass Max Pace an alles gedacht hatte.

»Wie finden Sie es?«

»Im Augenblick kann ich kaum einen klaren Gedanken fassen. In meinem Kopf geht alles durcheinander.«

»Lassen Sie sich diese Chance nicht entgehen, Clay. Sie wird nie wiederkommen, und die Uhr läuft bereits.«

»Das Ganze ist so verdammt irreal.«

»Die für die Gründung einer Kanzlei unerlässlichen Formalitäten können Sie online erledigen, was etwa eine Stunde dauern wird. Suchen Sie sich eine Bank aus, eröffnen Sie ein Konto. Papier mit Briefkopf und anderer Kleinkram kann über Nacht besorgt werden. In ein paar Tagen ist Ihr neues Büro möbliert und bezugsfertig. Schon nächsten Mittwoch können Sie hier hinter einem imposanten Schreibtisch sitzen und auf eigene Rechnung arbeiten.«

»Wie bringe ich die Familien der anderen Opfer dazu, sich von mir vertreten zu lassen?«

»Ich nehme an, dass Ihre Freunde Rodney und Paulette Ihnen da helfen könnten. Sie kennen sich mit dieser Stadt und ihren Bewohnern aus. Stellen Sie sie ein, verdreifachen Sie ihr Gehalt, und geben Sie ihnen ein hübsches Büro weiter unten am Flur. Mit den Familien der Opfer können die beiden reden, und auch wir werden dabei behilflich sein.«

»Sie haben wirklich an alles gedacht.«

»Ja, an absolut alles. Ich verfüge über ein äußerst effektives Team, aber im Moment macht sich fast schon so etwas wie Panik breit. Wir arbeiten rund um die Uhr, Clay. Jetzt brauchen wir nur noch jemanden, der die Sache zu Ende bringt.«

Auf dem Weg nach unten hielt der Lift im dritten Stock. Drei Männer und eine Frau traten in die Kabine. Alle vier waren gut gekleidet, äußerst gepflegt und trugen teure Aktentaschen aus feinstem Leder unter dem Arm. Sie verströmten das Flair von Bedeutung, das die Arbeit in einer renommierten Kanzlei mit sich brachte. Max Pace war so mit den Einzelheiten seines Plans beschäftigt, dass er sie nicht wahrnahm. Aber Clay studierte sie genau – ihre Manieren, ihre zurückhaltende Ausdrucksweise, ihre Seriosität, ihre Arroganz. Sie waren wichtige Anwälte. Und sie nahmen ihn nicht zur Kenntnis. Aber mit seiner alten Baumwollhose und den abgestoßenen Schuhen entsprach er auch nicht gerade dem Bild, das man sich von einem vorzeigbaren Mitglied der Washingtoner Anwaltschaft machte.

Das konnte sich jetzt über Nacht ändern.

Nachdem Clay sich von Max Pace verabschiedet hatte, folgte der nächste lange Spaziergang, diesmal in Richtung OPD. Dort angekommen, fand er auf seinem Schreibtisch keine einzige wichtige Notiz. Offensichtlich hatten außer ihm viele andere Kollegen die Besprechung ausfallen lassen. Niemand fragte ihn, wo er gewesen sei. Tatsächlich schien keinem überhaupt aufgefallen zu sein, dass er den ganzen Nachmittag über durch Abwesenheit geglänzt hatte.

Plötzlich kam ihm sein Büro noch kleiner und schäbiger vor, und die Möbel erschienen ihm unerträglich trostlos. Auf seinem Schreibtisch türmte sich ein Stapel Akten mit Fällen, an die er jetzt nicht denken konnte oder wollte. Es ging ohnehin ausschließlich um Kriminelle.

Eigentlich galt beim OPD eine Kündigungsfrist von dreißig Tagen. Doch niemand verlangte, dass diese Frist eingehalten wurde, weil sie sich ganz einfach nicht durchsetzen ließ. Ständig kündigten Mitarbeiter kurzfristig oder gar mit sofortiger Wirkung. Glenda würde ihm einen bedrohlich klingenden Brief schreiben, er würde freundlich antworten, und damit wäre die Sache erledigt.

Die beste Sekretärin beim OPD war Miss Glick, eine erfahrene Kraft, die vielleicht nur zu glücklich wäre, die Chance beim Schopf zu packen, ihr Gehalt zu verdoppeln und ihren trostlosen Arbeitsplatz hinter sich zu lassen. Für Clay stand fest, dass allen die Arbeit in seiner neuen Kanzlei Spaß machen würde. Seine Mitarbeiter würden in den Genuss von guten Gehältern, Zusatzleistungen und vielen Urlaubstagen gelangen. Vielleicht würde er sie sogar am Profit beteiligen.

Er verbrachte die letzte Stunde des Arbeitstages hinter verschlossener Tür damit, Pläne für die Zukunft zu schmieden, in Gedanken Mitarbeiter vom OPD abzuwerben und zu überlegen, welche Anwälte und welche Anwaltsassistenten zu seiner neuen Kanzlei passen würden.

Am Abend traf er sich zum dritten Mal an diesem Tag mit Max Pace. Sie waren im Old Ebbitt Grill an der Fifteenth Street verabredet. Das Restaurant lag zwei Blocks hinter dem Willard. Zu Clays Überraschung begann Pace den Abend mit einem trockenen Martini mit Gin, der ihn bald deutlich gelöster wirken ließ. Die Drinks halfen, den Druck, unter dem sie standen, zu vergessen, und Max wurde zu einem Menschen aus Fleisch und Blut. Früher hatte er selbst als Prozessanwalt in Kalifornien gearbeitet, doch ein unglückliches Ereignis bereitete seiner Karriere ein Ende. Anschließend fand er durch Beziehungen seine Nische in der Welt der Prozesse und wurde zum Brandlöscher. Zum Mittelsmann. Er war ein hoch bezahlter Spezialist, der unauffällig auf der Bildfläche erschien, den Schlamassel bereinigte und wieder verschwand, ohne Spuren zu hinterlassen. Während sie ihre Steaks aßen und die erste Flasche Bordeaux leerten, stellte er Clay schon den nächsten Auftrag in Aussicht. »Ein sehr viel größerer Fall als die Tarvan-Geschichte«, sagte er und sah sich dabei nach potenziellen Lauschern um.

»Wie bitte?«, fragte Clay nach einer langen Pause.

Noch einmal vergewisserte sich Pace, dass keine Spione anwesend waren. »Mein Auftraggeber hat einen Konkurrenten, der ein gefährliches Medikament auf den Markt gebracht hat«, sagte er dann. »Bisher weiß noch niemand etwas davon. Das Medikament der Konkurrenz verkauft sich sehr viel besser als seines, aber mein Auftraggeber verfügt mittlerweile über verlässliche Beweise, dass es die Bildung von Tumoren auslöst. Jetzt wartet er auf den richtigen Moment für einen Angriff.«

»Einen Angriff?«

»Ja, etwa in Gestalt einer Sammelklage, die von einem aggressiven jungen Anwalt eingereicht wird, der über die richtigen Beweise verfügt.«

»Sie bieten mir einen weiteren Fall an?«

»Ja. Akzeptieren Sie meinen Tarvan-Vorschlag, und wickeln Sie die Geschichte in dreißig Tagen ab. Anschließend überantworten wir Ihnen einen Fall, der viele Millionen wert ist.«

»Mehr Millionen als die Tarvan-Sache?«

»Sehr viel mehr.«

Bisher hatte Clay es geschafft, die Hälfte seines Filet Mignon hinunterzuwürgen, ohne es jedoch zu merken; die andere Hälfte würde unberührt liegen bleiben. Obwohl er halb verhungert war, hatte er keinen Appetit mehr. »Warum ich?«, fragte er mehr sich selbst als seinen neuen Freund.

»Das fragen sich Leute, die in der Lotterie gewonnen haben, auch. Sie haben das große Los gezogen, Clay, sozusagen in der Lotterie für Anwälte den Jackpot abgeräumt. Sie waren clever genug, haben bei der Tarvan-Story ansatzweise Lunte gerochen, und exakt zu diesem Zeitpunkt suchten wir verzweifelt einen jungen, vertrauenswürdigen Anwalt. Wir haben uns gefunden, Clay. Jetzt müssen Sie nur noch rasch eine Entscheidung treffen, die den weiteren Verlauf Ihres Lebens ändern wird. Wenn Sie zusagen, werden Sie ein sehr bedeutender Anwalt, sagen Sie Nein, ziehen Sie bei dieser Lotterie eine Niete.«

»Das habe ich schon kapiert. Aber ich brauche ein bisschen Zeit, um wieder klar denken und mir alles in Ruhe überlegen zu können.«

»Sie haben das ganze Wochenende.«

»Danke. Hören Sie, ich mache eine kleine Reise. Morgen früh fliege ich, am Sonntagabend bin ich wieder hier. Es wäre wirklich überflüssig, wenn mich Ihre Leute beschatten würden.«

»Darf ich fragen, wohin Sie fliegen?«

»Nach Abaco. Gehört zu den Bahamas.«

»Wollen Sie Ihren Vater besuchen?«

Clay war überrascht, aber eigentlich hätte er darauf gefasst sein müssen, dass Max sich kundig gemacht hatte. »Ja«, antwortete er.

»Aus welchem Grund?«

»Geht Sie nichts an. Ich will bloß angeln.«
»Tut mir Leid, aber wir sind sehr nervös. Ich hoffe, dass Sie das verstehen.«
»Eigentlich nicht. Ich nenne Ihnen die Nummern meiner Flüge, aber Sie halten mir Ihre Leute vom Hals. Abgemacht?«
»Sie haben mein Wort.«

10

Great Abaco ist eine lange, schmale Insel am nördlichen Rand der Bahamas und liegt etwa hundert Meilen östlich der Küste von Florida. Vor vier Jahren war Clay, nachdem er genug Geld für den Flug zusammengekratzt hatte, schon einmal auf der Insel zu Besuch gewesen, um mit seinem Vater über ernste Dinge zu sprechen und sich ein paar Sorgen von der Seele zu reden. Doch es sollte anders kommen. Damals lag es noch nicht lange zurück, dass Jarrett Carter in Ungnade gefallen war, und so war er vollauf damit beschäftigt, seine Schmach ab Mittag in Rumpunsch zu ertränken.

Dieser Besuch würde hoffentlich anders verlaufen.

Am späten Nachmittag verließ Clay das Turboprop-Flugzeug der Coconut Air, in dem es nicht nur äußerst warm, sondern auch sehr eng gewesen war. Nach einem flüchtigen Blick auf seinen Pass winkte ihn der Zollbeamte durch. Die Taxifahrt nach Marsh Harbor dauerte fünf Minuten. Der Fahrer fuhr auf der anderen Straßenseite, wie in England. Offensichtlich liebte er laute Gospel-Musik. Clay hatte weder Lust, mit ihm zu streiten, noch ihm ein Trinkgeld zu geben. Am Hafen stieg er aus und machte sich auf den Weg zu seinem Vater.

Jarrett Carter hatte einst einen Prozess gegen den Präsidenten der Vereinigten Staaten angestrengt. Obwohl er verloren hatte, zog er aus dieser Erfahrung optimistisch den Schluss, dass es von jetzt an nur leichter werden konnte. Er fürchtete niemanden mehr, weder vor Gericht noch sonst wo. Seine Reputation hatte er durch einen einzigen triumphalen Sieg erlangt – in einem großen Prozess, bei dem der Präsident der American Medical Association angeklagt war, ein untadeliger Arzt, dem jedoch bei einer Operation ein Kunstfehler unterlaufen war. Das Urteil wurde von einer erbarmungslosen Jury in einem konservativen County gefällt, und nach seinem Sieg war Jarrett Carter plötzlich ein gefragter Prozessanwalt. Er suchte sich nur noch die kompliziertesten Fälle heraus, die er vor Gericht auch meistens gewann, und mit vierzig Jahren war er ein Anwalt mit bestem Renommee. Die von ihm aufgebaute Kanzlei war vor allem dafür bekannt, vor Gericht hart zur Sache zu gehen. Nie hatte Clay daran gezweifelt, dass er in die Fußstapfen seines Vaters treten würde.

Die Katastrophe nahm ihren Anfang, als Clay noch das College besuchte, zunächst mit einer unappetitlichen Scheidung, die Jarrett teuer zu stehen kam. Dann ging in der Kanzlei alles schief, und es lief, wie nicht anders zu erwarten, darauf hinaus, dass sich die Teilhaber gegenseitig verklagten. Weil er dadurch abgelenkt war, gewann Jarrett zwei Jahre lang keinen einzigen Prozess, wodurch sein Ruf großen Schaden erlitt. Schließlich machte er seinen schlimmsten Fehler, indem er gemeinsam mit seinem Buchhalter die Bilanzen zu frisieren begann: Einnahmen wurden verschwiegen, Ausgaben übertrieben hoch angesetzt. Als sie erwischt wurden, nahm sich der Buchhalter das Leben. Jarrett brachte sich zwar nicht um, war aber am Boden zerstört. Es schien wahrscheinlich, dass er ins Gefängnis wandern würde. Davor bewahrte ihn nur der Umstand, dass sich ein alter Studienkollege von der juristischen Fakultät als Justizminister der Sache annahm.

Was genau für ein Abkommen die beiden damals getroffen hatten, sollte für immer ein dunkles Geheimnis bleiben. Zu einer formellen Anklage kam es nie, es gab nur ein inoffizielles Arrangement. Jarrett löste in aller Stille seine Kanzlei auf, gab seine Anwaltszulassung zurück und verließ das Land. Er floh mit leeren Taschen, wenngleich einige mit der Affäre Vertraute behaupteten, er habe bei Offshore-Banken Geld in Sicherheit gebracht. Clay hatte keinerlei Hinweise dafür, dass dies stimmte.

So wurde aus dem berühmten Jarrett Carter ein Kapitän auf den Bahamas. Für manchen klang das, als würde er ein wundervolles Leben führen. Clay fand ihn auf einem knapp zwanzig Meter langen Fischerboot – Modell Wavedancer –, das an einem schmalen Liegeplatz im Hafen vertäut war. Andere Charterboote kamen von einem langen Tag auf See zurück. Sonnengegerbte Angler bestaunten ihren Fang. Fotos wurden geschossen. Einheimische Matrosen eilten herbei, holten Kühlbehälter mit Thunfisch und Barschen von Bord und schleppten Säcke mit leeren Flaschen und Bierdosen weg.

Jarrett stand am Bug des Schiffes, einen Wasserschlauch in der einen Hand, einen Schwamm in der anderen. Einen Augenblick lang beobachtete Clay seinen Vater, als wäre er sich nicht sicher, ob er ihn bei der Arbeit stören sollte. Es war unübersehbar, dass sein Vater exakt dem Bild entsprach, dass man sich gemeinhin von einem im Ausland lebenden Amerikaner machte, der vor irgendetwas Reißaus genommen hatte – barfüßig, gebräunte, sonnengegerbte Haut, grauer Bart à la Hemingway, silberne Halsketten, eine Kappe mit großem Schirm, ein uraltes weißes Baumwollhemd mit aufgekrempelten Ärmeln.

»Mein Gott, ich will verdammt sein!«, rief Jarrett, als er seinen Sohn bemerkte.

»Hübsches Boot«, sagte Clay, während er an Bord ging. Die beiden begrüßten sich mit einem festen Händedruck, doch das war's dann auch schon. Jarrett Carter gehörte nicht zu den gefühlsbetonten Naturen, zumindest nicht seinem Sohn gegenüber. Einige seiner früheren Sekretärinnen hatten dagegen ganz andere Geschichten erzählt. Nach einem langen Tag auf See roch Jarrett nach Schweiß, Salzwasser und Bier. Seine Shorts und sein weißes Hemd waren schmutzig.

»Ja, gehört einem Arzt aus Boca. Du siehst gut aus.«

»Du auch.«

»Ich bin gesund, und letztlich zählt nur das.« Jarrett zeigte auf einen an Deck stehenden Kühlbehälter. »Hol uns mal ein Bier.«

Sie setzten sich auf Klappstühle und tranken Bier, während auf dem Pier ein paar betrunkene Angler an ihnen vorbeitaumelten. Das Boot schaukelte sanft. »War's ein harter Tag?«, fragte Clay.

»Wir sind bei Sonnenaufgang ausgelaufen. Ich hatte einen Vater mit seinen beiden Söhnen an Bord, starke Burschen, wahre Gewichtheber. So viele Muskeln habe ich noch nie auf einem Boot gesehen. Sie haben fast fünfzig Kilo schwere Fächerfische aus dem Wasser gezogen, als wären es Forellen.«

Auf dem Kai kamen zwei Frauen vorbei, beide um die vierzig, beide mit kleinen Rucksäcken und Angelutensilien. Ihre Haut war genauso sonnenverbrannt wie die der anderen Angler. Eine hatte ein paar Pfunde zu viel auf den Rippen, die andere war etwas schlanker. Jarrett taxierte beide mit gleichem Interesse. Es war fast peinlich, wie er sie angaffte, bis sie schließlich verschwunden waren.

»Hast du noch deine Wohnung?«, fragte Clay. Die Eigentumswohnung, die er vor vier Jahren gesehen hatte, war ein heruntergekommenes Zwei-Zimmer-Apartment auf der Landseite des Hafens.

»Ja, aber im Augenblick lebe ich auf dem Boot. Der Besitzer kommt nicht oft, also bleibe ich hier. Du kannst auf dem Sofa in der Kabine schlafen.«

»Du lebst auf diesem Boot?«

»Klar. Platz gibt's genug, sogar eine Klimaanlage. Meistens bin ich sowieso allein.«

Sie tranken einen Schluck und beobachteten eine weitere Gruppe angetrunkener Fischer.

»Morgen fahre ich ein paar Touristen raus«, sagte Jarrett. »Kommst du mit?«

»Was sollte ich hier sonst tun?«

»Meine Kunden sind ein paar Clowns von der Wall Street, die um sieben Uhr morgens auslaufen wollen.«

»Könnte amüsant werden.«

»Ich hab Hunger.« Jarrett sprang auf und warf seine Bierdose in einen Müllsack. »Komm.«

Sie schlenderten über den Pier, an dem Dutzende Schiffe verschiedenster Art vertäut waren. Auf den Segelbooten aßen die Leute zu Abend, die Kapitäne der Fischerboote entspannten sich bei einem Bier. Jeder rief Jarrett etwas zu, und der hatte für alle eine schlagfertige Antwort parat. Er hatte sich nicht die Mühe gemacht, Schuhe anzuziehen. Clay ging einen Schritt hinter ihm. Das ist also dein Vater, dachte er, der einstmals berühmte Jarrett Carter – ein barfüßiger Herumtreiber in ausgeblichenen Shorts und offenem Hemd. Der König von Marsh Harbor. Und ein sehr unglücklicher Mann.

Das Blue Fin war eine überfüllte und laute Bar. Jarrett schien jeden Gast zu kennen. Noch bevor sie zwei freie Hocker gefunden hatten, stellte der Barkeeper zwei große Gläser Rumpunsch auf die Theke. »Prost«, sagte Jarrett. Sie stießen an. Clays Vater hatte sein Glas schon nach dem ersten Schluck zur Hälfte geleert. Dann fachsimpelte er mit einem anderen Gast über die Fischerei. Eine Zeit lang kümmerte er sich nicht um seinen Sohn, doch dem war das ganz recht. Als Jarrett sein Glas geleert hatte, bestellte er umgehend den nächsten Rumpunsch. Und bald darauf noch einen.

An einem großen runden Tisch in einer Ecke wurde ein Essen mit Hummer, Krabben und Shrimps vorbereitet. Jarrett gab Clay ein Zeichen, und sie setzten sich mit einem halben Dutzend anderen Gästen an den Tisch. Die Musik war laut, das Gerede noch lauter. Alle am Tisch gaben ihr Bestes, um möglichst schnell betrunken zu werden. Jarrett gab das Tempo vor.

Rechts neben Clay saß ein alternder Hippie, der damit prahlte, sich vor dem Vietnamkrieg gedrückt und seinen Einberufungsbescheid verbrannt zu haben. Er lehnte sämtliche demokratischen Ideale ab – inklusive feste Anstellung und Einkommensteuer. »Ich treib mich seit dreißig Jahren in der Karibik rum«, sagte er mit vollem Mund. »Die Behörden wissen nicht mal, dass es mich gibt.«

Clay glaubte, dass es den Behörden auch ziemlich egal war, ob dieser Mann existierte oder nicht. Das galt auch für die anderen verkrachten Existenzen, die an dem Tisch saßen und alle vor etwas auf der Flucht waren: vor Unterhaltszahlungen, Steuerforderungen, Gerichtsprozessen oder den Folgen schlechter Geschäfte. Sie hielten sich für Rebellen, Nonkonformisten und Freigeister – gleichsam für moderne Piraten, deren Unabhängigkeitsdrang sich nicht in das enge Korsett gesellschaftlicher Konventionen zwängen ließ.

Im letzten Sommer war Abaco von einem Hurrikan verwüstet worden. Captain Floyd, das schlimmste Großmaul am Tisch, erzählte, dass er mit seiner Versicherung deshalb Krieg führe. Das löste eine ganze Lawine weiterer Geschichten über den Hurrikan aus, die natürlich mit einer weiteren Runde Rumpunsch begossen werden mussten. Clay hörte auf zu trinken, sein Vater nicht. Mit zunehmendem Alkoholkonsum wurde Jarrett immer lauter, doch da bildete er an dem Tisch keine Ausnahme.

Nach zwei Stunden waren die Meeresfrüchte verzehrt, der Alkohol floss weiter. Mittlerweile stellte der Kellner den Rumpunsch in großen Krügen auf den Tisch. Clay entschloss sich zu einem schnellen Abgang. Er stand auf und stahl sich aus dem Lokal, ohne dass es jemandem aufgefallen wäre.

Aus dem ruhigen Abendessen mit seinem Vater war nichts geworden.

Als Clay aufwachte, war es noch dunkel. Sein Vater lief mit stampfenden Schritten auf dem Boot herum, pfiff und sang Bruchstücke eines Liedes, das vage an einen Hit von Bob Marley erinnerte. »Aufstehen!«, brüllte er. Das Boot wackelte, was aber weniger an den Wellen lag als an der stürmischen Art, mit der Clays Vater den neuen Tag begrüßte.

Einen Augenblick lang blieb Clay noch auf dem zu kurzen und schmalen Sofa liegen, um einen klaren Kopf zu bekommen.

Er erinnerte sich daran, wie sein Vater früher gewesen war. Stets war er morgens bereits vor sechs Uhr im Büro gewesen. Oft auch schon um fünf, manchmal gar um vier. Sechs Tage die Woche, häufig sieben. Weil er beruflich zu sehr in Anspruch genommen war, fanden Clays Baseball- und Footballspiele meistens ohne ihn statt. Nie kam er vor Einbruch der Dunkelheit nach Hause, oft kam er gar nicht. Als Clay älter war und bereits in der Kanzlei mitarbeitete, stand Jarrett in dem Ruf, junge Mitarbeiter unter einem Berg von Arbeit zu begraben. Dann begann es in seiner Ehe immer stärker zu kriseln, und er schlief in seinem Büro, manchmal sogar allein. Trotz seines unsoliden Lebenswandels ging er immer als Erster ans Telefon. Obwohl er zeitweise exzessiv trank, konnte er rechtzeitig aufhören, wenn der Alkohol seine Arbeit zu beeinträchtigen drohte.

Schon zu diesen legendären Zeiten war er praktisch ohne Schlaf ausgekommen, und daran hatte sich offensichtlich nichts geändert. Jetzt tauchte er laut singend neben dem Sofa auf. Er hatte geduscht und roch nach einem billigen Rasierwasser. »Steh endlich auf!«, brüllte er.

Von Frühstück war keine Rede. In dem engen Winkel, der hier als Dusche durchging, wusch Clay sich rasch. Er litt nicht an Platzangst, doch die Vorstellung, auf so beengtem Raum leben zu müssen, machte ihn ganz schwindelig. Draußen hingen dicke Wolken am Himmel, und es war bereits warm. Jarrett stand auf der Brücke, lauschte den Wetternachrichten aus dem Funkgerät und starrte stirnrunzelnd in den Himmel. »Schlechte Neuigkeiten«, sagte er.

»Was ist denn?«

»Schwerer Sturm im Anzug. Angeblich soll's den ganzen Tag stark regnen.«

»Wie spät ist es?«

»Halb sieben.«

»Wann bist du zurückgekommen?«

»Du klingst wie deine Mutter. Da drüben steht Kaffee.«

Nachdem Clay sich eine Tasse eingeschenkt hatte, setzte er sich neben das Steuer.

Große, dunkle Sonnenbrille, Bart, der Kappenschirm – Clay sah nur wenig vom Gesicht seines Vaters, vermutete aber, dass seine Augen auf einen üblen Kater schließen lassen würden. Niemand würde es je erfahren. Die größeren Schiffe auf dem Meer gaben über Funk Wettermeldungen und Sturmwarnungen durch. Jarrett und die anderen Kapitäne von Charterbooten brüllten sich die neuesten meteorologischen Nachrichten zu und übten sich in Vorhersagen, während sie kopfschüttelnd zum Himmel blickten. Eine halbe Stunde verstrich. Niemand verließ den Hafen.

»Verdammter Mist«, sagte Jarrett schließlich. »Ein vertaner Tag.«

Die vier jungen Schnösel von der Wall Street trafen ein. Sie waren mit weißen Tennisshorts, brandneuen Turnschuhen und dekorativen Anglerhütchen ausstaffiert. Jarrett empfing sie am Heck. »Tut mir Leid, Leute, heute wird's nichts mit unserer Angelpartie«, sagte er, bevor die Touristen einen Fuß an Bord setzen konnten. »Wir haben Sturmwarnung.«

Sofort schossen vier Augenpaare zum Himmel hoch. Ein schneller Blick auf die Wolken ließ die vier zu dem Schluss gelangen, dass die Meteorologen sich geirrt haben mussten. »Sie machen wohl Witze«, bemerkte einer.

»Das bisschen Regen«, sagte ein anderer.

»Lassen Sie's uns riskieren«, schlug der Nächste vor.

»Ich habe Nein gesagt«, sagte Jarrett. »Die Angelpartie fällt aus.«

»Aber wir haben dafür bezahlt.«

»Sie bekommen Ihr Geld zurück.«

Jetzt wurden die Wolken von Minute zu Minute dunkler. Aus der Ferne hörten sie die ersten Donnerschläge, laut wie Kanonenschüsse. »Sorry, Leute«, sagte Jarrett.

»Und wie sieht's morgen aus?«, fragte einer.

»Da bin ich leider gebucht.«

Die vier Touristen zogen nur widerwillig ab, als fühlten sie sich um ihre Marlin-Trophäen betrogen.

Damit war das Thema Arbeit für diesen Tag vom Tisch, und

Jarrett ging sofort zum Kühlbehälter hinüber, um sich eine Dose Bier zu holen. »Auch eins?«, fragte er Clay.
»Wie spät ist es?«
»Zeit für ein Bier, wenn du mich fragst.«
»Ich habe noch nicht mal meinen Kaffee ausgetrunken.«
Sie setzten sich auf die an Deck stehenden Stühle und lauschten dem lauter werdenden Donner. In dem Hafen waren Kapitäne und Matrosen damit beschäftigt, ihre Boote sturmfest zu machen. Unzufriedene Angler schleppten Kühlbehälter und Taschen mit Sonnenöl und Kameras von Bord. Allmählich nahm die Windgeschwindigkeit zu.
»Hast du mit deiner Mutter gesprochen?«, fragte Jarrett.
»Nein.«
Die Familiengeschichte der Carters war ein wahrer Alptraum, und die beiden vermieden es, das Thema zu vertiefen.
»Immer noch beim OPD?«, fragte Jarrett.
»Ja, und gerade darüber möchte ich mit dir reden.«
»Wie geht's Rebecca?«
»Gehört wahrscheinlich der Vergangenheit an.«
»Ist das eine gute oder eine schlechte Nachricht?«
»Im Augenblick ist es nur schmerzhaft.«
»Wie alt bist du jetzt?«
»Vierundzwanzig Jahre jünger als du. Einunddreißig.«
»Stimmt. Zu jung, um schon zu heiraten.«
»Danke für den Rat.«
Floyd kam über den Pier geeilt und blieb vor ihrem Boot stehen. »Günter ist hier. Die Pokerpartie beginnt in zehn Minuten. Beeil dich!«
Jarrett sprang auf. Plötzlich wirkte er wie ein Kind, das die Weihnachtsbescherung nicht abwarten konnte. »Bist du auch dabei?«, fragte er Clay.
»Wobei?«
»Beim Pokern.«
»Pokern ist nichts für mich. Wer ist Günter?«
Jarrett zeigte in die Ferne. »Siehst du die Riesenjacht da hinten? Gehört Günter, einem alten Sack aus Deutschland. Ist 'ne

Milliarde schwer und hat immer reichlich Frauen an Bord. Glaub mir, da sitzen wir den Sturm besser aus als hier.«

»Komm endlich!«, brüllte Floyd, der sich bereits auf den Weg machte.

Jarrett sprang auf den Pier. »Also, kommst du jetzt mit?«, fragte er ungeduldig.

»Ich passe.«

»Sei kein Narr. Du solltest lieber mitkommen, statt den ganzen Tag hier herumzusitzen. Da drüben wirst du sehr viel mehr Spaß haben.« Jarrett eilte Floyd hinterher.

Clay winkte ihm nach. »Ich werde ein Buch lesen.«

»Wie du willst.«

Die beiden sprangen mit einem anderen Raubein in ein Beiboot mit Außenbordmotor und rasten durch den Hafen. Bald waren sie hinter den Jachten verschwunden.

Clay sollte seinen Vater erst nach mehreren Monaten wiedersehen. Auf gute Ratschläge hatte er vergeblich gehofft.

Er war auf sich allein gestellt.

11

Die Suite befand sich in einem anderen Hotel. Max Pace bewegte sich durch Washington, als wären ihm Spione auf den Fersen. Eine kurze Begrüßung und die Frage: »Kaffee?«, dann setzten sie sich, um übers Geschäft zu reden. Clay sah Pace an, dass ihn die Geheimniskrämerei belastete. Er wirkte müde, seine Bewegungen waren fahrig. Er redete zunehmend hastiger, und das Lächeln war verschwunden. Keine Fragen darüber, wie es am Wochenende auf den Bahamas gewesen sei. Er war dabei, einen Handel abzuschließen, wenn nicht mit Clay Carter, dann eben mit dem nächsten Anwalt auf seiner Liste. Sie saßen am Tisch, jeder seinen Notizblock vor sich und einen Stift in der Hand.

»Ich finde, fünf Millionen pro Toten klingt besser«, fing Clay an. »Gut, es sind Straßenjungs, deren Leben keinen hohen wirtschaftlichen Wert besitzt. Aber was Ihr Auftraggeber getan hat, ist einen Strafschadenersatz in Millionenhöhe wert. Wenn wir einen Mittelwert zwischen dem normalen und dem erhöhten Satz nehmen, kommen wir auf fünf Millionen.«

»Der Typ, der im Koma lag, ist letzte Nacht gestorben.«

»Dann haben wir jetzt sechs Opfer«, sagte Clay.

»Sieben. Am Samstagmorgen kam noch eins dazu.«

Clay hatte die fünf Millionen schon so oft im Kopf mit sechs malgenommen, dass er sich jetzt nur schwer an die neue Zahl gewöhnen konnte. »Wer? Wo?«

»Die Details liefere ich nach, okay? Sagen wir, es war ein sehr langes Wochenende. Während Sie beim Fischen waren, haben wir die Notrufzentrale der Polizei abgehört, und dazu braucht es an einem ereignisreichen Wochenende in dieser Stadt eine kleine Armee.«

»Sind Sie sicher, dass es sich um einen Tarvan-Fall handelt?«
»Sind wir.«

Clay kritzelte sinnlose Zeichen auf seinen Block und versuchte dabei, sich eine Strategie zurechtzulegen. »Einigen wir uns auf fünf Millionen pro Toten.«

»Einverstanden.«

Auf dem Rückflug von Abaco hatte sich Clay vorgenommen, die Angelegenheit als ein Spiel um Nullen zu betrachten. Sieh es nicht als echtes Geld an, hatte er sich eingeredet, sondern nur als eine Reihe von Nullen hinter irgendwelchen Zahlen. Denk für den Augenblick nicht daran, was du mit dem Geld kaufen könntest. Denk nicht an die einschneidenden Veränderungen, die es mit sich bringen würde. Denk nicht daran, wie die Geschworenen in ein paar Jahren entscheiden könnten. Spiel einfach mit den Nullen. Denk nicht an die spitze Klinge, die in deinem Bauch wütet. Stell dir vor, du wärst durch einen dicken Panzer geschützt. Dein Gegner wäre schwach und ängstlich, extrem reich und ohne jeden Zweifel im Unrecht.

Er schluckte angestrengt und versuchte, seine Stimme normal klingen zu lassen. »Die Anwaltshonorare sind zu niedrig.«

»Ach, tatsächlich?«, fragte Pace und zeigte sogar ein Lächeln. »Zehn Millionen reichen nicht?«

»Nicht in diesem Fall. Die Enthüllung wäre viel spektakulärer, wenn eine große Kanzlei beteiligt wäre.«

»Sie begreifen ja schnell.«

»Sehen Sie, die Hälfte des Honorars geht für die Steuern drauf. Dann werden sehr hohe weitere Kosten anfallen. Sie erwarten von mir, dass ich innerhalb von ein paar Tagen eine Anwaltskanzlei auf die Beine stelle, und zwar in einem Stadtgebiet mit sehr hohen Mieten. Außerdem möchte ich etwas für

Tequila und die anderen Angeklagten tun, die bei der ganzen Sache aussen vor gelassen werden.«

»Nennen Sie mir einfach eine Zahl.« Pace kritzelte bereits etwas auf seinen Block.

»Fünfzehn Millionen würden die Übergangszeit erleichtern.«

»Sind wir hier beim Pokern?«

»Durchaus nicht, ich verhandele nur.«

»Das heisst also, Sie wollen fünfzig Millionen – fünfunddreissig für die Familien, fünfzehn für sich selbst. Ist das korrekt?«

»Das sollte genügen.«

»Einverstanden«, sagte Pace und streckte die Hand aus. »Gratuliere.«

Clay schlug ein. Mehr als »Danke« fiel ihm nicht ein.

Pace griff in seine Aktentasche. »Hier ist ein Vertrag mit den Einzelheiten und ein paar Bedingungen.«

»Was für Bedingungen?«

»Erstens: Sie dürfen Tarvan Tequila Watson, seinem neuen Anwalt oder einem der anderen Angeklagten gegenüber niemals erwähnen. Das würde die ganze Sache ernstlich gefährden. Wir haben ja bereits darüber gesprochen: Drogensucht ist vor Gericht keine Rechtfertigung für ein Verbrechen. Sie könnte sich zwar strafmildernd auswirken, doch Mr Watson hat einen Mord begangen. Es ist für seine Verteidigung nicht relevant, was er sich zur damaligen Zeit zugeführt hat.«

»Davon verstehe ich mehr als Sie.«

»Dann vergessen Sie die Mörder. Sie vertreten jetzt die Familien der Opfer. Damit stehen Sie auf der anderen Seite, Clay – akzeptieren Sie das. Unsere Vereinbarung garantiert Ihnen fünf Millionen vorab, weitere fünf in zehn Tagen und die restlichen fünf, sobald alle Vergleiche geschlossen sind. Sollten Sie mit irgendjemandem über Tarvan sprechen, ist der Deal geplatzt. Wenn Sie das Vertrauen der beklagten Partei zu Ihnen zerstören, verlieren Sie einen ganz schönen Haufen Geld.«

Clay nickte und sah auf das dicke Vertragswerk, das inzwischen auf dem Tisch lag.

»Das ist eine Art vertrauliche Vereinbarung«, fuhr Pace fort und tippte auf die Unterlagen. »Sie steckt voller Geheimnisse, die Sie zum größten Teil sogar vor Ihrer eigenen Sekretärin verbergen sollten. Der Name meines Auftraggebers ist nirgends erwähnt. Auf den Bermudas existiert eine eigens gegründete Mantelgesellschaft mit einem neuen Unternehmensbereich auf den Niederländischen Antillen, der wiederum einer Schweizer Firma mit Sitz in Luxemburg untersteht. Dort beginnt und endet die Spur. Niemand, nicht einmal ich, kann sie verfolgen, ohne sich zu verirren. Ihre neuen Mandanten bekommen Geld, sie sollen keine Fragen stellen. Wir glauben auch nicht, dass das ein Problem wird. Und was Sie angeht, Sie verdienen ein Vermögen. Wir erwarten keine Moralpredigten. Sie nehmen einfach Ihr Geld, erledigen den Job, und alle sind glücklich.«

»Ich soll also meine Seele verkaufen?«

»Wie gesagt, keine Moralpredigten. Sie tun nichts Verwerfliches. Sie erzielen hohe Entschädigungssummen für Mandanten, die keine Ahnung hatten, dass ihnen etwas zusteht. Das würde ich nicht unbedingt ›Seele verkaufen‹ nennen. Und was ist dagegen einzuwenden, reich zu werden? Sie sind nicht der erste Anwalt, den so ein warmer Regen trifft.«

Clay dachte an die ersten fünf Millionen. Fälligkeit: sofort.

Pace füllte in den Tiefen des Vertragswerkes noch ein paar Lücken aus, dann schob er es über den Tisch. »Das ist unsere Vorvereinbarung. Wenn Sie unterschreiben, erzähle ich Ihnen mehr über meinen Auftraggeber. Ich lasse uns inzwischen noch Kaffee bringen.«

Clay nahm das Dokument, das in seinen Händen zunehmend schwerer wog. Dann versuchte er, den einleitenden Paragrafen zu lesen. Pace telefonierte währenddessen mit dem Zimmerservice.

Clay würde noch am selben Tag seine Stelle im OPD kündigen und sein Mandat als Rechtsvertreter von Tequila Watson abgeben. Sämtliche Schritte waren bereits schriftlich formuliert und dem Vertrag beigefügt. Er würde umgehend eine eigene Kanzlei eröffnen, Personal einstellen, Bankkonten eröffnen – und so weiter. Der Entwurf einer Gründungsurkunde für die Kanzlei von J. Clay Carter II. lag ebenfalls bei, alles sauber und ordentlich vorbereitet. So bald wie möglich würde er dann Kontakt zu den sieben Familien aufnehmen und sich um ihre Einwilligung bemühen.

Als der Kaffee kam, war Clay noch beim Lesen. Pace flüsterte am anderen Ende der Suite mit ernster Stimme in sein Handy. Wahrscheinlich informierte er seinen Auftraggeber über die neuesten Ereignisse. Vielleicht fragte er aber auch sein Informantennetzwerk ab, ob inzwischen ein neuer Tarvan-Mord geschehen war. Für seine Unterschrift auf Seite sieben würde Clay per Direktüberweisung unverzüglich fünf Millionen Dollar erhalten. Die Zahl hatte Pace gerade eben fein säuberlich eingetragen. Clays Hand zitterte beim Unterschreiben, nicht aus Angst oder wegen moralischer Bedenken, sondern weil ihn die vielen Nullen erschreckten.

Nachdem sie die ersten Formalitäten erledigt hatten, verließen sie das Hotel und stiegen in einen Jeep. Am Steuer saß der Bodyguard, dem Clay in der Lobby des Willard begegnet war.

»Ich schlage vor, wir eröffnen zuerst das Konto«, sagte Pace leise, aber bestimmt. Clay kam sich vor wie Aschenputtel auf dem Weg zum Ball. Das alles erschien ihm wie ein Traum.

»Klar, gute Idee«, brachte er heraus.

»Soll es eine bestimmte Bank sein?«, wollte Pace wissen.

Bei Clays Bank würden Kontobewegungen dieser Dimension große Aufregung hervorrufen. Sein Konto hatte es kaum jemals geschafft, aus den roten Zahlen zu kommen. Jede größere Einzahlung würde sofort Misstrauen auslösen. Ein subalterner Bankangestellter hatte ihn einmal angerufen, um ihn darauf hinzuweisen, dass ein kleiner Kredit, den er aufgenommen hatte, fällig sei. Jetzt hörte er förmlich, wie man in der Chefetage ungläubig nach Luft schnappte beim Anblick seines Kontoauszuges.

»Sie haben sicher eine im Sinn«, erwiderte er.

»Wir haben gute Beziehungen zur Chase. Dort werden die Überweisungen keine Probleme machen.«

Also die Chase, dachte Clay mit einem Lächeln. Hauptsache, das Geld kommt möglichst schnell.

»Zur Chase Bank, Fifteenth Street«, sagte Pace zu dem Fahrer, der bereits die Richtung eingeschlagen hatte. Dann holte er weitere Unterlagen hervor. »Hier sind Miet- und Untermietvertrag für Ihr Büro. Es sind erstklassige Räume, wie Sie wissen, die natürlich nicht billig sind. Mein Auftraggeber hat eine Scheinfirma benutzt, die sie für zwei Jahre für achtzehntausend Dollar im Monat gemietet hat. Wir können sie Ihnen für denselben Preis untervermieten.«

»Das sind insgesamt mehr als vierhunderttausend Dollar.«

Pace lächelte. »Sie können es sich leisten, Sir. Fangen Sie an, wie ein Prozessanwalt zu denken, der Geld genug hat, um es durch den Schornstein hinauszublasen.«

Der Vizepräsident der Bank sollte sie empfangen. Als Pace ihn zu sprechen verlangte, wurden sofort auf allen Fluren rote Teppiche ausgerollt. Dann war Clay an der Reihe, seine Angelegenheiten selbst zu übernehmen. Er setzte unter alle notwendigen Dokumente seine Unterschrift.

Dem Vizepräsidenten zufolge sollte der Betrag gegen fünf Uhr am Nachmittag auf dem Konto gebucht sein.

Zurück im Wagen gab sich Max Pace wieder ganz geschäftsmäßig. »Wir haben uns die Freiheit genommen, die Genehmigung für Ihre Kanzlei vorzubereiten«, sagte er und reichte Clay weitere Unterlagen.

»Die kenne ich schon«, erwiderte Clay, der in Gedanken noch bei der Überweisung war.

»Ziemlich einfach und nicht weiter heikel. Machen Sie es vom Computer aus. Bezahlen Sie per Kreditkarte zweihundert Dollar, und Sie sind im Geschäft. Dauert nicht mal eine Stunde. Sie können das von Ihrem Schreibtisch im OPD aus erledigen.«

Die Blätter in der Hand, blickte Clay aus dem Fenster. Neben ihnen an der Ampel stand ein graziler burgunderroter Jaguar XJ. Seine Gedanken schweiften ab. Er versuchte, sich auf das Geschäft zu konzentrieren, aber es gelang ihm einfach nicht.

»Apropos OPD«, sagte Pace gerade, »wie wollen Sie es den Leuten dort erklären?«

»Erledigen wir das gleich.«

»M Street, Ecke Eighteenth«, wies Pace den Fahrer an, dem nichts zu entgehen schien. Zu Clay sagte er: »Haben Sie sich schon Gedanken über Rodney und Paulette gemacht?«

»Ja. Ich werde gleich heute mit ihnen reden.«

»Gut.«

»Freut mich, dass Sie einverstanden sind.«

»Wir haben auch ein paar Leute, die sich in der Stadt auskennen. Sie können hilfreich sein. Sie werden für uns arbeiten, aber Ihre Mandanten werden es nicht erfahren.« Bei diesen Worten nickte er in Richtung Fahrer. »Wir können uns erst entspannt zurücklehnen, wenn alle sieben Familien Ihre Mandanten sind.«

»Sieht trotzdem so aus, als müsste ich Rodney und Paulette alles erzählen.«

»*Fast* alles. Sie werden die Einzigen in Ihrer Kanzlei sein, die wissen, was passiert ist. Dennoch dürfen Sie niemals Tarvan oder die Firma erwähnen, und die beiden werden nie die Vereinbarungen zu Gesicht bekommen, die den Vergleichen zugrunde liegen. Die werden wir für Sie vorbereiten.«

»Aber sie müssen doch wissen, was wir anzubieten haben.«

»Selbstverständlich. Sie müssen schließlich die Familien überreden, das Geld anzunehmen. Aber sie werden nie erfahren, woher es stammt.«

»Das wird nicht einfach werden.«

»Sorgen wir erst mal dafür, dass sie für uns arbeiten.«

Falls Clay im OPD vermisst worden war, so war das nicht offensichtlich. Sogar die treue Miss Glick war so mit Telefonieren beschäftigt, dass sie gar nicht dazu kam, ihre übliche Schnute zu ziehen, die so viel sagte wie: »Wo waren Sie denn so lange?« Auf seinem Schreibtisch warteten ein Dutzend

Nachrichten, die jedoch belanglos waren, denn inzwischen war alles belanglos. Glenda war auf einer Konferenz in New York. Wie üblich bedeutete ihre Abwesenheit längere Mittagspausen und mehr Krankheitstage. Clay setzte rasch ein Kündigungsschreiben auf, das er ihr per E-Mail schickte. Nachdem er die Tür geschlossen hatte, packte er seine persönlichen Sachen in zwei Aktentaschen. Ein paar alte Bücher und einige andere Dinge, denen er einmal ideellen Wert zugeschrieben hatte, ließ er zurück. Er konnte schließlich noch einmal zurückkommen. Dabei wusste er, dass er das nicht tun würde.

Rodneys Schreibtisch stand in einem winzigen Zimmer, das er sich mit zwei Kollegen teilte. »Hast du eine Minute Zeit?«, fragte Clay.

»Eigentlich nicht«, entgegnete Rodney, kaum den Blick von einem Stapel Berichte hebend.

»Es gibt einen Durchbruch im Tequila-Watson-Fall. Nur eine Minute.«

Widerstrebend schob sich Rodney einen Stift hinters Ohr und folgte Clay in dessen Büro mit den leer geräumten Regalen. Clay schloss die Tür hinter ihnen. »Ich habe gekündigt«, fing er beinahe im Flüsterton an.

Sie redeten fast eine Stunde, während Max Pace ungeduldig im Wagen wartete, der an einer Straßenecke im Parkverbot stand. Als Clay schließlich mit zwei voll gestopften Aktentaschen wieder auftauchte, war Rodney bei ihm, ebenfalls beladen mit einer Aktentasche und einer vollen Papiertüte. Er ging zu seinem Auto und fuhr davon. Clay setzte sich in den Jeep.

»Er ist dabei.«

»Was für eine Überraschung.«

Im Büro in der Connecticut Avenue trafen sie auf eine Einrichtungsberaterin, die Pace beauftragt hatte. Clay bekam ein Sortiment ziemlich teurer Möbel vorgelegt, die auf Lager und mithin innerhalb von vierundzwanzig Stunden lieferbar waren. Er entschied sich für verschiedene Modelle und Muster, die alle am oberen Ende der Preisskala angesiedelt waren, und unterschrieb eine Bestellung.

Eine Telefonanlage wurde installiert. Nachdem die Einrichtungsberaterin gegangen war, erschien ein Computerspezialist. Clay gab das Geld so schnell aus, dass er sich langsam fragte, ob er Pace nicht noch mehr hätte abluchsen sollen.

Kurz vor siebzehn Uhr kam Pace aus einem frisch gestrichenen Büro und steckte sein Handy in eine Hosentasche. »Die Überweisung ist da«, sagte er zu Clay.

»Fünf Millionen?«

»So ist es. Sie sind jetzt Multimillionär.«

»Ich muss weg«, sagte Clay. »Wir sehen uns morgen.«

»Wohin gehen Sie?«

»Stellen Sie mir diese Frage nie wieder, okay? Sie sind nicht mein Boss. Und hören Sie auf, mir überallhin zu folgen. Wir haben eine Abmachung.«

Ein dümmliches Grinsen im Gesicht, schwebte Clay förmlich über die Connecticut Avenue, wo er im Feierabendgetümmel immer wieder mit Passanten zusammenstieß. Ein paar Blocks weiter begann die Seventeenth Street, der er folgte, bis er die spiegelnde Wasseroberfläche des Reflecting Pool und das Washington Monument sehen konnte, an dessen Fuß sich Trauben von Schulkindern für Fotos zusammendrängten. Dann wandte er sich nach rechts und ging durch den Constitution Park am Vietnam Memorial vorbei. An einem Kiosk kaufte er zwei billige Zigarren. Er zündete sich eine an und ging weiter, die Stufen des Lincoln Memorial hinauf. Dort setzte er sich und blickte lange Zeit über die Mall hinweg auf die Kuppel des Kapitols in der Ferne.

Klare Gedanken zu fassen war unmöglich. Ein guter Gedanke wurde augenblicklich vom nächsten überwältigt und verdrängt. Er dachte an seinen Vater, der auf einem geliehenen Fischkutter lebte und so tat, als ginge es ihm wunderbar, während er in Wirklichkeit jeden Cent dreimal umdrehen musste. Er war fünfundfünfzig Jahre alt, hatte keine Zukunft und trank, um seine erbärmliche Situation zu vergessen. Clay zog an seiner Zigarre und machte in Gedanken einen Einkaufsbummel. Nur so zum Spaß versuchte er zusammenzurechnen, wie viel er ausgeben würde, wenn er sich alles leistete, was er sich wünschte – eine neue Garderobe, ein schönes Auto, eine Stereoanlage, ein paar Reisen. Was unter dem Strich herauskam, war nur ein winziger Bruchteil seines Vermögens. Die große Frage lautete: welches Auto? Es sollte nach Erfolg aussehen, aber nicht protzig wirken.

Und natürlich brauchte er eine neue Adresse. Er würde sich in Georgetown nach einem pittoresken alten Stadthaus umsehen. Er hatte gehört, dass solche Häuser für bis zu sechs Millionen verkauft wurden, aber so etwas Großes brauchte er nicht. Er war zuversichtlich, dass er mit einer Million hinkommen würde.

Eine Million hier. Eine Million da.

Er dachte an Rebecca, versuchte aber, nicht zu lange bei ihr zu verweilen. In den letzten vier Jahren war sie der einzige Mensch gewesen, mit dem er alles geteilt hatte. Jetzt hatte er niemanden mehr zum Reden. Ihre Beziehung war erst vor fünf Tagen in die Brüche gegangen, doch seither war so viel passiert, dass er nicht viel Zeit gehabt hatte, über sie nachzudenken.

»Vergiss die van Horns«, sagte er laut und stieß eine dicke Rauchwolke aus.

Er würde dem Piedmont Fund eine großzügige Spende zukommen lassen, die für den Schutz der einzigartigen Natur im Norden Virginias aufgewendet werden sollte. Er würde einen Anwaltsassistenten engagieren, der nichts anderes tun sollte, als alles über die neuesten Grundstückskäufe und Erschließungspläne der BvH Group herauszufinden. Und sooft es möglich wäre, würde er sich selbst umhören und Anwälte für kleine Landbesitzer engagieren, die noch nicht ahnten, dass sie bald Nachbarn von Bennett dem Bulldozer sein würden. Ach, wie viel Spaß würde er an der Umweltfront haben!

Vergiss diese Leute.

Er entzündete die zweite Zigarre und rief Jonah an, der im Computerladen ein paar Extrastunden einlegte. »Ich hab heute Abend um acht einen Tisch im Citronelle reserviert«, sagte

Clay. Es war zurzeit das beliebteste französische Restaurant der Stadt.

»Alles klar«, antwortete Jonah.

»Ich mein's ernst. Wir haben was zu feiern. Ich habe einen neuen Job. Erklär ich dir später. Komm einfach hin.«

»Kann ich eine Freundin mitbringen?«

»Auf keinen Fall.«

Ohne das Mädchen der Woche ging Jonah nirgendwohin. Wenn Clay auszog, würde er allein gehen, und Jonahs Bettgeschichten würden ihm nicht fehlen. Er rief zwei weitere Freunde von der Uni an, doch die waren Familienväter und hatten andere Verpflichtungen, sodass es bei einem kurzen Gespräch blieb.

Abendessen mit Jonah. Immer ein Abenteuer.

12

In seiner Hemdtasche hatte Rodney nagelneue Visitenkarten, die über Nacht gedruckt und am Morgen geliefert worden waren. Sie wiesen ihn als Leitenden Anwaltsassistenten der Kanzlei J. Clay Carter II. aus. Rodney Albritton, Leitender Anwaltsassistent. Als hätte die Kanzlei eine ganze Abteilung von Anwaltsassistenten gehabt, die ihm unterstünden. Gleichwohl wuchs sie auf beeindruckende Weise.

Selbst wenn Rodney Zeit gehabt hätte, einen neuen Anzug zu kaufen, hätte er ihn für seine erste Mission sicher nicht angezogen. Die alte »Uniform« passte dazu besser – das marineblaue Jackett, die locker sitzende Krawatte, verwaschene Jeans und verkratzte schwarze Armeestiefel. Er arbeitete immer noch auf der Straße und musste auch so aussehen. Er fand Adelfa Pumphrey an ihrem Arbeitsplatz, mit leerem Blick auf eine Wand voller Überwachungsmonitore starrend.

Ihr Sohn war seit zehn Tagen tot.

Sie sah ihn an und deutete auf ein Klemmbrett, auf dem sich alle Gäste eintrugen. Er zog eine seiner Visitenkarten aus der Hemdtasche und stellte sich vor. »Ich arbeite für einen Anwalt in der Innenstadt.«

»Wie schön«, erwiderte sie leise, ohne auch nur einen Blick auf die Karte zu werfen.

»Ich würde gern ein paar Minuten mit Ihnen sprechen.«
»Worüber?«

»Über Ihren Sohn, Ramón.«
»Was ist mit ihm?«
»Ich weiß ein paar Dinge über seinen Tod, die Sie nicht wissen.«
»Ist im Moment nicht mein Lieblingsthema.«
»Verstehe ich, und es tut mir Leid, dass ich davon reden muss. Aber was ich zu sagen habe, wird Ihnen gefallen, und ich werde mich kurz fassen.«
Sie blickte sich um. Den Gang hinunter stand ein weiterer uniformierter Wachmann an einer Tür und döste vor sich hin.
»Ich kann in zwanzig Minuten Pause machen«, sagte sie. »Warten Sie in der Kantine im ersten Stock.«
Während er davonging, sagte sich Rodney, dass er tatsächlich jeden Cent seines üppigen neuen Gehaltes wert war. Hätte sich ein Weißer Adelfa Pumphrey in einer so heiklen Angelegenheit genähert, würde er immer noch nervös und stammelnd vor ihr stehen, weil sie nicht mal mit der Wimper gezuckt hätte. Sie hätte ihm nicht vertraut, nicht geglaubt, was er sagte, und sich nicht im Geringsten dafür interessiert, was er noch zu sagen hätte. Zumindest nicht in den ersten fünfzehn Minuten.
Doch Rodney strahlte Ruhe aus. Er war klug, und er war schwarz, und sie brauchte jemanden zum Reden.

Max Pace' Akte über Ramón Pumphrey war dünn, aber umfassend. Sein mutmaßlicher Vater hatte seine Mutter nicht geheiratet. Der Name des Mannes war Leon Tease. Zurzeit saß er in Pennsylvania eine dreißigjährige Haftstrafe wegen bewaffneten Raubüberfalls und versuchten Mordes ab. Offenbar hatten er und Adelfa gerade lange genug zusammengelebt, um zwei Kinder zu bekommen – Ramón und seinen etwas jüngeren Bruder Michael. Ein weiterer Bruder stammte von einem Mann, den Adelfa später geheiratet hatte und von dem sie bereits wieder geschieden war. Im Moment war sie nicht verheiratet und versuchte, zusätzlich zu ihren Söhnen die zwei kleinen Töchter ihrer Schwester durchzubringen, die wegen Crackhandels im Gefängnis saß.

Adelfa verdiente einundzwanzigtausend Dollar im Jahr bei einem privaten Sicherheitsdienst, der in Washington Bürogebäude mit geringem Sicherheitsrisiko überwachte. Sie lebte in einer Sozialwohnung im Nordosten und fuhr jeden Tag mit der U-Bahn in die Innenstadt.

Sie hatte kein Auto und keinen Führerschein. Ihr Girokonto war im besten Fall ausgeglichen, und ihre beiden Kreditkarten brachten ihr immer wieder Probleme ein, die jede Chance auf Kreditwürdigkeit zunichte machten. Sie war nicht vorbestraft. Neben Beruf und Familie schien sie sich nur noch für das Old Salem Gospel Center unweit ihres Wohnortes zu interessieren.

Da beide in Washington aufgewachsen waren, spielten sie ein paar Minuten »Stadtteilraten«. Wo sind Sie zur Schule gegangen? Woher kamen Ihre Eltern? Es fanden sich ein paar dürftige Übereinstimmungen. Adelfa saß vor einer Cola light, Rodney trank schwarzen Kaffee. Die Kantine war halb voll mit subalternen Bürokraten, die über alles plapperten außer über die langweilige Arbeit, die sie eigentlich gerade hätten verrichten sollen.

»Sie wollten über meinen Sohn sprechen«, sagte Adelfa nach ein paar Minuten zähen Smalltalks. Ihre Stimme war leise und schwach, sie klang erschöpft. Sie litt noch immer.

Rodney wurde leicht nervös und beugte sich weiter vor. »Ja ... und wie gesagt, es tut mir wirklich Leid, über ihn sprechen zu müssen. Ich habe selber Kinder. Ich weiß, das Sie eine schwere Zeit durchmachen.«

»Was Sie nicht sagen.«

»Ich arbeite für einen Anwalt hier in der Stadt, ein junger Kerl, sehr clever. Er ist einer Sache auf der Spur, die Ihnen viel Geld einbringen kann.«

Die Aussicht auf viel Geld schien sie kalt zu lassen.

Rodney fuhr fort: »Der Junge, der Ramón getötet hat, kam geradewegs aus einer Entziehungseinrichtung, wo er fast vier Monate eingesperrt war. Er war drogenabhängig, ein Straßenjunge, der nicht viel Glück im Leben hatte. Der Entzug wurde medikamentös unterstützt. Wir glauben, dass ihn eines der Medikamente so hat durchdrehen lassen, dass er sich wahllos ein Opfer suchte und einfach abdrückte.«

»Dann war es kein Drogendeal, bei dem irgendwas schief gelaufen ist?«

»Nein, war es nicht.«

Ihr Blick schweifte ins Leere, ihre Augen wurden feucht, und einen Augenblick lang rechnete Rodney mit einem Zusammenbruch. Doch dann sah sie ihn an und fragte: »Viel Geld? Wie viel?«

»Mehrere Millionen Dollar«, erwiderte er, ohne mit der Wimper zu zucken. Er hatte diese Miene ein Dutzend Mal geübt, weil ihm klar gewesen war, dass er sonst nicht hätte antworten können, ohne dass seine Augen leuchteten.

Wieder keine erkennbare Reaktion von Adelfa, zumindest nicht im ersten Moment. Dann glitt ihr Blick erneut durch den Raum. »Wollen Sie mich auf den Arm nehmen?«

»Warum sollte ich das tun? Ich kenne Sie doch gar nicht. Warum sollte ich hier reinmarschieren und Ihnen einen Bären aufbinden? Das Geld liegt auf dem Tisch. *Viel* Geld. Viel Geld der Pharmaindustrie, und jemand möchte, dass Sie es nehmen.«

»Welche Firma?«

»Hören Sie, ich habe Ihnen alles gesagt, was ich weiß. Meine Aufgabe ist es, Kontakt zu Ihnen aufzunehmen, Ihnen zu erzählen, worum es geht, und Sie einzuladen, sich mit Mr Carter zu treffen. Das ist der Anwalt, für den ich arbeite. Er wird Ihnen alles erklären.«

»Ein Weißer?«

»Ja. Ein guter Mann. Ich arbeite seit fünf Jahren mit ihm zusammen. Sie werden ihn mögen, und es wird Ihnen gefallen, was er zu sagen hat.«

Die eben noch feuchten Augen waren wieder klar. Sie zuckte mit den Achseln. »Okay.«

»Wann haben Sie Feierabend?«

»Um halb fünf.«

»Unser Büro liegt in der Connectitut Avenue, fünfzehn Minuten von hier. Mr Carter wird dort auf Sie warten. Sie haben ja meine Karte.«

Sie warf einen Blick auf die Visitenkarte.

»Noch etwas sehr Wichtiges«, fügte Rodney leise hinzu. »Das Ganze funktioniert nur, wenn Sie Stillschweigen bewahren. Es muss geheim bleiben. Wenn Sie tun, was Mr Carter Ihnen rät, haben Sie bald mehr Geld, als Sie sich je erträumt haben. Wenn Sie reden, gehen Sie leer aus.«

Adelfa nickte.

»Und Sie müssen sich über einen Umzug Gedanken machen.«

»Umzug?«

»Ja. In eine andere Wohnung in einer anderen Stadt. Wo niemand Sie kennt und niemand weiß, dass Sie viel Geld haben. Eine hübsche Wohnung in einer hübschen Straße, wo die Kinder auf dem Gehsteig Fahrrad fahren können, wo es keine Dealer, keine Gangs und keine Metalldetektoren in den Schulen gibt. Keine schwarzen Brüder, die Ihr Geld wollen. Nehmen Sie diesen Rat von einem an, der aufgewachsen ist wie Sie. Ziehen Sie um. Verlassen Sie diese Stadt. Wenn Sie das Geld mit nach Lincoln Towers nehmen, wird man Sie bei lebendigem Leib auffressen.«

Bei seinem Beutezug im OPD hatte Clay Miss Glick abgeworben, die fleißige Sekretärin, die bei der Aussicht auf eine Gehaltsverdoppelung nur leicht gezögert hatte, seine alte Freundin Paulette Tullos, die zwar durch ihren abwesenden griechischen Gatten gut versorgt war, sich aber dennoch die Chance nicht entgehen ließ, statt vierzigtausend Dollar im Jahr zweihunderttausend zu verdienen, und nicht zuletzt Rodney. Diesem Kahlschlag waren zwei dringende, wenngleich unbeantwortet gebliebene Anrufe von Glenda gefolgt sowie eine ganze Serie unmissverständlicher E-Mails, die er ebenfalls ignorierte, zumindest im Augenblick. Clay nahm sich vor, Glenda demnächst aufzusuchen und ihr irgendeine lahme

Ausrede zu präsentieren, warum er ihr gute Leute entführt hatte.

Als Gegengewicht für die guten Leute hatte er seinen Mitbewohner Jonah engagiert. Jonah hatte zwar beim fünften Anlauf die Zulassung als Anwalt erlangt, jedoch nie als solcher gearbeitet. Gleichwohl war er ein Freund und Vertrauter, der, wie Clay hoffte, vielleicht doch noch irgendwann juristisches Geschick entwickelte. Jonah hatte ein loses Mundwerk und trank gern, deshalb war Clay bei der Beschreibung seiner neuen Kanzlei und ihrer Aufgaben ziemlich vage geblieben. Er hatte vor, Jonah nach und nach einzuweihen, wollte aber zunächst langsam anfangen. Doch Jonah hatte das Geld irgendwie gewittert und ein Anfangsgehalt von neunzigtausend Dollar im Jahr ausgehandelt. Es war geringer als das des Leitenden Anwaltsassistenten, wobei die Kanzleimitarbeiter nicht wussten, was ihre Kollegen verdienten. Buchführung mitsamt Gehaltsabrechnung hatte das neue Buchhaltungsbüro im dritten Stock übernommen.

Paulette und Jonah hatte Clay die gleiche vage Erklärung gegeben wie Rodney: Er sei auf eine Verschwörung gestoßen im Zusammenhang mit einem Medikament. Die Namen des Medikaments und des Herstellers würden weder sie noch sonst jemand jemals erfahren. Er habe Kontakt zu dem Unternehmen aufgenommen. Man sei schnell handelseinig geworden. Erhebliche Geldmengen seien geflossen. Geheimhaltung sei oberstes Gebot. Erledigt euern Job und stellt keine Fragen. Wir werden eine nette, kleine Kanzlei aufbauen, mit der wir jede Menge Geld machen und dabei noch ein wenig Spaß haben.

Wer würde so ein Angebot ablehnen?

Miss Glick begrüßte Adelfa Pumphrey, als wäre sie die erste Mandantin, die die brandneue Kanzlei betrat – was sogar stimmte. Alles roch neu, die Farbe, der Teppich, die Tapete, die italienischen Ledermöbel im Empfangsbereich. Sie brachte ihr Wasser in einem Kristallglas, das noch nie benutzt worden war. Dann wandte sie sich wieder ihrer Beschäftigung zu, die darin bestand, ihren neuen Schreibtisch aus Glas und Chrom einzurichten. Jetzt war Paulette an der Reihe. Sie nahm Adelfa mit in ihr Büro, um das Vorgespräch zu führen, das mehr war als nur Smalltalk unter Frauen. Sie machte sich Notizen zu Adelfas Familie und Hintergrund, die sich mit den Informationen von Max Pace deckten. Und sie fand ein paar passende Worte für die trauernde Mutter.

Bislang waren alle Angestellten schwarz, was Adelfa ein beruhigendes Gefühl vermittelte.

»Vielleicht haben Sie Mr Carter schon einmal gesehen«, sagte Paulette und hakte damit einen weiteren Punkt der vagen Tagesordnung ab, die sie und Clay erstellt hatten. »Er war im Gericht, als Sie dort waren. Der Richter hatte ihn angewiesen, Tequila Watson zu vertreten, aber er ist von dem Mandat zurückgetreten. So kam es, dass er in diese Geschichte involviert wurde.«

Adelfa blickte erwartungsgemäss verwirrt drein.

Paulette fuhr ohne Pause fort. »Wir haben fünf Jahre lang im OPD zusammengearbeitet. Erst vor ein paar Tagen haben wir gekündigt und diese Kanzlei eröffnet. Sie werden ihn mögen. Er ist ein sehr netter Mensch und ein guter Anwalt. Ehrlich und loyal seinen Mandanten gegenüber.«

»Sie haben gerade erst aufgemacht?«

»Ja. Clay wollte schon seit langem eine eigene Kanzlei. Er hat mich gebeten mitzumachen. Sie sind in sehr guten Händen, Adelfa.«

Die Verwirrung in Adelfas Miene nahm zu.

»Haben Sie Fragen?«, wollte Paulette wissen.

»So viele, dass ich gar nicht weiss, wo ich anfangen soll.«

»Verstehe. Ich rate Ihnen Folgendes: Stellen Sie nicht zu viele Fragen. Ein grosses Unternehmen ist bereit, Ihnen viel Geld zu geben, damit Sie den Tod Ihres Sohnes nicht vor Gericht bringen. Wenn Sie zögern und zu viel wissen wollen, kann es passieren, dass Sie am Ende mit leeren Händen dastehen. Nehmen Sie das Geld, Adelfa. Nehmen Sie es, und machen Sie sich vom Acker.«

Als schliesslich die Zeit gekommen war, Mr Carter kennen

zu lernen, führte Paulette Adelfa den Flur entlang zu einem großen Eckbüro. Clay war eine Stunde lang nervös auf und ab gegangen, doch jetzt begrüßte er sie ruhig und hieß sie freundlich in der Kanzlei willkommen. Seine Krawatte saß locker, die Ärmel hatte er hochgekrempelt, der Schreibtisch war über und über mit Akten und Papier bedeckt, als kämpfte er an vielen Fronten gleichzeitig. Plangemäß blieb Paulette, bis das Eis gebrochen war, und entschuldigte sich dann.

»Ich kenne Sie«, sagte Adelfa zu Clay.

»Ja, ich war im Gericht, als gegen den Mörder Ihres Sohnes Anklage erhoben wurde. Der Richter hat mir den Fall aufgezwungen, aber ich bin ihn wieder losgeworden. Jetzt arbeite ich auf der anderen Seite.«

»Erzählen Sie.«

»Sie sind sicherlich verwirrt von alledem.«

»Ziemlich.«

»Es ist im Grunde ganz einfach.« Clay setzte sich auf den Rand des Schreibtischs und blickte ihr in das hoffnungslos irritierte Gesicht. Die Arme vor der Brust verschränkend, versuchte er, so auszusehen, als würde er so etwas ständig tun. Er erzählte die Geschichte von dem bösen Pharmariesen. Es war im Wesentlichen die gleiche Version, die er Rodney präsentiert hatte, etwas ausführlicher und farbenfroher vielleicht, ohne dass sie jedoch zusätzliche Fakten enthielt. Adelfa saß in einem tiefen Ledersessel, die Hände im Schoß ihrer Uniformhose gefaltet, schaute, ohne zu zwinkern, und war sich nicht sicher, was sie von alledem halten sollte.

Als Clay am Ende angelangt war, fügte er hinzu: »Und jetzt wollen sie Ihnen einen Haufen Geld zahlen.«

»Wer genau sind ›sie‹?«

»Das Pharmaunternehmen.«

»Hat es einen Namen?«

»Mehrere, ebenso mehrere Adressen, und Sie werden seine wahre Identität nie erfahren. Das ist Teil der Abmachung. Wir beide, Sie und ich, Mandantin und Anwalt, müssen übereinkommen, dass alles geheim bleibt.«

Adelfa blinzelte, löste ihre Hände voneinander und verlagerte das Gewicht. Ihre Augen wurden glasig, als sie auf die edle neue Perserbrücke blickte, die den Boden im Büro zur Hälfte bedeckte. »Wie viel?«, fragte sie leise.
»Fünf Millionen Dollar.«
»Gott im Himmel«, brachte sie noch heraus, dann kam der Zusammenbruch. Sie bedeckte ihre Augen mit den Händen, fing an zu schluchzen und versuchte eine ganze Weile gar nicht, sich zusammenzureißen. Clay zog ein Papiertaschentuch aus einer Box und reichte es ihr.

Die Entschädigungssumme lag auf der Chase Bank, wo auch Clay sein Geld verwahrte, und wartete darauf, verteilt zu werden. Die Unterlagen von Max Pace befanden sich auf dem Schreibtisch, ein dicker Stapel Papier. Clay ging alles mit Adelfa durch und erklärte ihr, dass das Geld gleich am nächsten Morgen, sobald die Bank öffne, auf ihr Konto transferiert werde. Er blätterte eine Seite nach der anderen um, wies auf die wichtigsten Punkte des Vertrages hin, und ließ sie unterschreiben, wo es notwendig war. Adelfa war zu verwirrt, um viel zu sagen. »Vertrauen Sie mir«, wiederholte Clay mehrmals. »Wenn Sie das Geld wollen, unterschreiben Sie hier.«
»Ich hab das Gefühl, was Unrechtes zu tun.«
»Nein. Das Unrecht hat jemand anders getan. Sie sind das Opfer, Adelfa, das Opfer und jetzt auch die Mandantin.«
Bei einer Unterschrift sagte sie: »Ich muss mit jemandem reden.«
Doch sie hatte niemanden zum Reden. Pace' Spitzeln zufolge gab es einen Freund, der ab und zu auftauchte, aber er war nicht der Typ Mensch, bei dem man sich Rat holte. Sie hatte Geschwister, die zwischen Washington und Philadelphia verstreut lebten, aber die waren sicherlich nicht gebildeter als sie. Beide Eltern waren tot.
»Das wäre ein Fehler«, wandte Clay vorsichtig ein. »Dieses Geld wird Ihr Leben zum Besseren wenden, aber nur, wenn Sie schweigen. Sobald Sie darüber reden, wird es Sie zerstören.«

»Ich kann nicht gut mit Geld umgehen.«
»Da können wir behilflich sein. Wenn Sie möchten, kann Paulette ein Auge auf Ihre Finanzen haben und Sie beraten.«
»Das wäre schön.«
»Dafür sind wir da.«
Paulette fuhr sie nach Hause. Im Feierabendverkehr kamen sie nur langsam vorwärts. Später berichtete sie Clay, dass Adelfa kaum gesprochen habe. Nachdem sie vor ihrer Wohnanlage angekommen waren, wollte sie nicht aussteigen. Also blieben sie noch eine halbe Stunde im Auto sitzen und redeten über ihr neues Leben. Nie mehr Sozialhilfe, nie mehr nächtliche Schießereien. Nie mehr Gebete, in denen sie Gott anflehte, ihre Kinder zu beschützen. Nie wieder würde sie sich um die Sicherheit ihrer Kinder sorgen müssen, so wie sie es bei Ramón getan hatte.
Keine Gangs mehr. Keine schlechten Schulen mehr.
Als sie sich schließlich verabschiedete, weinte sie.

13

Im Schatten eines Baumes in der Dumbarton Street kam der schwarze Porsche Carrera zum Stehen. Clay stieg aus und schaffte es, sein neues Spielzeug für ein paar Sekunden zu ignorieren. Doch nach einem kurzen Blick in alle Richtungen betrachtete er es wieder voller Erstaunen. Der Wagen gehörte ihm seit drei Tagen, und er konnte es immer noch nicht fassen. Gewöhn dich dran, ermahnte er sich ein ums andere Mal. Manchmal gelang es ihm, so zu tun, als wäre es ein ganz gewöhnliches Auto, nichts Besonderes. Doch selbst nach kürzester Trennung beschleunigte sich sein Puls beim Anblick des Wagens. »Ich fahre einen Porsche«, sagte er laut zu sich selbst, wenn er in Formel-1-Manier durch die Straßen jagte.

Er war acht Häuserblocks vom Campus der Georgetown-Universität entfernt, wo er vier Jahre lang studiert hatte, bevor er an die juristische Fakultät in der Nähe des Capitol Hill gewechselt hatte. Die Stadthäuser hier waren malerische Altbauten, die schmalen Rasenstreifen davor fein säuberlich gemäht, die Straßen von alten Eichen und Ahornbäumen gesäumt. Geschäfte, Kneipen und Restaurants gab es, zu Fuß gut erreichbar, zwei Blocks weiter in der M Street. Vier Jahre lang war er auf diesen Straßen gejoggt, und viele lange Nächte hatte er damit zugebracht, mit seinen Freunden durch die Bars und Kneipen in der Wisconsin Avenue und der M Street zu ziehen.

Bald würde er hier wohnen.

Das Stadthaus, das er sich ausgesucht hatte, war für 1,3 Millionen ausgeschrieben. Es war ihm zwei Tage zuvor bei einer Rundfahrt durch Georgetown aufgefallen. In der N Street gab es noch eines, ein weiteres in der Volta Street, alle nur einen Steinwurf voneinander entfernt. Clay war fest entschlossen, bis zum Ende der Woche eines davon zu erwerben.

Das Haus in der Dumbarton Street, das ihm am besten gefiel, stammte aus den Fünfzigerjahren des 19. Jahrhunderts und war liebevoll gepflegt. Die Backsteinfassade war viele Male überstrichen worden und inzwischen von einem verwaschenen Blau. Es hatte vier Etagen, das Souterrain mitgerechnet, und war tadellos in Schuss. Der Makler hatte erzählt, die Eigentümer, ein Rentnerehepaar, hätten einst die Kennedys und die Kissingers und alle möglichen anderen Berühmtheiten bewirtet. Immobilienmakler in Washington hatten prominente Namen noch schneller bei der Hand als ihre Kollegen in Beverly Hills, besonders wenn es um Objekte in Georgetown ging.

Clay war eine Viertelstunde zu früh dran. Das Haus war leer. Dem Makler zufolge lebten die Besitzer in einer Seniorenresidenz. Clay ging durch ein Seitentor und bewunderte den kleinen Garten hinter dem Haus. Es gab keinen Swimmingpool, und es wäre auch kein Platz gewesen, um einen zu bauen. Immobilien in Georgetown waren etwas Kostbares. Auf der Veranda, die von Unkraut aus den Pflanzbeeten überwuchert war, standen schmiedeeiserne Möbel. Für die Gartenarbeit müsste man höchstens mal ein paar Stunden einkalkulieren, überlegte Clay.

Vielleicht würde er auch einen Gärtnerservice beauftragen.

Das Haus und die Nachbargebäude gefielen ihm sehr. Ebenso die Straße, das ganze gemütliche Viertel, wo man nahe beieinander lebte und doch jeder die Privatsphäre des anderen respektierte. Auf den Stufen zum Vordereingang sitzend, beschloss er, zunächst eine Million zu bieten. Er würde hart verhandeln und bluffen bis zum Äußersten und die ganze Zeit amüsiert beobachten, wie sich der Makler abmühte. Am Ende würde er den geforderten Preis zahlen.

Auf den Porsche starrend, glitt er wieder in seine Fantasiewelt hinüber, wo das Geld auf Bäumen wuchs und er sich alles leisten konnte, was er wollte. Italienische Anzüge, einen deutschen Sportwagen, ein Haus in Georgetown, ein Büro in der Stadtmitte. Darf's noch was sein? Na ja, er dachte zum Beispiel an ein Boot für seinen Vater, ein größeres natürlich, das ihm höhere Einkünfte ermöglichte. Er selbst könnte auf den Bahamas einen Bootsverleih aufmachen und das Boot auf diese Weise abschreiben und die meisten Kosten absetzen. So könnte sein Vater anständig Geld verdienen. Jetzt ging er da unten vor die Hunde. Er trank zu viel, schlief mit jeder Frau, die ihm über den Weg lief, lebte auf einem Boot, das ihm nicht einmal gehörte, und bettelte um Trinkgelder. Clay war entschlossen, ihm das Leben leichter zu machen.

Eine Autotür schlug zu und riss Clay aus seinen Träumen vom Geldausgeben, wenn auch nur für einen Augenblick. Der Immobilienmakler war da.

Auf Pace' Liste der Opfer standen sieben Namen. Sieben, von denen er wusste. Sieben, die er und seine Spitzel entdeckt hatten. Tarvan war inzwischen seit achtzehn Tagen aus dem Verkehr gezogen. Den Studien des Herstellers zufolge ließ die Wirkung, die die Menschen zu Mördern machte, nach zehn Tagen nach. Die Liste war chronologisch geordnet, Ramón Pumphrey Nummer sechs.

Nummer eins war ein Student von der George-Washington-Universität. Er war eben in Bethesda aus einem Starbucks Café auf die Wisconsin Avenue hinausgetreten, als er von einem Unbekannten erschossen wurde. Er stammte aus Bluefield in West Virginia; das lag rund fünf Stunden von Washington entfernt. Clay schaffte die Strecke in Rekordzeit. Nicht dass er es eilig gehabt hätte. Trotzdem raste er wie ein Rennfahrer durch das Shenandoah Valley. Mithilfe von Pace' detaillierten Anweisungen fand er das Haus der Eltern, einen ziemlich traurig aussehenden, kleinen Bungalow nahe der Innenstadt. Als er in der Auffahrt stand, sagte er laut: »Ich kann nicht glauben, dass ich das tue.«

Zwei Dinge motivierten ihn zum Aussteigen. Erstens hatte er keine Wahl. Und zweitens war da die Aussicht auf fünfzehn Millionen Dollar. Nicht nur ein oder zwei Drittel davon. *Alles.*

Er war leger gekleidet. Die Aktentasche ließ er im Wagen.

Die Mutter war zu Hause, der Vater noch in der Arbeit. Widerstrebend bat sie ihn herein, bot ihm dann aber doch Eistee und Kekse an. Er wartete im Wohnzimmer auf dem Sofa. Überall bemerkte er Fotografien des toten Sohnes. Die Vorhänge waren zugezogen. Es war schon länger nicht mehr aufgeräumt worden.

Was tue ich hier nur?

Sie redete lange über ihren Sohn, und Clay hörte mit großem Interesse zu.

Der Vater arbeitete als Versicherungsvertreter und war nur ein paar Straßen weiter bei einem Kunden. Er kam nach Hause, bevor das Eis im Glas geschmolzen war. Clay erzählte den beiden die Geschichte so ausführlich wie möglich. Zunächst kamen ein paar vorsichtige Fragen: Wie viele andere sind aus demselben Grund gestorben? Warum können wir uns nicht an die Behörden wenden? Sollte das nicht an die Öffentlichkeit gebracht werden? Clay parierte wie ein alter Hase. Pace hatte ihn gut vorbereitet.

Wie alle Opfer standen sie vor der Wahl. Sie konnten wütend werden, Fragen stellen, Forderungen geltend machen, Gerechtigkeit verlangen. Oder sie konnten stillschweigend das Geld nehmen. Die Summe von fünf Millionen Dollar machte zunächst keinen Eindruck auf sie, und wenn doch, gelang es ihnen vorzüglich, das zu verbergen. Sie wollten wütend sein und gleichgültig gegenüber dem Geld, zumindest am Anfang. Erst im Verlauf des Abends ließen sie sich doch verführen.

»Wenn Sie mir den Namen der Firma nicht nennen, werde ich das Geld nicht annehmen«, sagte der Vater.

»Ich kenne den Namen nicht«, erwiderte Clay.

Verzweiflung und Aggression, Liebe und Hass, Vergebung und Vergeltung – fast jede Emotion flammte in diesen Nachmittags- und frühen Abendstunden auf. Sie hatten gerade ihren jüngsten Sohn zu Grabe getragen, und der Schmerz war dumpf und unermesslich. Es war ihnen nicht geheuer, dass Clay da war, und doch waren sie ihm für seine Anteilnahme mehr als dankbar. Sie misstrauten ihm, dem Großstadtanwalt, der offensichtlich nicht die Wahrheit sagte über diese unverschämt hohe Entschädigung. Dennoch baten sie ihn, zu einem »gemeinsamen Abendessen« zu bleiben, was auch immer damit gemeint war.

Das Abendessen kam pünktlich um sechs. Vier Damen von der Kirchengemeinde schleppten Lebensmittel herein, die für eine Woche gereicht hätten. Clay wurde als Freund aus Washington vorgestellt und von den vieren umgehend einem ausführlichen Kreuzverhör unterzogen. Ein abgebrühter Prozessanwalt hätte nicht neugieriger fragen können als sie.

Schließlich verabschiedeten sich die Damen wieder. Im weiteren Verlauf des Abends wurde Clay aufdringlicher. Außer ihm würde ihnen nie wieder jemand so einen Deal anbieten. Kurz nach zehn Uhr unterschrieben sie die Dokumente.

Nummer drei war eindeutig der schwierigste Fall: eine siebzehnjährige Prostituierte, die die meiste Zeit ihres Lebens auf der Straße gearbeitet hatte. Die Polizei ging davon aus, dass sie und ihr Mörder geschäftlich verkehrt hatten, doch es gab keinen Hinweis darauf, warum er sie hätte töten sollen. Es war vor einer Bar geschehen, vor den Augen von drei Zeugen.

Sie hieß nur Bandy, ohne Nachnamen. Pace hatte bei seinen Recherchen nichts gefunden – keinen Ehemann, keine Mutter, keinen Vater, keine Geschwister, keine Kinder, keine Heimatadresse, keine Schulen, keine Kirchengemeinden, aber auch keine Vorstrafen, was erstaunlich war. Es hatte keine Beerdigung gegeben. Wie jährlich rund zwei Dutzend andere Tote in Washington hatte Bandy eine Armenbestattung bekommen. Als einer von Pace' Mitarbeitern bei der zuständigen Behörde nachfragte, bekam er die Auskunft: »Sie liegt im Grab der unbekannten Prostituierten.«

Es gab einen einzigen Hinweis, der ausgerechnet von ihrem Mörder stammte. Er hatte der Polizei erzählt, dass Bandy eine Tante in Little Beirut habe, dem gefährlichsten Getto im Südosten Washingtons. Doch nach zwei Wochen intensiver Nachforschungen war diese Tante nicht gefunden worden.

Solange es keine Verwandten gab, konnte auch kein Vergleich geschlossen werden.

14

Die letzten Tarvan-Mandanten, die noch unterschreiben mussten, waren die Eltern einer zwanzigjährigen Studentin der Howard-Universität. Sie war eine Woche nachdem sie das Studium abgebrochen hatte, ermordet worden. Ihre Eltern lebten in Warrenton, Virginia, vierzig Meilen westlich von Washington. Eine Stunde lang saßen sie in Clays Büro und hielten sich an den Händen, als würden sie nicht ohne einander funktionieren. Manchmal weinten sie und ließen ihrem unsäglichen Kummer freien Lauf. Dann wieder waren sie stoisch, streng und stark und scheinbar unbeeindruckt von dem Geld. Clay begann daran zu zweifeln, dass sie die Entschädigung annehmen würden.

Am Ende taten sie es doch, wobei Clay sicher war, dass sie das Geld wie alle anderen Mandanten am wenigsten interessierte. Erst mit der Zeit würden sie es schätzen lernen, doch im Moment wollten sie nur eines: ihre Tochter zurückhaben.

Paulette und Miss Glick begleiteten sie aus dem Büro zum Aufzug, wo man sich zum Abschied umarmte. Als sich die Türen schlossen, kämpfte das Elternpaar mit den Tränen.

Clays kleines Team kam im Konferenzraum zusammen, um die jüngsten Ereignisse Revue passieren zu lassen. Erleichtert dachten sie daran, dass zumindest in der nahen Zukunft keine trauernden Witwen und Eltern mehr vorbeikommen würden. Sündteurer Champagner war für diesen Augenblick kalt gestellt worden, und Clay begann die Gläser zu füllen. Miss Glick enthielt sich, weil sie keinen Alkohol trank, doch sie war die einzige Abstinenzlerin der Kanzlei. Paulette und Jonah schienen besonders durstig zu sein. Auch Rodney trank mit, obwohl er sonst Budweiser vorzog.

Bei der zweiten Flasche erhob sich Clay, um ein paar Worte zu sagen. »Ich habe einige Bekanntmachungen zu verkünden«, fing er an und klopfte an sein Glas. »Erstens: die Tylenol-Fälle sind hiermit vollständig. Herzlichen Glückwunsch und vielen Dank an alle.« Er benutzte »Tylenol« als Codewort für Tarvan, den Namen, den sie niemals hören durften. Ebenso wie sie nie erfahren würden, wie hoch sein Honorar war. Es stand außer Zweifel, dass Clay ein Vermögen bekam, aber wie hoch die Summe wirklich war, wussten sie nicht.

Sie klatschten sich selbst Beifall.

»Zweitens: Wir feiern heute Abend mit einem Essen im Citronelle. Punkt acht Uhr. Könnte ein langer Abend werden, denn morgen wird nicht gearbeitet. Das Büro bleibt geschlossen.«

Wieder Beifall und mehr Champagner. »Drittens: In zwei Wochen fliegen wir zusammen nach Paris. Wir alle hier mit je einer Begleitperson, bevorzugt dem Ehepartner, sofern es einen gibt. Die Kosten werden vollständig übernommen. Flug erster Klasse, Luxushotel, das ganze Programm. Wir werden eine Woche bleiben. Es gibt keine Ausnahmen. Ich bin der Boss, und ich beordere euch hiermit alle nach Paris.«

Miss Glick legte beide Hände vor den Mund. Alle waren sprachlos. Paulette fand als Erste wieder Worte: »Aber nicht Paris in Tennessee, oder?«

»Nein, Paris in Frankreich.«

»Und wenn ich da drüben zufällig meinem Mann begegne?«, fragte sie mit einem leichten Lächeln, woraufhin am Tisch Gelächter ausbrach.

»Du kannst gern auch nach Tennessee fahren, wenn du unbedingt möchtest, meine Liebe«, entgegnete Clay.

»Nie im Leben, mein Lieber.«

Als Miss Glick ihre Sprache wiedergefunden hatte, sagte sie: »Ich brauche einen Pass.«

»Die Formulare liegen bereits auf meinem Schreibtisch. Ich werde mich darum kümmern. Wird keine Woche dauern. Sonst noch was?«

Sie redeten über das Wetter und das Essen und die Kleidung, die sie mitnehmen mussten. Jonah begann eine Diskussion darüber, welche Freundin ihn begleiten sollte. Paulette war als Einzige schon einmal in Paris gewesen – in den Flitterwochen. Es war ein kurzes Intermezzo gewesen, das abrupt endete, als ihr griechischer Mann wegen eines geschäftlichen Notfalls von ihrer Seite geholt wurde. Sie flog allein nach Hause, in der Touristenklasse. Auf dem Hinflug hatte sie die erste Klasse kennen gelernt. »Da gibt's Champagner«, berichtete sie den anderen. »Und die Sitze sind so breit wie Sofas.«

»Darf ich mitnehmen, wen ich will?«, fragte Jonah, der sich offensichtlich nicht entscheiden konnte.

»Sagen wir, nur Unverheiratete, okay?«, erwiderte Clay.

»Das schränkt die Möglichkeiten schon mal ein.«

»Wen wirst *du* mitnehmen?«, wollte Paulette wissen.

»Vielleicht niemanden«, sagte Clay, und für einen Moment wurde es still im Raum. Die anderen hatten über Rebecca und die Trennung getuschelt, wobei sich Jonah besonders hervorgetan hatte. Sie wollten ihren Chef glücklich sehen, standen ihm aber nicht nahe genug, um sich einzumischen.

»Wie heißt noch mal der Turm in Paris?«, fragte Rodney.

»Eiffelturm«, antwortete Paulette. »Man kann bis ganz oben fahren.«

»Ich fahr da nicht rauf. Sieht nicht sehr sicher aus.«

»Ich sehe schon, du wirst ein vorbildlicher Tourist sein, Rodney.«

»Wie lange genau werden wir bleiben?«, fragte Miss Glick.

»Sieben Nächte«, erwiderte Clay. »Sieben Nächte in Paris.« Dann schweiften sie ab, vom Champagner beflügelt. Noch vor einem Monat hatten sie im OPD gesessen und sich abgerackert. Alle bis auf Jonah, der stundenweise Computer verkauft hatte.

Max Pace wollte reden. Da die Kanzlei geschlossen war, schlug Clay vor, sich dort zu treffen, sobald die Partyspuren beseitigt waren.

Nur das Kopfweh liess sich nicht wegwischen. »Sie sehen übel aus«, begann Pace scherzhaft.

»Wir haben gefeiert.«

»Was ich mit Ihnen zu besprechen habe, ist sehr wichtig. Sind Sie fit genug?«

»Ich werde schon mitkommen. Schiessen Sie los.«

Einen Pappbecher Kaffee in der Hand, wanderte Pace im Zimmer umher. »Das Tarvan-Chaos ist vorbei«, sagte er schliesslich. Es war zu Ende, wenn er es sagte. Nicht vorher. »Wir haben die sechs Fälle in der Tasche. Falls noch jemand auftaucht, der behauptet, mit unserer Bandy verwandt zu sein, erwarten wir von Ihnen, dass Sie das in den Griff bekommen. Aber ich bin überzeugt, dass sie keine Familie hat.«

»Ich auch.«

»Sie haben gute Arbeit geleistet, Clay.«

»Ich werde auch ganz anständig dafür bezahlt.«

»Heute werde ich die letzte Rate überweisen. Bald sind die ganzen fünfzehn Millionen Dollar auf Ihrem Konto. Zumindest das, was übrig ist.«

»Was erwarten Sie von mir? Soll ich eine Klapperkiste fahren, in einer heruntergekommenen Bude wohnen und billige Sachen tragen? Sie haben selbst gesagt, ich muss Geld ausgeben, um den richtigen Eindruck zu erzeugen.«

»Ich mache nur Spass. Es gelingt Ihnen grossartig, reich auszusehen.«

»Danke.«

»Die Umstellung von Arm auf Reich fällt Ihnen bemerkenswert leicht.«

»Ich habe eben Talent.«

»Passen Sie aber auf. Wecken Sie nicht zu viel Aufmerksamkeit.«

»Sprechen wir über den nächsten Fall.«

Pace setzte sich und schob eine Akte über den Tisch. »Das

Medikament heisst Dyloft und wird von Ackerman Labs hergestellt. Es ist ein starker Entzündungshemmer, der bei akuter Arthritis eingesetzt wird. Dyloft ist neu, und die Ärzte sind hellauf begeistert davon. Es wirkt Wunder, die Patienten lieben es. Aber es hat zwei Haken. Erstens wurde es von einem Wettbewerber meines Auftraggebers entwickelt. Zweitens wird es mit der Entstehung von kleinen Tumoren in der Blase in Verbindung gebracht. Mein Auftraggeber, derselbe wie bei Tarvan, stellt ein ähnliches Mittel her, das bis vor zwölf Monaten, als Dyloft auf den Markt kam, sehr beliebt war. Der Markt hat eine Grösse von rund drei Milliarden Dollar im Jahr. Dyloft ist bereits Nummer zwei auf dem Markt und wird dieses Jahr vermutlich die Milliardengrenze überschreiten. Es ist schwer zu sagen, weil es sich so rasant entwickelt. Das Medikament meines Auftraggebers hat dieses Jahr nur eineinhalb Milliarden Umsatz erzielt und verliert schnell an Boden. Dyloft ist jetzt der letzte Schrei und wird rasch jede Konkurrenz abhängen, so gut ist es. Vor ein paar Monaten hat mein Auftraggeber ein kleines belgisches Pharmaunternehmen gekauft. Der Laden hatte einmal einen Bereich, der später von Ackerman Labs geschluckt wurde. Ein paar Wissenschafter waren unter ziemlich unschönen Bedingungen an die Luft gesetzt worden, woraufhin Laborstudien verschwanden und an Orten wieder auftauchten, wo sie eigentlich nicht hingehörten. Mein Auftraggeber hat Zeugen und Dokumente, die belegen, dass Ackerman Labs von den potenziellen Problemen wusste, und zwar seit mindestens sechs Monaten. Können Sie mir folgen?«

»Ja. Wie viele Patienten haben Dyloft eingenommen?«

»Schwer zu sagen, weil die Zahl so schnell zunimmt. Rund eine Million vielleicht.«

»Wie viele davon haben einen Tumor bekommen?«

»Die Studie geht von fünf Prozent aus. Das reicht, um das Mittel vom Markt verschwinden zu lassen.«

»Wie wird festgestellt, dass ein Patient einen Tumor hat?«

»Anhand einer Urinanalyse.«

»Wollen Sie, dass ich Ackerman Labs verklage?«

»Einen Augenblick. Die Wahrheit über Dyloft wird in Kürze bekannt werden. Bis zum heutigen Tag hat es keine Verfahren, keine Klagen, nicht einmal eine negative Berichterstattung in den Medien gegeben. Unsere Informanten berichten, dass bei Ackerman fleißig Geld gezählt und beiseite geschafft wird, damit die Anwälte bezahlt werden können, sobald der Sturm losbricht. Ackerman könnte auch versuchen, das Medikament zu überarbeiten, aber dazu bräuchte man Zeit und FDA-Zulassungen. Sie stecken in einem echten Dilemma, weil sie Geld benötigen. Sie haben sich hoch verschuldet, um andere Unternehmen aufzukaufen, doch die meisten davon haben sich nicht rentiert. Die Aktie steht bei rund zweiundvierzig Dollar. Vor einem Jahr war sie noch achtzig wert.«

»Wie werden sich die Neuigkeiten über Dyloft auf das Unternehmen auswirken?«

»Die Aktienkurse werden ins Bodenlose fallen. Das ist genau das, was mein Auftraggeber will. Wenn das Verfahren richtig geführt wird – und ich gehe davon aus, dass Sie und ich das hinbekommen –, werden die Meldungen für Ackerman Labs das Aus bedeuten. Und da wir interne Beweise dafür haben, dass Dyloft schädlich ist, hat die Firma keine andere Wahl, als einen Vergleich zu schließen. Die können keinen Prozess riskieren, nicht mit einem so gefährlichen Produkt.«

»Wo ist der Pferdefuß?«

»Fünfundneunzig Prozent der Tumore sind gutartig und sehr klein. Die Blase wird nicht ernstlich geschädigt.«

»Der Rechtsstreit soll also nur den Markt erschüttern?«

»Genau, und natürlich Schadenersatz für die Opfer bringen. Ich will keinen Tumor in meiner Blase, ob nun gutartig oder nicht. Die meisten Geschworenen werden ebenso empfinden. Es wird folgendermaßen ablaufen: Sie stellen eine Gruppe von rund fünfzig Klägern zusammen und reichen eine Sammelklage im Namen aller Dyloft-Patienten ein. Gleichzeitig gehen Fernsehspots auf Sendung, mit denen nach weiteren Fällen gesucht wird. Wenn Sie hart und schnell zuschlagen, haben Sie bald tausende Fälle an der Hand. Die Spots werden überall in den Staaten laufen – kurze Clips, die den Leuten einen Schrecken einjagen, sodass sie sofort die gebührenfreie Nummer hier bei Ihnen in Washington anrufen, wo bereits eine ganze Armee von Anwaltsassistenten an den Hörern sitzt und die Kärrnerarbeit leistet. Es wird Sie ein bisschen was kosten, aber wenn Sie, sagen wir, fünftausend Fälle haben und bei jedem eine Entschädigung von zwanzigtausend Dollar herausholen, sind das zusammen einhundert Millionen Dollar. Und ein Drittel davon gehört Ihnen.«

»Das ist geradezu unanständig.«

»Nein, Clay, es ist eine Schadenersatzklage vom Feinsten. So funktioniert das System heutzutage. Und ich garantiere Ihnen, wenn Sie es nicht tun, kommt jemand anders. Und zwar bald. In diesem Bereich ist so viel Geld zu machen, dass die Anwälte jedem Hinweis auf Gesundheitsschäden durch ein Medikament wie die Aasgeier nachjagen. Und glauben Sie mir, es gibt jede Menge Arzneimittel mit starken Nebenwirkungen.«

»Wieso bin ausgerechnet ich der Glückliche?«

»Gutes Timing, mein Freund. Sobald mein Auftraggeber weiß, wann Sie Klage einreichen, kann er sich auf die Marktsituation einstellen.«

»Wo bekomme ich die fünfzig Mandanten her?«, fragte Clay.

Pace tippte auf eine weitere Akte. »Wir kennen mindestens tausend. Mit Namen und Adressen, alle hier drin.«

»Sie erwähnten eine kleine Armee von Anwaltsassistenten.«

»Ein halbes Dutzend. So viele sind nötig, um die Anrufe entgegenzunehmen und die Akten zu bearbeiten. Sie könnten am Ende auf fünftausend Mandanten kommen.«

»Was ist mit den Fernsehspots?«

»Ich habe die Adresse einer Firma, die solche Spots in maximal drei Tagen produziert. Nichts Besonderes – ein paar Bilder von Pillen, die auf einen Tisch fallen, ein Begleitkommentar über die Schäden, die Dyloft hervorrufen kann, fünfzehn Sekunden Angst und Schrecken, die die Leute dazu bringen sollen, in der Kanzlei von J. Clay Carter II. anzurufen. Diese Spots tun ihre Wirkung, glauben Sie mir. Lassen Sie sie eine

Woche lang auf allen großen Kanälen laufen, und Sie haben mehr Mandanten, als Sie zählen können.«

»Was wird das kosten?«

»Ein paar Millionen, aber Sie können es sich leisten.«

Jetzt war Clay an der Reihe, im Raum umherzuwandern und seinen Kreislauf auf Touren zu bringen. Er hatte ein paar Spots für Diätpillen mit unerwünschten Nebenwirkungen gesehen. Darin hatten unsichtbare Anwälte aus dem Off versucht, den Menschen Angst einzujagen, damit sie eine gebührenfreie Nummer wählten. So tief wollte er auf keinen Fall sinken.

Aber dreiunddreißig Millionen Dollar Honorar! Er war immer noch ganz betäubt von dem Vermögen, das ihm kürzlich in den Schoß gefallen war.

»Wie sieht der Zeitplan aus?«

Pace hatte eine Liste der Dinge, die zuerst erledigt werden sollten. »Sie müssen die Mandate unter Dach und Fach bringen, das wird höchstens zwei Wochen dauern. Drei Tage, bis der Spot gedreht ist. Ein paar Tage, um die Sendezeiten zu bekommen. Sie müssen Anwaltsassistenten einstellen und irgendwo am Stadtrand für sie Räume anmieten; hier ist es zu teuer. Die Klageschrift muss abgefasst werden. Sie haben gutes Personal. Sie sollten es in weniger als dreißig Tagen schaffen.«

»Ich fahre mit den Kanzleimitarbeitern für eine Woche nach Paris, aber wir werden es schaffen.«

»Mein Mandant will, dass die Klage innerhalb eines Monats eingereicht wird. Bis zum zweiten Juli, um genau zu sein.«

Clay kehrte zum Tisch zurück und sah Pace an. »Ich habe noch nie so eine Klage geführt.«

Pace zog eine Broschüre aus seinen Akten. »Haben Sie an diesem Wochenende viel vor?«, fragte er.

»Eigentlich nicht.«

»In letzter Zeit mal in New Orleans gewesen?«

»Zuletzt vor ungefähr zehn Jahren.«

»Schon mal was vom ›Juristenzirkel‹ gehört?«

»Kann sein.«

»Das ist eine alte Gruppe mit neuem Inhalt. Prozessanwälte, die auf Sammelklagen spezialisiert sind. Zweimal im Jahr kommen sie zusammen und reden über die neuesten Trends in der Rechtsprechung. Es wäre ein produktives Wochenende.« Er schob Clay die Broschüre hin, und der nahm sie in die Hand. Die Titelseite schmückte ein Farbfoto des Royal Sonesta Hotel im French Quarter.

New Orleans war wie immer warm und schwül, insbesondere im French Quarter.
Clay war allein, und das war gut so. Selbst wenn er noch mit Rebecca zusammen gewesen wäre, hätte sie ihn nicht begleitet. Sie hätte zu viel Arbeit gehabt, und am Wochenende musste sie ja mit ihrer Mutter shoppen gehen. Das Übliche. Er hatte überlegt, ob er Jonah einladen sollte, aber ihre Beziehung war momentan etwas angespannt. Clay war aus der engen Wohngemeinschaft in das behagliche Haus in Georgetown gezogen, ohne Jonah zu fragen, ob er mitkommen wolle. Das war ein kleiner Affront gewesen, doch Clay hatte sich darauf vorbereitet und konnte damit umgehen. Das Letzte, was er in seinem neuen Stadthaus wollte, war ein wüster Mitbewohner, der zu jeder Tages- und Nachtzeit auftauchte und alle Mädchen hereinschleppte, die ihm über den Weg liefen.
Das Geld trieb ihn langsam in die Isolation. Alte Freunde rief er nicht mehr an, weil er ihre Fragen nicht hören wollte. Die alten Kneipen besuchte er nicht mehr, weil er sich etwas Besseres leisten konnte. In weniger als einem Monat hatte er Arbeit, Wohnung, Auto, Bank, Garderobe, Restaurants und Fitnessstudio gewechselt. Er war sogar kurz davor, die Freundin zu erneuern. Allerdings zeichnete sich bislang noch keine Alternative ab. Rebecca und er hatten achtundzwanzig Tage lang nicht miteinander gesprochen. Er ging immer noch davon aus, dass er sie am dreißigsten Tag anrufen würde. Doch inzwischen hatte sich so vieles geändert.
Als Clay die Lobby des Royal Sonesta betrat, war sein Hemd schweißnass und klebte ihm am Rücken. Die Teilnahmegebühr betrug fünftausend Dollar, ein unverschämt hoher Preis für ein

paar Tage Herumhängen mit einer Horde Anwälte. Die Summe machte deutlich, dass hier durchaus nicht jeder aus der Welt der Juristen willkommen war, sondern nur die Reichen, die es wirklich ernst meinten mit ihren Sammelklagen auf Schadenersatz. Das Zimmer kostete zusätzlich vierhundertfünfzig Dollar, die Clay mit einer noch ungebrauchten Platin-Kreditkarte bezahlte.

Im Angebot waren verschiedene Seminare. Aufs Geratewohl hörte er sich eine Podiumsdiskussion über Umweltdelikte an, die von zwei Anwälten geleitet wurde. Sie hatten ein Chemieunternehmen bezichtigt, Trinkwasser verseucht zu haben, was Krebs verursacht hatte – oder auch nicht. Jedenfalls hatte das Unternehmen eine halbe Milliarde gezahlt, und die Anwälte waren reich geworden. Nebenan dozierte ein Anwalt, den Clay aus dem Fernsehen kannte, voller Elan darüber, wie man mit den Medien umgehen musste; allerdings hatte er nicht viele Zuhörer. Genau genommen waren alle Vorträge nur spärlich besucht, aber es war auch erst Freitagnachmittag – die prominenten Redner trafen am Samstag ein.

Die meisten Teilnehmer befanden sich in einem kleinen Ausstellungssaal, wo ein Flugzeughersteller ein Werbevideo über seinen neuesten Luxusjet vorführte, den edelsten seiner Generation. Der Film wurde auf einem riesigen Bildschirm in einer Ecke des Saals gezeigt. Dicht gedrängt standen die Kollegen da und bestaunten schweigend dieses neueste Wunder der Luftfahrt. Reichweite viertausend Meilen – »vom Atlantik zum Pazifik, von New York bis Paris, natürlich nonstop«. Der Jet brauchte weniger Treibstoff als die anderen zum Vergleich herangezogenen Flugzeuge, deren Namen Clay ebenfalls noch nie gehört hatte, und war sogar noch schneller. Der Innenraum war geräumig und mit Sesseln und Sofas ausgestattet, sogar eine äußerst ansehnliche Stewardess gab es, die im Minirock eine Flasche Champagner und eine Schale Kirschen anbot. Alle Möbel waren mit Leder in kräftigem Gelbbraun bezogen. Die Galaxy 9000 war für die Freizeit ebenso geeignet wie fürs Arbeiten, verfügte sie doch über eine Hightech-Telefonanlage inklusive Satellitenempfang, die es dem viel beschäftigten Anwalt erlaubte, in jedem Ort der Welt anzurufen. Außerdem gab es ein Fax- und ein Kopiergerät sowie einen Internet-Zugang. Auf dem Video war eine Gruppe streng dreinblickender Rechtsanwälte zu sehen, die um einen kleinen Tisch saßen, die Ärmel hochgekrempelt, als brüteten sie über einem Vergleich. Die hübsche Blondine im Minirock wurde mitsamt dem Champagner ignoriert.

Clay trat näher an die Zuschauer heran, wobei er sich wie ein Eindringling fühlte. Klugerweise sagte das Video nichts über den Verkaufspreis der Galaxy 9000. Es gab Sonderkonditionen für Timesharing, Inzahlungnahme oder Leasing, die man sich von den Handelsvertretern erklären lassen konnte, welche Gewehr bei Fuß standen, jederzeit bereit fürs Geschäft. Als der Film zu Ende war, fingen die Anwälte alle auf einmal an zu reden, und zwar mitnichten über Schäden durch Medikamente oder Schadenersatzklagen, sondern über Jets und die Kosten für den Piloten. Die Vertreter waren sofort umringt von eifrigen Kaufwilligen. Clay hörte jemanden sagen: »Ein neuer liegt bei fünfunddreißig.«

Damit waren sicherlich nicht fünfunddreißig *Millionen* gemeint.

Andere Aussteller boten jede Art von Luxusartikeln an. Ein Schiffsbauer hatte ein Grüppchen von Anwälten für seine Jachten interessiert. In der Nähe stand ein Makler, der sich auf Immobilien in der Karibik spezialisiert hatte. Ein anderer verkaufte Viehranches in Montana. Ein Elektronikstand mit dem neuesten, absurd teuren Schnickschnack war besonders gut besucht.

Und dann die Autos. An einer gesamten Wandseite reihte sich, kunstvoll in Szene gesetzt, ein teures Modell an das nächste: ein Mercedes-Cabrio, eine Corvette – limitiertes Modell –, ein kastanienbrauner Bentley, den man einfach haben *musste*, wenn man als Anwalt im Schadensersatzgeschäft tätig war und etwas auf sich hielt. Bei Porsche wurde gerade der erste eigene Geländewagen enthüllt, ein Verkäufer nahm die Bestellungen entgegen. Die größte Traube klebte staunend an einem blitzenden königsblauen Lamborghini. Das Preisschild war gut versteckt, als schämte sich der Hersteller für die Summe. Nur zweihundertneunzigtausend Dollar, und das bei begrenzter Stückzahl. Einige Anwälte schienen entschlossen, sich um das Auto zu prügeln.

In einem ruhigeren Winkel des Saales nahmen ein Schneider und sein Assistent bei einem hoch gewachsenen Anwalt Maß für einen italienischen Anzug. Auf einem Schild stand, sie kämen aus Mailand, doch in Clays Ohren klang ihr Amerikanisch sehr authentisch.

An der juristischen Fakultät hatte er einmal einer Podiumsdiskussion über Vergleiche mit hohen Entschädigungssummen beigewohnt. Es war darüber gesprochen worden, was man als Anwalt tun sollte, um Mandanten aus einfachen Verhältnissen vor den Versuchungen des schnellen Reichtums zu bewahren. Mehrere Prozessanwälte erzählten Horrorgeschichten von Arbeiterfamilien, die sich mit ihren Entschädigungen zugrunde gerichtet hatten. Es waren faszinierende Studien über das menschliche Verhalten. »Unsere Mandanten geben ihr Geld fast so schnell aus wie wir«, sagte damals einer der Diskussionsteilnehmer geistreich.

Während Clay seinen Blick durch den Ausstellungssaal schweifen ließ, sah er lauter Anwälte, die ihr Geld ebenso schnell ausgaben, wie sie es verdienten. Und tat er selbst das nicht auch?

Natürlich nicht. Er hatte sich auf das Wesentliche beschränkt. Zumindest vorerst. Wer wollte nicht ein neues Auto und ein schöneres Zuhause? Er kaufte keine Jachten, Flugzeuge und Viehranches. Das wollte er alles gar nicht. Und selbst wenn Dyloft ihm noch ein Vermögen bescherte, würde er unter keinen Umständen sein Geld für Jets und Zweitwohnsitze verschleudern. Er würde es auf der Bank lassen oder im Garten vergraben.

Die Konsumorgie verursachte ihm Übelkeit, und er verließ das Hotel. Er freute sich auf Austern und ein Dixie-Bier.

15

Die einzige Veranstaltung am Samstagmorgen um neun war ein Vortrag im Tanzsaal des Hotels über eine Änderung des Sammelklagengesetzes, die gerade im Kongress diskutiert wurde. Das Thema zog kaum Zuhörer an. Doch für fünftausend Dollar wollte Clay so viele Informationen wie irgend möglich mitnehmen. Von den wenigen Anwesenden war er offensichtlich der Einzige, der keinen Kater hatte. Überall im Raum wurden riesige Becher voll dampfendem Kaffee geleert.

Der Vortragende war ein Anwalt und Lobbyist aus Washington und hatte einen schlechten Start: Er erzählte zwei schmutzige Witze, die überhaupt nicht ankamen. Das Publikum war ausschließlich weiß und männlich, also die übliche Zusammensetzung, und nicht in der Stimmung für geschmacklose Witze. Der Vortrag begann zotig und ging langweilig weiter, doch zumindest für Clay war der Inhalt einigermaßen interessant und informativ. Er hatte nicht viel Ahnung von Sammelklagen, also war alles neu für ihn.

Um zehn Uhr hatte er die Wahl zwischen einer Podiumsdiskussion über die neuesten Entwicklungen im Skinny-Ben-Fall und dem Vortrag eines Anwalts, der sich auf Bleimennige spezialisiert hatte, ein Thema, das in Clays Ohren ziemlich stumpfsinnig klang, und so entschied er sich für die Diskussion. Der Raum war voll.

Skinny Ben war der Spitzname einer in Verruf geratenen

Diätpille, die Millionen Patienten verschrieben worden war. Die Herstellerfirma hatte Milliarden damit verdient und war geradezu unerschütterlich in ihrem Selbstbewusstsein, als sich bei einer beträchtlichen Anzahl von Patienten Herzprobleme einstellten, die leicht auf das Medikament zurückzuführen waren. Das Verfahren kochte gleichsam über Nacht hoch, und das Unternehmen hatte kein Interesse daran, vor Gericht zu gehen. Die Kassen waren voll, und so speiste man die Kläger mit satten Entschädigungen ab. In den letzten drei Jahren hatten sich auf Schadenersatzklagen spezialisierte Anwälte aus allen fünfzig Staaten der USA um Skinny-Ben-Fälle gerissen.

Vier Anwälte und ein Moderator saßen um einen Tisch und blickten ins Publikum. Der Platz neben Clay war frei, bis im letzten Moment ein schmieriger kleiner Kollege hereinhuschte und sich zwischen den Sitzreihen durchquetschte. Er packte seine Aktentasche aus – zwei Notizblöcke, Seminarunterlagen, zwei Handys und ein Piepser. Als er seinen Kommandoposten eingerichtet hatte – Clay war inzwischen so weit wie möglich von ihm abgerückt –, flüsterte er: »Guten Morgen.«

»Morgen«, flüsterte Clay zurück. Er hatte keine Lust auf Smalltalk. Mit einem Blick auf die Handys überlegte er, wen der Mann an einem Samstagmorgen um zehn Uhr anrufen wollte.

»Wie viele Fälle haben Sie?«, erkundigte sich sein Sitznachbar weiterhin im Flüsterton.

Eine interessante Frage, auf die Clay überhaupt nicht vorbereitet war. Die Tarvan-Fälle hatte er gerade abgeschlossen, und die Kampagne gegen Dyloft war in Vorbereitung. So gesehen hatte er gerade überhaupt keinen Fall. Allerdings schien eine solche Antwort gänzlich unpassend in dieser Umgebung, wo Zahlen nur galten, wenn sie hoch und überzogen waren.

»Ein paar Dutzend«, log er.

Der Kollege runzelte die Stirn, als wäre das vollkommen inakzeptabel. Damit war die Konversation zumindest für ein paar Minuten unterbrochen. Als einer der Diskussionsteilnehmer auf dem Podium zu reden begann, wurde es im Saal still.

Sein Thema war der Kassenbericht von Healthy Living, dem Hersteller von Skinny Ben. Das Unternehmen hatte verschiedene Bereiche, von denen die meisten Gewinne erwirtschafteten. Die Aktie hatte nicht gelitten. Der Kurs war nach jedem größeren Vergleich stabil geblieben, ein Beweis dafür, dass die Investoren wussten, dass die Firma jede Menge Geld hatte.

»Das ist Patton French«, flüsterte Clays Nachbar.

»Und wer ist das?«, fragte Clay.

»Der erfolgreichste Anwalt in den Staaten, wenn es um Schadenersatzklagen geht. Hat letztes Jahr dreihundert Millionen an Honoraren eingestrichen.«

»Hält er nicht gleich nach dem Mittagessen einen Vortrag?«

»Ja. Das sollten Sie sich nicht entgehen lassen.«

In nervenzerreißender Detailtreue erläuterte Mr French, dass bislang bei rund dreihunderttausend Skinny-Ben-Fällen Entschädigungen in Höhe von etwa 7,5 Milliarden Dollar gezahlt worden seien. Er und einige andere Experten schätzten, dass sicherlich weitere hunderttausend Fälle im Gesamtwert von zwei bis drei Milliarden auf einen Vergleich warteten. Das Unternehmen und seine Versicherer hätten genügend Rücklagen, um die Verfahren tragen zu können. Man müsse nur losziehen und diese Fälle ausfindig machen. Dieser Satz riss die Zuhörer beinahe von den Sitzen.

Clay hatte nicht das Bedürfnis, in die Begeisterung mit einzustimmen. Er konnte es nicht fassen, dass dieser kleingewachsene, dickliche, aufgeblasene Blödmann mit dem Mikrofon letztes Jahr dreihundert Millionen eingenommen hatte und trotzdem darauf versessen war, *noch* mehr zu verdienen. Jetzt sprach man über die vielfältigen Möglichkeiten, neue Mandanten zu gewinnen. Einer der Diskussionsteilnehmer hatte so viel Geld verdient, dass er zwei Mediziner engagieren konnte, die nichts anderes taten, als von Stadt zu Stadt zu reisen und Patienten zu untersuchen, die Skinny Ben genommen hatten. Ein anderer verließ sich ausschließlich auf Fernsehspots, ein Thema, das Clay kurzfristig spannend fand. Leider flachte die Diskussion bald zu einer traurigen Debatte darüber ab, ob der

Anwalt selbst auf dem Bildschirm erscheinen oder lieber einen arbeitslosen Schauspieler engagieren sollte.

Zu Clays Erstaunen wurde kein einziges Wort über Prozessstrategie verloren, also den Umgang mit Sachverständigen, Zeugen, die unerwartet alles auffliegen ließen, die Auswahl der Geschworenen, medizinisches Beweismaterial – kurzum die üblichen Themen, über die Anwälte sonst bei solchen Veranstaltungen redeten. Er erfuhr, dass die Fälle, um die es ging, selten überhaupt vor Gericht kamen. Fähigkeiten, die man im Gerichtssaal brauchte, waren also nicht gefragt. Es ging nur darum, wie man an Fälle herankam. Und Riesenhonorare einstrich. Mehrmals im Verlauf der Diskussion wurde deutlich, dass die vier Teilnehmer der Runde ebenso wie einige Zuhörer, die sich durch ihre Zwischenfragen verrieten, mit ihren letzten Vergleichen Millionen gemacht hatten.

Clay hätte am liebsten ein zweites Mal geduscht.

Um elf Uhr fand am Stand des örtlichen Porsche-Händlers ein gut besuchter Bloody-Mary-Empfang statt. Es gab Austern, natürlich Bloody Mary und endloses Geplauder darüber, wie viele Fälle jeder hatte. Und wie man noch mehr bekam. Mal tausend hier, mal zweitausend dort. Die bevorzugte Taktik bestand anscheinend darin, dass man so viele Fälle wie möglich auftrieb und sich dann an Patton French hängte. Der verleibte sie mit Freuden seiner eigenen Sammelklage auf heimischem Boden in Mississippi ein, wo Richter, Geschworene und Urteile stets in seinem Sinne waren und Hersteller sich vor lauter Angst kaum blicken ließen. French bearbeitete die Menge wie ein Wahlkampfredner.

Um ein Uhr sprach er erneut, nach einem Mittagsbüffett mit regionalen Cajun-Spezialitäten und Dixie-Bier. Seine Wangen waren gerötet, seine Zunge gelockert. Ohne jegliche Aufzeichnungen präsentierte er eine kurze Geschichte der Schadenersatzklage in den Vereinigten Staaten und betonte, wie wichtig diese sei, um das Volk vor der Gier und Korruptheit der großen Konzerne zu schützen, die gefährliche Produkte herstellten. Bei der Gelegenheit stellte er gleich klar, dass er auch Versicherungsunternehmen, Banken, multinationale Konzerne und Republikaner nicht mochte. Der ungezügelte Kapitalismus mache es notwendig, dass es Menschen wie die unerschrockenen Seelen des Juristenzirkels gebe, die im Namen der hart arbeitenden Bevölkerung, des einfachen Volkes, in die Schlacht zögen und sich nicht scheuten, die großen Bosse anzugreifen.

Die dreihundert Millionen Dollar Honorar im Jahr machten es schwer, sich Patton French als Robin Hood vorzustellen. Aber er hatte das Publikum im Griff. Clay blickte sich um und fragte sich zum wiederholten Male, ob er der Einzige war, der nicht den Verstand verloren hatte. Waren diese Leute vom Geld so verblendet, dass sie sich ernsthaft für die Rächer der Armen und Kranken hielten?

Die meisten von ihnen besaßen Privatjets!

French gab ein Bravourstück nach dem anderen zum Besten. Vierhundert Millionen Dollar Entschädigung für ein Cholesterin-Medikament mit sehr starken Nebenwirkungen. Eine Milliarde für ein Diabetes-Medikament, das mindestens hundert Patienten das Leben gekostet hatte. Hundertfünfzig Millionen für fehlerhaft verlegte elektrische Leitungen in zweihunderttausend Wohnungen, die zusammen fünfzehnhundert Brände verursacht hatten, bei denen siebzehn Personen getötet und weitere vierzig schwer verletzt worden waren. Die Anwälte hingen an seinen Lippen. Er wurde auch nicht müde, immer wieder einzuflechten, was aus seinen Honoraren geworden war. »Das wird sie eine neue Gulfstream kosten«, witzelte er zum Beispiel, und die Zuhörer applaudierten begeistert. Nach weniger als vierundzwanzig Stunden Aufenthalt im Royal Sonesta hatte Clay erfahren, dass die Gulfstream der edelste aller Privatjets und neu für rund fünfundvierzig Millionen zu haben war.

French hatte einen Rivalen, einen Tabakanwalt irgendwo in Mississippi, der ungefähr eine Milliarde gemacht hatte und eine Fünfundfünfzig-Meter-Jacht besaß. Frenchs Jacht war nur zweiundvierzig Meter lang gewesen, deshalb hatte er sie flugs gegen ein Sechzig-Meter-Boot eingetauscht. Die Leute fanden auch das erheiternd. Seine Firma hatte, so erfuhr man weiter, inzwischen dreißig Anwälte und brauchte weitere dreißig. Er war zum vierten Mal verheiratet. Die letzte Ex hatte seine Wohnung in London bekommen.

Und so weiter und so fort. Ein Vermögen gemacht, ein Vermögen verprasst. Kein Wunder, dass er sieben Tage die Woche arbeitete.

Man redete auf eine so vulgäre Weise offen über Reichtum, dass jedes normale Publikum peinlich berührt gewesen wäre. Doch French kannte seine Zuhörer. Er stachelte sie an, noch mehr Geld zu verdienen, noch mehr auszugeben, noch mehr Klagen einzureichen, noch mehr Mandanten zu finden. Er war eine Stunde lang schamlos und bizarr, aber selten langweilig.

Fünf Jahre als Pflichtverteidiger im OPD hatten Clay von vielen Aspekten moderner Anwaltstätigkeit abgeschirmt. Er hatte über Sammelklagen gelesen, aber keine Ahnung gehabt, dass die Kollegen in dieser Sparte so eine durchorganisierte und spezialisierte Clique bildeten. Sie schienen nicht einmal besonders intelligent zu sein. Ihre Überlegungen drehten sich ausschließlich darum, wie man am besten an Fälle kam und Vergleiche erzielte, nicht wie man im Gerichtssaal vorgehen sollte.

French hätte wohl bis in alle Ewigkeit weiterschwadronieren können, verabschiedete sich indes nach einer Stunde zu völlig deplatzierten Standing Ovations. Um fünfzehn Uhr würde er einen Vortrag über das Forum Shopping halten, die freie Wahl des Gerichts, sprich: Wie finde ich den Gerichtsbezirk, der das Gesetz für meinen Fall am günstigsten auslegt? Der Auftritt versprach eine Fortsetzung des Vormittags zu werden, und darauf konnte Clay verzichten.

Er streifte durch das French Quarter und klapperte statt Bars und Striptease-Lokalen Antiquitätenläden und Galerien ab, kaufte aber nichts. Der Gedanke, dass er sein Geld beisammenhalten müsse, ließ ihn nicht los. Abends saß er in einem Straßencafé am Jackson Square und beobachtete die Menschen, die vorbeigingen. Er versuchte, den heißen Zichorienkaffee zu genießen, aber das wollte nicht recht gelingen.

Schwarz auf Weiss hatte er die Zahlen noch nicht, doch im Kopf hatte er bereits alles durchgerechnet. Vom Tarvan-Honorar blieben ihm nach Abzug von Steuern und Betriebsausgaben – zusammen rund fünfundvierzig Prozent – und dem, was er bereits ausgegeben hatte, noch 6,5 Millionen. Er konnte das Geld auf einem Konto deponieren und pro Jahr dreihunderttausend Dollar Zinsen erbringen lassen. Das war ungefähr achtmal so viel, wie er als Pflichtverteidiger verdient hatte. Dreihunderttausend Dollar im Jahr, das waren fünfundzwanzigtausend im Monat. An diesem warmen Nachmittag in New Orleans im Schatten sitzend, konnte er sich nicht vorstellen, wie er jemals so viel Geld ausgeben sollte.

Es war kein Traum. Es war die Wirklichkeit. Das Geld lag bereits auf seinem Konto. Er würde für den Rest seines Lebens reich sein. Und er würde nie so ein Anwalt werden wie diese Witzfiguren im Royal Sonesta, die sich über die hohen Gehälter von Jetpiloten und Segeljachtskippern ereiferten.

Es gab nur ein wirklich ernst zu nehmendes Problem. Er hatte Leute eingestellt und Versprechungen gemacht. Rodney, Paulette, Jonah und Miss Glick hatten sichere Arbeitsplätze aufgegeben und blindes Vertrauen in ihn gesetzt. Es war unmöglich, jetzt einfach den Hahn zuzudrehen, sein Geld zu nehmen und abzuhauen.

Er stieg auf Bier um und traf eine grundlegende Entscheidung. Er würde für kurze Zeit hart arbeiten, und zwar an den Dyloft-Fällen. Sie abzulehnen wäre wirklich dumm, denn was Max Pace ihm da angeboten hatte, war eine wahre Goldmine. Wenn das Verfahren abgeschlossen war, würde er seinem Personal hohe Prämien zahlen und die Kanzlei schliessen. Er würde in Georgetown ein beschauliches Leben führen, die Welt bereisen, wenn ihm danach war, mit seinem Vater fischen gehen und zusehen, wie sein Vermögen wuchs. Und er würde nie wieder eine Veranstaltung des Juristenzirkels besuchen.

Clay hatte eben beim Zimmerservice ein Frühstück bestellt, da klingelte das Telefon. Es war Paulette, die als Einzige genau wusste, wo er war. »Hast du ein schönes Zimmer?«, fragte sie.

»Kann man wohl sagen.«

»Gibt es da ein Faxgerät?«

»Selbstverständlich.«

»Sag mir die Nummer, dann faxe ich dir was durch.«

Es war die Kopie eines Zeitungsausschnitts aus der Sonntagsausgabe der *Washington Post*. Eine Verlobungsanzeige. Rebecca Allison van Horn und Jason Shubert Myers IV. »Mr und Mrs Bennett van Horn aus McLean, Virginia, haben die Ehre, die Verlobung ihrer Tochter Rebecca mit Mr Jason Shubert, Sohn von Mr und Mrs D. Stephens Myers aus Falls Church bekannt zu geben …« Wenngleich das Foto kopiert und gefaxt war, ließ es keinen Zweifel offen: Ein sehr hübsches Mädchen heiratete einen anderen Mann.

D. Stephens Myers war der Sohn von Dallas Myers, der von Woodrow Wilson bis zu Dwight Eisenhower alle US-Präsidenten beraten hatte. Der Anzeige zufolge war Jason Myers Absolvent der juristischen Fakultäten von Brown und Harvard und bereits Partner bei Myers & O'Malley, der wahrscheinlich ältesten und mit Sicherheit spießigsten Kanzlei in ganz Washington. Er war der jüngste Partner in der Geschichte von Myers & O'Malley und hatte die Kanzlei um eine Patentabteilung erweitert. Er selbst sah weniger patent aus, da halfen auch die runden Brillengläser nicht. Clay wusste, dass er nicht fair sein konnte, selbst wenn er sich noch so angestrengt hätte. Der Kerl war nicht unattraktiv, passte aber eindeutig nicht zu Rebecca.

Die Hochzeit war für Dezember geplant und sollte in einer Episkopalkirche in McLean stattfinden. Danach war ein Empfang im Potomac Country Club vorgesehen.

In weniger als einem Monat hatte Rebecca jemanden gefunden, den sie genug liebte, um ihn zu heiraten. Jemanden, der bereit war, ein Leben mit Bennett und Barb auszuhalten. Jemanden, der genügend Geld hatte, um die van Horns zu beeindrucken.

Das Telefon klingelte erneut. Es war wieder Paulette. »Bist du in Ordnung?«, fragte sie.

»Mir geht's prima«, zwang er sich zu sagen.

»Tut mir sehr Leid, Clay.«

»Ach, es war vorbei, Paulette. Das hatte sich schon vor einem Jahr angekündigt. Es ist gut so. Jetzt kann ich sie endgültig vergessen.«

»Wenn du meinst.«

»Mir geht's wirklich gut. Danke für deinen Anruf.«

»Wann kommst du zurück?«

»Heute. Morgen bin ich wieder im Büro.«

Das Frühstück kam. Er hatte völlig vergessen, dass er es bestellt hatte. Er trank ein wenig Orangensaft und ließ den Rest unberührt. Vielleicht dauerte diese kleine Romanze ja schon länger. Sie hatte nur noch Clay loswerden müssen. Und das war ihr nicht besonders schwergefallen. Je mehr Minuten verstrichen, desto schwerer wog ihr Verrat. Er sah und hörte förmlich, wie ihre Mutter im Hintergrund die Fäden zog, die Trennung einfädelte, ein Fangnetz für Myers auslegte und jetzt die Hochzeit bis ins letzte Detail plante.

»Gott sei Dank bin ich die los«, murmelte er.

Dann dachte er an den Sex, und dass Myers nun seinen Platz eingenommen hatte, und schleuderte das leere Glas von sich, das an einer Wand zerschellte. Er verfluchte sich dafür, dass er sich wie ein Idiot aufführte.

Wie viele Menschen lasen in diesem Moment die Verlobungsanzeige und dachten an ihn? »Hat ihn ja ganz schön abserviert«, würden sie denken oder: »Mann, das ging aber schnell.«

Dachte Rebecca auch an ihn? Wie befriedigend war es für sie, ihre Verlobungsanzeige zu bewundern und an den alten Clay zu denken? Wahrscheinlich *sehr* befriedigend. Vielleicht auch nicht. Was machte das für einen Unterschied? Mr und Mrs van Horn hatten ihn zweifelsohne über Nacht aus ihrem Gedächtnis gestrichen. Warum konnte er das nicht?

Sie hatte es eilig, das war sicher. Ihre Beziehung war zu lang und zu eng gewesen und die Trennung noch zu frisch, als dass sie ihn einfach fallen lassen und sich am nächsten Tag einen anderen holen konnte. Er hatte vier Jahre lang mit ihr geschlafen, Myers höchstens vier Wochen. Wenigstens hoffte er das.

Er ging wieder zum Jackson Square, wo bereits Artisten, Kartenleser, Jongleure und Straßenmusiker für buntes Treiben sorgten. Nachdem er sich ein Eis gekauft hatte, setzte er sich auf eine Bank neben der Andrew-Jackson-Statue. Als Erstes beschloss er, Rebecca anzurufen, um ihr zumindest alles Gute zu wünschen. Dann nahm er sich vor, eine scharfe Blondine aufzutreiben und vor ihr damit zu protzen. Vielleicht würde er sie mit zur Hochzeit nehmen, natürlich in einem Minirock über ihren superlangen Beinen. Mit seinem Geld dürfte es kein Problem sein, so eine Frau zu finden. Verdammt, er würde einfach eine mieten, wenn es sein musste.

»Es ist vorbei, alter Knabe«, sagte er immer wieder zu sich selbst. »Reiß dich zusammen.«

Lass sie endlich los.

16

Die Kleiderordnung der Kanzlei hatte sich rasch gelockert, jeder trug, was ihm am liebsten war. Tonangebend war der Chef, der Jeans und teure T-Shirts bevorzugte, dazu ein sportliches Jackett, wenn er zum Mittagessen ging. Er besaß Designeranzüge für offizielle Besprechungen und Termine bei Gericht, doch im Augenblick konnte er sie nur selten anziehen, da die Kanzlei weder Mandanten noch Fälle hatte. Alle hatten ihre Garderobe aufgebessert, was Clay mit Wohlgefallen zur Kenntnis nahm.

Am späten Montagvormittag trafen sie sich im Konferenzraum: Paulette, Rodney und ein ziemlich verknittert aussehender Jonah. Miss Glick war nach wie vor »nur« Sekretärin und Empfangsdame, obwohl sie in der kurzen Zeit seit Gründung der Kanzlei viel an Einfluss dazugewonnen hatte.

»Leute, es gibt etwas zu tun«, eröffnete Clay das Meeting. Er berichtete von Dyloft und gab ihnen, basierend auf Pace' Kurzzusammenfassung, alle Informationen zu dem Medikament und dessen Geschichte, die sie brauchten. Aus dem Gedächtnis resümierte er kurz die Situation von Ackerman Labs – Absatz, Gewinn, Konkurrenz, rechtliche Probleme. Das »Bonbon« hob er sich bis zum Schluss auf: die schrecklichen Nebenwirkungen von Dyloft. Die Blasentumore, von denen das Unternehmen bereits wusste.

»Bis heute wurde noch keine Klage eingereicht. Das werden

wir bald ändern. Am zweiten Juli werden wir die Sache lostreten, indem wir in Washington eine Sammelklage im Namen aller Patienten einreichen, die durch das Medikament geschädigt wurden. Es wird einen Riesenaufruhr geben, und wir werden mittendrin sitzen.«

»Vertreten wir schon welche von diesen Patienten?«, fragte Paulette.

»Noch nicht. Aber wir haben Namen und Adressen. Wir fangen heute an, Kontakt zu ihnen aufzunehmen. Wir werden einen Plan ausarbeiten, wie wir Mandanten gewinnen, und du und Rodney setzt ihn in die Praxis um.« Obwohl Clay Vorbehalte gegen Fernsehspots hatte, war er sich auf dem Heimflug aus New Orleans darüber klar geworden, dass es keine zuverlässige Alternative gab. Sobald er Klage eingereicht und das Medikament in die Schlagzeilen gebracht hatte, würden die Wölfe, die er gerade beim Juristenzirkel kennen gelernt hatte, ausschwärmen, um Mandanten zu sammeln. TV-Spots waren die effektivste Methode, um möglichst rasch möglichst viele Dyloft-Patienten ausfindig zu machen.

Das erklärte er auch seinen Leuten, dann fügte er hinzu: »Das Ganze wird mindestens zwei Millionen Dollar kosten.«

»Diese Kanzlei hat zwei Millionen Dollar?«, rief Jonah. Er sprach aus, was alle dachten.

»Ja. Mit der Arbeit an den Spots fangen wir auch heute noch an.«

»Du willst das hoffentlich nicht selbst machen, oder?«, fragte Jonah fast flehentlich. »Bitte nicht!« Washington wurde wie jeder andere Ort in den Vereinigten Staaten frühmorgens und spätabends mit Fernsehspots überschwemmt, in denen Geschädigte aufgefordert wurden, einen bestimmten Anwalt anzurufen, der bereit war, sich ihrer Sache anzunehmen, und für den ersten Beratungstermin nichts verlangte. Häufig sprachen die Anwälte selbst in die Kamera, und im Allgemeinen war das eine recht peinliche Vorstellung.

Paulettes Miene drückte ebenfalls Bestürzung aus. Sie deutete ein leichtes Kopfschütteln an.

»Selbstverständlich nicht. Das machen Profis.«

»Wie viele potenzielle Mandanten gibt es?«, wollte Rodney wissen.

»Tausende. Schwer zu sagen.«

Rodney zeigte mit dem Finger nacheinander auf die Anwesenden und zählte durch. »Nach meiner Rechnung sind wir nur zu viert.«

»Wir holen noch ein paar Leute ins Boot. Jonah organisiert die Erweiterung der Kanzlei. Wir werden am Stadtrand Räume anmieten und Anwaltsassistenten hineinsetzen. Sie werden am Telefon sitzen und die Akten füttern.«

»Wo findet man Anwaltsassistenten?«, fragte Jonah.

»Im Stellenteil der juristischen Fachzeitschriften. Fang gleich an, die Anzeigen durchzusehen. Heute Nachmittag hast du einen Termin mit einem Immobilienmakler draußen in Manassas. Wir brauchen rund fünfhundert Quadratmeter, nichts Aufregendes. Es müssen nur genügend Steckdosen vorhanden sein für Telefone und vernetzte Computerterminals, was ja, wie wir wissen, dein Spezialgebiet ist. Du mietest die Räume, besorgst Ausstattung und Personal und organisierst den Laden. Und zwar je eher, desto besser.«

»Jawohl, Sir.«

»Was bringt denn so ein Dyloft-Fall?«, erkundigte sich Paulette.

»Je nach dem, wie viel Ackerman Labs zahlen wird. Das kann von kleineren Beträgen um die zehntausend bis hin zu fünfzigtausend Dollar gehen. Es hängt von verschiedenen Faktoren ab, nicht zuletzt davon, wie sehr die jeweilige Blase geschädigt wurde.«

Paulette schrieb ein paar Zahlen auf ihren Notizblock. »Und wie viele Fälle könnten wir bekommen?«

»Das lässt sich nicht sagen.«

»Wie wär's mit einer Schätzung?«

»Ich weiß es nicht. Ein paar tausend.«

»Okay, nehmen wir an, es sind dreitausend. Dreitausend Fälle mal zehntausend Dollar ... Wenn wir mal den niedrigsten

Betrag ansetzen, macht das dreißig Millionen, stimmt's?« Sie sprach langsam, während sie weiterkritzelte.

»Stimmt.«

»Und wie hoch ist der Anteil für die Kanzlei?«, fragte sie. Die anderen sahen Clay gespannt an.

»Ein Drittel«, antwortete er.

»Das bedeutet ein Honorar von zehn Millionen«, sagte sie. »Und alles für die Kanzlei?«

»Ja. Wir werden das Honorar teilen.«

Das Wort »teilen« hallte noch ein paar Sekunden durch den Raum. Jonah und Rodney blickten Paulette an, als wollten sie sagen: »Los, mach den Sack zu!«

»Und wie teilen wir es?«, hakte sie bedächtig nach.

»Zehn Prozent für jeden von euch.«

»Bei meiner Modellrechnung wäre mein Anteil am Honorar also eine Million Dollar?«

»Genau.«

»Und, ähm, meiner auch?«, fragte Rodney.

»Ja. Ebenso Jonahs. Wobei ich sagen muss, dass das noch bescheiden gerechnet ist.«

Bescheiden oder nicht, sie ließen die Zahlen lange schweigend auf sich wirken, und jeder gab im Geiste ein wenig von dem Geld aus. Rodney wollte seine Kinder aufs College schicken. Paulette könnte sich endlich von ihrem Griechen scheiden lassen, den sie im vergangenen Jahr nur einmal gesehen hatte. Jonah träumte vom Leben auf einer Segeljacht.

»Ist das dein Ernst, Clay?«, fragte er.

»Mein voller Ernst. Wenn wir uns im kommenden Jahr den Hintern aufreißen, haben wir gute Chancen auf ein Leben als Frührentner.«

»Von wem hast du die Dyloft-Geschichte?«, wollte Rodney wissen.

»Diese Frage kann ich nicht beantworten, Rodney. Tut mir Leid. Vertrau mir.« Clay hoffte plötzlich, dass sein blindes Vertrauen in Max Pace nicht naiv gewesen war.

»Fast hätte ich Paris vergessen«, meinte Paulette.

»Solltest du nicht. Wir werden nächste Woche hinfliegen.«
Jonah sprang auf die Füße und griff nach seinem Notizblock.
»Wie heißt der Makler?«

Im zweiten Stock seines Hauses hatte Clay sich ein kleines Arbeitszimmer eingerichtet. Nicht dass er beabsichtigte, sich häufig darin aufzuhalten, aber er brauchte Platz für seine Unterlagen. Der Schreibtisch war ein alter Schlachterblock, den er in einem Trödelladen im nahen Fredericksburg erstanden hatte. Er nahm eine ganze Wand ein und war lang genug für ein Telefon, ein Fax und einen Laptop.

Von hier aus würde er den ersten vorsichtigen Schritt in die Welt der Schadenersatzklagen tun und versuchen, einen Geschädigten als Mandanten zu gewinnen. Bis abends um neun schob er den Anruf hinaus. Um diese Zeit gingen manche Menschen bereits zu Bett, vor allem ältere oder solche mit Arthritis. Noch ein starker Drink zum Mutmachen, dann wählte er eine Nummer.

Am anderen Ende meldete sich eine Frau, vermutlich Mrs Ted Worley aus Upper Marlboro, Maryland. Clay stellte sich freundlich vor, ganz so, als riefen Anwälte laufend um diese Zeit an, ohne dass es einen Anlass zur Beunruhigung gäbe. Dann fragte er nach Mr Worley.

»Er sieht Baseball, die Orioles spielen«, antwortete sie. Offenbar nahm Ted keine Anrufe entgegen, wenn die Orioles spielten.

»Hm ... wäre es wohl möglich, ihn kurz zu sprechen?«
»Sie sind Rechtsanwalt, sagen Sie?«
»Ja, Ma'am, aus Washington.«
»Was hat er jetzt wieder angestellt?«
»Oh, nichts, gar nichts. Ich möchte mit ihm nur über seine Arthritis sprechen.« Clay verspürte kurz den Drang, einfach aufzulegen. Er dankte Gott dafür, dass ihm niemand zusah oder zuhörte. Denk an das Geld, sagte er sich. Denk an die Honorare.

»Seine Arthritis? Sind Sie jetzt Anwalt oder Arzt?«

»Ich bin Anwalt, Ma'am, und ich habe Anlass zu glauben, dass er gegen seine Arthritis ein Medikament mit gefährlichen Nebenwirkungen einnimmt. Ich muss nur ganz kurz mit ihm sprechen, wenn das möglich ist.«

Im Hintergrund ertönten Stimmen; sie rief ihrem Mann etwas zu, er rief zurück. Schließlich kam er ans Telefon. »Wer ist da?«

Clay stellte sich rasch vor. Dann fragte er: »Wie steht's im Spiel?«

»Drei eins für die Red Sox im fünften Inning. Kenne ich Sie?« Mr Worley war siebzig Jahre alt.

»Nein, Sir. Ich bin ein Rechtsanwalt aus Washington und habe mich auf Klagen im Bereich fehlerhafter Medikamente spezialisiert. Ich verklage Pharmaunternehmen, die schädliche Produkte auf den Markt bringen.«

»Okay, und was wollen Sie?«

»Unsere Internet-Recherche hat ergeben, dass Sie möglicherweise ein Arthritis-Medikament namens Dyloft einnehmen. Stimmt es, dass Sie dieses Mittel nehmen?«

»Ich weiß nicht, ob ich Ihnen sagen will, welche Medizin ich nehme.«

Eine durchaus kluge Antwort, auf die Clay jedoch vorbereitet war. »Selbstverständlich müssen Sie mir das nicht sagen, Mr Worley. Aber nur dann, wenn Sie mir sagen, ob Sie das Medikament nehmen, lässt sich herausfinden, ob Sie Anspruch auf eine Entschädigung haben.«

»Das verdammte Internet«, brummte Mr Worley. Dann hatte er einen kurzen Wortwechsel mit seiner Frau, die offenbar nicht weit vom Telefon entfernt stand.

»Was für eine Entschädigung?«, fragte er.

»Darüber wollen wir gleich reden. Ich muss erst wissen, ob Sie Dyloft nehmen. Wenn nicht, können Sie von Glück reden.«

»Na ja, ähm, ich denke, das ist kein Geheimnis, oder?«

»Nein, Sir.« Natürlich war es ein Geheimnis. Die Krankheitsgeschichte eines Menschen war selbstredend streng vertraulich. Aber diese kleinen Flunkereien waren notwendig, sagte sich Clay immer wieder. Man musste das große Ganze betrachten. Mr Worley und tausende andere würden vielleicht nie erfahren, dass sie ein fehlerhaftes Produkt benutzten, solange man sie nicht darauf hinwies. Ackerman Labs selbst würde sicherlich nie mit der Wahrheit herausrücken. Sie aufzudecken war Clays Aufgabe.

»Ja, stimmt, ich nehme Dyloft.«
»Wie lange schon?«
»Seit ungefähr einem Jahr. Es wirkt sehr gut.«
»Irgendwelche Nebenwirkungen?«
»Zum Beispiel?«
»Blut im Urin. Ein Brennen beim Urinieren.« Clay hatte sich damit abgefunden, dass er in den kommenden Monaten mit vielen Menschen über Harnblasen und Urin würde reden müssen. Daran führte kein Weg vorbei.

Das waren die Dinge, auf die man an der Universität nicht vorbereitet wurde.

»Nein. Warum?«
»Wir sind im Besitz gewisser Studien, deren Ergebnisse Ackerman Labs, der Hersteller von Dyloft, vertuschen möchte. Sie besagen, dass das Medikament bei manchen Patienten einen Blasentumor hervorruft.«

Eben noch war Mr Ted Worley in seiner kleinen Welt zufrieden gewesen und hatte seinen geliebten Orioles zugesehen. Nun würde er den Rest der Nacht und den größten Teil der kommenden Woche damit verbringen, sich Sorgen über Tumore zu machen, die vielleicht in seiner Blase wucherten. Clay fühlte sich schrecklich und wollte sich entschuldigen. Doch dann sagte er sich erneut, dass es sein musste. Wie sonst sollte Mr Worley die Wahrheit erfahren? Wenn der arme Mann tatsächlich einen Tumor hatte, wollte er das doch sicherlich wissen, oder?

In der einen Hand den Hörer haltend, mit der anderen seine Hüfte massierend, antwortete Mr Worley schließlich: »Wissen Sie, wenn ich so darüber nachdenke ... Ich hatte tatsächlich vor ein paar Tagen so ein Brennen.«

»Worum geht's denn?«, hörte Clay Mrs Worley im Hintergrund sagen.
Er sprach weiter, damit die beiden keine Gelegenheit bekamen, ihr Gezänk wieder aufzunehmen. »Meine Kanzlei vertritt viele Dyloft-Patienten. Ich glaube, Sie sollten sich überlegen, ob Sie einen Test machen lassen.«
»Was für einen Test?«
»Eine Urinanalyse. Wir haben einen Arzt an der Hand, der das gleich morgen erledigen kann. Es wird Sie keinen Cent kosten.«
»Und wenn er was findet?«
»Dann reden wir darüber, welche Optionen Sie haben. Wenn in ein paar Tagen die Neuigkeit über Dyloft bekannt wird, ist eine Welle von Klagen zu erwarten. Meine Kanzlei wird beim Schlag gegen Ackerman Labs ganz vorne dabei sein. Ich möchte Sie gern als Mandanten haben.«
»Vielleicht sollte ich erst mal mit meinem Arzt reden.«
»Das können Sie selbstverständlich tun, Mr Worley. Aber auch er ist gewissen Zwängen ausgesetzt. Schließlich hat er Ihnen das Mittel verschrieben. Vielleicht wäre es besser, wenn Sie eine objektive Meinung einholen würden.«
»Bleiben Sie dran.« Mr Worley deckte den Hörer mit der Hand ab und fing an, lautstark mit seiner Frau zu debattieren. Dann sagte er zu Clay: »Ich halte nichts davon, Ärzte zu verklagen.«
»Ich auch nicht. Ich bin spezialisiert auf die großen Firmen, die den Menschen Schaden zufügen.«
»Soll ich aufhören, das Medikament zu nehmen?«
»Lassen Sie erst den Test machen. Dyloft wird vermutlich irgendwann im Sommer vom Markt genommen werden.«
»Wo kann ich den Test machen lassen?«
»Unser Arzt ist in Chevy Chase. Können Sie ihn morgen dort aufsuchen?«
»Klar, wäre ja dumm zu warten, oder?«
»Allerdings.« Clay gab ihm Namen und Adresse eines Arztes, den Max Pace ausfindig gemacht hatte. Für die Untersu-

chung, die normalerweise achtzig Dollar kostete, würde Clay dreihundert pro Patient zahlen; aber jedes Geschäft hatte eben seinen Preis.

Als die Einzelheiten besprochen waren, entschuldigte sich Clay bei Mr Worley für die Störung, bedankte sich für seine Geduld und überließ ihn seinen Sorgen und dem Rest des Baseballspiels. Erst nachdem er aufgelegt hatte, spürte er die feuchten Schweißperlen über seinen Augenbrauen. Am Telefon Mandanten anwerben? Was für ein Anwalt war nur aus ihm geworden?

Ein reicher, sagte er sich.

Ein reicher Anwalt, der ziemlich abgebrüht sein musste. Nur war er sich nicht sicher, ob er das jemals sein würde.

Zwei Tage später bog Clay in Upper Marlboro in die Auffahrt der Worleys ein. Sie erwarteten ihn an der Eingangstür. Der Urintest, zu dem auch eine Zellanalyse gehörte, hatte tatsächlich entartete Zellen im Urin zutage gefördert. Laut Max Pace und seiner geklauten, nichtsdestotrotz umfassenden medizinischen Studie war das ein untrügliches Anzeichen dafür, dass Tumore in der Blase waren. Mr Worley war an einen Urologen überwiesen worden, den er in der kommenden Woche aufsuchen würde. Untersuchung und Entfernung der Tumore würden durch einen zystoskopischen Eingriff vorgenommen. Dabei wurden in einem Schlauch eine winzige Sonde und ein Skalpell durch den Penis in die Blase eingeführt. Angeblich handelte es sich um einen Routineeingriff. Für Mr Worley allerdings war die Sache alles andere als Routine. Er war krank vor Angst. Mrs Worley klagte, er habe seit zwei Nächten nicht mehr geschlafen und sie ebenfalls nicht.

Clay konnte ihnen nicht sagen, dass die Tumore höchstwahrscheinlich gutartig waren, so gern er das auch getan hätte. Das sollten lieber die Ärzte nach der Operation übernehmen.

Bei löslichem Kaffee mit Milchpulver erläuterte er den Vertrag, in dem seine Dienste geregelt wurden, und beantwortete ihre Fragen zu dem Rechtsstreit. Mit seiner Unterschrift wurde Mr Ted Worley zum ersten Dyloft-Kläger des Landes.

Eine Zeit lang hatte es den Anschein, als würde er auch der Einzige bleiben. Obwohl Clay den Hörer gleichsam nicht mehr aus der Hand legte, brachte er gerade einmal elf Leute dazu, den Urintest machen zu lassen. Alle elf wurden negativ getestet. »Bleiben Sie dran«, drängte Max Pace. Rund ein Drittel der Angerufenen legte entweder gleich wieder auf oder wollte nicht glauben, dass Clay es ernst meinte.

Paulette, Rodney und er hatten die Listen mit den potenziellen Mandanten unter sich aufgeteilt, nach Schwarz und Weiß getrennt. Offenbar waren die Schwarzen weniger misstrauisch als die Weißen, denn sie ließen sich leichter überreden, zum Arzt zu gehen. Vielleicht gefiel ihnen aber auch nur, dass sich die Medizin für sie interessierte. Oder, wie Paulette mehr als einmal mutmaßte, sie und Rodney traten schlicht überzeugender auf als er.

Am Ende der Woche hatte Clay drei neue Mandanten, bei denen entartete Zellen gefunden worden waren. Rodney und Paulette, die als Team arbeiteten, hatten weitere sieben.

Die Dyloft-Sammelklage war fertig, der Angriff konnte beginnen.

17

Das Paris-Abenteuer kostete Clay genau 95 300 Dollar, wie sein Buchhalter Rex Crittle errechnete, der sich gewissenhaft um seine Zahlen kümmerte und zunehmend mit sämtlichen Bereichen seines Lebens vertrauter wurde. Er arbeitet für ein mittelgroßes Buchhaltungsbüro, das eine Etage unter der Kanzlei lag. Wie nicht anders zu erwarten, war auch er von Max Pace empfohlen worden.

Mindestens einmal pro Woche ging Clay über die Hintertreppe zu Crittle hinunter, oder der kam herauf. Dann redeten sie eine halbe Stunde lang über Clays Geld und darüber, was er am besten damit anfangen sollte. Die Kanzlei bekam ein einfaches Buchführungsprogramm, in das Miss Glick sämtliche Buchungen eintrug und per Mausklick direkt an Crittles Computer weiterschickte.

Nach Crittles Meinung musste ein derart unerwarteter Reichtum fast zwangsläufig die Aufmerksamkeit der Steuerbehörde auf sich ziehen. Auch wenn Pace Clay versichert hatte, dass das nicht passieren werde, stimmte er Crittle zu. Er legte Wert auf saubere Bücher, ohne Grauzonen bei Abschreibungen und Abzügen. Er hatte gerade erst mehr Geld verdient, als er sich jemals erträumt hatte. Es wäre töricht gewesen, den Staat wegen ein paar Dollars zu hintergehen. Lieber zahlen und ruhig schlafen.

»Was ist das für eine Zahlung über eine halbe Million an East Media?«, fragte Crittle.

»Wir machen Fernsehspots für ein Verfahren. Das ist die erste Rate.«

»Die erste Rate? Von wie vielen?« Crittle linste über den Rand seiner Lesebrille und warf Clay einen Blick zu, der ihm inzwischen wohlvertraut war und der so viel bedeutete wie: »Junge, bist du völlig übergeschnappt?«

»Insgesamt sind es zwei Millionen. Wir reichen in ein paar Tagen eine Sammelklage ein. Gleichzeitig wird eine Fernsehkampagne gestartet, die East Media organisiert hat.«

»Okay«, sagte Crittle, der von Berufs wegen großen Ausgaben gegenüber grundsätzlich misstrauisch war. »Ich nehme an, es kommen noch ein paar zusätzliche Honorare herein, die das alles abdecken.«

»Wollen wir's hoffen«, erwiderte Clay lachend.

»Was hat es mit dem neuen Büro in Manassas auf sich? Eine Kaution in Höhe von fünfzehntausend Dollar?«

»Wir expandieren. In Manassas sind weitere sechs Anwaltsassistenten untergebracht, weil die Mieten in den Randgebieten niedriger sind.«

»Freut mich zu hören, dass Sie sich übers Sparen Gedanken machen. Sechs Anwaltsassistenten?«

»Ja, vier davon sind fest angestellt. Verträge und Gehaltsliste liegen auf meinem Schreibtisch.«

Während Crittle einen Computerausdruck überflog, schossen ihm ein Dutzend Fragen durch die Rechenmaschine hinter seinen Brillengläsern. »Darf ich mir die Frage erlauben, wozu Sie sechs zusätzliche Assistenten brauchen, obwohl Sie nur ein paar Fälle haben?«

»Tja, das ist eine berechtigte Frage«, räumte Clay ein. Im Schnelldurchlauf berichtete er von der anhängigen Sammelklage, ohne allerdings etwas von dem Medikament oder dessen Hersteller zu erwähnen. Falls Crittle sich mit dieser Kurzzusammenfassung zufrieden gab, ließ er es sich zumindest nicht ansehen. Als Buchhalter war ihm von vornherein alles suspekt, was immer mehr Menschen dazu ermunterte, Schadenersatzklage einzureichen.

»Sicherlich wissen Sie, was Sie tun«, sagte er, insgeheim überzeugt davon, dass Clay den Verstand verloren hatte.

»Vertrauen Sie mir, Mr Crittle, das Geld wird bald in Strömen fließen.«

»Zumindest fließt es schon mal in Strömen *ab*.«

»Man muss Geld ausgeben, wenn man welches verdienen will.«

»Ja, das sagt man.«

Die Kampagne begann am 1. Juli nach Sonnenuntergang. Bis auf Miss Glick hatten sich alle im Konferenzraum vor dem Fernseher versammelt. Um 20.32 Uhr verstummten sie und rührten sich nicht mehr vom Fleck. Der Fünfzehn-Sekunden-Spot begann mit dem Auftritt eines gut aussehenden, jungen Schauspielers in einem weißen Kittel, der, ein dickes Buch in der Hand, ernst in die Kamera blickte. »Arthritis-Patienten aufgepasst! Sollten Sie das verschreibungspflichtige Medikament Dyloft einnehmen, haben Sie möglicherweise Ansprüche gegen den Hersteller. Dyloft wird mit mehreren Nebenwirkungen in Verbindung gebracht, darunter Blasentumoren.« Am unteren Bildrand erschienen in fetter Schrift die Worte: DYLOFT-HOTLINE – WÄHLEN SIE 1 800 555 DYLO. Der »Arzt« fuhr fort: »Wählen Sie die eingeblendete Nummer unbedingt sofort. Die Dyloft-Hotline kann eine kostenlose medizinische Untersuchung für Sie arrangieren. Rufen Sie jetzt an!«

Fünfzehn Sekunden lang hatten alle die Luft angehalten. Als der Spot zu Ende war, sprach niemand ein Wort. Für Clay war es ein besonders quälender Moment, denn in dieser Sekunde hatte er eine skrupellose und zerstörerische Kampagne gegen einen gewaltigen Konzern losgetreten. Eine Kampagne, die zweifellos einen Rachefeldzug nach sich ziehen würde. Was, wenn sich Max Pace mit dem Medikament irrte? Wenn er Clay als Schachfigur in einem gigantischen Spiel der Pharmakonzerne benutzte? Wenn Clay durch Sachverständige nicht beweisen konnte, dass das Medikament die Tumore verursacht hatte? Wochenlang hatte er sich mit diesen Fragen herumgequält und ein ums andere Mal versucht, Pace Antworten zu entlocken. Zweimal hatten sie sich gestritten, mehrfach scharfe Worte gewechselt. Am Ende hatte Pace die gestohlene oder zumindest unrechtmäßig erworbene Studie über die Wirkung von Dyloft herausgerückt. Clay hatte sie von einem Arzt in Baltimore durchsehen lassen, mit dem er zu Universitätszeiten in einer Studentenverbindung gewesen war. Die Studie wirkte ebenso solide wie Unheil verkündend.

Schließlich war Clay zu der Überzeugung gelangt, dass er Recht hatte und Ackerman Labs im Unrecht war. Doch als er den Spot sah und merkte, wie er bei den Anschuldigungen selbst zusammenzuckte, bekam er wieder weiche Knie.

»Ziemlich starker Tobak«, meinte Rodney. Er hatte das Video Dutzende Male gesehen, doch im regulären Fernsehprogramm gesendet, wirkte es wesentlich brutaler. East Media hatte versichert, dass jeder gesendete Spot sechzehn Prozent Marktanteil erreichen würde. Er würde zehn Tage lang täglich überall in den Staaten in insgesamt neunzig Absatzmärkten ausgestrahlt werden. Geschätzte Zuschauerzahl: achtzig Millionen.

»Es wird funktionieren«, prophezeite Clay optimistisch, ganz die Führungspersönlichkeit.

In der ersten Stunde lief der Spot in dreißig Märkten an der Ostküste, anschließend in achtzehn der mittleren Zeitzone. Vier Stunden nach der Erstausstrahlung erreichte er die Pazifikküste mit weiteren zweiundvierzig Märkten. Die flächendeckende Werbung hatte Clays kleine Vier-Mann-Kanzlei am ersten Abend über vierhunderttausend Dollar gekostet.

Die gebührenfreie Telefonnummer leitete die Anrufer in die »Fabrik«, wie man im Hauptbüro die neue Filiale der Kanzlei J. Clay Carter II. in Washingtons Vorort Manassas spöttisch nannte. Dort saßen sechs kürzlich engagierte Anwaltsassistenten und nahmen Anrufe entgegen, stellten vorformulierte Fragen, füllten Fragebögen aus, verwiesen die Anrufer auf die Dyloft-Hotline-Website und versprachen ihnen, dass sich ein

Anwalt bei ihnen melden werde. Zwei Stunden nach den ersten Ausstrahlungen waren alle Leitungen belegt. Ein Computer zählte die Anrufer, die nicht durchkamen. Eine Computerstimme verwies sie auf die Website.

Um neun Uhr am nächsten Morgen erreichte Clay der Anruf eines Anwalts aus einer großen Kanzlei weiter unten in derselben Straße. Er vertrat Ackerman Labs und verlangte, dass die Ausstrahlung der Spots unverzüglich eingestellt werde. Er benahm sich aufgeblasen und herablassend und drohte mit allen erdenklichen juristischen Gemeinheiten, falls Clay nicht unverzüglich klein beigab. Der Ton verschärfte sich, dann beruhigten sich beide wieder etwas.

»Sind Sie in den nächsten Minuten in Ihrem Büro?«, erkundigte sich Clay.

»Ja, sicher. Warum?«

»Ich möchte Ihnen durch einen Boten was rüberschicken. Wird etwa fünf Minuten dauern.«

Rodney, der Bote, eilte mit einer Kopie der zwanzigseitigen Klageschrift die Straße hinunter. Clay fuhr zum Gericht, um das Original einzureichen. Pace' Anweisungen gemäß wurden Kopien auch an die *Washington Post,* das *Wall Street Journal* und die *New York Times* gefaxt.

Im Übrigen hatte Pace angedeutet, dass es eine gute Investition wäre, jetzt Ackerman-Aktien-Leerverkäufe zu tätigen. Der Kurs hatte am Freitag bei Börsenschluss 42,50 Dollar betragen. Bei Eröffnung am Montagmorgen erteilte Clay eine Verkaufsorder über einhunderttausend Anteile. In ein paar Tagen würde er sie für um die dreißig Dollar pro Stück zurückkaufen, wie er hoffte, und ganz nebenbei noch ein paar Millionen mitnehmen. So jedenfalls sah der Plan aus.

Als Clay wieder in die Kanzlei kam, herrschte dort Hochbetrieb. In der Fabrik in Manassas waren sechs gebührenfreie Leitungen geschaltet. Wenn während der Bürozeiten alle Leitungen besetzt waren, wurden die Anrufe ins Hauptbüro in der Connecticut Avenue umgeleitet. Rodney, Paulette und

Jonah saßen am Telefon und sprachen mit Dyloft-Patienten überall in Nordamerika.

»Das wird Sie vielleicht interessieren«, sagte Miss Glick und reichte ihm einen rosa Notizzettel, auf dem der Name eines Reporters vom *Wall Street Journal* stand. »Außerdem wartet Mr Pace in Ihrem Büro.«

Eine Tasse Kaffee in der Hand, stand Pace vor einem Fenster.

»Die Klage ist eingereicht«, sagte Clay. »Wir haben in ein Wespennest gestochen.«

»Genießen Sie den Augenblick.«

»Die gegnerischen Anwälte haben bereits angerufen. Ich habe ihnen eine Kopie der Klageschrift bringen lassen.«

»Gut. Sie können nicht mehr entkommen. Gestellt sind sie schon, und sie wissen genau, dass sie der Vollstreckung nicht entgehen. Das ist der Traum jedes Anwalts, Clay. Machen Sie das Beste daraus.«

»Setzen Sie sich. Ich möchte Sie etwas fragen.«

Pace, wie immer ganz in Schwarz, ließ sich in einen Sessel fallen und schlug die Beine übereinander. Dabei stellte sich heraus, dass seine Cowboystiefel aus Klapperschlangenleder waren.

»Wenn Ackerman Labs Sie jetzt als Retter in der Not engagieren würde, was würden Sie dann tun?«, fragte Clay.

»Vor allem erst einmal Wirbel machen. Ich würde die Medien nutzen, alles abstreiten und den habgierigen Rechtsanwälten die Schuld in die Schuhe schieben. Mein Medikament verteidigen. Das vorrangige Ziel – nachdem die Bombe hochgegangen ist und sich der Staub gelegt hat – ist es, den Aktienkurs zu stabilisieren. Bei Eröffnung lag er bei zweiundvierzigeinhalb, was schon sehr niedrig war; inzwischen ist er auf dreiunddreißig gefallen. Ich würde den CEO vor die Kamera schicken, um die passenden Worte zu sagen. Ich würde die PR-Leute beauftragen, die Propagandamaschine anzuwerfen. Ich würde die Anwälte auffordern, die Einrede gegen die Klage vorzubereiten. Und ich würde die Pharmavertreter losschicken, damit sie den Ärzten versichern, dass das Medikament in Ordnung ist.«

»Aber das Medikament ist nicht in Ordnung.«

»Darum würde ich mich später kümmern. In den ersten paar Tagen geht es nur darum, richtig viel Wirbel zu machen, zumindest nach außen hin. Wenn die Investoren glauben, dass mit dem Medikament was nicht stimmt, springen sie von Bord, und der Aktienkurs fällt weiter. Sobald genügend Bewegung in die Sache gekommen ist, würde ich ein ernsthaftes Gespräch mit den großen Bossen führen. Sobald ich sicher wäre, dass es Probleme mit dem Medikament gibt, würde ich ein paar Zahlenjongleure darauf ansetzen, auszurechnen, was ein Vergleich kosten würde. Man geht mit einem Medikament, das solche Schäden hervorruft, nicht vor Gericht. Da die Geschworenen die Höhe der Entschädigung frei bestimmen dürfen, kann man die Kosten nicht kontrollieren. Vielleicht würden sie dem Kläger eine Million zusprechen. Andere Geschworene in einem anderen Staat würden aber vielleicht verrückt spielen und zwanzig Millionen Strafschadenersatz verlangen. Es ist ein Vabanquespiel. Also schließt man einen Vergleich. Und wie Sie ja mittlerweile wissen, sind Anwälte bei Schadenersatzklagen prozentual an der Entschädigung beteiligt. Man braucht sie folglich nicht lange zu einem Vergleich zu überreden.«

»Wie viel kann sich Ackerman leisten?«

»Das Unternehmen ist für mindestens dreihundert Millionen versichert. Dazu kommt rund eine halbe Milliarde, die vor allem Dyloft in die Kasse gespült hat. Die Banken geben Ackerman nicht mehr viel Spielraum, aber wenn ich das Sagen hätte, würde ich eine Milliarde bereitstellen. Und zwar schnell.«

»*Wird* Ackerman schnell reagieren?«

»Sie haben mich nicht engagiert, und das heißt, sie sind nicht besonders intelligent. Ich habe das Unternehmen lange beobachtet, die sind wirklich nicht sehr raffiniert. Wie alle Arzneimittelhersteller haben sie panische Angst vor einem Rechtsstreit. Statt einen Feuerwehrmann wie mich zu holen, bleiben sie lieber bei der traditionellen Methode und vertrauen auf ihre

Anwälte, die naturgemäss kein Interesse an schnellen Vergleichen haben. Die führende Kanzlei ist Walker-Stearns in New York. Wir werden innerhalb kürzester Zeit von ihr hören.«

»Also kein schneller Vergleich?«

»Sie haben die Klage erst vor einer Stunde eingereicht, Clay. Entspannen Sie sich.«

»Ich weiss, aber ich jage gerade alles Geld, das Sie mir gegeben haben, durch den Schornstein.«

»Nur die Ruhe. In einem Jahr werden Sie noch viel reicher sein.«

»In einem Jahr?«

»Schätze ich. Zuerst müssen sich die Anwälte des Unternehmens die Taschen füllen. Walker-Stearns wird fünfzig Kollegen auf den Fall ansetzen, denen die Dollarzeichen schon in den Augen blinken. Mr Worleys Gruppenklage bringt Ackermans Anwälten hundert Millionen Dollar ein. Das dürfen Sie nicht vergessen.«

»Warum gibt Ackerman nicht einfach mir die hundert Millionen, damit ich von der Bildfläche verschwinde?«

»Jetzt haben Sie die Logik der Sammelklagen kapiert. Sie werden Ihnen sogar noch viel mehr geben, aber zuerst müssen sie ihre Anwälte bezahlen. So funktioniert das.«

»Aber Sie würden es nicht so machen, oder?«

»Natürlich nicht. Bei Tarvan hat mir mein Auftraggeber die Wahrheit gesagt, was selten vorkommt. Ich habe meine Hausaufgaben gemacht, Sie gefunden und alles ruhig, schnell und kostengünstig über die Bühne gebracht. Fünfzig Millionen, und nicht ein Cent für die Anwälte meines Auftraggebers.«

Miss Glick erschien in der Tür und sagte: »Der Reporter vom *Wall Street Journal* ist schon wieder am Telefon.«

Clay sah Pace an. Der riet ihm: »Seien Sie nett zu ihm. Denken Sie immer daran, die gegnerische Seite verfügt über einen kompletten PR-Apparat.«

Am nächsten Tag brachten die *Washington Times* und die *Washington Post* auf der ersten Seite ihres Wirtschaftsteils kurze

Meldungen über die Dyloft-Klage. In beiden wurde Clay namentlich erwähnt, was er insgeheim mit großer Genugtuung registrierte. Mehr Zeilen jedoch waren den Reaktionen der beklagten Partei gewidmet. Ackermans CEO nannte die Klage »leichtfertig erhoben«, sie sei »nur ein weiteres Beispiel für den Missbrauch juristischer Maßnahmen vonseiten der Rechtsvertreter«. Der stellvertretende Forschungsleiter sagte, Dyloft sei »nach allen Richtungen hin getestet worden«. Es habe keine Hinweise auf schädliche Nebenwirkungen gegeben. Beide Zeitungen berichteten, dass die Ackerman-Aktie, deren Kurs innerhalb der drei letzten Quartale um fünfzig Prozent gesunken sei, durch die unerwartete Klage einen weiteren Schlag erlitten habe.

Das *Wall Street Journal* hatte das Ganze viel hübscher aufbereitet, zumindest nach Clays Meinung. Im Interview hatte ihn der Reporter nach seinem Alter gefragt. »Erst einunddreißig?«, hatte er sich gewundert und anschließend eine Reihe Fragen zu Clays beruflichem Werdegang und seiner Kanzlei gestellt. Eine Geschichte über David und Goliath war natürlich viel lebendiger und ließ sich leichter lesen als trockene Zahlen und Laborberichte. Sogar ein Fotograf war hinzugeholt worden. Die Kanzlei hatte sich königlich amüsiert, während Clay vor der Kamera posierte.

Die Schlagzeile ganz links auf der ersten Seite lautete: JUNGANWALT LEGT SICH MIT MÄCHTIGEM ACKERMAN-KONZERN AN. Daneben prangte eine am Computer erstellte, wohlwollende Karikatur des lächelnden Clay Carter. Im ersten Abschnitt des Artikels hieß es: »Vor knapp zwei Monaten noch kämpfte sich Rechtsanwalt Clay Carter als unbekannter und schlecht bezahlter Pflichtverteidiger durch Washingtons Justizapparat. Gestern hat er als Chef seiner eigenen Kanzlei eine Milliarden-Dollar-Klage gegen das drittgrößte Pharmaunternehmen der Welt eingereicht. Er behauptet, dessen neues Wundermittel Dyloft lindere bei Arthritis-Patienten nicht nur akuten Schmerz, sondern verursache auch Tumore in ihrer Harnblase.«

Der Artikel war voller Fragen darüber, wie sich Clay in so kurzer Zeit so radikal verbessern konnte. Da er Tarvan mit keinem Wort erwähnen durfte, hatte er im Interview vage auf ein paar schnelle Vergleiche mit Mandanten aus seiner Zeit als Pflichtverteidiger verwiesen. Ackerman Labs wurde kurz mit der bekannten Haltung zitiert, nach der Schadenersatzklagen missbraucht würden und Anwälte, die Opfer oder Geschädigte dazu überredeten, die Wirtschaft ruinierten. Das Hauptaugenmerk aber lag auf Clay und seinem kometenhaften Aufstieg in die erste Liga des Schadenersatzgeschäfts. Auch ein paar Nettigkeiten über seinen Vater standen da, der »in Washingtoner Rechtskreisen eine Legende« sei und nun auf den Bahamas seinen »Ruhestand« genieße.

Glenda vom OPD lobte Clay als »eifrigen Verteidiger der Armen«, eine noble Bemerkung, mit der sie sich ein Mittagessen in einem schicken Restaurant verdient hatte. Der Präsident der National Trial Lawyers Academy räumte ein, dass er noch nie etwas von Clay Carter gehört habe, aber »von seiner Arbeit sehr beeindruckt« sei.

Ein Juraprofessor aus Yale schimpfte: »Schon wieder ein Beispiel für den Missbrauch von Sammelklagen«, einer aus Harvard befand: »Ein perfektes Beispiel dafür, wie Schadenersatzklagen eingesetzt werden sollten, um Unternehmen bei Vergehen juristisch zu belangen.«

»Sorg dafür, dass das auf die Website kommt«, sagte Clay zu Jonah und reichte ihm den Artikel. »Unseren Mandanten wird es gefallen.«

18

Tequila Watson bekannte sich des Mordes an Ramón Pumphrey schuldig und wurde zu lebenslanger Haft verurteilt. Nach zwanzig Jahren würde geprüft werden, ob eine vorzeitige Entlassung infrage käme. Letzteres stand nicht in dem Artikel der *Washington Post*. Dort hieß es nur, dass Watsons Opfer eines von mehreren bei einer Reihe Morde gewesen sei, die selbst für das an sinnlose Gewalt gewöhnte Washington nicht alltäglich seien. Die Polizei habe keine Erklärung. Clay machte sich eine Notiz, dass er Adelfa anrufen wollte, um sie zu fragen, wie es ihr ging.

Er schuldete Tequila etwas, wusste aber nicht recht, was. Es gab keine Möglichkeit, seinen ehemaligen Mandanten irgendwie zu entschädigen. Clay sagte sich, dass der Junge den größten Teil seines Lebens auf Drogen gewesen war und wahrscheinlich ohnehin den Rest seines Lebens hinter Gittern verbracht hätte, ob mit oder ohne Tarvan. Doch auch dieser Gedanke half ihm nicht, sich besser zu fühlen. Er änderte nichts daran, dass er zur anderen Seite übergelaufen war und die Wahrheit unter einem Berg von Geld begraben hatte.

Zwei Seiten weiter weckte ein anderer Artikel seine Aufmerksamkeit, und er vergaß Tequila Watson. Mr Bennett van Horns Mondgesicht, gekrönt von einem Schutzhelm mit seinen Initialen – dem Firmenlogo –, prangte auf einem Foto, das auf irgendeiner Baustelle aufgenommen worden war. Es zeigte ihn, wie er konzentriert Pläne studierte, zusammen mit einem Mann, der als Projektleiter von BvH vorgestellt wurde. Das Unternehmen war in einen hässlichen Streitfall verwickelt, bei dem es um die geplante Erschließung eines Gebietes nahe dem Bürgerkriegsschlachtfeld Chancellorsville ging, rund eine Fahrstunde südlich von Washington. Van Horn plante wie gewöhnlich eine seiner scheußlichen Siedlungen mit Eigentums- und Mietwohnungen, Geschäften, Spiel- und Tennisplätzen und dem obligatorischen Teich, alles kaum eine Meile entfernt vom Zentrum des Schlachtfeldes und unmittelbar neben der Stelle, wo General Stonewall Jackson einst von Konföderierten erschossen worden war. Denkmalpfleger, Rechtsanwälte, Historiker, Umweltschützer sowie die Confederate Society hatten die Waffen gezückt und waren wild entschlossen, Bennett den Bulldozer zu zermalmen. Wie nicht anders zu erwarten, lobte die *Washington Post* diese Gruppen, während sie an van Horn kein gutes Haar ließ. Allerdings war das Land im Besitz einiger älterer Farmer, und so schien er, zumindest im Augenblick, die Oberhand zu haben.

Der Artikel berichtete von weiteren Bürgerkriegsschauplätzen in Virginia, die von Bauunternehmern zubetoniert worden waren. Ein Verein namens Civil War Trust leitete den Gegenangriff. Dessen Anwalt wurde als radikaler Vertreter seiner Art beschrieben, der sich nicht davor scheue, für den Schutz historischer Stätten vor Gericht zu gehen. »Aber wir brauchen Geld, um zu prozessieren«, wurde er zitiert.

Zwei Telefonate, und Clay hatte ihn am Apparat. Sie unterhielten sich eine halbe Stunde. Anschließend stellte Clay dem Civil War Trust für den Prozesskostenfonds Chancellorsville einen Scheck über einhunderttausend Dollar aus.

Als er an Miss Glicks Schreibtisch vorbeikam, reichte sie ihm eine Anrufnotiz. Er blickte zweimal auf den Namen des Anrufers und konnte es selbst dann noch nicht glauben, als er im Konferenzraum saß und die Nummer wählte. »Mr Patton French bitte«, sagte er. Auf dem Zettel stand, es sei dringend.

»Wer ist am Apparat?«
»Clay Carter aus Washington.«
»Ah ja, er erwartet Ihren Anruf bereits.«
Es fiel Clay schwer, sich vorzustellen, dass ein mächtiger und viel beschäftigter Anwalt wie Patton French auf seinen Anruf wartete. Doch innerhalb von Sekunden war der große Mann am Hörer. »Hallo, Mr Carter, danke für den Rückruf«, sagte er mit einer Beiläufigkeit, auf die Clay nicht im Geringsten vorbereitet war. »Nette Story im *Wall Street Journal*, wirklich. Nicht schlecht für einen jungen Mann wie Sie. Tut mir übrigens sehr Leid, dass ich unten in New Orleans keine Gelegenheit hatte, Sie zu begrüßen.« Es war die Stimme, die Clay aus den Lautsprechern kannte, nur viel entspannter.

»Kein Problem«, erwiderte er. Bei der Veranstaltung waren zweihundert Anwälte gewesen. Er hatte keine Veranlassung gehabt, Patton French zu treffen, und für French hatte es keinen Grund gegeben, überhaupt von ihm Notiz zu nehmen. Doch ganz offensichtlich hatte er seine Hausaufgaben gemacht.

»Ich möchte mich mit Ihnen treffen, Mr Carter. Ich denke, wir könnten ein Stück weit zusammenarbeiten. Vor ein paar Monaten war ich Dyloft selbst auf der Spur. Sie haben mich jetzt um Längen abgehängt, aber das Geld liegt ja immer noch tonnenweise auf der Straße.«

Clay hatte nicht das Bedürfnis, mit Patton French zusammenzuarbeiten. Auf der anderen Seite waren die Methoden, mit denen er Pharmaunternehmen zu hohen Entschädigungszahlungen zwang, legendär. »Darüber lässt sich reden«, erwiderte er.

»Ich bin gerade auf dem Weg nach New York. Wie wär's, wenn ich in Washington vorbeikomme und Sie abhole? Ich habe eine neue Gulfstream 5, die ich Ihnen gern vorführen würde. Wir bleiben in Manhattan, gehen heute Abend gepflegt essen, reden übers Geschäft. Morgen Abend geht's dann wieder nach Hause. Was halten Sie davon?«

»Nun, ich habe ziemlich viel um die Ohren.« Clay erinnerte sich lebhaft daran, welche Abscheu er in New Orleans empfunden hatte, als French in seinem Vortrag unablässig seine Spielzeuge erwähnte. Die neue Gulfstream, die Jacht, das Schloss in Schottland.

»Das glaube ich. Ich habe auch viel um die Ohren. Verdammt, klar, wir haben alle viel Arbeit. Aber das könnte der lukrativste Kurztrip werden, den Sie je gemacht haben. Ein Nein lasse ich nicht gelten. Wir treffen uns in drei Stunden am Reagan National Airport. Abgemacht?«

Abgesehen von ein paar Telefonaten und einem Racquettballspiel hatte Clay nicht viel vor an diesem Abend. Verängstigte Dyloft-Patienten ließen ununterbrochen die Bürotelefone klingeln, doch er nahm die Anrufe nicht entgegen. Und er war seit Jahren nicht mehr in New York gewesen. »Klar, warum nicht?«, sagte er und gestand sich ein, dass er auf den Flug mit der Gulfstream nicht minder scharf war als auf das Essen in einem Nobelrestaurant.

»Kluger Schritt, Mr Carter. Ein kluger Schritt.«

Der Terminal für Privatflugzeuge am Reagan National Airport war mit Topmanagern und Regierungsleuten überfüllt, die im Eilschritt kamen und gingen. Neben dem Empfangsschalter wartete eine süße Brünette im Minirock, die ein handgeschriebenes Schild mit seinem Namen hochhielt. Er stellte sich vor. Sie hieß Julia. Nur Julia. »Kommen Sie mit«, forderte sie ihn mit einem vollkommenen Lächeln auf. Sie wurden durch eine Ausgangstür begleitet und in einem Shuttlebus über die Rollbahn gefahren. Dutzende Lears, Falcons, Hawkers, Challengers und Citations standen dort entweder geparkt oder waren auf dem Weg zum Terminal oder kamen von dort. Sorgsam dirigierten Lotsen die Jets aneinander vorbei, auf den Zentimeter genau, sodass sich ihre Flügel beinahe berührten. Triebwerke heulten, die gesamte Szenerie war nervenaufreibend.

»Woher kommen Sie?«, fragte Clay.

»Aus Biloxi«, antwortete Julia. »Dort hat Mr Frenchs Kanzlei ihren Hauptsitz.«

»Ich habe vor ein paar Wochen in New Orleans einen Vortrag von ihm gehört.«

»Ja, da waren wir. Wir sind selten zu Hause.«
»Er arbeitet ganz schön viel, was?«
»Ungefähr hundert Stunden die Woche.«
Vor dem größten Jet blieb der Bus stehen. »Da sind wir«, sagte Julia, und sie stiegen aus. Ein Pilot nahm Clay dessen Tasche mit Übernachtungsutensilien ab und verschwand damit.

Patton French war natürlich am Telefonieren. Er winkte Clay an Bord, wo Julia seine Jacke nahm und ihn fragte, ob er etwas trinken wolle. Nur Wasser, mit etwas Zitrone. Der erste Blick in einen Privatjet hätte nicht atemberaubender sein können. Die Videos, die er in New Orleans gesehen hatte, wurden der Wirklichkeit nicht im Mindesten gerecht.

Es duftete nach Leder, sehr teurem Leder. Sitze, Sofas, Kopfstützen, Wände, sogar die Tische waren mit Leder in verschiedenen Blau- und Beigetönen bezogen. Leuchten, Knäufe und Kontrollgeräte waren vergoldet. Die Ausstattung war aus hochglanzpoliertem dunklem Holz, wahrscheinlich Mahagoni. Eine Luxussuite in einem Fünf-Sterne-Hotel, nur mit Flügeln und Triebwerken.

Clay war gut einen Meter achtzig groß, aber es war immer noch reichlich Platz über seinem Kopf. Der Passagierraum war lang gestreckt, am Ende befand sich eine Art Büro. Dort hielt French sich auf. Er sprach immer noch in ein Telefon. Bar und Küche lagen direkt hinter dem Cockpit. Julia erschien mit Clays Wasser. »Sie nehmen jetzt besser Platz«, sagte sie. »Wir werden gleich starten.«

Als sich der Flieger in Bewegung setzte, beendete French sein Telefonat abrupt und kam nach vorn. Er überfiel Clay mit einem wuchtigen Handschlag, einem Lächeln, das seine Zähne entblößte, und einer weiteren Entschuldigung dafür, dass man sich in New Orleans nicht getroffen habe. French war leicht dicklich, um die fünfundfünfzig, hatte dichtes, gewelltes Haar, das auf attraktive Weise ergraut war, und strotzte vor Vitalität.

Sie setzten sich an einem der Tische einander gegenüber.

»Ziemlich komfortabel, hm?«, meinte French und bewegte den linken Arm zu einer weit ausholenden Geste.

»Ziemlich.«

»Haben Sie schon einen Jet?«

»Nein.« Clay fühlte sich minderwertig, weil er jetlos war. Was war er bloss für ein Anwalt?

»Das wird nicht mehr lange so sein, mein Sohn. Sie können bald nicht mehr ohne Jet leben. Julia, einen Wodka für mich, bitte. Ich habe vier. Jets, nicht Wodkas. Man braucht zwölf Piloten für vier Jets. Und fünf Julias. Sie ist süss, hm?«

»Allerdings.«

»Man hat hohe indirekte Kosten, aber es gibt auch jede Menge Honorare zu holen. Haben Sie mich in New Orleans reden hören?«

»Ja. Es war sehr unterhaltsam.« Immerhin, das war nicht ganz gelogen. So widerlich French bei der Podiumsdiskussion gewirkt hatte, unterhaltsam und informativ war er allemal gewesen.

»Ich hasse es, das Thema Geld so auszuwalzen, aber ich musste den Leuten eine Show bieten. Die meisten dieser Jungs werden mir irgendwann eine Sammelklage bringen. Ich muss zusehen, dass sie heiss bleiben, verstehen Sie. Mir gehört die inzwischen erfolgreichste Kanzlei für Gruppenklagen in ganz Amerika, und wir kümmern uns ausschliesslich um die ganz Grossen. Wenn man Riesen wie Ackerman Labs oder eines der anderen Fortune-500-Unternehmen verklagt, braucht man ordentlich Munition und Schlagkraft. Ihre Geldquellen sind unerschöpflich. Ich versuche nur, für eine gerechte Verteilung zu sorgen.«

Julia brachte seinen Drink und schnallte sich für den Start an.

»Möchten Sie zu Mittag essen?«, erkundigte sich French. »Sie kann zubereiten, was immer Sie wollen.«

»Nein, danke. Ich brauche nichts.«

French nahm einen grossen Schluck Wodka, dann lehnte er sich plötzlich zurück und schloss die Augen, als würde er beten, während die Gulfstream über die Startbahn jagte und abhob. Clay nutzte die Unterbrechung, um das Flugzeug erneut zu bestaunen. Die Ausstattung war so üppig und luxuriös, dass es geradezu unanständig war. Vierzig oder fünfundvierzig Millionen Dollar für einen Privatjet! Und den Gesprächen im Juristenzirkel zufolge kam der Hersteller mit den Bestellungen gar nicht nach. Inzwischen gab es eine Wartefrist von zwei Jahren!

Ein paar Minuten später hatten sie die Flughöhe erreicht, und Julia verschwand in die Küche. French schrak aus seiner Meditation auf und trank noch einen Schluck. »Stimmt das alles, was im *Wall Street Journal* steht?«, fragte er in viel ruhigerem Ton. Clay dachte kurz, dass Frenchs Laune reichlich abrupt und heftig umschwang.

»Ja, es kommt ziemlich genau hin.«

»Ich war zweimal auf der Titelseite, und beide Male bin ich nicht gut weggekommen. Kein Wunder, dass die Leute uns Jungs von der Schadenersatzfront nicht leiden können. Niemand kann uns wirklich leiden, das müssen Sie noch begreifen. Aber man gewöhnt sich daran. Wir haben uns alle daran gewöhnt. Ich habe übrigens Ihren Vater mal kennen gelernt.« Seine Augen wanderten rasch hin und her, wenn er sprach, als wäre er in Gedanken immer schon drei Sätze weiter.

»Tatsächlich?« Clay wusste nicht recht, ob er ihm glauben sollte.

»Es ist zwanzig Jahre her, damals war ich beim Justizministerium. Wir hatten ein Verfahren laufen, bei dem es um Indianerland ging. Als die Indianer Jarrett Carter aus Washington holten, war die Schlacht geschlagen. Er war sehr gut.«

»Danke«, sagte Clay, von großem Stolz erfüllt.

»Ich muss Ihnen eines sagen, Mr Carter. Die Dyloft-Falle, die Sie da ausgelegt haben, ist sehr elegant. Und äußerst ungewöhnlich. In den meisten Fällen sprechen sich solche Nebenwirkungen von Medikamenten langsam herum, und zwar dadurch, dass immer mehr Patienten klagen. Die Ärzte sind verdammt schwerfällig, wenn es um die Weitergabe solcher Informationen geht. Sie kungeln mit den Pharmaunternehmen, also haben sie überhaupt kein Interesse daran, Alarm zu schlagen. Dazu kommt, dass meistens die Ärzte verklagt werden, weil sie das Medikament verschrieben haben. Anwälte kommen erst nach und nach ins Spiel. Sagen wir mal, Onkel Luke drunten in Podunk, Louisiana, hat plötzlich ohne erkennbaren Grund Blut im Urin. Nachdem er sich das einen Monat lang tatenlos angesehen hat, geht er zum Arzt. Der setzt das neue Wundermittel ab, das er ihm verschrieben hatte. Onkel Luke geht dann vielleicht zum Anwalt der Familie, gewöhnlich einem Kleinstadtrechtsverdreher, der Testamente und Scheidungen macht und eine anständige Schadenersatzklage wahrscheinlich nicht mal erkennen würde, wenn sie ihn am Kopf träfe. Es dauert lange, bis fehlerhafte Produkte bekannt werden. Was Sie da geschafft haben, ist einzigartig.«

Clay begnügte sich damit, zuzuhören und zu nicken. Das Ganze würde zweifellos auf irgendetwas hinauslaufen.

»Was mich vermuten lässt, dass Sie über Insiderwissen verfügen.« Eine Pause, eine kurze Unterbrechung, die Clay die Gelegenheit geben sollte zu bestätigen, dass er tatsächlich über Interna Bescheid wusste. Er verzog keine Miene.

»Ich verfüge über ein riesiges Netzwerk von Anwälten und Kontakten überall in den Staaten. Bis vor ein paar Wochen hat keine Sterbensseele von Problemen mit Dyloft gewusst. Ich hatte zwei Mitarbeiter in der Kanzlei, die die Vorarbeit zu dem Fall gemacht haben. Aber wir waren noch meilenweit davon entfernt, Klage einzureichen. Als Nächstes entdecke ich Ihr grinsendes Gesicht auf der ersten Seite des *Wall Street Journal*. Ich weiß, wie das Spiel läuft, Mr Carter, und ich weiß, dass Sie irgendwelche Interna in der Hand haben.«

»So ist es. Und die werde ich auch ganz sicher für mich behalten.«

»Gut. Da bin ich erleichtert. Ich habe Ihre Fernsehspots gesehen. Wir beobachten natürlich ständig alle Märkte. Nicht schlecht. Um genau zu sein: Diese Fünfzehn-Sekunden-Masche, die Sie verwendet haben, hat sich als die effektivste Methode erwiesen. Wussten Sie das?«

»Nein.«

»Pack sie dir abends oder morgens. Erst eine kurze Botschaft, die ihnen Angst macht, dann eine Telefonnummer, die Hilfe verspricht. Ich habe das tausendmal gemacht. Wie viele Fälle haben Sie auf diese Weise an Land gezogen?«

»Schwer zu sagen. Die Leute müssen zuerst noch die Urintests machen. Aber die Telefone haben nicht mehr aufgehört zu klingeln.«

»Meine Spots gehen morgen auf Sendung. Ich habe sechs Leute im Büro, die nichts anderes tun, als sich um die Werbung zu kümmern. Können Sie das glauben? Sechs Werbefachleute auf Vollzeit. Und die sind nicht billig.«

Julia erschien mit zwei Tabletts. Auf einem befanden sich Shrimps, auf dem anderen verschiedene Käsesorten, italienischer Schinken, Salami und ein paar anderer Wurst- und Fleischspezialitäten, die Clay nicht benennen konnte. »Eine Flasche von dem chilenischen Weißen«, sagte Patton. »Der dürfte inzwischen kühl sein.«

»Mögen Sie Wein?«, fragte er und nahm eine Garnele am Schwanz.

»Manche Sorten. Ich bin kein Weinkenner.«

»Ich liebe Wein. Ich habe um die hundert Flaschen hier an Bord.« Er nahm noch eine Garnele. »Jedenfalls ... wir gehen davon aus, dass es zwischen fünfzig und hundert Dyloft-Fälle geben wird. Kommt das hin?«

»Hundert ist vielleicht etwas hoch gegriffen«, schränkte Clay vorsichtig ein.

»Ich mache mir um Ackerman Labs ein wenig Sorgen. Übrigens habe ich die schon zweimal verklagt, wussten Sie das?«

»Nein, wusste ich nicht.«

»Vor zehn Jahren, als sie noch jede Menge Geld hatten. Sie hatten einige lausige CEOs, die ein paar unvernünftige Akquisitionen getätigt haben. Jetzt sitzen sie auf einem Berg Schulden. Zehn Milliarden. Idiotische Geschichte. Typisch für die Neunziger. Die Banken haben den Blue-Chip-Unternehmen das Geld nachgeworfen, und die haben es genommen und versucht, die Welt damit zu kaufen. Trotzdem steht Ackerman jetzt nicht vor der Pleite oder so. Außerdem haben sie ein paar Versicherungen.« Ein Köder. Clay beschloss anzubeißen.

»Sie sind auf mindestens dreihundert Millionen versichert«, sagte er. »Und für Dyloft haben sie vermutlich eine halbe Milliarde zusätzlich in petto.«

French lächelte und schien sich über diese Information geradezu diebisch zu freuen. Er konnte und wollte seine Bewunderung nicht verbergen. »Eine tolle Sache, mein Sohn, eine ganz tolle Sache. Was taugen die Interna, die Sie haben?«

»Die sind hervorragend. Wir haben Informanten, die uns auf dem Laufenden halten, und wir haben Laborberichte, die wir nicht haben dürften. Ackerman kann sich mit Dyloft auf keinen Fall in die Nähe von Geschworenen wagen.«

»Ausgezeichnet«, freute sich French und schloss die Augen, um die Worte auf sich wirken zu lassen. Ein hungernder Anwalt hätte angesichts seines ersten ordentlichen Autounfalls nicht euphorischer sein können.

Julia kam mit dem Wein zurück und füllte zwei wertvolle schmale Kelchgläser. French hielt die Nase prüfend darüber und schnüffelte ausführlich und fachgerecht. Als sein Geruchssinn befriedigt war, nahm er einen Schluck. Schmatzend nickte er mit dem Kopf, dann beugte er sich vor und plauderte weiter. »Große, reiche, stolze Unternehmen bei ihren Untaten zu erwischen ist erregender als Sex. Es ist die erregendste Sache, die ich kenne. Du packst diese habgierigen Schweine, die mit ihren schlechten Produkten unschuldigen Menschen Schaden zufügen, und sorgst als Anwalt dafür, dass sie bestraft werden. Dafür lebe ich. Sicher, das Geld ist sensationell, aber das kommt ja immer erst, wenn man sie erwischt hat. Ich werde nie damit aufhören, ganz egal, wie viel Geld ich besitze. Die Leute denken immer, ich wäre habgierig, weil ich sofort aufhören und für den Rest meines Lebens am Strand liegen könnte. Wie langweilig! Ich arbeite lieber hundert Stunden die Woche und versuche, die großen Gauner zu fangen. *Das* ist mein Leben.«

Frenchs Eifer war ansteckend. Sein Gesicht glühte vor Begeisterung. Er atmete schwer aus und sagte dann: »Schmeckt Ihnen der Wein?«

»Nein, er schmeckt wie Kerosin.«

»Sie haben Recht. Julia! Schütten Sie das Zeug weg! Bringen Sie uns eine Flasche von dem Meursault, den wir gestern an Bord genommen haben.«

Doch zunächst brachte Julia ein Telefon. »Es ist Muriel.«

French nahm den Apparat und sagte: »Hallo.«

Julia beugte sich zu Clay hinunter und erklärte mit gedämpfter Stimme: »Muriel ist die Chefsekretärin, die ›Mutter Oberin‹. Sie schafft es auch noch durchzukommen, wenn seine Frauen längst aufgegeben haben.«

French beendete das Telefonat abrupt und sagte: »Ich möchte Ihnen einen Plan unterbreiten. Damit werden Sie, das verspreche ich Ihnen, in noch kürzerer Zeit noch mehr Geld verdienen. Sehr viel mehr.«

»Ich höre.«

»Ich werde am Ende genau so viele Dyloft-Fälle haben wie Sie. Nun, da Sie die Sache ins Rollen gebracht haben, werden hunderte Anwälte hinter diesen Fällen her sein. Wir beide, Sie und ich, können das ganze Verfahren kontrollieren, wenn wir Ihre Klage von Washington nach Mississippi in mein Heimatrevier transferieren. Das wird Ackerman Labs mehr Angst einjagen, als Sie glauben. Die haben ja schon jetzt Angst, weil Sie sie in Washington am Wickel haben. Dabei denken sie noch: Na ja, das ist ein Greenhorn, niemand kennt ihn, er hat noch nie eine Schadenersatzklage geführt, das ist seine erste Sammelklage – und so weiter. Wenn wir aber Ihre und meine Fälle zusammenlegen, alles zu einer einzigen Gruppenklage zusammenfassen und nach Mississippi überführen, bekommt Ackerman Labs einen schweren Herzinfarkt.«

Clay wurde fast schwindelig vor lauter Zweifel und Fragen. »Sprechen Sie weiter«, war alles, was er herausbrachte.

»Sie behalten Ihre Fälle, ich behalte meine. Wir werfen sie zusammen, und sobald die anderen Fälle unter Dach und Fach und alle Anwälte an Bord sind, werde ich zum Richter gehen und ihn bitten, einen Ausschuss aus den Anwälten der Kläger einzuberufen. Das mache ich dauernd. Den Vorsitz werde ich übernehmen. Sie werden dem Ausschuss ebenfalls angehören, da Sie als Erster Klage eingereicht haben. Auf diese Weise können wir das Dyloft-Verfahren verfolgen und dafür sorgen, dass die Dinge nicht aus dem Ruder laufen, was allerdings verdammt schwierig wird, wenn eine ganze Horde arroganter Rechtsanwälte beteiligt ist. Ich habe das Dutzende Male gemacht. Der Ausschuss dient uns als Kontrollinstrument. Wir werden ziemlich bald mit Ackerman in Verhandlungen eintreten. Ich kenne deren Anwälte. Wenn Ihre Interna so gut sind, wie Sie sagen, drängen wir auf einen baldigen Vergleich.«

»Wie bald?«

»Das hängt von verschiedenen Faktoren ab. Wie viele Fälle gibt es tatsächlich? Wie schnell bringen wir sie unter Dach und Fach? Wie viele andere Anwälte stürzen sich ins Getümmel? Und, besonders wichtig, wie groß ist der Schaden für unsere Mandanten?«

»Nicht sehr groß. Praktisch alle Tumore sind gutartig.«

French runzelte zunächst die Stirn in Anbetracht dieser schlechten Nachricht, doch er fand rasch etwas Gutes daran. »Umso besser. Die Heilung erfolgt durch operative Entfernung mittels zystoskopischem Eingriff.«

»Korrekt. Eine ambulante Operation, die rund tausend Dollar kostet.«

»Die Langzeitprognose?«

»Eine klare Sache: Setz Dyloft ab, und das Leben wird wieder sein wie vorher. Das ist für einige dieser Arthritis-Patienten allerdings keine besonders rosige Aussicht.«

French schnüffelte an seinem Wein, schwenkte ihn im Glas und nahm schließlich einen Schluck. »Viel besser, was meinen Sie?«

»Ja«, stimmte Clay zu.

»Ich bin letztes Jahr durch die Bourgogne gereist und habe eine Weinprobe nach der anderen gemacht. Eine Woche lang

nur Schnüffeln, Gurgeln und Ausspucken. Sehr unterhaltsam.«
Bei einem weiteren Schluck wägte er die nächsten Gedanken ab, spuckte dann jedoch nicht aus.

»Es ist sogar noch viel besser«, fuhr er fort. »Besser für unsere Mandanten, das ist offensichtlich, weil sie nicht so krank sind, wie sie sein könnten. Besser für uns, weil die Vergleiche schneller geschlossen werden. Das Entscheidende ist, dass wir die Fälle bekommen. Je mehr Fälle wir in der Hand haben, desto mehr Kontrolle haben wir über die Sammelklage. Und mehr Fälle heißt mehr Honorar.«

»Das habe ich verstanden.«

»Wie viel zahlen Sie für die Fernsehspots?«

»Zwei Millionen.«

»Nicht schlecht, wirklich nicht schlecht.« French hätte es brennend interessiert, woher ein Anfänger wie Clay Carter zwei Millionen Dollar für einen Werbespot hatte. Aber er riss sich zusammen und verkniff sich die Frage.

Sie spürten ein deutliches Nachlassen des Schubs, als der Jet die Nase absenkte. »Wie lange brauchen wir bis New York?«, wollte Clay wissen.

»Von Washington aus sind es rund vierzig Minuten. Dieser kleine Vogel macht fast neunhundertsechzig Stundenkilometer.«

»Welchen Flugplatz fliegen wir an?«

»Teterboro in New Jersey. Alle Privatjets landen dort.«

»Deshalb habe ich noch nie davon gehört.«

»Ihr Jet ist schon auf dem Weg, Mr Carter, bereiten Sie sich darauf vor. Sie können mir alle Spielzeuge wegnehmen, nur lassen Sie mir einen Jet. Man braucht einen.«

»Ich werde Ihren benutzen.«

»Fangen Sie mit einem kleinen Lear an. So einen bekommen Sie jederzeit für ein paar Millionen. Sie brauchen zwei Piloten, fünfundsiebzig Riesen pro Mann. Fällt unter die Gemeinkosten. Sie müssen einfach einen haben, Sie werden schon sehen.«

Zum ersten Mal in seinem Leben hatte Clay Tipps zum Thema Privatjet bekommen.

Julia räumte die Tabletts ab und informierte sie, dass sie in etwa fünf Minuten landen würden. Clay war hingerissen vom Blick auf die Skyline Manhattans im Osten. French schlief ein.

Sie landeten und rollten an einer Reihe privater Terminals vorbei, wo Dutzende schicke Jets entweder geparkt standen oder gewartet wurden. »Hier sieht man mehr Privatjets als an jedem anderen Ort der Welt«, erläuterte French, während sie aus dem Fenster blickten. »Alle wichtigen Jungs aus Manhattan parken ihre Flieger hier. Mit dem Wagen ist man in fünfundvierzig Minuten in der Stadt. Wer genug Mäuse hat, legt sich auch einen Helikopter zu. Dann sind es nur zehn Minuten.«

»Haben wir einen Helikopter?«, fragte Clay.

»Nein. Aber wenn ich hier leben würde, hätte ich einen.«

Eine Luxuslimousine holte sie auf dem Rollfeld ab, nur ein paar Schritte von der Stelle entfernt, wo sie aus dem Flugzeug gestiegen waren. Die Piloten und Julia blieben an Bord, um aufzuräumen, und zweifellos auch, um dafür zu sorgen, dass der Wein für den nächsten Flug kühl war.

»Manhattan«, sagte French zum Fahrer.

»Ja, Sir, Mr French.« War die Limousine gemietet, oder gehörte sie Patton? Sicherlich würde sich der weltweit erfolgreichste Experte für Schadenersatzklagen nicht mit einem Mietwagen bescheiden. Clay beschloss, nicht weiter darüber nachzudenken. Was machte es schon für einen Unterschied?

»Ich bin gespannt auf Ihre Fernsehspots«, sagte French auf dem Weg durch das Verkehrschaos von New Jersey. »Wann haben Sie sie auf Sendung gehen lassen?«

»Sonntagabend in neunzig Märkten überall in den Staaten.«

»Und wie bewältigen Sie die Anrufe?«

»Mit neun Leuten – sieben Anwaltsassistenten, zwei Anwälte. Am Montag hatten wir zweitausend Anrufe, gestern dreitausend. Die Dyloft-Website hat achttausend Besucher täglich. Wenn man von der üblichen Erfolgsquote ausgeht, ergibt das rund tausend Mandanten pro Tag.«

»Wie groß ist das Potenzial insgesamt?«

»Fünfzig- bis fünfundsiebzigtausend, laut meiner Quelle, die sich bislang als ziemlich zuverlässig erwiesen hat.«

»Die Quelle würde ich gern mal kennen lernen.«

»Das können Sie vergessen.«

French ließ seine Fingerknöchel knacken und versuchte, die Abfuhr hinzunehmen. »Wir müssen die Fälle bekommen, Clay. Mein Spot läuft ab morgen. Wie wäre es, wenn wir das Land aufteilen? Sie nehmen Norden und Osten, ich Süden und Westen. Es wird leichter sein, sich auf kleinere Märkte zu konzentrieren, außerdem lassen sich die Fälle viel besser handhaben. In Miami gibt es einen Kollegen, der innerhalb von wenigen Tagen einen Spot auf Sendung bringen wird. Und in Kalifornien sitzt einer, der garantiert schon längst dabei ist, Ihren Spot zu kopieren. Wir sind Haie, okay? Nichts anderes. Das Wettrennen zum Gericht ist eröffnet. Wir hatten beim Start einen verdammt guten Vorsprung, aber der Endspurt steht uns noch bevor.«

»Ich tue, was ich kann.«

»Verraten Sie mir, wie hoch Ihr Budget ist.«

Was zum Teufel soll's, dachte Clay. So, wie sie da im Fond der Limousine nebeneinander saßen, waren sie beinahe schon Partner. »Zwei Millionen für die Spots, zwei für die Urinanalysen.«

»Wir werden Folgendes machen«, sagte French ohne Pause. »Investieren Sie das gesamte Geld in die Spots. Ziehen Sie die verdammten Fälle an Land, okay?! Ich besorge das Geld für die Urinanalysen, und sobald der Vergleich geschlossen ist, soll Ackerman uns alles zurückerstatten. Es gehört normalerweise zu jedem Vergleich, dass das beklagte Unternehmen alle ärztlichen Untersuchungen übernimmt.«

»Ein Test kostet dreihundert Dollar.«

»Da haben Sie sich über den Tisch ziehen lassen. Ich werde ein paar Laboranten zusammenholen, die uns das viel billiger machen.« French erzählte eine Geschichte aus der Anfangszeit des Skinny-Ben-Verfahrens. Er hatte damals vier alte Greyhoundbusse in mobile Kliniken umbauen lassen und sie überall im Land herumgeschickt, um potenzielle Mandanten untersuchen zu lassen. Clay hörte mit erlahmendem Interesse zu, während sie über die George Washington Bridge fuhren. Anschließend folgte eine weitere Geschichte.

Von Clays Suite in Manhattan konnte man auf die Fifth Avenue sehen. Als er endlich die Tür hinter sich verschlossen hatte und vor Patton French sicher war, griff er zum Telefon und begann, Max Pace zu suchen.

19

Über die dritte Handynummer fand Clay Max Pace schliesslich an irgendeinem Ort, den er nicht preisgeben wollte. Der Mann ohne Zuhause hatte sich in den zurückliegenden Wochen immer seltener in Washington aufgehalten. Sicher war er unterwegs, um einen weiteren Brand zu löschen, für einen weiteren eigenwilligen Auftraggeber ein weiteres hässliches Verfahren zu verhindern. Natürlich gab er das nicht zu. Aber das brauchte er auch gar nicht. Clay kannte ihn inzwischen gut genug, um zu wissen, dass er ein sehr gefragter Feuerwehrmann war. Und an schlechten Produkten herrschte kein Mangel.

Clay war selbst überrascht, wie beruhigend er es fand, Pace' Stimme zu hören. Er erklärte, dass er in New York sei, sagte, mit wem und warum. Mit seiner ersten Reaktion besiegelte Pace Clays Abmachung mit French. »Fantastisch«, sagte er. »Einfach fantastisch.«

»Sie kennen Patton French?«

»Jeder in diesem Geschäft kennt ihn«, entgegnete Pace. »Ich hatte noch nie mit ihm zu tun, aber er ist eine Legende.«

Clay gab Frenchs Angebot mitsamt den Bedingungen durch. Pace hörte aufmerksam zu und dachte die Sache dann laut weiter. »Wenn Sie in Biloxi, Mississippi, noch einmal Klage einreichen, versetzt das den Ackerman-Aktien einen weiteren Schlag. Sie stehen jetzt vonseiten der Banken und der Aktionäre unter immensem Druck. Das ist fantastisch. Machen Sie das!«

»Okay.«

»Und lesen Sie morgen die *New York Times*. Sie bringt einen großen Artikel über Dyloft. Der erste medizinische Bericht ist draußen. Verheerend.«

»Großartig.«

Clay holte sich ein Bier aus der Minibar – acht Dollar, aber wen kümmerte das? –, setzte sich ans Fenster und beobachtete eine ganze Weile das Getümmel unten auf der Fifth Avenue. Er fand es nicht wirklich beruhigend, dass er sich auf Max Pace und dessen Rat verlassen musste. Nur gab es sonst keinen, an den er sich hätte wenden können. Niemand, nicht einmal sein Vater, hatte jemals vor einer solchen Alternative gestanden: Transferieren wir doch einfach Ihre fünftausend Fälle hierher und legen sie mit meinen fünftausend zusammen, dann haben wir nicht mehr zwei Sammelklagen, sondern nur noch eine. Ich lasse eine Million oder so für die medizinischen Untersuchungen springen, Sie verdoppeln Ihren Werbeetat, wir greifen uns vierzig Prozent Gewinnanteil von der Gesamtsumme plus Spesen und machen ein Vermögen. Was meinen Sie, Mr Carter?

Im letzten Monat hatte Clay mehr Geld verdient, als er sich jemals erträumt hatte. Jetzt, da die Dinge außer Kontrolle gerieten, hatte er das Gefühl, es schneller auszugeben, als er es einnehmen konnte. Nur Mut, sagte er sich immer wieder, das ist eine seltene Gelegenheit. Schlag schnell zu, ergreif die Chance, lass die Würfel rollen, dann kannst du stinkreich werden. Eine andere Stimme ermahnte ihn, vorsichtig zu sein, das Geld nicht zum Fenster hinauszuwerfen, sondern es zu vergraben und zu behalten.

Eine Million hatte er auf ein Offshore-Konto überwiesen – nicht um sie zu verstecken, sondern um sie zu schützen. Dieses Geld würde er nie anfassen, unter gar keinen Umständen. Sollte er wirklich schlecht gesetzt haben und alles verspielen, hätte er immer noch genügend Geld für das Leben am Strand.

Er würde wie sein Vater aus der Stadt verschwinden und nie zurückkommen.

Die Million auf dem Geheimkonto war sein Zugeständnis an die andere Stimme in seinem Kopf.

Er versuchte, in der Kanzlei anzurufen, doch alle Leitungen waren belegt. Ein gutes Zeichen. Schließlich erreichte er auf dem Handy Jonah, der erschöpft an seinem Schreibtisch saß.

»Es ist die Hölle«, sagte er. »Das totale Chaos.«

»Gut.«

»Komm zurück und hilf uns!«

»Morgen.«

Um 19.32 Uhr schaltete Clay den Fernseher ein und fand seinen Spot auf einem Kabelprogramm. In New York klang der Name Dyloft noch viel ominöser.

Das Abendessen fand im Montrachet statt, nicht wegen des Essens, das sehr gut war, sondern wegen der Weinkarte, die dicker war als jede andere in New York. French wollte zu seinem Kalbfleisch einige rote Burgunder probieren. Fünf Flaschen wurden an den Tisch gebracht, für jeden Wein gab es ein eigenes Glas. Für Brot und Butter blieb wenig Platz.

French und der Sommelier diskutierten über den Inhalt der Flaschen, wobei sie in einen unverständlichen Jargon verfielen. Clay fand diese Prozedur ziemlich langweilig. Bier und Hamburger wären ihm lieber gewesen, allerdings war ihm klar, dass sich auch sein Geschmack in naher Zukunft drastisch ändern würde.

Als die Weine zum Atmen geöffnet waren, sagte French: »Ich habe bei mir in der Kanzlei angerufen. Der Anwalt in Miami hat bereits zwei Dyloft-Spots auf Sendung gebracht. Er hat zwei Diagnosekliniken eingerichtet, durch die er Patienten schleust wie Rindviecher. Er heißt Carlos Hernández, ein sehr, sehr guter Mann.«

»Meine Leute können gar nicht alle Anrufe entgegennehmen«, sagte Clay.

»Also kommen wir zusammen?«

»Lassen Sie uns die Abmachung noch mal durchgehen.«
Daraufhin zog French blitzschnell ein gefaltetes Stück Papier aus der Tasche. »Hier ist ein Gesprächsprotokoll«, sagte er und reichte es Clay, während er nach der ersten Flasche Wein griff. »Es fasst zusammen, was wir bislang besprochen haben.«

Clay las den Text sorgfältig durch und unterschrieb. Zwischen zwei Schlucken signierte auch French. Ihre Partnerschaft war besiegelt.

»Reichen wir gleich morgen in Biloxi Klage ein«, schlug French vor. »Ich erledige das, wenn ich nach Hause komme. Ich habe zwei Anwälte, die zur Stunde bereits daran arbeiten. Sobald die Klage eingereicht ist, können Sie Ihre in Washington zurückziehen. Ich kenne den Firmenanwalt von Ackerman Labs. Ich glaube, ich kann mit ihm reden. Wenn die Firma direkt mit uns verhandelt und ihren externen Anwalt nicht einschaltet, spart sie ein Vermögen, das sie gleich uns geben kann. Falls ihre externen Anwälte die Verhandlungen führen, verlieren wir ein halbes Jahr kostbare Zeit.«

»Rund hundert Millionen, richtig?«

»So ungefähr. Die könnten uns gehören.« Irgendwo in einer Tasche klingelte ein Handy. French fischte es mit der linken Hand heraus, während er in der rechten das Weinglas hielt. »Entschuldigen Sie«, sagte er zu Clay.

Bei dem Gespräch ging es um Dyloft. Es war ein Kollege, jemand aus Texas, offenbar ein alter Freund, der schneller sprechen konnte als Patton French. Sie tauschten höfliches Geplänkel aus, doch French war offensichtlich auf der Hut. Nachdem er die Verbindung unterbrochen hatte, sagte er: »Verdammt!«

»Ein Konkurrent?«

»Ein ziemlich ernst zu nehmender Konkurrent. Heißt Vic Brennan, ein großer Fisch in Houston, sehr clever, sehr aggressiv. Ist ebenfalls hinter Dyloft her. Er will die Spielregeln wissen.«

»Sie werden ihm aber nichts abgeben.«

»Das weiß er auch. Morgen startet seine Werbekampagne. Radio, Fernsehen, Presse. Er wird wohl ein paar tausend Fälle abzweigen.« French ließ sich von einem Schluck Wein trösten, der ein Lächeln über sein Gesicht huschen ließ. »Das Rennen ist eröffnet, Mr Carter. Wir müssen diese Fälle haben.«

»Das Rennen wird schon morgen noch schneller«, meinte Clay.

French hatte den Mund voll Pinot Noir und konnte nichts sagen, doch stand ihm förmlich ein Fragezeichen auf der Stirn.

»Morgen früh erscheint ein großer Artikel in der *New York Times*. Der erste kritische Bericht über Dyloft, meiner Quelle zufolge.«

Was das Essen anging, hätte Clay nichts Unpassenderes sagen können. French vergaß sein Kalbfleisch, das noch in der Küche war. Und er vergaß die teuren Weine, die den Tisch bedeckten – was ihn indes nicht daran hinderte, innerhalb der folgenden drei Stunden alle Flaschen zu leeren. Doch welcher Anwalt im Schadenersatzgeschäft konnte sich schon auf Wein und Essen konzentrieren, wenn in wenigen Stunden die *New York Times* den zukünftigen Beklagten mitsamt seinem gefährlichen Arzneimittel an den Pranger stellen würde?

Das Telefon klingelte. Dabei war es draußen noch dunkel. Als Clay schließlich in der Lage war, auf die Uhr zu sehen, zeigte sie Viertel vor sechs an. »Aufstehen!«, polterte French ihm ins Ohr. »Und machen Sie die Tür auf!« Clay hatte kaum geöffnet, da stieß French die Tür bereits auf und marschierte, mit der Zeitung und einer Tasse Kaffee bewaffnet, herein.

»Unglaublich!«, sagte er und schleuderte die *New York Times* auf Clays Bett. »Sie können doch nicht den ganzen Tag verpennen, Junge. Lesen Sie das!« Er trug den weißen Frotteemantel und die Badeschlappen, die den Gästen vom Hotel zur Verfügung gestellt wurden.

»Es ist noch nicht mal sechs Uhr.«

»Ich habe seit dreißig Jahren nicht mehr länger geschlafen als bis fünf. Da draußen warten viel zu viele Klagen.«

Clay trug nur seine Boxershorts. French trank Kaffee und las den Artikel noch einmal, wobei er angestrengt durch seine Lesebrille blickte, die auf der Spitze seiner platten Nase saß.

Er zeigte keinerlei Anzeichen eines Katers. Clay hatten die Weine irgendwann angeödet, da sie für ihn ohnehin alle gleich schmeckten, und er hatte den Abend mit Mineralwasser beendet. French dagegen hatte weiter gekämpft. Obwohl er wegen Dyloft nicht mit dem Herzen bei der Sache gewesen war, hatte er beschlossen, an diesem Abend den besten unter den fünf Burgunderweinen zu küren.

Der Artikel in der *New York Times* zitierte das *Atlantic Journal of Medicine*. Dort war berichtet worden, dass Dylofedamint, bekannt als Dyloft, bei rund sechs Prozent der Patienten, die das Medikament länger als ein Jahr eingenommen hätten, möglicherweise Tumore in der Harnblase ausgelöst habe.

»Sogar mehr als fünf Prozent«, sagte Clay beim Lesen.

»Ist das nicht wunderbar?«, freute sich French.

»Nur sofern Sie nicht zu den sechs Prozent gehören.«

»Tu ich nicht.«

Einige Ärzte verschrieben das Medikament bereits nicht mehr. Ackerman Labs brachte ein ziemlich laues Dementi und schob wie immer alle Schuld auf die habgierigen Anwälte. Gleichwohl entstand der Eindruck, als zöge sich das Unternehmen in die Defensive zurück. Von der FDA kam keinerlei Kommentar. Ein Arzt aus Chicago ließ sich eine halbe Spalte lang darüber aus, wie fantastisch das Medikament wirke und wie glücklich seine Patienten damit seien. Die gute Nachricht – wenn man so sagen konnte – war, dass die Tumore offenbar nicht bösartig waren, bislang zumindest. Beim Lesen beschlich Clay das Gefühl, dass Max Pace das alles schon vor einem Monat geahnt hatte.

Nur in einem kurzen Absatz wurde berichtet, dass am Montag in Washington Klage eingereicht worden war. Der junge Anwalt, der die Klage führte, blieb unerwähnt.

Die Ackerman-Aktie war von 42,50 Dollar am Montag auf 32,50 bei Börsenschluss am Mittwoch gefallen.

»Ich hätte die verdammten Dinger leer verkaufen sollen«,

murmelte French. Clay biss sich auf die Zunge und behielt sein Geheimnis für sich, eines von den wenigen, die er in den vergangenen vierundzwanzig Stunden nicht ausgeplaudert hatte.

»Wir können das im Flugzeug noch mal lesen«, sagte French. »Los, kommen Sie.«

Der Kurs lag bei achtundzwanzig Dollar, als Clay in die Kanzlei kam. Zuerst versuchte er, sein völlig überarbeitetes Personal zu begrüßen. Anschließend ging er ins Internet und auf eine Website mit den aktuellen Börsendaten, die er alle fünfzehn Minuten abrief, um seinen Gewinn beim Wachsen zu beobachten. Es war beruhigend zu sehen, wie sich das Geld auf der einen Seite vermehrte, während er es auf der anderen Seite mit vollen Händen zum Fenster hinauswarf.

Jonah kam als Erster vorbei. »Wir waren gestern bis Mitternacht hier«, sagte er. »Es ist Wahnsinn.«

»Und es wird noch schlimmer. Wir verdoppeln die Fernsehspots.«

»Wir kommen doch schon jetzt kaum noch mit.«

»Dann musst du noch ein paar Assistenten auf Teilzeit einstellen.«

»Wir brauchen mindestens noch zwei EDV-Leute, weil wir die Daten nicht schnell genug erfassen können.«

»Weißt du, wo du welche auftreiben kannst?«

»Vielleicht über eine Zeitarbeitsagentur. Einen Typen kenne ich selbst, vielleicht auch zwei. Die könnten abends reinkommen und die Berge abarbeiten.«

»Her mit ihnen.«

Jonah wandte sich zum Gehen, drehte sich dann aber wieder um und schloss die Tür hinter sich. »Clay, jetzt wo wir mal allein sind …«

Clay sah auf. »Was gibt's?«

»Na ja, du bist ein kluger Kerl und alles. Aber bist du ganz sicher, dass du weißt, was du tust? Ich meine, du wirfst das Geld schneller raus als irgendjemand sonst. Was ist, wenn was schief geht?«

»Machst du dir Sorgen?«

»Wir machen uns alle ein wenig Sorgen, weisst du. Die Kanzlei steht am Beginn einer grossen Zukunft. Wir wollen hier bleiben, viel Geld verdienen und dabei Spass haben. Was ist, wenn du nicht richtig liegst und Pleite gehst? Die Frage ist doch berechtigt, oder?«

Clay ging um seinen Schreibtisch herum und setzte sich auf die Kante. »Also, ich will ehrlich sein, Jonah. Ich denke, ich weiss, was ich tue, aber da ich es nie zuvor getan habe, kann ich natürlich nicht sicher sein. Es ist ein gigantisches Glücksspiel. Wenn ich gewinne, werden wir alle noch mehr Geld machen, und zwar legal. Wenn ich verliere, werden wir zwar nicht reich, sind aber trotzdem noch im Geschäft.«

»Sag das den anderen auch, wenn sich die Gelegenheit bietet, okay?«

»Mach ich.«

Das Mittagessen beschränkte sich auf ein Zehn-Minuten-Sandwich im Konferenzraum. Jonah hatte die aktuellen Zahlen: In den ersten drei Tagen hatten sich siebentausendeinhundert Anrufer bei der Hotline gemeldet, die Website registrierte im Durchschnitt achttausend Anfragen pro Tag. Informationsbroschüren und Mandantenverträge wurden am laufenden Band verschickt, dennoch waren sie bereits im Rückstand. Clay hatte Jonah bevollmächtigt, zwei Teilzeitkräfte für die Datenerfassung einzustellen. Paulette bekam den Auftrag, weitere drei oder vier Anwaltsassistenten für die Fabrik aufzutreiben. Und Miss Glick wurde angewiesen, zusätzlich Anwälte auf Zeit einzustellen, die bei der Korrespondenz mit den Mandanten helfen sollten.

Clay erzählte von seinem Treffen mit Patton French und erklärte, wie sie von nun an im Dyloft-Verfahren vorgehen würden. Er verteilte Kopien von dem Artikel in der *New York Times*, der den anderen vor lauter Arbeit entgangen war.

»Das Rennen ist eröffnet, Leute«, sagte er und versuchte sein Bestes, um den müden Haufen wieder auf Trab zu bringen. »Hinter unseren Mandanten sind Haie her.«

»Die Haie sind wir«, warf Paulette ein.

Am späten Nachmittag rief Patton French an und berichtete, dass die Sammelklage dank einer Ergänzung nun auch Kläger aus Mississippi einschloss und am Obersten Gericht des Staates Mississippi in Biloxi eingereicht worden sei. »Wir sind genau da, wo wir hinwollten, mein Freund«, schloss er.

»Dann ziehe ich meine Klage hier morgen zurück«, sagte Clay und hoffte insgeheim, dass er seinen Fall damit nicht ganz los war.

»Geben Sie der Presse einen Tipp?«

»Hatte ich bis jetzt nicht vor«, erwiderte Clay. Er hatte keine Ahnung, wie man der Presse Tipps gab.

»Okay, dann übernehme ich das.«

Die Ackerman-Aktie schloss an diesem Tag bei 26,25 Dollar. Clay würde auf dem Papier 1 625 000 Dollar machen, wenn er gleich kaufte und seine Leerverkäufe deckte. Er entschied sich, noch zu warten. Sobald am nächsten Morgen die Nachricht über die Einreichung der Klage in Biloxi bekannt wurde, würde der Kurs weiter fallen.

Um Mitternacht saß er an seinem Schreibtisch und telefonierte mit einem Mann aus Seattle, der seit fast einem Jahr Dyloft nahm und nun schreckliche Angst hatte, womöglich an einem Tumor zu leiden. Clay riet ihm, so bald wie möglich zum Arzt zu gehen, um eine Urinanalyse machen zu lassen. Er gab ihm die Adresse der Website und versprach, ihm gleich am nächsten Morgen Informationsmaterial zuzuschicken. Als sie sich voneinander verabschiedeten, war der Mann den Tränen nahe.

20

Immer mehr schlechte Nachrichten über das Wundermittel Dyloft kamen ans Tageslicht. Zwei weitere medizinische Studien wurden veröffentlicht, von denen die eine glaubwürdig behauptete, dass Ackerman Labs bei der Forschung geknausert habe und sämtliche Beziehungen habe spielen lassen, um die Zulassung für das Medikament zu bekommen. Schließlich nahm die FDA Dyloft vom Markt.

Die schlechten Nachrichten waren natürlich gute Nachrichten für die Anwälte. Als immer mehr Nachzügler auf den fahrenden Zug aufspringen wollten, brach Hektik aus. Patienten, die Dyloft schluckten, erhielten von Ackerman Labs und ihren Hausärzten eine schriftliche Warnung. Den schockierenden Mitteilungen folgten fast ohne Ausnahme ominöse Angebote von Anwälten, die sich auf Schadenersatzklagen spezialisiert hatten. Die Patienten direkt anzuschreiben erwies sich als äußerst effektiv. Auf jedem großen Absatzmarkt wurden Anzeigen in Zeitungen geschaltet, im Fernsehen liefen ununterbrochen Spots mit Hotline-Rufnummern. Die Möglichkeit eines unkontrollierten Tumorwachstums führte dazu, dass fast alle Dyloft-Patienten einen Anwalt kontaktierten.

Patton French hatte noch nie eine Schadenersatzklage erlebt, die von Anfang an so problemlos gelaufen war. Da er und Clay das Rennen zum Gericht in Biloxi gewonnen hatten, wurde ihre Gruppe zuerst zur Klage zugelassen. Sämtliche anderen

Dyloft-Kläger, die sich der Sammelklage anschließen wollten, mussten zu ihnen kommen, was natürlich bedeutete, dass der aus Anwälten der Kläger gebildete Ausschuss ein zusätzliches Honorar für das Verfahren kassieren konnte. Der French wohlgesinnte Richter hatte bereits die fünf Mitglieder des Ausschusses ernannt – French, Clay, Carlos Hernández aus Miami und zwei mit French befreundete Anwälte aus New Orleans. Theoretisch war es Aufgabe des Ausschusses, den aufwändigen, komplizierten Prozess gegen Ackerman Labs zu koordinieren. Praktisch sah es allerdings so aus, dass die fünf Anwälte Papier zwischen den Parteien hin und her schieben und versuchen würden, für die etwa fünfzigtausend Mandanten und deren Anwälte ein Mindestmaß an Organisation zu gewährleisten.

Alle Dyloft-Kläger hatten die Möglichkeit, jederzeit aus der Gruppe »auszusteigen« und Ackerman Labs in einem eigenen Prozess zu verklagen. Da Anwälte im ganzen Land Mandanten sammelten und sich mit Kollegen zusammenschlossen, kam es zwangsläufig zu Auseinandersetzungen. Einige hatten etwas gegen die Klägergruppe von Biloxi und wollten eine eigene Gruppe bilden. Andere konnten Patton French nicht leiden. Manche wollten vor ein Gericht in ihrer Stadt ziehen, da sie darauf spekulierten, dass die Geschworenen ihnen eine höhere Entschädigung zusprechen würden.

Aber French kannte das alles schon. Er wohnte quasi in seiner Gulfstream, flog von der West- an die Ostküste und wieder zurück, traf sich mit den kooperierenden Anwälten, die hunderte Mandanten für die Sammelklage gegen Dyloft akquirierten, und hielt die zerbrechliche Koalition irgendwie zusammen. Die Entschädigung würde in Biloxi wesentlich höher sein, versprach er.

Er redete jeden Tag mit dem Firmenanwalt von Ackerman Labs, einem erfahrenen, alten Hasen, der schon zweimal versucht hatte, in den Ruhestand zu gehen, aber jedes Mal vom CEO des Unternehmens daran gehindert worden war. French machte ihm klar, was er wollte – lassen Sie uns jetzt über einen

Vergleich reden, ohne externe Anwälte, weil Sie genau wissen, dass das Unternehmen mit diesem Medikament keinen Prozess riskieren wird. Ackerman fing an zuzuhören.

Mitte August rief French die Dyloft-Anwälte zu einer Gipfelkonferenz auf seine riesige Ranch in der Nähe von Ketchum, Idaho. Er erklärte Clay, dass seine Anwesenheit bei der Konferenz unbedingt erforderlich sei, da er Mitglied des Ausschusses sei und – genauso wichtig – die anderen Anwälte schon darauf brannten, den jungen Senkrechtstarter kennen zu lernen, der den Dyloft-Fall ins Rollen gebracht hatte. »Außerdem sollte man keine Besprechung mit den Jungs verpassen, sonst hat man sofort ein Messer im Rücken.«

»Ich komme«, sagte Clay.

»Ich schicke Ihnen ein Flugzeug«, bot French an.

»Nein, danke. Ich komme schon hin.«

Clay charterte einen Lear 35, einen hübschen kleinen Jet, der nur ein Drittel so groß war wie eine Gulfstream 5, aber mehr als genug Platz bot, da er allein reiste. Er traf sich mit den Piloten auf dem Reagan National Airport am Terminal für Privatflugzeuge, wo er sich unter die anderen großen Tiere mischte, die alle älter waren als er, und verzweifelt versuchte, so zu tun, als wäre es nichts Besonderes, an Bord eines eigenen Flugzeugs zu gehen. Sicher, es war Eigentum einer Chartergesellschaft, aber für die nächsten drei Tage gehörte es ihm.

Als der Learjet in nördlicher Richtung abhob, starrte Clay auf den Potomac hinunter; gleich darauf kamen das Lincoln Memorial und sämtliche anderen Wahrzeichen der Stadt in Sicht. Clay konnte sein Bürogebäude sehen, und nicht weit davon entfernt das OPD. Was würden wohl Glenda, Jermaine und die anderen, mit denen er früher gearbeitet hatte, denken, wenn sie ihn jetzt sehen könnten?

Was würde Rebecca denken?

Wenn sie doch nur noch einen Monat durchgehalten hätte.

Er hatte so wenig Zeit gehabt, um über sie nachzudenken.

Als das Flugzeug die Wolkendecke erreicht hatte, verschwand die Stadt. Bald lag Washington viele Meilen hinter nur zu. Tarvan hätte sie alle umgehauen, aber von dieser Geschichte würde nie jemand erfahren.

Ein Butler im Cowboyhemd teilte Mr French mit, dass das Abendessen in einer Stunde serviert werde. Daraufhin gingen alle nach unten in ein Spielzimmer mit Billardtischen und großen Fernsehschirmen. Etwa ein Dutzend Weiße, von denen manche Billardqueues in der Hand hielten, tranken und unterhielten sich dort miteinander. »Der Rest unserer kleinen Verschwörung«, flüsterte Hernández Clay ins Ohr.

Patton stellte ihn den anderen vor. Namen, Gesichter und Städte wirbelten durcheinander. Seattle, Houston, Topeka, Boston und andere, die Clay nicht mitbekam. Und Effingham, Illinois. Sie alle erwiesen dem »brillanten« jungen Anwalt die Ehre, der sie mit seinem gewagten Angriff auf Dyloft überrascht hatte.

»Den Spot habe ich gleich am ersten Abend gesehen«, sagte Bernie Soundso aus Boston. »Dyloft?, denke ich. Nie gehört. Also rufe ich bei Ihrer Hotline an und habe auch gleich einen netten Burschen an der Strippe. Ich sage ihm, dass ich das Medikament nehme, das Übliche, Sie wissen schon. Ich sehe mir die Website an. Es war einfach perfekt. Wie ein Blitz aus heiterem Himmel. Drei Tage später bin ich mit meiner eigenen Dyloft-Hotline ins Fernsehen gegangen.«

Alle lachten, vermutlich weil jeder von ihnen eine ähnliche Geschichte erzählen konnte. Clay war gar nicht auf den Gedanken gekommen, dass andere Anwälte die Hotline anrufen und seine Website dazu benutzen würden, um Mandanten für sich zu gewinnen. Aber warum überraschte es ihn so?

Als die Bewunderung schließlich abebbte, sagte French, dass sie vor dem Essen – bei dem es im Übrigen eine Auswahl berühmter australischer Weine gebe – noch einiges zu besprechen hätten. Clay war von der kubanischen Zigarre und dem doppelten Wodka schon etwas benommen. Er war bei weitem der jüngste Anwalt im Raum und kam sich in jeder Hinsicht wie ein Anfänger vor. Insbesondere, wenn es ums Trinken ging. Schließlich war er in der Gesellschaft von Profis.

Jüngster Anwalt. Kleinster Jet. Keine Kriegsgeschichten. Schwächste Leber. Clay beschloss, endlich erwachsen zu werden.

Sie scharten sich um French, der für Momente wie diesen lebte. Er begann zu sprechen: »Wie Sie wissen, habe ich viel Zeit mit Wicks verbracht, dem Firmenanwalt von Ackerman Labs. Im Endeffekt läuft es darauf hinaus, dass die Firma einem Vergleich zustimmen wird, und zwar sehr schnell. Sie wird von allen Seiten unter Beschuss genommen, und das Management will diese Sache so schnell wie möglich aus der Welt schaffen. Die Aktien sind inzwischen so stark gefallen, dass man eine Übernahme befürchtet. Die Wölfe, zu denen auch wir gehören, werden ihre Beute bald erlegen. Wenn die Firma weiß, wie viel Dyloft sie kosten wird, kann sie teilweise umschulden und vielleicht überleben. Das Management will auf keinen Fall langwierige Prozesse in allen möglichen Städten, bei denen die Gefahr besteht, dass die Geschworenen reihenweise gegen Ackerman entscheiden. Und genauso wenig will es ein paar Dutzend Millionen für die Verteidigung auf den Tisch legen.«

»Die armen Schweine«, warf jemand ein.

»In der *Business Week* stand etwas von Bankrott«, sagte ein anderer. »Haben sie schon damit gedroht?«

»Noch nicht. Und ich gehe nicht davon aus, dass sie es tun werden. Ackerman hat zu viele Vermögenswerte. Wir haben gerade die Finanzanalyse abgeschlossen – die Zahlen gehen wir morgen früh durch –, und unsere Jungs glauben, dass das Unternehmen zwei bis drei Milliarden für einen Vergleich hat.«

»Wie viel ist durch die Versicherung gedeckt?«

»Nur dreihundert Millionen. Ackermans Kosmetiksparte steht seit einem Jahr zum Verkauf. Sie wollen eine Milliarde dafür. Der reale Wert liegt bei etwa drei Vierteln davon. Sie könnten sie für eine halbe Milliarde verhökern, dann haben sie genug Cash, um die Entschädigung für unsere Mandanten zu zahlen.«

Clay war bereits aufgefallen, dass die Mandanten nur selten erwähnt wurden.

Die Wölfe drängten sich um French, der fortfuhr. »Wir müssen uns über zwei Dinge Klarheit verschaffen: Erstens, wie viele potenzielle Kläger gibt es? Zweitens, wie viel ist ein Fall wert?«

»Zählen wir sie doch zusammen«, schlug jemand mit einem schleppenden texanischen Akzent vor. »Ich habe tausend.«

»Ich tausendachthundert«, sagte French. »Hernández?«

»Zweitausend«, antwortete Hernández, während er sich Notizen machte.

»Wes?«

»Neunhundert.«

Der Anwalt aus Topeka hatte sechshundert, die niedrigste Anzahl von Fällen. Zweitausend war das Höchste. French hob sich das Beste zum Schluss auf. »Clay?«, fragte er. Alle spitzten die Ohren.

»Dreitausendzweihundert«, antwortete Clay, wobei es ihm gelang, ein Pokerface zu machen. Doch seine neuen Freunde freuten sich. Zumindest hatte er diesen Eindruck.

»Gut gemacht«, sagte jemand.

Clay hatte allerdings den Verdacht, dass hinter dem strahlenden Lächeln und den überschwänglichen Glückwünschen eine gehörige Portion Neid versteckt wurde.

»Das wären vierundzwanzigtausend«, sagte Hernández, der die Zahlen im Kopf addierte.

»Das können wir mit Sicherheit verdoppeln, womit wir bei fünfzigtausend wären, und das ist auch die Zahl, mit der Ackerman rechnet. Fünfzigtausend bei zwei Milliarden macht vierzigtausend Mäuse pro Fall. Keine schlechte Ausgangssituation.«

Auch Clay überschlug die Zahlen im Kopf – vierzigtausend Dollar für seine dreitausendzweihundert Fälle ergaben etwas mehr als hundertzwanzig Millionen. Und ein Drittel davon gehörte ihm. Sein Herz fing an zu rasen, und seine Knie wurden weich.

»Weiß Ackerman, bei wie vielen dieser Fälle es um bösartige Tumore geht?«, fragte Bernie aus Boston.

»Nein. Es gibt lediglich Schätzungen, die bei etwa einem Prozent liegen.«

»Das wären fünfhundert Fälle.«

»Und mindestens eine Million für jeden Kläger.«

»Das wäre dann noch mal eine halbe Milliarde.«

»Eine Million Mäuse ist doch wohl ein Witz.«

»In Seattle könnte ich fünf Millionen pro Fall rausholen.«

»Schließlich geht es um widerrechtliche Tötung.«

Es war keine Überraschung, dass jeder Anwalt eine eigene Meinung dazu hatte und diese lautstark und gleichzeitig mit allen anderen vertrat. Nachdem French für Ruhe gesorgt hatte, rief er: »Meine Herren, zu Tisch, bitte.«

Das Abendessen wurde zum Fiasko. Die glänzende Platte des Esszimmertischs war aus einem Baum herausgeschnitten worden – einem riesigen, majestätischen Ahornbaum –, der jahrhundertelang in den Wäldern Nordamerikas gestanden hatte, bis er für einen reichen Mann gefällt worden war. An dem Tisch fanden mindestens vierzig Gäste Platz. Jetzt waren es achtzehn Personen, die man wohlweislich mit viel Abstand zueinander platziert hatte, denn sonst wäre es mit Sicherheit zu einer Schlägerei gekommen.

Unter den mit einem überbordenden Selbstbewusstsein ausgestatteten Anwesenden, von denen natürlich jeder glaubte, der beste Anwalt unter der Sonne zu sein, tat sich Victor K. Brennan, ein aufdringlicher, näselnder Texaner aus Houston, als der unangenehmste Schaumschläger hervor. Nach dem dritten oder vierten Glas Wein, als er etwa die Hälfte seines dicken Steaks gegessen hatte, fing Brennan an, über die ach so geringe Entschädigung für den einzelnen Mandanten zu lamentieren. Einer seiner Mandanten, ein vierzigjähriger, gut verdienender Mann, hatte jetzt dank Dyloft bösartige Tumore. »Ich kann von jedem Geschworenengericht in Texas zehn Millionen für tatsächlich entstandenen Schaden und zwanzig Millionen Strafschadenersatz bekommen«, prahlte er. Die meisten Anwesenden stimmten ihm zu. Einige übertrumpften ihn sogar noch und behaupteten, sie würden in ihrer Heimatstadt noch mehr herausholen. French hielt hartnäckig an seiner Theorie fest, dass für die Sammelklage kaum etwas übrig bleibe, wenn einigen wenigen Klägern Millionen zugesprochen würden. Brennan nahm ihm das nicht ab, aber er hatte Mühe, Frenchs Argumentation zu entkräften. Seiner Meinung nach hatte Ackerman mehr Geld, als das Unternehmen zugab.

Über diesen Punkt geriet die Gruppe in Streit, aber Ansichten und Loyalitäten änderten sich so schnell, dass Clay kaum mehr feststellen konnte, welchen Standpunkt jemand vertrat. French widersprach Brennan, als dieser behauptete, dass sich ein Strafschadenersatz ganz einfach beweisen lasse. »Sie haben doch die entsprechenden Unterlagen, oder?«, fragte Brennan.

»Clay hat einige Unterlagen, aber das weiß Ackerman noch nicht. Von Ihnen hat sie auch noch keiner gesehen. Und vielleicht werden Sie sie auch nie sehen, wenn Sie einen Alleingang riskieren wollen.«

Messer und Gabeln hielten abrupt still, als bis auf Clay und French alle gleichzeitig zu brüllen begannen. Die Kellner verließen fluchtartig den Raum. Clay konnte sich lebhaft vorstellen, wie sie in der Küche hinter der Anrichte in Deckung gingen. Brennan suchte nach jemandem, mit dem er sich streiten konnte. Wes Saulsberry wollte ihm keinen Zentimeter entgegenkommen. Die ersten Beschimpfungen fielen. Als Clay mitten in der lautstarken Auseinandersetzung einen Blick zur Stirnseite des Tisches warf, sah er, dass Patton French seelenruhig an seinem Wein schnupperte, einen Schluck trank, die Augen schloss und sich dann den nächsten Wein vornahm.

Wie viele solcher Auseinandersetzungen hatte French schon erlebt? Vermutlich an die hundert. Clay schnitt sich ein Stück von seinem Steak ab.

Nachdem sich die Gemüter wieder beruhigt hatten, erzählte Bernie aus Boston einen Witz über einen katholischen Priester. Der Raum bebte vor Lachen. Fünf Minuten lang genossen alle das Essen und den Wein, bis Albert aus Topeka eine Strategie vorschlug, um Ackerman Labs in den Bankrott zu treiben. Er hatte so etwas schon zweimal mit anderen Unternehmen gemacht und recht gute Ergebnisse erzielt. Beide Male hatten die betreffenden Firmen die Konkursgesetze genutzt, um Banken und Gläubiger im Regen stehen zu lassen, sodass für Albert und tausende Mandanten mehr Geld übrig gewesen war. Alle, die dagegen waren, brachten vehement ihre Einwände vor, was Albert ihnen übel nahm, und schon war die nächste Auseinandersetzung in vollem Gange.

Sie gerieten sich über alles Mögliche in die Haare – erneut beweiskräftige Unterlagen, ob man auf einen Prozess drängen sollte oder nicht, während gleichzeitig ein schneller Vergleich nicht in Betracht kam, Zuständigkeiten, irreführende Werbung, wie sich weitere Mandanten an Land ziehen ließen, Spesen, Honorare. Clays Magen krampfte sich zusammen. Er sagte kein Wort. Die anderen schienen das Essen zu genießen, während sie gleichzeitig zwei oder drei heftige Diskussionen führten.

Dir fehlt nur die Erfahrung, sagte Clay sich.

Nach dem längsten Abendessen in Clays Leben führte French sie wieder nach unten ins Billardzimmer, wo Kognak und noch mehr Zigarren auf sie warteten. Die Anwälte, die sich drei Stunden lang wie die Waschweiber beschimpft hatten, tranken und lachten miteinander, als würden sie derselben Studentenverbindung angehören. Bei der ersten Gelegenheit schlich Clay sich davon und ging auf sein Zimmer, das er nur mit viel Mühe fand.

Die Show von Barry und Harry war für zehn Uhr am Samstagmorgen angesetzt, sodass alle genug Zeit hatten, ihren Rausch auszuschlafen und ein herzhaftes Frühstück einzunehmen. French bot seinen Gästen Forellenangeln und Tontaubenschießen als Frühsport an, aber keiner der Anwälte konnte sich dafür erwärmen.

Barry und Harry besaßen eine Firma in New York, die nichts anderes tat, als die Finanzsituation von Unternehmen unter die Lupe zu nehmen. Sie hatten Quellen, Kontakte und Spione und standen in dem Ruf, hinter den offiziellen Zahlen einer Firma immer die Wahrheit zu finden. French hatte sie zu einer einstündigen Präsentation einfliegen lassen. »Kostet uns zweihundert Riesen«, flüsterte er Clay stolz zu, »aber die werden wir Ackerman Labs später in Rechnung stellen.«

Die beiden waren ein eingespieltes Team. Barry warf die Grafik an die Wand, Harry hielt den Laserpointer in der Hand – zwei Professoren am Rednerpult. Sie standen vor der Leinwand des kleinen Heimkinos, das einige Stufen unterhalb des Billardzimmers lag. Die Anwälte sagten zur Abwechslung einmal nichts.

Ackerman Labs war für mindestens fünfhundert Millionen Dollar versichert – mit dreihundert Millionen bei einer Haftpflichtversicherung, mit weiteren zweihundert bei einem Rückversicherer. Die Cashflow-Analyse war so komplex, dass Barry und Harry gleichzeitig reden mussten, um diesen Punkt abhaken zu können. Zahlen und Prozentsätze ergossen sich in den Raum und hatten bald alle Zuhörer eingelullt.

Ackermans Kosmetiksparte könnte bei einem Notverkauf etwa sechshundert Millionen Dollar einbringen. In Mexiko gab es einen Kunststoff verarbeitenden Geschäftsbereich, den das Unternehmen für zweihundert Millionen abstoßen wollte. Die beiden brauchten fünfzehn Minuten, um Ackermans Schuldenstand zu erläutern.

Da Barry und Harry außerdem Anwälte waren, besaßen sie viel Erfahrung darin, die Reaktion eines Unternehmens auf ruinöse Sammelklagen wie diese einzuschätzen. Sie waren der Meinung, dass es für Ackerman das Beste wäre, einen schnellen, stufenweisen Vergleich anzustreben. »Einen Salamivergleich«, sagte Harry.

Clay war sicher, dass er der Einzige im Raum war, der keine Ahnung hatte, was ein Salamivergleich war.

»Phase eins wäre zwei Milliarden für alle Kläger der Kategorie eins«, erklärte Harry zu Clays Erleichterung, wie ein solcher Vergleich aussah.

»Wir glauben, dass das innerhalb von neunzig Tagen über die Bühne gehen könnte«, fügte Barry hinzu.

»Phase zwei wäre eine halbe Milliarde für Kläger der Kategorie zwei, also alle Kläger mit bösartigen Tumoren, die nicht sterben.«

»Phase drei würde fünf Jahre lang offen bleiben, um die Todesfälle abzudecken.«

»Unseren Informationen nach könnte Ackerman über das nächste Jahr etwa zweieinhalb bis drei Milliarden und dann noch einmal eine halbe Milliarde über die nächsten fünf Jahre zahlen.«

»Alles, was darüber hinausgeht, würde wohl dazu führen, dass Gläubigerschutz beantragt wird, weil der Konkurs drohen würde.«

»Was für dieses Unternehmen nicht ratsam wäre. Es sind zu viele Banken mit vorrangigen Pfandrechten vorhanden.«

»Und ein Bankrott würde den Geldfluss versiegen lassen. Es würde drei bis fünf Jahre dauern, um einen anständigen Vergleich durchzusetzen.«

Selbstverständlich wollten die Anwälte eine Weile darüber diskutieren. Vor allem Vincent aus Pittsburgh war fest entschlossen, die übrigen mit seinem Scharfsinn in finanziellen Dingen zu beeindrucken, aber Barry und Harry verwiesen ihn bald wieder an seinen Platz. Nach einer Stunde waren sie fertig und gingen angeln.

French nahm ihren Platz an der Stirnseite des Raums ein. Es war alles gesagt worden. Der Streit hatte ein Ende. Jetzt war es an der Zeit, sich auf eine Strategie zu einigen.

Der erste Schritt bestand darin, noch mehr Fälle an Land zu ziehen. Jeder für sich. Alles war erlaubt. Da bis jetzt nur die Hälfte aller Geschädigten den Weg zu ihnen gefunden hatte, gab es noch eine ganze Menge Menschen, die als Kläger infrage kamen. Und die mussten gefunden werden. Nehmt Kontakt zu den kleinen Anwälten auf, die nur zwanzig oder dreißig Fälle haben, bringt sie dazu, sich der Sammelklage anzuschließen. Es musste alles getan werden, um diese Fälle zu bekommen.

Der zweite Schritt war eine Besprechung mit Ackerman Labs in sechzig Tagen, bei der über einen Vergleich gesprochen werden sollte. Der Ausschuss würde einen Termin festlegen und die Ankündigungen verschicken.

Schritt drei: Sie mussten alles daransetzen, um die Klägergruppe zusammenzuhalten. Stärke durch Masse. Alle, die aus der Gruppe ausscheiden wollten und einen eigenen Prozess anstrebten, sollten keinen Zugang zu den entscheidenden Unterlagen haben. So einfach war das. Harte Bedingungen, aber schließlich ging es ja um einen Rechtsstreit.

Jeder der Anwälte hatte etwas anderes an dieser Strategie auszusetzen, aber ihr Bündnis hielt. Der Fall Dyloft sah aus, als würde es der schnellste Vergleich in der Geschichte der Sammelklagen werden. Die Anwälte konnten das Geld förmlich riechen.

21

Die nächste Umstrukturierung der jungen Kanzlei ging genauso chaotisch vonstatten wie die vorherigen und aus den gleichen Gründen – zu viele neue Mandanten, zu viel Papierkram, nicht genug Personal, eine unklare Befehlskette und ein überaus unsicherer Führungsstil, da mit Ausnahme von Miss Glick niemand an der Spitze der Kanzlei jemals etwas mit Büroorganisation zu tun gehabt hatte. Drei Tage, nachdem Clay aus Ketchum zurückgekehrt war, hielten ihm Paulette und Jonah in seinem Büro eine lange Liste mit Problemen vor die Nase. Eine Meuterei drohte. Die Nerven lagen blank, und die Tatsache, dass alle völlig erschöpft waren, machte alles noch schlimmer.

Nach den letzten Schätzungen hatte die Kanzlei inzwischen 3 320 Dyloft-Mandanten, und da die Fälle brandneu waren, musste man sich sofort darum kümmern. Paulette, die etwas widerwillig die Rolle der Bürovorsteherin übernommen hatte, Jonah, der zehn Stunden am Tag vor dem Computer saß, um Fälle zu erfassen, und natürlich Clay, der der Chef war und Interviews geben und nach Idaho fliegen musste, nicht eingerechnet, hatte die Kanzlei zwei Anwälte und zehn Anwaltsassistenten, von denen bis auf Rodney keiner mehr als drei Monate Erfahrung hatte. »Ich kann nicht sagen, wer gut und wer schlecht ist«, sagte Paulette. »Dazu ist es noch zu früh.«

Sie schätzte, dass jeder Anwaltsassistent zwischen hundert

und zweihundert Fälle bearbeiten konnte. »Unsere Mandanten haben Angst«, erklärte sie. »Sie haben Angst, weil sie einen Tumor haben. Sie haben Angst, weil in allen Zeitungen über Dyloft berichtet wird. Sie haben Angst, weil wir ihnen einen Riesenschrecken eingejagt haben.«

»Sie wollen, dass man mit ihnen redet«, warf Jonah ein. »Und sie wollen einen richtigen Anwalt am anderen Ende der Leitung, keinen überforderten Anwaltsassistenten, der die Anrufe wie am Fließband entgegennimmt. Ich fürchte, dass wir schon sehr bald einige Mandanten verlieren werden.«

»Wir werden keine Mandanten verlieren«, erwiderte Clay. Er musste an die hungrigen Wölfe denken, die er vor kurzem in Idaho kennen gelernt hatte, und daran, dass sie nichts lieber täten, als ihm unzufriedene Mandanten abspenstig zu machen.

»Wir ersticken im Papierkram«, sagte Paulette, die in die gleiche Bresche schlug wie Jonah und Clays Einwand einfach ignorierte. »Die medizinische Erstuntersuchung eines potenziellen Klägers muss analysiert und anschließend durch einen zweiten Test bestätigt werden. Zurzeit gehen wir davon aus, dass bei etwa vierhundert Leuten ein zweiter Test erforderlich sein wird. Das könnten die schweren Fälle sein. Clay, diese Leute könnten sterben. Jemand muss ihre medizinische Behandlung mit den Ärzten koordinieren. Aber das passiert nicht, weil wir niemanden haben, der sich darum kümmert.«

»Ist ja gut, Paulette«, erwiderte Clay. »Wie viele Anwälte brauchen wir?«

Paulette warf Jonah einen müden Blick zu. »Zehn sofort, aber wirklich sofort, und später vielleicht noch mehr.«

»Wir verstärken die Werbung«, sagte Clay.

Eine lange Pause entstand, in der Jonah und Paulette die Neuigkeit verarbeiteten. Clay hatte ihnen zwar das Wichtigste aus Ketchum erzählt, die Details aber verschwiegen. Er hatte ihnen versichert, dass jeder Fall, den sie vertraten, einen Riesengewinn für sie abwerfen würde, aber kein Wort über die Strategie für den Vergleich verloren. Einen Prozess kann man nur gewinnen, wenn alle den Mund halten, hatte French ihn gewarnt. Da er noch nicht lange mit seinem Team zusammenarbeitete, hielt Clay es für das Beste, seine Mitarbeiter weitgehend im Dunkeln zu lassen.

Eine Kanzlei in derselben Straße hatte gerade fünfunddreißig angestellte Anwälte entlassen. Die Konjunktur lahmte, es war nicht genug Arbeit da, eine Fusion stand kurz bevor – egal, woran es wirklich lag, in Washington machte so etwas in Windeseile die Runde, da der Arbeitsmarkt normalerweise durch nichts zu erschüttern war. Entlassungen! In einer Kanzlei? In Washington?

Paulette schlug vor, einige der entlassenen Anwälte einzustellen – ihnen einen Vertrag für ein Jahr zu geben, ohne Aussicht auf eine Festanstellung. Clay erklärte sich bereit, gleich als Erstes am nächsten Morgen ein paar der Anwälte anzurufen. Außerdem wollte er zusätzliche Büroräume und Möbel beschaffen.

Jonah hatte die etwas ungewöhnliche Idee, für ein Jahr einen Arzt einzustellen, der sich um die Tests und medizinischen Nachweise kümmern sollte. »Jemanden, der gerade Examen gemacht hat, können wir für hunderttausend im Jahr bekommen«, sagte er. »Er wird nicht viel Erfahrung haben, aber das dürfte nicht so wichtig sein. Schließlich soll er nicht operieren, sondern nur den Papierkram erledigen.«

»Kümmere dich darum«, bat Clay.

Die Website war das nächste Thema auf Jonahs Liste. Aufgrund der Werbespots wurde sie häufig besucht, aber sie brauchten einige Mitarbeiter, die sich in Vollzeit um die Site kümmerten. Außerdem musste sie fast wöchentlich mit Informationen zum Stand der Sammelklage und den neuesten schlechten Nachrichten über Dyloft aktualisiert werden. »Clay, unsere Mandanten wollen Informationen«, sagte Jonah.

Für alle Mandanten ohne Internet-Anschluss – Paulette schätzte, dass dies auf mindestens die Hälfte zutraf – waren regelmäßige Rundschreiben zu Dyloft äußerst wichtig. »Wir brauchen jemanden, der die Rundschreiben redaktionell bearbeitet und verschickt«, meinte sie.

»Kannst du so jemanden finden?«, wollte Clay wissen.
»Ich denke schon.«
»Na, dann los.«
Paulette sah zu Jonah hinüber, als müsste das, was jetzt noch zu sagen blieb, unbedingt von ihm kommen. Jonah warf seinen Notizblock auf den Schreibtisch und ließ seine Fingerknöchel knacken. »Clay, wir geben jede Menge Geld aus«, sagte er. »Bist du sicher, dass es klappen wird?«
»Nein, aber ich glaube, ich weiß, was ich tue. Vertraut mir einfach, okay? Wir werden richtig gut verdienen. Aber dazu müssen wir erst einmal Geld ausgeben.«
»Und das Geld dafür hast du?«, fragte Paulette.
»Ja.«

Pace wollte sich am späten Abend mit ihm in einer Bar in Georgetown treffen, die von Clays Haus zu Fuß erreichbar war. Er war ein paar Tage nicht in der Stadt gewesen und äußerte sich wie immer nur vage darüber, wo er hingefahren war und welches Feuer er gelöscht hatte. Seine Kleidung war etwas heller als sonst, er schien jetzt Braun zu bevorzugen – braune, spitze Stiefel aus Schlangenleder, braunes Wildlederjackett. Das gehört bestimmt zu seiner Tarnung, dachte Clay. Als sie ihr erstes Bier zur Hälfte getrunken hatten, kam Pace auf Dyloft zu sprechen, und bald war klar, dass das Projekt, an dem er gerade arbeitete, etwas mit Ackerman Labs zu tun haben musste. Mit der Weitschweifigkeit eines aufstrebenden Prozessanwaltes berichtete Clay anschaulich über seinen Besuch auf Frenchs Ranch. Er erzählte von der Räuberbande, die er dort getroffen hatte, von dem dreistündigen Abendessen, bei dem alle betrunken gewesen waren, aber gleichzeitig heftig diskutiert hatten, von der Barry & Harry-Show. Ohne eine Sekunde zu zögern, offenbarte er auch die Details, weil Pace mehr wusste als alle anderen.
»Ich weiß, wer Barry und Harry sind«, sagte Pace, als würde es sich bei den beiden um dubiose Charaktere aus der Unterwelt handeln.

»Ich glaube, sie wissen, wovon sie reden, aber für zweihunderttausend kann man das ja wohl auch erwarten.«

Clay erzählte von Carlos Hernández, Wes Saulsberry und Damon Didier, seinen neuen Freunden aus dem Ausschuss. Pace sagte, er habe schon von allen gehört.

Beim zweiten Bier fragte Pace: »Sie haben Ackerman leer verkauft, nicht wahr?« Er sah sich um, aber sie wurden von niemandem belauscht. Die vor allem bei Collegestudenten beliebte Bar war an diesem Abend nicht sehr gut besucht.

»Einhunderttausend Aktien zu Zweiundvierzigeinhalb«, erwiderte Clay stolz.

»Ackerman hat heute bei dreiundzwanzig geschlossen.«

»Ich weiß. Ich behalte den Kurs ständig im Auge.«

»Sie sollten Ihre Leerverkäufe decken und die Aktien zurückkaufen. Am besten gleich morgen früh.«

»Ist was im Busch?«

»Ja. Und wenn Sie schon dabei sind, sollten Sie so viele Aktien wie möglich bei dreiundzwanzig kaufen und dann auf den Höhenflug warten.«

»Wo wird er enden?«

»Der Kurs wird sich verdoppeln.«

Sechs Stunden später – die Sonne war noch nicht aufgegangen – saß Clay wieder im Büro und versuchte, sich auf einen weiteren hektischen Tag vorzubereiten. Außerdem fieberte er der Eröffnung der Börse entgegen. Vor ihm lag eine zweiseitige Liste mit Dingen, die zu erledigen waren. Fast immer ging es dabei um die schier unlösbare Aufgabe, zehn neue Anwälte einzustellen, die sofort anfangen konnten, und Büroräume für sie zu finden. Es sah hoffnungslos aus, aber er hatte keine Wahl. Um halb acht rief er bei einem Immobilienmakler an, der gerade unter der Dusche stand. Um halb neun führte er ein zehnminütiges Einstellungsgespräch mit einem jungen Anwalt namens Oscar Mulrooney, der gerade gefeuert worden war. Der arme Kerl war einer der besten Studenten in Yale gewesen, hatte nach dem Examen ein hervorragendes Jobangebot angenommen und war nach dem Bankrott des Konzerns und der anschließenden Fusion mit einem Mammutunternehmen überflüssig geworden. Außerdem war er seit zwei Monaten verheiratet und brauchte Geld. Clay stellte ihn für fünfundsiebzigtausend Dollar im Jahr ein, Arbeitsbeginn sofort. Mulrooney hatte vier Freunde, die ebenfalls in Yale studiert hatten und wie er einen Job suchten. Her mit ihnen.

Um zehn rief Clay seinen Broker an, deckte die Leerverkäufe der Ackerman-Aktien und machte dabei einen Gewinn von etwas über 1,9 Millionen Dollar. Mit dem gleichen Anruf nahm er den gesamten Gewinn und kaufte zweihunderttausend Aktien zu dreiundzwanzig Dollar, wofür er auch seine Margin und einen Effektenkredit verwendete. Dann behielt er den ganzen Morgen über den Aktienmarkt im Auge. Der Kurs blieb, wo er war.

Um zwölf war Oscar Mulrooney zurück, im Schlepptau seine Freunde, die mit ihrer eifrigen Bemühtheit an Pfadfinder erinnerten. Clay stellte alle ein, dann wies er sie an, Möbel für ihre Büros zu mieten, Telefone anzuschließen und alles Nötige zu tun, damit sie ihre neue Karriere als zuarbeitende Anwälte für Sammelklagen beginnen konnten. Oscar bekam den Auftrag, noch fünf weitere Anwälte einzustellen, die sich selbst um Büroräume und alles Übrige kümmern mussten.

Die Yale-Filiale war eröffnet.

Um siebzehn Uhr Ostküstenzeit gab Philo Products bekannt, dass es sämtliche im Umlauf befindlichen Stammaktien von Ackerman Labs für fünfzig Dollar je Aktie kaufen wolle – eine Übernahme, die das Unternehmen vierzehn Milliarden Dollar kosten würde. Clay verfolgte das Drama auf dem großen Bildschirm im Konferenzraum, allein, weil alle anderen an den verdammten Telefonen saßen. Die Wirtschafts- und Börsensender erstickten fast an der Nachricht. CNN schickte sofort ein paar Reporter nach White Plains im Bundesstaat New York, dem Sitz von Ackerman Labs. Dort lungerten sie am Haupteingang herum, als würden die Bosse des unter Druck geratenen Unternehmens irgendwann vortreten und vor laufenden Fernsehkameras anfangen zu weinen.

Experten und Börsenanalysten, die in einer endlosen Prozession vor die Kamera geschoben wurden, gaben allerlei Spekulationen von sich. Dyloft wurde schon sehr früh und sehr oft erwähnt. Obwohl Ackerman Labs seit Jahren unter Missmanagement zu leiden hatte, gab es keinen Zweifel daran, dass Dyloft der letzte Nagel am Sarg des Unternehmens gewesen war.

Wurde Tarvan von Philo hergestellt? War Philo der Auftraggeber von Pace? Hatte man Clay manipuliert, um eine Vierzehn-Milliarden-Übernahme über die Bühne zu bringen? Die drängendste Frage war natürlich, was dies alles für die Zukunft von Ackerman Labs und Dyloft bedeutete. Es war aufregend, den Gewinn zu zählen, den er mit den Ackerman-Aktien gemacht hatte, aber Clay fragte sich, ob dies das Ende des Dyloft-Traums war.

Es nutzte nichts, Spekulationen darüber anzustellen. Er war nur eine Schachfigur bei einer gigantischen Transaktion zwischen zwei Mammutunternehmen. Ackerman Labs hatte Geld, beruhigte er sich. Und das Unternehmen stellte ein Medikament mit starken Nebenwirkungen her, durch das viele Menschen zu Schaden gekommen waren. Am Ende würde die Gerechtigkeit siegen.

Patton French hatte aus seinem Flugzeug angerufen, irgendwo zwischen Florida und Texas, und Clay gebeten, noch etwa eine Stunde im Büro zu bleiben. Der Ausschuss habe ein dringendes Konferenzgespräch angesetzt. Seine Sekretärin sei gerade dabei, die Leitungen aufzubauen.

Eine Stunde später rief French erneut an. Er war inzwischen in Beaumont gelandet, wo er sich mit Anwälten treffen wollte, die den Hersteller eines Cholesterinsenkers verklagt hatten und nun seine Hilfe brauchten. Mit den Fällen ließ sich massenhaft Geld verdienen. Wie dem auch sei, die übrigen Mitglieder des Ausschusses waren nicht zu erreichen. French hatte bereits mit Barry und Harry in New York telefoniert, und die beiden sahen einer Übernahme durch Philo recht gelassen entgegen. »Ackerman besitzt zwölf Millionen eigene Aktien, die jetzt mindestens fünfzig Dollar pro Stück wert sind, vielleicht auch mehr, bevor die Wogen sich wieder glätten. Damit hat das Unternehmen sein Eigenkapital auf einen Schlag um sechshundert Millionen erhöht. Außerdem muss die Übernahme noch von staatlicher Seite genehmigt werden, und in der Regel müssen sämtliche anhängigen Verfahren abgeschlossen sein, bevor die Zustimmung erteilt wird. Und es ist bekannt, dass Philo Gerichtssäle scheut wie der Teufel das Weihwasser. Ein schneller, diskreter Vergleich ist dem Management viel lieber.«

Hört sich an wie Tarvan, dachte Clay.

»Alles in allem sind das gute Nachrichten für uns«, sagte French, während im Hintergrund ein Faxgerät brummte. Clay konnte sich lebhaft vorstellen, wie der Anwalt in seiner Gulfstream auf und ab ging, während das Flugzeug auf dem Rollfeld in Beaumont stand. »Ich werde Sie auf dem Laufenden halten.« Damit war das Gespräch zu Ende.

22

Rex Crittle wollte schimpfen, erklären, ermahnen, aber seinen Klienten, der ihm am Schreibtisch gegenüber saß, schienen die Zahlen nicht im Geringsten zu beeindrucken.

»Ihre Kanzlei ist sechs Monate alt«, sagte Crittle, der Clay über die Gläser seiner Lesebrille hinweg ansah, vor sich einen Stapel Berichte. Die Beweise! Er war jetzt ganz sicher, dass die kleine Kanzlei J. Clay Carter II. von kompletten Idioten geleitet wurde. »Ihre Gemeinkosten lagen am Anfang bei fünfundsiebzigtausend pro Monat, was schon recht hoch ist – drei Anwälte, ein Anwaltsassistent, eine Sekretärin, hohe Miete, repräsentative Büroräume. Inzwischen ist es eine halbe Million Dollar im Monat, und jeden Tag wird es mehr.«

»Geld kann man nur verdienen, wenn man es ausgibt«, sagte Clay, trank dann einen Schluck Kaffee und genoss das Unbehagen seines Buchhalters. Ein guter Erbsenzähler zeichnete sich dadurch aus, dass er sich mehr Gedanken über die Ausgaben machte als der Klient selbst.

»Aber Sie verdienen ja nichts«, sagte Crittle vorsichtig. »In den letzten drei Monaten war kein Umsatz zu verzeichnen.«

»Das letzte Jahr ist nicht schlecht gewesen.«

»O ja. Bei Honoraren in Höhe von fünfzehn Millionen kann man durchaus von einem hervorragenden Jahr sprechen. Das Problem ist, dass Sie es nur so zum Fenster hinauswerfen. Letzten Monat haben Sie vierzehntausend Dollar für das Chartern von Flugzeugen ausgegeben.«

»Ach, da wir gerade davon sprechen – ich überlege, ob ich mir nicht ein Flugzeug kaufen soll. Rechnen Sie das doch mal durch.«

»Das tue ich sofort, und ich komme zu dem Ergebnis, dass es keinen Grund gibt, ein Flugzeug zu kaufen.«

»Darum geht es nicht. Es geht darum, ob ich mir eines leisten kann oder nicht.«

»Nein, Sie können sich kein Flugzeug leisten.«

»Sagen Sie das nicht. Es kommt bald wieder Geld herein.«

»Ich nehme an, Sie reden von den Dyloft-Fällen? Vier Millionen Dollar für Werbung. Dreitausend pro Monat für die Dyloft-Website. Und jetzt auch noch dreitausend pro Monat für das Dyloft-Rundschreiben. Außerdem die Anwaltsassistenten in Manassas. Und die neuen Anwälte.«

»Ich glaube, es geht nur um die Frage, ob ich einen Leasingvertrag für fünf Jahre abschließe oder mir gleich eine kaufe.«

»Was? Wen?«

»Eine Gulfstream.«

»Was ist eine Gulfstream?«

»Das beste Privatflugzeug der Welt.«

»Was, bitte schön, wollen Sie mit einer Gulfstream machen?«

»Fliegen.«

»Und warum sind Sie der Meinung, dass Sie eine brauchen?«

»Alle erfolgreichen Anwälte, die sich auf Sammelklagen spezialisiert haben, besitzen eine.«

»Ah. Verstehe.«

»Ich wusste, dass ich Sie rumkriege.«

»Haben Sie in etwa eine Vorstellung davon, wie viel eine Gulfstream kosten würde?«

»Vierzig, fünfundvierzig Millionen.«

»Mr Carter, ich sage es Ihnen nur äußerst ungern, aber Sie haben keine vierzig Millionen.«

»Ja, da haben Sie Recht. Ich glaube, ich werde einen Leasingvertrag abschließen.«

Crittle nahm seine Lesebrille ab und massierte sich die lange, knochige Nase, als würde sich dort eine Migräne entwickeln. »Mr Carter, ich bin nur Ihr Buchhalter. Aber ich bin mir nicht sicher, ob es sonst jemanden gibt, der Ihnen rät, alles etwas langsamer anzugehen. Lassen Sie sich Zeit. Sie haben ein Vermögen verdient. Genießen Sie es. Sie brauchen keine Großkanzlei mit Dutzenden Anwälten. Sie brauchen keine Flugzeuge. Was wollen Sie sich als Nächstes anschaffen? Eine Jacht vielleicht?«

»Ja.«

»Ist das Ihr Ernst?«

»Ja.«

»Ich dachte, Sie können Boote nicht ausstehen?«

»Das stimmt auch. Das Boot ist für meinen Vater. Kann ich es abschreiben?«

»Nein.«

»Wetten, dass es geht?«

»Wie?«

»Ich vermiete es, wenn ich es nicht benutze.«

Crittle nahm die Finger von der Nase, setzte seine Brille wieder auf und sagte: »Nun, es ist Ihr Geld, Mr Carter.«

Sie trafen sich in New York, auf neutralem Boden. Der schmuddelige Bankettsaal eines alten Hotels in der Nähe des Central Park war so ziemlich der letzte Ort, an dem jemand eine derart wichtige Besprechung vermuten würde. Auf der einen Seite des Tisches saßen die Mitglieder des Ausschusses, der die Kläger im Fall Dyloft vertrat – fünf Anwälte, unter ihnen auch der junge Clay Carter, der sich völlig fehl am Platz vorkam, dahinter alle möglichen Assistenten, Mitarbeiter und Laufburschen, die in Diensten von Mr Patton French standen. Ihnen gegenüber hatte das Team von Ackerman Platz genommen, das unter der Leitung von Cal Wicks stand, einem erfahrenen Anwalt, der von ähnlich vielen Helfern umgeben war.

Eine Woche vorher hatte die Regierung den Zusammenschluss mit Philo Products zu dreiundfünfzig Dollar je Aktie genehmigt, was für Clay einen weiteren Gewinn in der Größenordnung von sechs Millionen Dollar bedeutete. Die Hälfte davon hatte er auf dem Offshore-Konto angelegt, das er nicht mehr anrühren wollte. Das altehrwürdige Unternehmen, das ein Jahrhundert zuvor von den Gebrüdern Ackerman gegründet worden war, wurde jetzt also von Philo geschluckt, einer Firma, die nicht einmal halb so viel Umsatz machte, aber erheblich weniger Schulden und erheblich hellere Köpfe im Management hatte.

Nachdem Clay sich gesetzt, seine Akten ausgebreitet und sich einzureden versucht hatte, dass er verdammt noch mal durchaus hierher gehörte, war ihm, als würden einige auf der anderen Seite des Tisches die Stirn runzeln. Endlich lernten die Leute von Ackerman Labs den jungen Senkrechtstarter aus Washington kennen, der dafür gesorgt hatte, dass der Alptraum Dyloft über sie hereingebrochen war.

Patton French hatte sich jede Menge Unterstützung mitgebracht, die er aber nicht brauchen sollte. Er übernahm die Leitung der ersten Sitzung, und bald sagte niemand mehr auch nur einen Ton, mit Ausnahme von Wicks, der lediglich das Nötigste von sich gab. Am Vormittag versuchten sie festzulegen, wie viele potenzielle Fälle es gab. Die Gruppe aus Biloxi bestand aus 36 700 Klägern. Einige abtrünnige Anwälte in Georgia vertraten weitere fünftausendzweihundert Kläger und drohten damit, eine zweite Sammelklage einzureichen. French war zuversichtlich, dass er sie davon abbringen konnte. Außerdem gab es noch ein paar Anwälte, die aus der Sammelklage ausgestiegen waren und es mit Einzelklagen vor heimischen Gerichten versuchen wollten, aber auch diese Konkurrenten sah French nicht als Bedrohung an. Sie hatten die für die Sammelklage entscheidenden Dokumente nicht und würden auch keinen Zugang dazu bekommen.

Pausenlos ergossen sich Zahlen in den Raum, und bald langweilte sich Clay. Die einzige Zahl, die ihn interessierte, war

5380 – so viele Fälle hatte er. Er vertrat mehr Mandanten als jeder andere Anwalt. Allerdings hatte French inzwischen erheblich aufgeholt und konnte fünftausend Fälle vorweisen.

Nach drei Stunden pausenloser Zahlenspielereien einigten sie sich darauf, eine Stunde Mittagspause zu machen. Die Mitglieder des Ausschusses gingen nach oben in eine Suite, wo sie Sandwiches aßen und Wasser tranken. Nach kurzer Zeit griff French zum Telefon und redete und brüllte hinein. Wes Saulsberry wollte frische Luft schnappen und fragte Clay, ob er ihn auf eine kleine Runde um den Block begleite. Sie schlenderten am Central Park entlang über die Fifth Avenue. Es war Mitte November, die Luft klar und kühl, Blätter wirbelten über die Straße. Eine ideale Zeit für einen Besuch in New York.

»Ich komme gern hierher, aber genauso gern gehe ich wieder«, sagte Saulsberry. »In New Orleans haben wir zurzeit dreißig Grad, und die Luftfeuchtigkeit liegt bei neunzig Prozent.«

Clay hörte zu, sagte aber nichts. Seine Gedanken beschäftigten sich mit dem Vergleich, der in ein paar Stunden geschlossen werden würde, dem gigantischen Honorar, der vollkommenen Unabhängigkeit, die er als junger, allein stehender und ungeheuer reicher Anwalt erreicht haben würde.

»Wie alt sind Sie?«, wollte Saulsberry wissen.

»Einunddreißig.«

»Als ich dreiunddreißig war, haben mein Partner und ich nach der Explosion eines Tankwagens einen Vergleich erzielt, der uns eine Menge Geld eingebracht hat. Eine grauenhafte Sache, bei der ein Dutzend Männer schwerste Verbrennungen erlitten hatten. Die achtundzwanzig Millionen Honorar haben wir geteilt, für jeden die Hälfte. Mein Partner hat seine vierzehn Millionen genommen und aufgehört zu arbeiten. Meinen Anteil habe ich in mich selbst investiert. Ich habe eine Kanzlei mit engagierten Prozessanwälten aufgebaut, richtig guten Leuten, denen die Arbeit Spaß macht. Ich habe ein Bürogebäude im Zentrum von New Orleans gebaut und weiterhin die besten Leute eingestellt, die ich finden konnte. Heute arbeiten neunzig Anwälte für mich, und in den letzten zehn Jahren hat die Kanzlei achthundert Millionen an Honoraren kassiert. Mein Partner von früher? Ein trauriger Fall. Man setzt sich nicht mit dreiunddreißig Jahren zur Ruhe, das ist nicht normal. Den größten Teil des Geldes hat er sich in die Nase gezogen. Drei gescheiterte Ehen. Spielsucht. Vor zwei Jahren habe ich ihn als Anwaltsassistenten eingestellt, für sechzigtausend im Jahr, aber er ist das Geld nicht wert.«

»Ich habe nicht vor, mich zur Ruhe zu setzen«, log Clay.

»Denken Sie gar nicht erst daran. Sie sind gerade dabei, sich eine Menge Geld zu holen, und Sie haben es verdient. Genießen Sie es. Kaufen Sie sich ein Flugzeug, ein nettes Boot, ein Haus am Strand, ein Chalet in Aspen, das ganze Drumherum. Aber stecken Sie den größten Teil des Geldes in Ihre Kanzlei. Hören Sie auf jemanden, der das alles schon hinter sich hat.«

»Äh, ja, danke.«

Sie bogen in die Seventy-Third Street und gingen nach Osten. Saulsberry war noch nicht fertig. »Haben Sie schon mal was von den Bleimennige-Fällen gehört?«

»Nicht viel.«

»Sie sind nicht so bekannt wie die Medikamentenfälle, aber ganz schön lukrativ. Ich habe die Sache vor zehn Jahren losgetreten. Unsere Mandanten sind Schulen, Kirchen, Krankenhäuser, Gewerbegebäude, alle mit mehreren Schichten Bleimennige an der Wand. Äußerst gefährliches Zeug. Wir haben die Farbenhersteller verklagt, und einige haben sich auf einen Vergleich eingelassen. Bis jetzt sind es ein paar Milliarden. In einem Fall sind wir bei der Beweisaufnahme auf etwas gestoßen, das das Potenzial für eine Sammelklage hat. Sie sollten es sich unbedingt einmal anschauen. Ich kann die Sache nicht übernehmen, da ein Interessenkonflikt vorliegt.«

»Fahren Sie fort.«

»Das Unternehmen sitzt in Reedsburg, Pennsylvania, und stellt einen Mörtel her, der von Maurern beim Bau neuer Häuser verarbeitet wird. Ziemlich primitives Zeug, aber eine potenzielle Goldgrube. Es sieht so aus, als hätten sie Probleme mit dem Mörtel. Eine fehlerhafte Charge. Nach etwa drei Jahren fängt er an zu bröckeln. Und wenn der Mörtel sich auflöst, fällt die Ziegelverblendung von der Fassade. Der schadhafte Mörtel wurde nur im Raum Baltimore verwendet, vermutlich sind etwa zweitausend Häuser davon betroffen. Man ist gerade erst darauf aufmerksam geworden.«

»Wie hoch sind die Schäden?«

»Es kostet etwa fünfzehntausend Dollar, um ein Haus zu reparieren.«

Fünfzehntausend Dollar mal zweitausend Häuser. Ein Vertrag, der ein Anwaltshonorar in Höhe von einem Drittel des Schadenersatzes vorsah, konnte zehn Millionen bringen. Clay gewöhnte sich allmählich an solche Berechnungen.

»Die Beweisführung wird ein Kinderspiel sein«, sagte Saulsberry. »Das Unternehmen weiß, dass es haftbar ist. Ein Vergleich sollte kein Problem sein.«

»Ich würde mir das gern einmal ansehen.«

»Ich schicke Ihnen die Unterlagen, aber Sie müssen meinen Namen aus der Sache heraushalten.«

»Bekommen Sie einen Anteil?«

»Nein. Es ist mein Dankeschön für Dyloft. Und wenn Sie eines Tages Gelegenheit haben, mir ebenfalls etwas Gutes zu tun, werde ich natürlich nicht Nein sagen. Einige von uns arbeiten so. In der verschworenen Gemeinschaft der auf Sammelklagen spezialisierten Anwälte gibt es viele Halsabschneider und Egomanen, aber ein paar versuchen auch, sich gegenseitig zu helfen.«

Am späten Nachmittag stimmte Ackerman Labs zu, jedem Kläger der Kategorie eins einen Betrag von mindestens zweiundsechzigtausend Dollar zu zahlen. In diese Kategorie fielen Patienten mit gutartigen Tumoren, die durch einen relativ einfachen chirurgischen Eingriff entfernt werden konnten, dessen Kosten ebenfalls von Ackerman übernommen wurden. Der Kategorie gehörten etwa vierzigtausend Kläger an, und das Geld sollte sofort zur Verfügung gestellt werden. Bei der anschließenden Feilscherei ging es vor allem darum, wie sich ein Kläger für die Zahlung qualifizieren konnte. Als die Honorare der Anwälte angesprochen wurden, brach ein lautstarker Streit aus. Wie die meisten anderen Anwälte hatte Clay einen Vertrag abgeschlossen, der ihm ein Erfolgshonorar in Höhe von einem Drittel des erhaltenen Schadenersatzes garantierte, aber bei solchen Vergleichen wurde der Prozentsatz in der Regel reduziert. Eine äußerst komplizierte Formel wurde vorgeschlagen und diskutiert, wobei French sich übertrieben aggressiv verhielt. Immerhin ging es um sein Geld. Schließlich erklärte sich Ackerman mit achtundzwanzig Prozent für Kläger der Kategorie eins einverstanden.

In Kategorie zwei fielen Patienten mit bösartigen Tumoren; da ihre Behandlung Monate oder Jahre dauern konnte, blieb der Vergleich offen. Für diese Entschädigung wurde keine Obergrenze vereinbart – Barry und Harry zufolge ein Beweis dafür, dass Philo Products irgendwo im Hintergrund agierte und Ackerman mit zusätzlichen Mitteln versorgte. Für Kläger der Kategorie zwei sollten die Anwälte fünfundzwanzig Prozent bekommen, wobei Clay keine Ahnung hatte, warum. French ging die Zahlen so schnell durch, dass niemand mehr mitkam.

Kläger der Kategorie drei waren Patienten aus Kategorie zwei, die wegen Dyloft sterben würden. Da es bis jetzt noch keine Todesfälle gegeben hatte, blieb diese Gruppe ebenfalls offen. Als Höchstgrenze für die Honorare wurden zweiundzwanzig Prozent vereinbart.

Um neunzehn Uhr unterbrachen sie die Besprechung und kamen überein, sich am nächsten Tag erneut zu treffen, um die Details für die Kategorien zwei und drei festzulegen. Als Clay mit den anderen im Fahrstuhl nach unten fuhr, reichte French ihm einen Computerausdruck. »Gar nicht schlecht für einen Anfänger«, sagte er lächelnd. Es war eine Zusammenstellung von Clays Fällen und voraussichtlichen Honoraren, darunter auch ein Zuschlag von sieben Prozent für seine Tätigkeit im Ausschuss.

Allein für die Kläger der Kategorie eins konnte Clay mit

einem Bruttohonorar von einhundertsechs Millionen Dollar rechnen.

Als er endlich allein war, stellte er sich ans Fenster seines Hotelzimmers und starrte nach draußen in die Dämmerung, die sich über den Central Park legte. Tarvan hatte ihn in keinster Weise auf den plötzlich über ihn hereinbrechenden Reichtum vorbereiten können. Er war wie betäubt, unfähig zu sprechen, sich zu bewegen. Wie angewurzelt blieb er vor dem Fenster stehen, während ihm willkürlich Gedanken durch den Kopf schossen, die sich mühsam durch seine überlasteten Gehirngänge kämpften. Dann trank er zwei große Whiskeys aus der Minibar, die jedoch keinerlei Wirkung zeigten.

Wieder am Fenster stehend, rief er Paulette an, die den Hörer abnahm, bevor das erste Klingelzeichen verklungen war. »Wie ist es gelaufen?«, fragte sie, als sie seine Stimme erkannte.

»Die erste Runde ist vorbei«, sagte er.

»Spann mich nicht auf die Folter!«

»Du hast gerade zehn Millionen Dollar verdient.« Die Wörter schienen von jemand anderem gesprochen zu werden.

»Lüg mich nicht an, Clay.« Ihre Stimme verlor sich.

»Es stimmt, ich lüge nicht.«

Paulette begann zu weinen und sagte eine Weile nichts. Clay ging rückwärts zu seinem Bett und setzte sich auf den Rand. Am liebsten hätte er auch ein paar Tränen vergossen. »O mein Gott«, stammelte sie dann zweimal.

»Ich ruf dich in ein paar Minuten noch mal an«, versprach Clay.

Jonah war noch in der Kanzlei. Er brüllte etwas ins Telefon, dann ließ er den Hörer fallen und holte Rodney. Clay hörte sie im Hintergrund reden. Eine Tür knallte. Rodney nahm den Hörer: »Clay?«

»Dein Anteil liegt bei zehn Millionen«, sagte Clay zum dritten Mal, als wäre er der Weihnachtsmann. Nie wieder würde er so viel Geld verteilen können.

»Ich ... ich fasse es nicht«, stotterte Rodney. Im Hintergrund schrie Jonah etwas Unverständliches.

»Ja, es ist unglaublich«, sagte Clay. Einen Augenblick lang sah er Rodney an dessen altem Schreibtisch im OPD vor sich: überall Akten und Papier, Fotos seiner Frau und seiner Kinder an der Wand – ein guter Mann, der für sehr wenig Geld hart arbeitete.

Was würde er seiner Frau sagen, wenn er sie in ein paar Minuten anrief?

Jonah griff nach einem Nebenanschluss, und sie unterhielten sich noch eine Weile über die Besprechung, in der der Vergleich ausgehandelt worden war – wer war da, wo fand das Ganze statt, wie lief es? Die beiden wollten gar nicht mehr aufhören, aber Clay sagte schließlich, dass er Paulette versprochen habe, noch einmal mit ihr zu telefonieren.

Nachdem er seine Anrufe erledigt hatte, saß er lange Zeit auf dem Bettrand. Ihm war bewusst geworden, dass er jetzt niemanden mehr hatte, den er anrufen konnte. Er sah Rebecca vor sich, und plötzlich hörte er ihre Stimme, spürte ihren Körper. Sie könnten ein Haus in der Toskana oder auf Maui oder sonst wo auf der Welt kaufen – wo immer sie wollte. Sie könnten dort leben, glücklich, mit einem Dutzend Kinder, ohne Schwiegereltern, mit Kindermädchen und Hausangestellten und Köchen und vielleicht sogar einem Butler. Zweimal im Jahr würde er sie in seinem Privatjet nach Hause schicken, damit sie sich mit ihren Eltern streiten konnte.

Aber vielleicht würden die van Horns ja etwas freundlicher sein, wenn sie hundert Millionen Dollar in der Familie hätten; Geld, das ihnen nicht gehörte, mit dem sie sich aber brüsten konnten.

Er presste die Kiefer aufeinander und wählte Rebeccas Nummer. Es war ein Mittwoch, und an diesem Tag war im Country Club nie viel los. Sie war sicher zu Hause. Nach dem dritten Klingeln hob sie ab und sagte: »Hallo?« Der Klang ihrer Stimme machte ihn schwach.

»Ich bin's, Clay.« Er versuchte, lässig zu klingen. Seit sechs Monaten hatten sie kein Wort mehr miteinander gesprochen, aber die alte Vertrautheit war sofort wieder da.

»Hallo, Fremder«, erwiderte sie. Freundlich.
»Wie geht es dir?«
»Gut. Viel zu tun, wie immer. Und wie sieht's bei dir aus?«
»So wie bei dir. Ich bin gerade in New York und schliesse einige Fälle ab.«
»Ich habe gehört, dass es beruflich ganz gut für dich läuft.«
Eine Untertreibung. »Ja, ich kann mich nicht beklagen. Was macht dein Job?«
»Ich arbeite noch sechs Tage, dann ist Schluss.«
»Du hast gekündigt?«
»Ja. Ich heirate nämlich.«
»Ich weiss. Wann ist die Hochzeit?«
»Am zwanzigsten Dezember.«
»Ich habe noch keine Einladung begekommen.«
»Weil ich dir keine geschickt habe. Ich dachte, dass du keinen Wert darauf legst, zu kommen.«
»Du hast vermutlich Recht. Bist du sicher, dass du heiraten willst?«
»Lass uns von was anderem reden.«
»Es gibt eigentlich nichts anderes.«
»Hast du eine Freundin?«
»Die Frauen laufen mir in Scharen nach. Wo hast du diesen Kerl kennen gelernt?«
»Ich habe gehört, dass du dir ein Haus in Georgetown gekauft hast.«
»Das ist schon eine Weile her.« Aber er freute sich, dass sie es wusste. Vielleicht interessierte sie sich auch für seine beruflichen Erfolge. »Der Kerl ist ein Wurm.«
»Clay, bitte. Nicht in diesem Ton.«
»Er ist ein Wurm, und das weisst du, Rebecca.«
»Ich lege jetzt auf.«
»Heirate ihn nicht, Rebecca. Ich habe gehört, dass er schwul ist.«
»Er ist ein Wurm. Er ist schwul. Und was noch? Sag es schon, Clay, dann geht es dir vielleicht besser.«
»Tu es nicht, Rebecca. Deine Eltern werden ihn mit Haut

und Haaren auffressen. Außerdem werden eure Kinder so aussehen wie er. Ein Haufen kleiner Würmer.«
Die Leitung war tot.
Clay streckte sich auf dem Bett aus und starrte an die Decke. Er konnte immer noch ihre Stimme hören. Die Erkenntnis, wie sehr er sie vermisste, machte ihm schwer zu schaffen. Als das Telefon klingelte, zuckte er zusammen. Es war Patton French, der in der Lobby unten auf ihn wartete. Vor dem Hotel stand eine Limousine. Die nächsten drei Stunden würden sie essen und trinken. Jemand musste sich schließlich um ihn kümmern.

23

Sämtliche Teilnehmer der Besprechung waren zur Verschwiegenheit verpflichtet worden. Die Anwälte hatten dicke Verträge unterzeichnet, in denen sie erklärten, kein Wort über die Verhandlungen und den Vergleich im Fall Dyloft nach außen dringen zu lassen. Bevor sie aus New York abgereist waren, hatte Patton French zu seinen Kollegen gesagt: »Es wird innerhalb von achtundvierzig Stunden in der Zeitung stehen. Philo wird der Presse einen Tipp geben, und die Aktien werden in die Höhe schießen.«

Am nächsten Morgen stand es im *Wall Street Journal*. Die Schuld daran wurde natürlich den Anwälten gegeben. ANWÄLTE ERZWINGEN SCHNELLEN VERGLEICH MIT HERSTELLER VON DYLOFT, lautete die Schlagzeile. Nicht genannte Quellen hatten eine ganze Menge zu sagen. Die Details waren korrekt. Für die erste Runde des Vergleichs sollte ein Entschädigungsfonds mit 2,5 Milliarden Dollar eingerichtet werden, für ernstere Fälle waren weitere 1,5 Milliarden als Reserve vorgesehen.

Philo Products eröffnete bei zweiundachtzig Dollar und sprang innerhalb kurzer Zeit auf fünfundachtzig. Ein Analyst sagte, die Anleger seien erleichtert gewesen, als sie von dem Vergleich gehört hätten. Das Unternehmen sei nun in der Lage, die Kosten des Verfahrens unter Kontrolle zu halten. Keine langwierigen Prozesse. Keine Gefahr, von einem abenteuerlichen Geschworenenspruch überrascht zu werden. Die Prozessanwälte waren zurückgepfiffen worden, und ungenannte Quellen bei Philo bezeichneten den Vergleich als Sieg. Clay verfolgte die Nachrichtensendungen auf dem Fernseher in seinem Büro.

Außerdem nahm er Anrufe von Reportern entgegen. Um elf kam jemand vom *Wall Street Journal,* der auch einen Fotografen mitbrachte. Gleich zu Anfang des Gesprächs stellte Clay fest, dass der Reporter genauso viel über den Vergleich wusste wie er selbst. »So was kann man nicht unter den Teppich kehren«, sagte er. »Wir wissen sogar, in welchem Hotel Sie sich versteckt hatten.«

Inoffiziell beantwortete Clay sämtliche Fragen, die ihm gestellt wurden. Offiziell wollte er den Vergleich nicht kommentieren. Allerdings gab er bereitwillig einige Informationen zu seiner Person heraus und sprach über seinen schnellen Aufstieg innerhalb weniger Monate aus den Tiefen des OPD zum sagenhaft reichen Anwalt für Sammelklagen, die erfolgreiche Kanzlei, die er gerade aufbaute, und so weiter und so fort. Er konnte geradezu sehen, wie der Artikel Gestalt annahm, und war sicher, dass er sensationell sein würde.

Am nächsten Morgen, noch vor Sonnenaufgang, las er ihn online. Illustriert war der Artikel mit einer jener grässlichen Karikaturen, für die das Magazin bekannt war, und genau über seinen verzerrten Gesichtszügen stand die Schlagzeile: DER KÖNIG DER SAMMELKLAGEN. IN SECHS MONATEN VON 40 000 DOLLAR AUF EINHUNDERT MILLION. Die Unterüberschrift lautete: »So macht Jura Spaß!«

Es war ein sehr langer Artikel, in dem es ausschließlich um Clay ging. Sein beruflicher Werdegang, die Kindheit in Washington, sein Vater, das Jurastudium an der Georgetown-Universität, schmeichelhafte Bemerkungen von Glenda und Jermaine aus dem OPD, ein Kommentar von einem Professor, an den er sich schon gar nicht mehr erinnern konnte, eine kurze Zusammenfassung des Dyloft-Vergleichs. Das Beste war ein ausführliches Gespräch mit Patton French. Darin bezeichnete der »bekannte, auf Sammelklagen spezialisierte Anwalt« Clay Carter als unseren »erfolgreichsten jungen Kollegen«, lobte ihn als »furchtlos« und nannte ihn »eine Persönlichkeit, deren Stimme gehört werden wird«. »Die amerikanische Wirtschaft muss sich in Acht nehmen«, ging die Litanei weiter. Und dann: »Clay Carter ist der neue König der Sammelklagen, daran gibt es keinen Zweifel.«

Clay las den Artikel zweimal, dann schickte er ihn per E-Mail an Rebecca, nachdem er oben und unten »Rebecca, warte bitte, Clay« hinzugefügt hatte. Er sandte ihr die Mail nach Hause und ins Büro, und da er schon einmal dabei war, löschte er die Mitteilung für Rebecca und faxte ihn auch an das Büro der BvH Group. Die Hochzeit sollte bereits in einem Monat stattfinden.

Als er schließlich in der Kanzlei eintraf, drückte ihm Miss Glick einen ganzen Stapel Nachrichten in die Hand – etwa die Hälfte davon war von alten Kommilitonen, die sich scherzhaft nach Darlehen erkundigten, die andere Hälfte kam von Journalisten aller Art. In der Kanzlei ging es noch chaotischer zu als sonst. Paulette, Jonah und Rodney rannten hektisch durch die Gegend und wussten nicht, was sie zuerst tun sollten. Sämtliche Mandanten bestanden darauf, ihr Geld noch am gleichen Tag zu bekommen.

Zum Glück zeigt sich die Yale-Filiale unter Leitung eines zu Höchstform auflaufenden Oscar Mulrooney der Herausforderung gewachsen und entwickelte einen Plan, wie die Kanzlei bis zur Auszahlung des Geldes überleben konnte. Clay sorgte dafür, dass Mulrooney in ein Büro auf der gleichen Etage umzog, verdoppelte das Gehalt des jungen Anwalts und trug ihm auf, sich um das Chaos zu kümmern.

Er selbst brauchte Urlaub.

Da Jarrett Carters Reisepass ohne viel Aufhebens vom Justizministerium kassiert worden war, war er in seiner Bewegungsfreiheit etwas eingeschränkt. Er war sich nicht ganz sicher, ob er in die Vereinigten Staaten zurückkehren konnte oder nicht, allerdings hatte er es sechs Jahre lang auch nicht versucht. Bei der nie in schriftlicher Form festgehaltenen Vereinbarung mit den Behörden, die ihm eine Ausreise ohne Anklageerhebung ermöglicht hatte, gab es viele lose Enden. »Wir bleiben besser auf den Bahamas«, sagte er am Telefon zu Clay.

Sie verließen Abaco in einer Cessna Citation V, einem anderen Spielzeug aus der Flotte, die Clay entdeckt hatte, und flogen ins neunzig Minuten entfernte Nassau. Jarrett wartete, bis sie in der Luft waren, und sagte dann: »Okay, leg los.« Er hatte bereits ein Bier in der Hand und sah mit seinen ausgefransten Jeansshorts, den Sandalen und einer alten Fischermütze wie ein auf die Inseln verbannter Exilamerikaner aus, der dort das ungebundene Leben eines Piraten führte.

Clay nahm sich ebenfalls ein Bier. Dann fing er bei Tarvan an und hörte bei Dyloft auf. Jarrett hatte bereits Gerüchte über den Erfolg seines Sohnes gehört, aber er las keine Zeitungen und tat sein Bestes, um Neuigkeiten aus der alten Heimat aus dem Weg zu gehen. Als Clay sagte, dass er fünftausend Mandanten auf einmal vertrat, brauchte er noch ein Bier.

Bei den einhundert Millionen schloss er die Augen, wurde blass – genau genommen wurde die tiefe Sonnenbräune einen Ton heller – und legte die wettergegerbte Stirn in tiefe Falten. Dann schüttelte er den Kopf, trank einen Schluck Bier und fing an zu lachen.

Clay redete weiter. Er war fest entschlossen, die ganze Geschichte zu erzählen, bevor das Flugzeug landete.

»Was willst du mit dem Geld machen?«, fragte Jarrett, der immer noch unter Schock stand.

»Es mit beiden Händen zum Fenster rauswerfen.«

Vor dem Flugplatz von Nassau stiegen sie in ein Taxi, einen gelben Cadillac Baujahr 1974, dessen Fahrer einen Joint rauchte. Er brachte sie ohne Zwischenfälle in das Sunset Hotel and Casino auf Paradise Island, das dem Hafen von Nassau gegenüberlag.

Jarrett ging sofort zu den Tischen, an denen Blackjack

gespielt wurde, in der Tasche fünftausend Dollar in bar, die ihm sein Sohn gegeben hatte. Clay suchte nach der Sonnencreme und dem Pool. Er brauchte jetzt Sonne und Frauen im Bikini.

Das Boot war ein neunzehn Meter langer Katamaran und von einer renommierten Reederei in Fort Lauderdale gebaut worden. Skipper und Verkäufer war ein griesgrämiger alter Engländer namens Maltbee, der einen dürren Einheimischen als Deckshand beschäftigte. Maltbee zeterte und keifte, bis sie den Hafen von Nassau verlassen hatten und in die Bucht hinausfuhren. Ihr Ziel war das südliche Ende des Kanals, wo sie einen halben Tag bei strahlender Sonne und ruhigem Wasser verbringen wollten, auf einer längeren Testfahrt mit dem Boot, von dem Jarrett behauptete, man könne damit eine Stange Geld verdienen.

Als der Motor abgestellt war und die Segel hochgezogen wurden, ging Clay nach unten, um sich die Kabinen anzusehen. Angeblich konnten dort acht Personen untergebracht werden, plus eine zweiköpfige Crew. Es war recht eng und alles eine Nummer kleiner als sonst. Die Dusche war zu schmal, um sich darin umzudrehen. Die Eignerkabine hätte er in seinem kleinsten Kleiderschrank unterbringen können. Das Leben auf einem Segelboot.

Jarrett zufolge war es unmöglich, mit Angelfahrten Geld zu verdienen. Buchungen gab es nur sporadisch. Um Gewinn zu machen, musste man jeden Tag Kunden haben, aber dazu war die Arbeit zu anstrengend. Deckshände waren schwierig zu bekommen und noch schwieriger zu halten. Das Trinkgeld war nie hoch genug. Die meisten Kunden waren zwar leidlich erträglich, aber es gab jede Menge Gäste, die einem das Leben schwermachten. Jarrett war jetzt seit fünf Jahren im Chartergeschäft, und das sah man ihm auch an.

Das große Geld verdiente man beim Privatcharter von Segelbooten für kleine Gruppen wohlhabender Gäste, die nicht faulenzen, sondern arbeiten wollten. Segler, die ihr Hobby ernsthaft betrieben. Dazu nahm man ein schönes Boot – das eigene, vorzugsweise eines, das bereits abbezahlt war – und segelte jeweils einen Monat lang durch die Karibik. Jarrett hatte einen Freund in Freeport, der schon seit Jahren zwei solche Boote vermietete und eine Menge Geld damit gemacht hatte. Die Kunden legten den Kurs fest, suchten sich Zeiten und Routen heraus, sagten, was sie essen und trinken wollten, und dann ging es los, für einen Monat, zusammen mit einem Skipper und einem Steuermann. »Zehntausend Mäuse pro Woche«, sagte Jarrett. »Und man kann segeln, den Wind, die Sonne und das Meer genießen, sich treiben lassen. Das ist was anderes als Angelfahrten, bei denen die Leute einen Wutausbruch bekommen, wenn sie mal keinen großen Marlin fangen.«

Als Clay wieder an Deck kam, stand Jarrett am Ruder. Er sah völlig entspannt aus, als würde er schon seit Jahren teure Luxusjachten steuern. Clay ging nach vorn zum Bug und streckte sich in der Sonne aus.

Der Wind frischte auf, und der Katamaran gewann an Fahrt und schoss durch das ruhig Meer Richtung Osten, an der Bucht entlang, während Nassau hinter ihnen immer kleiner wurde. Clay hatte sich bis auf die Shorts ausgezogen und mit Sonnencreme eingerieben; er war gerade am Einschlafen, als Maltbee neben ihm auftauchte.

»Ihr Vater hat gesagt, dass Sie hier der Mann mit dem Geld sind.« Maltbees Augen waren hinter einer dicken Sonnenbrille verborgen.

»Dann wird das wohl so sein« erwiderte Clay.

»Der Kat hat vier Millionen Dollar gekostet und ist so gut wie neu, eines unserer besten Boote. Er wurde für einen dieser Internet-Millionäre gebaut, der sein Geld aber schneller verloren hat, als er es verdienen konnte. Ein jämmerlicher Haufen, wenn Sie mich fragen. Jedenfalls haben wir das Boot jetzt am Hals. Zurzeit ist nicht viel los auf dem Markt. Für drei Millionen würden wir es verkaufen, aber bei diesem Preis sollte man Sie eigentlich wegen Diebstahls vor Gericht bringen. Wenn Sie für das Boot eine Chartergesellschaft auf den Bahamas gründen, können Sie jede Menge Steuern sparen. Ich kann Ihnen die Tricks nicht erklären, aber wir haben einen Anwalt in Nassau, der den Papierkram erledigt. Wenn er gerade nüchtern ist.«

»Ich bin auch Anwalt.«

»Und warum sind Sie dann nüchtern?«

Haha! Beide lachten etwas gezwungen.

»Was ist mit der Abschreibung?«

»Die ist hoch, sehr hoch, aber da blicken nur durch die Anwälte durch. Ich bin bloß der Verkäufer. Ihrem Vater scheint der Kat aber zu gefallen. Von hier bis zu den Bermudas und Südamerika sind alle ganz wild auf solche Boote. Er wird Ihnen eine Menge Geld einbringen.«

So sprach nur ein Verkäufer, und ein schlechter dazu. Wenn Clay ein Boot für seinen Vater kaufte, dann mit dem einzigen Ziel, dass es sich selbst finanzieren musste und nicht zu einem schwarzen Loch werden durfte. Maltbee verschwand so schnell wieder, wie er gekommen war.

Drei Tage später unterschrieb Clay einen Vertrag, in dem er sich verpflichtete, 2,9 Millionen Dollar für das Boot zu zahlen. Der Anwalt, der tatsächlich bei beiden Besprechungen mit Clay nicht mehr ganz nüchtern war, gründete die Chartergesellschaft nur auf Jarretts Namen. Das Boot war ein Geschenk vom Sohn an den Vater, eine Geldanlage, die auf den Bahamas versteckt wurde, genau wie Jarrett selbst.

Am letzten Abend in Nassau saßen sie in einer heruntergekommenen Kneipe, zusammen mit Drogenhändlern, Steuerflüchtlingen und unterhaltssäumigen Männern, die so gut wie alle Amerikaner waren. Clay knackte die Scheren seiner Königskrabben und stellte schließlich eine Frage, die ihm schon seit Wochen im Kopf herumging. »Besteht eigentlich die Möglichkeit, dass du wieder in die Staaten zurückgehst?«

»Wozu?«

»Um als Partner in meiner Kanzlei zu arbeiten. Um Prozesse zu führen und den anderen in den Hintern zu treten.«

Jarrett musste lächeln. Die Vorstellung, dass Vater und Sohn zusammenarbeiteten. Der Gedanke daran, dass er wieder in die Staaten ging – zurück in ein Büro, zurück in einen ehrbaren Beruf. Über dem Jungen schwebte eine düstere Wolke, die sich nach der Flucht seines Vaters zusammengebraut hatte. Aber angesichts des Erfolgs, den er in letzter Zeit gehabt hatte, war die Wolke sicher schon etwas geschrumpft.

»Das glaube ich nicht, Clay. Ich habe der Anwaltskammer meine Zulassung zurückgegeben und versprochen, für immer wegzubleiben.«

»Willst du denn nicht zurückkommen?«

»Vielleicht, um meinen Namen rein zu waschen, aber ganz sicher nicht, um wieder als Anwalt zu arbeiten. Es ist zu viel passiert, und viele meiner alten Feinde wollen mir immer noch eins auswischen. Ich bin jetzt fünfundfünfzig, und das ist schon ein bisschen alt, um noch mal von vorn anzufangen.«

»Was wird in zehn Jahren sein?«

»So denke ich nicht. Ich glaube nicht an Kalender und Terminpläne und Listen mit Punkten, die noch zu erledigen sind. Ziele zu setzen ist eine furchtbar dumme Angewohnheit von Amerikanern. Das ist nichts für mich. Ich versuche, durch den Tag zu kommen, denke vielleicht ein- oder zweimal an morgen, und das war's dann. Pläne für die Zukunft zu schmieden ist lächerlich.«

»Tut mir Leid, dass ich gefragt habe.«

»Lebe für den Augenblick, Clay. Die Zukunft wird sich schon irgendwie richten. Mir scheint, dass du zurzeit alle Hände voll zu tun hast.«

»Das Geld sorgt dafür, dass ich beschäftigt bin.«

»Verdirb es nicht. Ich weiß, dass das sehr unwahrscheinlich klingt, aber du wirst dich wundern. Plötzlich wirst du jede Menge neue Freunde haben. Und die Frauen werden dir hinterherlaufen.«

»Wann?«

»Wart's nur ab. Ich hab mal ein Buch gelesen, in dem es um lauter Idioten ging, die ein Vermögen gemacht und es dann wieder verloren haben. Faszinierender Lesestoff. Du solltest es dir besorgen.«

»Ich glaube, das lasse ich lieber.«

Jarrett steckte sich eine Garnele in den Mund und wechselte das Thema. »Wirst du deiner Mutter auch unter die Arme greifen?«

»Vermutlich nicht. Sie braucht keine Hilfe. Ihr Mann hat schließlich eine Menge Geld, oder hast du das vergessen?«

»Wann hast du das letzte Mal mit ihr gesprochen?«

»Vor elf Jahren. Warum interessiert dich das eigentlich?«

»Ich bin nur neugierig. Ist schon merkwürdig. Man heiratet eine Frau, lebt fünfundzwanzig Jahre mit ihr zusammen und fragt sich dann manchmal, was sie heute macht.«

»Lass uns über was anderes reden.«

»Rebecca.«

»Nächstes Thema.«

»Was hältst du von einer Runde Craps? Ich bin dir viertausend Dollar voraus.«

Als Mr Ted Worley aus Upper Marlboro, Maryland, einen dicken Umschlag von der Kanzlei J. Clay Carter II. erhielt, machte er ihn sofort auf. Der alte Mann hatte einige Nachrichtensendungen gesehen, in denen über den Vergleich berichtet worden war. Er hatte die Dyloft-Website im Auge behalten und darauf gewartet, dass ihm jemand mitteilte, es sei nun so weit, er könne sein Geld bei Ackerman Labs abholen.

In dem Brief stand Folgendes: »Sehr geehrter Mr Worley! Herzlichen Glückwunsch. Bezüglich Ihres in Form einer Sammelklage gegen Ackerman Labs geltend gemachten Entschädigungsanspruches wurde vor dem Bezirksgericht für Südmississippi ein Vergleich geschlossen. Als Kläger der Kategorie eins beträgt Ihr Anteil an der Entschädigungszahlung 62 000 Dollar. Gemäß dem zwischen Ihnen und dieser Kanzlei geschlossenen Anwaltsvertrag sind 28 Prozent dieser Summe als Erfolgshonorar zu zahlen. Darüber hinaus ist vom Gericht ein Betrag von 1 400 Dollar genehmigt worden, der für anteilige

Verfahrenkosten in Abzug gebracht wird. Die Entschädigungssumme netto beträgt daher 43 240 Dollar. Bitte unterzeichnen Sie die beigefügte Vereinbarung und die Empfangsbestätigung, und schicken Sie diese baldmöglichst im beigefügten Umschlag an uns zurück. Mit freundlichen Grüßen, Oscar Mulrooney, Rechtsanwalt.«

»Jedes Mal ein anderer dieser verdammten Anwälte«, sagte Mr Worley, während er die Seiten umblätterte. Beigefügt war eine Kopie des Gerichtsbeschlusses, mit dem der Vergleich genehmigt wurde, eine Mitteilung für alle Kläger der Sammelklage und einige andere Dokumente, die er gar nicht mehr lesen wollte.

43 240 Dollar! Diese Summe sollte er von einem niederträchtigen Pharmakonzern bekommen, der mit Absicht ein Medikament auf den Markt gebracht hatte, das vier Tumore in seiner Blase hatte wachsen lassen. 43 240 Dollar für Monate voller Angst und Stress und Ungewissheit darüber, ob er leben oder sterben würde. 43 240 Dollar für die Tortur, bei der ein winziges Skalpell mit einer Sonde in seinen Penis und seine Blase eingeführt worden war, das die vier Wucherungen eine nach der anderen abgetragen und durch seinen Penis nach draußen befördert hatte. 43 240 Dollar für drei Tage, in denen er Gewebeklumpen und Blut uriniert hatte.

Die Erinnerung daran ließ ihn zusammenzucken.

Mr Worley rief sechsmal an, hinterließ sechs wütende Nachrichten und wartete sechs Stunden, bevor er von Mr Mulrooney zurückgerufen wurde. »Wer zum Teufel sind Sie?«, fragte er freundlich.

Oscar Mulrooney war in den vergangenen zehn Tag zu einem Experten für Anrufe dieser Art geworden. Er erklärte, dass er der für Mr Worleys Fall zuständige Anwalt sei.

»Dieser Vergleich ist ein Witz!«, zeterte Mr Worley. »Dreiundvierzigtausend Dollar – das ist doch kriminell.«

»Die Ihnen zustehende Summe beträgt zweiundsechzigtausend«, erwiderte Oscar.

»Ich bekomme aber nur dreiundvierzigtausend.«

»Nein, Sie bekommen zweiundsechzigtausend. Sie waren damit einverstanden, Ihrem Anwalt, ohne den Sie gar kein Geld bekommen würden, ein Drittel zu zahlen. Beim Abschluss des Vergleichs wurde das Honorar auf achtundzwanzig Prozent reduziert. Die meisten anderen Anwälte bekommen fünfundvierzig oder fünfzig Prozent.«

»Na, da habe ich ja noch mal Glück gehabt. Diesen Vergleich akzeptiere ich nicht.«

Daraufhin erklärte ihm Oscar in einigen auswendig gelernten Sätzen, dass Ackerman Labs nur so und so viel zahlen könne, ohne Bankrott zu gehen, und Mr Worley in diesem Fall erheblich weniger und vielleicht auch gar nichts bekommen würde.

»Das ist ja alles gut und schön«, sagte Mr Worley. »Aber diesen Vergleich akzeptiere ich nicht.«

»Sie haben keine andere Wahl.«

»Das werden wir sehen.«

»Schauen Sie sich Ihren Anwaltsvertrag an, Mr Worley. Seite elf der Unterlagen, die wir Ihnen gerade geschickt haben. In Absatz acht dieses Vertrages beauftragen Sie den Anwalt, in Ihrem Namen tätig zu werden. Lesen Sie sich den Absatz durch, dann werden Sie feststellen, dass Sie die Kanzlei ermächtigt haben, jedem Vergleich zuzustimmen, bei dem mehr als fünfzigtausend Dollar angeboten werden.«

»Daran kann ich mich erinnern, aber mir wurde gesagt, das wäre bloß ein Ausgangspunkt. Ich habe viel mehr erwartet.«

»Der Vergleich ist bereits vom Gericht genehmigt worden. Das ist bei Sammelklagen immer so. Wenn Sie den Vergleich nicht annehmen, bleibt Ihr Anteil im Topf, und dann bekommt ihn jemand anders.«

»Hat euch eigentlich schon mal jemand gesagt, dass ihr eine Bande von Betrügern seid? Ich weiß nicht, wer schlimmer ist – die Firma, die das Medikament hergestellt hat, oder meine eigenen Anwälte, die mich um einen fairen Vergleich bringen.«

»Es tut mir Leid, dass Sie so darüber denken.«
»Ihnen tut überhaupt nichts Leid. In der Zeitung steht, dass Sie einhundert Millionen Dollar bekommen. Diebe!«
Mr Worley knallte den Hörer auf die Gabel und schleuderte die Unterlagen durch seine Küche.

24

Auf dem Titelbild des *Capitol Magazine* in der Ausgabe Dezember war ein sonnengebräunter Clay Carter zu sehen, der sich in einem perfekt sitzenden Armani-Anzug in seinem repräsentativen Büro an den Schreibtisch lehnte. Der Artikel über Clay war in letzter Sekunde gegen eine Reportage mit dem Titel »Weihnachten am Potomac« eingetauscht worden, eine der üblichen Feiertagsstrecken, in der ein reicher, alter Senator und seine frisch angetraute, erheblich jüngere Ehefrau die Tür ihres neuen Anwesens in Washington öffneten, damit alle an ihrem Glück teilhaben konnten. Das Paar wurde samt Inneneinrichtung, Katzen und Lieblingsrezepten auf die Innenseiten verbannt, da Washington eine Stadt war, in der es in erster Linie um Geld und Macht ging. Und wie oft hatte die Zeitschrift schon Gelegenheit, die unglaubliche Geschichte eines mittellosen jungen Anwalts zu bringen, der so schnell so ungeheuer reich geworden war?

Der Artikel war mit Fotos illustriert: Clay auf der Terrasse seines Hauses, mit einem Hund, den er sich von Rodney ausgeliehen hatte, Clay in einem leeren Gerichtssaal neben der Geschworenenbank, als hätte er den Geschworenen gerade eine millionenschwere Entschädigung für seine Mandanten abgerungen, und natürlich Clay, der seinen neuen Porsche wusch. Er vertraute dem Reporter an, dass er leidenschaftlich gern segelte und sich gerade ein neues Boot gekauft hatte, das in einem Hafen auf den Bahamas lag. Nein, keine feste Beziehung zurzeit. Prompt wurde er zu einem der begehrtesten Junggesellen der Stadt erklärt.

Im hinteren Teil der Zeitschrift wurden Hochzeitsanzeigen abgedruckt, die mit einem Bild der Braut versehen waren. Jede Debütantin, jedes junge Mädchen aus gutem Hause, jede in den Country Clubs verkehrende Reiche und Schöne im Großraum Washington träumte von dem Moment, in dem ihr Bild im *Capitol Magazine* erschien. Je größer das Foto, desto wichtiger die Familie. Angeblich griffen ehrgeizige Mütter zum Lineal und maßen aus, wie groß die Fotos ihrer Töchter waren, um dann entweder hämisch zu triumphieren oder jahrelang einen geheimen Groll gegen die anderen Familien zu hegen.

Rebecca van Horn saß auf einem Korbstuhl in irgendeinem Garten. Es war ein hübsches Foto, das nur durch das Gesicht ihres Bräutigams und zukünftigen Ehemanns ruiniert wurde. Jason Shubert Myers IV. schmiegte sich an sie und schien ganz offensichtlich die Aufmerksamkeit der Kamera zu genießen. Bei Hochzeiten stand die Braut im Mittelpunkt, nicht der Bräutigam. Warum hatte Myers darauf bestanden, mit auf das Foto zu kommen?

Bennett und Barbara hatten ihre Beziehungen spielen lassen; Rebeccas Hochzeitsanzeige war die zweitgrößte von etwa einem Dutzend. Sechs Seiten später fand Clay eine ganzseitige Werbeanzeige für die BvH-Group. Das Druckmittel.

Clay weidete sich an der Vorstellung von dem Entsetzen, das die Zeitschrift in diesem Moment im Hause van Horn hervorrufen würde. Rebeccas Hochzeit, das große gesellschaftliche Ereignis, mit dem Bennett und Barbara die Öffentlichkeit beeindrucken wollten und für das sie so viel Geld ausgaben, wurde von ihrer alten Nemesis in den Schatten gestellt. Wie oft würde die Hochzeit ihrer Tochter wohl noch im *Capitol Magazine* angekündigt werden? Sie hatten ihr Möglichstes getan, um ein großes Foto für sie zu bekommen. Und jetzt wurde alles von dem Rummel um Clay ruiniert.

Er arbeitete schon daran, die Braut noch etwas mehr in den Schatten zu stellen.

Jonah hatte bereits verkündet, dass er sich mit großer Wahrscheinlichkeit zur Ruhe setzen werde. Er war zehn Tage auf Antigua gewesen, nicht mit einem, sondern gleich mit zwei Mädchen, und als er Anfang Dezember während eines Schneesturms nach Washington zurückkam, erzählte er Clay, dass er weder geistig noch psychisch in der Lage sei, länger in einer Anwaltskanzlei zu arbeiten. Er könne nicht mehr. Seine Karriere in einem juristischen Beruf sei zu Ende. Auch er sehe sich jetzt nach einem Segelboot um. Außerdem habe er eine Frau kennen gelernt, die gern segele und genau wie er längere Zeit auf See verbringen wolle, da sie gerade einen Schlussstrich unter eine zerrüttete Ehe gezogen habe. Jonah war in Annapolis aufgewachsen und hatte im Gegensatz zu Clay schon als Kind Segeln gelernt.

»Ich brauche ein Mädchen, vorzugsweise eine Blondine«, sagte Clay, als er sich in einen Stuhl vor Jonahs Schreibtisch setzte. Die Tür des Büros war verschlossen. Es war nach achtzehn Uhr an einem Mittwoch, und Jonah hatte gerade die erste Bierflasche geöffnet. Sie hatten sich auf die ungeschriebene Regel geeinigt, dass vor achtzehn Uhr kein Alkohol getrunken wurde. Andernfalls hätte Jonah bereits nach dem Mittagessen damit angefangen.

»Der begehrteste Junggeselle der Stadt hat Probleme, eine Frau aufzureißen?«

»Bin aus der Übung. Ich will zu Rebeccas Hochzeit, und dafür brauche ich eine Begleiterin, die alle anderen in den Schatten stellt.«

»He, das ist gut«, sagte Jonah. Er lachte und griff in eine Schublade seines Schreibtisches. Nur Jonah brachte es fertig, sich Notizen über Frauen zu machen. Er wühlte sich durch einige Papiere und fand, was er gesucht hatte. Clay bekam eine zusammengefaltete Zeitung zugeworfen. Sein Blick fiel auf eine Anzeige, mit der ein Kaufhaus für Unterwäsche warb. Das atemberaubend aussehende, junge Model trug unterhalb der Taille so gut wie nichts und bedeckte die nackten Brüste nur recht unzulänglich mit den Armen. Er konnte sich noch gut daran erinnern, dass er die Anzeige gesehen hatte, als sie vor vier Monaten erschienen war.

»Kennst du sie?«

»Natürlich kenne ich sie. Glaubst du, ich bewahre Dessouswerbung nur so zum Spaß auf?«

»Das würde mich nicht überraschen.«

»Sie heißt Ridley. Zumindest nennt sie sich so.«

»Amerikanerin?« Clay starrte immer noch auf die junge Schönheit in der schwarzweiß gedruckten Anzeige.

»Russin. Aus Georgien. Sie ist vor einiger Zeit als Austauschstudentin in die Staaten gekommen und hier geblieben.«

»Sie sieht aus wie achtzehn.«

»Mitte zwanzig.«

»Wie groß ist sie?«

»Etwa einen Meter achtzig.«

»Ihre Beine sehen aus, als wären sie einen Meter fünfzig lang.«

»Beschwerst du dich etwa?«

Clay bemühte sich, gelassen zu erscheinen, und warf die Zeitung zurück. »Irgendwelche Nachteile?«

»Ja. Angeblich ist sie an beiden Ufern unterwegs.«

»Wie bitte?«

»Sie mag Männlein und Weiblein.«

»Autsch.«

»Genaues weiß man nicht, aber viele Models sind bisexuell. Könnte trotzdem bloß ein Gerücht sein.«

»Bist du mal mit ihr ausgegangen?«

»Nein. Ein Freund von mir kennt sie. Sie steht auf meiner Liste. Ich habe nur darauf gewartet, dass sie mal Zeit hat. Versuch es einfach. Wenn sie dir nicht gefällt, suchen wir dir eine andere Blondine.«

»Kannst du für mich anrufen?«

»Sicher, kein Problem. Jetzt, wo du auf sämtlichen Titelseiten zu bewundern bist und dich alle den begehrtesten Junggesellen und den König der Sammelklagen nennen, ist das ein Kinderspiel. Ich frage mich nur, ob die in Georgien wissen, was Sammelklagen sind.«

»Wenn sie Glück haben, wissen sie es nicht. Komm, ruf schon an.«

Sie verabredeten sich zum Abendessen im Restaurant des Monats, einem schicken Japaner, der vor allem die Jungen und Reichen zu seinen Gästen zählte. Ridley sah in persona sogar noch besser aus als auf dem Foto in der Zeitung. Köpfe fuhren herum, Hälse verrenkten sich, als sie in die Mitte des Restaurants geführt wurden und an einem der besten Tische Platz nahmen. Gespräche brachen mitten im Satz ab. Scharen von Kellnern drängten sich um sie. Sie sprach fließend Englisch mit einem leichten Akzent, der gerade so exotisch war, dass sie noch um einiges erotischer wirkte – was sie allerdings gar nicht nötig hatte.

An Ridley hätten sogar abgelegte Kleider vom Flohmarkt gut ausgesehen. Die Herausforderung für sie bestand darin, sich so nachlässig anzuziehen, dass ihre Kleidung nicht mit den blonden Haaren, den blaugrünen Augen, den hohen Wangenknochen und dem Rest ihrer perfekten Gesichtszüge konkurrierte.

Ihr richtiger Name war Ridal Petashnakol, was sie Clay zweimal buchstabieren musste, bis er es verstand. Zum Glück kamen Models – genau wie Fußballspieler – mit *einem* Namen aus, daher nannte sie sich einfach nur Ridley. Sie trank keinen Alkohol und wollte stattdessen Cramberrysaft haben. Clay hoffte, dass sie zum Essen nicht nur einen Teller Karotten bestellte.

Sie sah blendend aus, er war reich, aber da sie weder über Schönheit noch über Geld sprechen konnten, mussten sie sich einige Minuten abmühen, um ein unverfängliches Gesprächsthema zu finden. Ridley war Georgierin, keine Russin, und interessierte sich weder für Politik noch für Terrorismus noch für Football. Ah, Kinofilme! Sie sah sich jeden neuen Film an und war von allen begeistert, selbst von den schlechtesten Produktionen, die niemand sonst sehen wollte. Beim Publikum durchgefallene Filme wurden von Ridley heiß geliebt. Langsam kamen Clay Zweifel.

Sie ist nur Dekoration, sagte er zu sich. Dieses Abendessen, später Rebeccas Hochzeit, und das war's.

Ridley beherrschte fünf Sprachen, aber da die meisten davon in Osteuropa gesprochen wurden, waren sie für eine Karriere in den Staaten ziemlich nutzlos. Zu Clays großer Erleichterung bestellte sie eine Vorspeise, eine Hauptspeise und ein Dessert. Immer wieder geriet ihre Unterhaltung ins Stocken, aber beide bemühten sich nach Kräften. Keiner von ihnen kannte sich in der Welt des anderen aus. Der Anwalt in ihm verlangte eine gründliche Befragung der Zeugin: richtiger Name, Alter, Blutgruppe, Beruf des Vaters, Gehalt, Familienstand, Sexualleben – stimmt es, dass du bisexuell bist? Aber es gelang ihm, seine Neugier im Zaum zu halten. Ein- oder zweimal versuchte er es mit einer etwas persönlicheren Frage, doch da er keine Antwort bekam, brachte er das Gespräch wieder auf Kinofilme. Ridley kannte jeden zwanzigjährigen, zweitklassigen Schauspieler und wusste, mit wem er gerade zusammen war – entsetzlich langweiliger Gesprächsstoff, aber vermutlich auch nicht langweiliger, als wenn eine Horde Anwälte über ihre letzten gewonnenen Prozesse oder Entschädigungszahlungen für Umweltdelikte sprach.

Clay leerte sein Glas und wurde allmählich etwas lockerer. Der Wein war ein roter Burgunder. Patton French wäre stolz auf ihn gewesen. Seine neuen Freunde vom Ausschuss wären vor Neid geplatzt, wenn sie ihn jetzt hätten sehen können, mit dieser Barbiepuppe an seinem Tisch.

Das einzig Negative an Ridley war dieses grässliche Gerücht. Er konnte sich einfach nicht vorstellen, dass sie auch mit Frauen ins Bett ging. Sie war zu perfekt, zu exquisit, zu attraktiv für das andere Geschlecht. Sie war geradezu prädestiniert, einen reichen Mann zu heiraten, der eine schöne, junge Frau an seiner Seite brauchte! Aber da war noch etwas, das ihn misstrauisch machte. Nachdem er sich von dem anfänglichen Schock über ihr Aussehen erholt hatte – wozu er mindestens zwei Stunden und eine Flasche Wein brauchte –, stellte Clay fest, dass er bei Ridley einfach nicht unter die Oberfläche kam. Entweder war dort nicht viel vorhanden, oder sie tat alles, um ihn davon fern zu halten.

Beim Dessert – einer Schokoladenmousse, mit der sie nur herumspielte, ohne sie zu essen – lud er sie zu dem Empfang nach der Hochzeit ein. Er gestand zwar ehrlich ein, dass er mit der Braut einmal zusammen gewesen war, aber er log, als er sagte, sie seien inzwischen gute Freunde. Ridley zuckte mit den Achseln, als würde sie lieber ins Kino gehen. »Warum nicht?«, sagte sie.

Als er in die Auffahrt des Potomac Country Club bog, wurde Clay von Erinnerungen übermannt. Sein letzter Besuch an diesem elenden Ort – das peinliche Abendessen mit Rebeccas Eltern – lag über sieben Monate zurück. Damals hatte er seinen alten Honda hinter den Tennisplätzen versteckt. Jetzt fuhr er mit einem neuen Porsche Carrera vor. Damals hatte er seinen Wagen nicht von den Angestellten parken lassen, um Geld zu sparen. Jetzt würde er dem Jungen, der ihm den Wagenschlüssel abnahm, ein besonders großzügiges Trinkgeld geben. Damals war er allein gewesen und hatte sich vor dem Essen mit den van Horns gefürchtet. Jetzt wurde er von der atemberaubend aussehenden Ridley begleitet, die ihn untergehakt hatte und die Füße so voreinander setzte, dass der Schlitz in ihrem Rock den Blick auf ihren Bauchnabel freigab. Und wo auch immer ihre Eltern in diesem Moment gerade waren, sie würden sich mit Sicherheit nicht in sein Leben einmischen. Damals hatte er sich wie ein Landstreicher gefühlt, der in diesen heiligen Hallen nichts verloren hatte. Jetzt hätte der Potomac Country Club seinen Aufnahmeantrag innerhalb von vierundzwanzig Stunden genehmigt, wenn er den richtigen Betrag auf einen Scheck geschrieben hätte.

»Zum Empfang der van-Horn-Hochzeit«, sagte er zu dem Sicherheitsbeamten am Eingang.

Sie kamen eine Stunde zu spät, was genau der richtige Zeitpunkt war. Im Ballsaal drängten sich die Gäste, und an einem Ende spielte eine Rhythm-and-Blues-Band.

»Bleib bei mir«, flüsterte Ridley, als sie den Saal betraten. »Ich kenne hier doch niemanden.«

»Keine Angst«, sagte Clay. In Ridleys Nähe zu bleiben würde kein Problem sein. Er kannte auch niemanden von den Gästen, obwohl er es ihr gegenüber nicht zugab.

Die ersten Köpfe fuhren herum. Den Männern fiel die Kinnlade herunter. Da sie schon einige Drinks gekippt hatten, hatten sie keine Hemmungen mehr, Ridley unverhohlen anzustarren, während sie sich mit ihm durch das Gedränge im Saal schob. »Hallo, Clay!«, rief jemand. Als Clay sich umdrehte, sah er in das lächelnde Gesicht von Randy Spino, einem Kommilitonen von der juristischen Fakultät, der in einer Großkanzlei arbeitete und in dieser Umgebung normalerweise kein Wort mit ihm gewechselt hätte. Bei einer zufälligen Begegnung auf der Straße hätte Spino vielleicht gesagt: »Na, wie geht's?«, und wäre dann sofort weitergeeilt. Aber niemals in Gegenwart anderer in einem Country Club, und schon gar nicht, wenn es sich dabei zum größten Teil um Anwälte aus Großkanzleien handelte.

Doch jetzt hielt er Clay die Hand hin und zeigte Ridley jeden einzelnen seiner Zähne. Um sie herum entstand ein kleiner Menschenauflauf. Spino übernahm das Kommando und stellte seinen guten Freunden seinen guten Freund Clay Carter und Ridley ohne Nachnamen vor. Der Druck ihrer Hand auf Clays Arm verstärkte sich. Die Männer rissen sich darum, sie zu begrüßen.

Um in Ridleys Nähe zu kommen, mussten sie sich mit Clay unterhalten, und daher dauerte es nur ein paar Sekunden, bis jemand sagte: »He, Clay, Glückwunsch zu dem Vergleich mit Ackerman Labs.« Clay kannte den Mann, der ihm gratulierte, überhaupt nicht. Er ging davon aus, dass es ein Anwalt war, vermutlich von einer Großkanzlei, die Big Player wie Ackerman Labs vertrat. Noch bevor der Satz zu Ende war, wusste er, dass das heuchlerische Lob nur aus Neid gemacht worden war. Und dem Wunsch, Ridley anstarren zu können.

»Danke«, erwiderte Clay, als würde er Vergleiche dieser Größenordnung jeden Tag einfädeln.

»Einhundert Millionen. Wow!« Auch dieses Gesicht gehörte einem Fremden, der noch dazu betrunken schien.

»Na ja, die Hälfte geht für die Steuern drauf«, sagte Clay. Und wer kam heutzutage schon mit läppischen fünfzig Millionen aus?

Die Menge brach in lautes Gelächter aus, als hätte Clay gerade den Witz des Jahrhunderts erzählt. Immer mehr Menschen drängten sich um sie, alles Männer, und alle arbeiteten sich zentimeterweise an die attraktive Blondine heran, die ihnen irgendwie bekannt vorkam. Vielleicht erkannten sie sie nur deshalb nicht wieder, weil sie in Farbe und angezogen vor ihnen stand.

Ein besonders aufdringlicher, arrogant wirkender Typ sagte: »Wir haben Philo. Mann, waren wir froh, als die Sache mit Dyloft endlich aus der Welt war.« Es war eine Manie, die fast alle Anwälte in Washington pflegten. Jedes Unternehmen der Welt hatte einen Anwalt in Washington – selbst wenn es nur dem Namen nach war –, und daher hatte jede Kontroverse oder Transaktion ernste Folgen für die Anwälte der Stadt. In Thailand explodiert eine Raffinerie, und ein Anwalt sagt: »Ja, wir haben Exxon.« Ein Kinofilm wird zum Flop: »Wir haben Disney.« Ein Geländewagen überschlägt sich, die fünf Insassen werden getötet: »Wir haben Ford.« Clay hatte es schon so oft gehört, dass es ihm zum Hals heraushing.

Ich habe Ridley, wollte er sagen. Nehmt gefälligst die Finger weg.

Auf der Bühne griff jemand zum Mikrofon und machte eine Ansage, woraufhin die Gespräche im Saal verstummten. Die Braut und der Bräutigam würden jetzt tanzen, gefolgt von der Braut und ihrem Vater, dann dem Bräutigam und seiner Mutter und so weiter. Die Menge drängte zur Tanzfläche, um besser zusehen zu können. Die Band fing an, »Smoke Gets in Your Eyes« zu spielen.

»Sie ist sehr hübsch«, flüsterte Ridley sehr nah an seinem rechten Ohr. Das war sie. Und sie tanzte mit Jason Myers, der für sie der einzige Mensch auf der Welt zu sein schien, obwohl er ein gutes Stück kleiner war als sie. Rebecca lächelte und strahlte über das ganze Gesicht, während sie langsam über die Tanzfläche glitten. Die Braut führte, weil Myers steif wie ein Brett war.

Clay wollte auf das Paar zustürmen, sich durch die Menge drängen und Myers mit aller Kraft ins Gesicht schlagen. Er würde sein Mädchen retten, sie von hier wegbringen und ihre Mutter erschießen, falls sie sie fand.

»Du liebst sie immer noch, oder?«, flüsterte Ridley.

»Nein, es ist vorbei«, flüsterte er zurück.

»Du liebst sie. Das sehe ich dir an.«

»Nein.«

Irgendwann am Abend würde sich das frisch vermählte Paar zurückziehen und die Ehe vollziehen. Da Clay Rebecca sehr gut kannte, wusste er, dass sie in der Zwischenzeit nicht auf Sex verzichtet hatte. Vermutlich hatte sie sich den Wurm vorgenommen und ihm gezeigt, wie sie es im Bett haben wollte. Der Glückliche. Das, was Clay ihr beigebracht hatte, würde sie jetzt an jemand anderen weitergeben. Es war nicht fair.

Den beiden zuzusehen tat weh, und Clay fragte sich, warum er gekommen war. Um einen Schlussstrich unter das Ganze zu ziehen – was immer das auch bedeuten mochte. Um Abschied zu nehmen. Aber er wollte, dass Rebecca ihn sah, ihn und Ridley, damit sie wusste, dass es ihm gut ging und er sie kein bisschen vermisste.

Den Bulldozer tanzen zu sehen war aus anderen Gründen eine Qual. Er gehörte zu jenen Vertretern der weißen Rasse, die beim Tanzen die Füße nicht vom Fleck bekamen, und als er versuchte, mit dem Hintern zu wackeln, fingen die Bandmitglieder an zu lachen. Seine Wangen waren bereits tiefrot, weil er zu viel Chivas getrunken hatte.

Jason Myers tanzte mit Barbara van Horn, die zumindest aus einiger Entfernung so aussah, als hätte sie gerade wieder einen Besuch oder auch zwei bei ihrem Schönheitschirurgen hinter sich, von dem sie inzwischen sicher Mengenrabatt bekam. Sie hatte sich in ein Kleid gezwängt, das zwar hübsch, aber gleich um mehrere Größen zu klein war, sodass sich das überflüssige Fett an den falschen Stellen wölbte und aussah, als würde es sich gleich befreien, was bei den Anwesenden sicher Brechreiz hervorgerufen hätte. Auf ihrem Gesicht lag das verlogenste Grinsen, das sie jemals zustande gebracht hatte – allerdings ohne eine einzige Falte, was vermutlich an einer Überdosis Botox lag. Myers grinste genauso innig zurück, als wären die beiden Freunde fürs Leben. Sie stieß ihm bereits das Messer in den Rücken, und er war zu dumm, es zu bemerken. Bedauerlicherweise bemerkte sie es wohl auch nicht. So war sie eben.

»Möchten Sie tanzen?«, wurde Ridley gefragt.

»Verschwinde«, antwortete Clay für sie, dann führte er sie zur Tanzfläche, wo sich bereits zahlreiche Gäste zu einem bemerkenswert guten Motown-Sound bewegten. Ridley im Stehen war schon ein Kunstwerk, aber Ridley beim Tanzen war eine Offenbarung. Sie bewegte sich mit einem angeborenen Gefühl für Rhythmus und Grazie. Das tief ausgeschnittene Kleid bedeckte nur das Nötigste, und der Schlitz im Rock klaffte so weit auseinander, dass freie Sicht auf alle möglichen Körperteile gewährleistet war. Männer strömten herbei, um zuzusehen.

Auch Rebecca schaute her. Sie unterhielt sich gerade mit einigen Gästen, als sie den Aufruhr bemerkte und in die Menge sah. Dort entdeckte sie Clay, der mit einer umwerfenden Blondine tanzte. Sie war ebenfalls sprachlos, als sie Ridley sah, aber aus völlig anderen Gründen. Sie setzte ihre Unterhaltung noch einen Augenblick fort, dann ging sie wieder auf die Tanzfläche.

Clay war inzwischen vollauf damit beschäftigt, Rebecca im Auge zu behalten, ohne dabei auch nur eine Bewegung von

Ridley zu versäumen. Als das Lied zu Ende war, begann eine langsame Nummer. Rebecca trat zwischen sie. »Hallo, Clay«, sagte sie. Seine Begleiterin ignorierte sie. »Tanzt du mit mir?«

»Sicher«, erwiderte er. Ridley zuckte mit den Achseln und ging ein paar Schritte zur Seite, wo sie etwa eine Sekunde lang allein war, bevor ein Massenansturm einsetzte. Sie suchte sich den größten Mann heraus, schlang die Arme um ihn und fing an zu tanzen.

»Ich kann mich nicht daran erinnern, dich eingeladen zu haben«, sagte Rebecca, die den Arm auf seine Schulter gelegt hatte.

»Soll ich gehen?« Er wollte sie an sich ziehen, aber der weite Rock ihres Hochzeitskleides machte einen engeren Körperkontakt unmöglich.

»Die Leute sehen schon her.« Sie lächelte, um kein Aufsehen zu erregen. »Warum bist du gekommen?«

»Um deine Hochzeit zu feiern. Und um mir deinen Neuen etwas näher anzusehen.«

»Sei nicht so gemein, Clay. Du bist nur eifersüchtig.«

»Ich bin mehr als nur eifersüchtig. Ich würde ihm am liebsten das Genick brechen.«

»Wo hast du denn das Blondchen her?«

»Wer von uns beiden ist eifersüchtig?«

»Ich.«

»Mach dir keine Sorgen, Rebecca, im Bett kommt sie nicht an dich ran.« Er dachte flüchtig daran, dass Ridley das in einer gewissen Hinsicht vielleicht schade fand.

»Jason ist gar nicht so schlecht.«

»Davon möchte ich jetzt wirklich nichts hören. Pass nur auf, dass du nicht schwanger wirst.«

»Das geht dich überhaupt nichts an.«

»Es geht mich sehr wohl was an.«

Ridley und ihr Verehrer schwebten an ihnen vorbei. Zum ersten Mal an diesem Abend konnte Clay sich ihren Rücken genauer ansehen, der in seiner ganzen Pracht zur Schau gestellt wurde, da ihr Kleid erst ein paar winzige Zentimeter über den

runden, perfekt geformten Pobacken anfing. Auch Rebecca sah hin. »Steht sie auf deiner Gehaltsliste?«, erkundigte sie sich.
»Noch nicht.«
»Ist sie überhaupt volljährig?«
»Natürlich. Sag mir, dass du mich noch liebst.«
»Ich liebe dich nicht mehr.«
»Du lügst.«
»Ich halte es für das Beste, wenn du jetzt gehst und sie mitnimmst.«
»Sicher, es ist ja deine Party. Ich will nicht stören.«
»Das ist der einzige Grund, warum du hier bist, Clay.« Sie rückte ein Stück von ihm ab, tanzte aber weiter.
»Warte ein Jahr auf mich«, sagte er. »Dann habe ich zweihundert Millionen. Wir können an Bord meines Privatjets gehen, den Spießern hier eine lange Nase zeigen und den Rest unseres Lebens auf einer Jacht verbringen. Deine Eltern werden uns nie finden.«
Rebecca blieb stehen. »Leb wohl, Clay.«
»Ich werde warten«, sagte Clay. Plötzlich wurde er von einem über seine Füße stolpernden Bennett zur Seite gestoßen, der sich mit den Worten »Sie gestatten?« seine Tochter schnappte und sie rettete, indem er mit ihr zur anderen Seite der Tanzfläche schlurfte.
Dann war Barbara an der Reihe. Sie nahm Clays Hand und warf ihm ein künstliches Lächeln zu. »Keine Szene bitte«, sagte sie, ohne die Lippen zu bewegen. Sie machten ein paar steife Schritte, die niemand für einen Tanz halten konnte.
»Wie geht es Ihnen, Mrs van Horn?«, erkundigte sich Clay, der sich fühlte, als säße er in den Fängen einer Grubenotter fest.
»Glänzend, bis ich Sie gesehen habe. Ich bin ganz sicher, dass Sie keine Einladung für diese kleine Party bekommen haben.«
»Ich wollte gerade gehen.«
»Gut. Den Sicherheitsdienst würde ich nur höchst ungern bemühen.«

»Das wird nicht notwendig sein.«
»Verderben Sie ihr bitte nicht das Fest.«
»Wie ich schon sagte, ich wollte gerade gehen.«
Die Musik hörte auf, und Clay riss sich von Mrs van Horn los. Um Ridley bildete sich sofort wieder eine Menschentraube, aber Clay zog sie mit sich. Sie gingen in den hinteren Teil des Ballsaals, wo eine Bar mehr Fans anzog als die Band. Clay nahm sich ein Bier und plante gerade den Rückzug, als sie schon wieder von Männern umzingelt wurden – Rechtsanwälten, die sich über die Freuden von Sammelklagen unterhalten wollten, während sie Ridley auf den Leib rückten.
Nach einigen Minuten idiotischen Smalltalks mit Leuten, die er zutiefst verabscheute, stellte sich ein beleibter junger Mann in einem geliehenen Smoking neben Clay und flüsterte: »Ich bin vom Sicherheitsdienst.« Er hatte ein freundliches Gesicht und sah sehr professionell aus.
»Ich wollte gerade gehen«, flüsterte Clay zurück.
Er wurde vom Empfang der van-Horn-Hochzeit ausgeschlossen. Man warf ihn aus dem vornehmen Potomac Country Club.
Als Clay mit Ridley neben sich davonfuhr, sagte er sich, dass er sich selten so gut amüsiert hatte.

25

In der Hochzeitsanzeige war erwähnt worden, dass das frisch vermählte Paar seine Flitterwochen in Mexiko verbringen wolle. Clay beschloss, ebenfalls in Urlaub zu fahren. Wenn jemand einen Monat auf einer tropischen Insel verdient hatte, dann er.

Sein einst so effektives Team hatte jeglichen Ehrgeiz verloren. Vielleicht lag es an der Weihnachtszeit, vielleicht am Geld, jedenfalls kamen Jonah, Paulette und Rodney immer seltener in die Kanzlei.

Auch Clay war kaum noch da. Die Arbeit in der Kanzlei litt unter der angespannten Atmosphäre. Viele Dyloft-Mandanten waren mit ihrer dürftigen Entschädigung mehr als unzufrieden. Drohbriefe gingen ein. Klingelnden Telefonen auszuweichen hatte sich zu einer Art Sport entwickelt. Nachdem es mehreren Mandanten gelungen war, die Adresse der Kanzlei ausfindig zu machen, waren sie ins Büro gekommen und hatten von Miss Glick verlangt, mit Mr Carter sprechen zu dürfen, der aber zufällig immer mit einem großen Prozess beschäftigt und verreist war. Meistens versteckte er sich bei verriegelter Tür in seinem Büro und wartete, bis der Sturm sich wieder gelegt hatte. Nach einem besonders harten Tag rief er bei Patton French an und fragte ihn um Rat.

»Kopf hoch, alter Junge«, sagte French. »Das ist in unserem Geschäft eben so. Sie machen ein Vermögen mit Sammelklagen, und das ist der Nachteil dabei. Dafür braucht man ein dickes Fell.«

Das dickste Fell der Kanzlei hatte Oscar Mulrooney, der Clay immer wieder aufs Neue mit seinem Organisationstalent und seinem Ehrgeiz überraschte. Mulrooney schuftete fünfzehn Stunden am Tag und trieb die Yale-Filiale an, das Geld aus dem Vergleich für Dyloft so schnell wie möglich zu kassieren. Bereitwillig übernahm er jede noch so unangenehme Aufgabe. Da Jonah kein Geheimnis aus seiner geplanten Weltumsegelung machte, Paulette leise andeutete, für ein Jahr nach Afrika gehen zu wollen, um dort Kunst zu studieren, und auch Rodney immer öfter von Kündigung sprach, war klar, dass es bald einige freie Stellen an der Spitze der Kanzlei geben würde.

Genauso klar war, dass Oscar auf eine Partnerschaft oder zumindest auf eine Gewinnbeteiligung spekulierte. Er arbeitete sich gerade in das gigantische Verfahren zu den Skinny Bens ein und war fest davon überzeugt, dass es mindestens zehntausend Fälle gab, die sich der Sammelklage noch nicht angeschlossen hatten, obwohl seit vier Jahren ununterbrochen Werbung bei den durch die Diätpillen Geschädigten gemacht wurde.

In der Yale-Filiale arbeiteten inzwischen elf Anwälte, von denen sieben tatsächlich in Yale studiert hatten. In der Fabrik in Manassas waren zwölf Anwaltsassistenten beschäftigt, die bis über beide Ohren in Akten und Papierkram versanken. Clay hatte keinerlei Bedenken, ein paar Wochen wegzufahren und beide Büros unter der Leitung Mulrooneys zu lassen. Er war sicher, dass die Kanzlei in einigen Wochen, wenn er wiederkam, besser in Schuss sein würde als bei seiner Abreise.

Weihnachten war für Clay eine Jahreszeit geworden, die er zu ignorieren versuchte, obwohl das nicht immer ganz einfach war. Er hatte keine Familie, mit der er die Feiertage verbringen konnte. Rebecca hatte sich immer viel Mühe gegeben, ihn zu allem einzuladen, was die van Horns an Weihnachten unternahmen. Obwohl er ihr dafür dankbar gewesen war, hatte er festgestellt, dass es ihm besser gefiel, in einer leeren Wohnung zu sitzen, billigen Wein zu trinken und sich alte Filme im Fernsehen anzusehen, als mit diesen Leuten unter dem Weihnachtsbaum zu sitzen. Kein Geschenk, das er ihnen gemacht hatte, war je gut genug gewesen.

Ridleys Familie war in Georgien und würde vermutlich auch dort bleiben. Zuerst war sie ganz sicher, dass sie ihre Fototermine nicht verschieben konnte und daher keine Zeit hatte, um ein paar Wochen mit ihm wegzufahren. Als er sah, mit welcher Entschlossenheit sie daran arbeitete, es doch möglich zu machen, wurde ihm warm ums Herz. Sie wollte nichts lieber als mit ihm zusammen auf eine tropische Insel fliegen und dort am Strand liegen. Schließlich sagte sie einem Kunden, dass er sie ruhig feuern könne, es sei ihr egal.

Es war ihr erster Flug in einem Privatjet. Clay stellte fest, dass er es genoss, sie zu beeindrucken. Nonstop von Washington nach St. Lucia, vier Stunden und eine Million Meilen. Die Stadt war kalt und grau, als sie abflogen, aber als sie den Jet auf dem Flughafen der Insel verließen, schlug ihnen die Hitze wie eine Wand entgegen. Sie gingen durch den Zoll, wo man sie kaum eines Blickes würdigte – zumindest war keiner der Blicke auf Clay gerichtet. Alle Männer verrenkten sich den Hals, um Ridley bewundern zu können. Seltsamerweise gewöhnte Clay sich allmählich daran. Ridley schien es gar nicht zu bemerken. Für sie war es etwas derart Alltägliches, dass sie alle ignorierte, was es für die Männer, von denen sie angestarrt wurde, noch schlimmer machte. So ein exquisites Geschöpf, von Kopf bis Fuß perfekt, aber so unnahbar, so unerreichbar.

Sie gingen an Bord eines kleines Flugzeugs, das sie in fünfzehn Minuten nach Mustique brachte, der exklusiven Privatinsel der Reichen und Prominenten. Auf dieser Insel gab es alles, nur keine Landebahn, die für Privatjets lang genug war. Rockstars, Schauspielerinnen und Milliardäre besaßen hier Häuser. Ihre Villa für die nächste Woche hatte früher einem Prinzen gehört, war dann aber an einen Internet-Millionär verkauft worden, der sie vermietete, wenn er nicht auf der Insel war.

Die Insel bestand aus einem Berg, der von den ruhigen Gewässern der Karibik umgeben war. Aus tausend Meter Höhe sah sie düster und dicht bewachsen aus, wie ein Bild auf einer Postkarte. Ridley klammerte sich an ihn, als die Maschine in den Sinkflug überging und die winzige Rollbahn in Sicht kam. Der Pilot trug einen Strohhut und hätte die Landung auch mit verbundenen Augen geschafft.

Marshall, der Chauffeur, wartete mit einem breiten Grinsen und einem offenen Jeep auf sie. Sie warfen ihre leichten Reisetaschen auf die Ladefläche und fuhren auf eine kurvenreiche Straße. Keine Hotels, keine Apartmenthäuser, keine Touristen, kein Verkehr. Zehn Minuten lang begegnete ihnen kein anderes Auto. Das Haus lag, wie von Marshall beschrieben, am Hang eines Berges, der allerdings kaum mehr als ein Hügel war. Die Aussicht war grandios – sechzig Meter über dem Wasser und meilenweit nur endloses, türkisfarbenes Meer. Keine andere Insel war zu sehen; es gab keine Boote dort draußen, keine anderen Menschen.

Die Villa hatte vier oder fünf Schlafzimmer – Clay verlor irgendwann den Überblick –, die sich um das Haupthaus gruppierten und durch gefliste Wege miteinander verbunden waren. Sie bestellten das Mittagessen – alles, was sie wollten, da das Haus mitsamt Koch vermietet wurde. Außerdem gab es einen Gärtner, zwei Hausmädchen und einen Butler – exklusive Marshall –, die alle irgendwo auf dem Grundstück lebten. Noch bevor sie ihre Taschen in der größten Suite ausgepackt hatten, zog Ridley sich bis auf ein winziges Nichts aus und sprang in den Pool. Wenn sie nicht einen kleinen Stringtanga getragen hätte, den man so gut wie gar nicht sehen konnte, wäre sie splitternackt gewesen. Gerade als Clay dachte, er hätte sich daran gewöhnt, sie anzuschauen, stellte er fest, dass ihm bei ihrem Anblick wieder einmal schwindlig wurde.

Zum Mittagessen zog sie sich etwas über. Es gab natürlich frische Meeresfrüchte – gegrillte Garnelen und Austern. Nach zwei Bier schwankte Clay auf eine Hängematte zu und machte es sich für eine lange Siesta bequem. Morgen war Heiligabend, aber das war ihm egal. Rebecca kuschelte jetzt in einem öden Touristenhotel in Mexiko mit ihrem kleinen Jason.

Doch auch das war ihm egal.

Zwei Tage nach Weihnachten kam Max Pace mit einer Begleiterin an. Sie hieß Valeria und war ein stämmiger, sportlicher Typ mit breiten Schultern, keiner Spur von Make-up und einem sehr zögerlichen Lächeln. Pace war ein gut aussehender Mann, aber an seiner Freundin konnte man beim besten Willen nichts Attraktives entdecken. Zum Glück behielt Valeria ihre Sachen an, als sie den Pool sah. Während Clay ihr die Hand drückte, spürte er Schwielen. Wenigstens würde Ridley nicht in Versuchung geraten.

Pace zog sich schnell eine Badehose an und sprang in den Pool. Valeria holte Wanderstiefel aus ihrem Koffer und fragte, wo Wanderwege seien. Marshall musste zurate gezogen werden, doch er sagte, er wisse nichts von Wanderwegen, worüber Valeria natürlich verärgert war. Sie marschierte trotzdem los, um sich ein paar Felsen zum Klettern zu suchen. Ridley verschwand im Wohnzimmer des Haupthauses, wo sie einen Stapel Videos bereitgelegt hatte.

Da Pace und Clay nicht viel voneinander wussten, gab es wenig, worüber sie sich unterhalten konnten. Zumindest in den ersten Minuten, denn mit der Zeit wurde klar, dass Pace etwas Wichtiges auf dem Herzen hatte. »Reden wir über's Geschäft«, sagte er nach einem kleinen Nickerchen in der Sonne. Sie gingen zur Bar hinüber, und Marshall brachte ihnen etwas zu trinken.

»Ich habe da was über ein Medikament gehört«, fing Pace an. Clay spitzte die Ohren. Er roch Geld. »Eine ganz große Sache.«

»Inzwischen haben wir ja schon Übung darin.«

»Dieses Mal wird es etwas anders laufen. Ich will eine Beteiligung.«

»Für wen arbeiten Sie?«
»Für mich. Und für Sie. Ich bekomme fünfundzwanzig Prozent Ihres Bruttohonorars.«
»Was springt dabei heraus?«
»Die Sache könnte noch größer werden als Dyloft.«
»Dann bekommen Sie Ihre fünfundzwanzig Prozent. Wenn Sie wollen, auch mehr.«
»Fünfundzwanzig sind fair«, erwiderte Pace und streckte Clay die Hand hin. Er schlug ein.
»Legen Sie los.«
»Es gibt ein Hormonpräparat für Frauen namens Maxatil. Mindestens vier Millionen Frauen in oder nach den Wechseljahren, Alter zwischen fünfundvierzig bis fünfundsiebzig, nehmen es. Maxatil ist vor fünf Jahren auf den Markt gekommen und galt damals als neues Wundermittel. Es hilft gegen Hitzewallungen und andere Symptome der Wechseljahre. Sehr effektiv. Angeblich soll es auch gegen Osteoporose und Bluthochdruck helfen und das Risiko von Herzkrankheiten senken. Der Hersteller ist Goffman.«
»Goffman? Rasierklingen und Mundwasser?«
»Genau der. Einundzwanzig Milliarden Dollar Umsatz im letzten Jahr. Der solideste der soliden Konzerne. Kaum Schulden, vernünftiges Management. Ein amerikanisches Traditionsunternehmen. Maxatil wurde allerdings etwas überstürzt auf den Markt geworfen. Die übliche Geschichte – Aussicht auf Riesengewinne, das Medikament schien keine größeren Nebenwirkungen zu haben, es wurde durch die FDA geprügelt, und in den ersten Jahren waren alle glücklich und zufrieden. Die Ärzte waren begeistert. Die Frauen schwärmten davon, weil es so gut wirkte.«
»Aber?«
»Aber es gibt Probleme. Große Probleme. Im Rahmen einer staatlichen Studie wurden zwanzigtausend Frauen untersucht, die vier Jahre lang Maxatil genommen hatten. Die Studie ist gerade erst fertig gestellt worden, der Bericht wird in ein paar Wochen veröffentlicht. Er wird vernichtend sein. Bei einem

bestimmten Prozentsatz von Frauen lässt das Medikament das Risiko für Brustkrebs, Herzanfälle und Schlaganfälle in die Höhe schnellen.«

»Was für ein Prozentsatz?«

»Etwa acht Prozent.«

»Wer weiss noch von diesem Bericht?«

»Nur eine Hand voll Leute. Ich habe eine Kopie davon.«

»Warum überrascht mich das nicht?« Clay nahm einen grossen Schluck aus seiner Flasche und sah sich nach Marshall um. Sein Puls raste. Mustique war mit einem Mal sehr langweilig geworden.

»Es gibt ein paar Anwälte, die etwas wittern könnten, aber sie haben den Bericht der Behörde nicht gesehen«, fuhr Pace fort. »Bis jetzt ist nur eine Klage eingereicht worden, in Arizona, aber es ist keine Sammelklage.«

»Was dann?«

»Eine altmodische Schadenersatzklage. Ein Einzelverfahren.«

»Wie langweilig.«

»Eigentlich nicht. Der Anwalt ist ein alter Haudegen namens Dale Mooneyham aus Tucson. Er vertritt immer nur einen Mandanten, und er verliert nie. Er wird derjenige sein, der den ersten Schuss auf Goffman abgibt. Das könnte den Tenor für den gesamten Vergleich festlegen. Wir müssen unbedingt die Ersten sein, die eine Sammelklage einreichen. Das haben Sie doch von Patton French gelernt.«

»Wir schaffen das schon«, sagte Clay, als wäre er seit Jahren auf Sammelklagen spezialisiert.

»Und Sie können es allein, ohne French und diese Halsabschneider. Reichen Sie die Klage in Washington ein, und starten Sie dann die Werbespots. Das ist eine Riesensache.«

»Genau wie Dyloft.«

»Aber dieses Mal sind Sie der Boss. Ich werde im Hintergrund die Fäden ziehen und die schmutzige Arbeit machen. Ich habe gute Kontakte zu allen möglichen zwielichtigen Gestalten. Es ist Ihr Verfahren, und wenn Goffman Ihren Namen hört, wird das Unternehmen sofort in Deckung gehen.«

»Ein schneller Vergleich?«

»Vermutlich nicht so schnell wie bei Dyloft, aber da ging es ja auch bemerkenswert zügig. Sie werden allerdings Ihre Hausaufgaben machen müssen – die richtigen Beweise sammeln, Gutachter beauftragen, die Ärzte verklagen, die das Medikament verschrieben haben, und auf einen Prozess drängen. Sie müssen Goffman davon überzeugen, dass Sie gar nicht an einem Vergleich interessiert sind, dass Sie einen Prozess wollen – einen richtig großen, Aufsehen erregenden Prozess vor Ihrem Heimatgericht.«

»Irgendwelche Nachteile?«, wollte Clay wissen. Er versuchte, vorsichtig auszusehen.

»Meiner Meinung nach keine, bis auf die Tatsache, dass Sie ein paar Millionen für Werbung und die Prozessvorbereitung hinlegen müssen.«

»Damit habe ich kein Problem.«

»Sie scheinen inzwischen gelernt zu haben, wie man Geld ausgibt.«

»Bis jetzt habe ich lediglich die Spitze des Eisbergs angekratzt.«

»Ich möchte eine Vorauszahlung von einer Million Dollar. Gegen Verrechnung mit meinem Honorar.« Pace trank einen Schluck. »Damit ich einige alte Geschichten bei mir zu Hause abschließen kann.«

Clay fand es eigenartig, dass Pace sofort Geld haben wollte. Aber da es um ein Riesengeschäft ging und nur sie beide von dem Geheimnis um Tarvan wussten, konnte er eigentlich nicht Nein sagen. »In Ordnung«, meinte er schließlich.

Sie lagen in den Hängematten, als Valeria zurückkam, schweißüberströmt und um einiges entspannter als vorhin. Sie zog sich splitternackt aus und sprang in den Pool. »Sie kommt aus Kalifornien«, erklärte Pace leise.

»Was Ernstes?«, erkundigte Clay sich vorsichtig.

»Mit einigen Unterbrechungen schon seit vielen Jahren.« Und dabei ließ er es bewenden.

Die Kalifornierin verlangte ein Abendessen, das weder

Fleisch, Fisch, Huhn, Eier noch Käse enthielt. Alkohol wollte sie auch nicht. Für sich und die anderen ließ Clay Schwertfisch grillen. Das Essen dauerte nicht lange, da Ridley schnell auf ihr Zimmer wollte und auch Clay kein Verlangen verspürte, mit Valeria mehr Zeit als unbedingt notwendig zu verbringen.

Pace und seine Begleiterin blieben zwei Tage, was mindestens einen Tag zu lang war. Sein Besuch war rein geschäftlich, und nachdem sie sich einig geworden waren, wollte Pace fort. Clay sah den beiden nach, als sie mit dem Jeep davonfuhren, am Steuer Marshall, der so schnell fuhr wie noch nie in seinem Leben.

»Kommen noch mehr Gäste?«, erkundigte sich Ridley misstrauisch.

»Großer Gott, nein«, beruhigte Clay sie.

»Gut.«

26

Gegen Ende des Jahres war die gesamte Etage über der Kanzlei frei geworden. Clay mietete die Hälfte davon und legte seine Büros zusammen. Aus der Fabrik kamen zwölf Anwaltsassistenten und fünf Sekretärinnen; auch die Anwälte der Yale-Filiale, die ihre Büros nicht in der Kanzlei hatten, wurden in die Connecticut Avenue geholt, wo die Mieten höher waren und sie sich mehr zu Hause fühlten. Clay wollte die ganze Kanzlei unter einem Dach haben, in unmittelbarer Reichweite, weil er vorhatte, seine Angestellten so lange arbeiten zu lassen, bis sie umfielen.

Das neue Jahr begann Clay mit einem mörderischen Terminplan – um sechs Uhr morgens saß er in seinem Büro. Frühstück, Mittagessen und manchmal auch das Abendessen nahm er am Schreibtisch ein. Meist war er bis acht oder neun Uhr abends in der Kanzlei, und er ließ keinen Zweifel daran, dass er von allen, die weiterhin für ihn arbeiten wollten, einen ähnlichen Einsatz verlangte.

Jonah wollte nicht. Er ging Mitte Januar, nachdem er sein Büro leer geräumt und sich kurz von den anderen verabschiedet hatte. Das Segelboot wartete. Anrufe waren nicht notwendig. Das Geld sollte auf ein Konto in Aruba überwiesen werden.

Oscar Mulrooney war schon dabei, Jonahs Büro auszumessen, als dieser noch gar nicht zur Tür hinaus war. Es war größer und hatte eine schönere Aussicht als das seine, was Mulrooney allerdings völlig egal war. Für ihn zählte nur, dass es näher an Clays Büro lag. Mulrooney witterte Geld, viel Geld. An Dyloft war er nicht beteiligt worden, aber das würde ihm nicht noch einmal passieren. Er und der Rest der Yale-Clique fühlten sich von den Unternehmen betrogen, bei denen sie gearbeitet hatten. Sie hatten genug von Firmenrecht und wollten Rache nehmen, indem sie ein Vermögen machten. Und dieses Ziel würden sie am schnellsten durch aggressive Werbung und die Jagd nach neuen Mandanten erreichen. Für die steifen Firmenanwälte in den großen Konzernen war das ein rotes Tuch. Sammelklagen auf Schadenersatz hatten nichts mit Jura zu tun. Sie waren eine fast schon kriminelle Form von Unternehmertum.

Der alternde griechische Playboy, der Paulette Tullos geheiratet und dann verlassen hatte, hatte irgendwie von ihrem neuen Reichtum erfahren. Er kam nach Washington, rief bei ihr zu Hause an, in der schicken Eigentumswohnung, die er ihr geschenkt hatte, und hinterließ eine Nachricht auf dem Anrufbeantworter. Als Paulette seine Stimme hörte, flüchtete sie aus der Wohnung und flog nach London, wo sie die Feiertage verbrachte und sich immer noch versteckte. Sie schickte Clay ein Dutzend E-Mails, während dieser auf Mustique war, informierte ihn über ihre missliche Lage und erklärte ihm genau, wie er nach seiner Rückkehr ihre Scheidung über die Bühne bringen sollte. Clay stellte die notwendigen Anträge, aber der Grieche war nicht auffindbar. Paulette ebenfalls nicht. Vielleicht würde sie in ein paar Monaten zurückkommen, vielleicht aber auch nicht. »Es tut mir Leid, Clay«, sagte sie am Telefon. »Aber ich möchte wirklich nicht mehr arbeiten.«

Daher wurde Mulrooney zu Clays Vertrautem in der Kanzlei, zu seinem inoffiziellen Partner mit hochfliegenden Plänen. Mulrooney und sein Team hatten die wechselvolle Geschichte von Sammelklagen studiert. Sie beschäftigten sich mit den dafür geltenden Gesetzen und den verfahrensrechtlichen Fragen. Sie lasen juristische Abhandlungen von Rechtsexperten und Erfahrungsberichte von Prozessanwälten. Es gab Dutzende Websites für Sammelklagen – eine, die angeblich sämtliche in den Vereinigten Staaten anhängigen Sammelklagen auflistete, insgesamt elftausend; eine, die potenzielle Kläger darüber informierte, wie man es anstellte, sich der Gruppe einer Sammelklage anzuschließen und eine Entschädigung zu bekommen; eine, die sich auf Klagen von geschädigten Frauen spezialisiert hatte; eine für Männer; eine für das Diätpillenfiasko der Skinny Bens; mehrere für Sammelklagen gegen Tabakhersteller. Nie zuvor waren Hersteller fehlerhafter Produkte von so viel geballter Intelligenz angegriffen worden, die zudem noch von erheblichen Geldmitteln unterstützt wurde.

Mulrooney hatte eine Idee. Da bereits zahlreiche Sammelklagen bei den Gerichten eingereicht waren, könnte die Kanzlei ihre beträchtlichen Ressourcen doch dazu nutzen, neue Mandanten zu akquirieren. Clay hatte das Geld für Werbung und Marketing; also könnten sie sich die lukrativsten Sammelklagen aussuchen und potenzielle Kläger sammeln, die noch nicht von einem Anwalt vertreten wurden. Wie bei Dyloft blieb fast jede Klage, für die ein Vergleich abgeschlossen wurde, einige Jahre offen, damit neue Mitglieder der Gruppe die Möglichkeit hatten, das einzufordern, was ihnen zustand. Clays Kanzlei könnte sich doch einfach an die Sammelklagen der anderen Anwälte dranhängen, sozusagen die Krümel aufpicken, aber natürlich für Honorare in beträchtlicher Höhe. Als Beispiel nannte er die Skinny Bens. Die Anzahl der potenziellen Kläger wurde auf etwa dreihunderttausend geschätzt. Allerdings war es gut möglich, dass bis zu hunderttausend Geschädigte noch gar nicht identifiziert waren und deshalb noch keinen Rechtsbeistand hatten. Kläger und Beklagter hatten sich auf einen Vergleich geeinigt, und der Hersteller der Skinny Bens war dazu verdonnert worden, mehrere Milliarden Dollar zu zahlen. Hatte jemand Anspruch auf eine Entschädigung, musste er sich lediglich bei der für die Klage zuständigen Abwicklungsagentur melden, die notwendigen medizinischen Tests vorlegen und das Geld kassieren.

Wie ein General, der seine Truppen in Stellung brachte, teilte Clay der Skinny-Ben-Front zwei Anwälte und einen Anwaltsassistenten zu. Mulrooney hatte auf mehr personelle Unterstützung gehofft, aber Clay hatte große Pläne. Er entwarf den Schlachtplan für Maxatil, eine Klage, die er selbst leiten wollte. Der Bericht der staatlichen Behörde, der immer noch nicht veröffentlicht und von Pace offenbar gestohlen worden war, bestand aus hundertvierzig Seiten und enthielt vernichtende Testergebnisse. Clay las ihn zweimal durch, bevor er ihn an Mulrooney weitergab.

An einem verschneiten Abend Ende Januar gingen sie bis nach Mitternacht den Bericht miteinander durch und entwickelten dann einen detaillierten Plan für die Klage. Clay wollte, dass Mulrooney und zwei weitere Anwälte, zwei Anwaltsassistenten sowie drei Sekretärinnen an der Maxatil-Klage mitarbeiteten.

Um zwei Uhr morgens, als dicke Schneeflocken gegen die Fenster des Konferenzraums wirbelten, sagte Mulrooney, dass es noch etwas Unangenehmes zu besprechen gebe. »Wir brauchen mehr Geld.«

»Wie viel?«, fragte Clay.

»Wir sind dreizehn und haben alle früher bei großen Firmen gearbeitet, wo wir ganz gut verdient haben. Zehn von uns sind verheiratet, die meisten haben Kinder, und das geht ins Geld. Sie haben uns Einjahresverträge für fünfundsiebzigtausend im Jahr gegeben, und glauben Sie mir, wir sind wirklich froh darüber. Sie haben keine Ahnung, wie es ist, wenn man in Yale oder an einer anderen berühmten Universität studiert, von den großen Firmen umworben wird, einen Job bei einem dieser Konzerne annimmt, heiratet und dann ohne einen Cent auf die Straße gesetzt wird. Ein schwerer Schlag für das Selbstbewusstsein.«

»Ich verstehe.«

»Sie haben mein Gehalt verdoppelt, und dafür bin ich Ihnen

wirklich dankbar. Ich komme zurecht. Aber die anderen schlagen sich gerade so durch. Und sie haben ihren Stolz.«

»Wie viel?«

»Ich würde es nur ungern sehen, dass einer von ihnen geht. Sie sind gut. Sie arbeiten wie die Verrückten.«

»Ich mache Ihnen einen Vorschlag. Um diese Jahreszeit bin ich immer sehr großzügig. Ich gebe allen einen neuen Vertrag für ein Jahr, für zweihunderttausend. Aber dafür bekomme ich jede Menge Stunden. Wir sind hier einer ganz großen Sache auf der Spur, die noch größer ist als der Fall vom letzten Jahr. Ihre Jungs sorgen dafür, dass alles klappt, und ich gebe allen eine Prämie. Eine richtig fette Prämie. Ich liebe Prämien. Der Grund dafür dürfte klar sein. Einverstanden?«

»In Ordnung, Boss.«

Es lag zu viel Schnee, um nach Hause zu fahren, und so setzten sie ihren Marathon fort. Clay sprach mit Mulrooney über die ersten Dokumente für das Unternehmen in Reedsburg, Pennsylvania, das den schadhaften Mörtel hergestellt hatte. Wes Saulsberry hatte ihm die vertrauliche Akte zukommen lassen, von der er in New York gesprochen hatte. Maurermörtel war zwar nicht so aufregend wie Blasentumore, Blutgerinnsel oder undichte Herzklappen, aber das Geld dafür war ebenfalls aus Papier. Sie teilten zwei Anwälte und einen Anwaltsassistenten ein, die die Sammelklage vorbereiten und einige Kläger suchen sollten.

Zehn geschlagene Stunden lang saßen sie zusammen im Konferenzraum, zehn Stunden, in denen sie literweise Kaffee tranken, eingetrocknete Bagels aßen, zusahen, wie aus dem Schneeschauer ein Sturm wurde, das Jahr planten. Die Besprechung hatte als Ideenaustausch begonnen, sich dann aber zu etwas viel Wichtigerem entwickelt. Eine neue Kanzlei war im Entstehen, und dieses Mal wusste Clay ganz genau, in welche Richtung er gehen wollte.

Der Präsident brauchte ihn! Obwohl die Wiederwahl erst in zwei Jahren anstand, waren seine Feinde bereits eifrig dabei, ganze Wagenladungen Geld zu sammeln. Der Präsident selbst war seit seinen Tagen als junger Senator immer für die Prozessanwälte eingetreten, hatte sogar selbst einmal einige kleinere Prozesse geführt, worauf er heute noch stolz war. Und jetzt brauchte er Clays Hilfe, um die eigennützigen Interessen der Großkonzerne abwehren zu können. Da er Clay unbedingt persönlich kennen lernen wollte, schlug er vor, das über den so genannten »Expertenrat des Präsidenten« zu arrangieren – einen handverlesenen Kreis von Prozessanwälten und Gewerkschaftsvertretern, die großzügige Schecks ausstellen konnten und Zeit hatten, um sich über wichtige Themen zu unterhalten.

Die Feinde planten gerade einen weiteren heftigen Angriff, mit dem sie eine Reform des Sammelklagenrechts durchzusetzen versuchten. Sie wollten lächerliche Höchstsätze festlegen, sowohl für den Strafschadenersatz als auch für den tatsächlich entstandenen Schaden. Sie wollten das Sammelklagensystem vernichten, das seinen Zweck für die auf Sammelklagen spezialisierten Anwälte bis jetzt doch so gut erfüllt hatte. Sie wollten verhindern, dass jemand seinen Arzt verklagte.

Der Präsident würde ihnen natürlich die Stirn bieten, wie immer, aber dazu brauchte er Hilfe. Der repräsentative, auf goldgeprägtes Briefpapier gedruckte Dreiseitenbrief endete mit der Bitte um Geld, vorzugsweise eine ganze Menge davon. Clay rief Patton French an, der sich gerade in seinem Büro in Biloxi aufhielt, was sehr ungewöhnlich war. Wie immer war French kurz angebunden. »Stellen Sie den verdammten Scheck aus«, befand er.

Clay und der Vorsitzende des Expertenrats führten mehrere Telefongespräche. Hinterher konnte sich Clay nicht mehr daran erinnern, was er ursprünglich hatte spenden wollen, aber der Betrag war mit Sicherheit erheblich niedriger gewesen als die zweihundertfünfzigtausend Dollar, die es schließlich geworden waren. Ein Kurier holte den Scheck ab und brachte ihn ins Weiße Haus. Vier Stunden später gab ein anderer Kurier einen schmalen Umschlag aus dem Weißen Haus für Clay ab. Er enthielt eine handgeschriebene Mitteilung des Präsidenten:

> Lieber Mr Carter, ich bin gerade in einer Kabinettssitzung (und versuche, wach zu bleiben), sonst hätte ich Sie gleich angerufen. Vielen Dank für Ihre Unterstützung. Wir sollten uns kennen lernen, vielleicht bei einem gemeinsamen Abendessen?

Unterschrieben vom Präsidenten der Vereinigten Staaten.

Ganz nett, aber für eine Viertelmillion Dollar konnte er das ja auch erwarten. Am nächsten Tag brachte ein Kurier eine dicke Einladung aus dem Weißen Haus. Auf den Umschlag war SCHNELLE ANTWORT ERBETEN gestempelt worden. Clay und Begleitung wurden gebeten, an einem Staatsbankett zu Ehren des argentinischen Präsidenten teilzunehmen. Selbstverständlich in Abendkleidung. U.A.W.G. Sofort, da das Ereignis schon in vier Tagen stattfinden würde. Erstaunlich, was man sich in Washington mit zweihundertfünfzigtausend Dollar alles kaufen konnte.

Ridley brauchte natürlich ein hübsches Kleid, und da Clay es bezahlen würde, ging er mit ihr einkaufen. Er beklagte sich nicht einmal darüber, da er gedachte, bei der Auswahl des Abendkleids ein Wörtchen mitzureden. Ohne Aufsicht hätte sie vielleicht etwas Durchsichtiges oder einen Stoffstreifen mit Schlitzen bis zum Bauchnabel gekauft, was die Argentinier und natürlich auch alle anderen Gäste sicher schockiert hätte. Dieses Risiko wollte er nicht eingehen. Er wollte das Kleid sehen, bevor er es kaufte.

Erstaunlicherweise hielt Ridley sich sehr zurück, sowohl beim Ausschnitt als auch bei den Ausgaben. An ihr sah einfach alles gut aus. Schließlich war sie Model, obwohl sie in letzter Zeit immer seltener zu arbeiten schien. Sie entschied sich für ein fantastisches, aber einfach geschnittenes rotes Kleid, das erheblich weniger Haut zeigte, als er es sonst von ihr gewohnt war. Für dreitausend Dollar war es schon fast preiswert. Schuhe, eine Perlenkette, ein goldenes, mit Brillanten besetztes Armband, und Clay konnte den Schaden auf etwas unter fünfzehntausend Dollar begrenzen.

Als sie vor dem Weißen Haus in der Limousine warteten, während die Fahrzeuge vor ihnen von einer ganzen Horde Sicherheitsbeamter untersucht wurden, sagte Ridley: »Ich kann es einfach nicht fassen, dass ich jetzt hier bin. Ich, ein armes Mädchen aus Georgien, habe eine Einladung ins Weiße Haus.« Sie schmiegte sich an Clays rechten Arm. Seine Hand lag auf ihrem Oberschenkel. Wie immer, wenn sie nervös war, wurde ihr Akzent stärker.

»Ja, kaum zu glauben«, erwiderte Clay, der selbst etwas aufgeregt war.

Als sie unter einem Baldachin vor dem Ostflügel aus der Limousine stiegen, nahm ein Angehöriger des Marine Corps in Paradeuniform Ridleys Arm und führte sie in den East Room des Weißen Hauses, wo die Gäste sich versammelten und etwas trinken konnten. Clay folgte ihnen, wobei er Ridleys Po betrachtete und jeden Schritt genoss. Schließlich ließ der Marine Ridleys Arm widerwillig los und ging, um eine andere Dame hereinzubegleiten. Ein Fotograf machte eine Aufnahme von ihnen.

Sie traten zur am nächsten stehenden Gruppe von Gästen und stellten sich einigen Leuten vor, denen sie nie wieder begegnen würden. Als das Bankett unmittelbar bevorstand, wechselten alle in den State Dining Room, in den man fünfzehn Zehnertische gezwängt hatte, die mit mehr Porzellan, Besteck und Gläsern gedeckt waren, als Clay je auf einem Fleck gesehen hatte. Die Sitzordnung war festgelegt. Niemand saß neben der Person, mit der er gekommen war. Clay führte Ridley an ihren Tisch und suchte ihren Platz. Dann rückte er ihr den Stuhl zurecht, küsste sie auf die Wange und sagte: »Viel Glück.« Sie schenkte ihm ein strahlendes, selbstbewusstes Modellächeln, aber er wusste, dass sie in diesem Moment nur ein kleines, vor Angst zitterndes Mädchen aus Georgien war. Kaum hatte er sich einige Schritte von ihr entfernt, stürzten zwei Männer auf sie zu und gaben ihr die Hand, um sich vorzustellen.

Für Clay sollte es ein langer Abend werden. Rechts von ihm saß eine prominente Dame der Gesellschaft aus Manhattan, eine verschrumpelte, spitznasige alte Zicke, die sich so lange ausgehungert hatte, dass sie wie eine Mumie aussah. Sie war taub und konnte sich nur brüllend unterhalten. Links von ihm hatte die Tochter eines Kaufhauskönigs Platz genommen, die mit dem Präsidenten zusammen aufs College gegangen war. Clay beugte sich zu ihr hinüber und mühte sich fünf Minuten ab, Konversation zu machen, bis ihm klar wurde, dass sie nichts zu sagen hatte.

Die Minuten wurden immer länger.

Er saß mit dem Rücken zu Ridley und hatte keine Ahnung, wie es ihr ging.

Der Präsident hielt eine Rede, dann wurde das Essen serviert. Ein Opernsänger an Clays Tisch, dem der Wein zu Kopf gestiegen war, fing an, schmutzige Witze zu erzählen. Er sprach laut und näselnd, kam aus irgendwelchen Bergen und hatte keinerlei Hemmungen, in Gegenwart von Damen ordinär zu werden. Auch die Tatsache, dass er gerade im Weißen Haus war, schien ihn nicht daran hindern zu können.

Drei Stunden, nachdem er sich hingesetzt hatte, stand Clay auf und verabschiedete sich von seinen wundervollen neuen Freunden. Das Bankett war vorbei, und im East Room spielte jetzt ein Orchester. Er schnappte sich Ridley und ging mit ihr hinüber. Kurz vor Mitternacht, als bis auf einige Dutzend die meisten Gäste schon gegangen waren, gesellten sich der Präsident und die First Lady zu den Tänzern. Der Präsident schien sich aufrichtig zu freuen, Mr Clay Carter kennen zu lernen. »Ich habe einige Artikel über Sie gelesen. Gut gemacht, Mr Carter«, sagte er.

»Danke, Mr President.«

»Wer ist die Kleine?«

»Eine Freundin von mir.« Was würden wohl die Feministinnen tun, wenn sie wüssten, dass der Präsident das Wort »Kleine« benutzt hatte?

»Kann ich mit ihr tanzen?«
»Selbstverständlich, Mr President.«
Und so wurde Miss Ridal Petashnakol, eine vierundzwanzigjährige ehemalige Austauschstudentin aus Georgien, vom Präsidenten der Vereinigten Staaten umarmt und geherzt.

27

Die Lieferzeit für eine neue Gulfstream 5 lag bei mindestens zweiundzwanzig Monaten, aller Voraussicht nach würde es jedoch länger dauern. Aber das war nicht das grösste Hindernis. Der Privatjet kostete vierundvierzig Millionen Dollar, selbstverständlich inklusive Vollausstattung und den neuesten elektronischen Spielereien. Es war einfach zu viel Geld, obwohl Clay ernsthaft in Versuchung geriet. Der Makler erklärte ihm, dass die meisten neuen G-5 von grossen Konzernen gekauft wurden, milliardenschweren Unternehmen, die gleich zwei oder drei Stück bestellten und dafür sorgten, dass sie möglichst oft in der Luft waren. Für ihn als Alleinbesitzer sei es ein besseres Geschäft, wenn er ein nicht ganz so neues Flugzeug für sechs Monate lease, bis er sicher sei, dass er es haben wolle. Dann könne er den Leasingvertrag in einen Kaufvertrag umwandeln, wobei man ihm neunzig Prozent der Leasingraten auf den Kaufpreis anrechnen werde.

Der Makler hatte auch schon das passende Flugzeug für ihn. Es war eine G-4 SP (Special Performance) Baujahr 1998, die ein Fortune-500-Unternehmen vor kurzem gegen eine neue G-5 eingetauscht hatte. Als Clay die Maschine auf dem Rollfeld des Reagan National Airport sah, tat sein Herz einen Sprung, und sein Puls ging in die Höhe. Der Jet war schneeweiss, mit einem dezenten königsblauen Streifen. Paris in sechs Stunden. London in fünf.

Er ging mit dem Makler an Bord. Wenn die Maschine kleiner war als Patton Frenchs G-5, fiel Clay das nicht auf. Überall nur Leder, Mahagoni und Zierleisten aus Messing. Im hinteren Teil eine Küche, eine Bartheke und ein Bad, vorn die neueste Flugelektronik für die Piloten. Ein Sofa konnte zu einem Bett ausgeklappt werden. Einen flüchtigen Moment lang musste er an Ridley denken – sie beide im Bett, in zwölftausend Meter Höhe. Stereoanlage, Videotechnik und Telefonanlage vom Feinsten. Fax, PC, Internet-Zugang.

Das Flugzeug sah brandneu aus, und der Verkäufer berichtete, dass es direkt aus dem Hangar komme, wo es umlackiert und die Innenausstattung erneuert worden sei. Nach einigem Drängen sagte er schließlich: »Für dreißig Millionen gehört es Ihnen.«

Sie setzten sich an einen kleinen Tisch und begannen mit den Verkaufsverhandlungen. Der Vorschlag, einen Leasingvertrag abzuschließen, wurde bald wieder fallen gelassen. Bei seinem Einkommen würde Clay keine Schwierigkeiten haben, ein günstiges Finanzierungspaket abzuschließen. Die Hypothek von dreihunderttausend Dollar pro Monat war kaum höher als die Leasingraten. Und wenn er sich etwas Größeres kaufen wollte, würde der Makler die Maschine zum höchsten Schätzwert auf dem Markt in Zahlung nehmen und ihm alles liefern, was er haben wollte.

Zwei Piloten dürften zweihunderttausend Dollar im Jahr kosten, einschließlich Sozialleistungen, Training und so weiter. Clay sollte sich überlegen, ob er nicht eine Chartergesellschaft für das Flugzeug gründete. »Je nachdem, wie oft Sie es brauchen, könnten Sie bis zu einer Million im Jahr an Chartergebühren verdienen«, sagte der Makler, der den Abschluss witterte. »Das würde die Ausgaben für Piloten, Hangarfläche und Wartung decken.«

»Wissen Sie ungefähr, wie häufig ich es benutzen werde?«, fragte Clay. Sein Kopf dröhnte, als er über die verschiedenen Nutzungsmöglichkeiten nachdachte.

»Ich habe eine Menge Flugzeuge an Anwälte verkauft«,

erwiderte der Makler und griff nach seinen Unterlagen. »Dreihundert Flugstunden pro Jahr sind das Maximum. Sie könnten es für die doppelte Anzahl von Stunden verchartern.«

Wow, dachte Clay. Dieses Spielzeug könnte tatsächlich noch was einbringen.

Die Stimme der Vernunft riet ihm, vorsichtig zu sein, aber warum sollte er warten? Und wen sollte er um Rat fragen? Doch höchstens seine Freunde, die Anwälte aus dem Ausschuss, und die würden alle sagen: »Was, Sie haben noch kein eigenes Flugzeug? Dann kaufen Sie es!«

Also kaufte er es.

Aufgrund von Rekordumsätzen hatte Goffman im vierten Quartal mehr Gewinn gemacht als im Vorjahr. Die Aktie stand bei fünfundsechzig Dollar: der höchste Stand seit zwei Jahren. In der ersten Januarwoche wollte der Konzern eine ungewöhnliche Kampagne starten, mit der nicht für eines seiner zahlreichen Produkte, sondern für das Unternehmen selbst geworben werden sollte. »Goffman ist immer für Sie da«, lauteten der Slogan und das Thema. In jedem Werbespot fürs Fernsehen war eines der bekannten Produkte zu sehen, mit denen Amerika getröstet und beschützt wurde: Eine Mutter klebt ihrem kleinen Sohn ein Heftpflaster auf das aufgeschlagene Knie; ein gut aussehender junger Mann mit dem obligatorischen Waschbrettbauch rasiert sich und hat offenbar eine Menge Spaß dabei; ein grauhaariges Paar, das von seinen Hämorrhoiden befreit wurde, spaziert am Strand entlang; ein Jogger mit schmerzverzerrtem Gesicht greift nach einem Schmerzmittel. Und so weiter. Goffmans Liste bewährter Konsumgüter war recht lang.

Mulrooney beobachtete das Unternehmen genauer als ein Börsenanalyst und war fest davon überzeugt, dass die Werbekampagne nur ein Trick war, um Anleger und Verbraucher auf den Maxatil-Schock vorzubereiten. Seine Nachforschungen hatten ergeben, dass das Marketing von Goffman noch nie mit Imagekampagnen gearbeitet hatte. Der Werbeetat des Konzerns gehörte zu den fünf größten der Vereinigten Staaten, aber das Unternehmen hatte sein Geld bis jetzt immer nur für jeweils ein Produkt ausgegeben, und das mit erstaunlichen Ergebnissen.

Dieser Meinung war auch Max Pace, der inzwischen im Hay-Adams wohnte. Clay traf sich mit ihm in seiner Suite zu einem späten Abendessen, das vom Zimmerservice gebracht wurde. Pace war nervös und brannte darauf, die Bombe platzen zu lassen. Er las die letzte Fassung der Sammelklage, die in Washington eingereicht werden sollte. Wie immer machte er sich am Rand Notizen.

»Wie sieht der Plan aus?«, erkundigte er sich. Das Essen und den Wein ignorierte er.

Clay dagegen war hungrig. »Die Fernsehspots starten um acht Uhr morgen früh«, sagte er, den Mund voll Kalbfleisch. »Eine Blitzaktion auf achtzig Märkten, von Küste zu Küste. Die Hotline steht. Die Website ist fertig. Meine kleine Kanzlei ist bereit. Ich werde gegen zehn Uhr zum Gericht marschieren und die Klage einreichen.«

»Hört sich gut an.«

»Wir machen das schließlich nicht zum ersten Mal. Die Kanzlei J. Clay Carter II. ist dank Ihnen eine Sammelklagenmaschine.«

»Wissen Ihre neuen Freunde von der Klage?«

»Natürlich nicht. Warum sollte ich es ihnen erzählen? Wir arbeiten zwar bei Dyloft zusammen, aber French und die anderen Jungs sind für mich auch Konkurrenten. Ich habe sie mit Dyloft geschockt, und das werde ich jetzt auch mit Maxatil tun. Ich kann nicht warten.«

»Das hier ist nicht Dyloft, vergessen Sie das nicht. Bei Ackerman haben Sie Glück gehabt, weil Sie ein kränkelndes Unternehmen in einem schwachen Moment erwischt haben. Bei Goffman wird es nicht so einfach sein.«

Pace warf die Klage auf eine Kommode und setzte sich hin, um zu essen.

»Aber sie haben ein Medikament mit schweren Nebenwirkungen hergestellt«, wandte Clay ein. »Und mit so einem Produkt riskiert man keinen Prozess.«

»Nicht bei einer Sammelklage. Aber meine Kontakte haben mir erzählt, dass Goffman den Prozess in Flagstaff führen will, weil es sich um eine Einzelklage handelt.«

»Der Fall von Mooneyham?«

»Genau. Wenn sie verlieren, werden sie eher zu einem Vergleich bereit sein. Wenn sie gewinnen, könnte es ein langer Kampf werden.«

»Sagten Sie nicht, dass Mooneyham noch nie verloren hat?«

»Das letzte Mal vor etwa zwanzig Jahren. Die Geschworenen lieben ihn. Er trägt Cowboyhüte, Wildlederjacken, rote Stiefel und solche Sachen im Gerichtssaal. Mooneyham ist ein Relikt aus den Zeiten, in denen Prozessanwälte ihre Fälle noch selbst bearbeitet haben. Ein echtes Original. Sie sollten ihn kennen lernen. Ein Besuch bei ihm ist auf jeden Fall die Mühe wert.«

»Ich setze ihn auf meine Liste.« Die Gulfstream stand im Hangar und wollte bewegt werden.

Das Telefon klingelte, und Pace unterhielt sich am anderen Ende der Suite fünf Minuten lang leise mit dem Anrufer. »Valeria«, sagte er, als er wieder an den Tisch kam. Vor Clays innerem Auge erschien ein Bild des geschlechtslosen Geschöpfs, das auf einer Karotte herumkaute. Der arme Pace. Er hatte etwas Besseres verdient.

Clay übernachtete in der Kanzlei. Neben dem Konferenzraum hatte er ein kleines Schlafzimmer und ein Bad einbauen lassen. Häufig arbeitete er bis nach Mitternacht, nahm dann ein paar Stunden Schlaf und eine schnelle Dusche, und um sechs Uhr morgens saß er schon wieder an seinem Schreibtisch. Sein Arbeitspensum wurde zur Legende, nicht nur in seiner Kanzlei, sondern in der ganzen Stadt. Zurzeit drehten sich die meisten Gerüchte in Anwaltskreisen um ihn, und sein aus sechzehn Stunden bestehender Arbeitstag verlängerte sich oft auf achtzehn oder zwanzig Stunden, wenn er noch in eine Bar oder auf Partys ging.

Aber was sprach dagegen, dass er rund um die Uhr arbeitete? Er war zweiunddreißig, ledig, hatte keine feste Beziehung, die ihm die Zeit stehlen konnte. Durch Glück und etwas Talent hatte er die einzigartige Chance bekommen, erfolgreicher zu sein als die meisten anderen. Warum sollte er sich nicht einige Jahre für die Kanzlei abrackern und sich dann für den Rest seines Lebens an den Strand legen?

Mulrooney erschien kurz nach sechs. Er hatte bereits vier Tassen Kaffee getrunken und sprudelte vor Ideen nur so über.

»D-Day?«, fragte er, als er in Clays Büro platzte.

»D-Day!«

»Auf sie mit Gebrüll!«

Um sieben wimmelte es in der Kanzlei nur so von Anwälten und Anwaltsassistenten, die immer wieder einen Blick auf die Uhr warfen und auf die Invasion warteten. Sekretärinnen schleppten Kaffee und Bagels von Büro zu Büro. Um acht zwängten sich alle in den Konferenzraum und starrten auf den Breitbildfernseher. Der erste Spot lief auf einem Lokalsender für den Großraum Washington:

Eine attraktive Frau Anfang sechzig, kurzes graues Haar, modischer Haarschnitt, Designerbrille, sitzt an einem kleinen Küchentisch und starrt traurig aus einem Fenster. Stimme aus dem Off (die Unheil verkündend klingt): »Wenn Sie das Hormonpräparat Maxatil nehmen, haben Sie ein erhöhtes Risiko für Brustkrebs, Herzerkrankungen und Schlaganfälle.« Schwenk auf die Hände; Nahaufnahme einer auf dem Tisch stehenden kleinen Pillendose, auf der in großen Buchstaben das Wort MAXATIL steht. (Ein Totenkopf mit gekreuzten Knochen hätte nicht mehr Angst einjagen können.) Die Stimme aus dem Off: »Bitte setzen Sie sich sofort mit Ihrem Arzt in Verbindung. Maxatil ist unter Umständen eine schwere Bedrohung für Ihre Gesundheit.« Nahaufnahme des Frauengesichts, das jetzt noch trauriger aussieht, dann werden die Augen feucht. Die Stimme aus dem Off: »Weitere Informationen erhalten Sie von der Maxatil-Hotline.« Am unteren Bildrand blinkt eine kostenfreie

Rufnummer. In der letzten Einstellung nimmt die Frau ihre Brille ab und wischt sich eine Träne fort.

Alle klatschten und jubelten, als würde das Geld gleich per Kurier geliefert werden. Dann schickte Clay sie auf ihre Posten, damit sie sich ans Telefon setzten und anfingen, Mandanten zu sammeln. Nach ein paar Minuten kamen die ersten Anrufe. Um Punkt neun Uhr wurden wie geplant Kopien der Sammelklage an Zeitungsredaktionen und Börsensender des Kabelnetzes geschickt. Clay rief seinen alten Bekannten vom *Wall Street Journal* an und gab ihm einen Tipp. Er sagte, dass ein Interview in ein oder zwei Tagen möglich sei.

Goffman eröffnete bei 65,25 Dollar, gab aber sofort nach, als über die Maxatil-Klage in Washington berichtet wurde. Clay ließ sich von einem Lokalreporter fotografieren, als er die Klage beim Gericht einreichte.

Um zwölf Uhr war Goffman auf einundsechzig Dollar gefallen. Das Unternehmen gab eilig eine Pressemitteilung heraus, in der es vehement bestritt, dass Maxatil all die furchtbaren Dinge verursachte, die in der Klage behauptet wurden. Es hatte vor, mit allen Mitteln gegen die Klage anzugehen.

Patton French rief während des »Mittagessens« an. Clay aß gerade ein Sandwich, während er hinter seinem Schreibtisch stand und zusah, wie der Stapel mit den Telefonnachrichten immer höher wurde. »Ich hoffe, Sie wissen, was Sie tun«, sagte French mit Argwohn in der Stimme.

»Ja, das hoffe ich auch. Wie geht es Ihnen?«

»Großartig. Wir haben uns Maxatil vor etwa sechs Monaten genau angesehen und dann die Finger davon gelassen. Es könnte ein Problem sein, den Kausalzusammenhang nachzuweisen.«

Clay ließ sein Sandwich fallen und rang nach Luft. Patton French hatte Nein zu einer Sammelklage gesagt? Er hatte es abgelehnt, eine Sammelklage gegen einen der reichsten Konzerne im Land anzustrengen? Plötzlich fiel ihm auf, dass keiner von ihnen etwas sagte und eine peinliche Stille entstanden war. »Wir sehen das anders.« Er griff hinter sich, zog seinen Stuhl heran und ließ sich hineinfallen.

»Bis auf Sie wollte es keiner von uns machen. Saulsberry, Didier, Hernández unten in Miami, alle haben abgelehnt. Ein Typ in Chicago hat ein paar Fälle, aber bis jetzt noch keine Klage eingereicht. Vielleicht haben Sie ja Recht, und wir haben es einfach nicht gesehen.«

French fischte im Dunkeln. »Wir haben etwas gegen Goffman in der Hand«, sagte Clay. Der Bericht! Das war es! Clay hatte den Bericht, French hatte nichts. Ein tiefer Atemzug, und sein Herz fing wieder an zu schlagen.

»Achten Sie darauf, dass Ihre Argumentation wasserdicht ist. Die Jungs sind gut. Im Vergleich zu ihnen sind der alte Wicks und die Leute von Ackerman die reinsten Pfadfinder.«

»Das klingt ja so, als hätten Sie Angst. So etwas bin ich von Ihnen gar nicht gewohnt.«

»Ich habe keine Angst. Aber wenn Sie Goffman keine Haftung nachweisen können, wird man Sie mit Haut und Haaren auffressen. Und verschwenden Sie keinen Gedanken an einen schnellen Vergleich.«

»Machen Sie mit?«

»Nein. Die Sache hat mir vor sechs Monaten nicht gefallen, und jetzt gefällt sie mir immer noch nicht. Außerdem habe ich schon zu viele Eisen im Feuer. Viel Glück.«

Clay machte die Tür seines Büros zu und schloss ab. Er ging zum Fenster und stand mindestens fünf Minuten lang unbeweglich da, bevor ihm bewusst wurde, dass ihm sein durchgeschwitztes Hemd am Rücken klebte. Als er sich mit der Hand über die Stirn fuhr, spürte er Schweißtropfen.

28

Die Schlagzeile im *Daily Profit* schrie: EINHUNDERT MILLIONEN SIND NICHT GENUG! Der Text darunter war noch schlimmer. Der Artikel begann mit einem kurzen Absatz über die »leichtfertig erhobene« Klage, die gestern in Washington gegen Goffman eingereicht worden war, einen der traditionsreichsten amerikanischen Hersteller von Konsumgütern. Goffmans wunderbares Medikament Maxatil habe zahllosen Frauen durch den Alptraum Wechseljahre geholfen, werde jetzt aber von den Wölfen angegriffen, die schon A. H. Robins, Johns Manville, Owens-Illinois und praktisch die gesamte amerikanische Asbestindustrie vernichtet hätten.

Der Artikel wurde noch schärfer im Ton, als die Rede auf den Leitwolf des Rudels kam, einen dreisten jungen Aufsteiger aus Washington namens Clay Carter, der den Quellen zufolge noch nie einen Zivilprozess vor einem Geschworenengericht geführt habe. Trotzdem habe er im letzten Jahr über hundert Millionen Dollar durch Sammelklagen verdient. Offenbar verfügte der Reporter über mehrere zuverlässige Quellen, die bereitwillig ausgepackt hatten. Der erste Informant war ein hochrangiger Vertreter der Handelskammer, der gegen Schadenersatzklagen im Allgemeinen und Prozessanwälte im Besonderen wetterte: »Die Clay Carters dieser Welt stiften andere dazu an, ebenfalls solche inszenierten Klagen anzustrengen. In den Vereinigten Staaten gibt es eine Million

Anwälte. Wenn ein Unbekannter wie Mr Carter so schnell so viel verdienen kann, ist kein anständiges Unternehmen mehr sicher.« Ein Juraprofessor von einer Universität, deren Namen Clay noch nie gehört hatte, sagte: »Solche Leute haben überhaupt keine Skrupel. Ihre Gier ist maßlos, und deshalb werden sie die goldene Gans auch eines Tages schlachten.« Ein geschwätziger Kongressabgeordneter aus Connecticut nutzte die Gunst der Stunde, um die sofortige Annahme eines Gesetzes zur Reform der Sammelklagen zu fordern, das er eingebracht hatte. Der Ausschuss wolle Anhörungen festsetzen, und es könne gut sein, dass Mr Carter eine Vorladung bekomme und vor dem Kongress aussagen müsse.

Ungenannte Quellen bei Goffman selbst sagten, dass sich das Unternehmen mit allen Mitteln verteidigen wolle, sich auf keinen Fall der Erpressung durch eine Sammelklage beugen werde und vorhabe, zu gegebener Zeit die Erstattung von Anwaltshonoraren und Verfahrenskosten zu fordern, da die Klage jeder Grundlage entbehre und leichtfertig erhoben worden sei.

Die Aktien des Unternehmens seien um elf Prozent gefallen, wodurch Anlegerkapital von etwa zwei Milliarden Dollar vernichtet worden sei – und das alles nur wegen einer Schwindelklage. »Warum verklagen die Aktionäre von Goffman solche Typen wie Clay Carter nicht?«, fragte der Professor der unbekannten juristischen Fakultät.

Der Artikel war ein schwerer Schlag für Clay, aber er konnte ihn nicht einfach ignorieren. In einem Leitartikel der *Investment Times* wurde der Kongress aufgefordert, eine Reform des Prozessrechts in Erwägung zu ziehen. Auch dieser Journalist ritt darauf herum, dass der junge Carter in nicht einmal einem Jahr ein riesiges Vermögen angehäuft hatte. Er sei nur ein »Rüpel«, dessen unrechtmäßig erworbene Reichtümer die Halsabschneider unter seinen Kollegen dazu inspirieren würden, alles und jeden zu verklagen.

Der Spitzname »Rüpel« hielt sich ein paar Tage in der Kanzlei und ersetzte vorübergehend den »König«. Clay lächelte und tat so, als wäre es eine Ehre. »Vor einem Jahr hat noch niemand über mich gesprochen«, prahlte er. »Und jetzt können sie gar nicht mehr damit aufhören.« Aber hinter der verschlossenen Tür seines Büros war er nervös und machte sich Sorgen wegen der Eile, mit der er Goffman verklagt hatte. Die Tatsache, dass seine Freunde aus dem Ausschuss nicht auf den fahrenden Zug aufspringen wollten, ließ ihn das Schlimmste befürchten. Die schlechte Presse machte ihm zu schaffen. Bis jetzt hatte noch kein einziger Reporter etwas Positives über ihn geschrieben. Pace war verschwunden, was nicht ungewöhnlich war, aber gerade jetzt hätte Clay ihn gebraucht.

Sechs Tage nach Einreichen der Klage rief Pace von Kalifornien aus an. »Morgen ist der große Tag«, sagte er.

»Ich brauche ein paar gute Nachrichten«, sagte Clay. »Was ist mit dem Bericht?«

»Das weiß ich nicht«, erwiderte Pace. »Und keine Anrufe mehr. Wir werden vielleicht abgehört. Ich erkläre es Ihnen bald. Wenn ich wieder in der Stadt bin.«

Wir werden vielleicht abgehört? Wer von uns beiden? Und von wem, bitte schön, wurden sie vielleicht abgehört? Wieder eine schlaflose Nacht.

Im Rahmen der von einer staatlichen Behörde in Auftrag gegebenen Studie hatten ursprünglich zwanzigtausend Frauen zwischen fünfundvierzig und fünfundsiebzig Jahren über einen Zeitraum von sieben Jahren beobachtet werden sollen. Die Gruppe war aufgeteilt worden; eine Hälfte hatte täglich Maxatil eingenommen, die andere ein Placebo bekommen. Aber nach vier Jahren war die Studie abgebrochen worden, da die Ergebnisse äußerst beunruhigend waren. Die Ärzte stellten fest, dass bei einem erschreckend großen Prozentsatz der Testpersonen ein erhöhtes Risiko für Brustkrebs, Herzerkrankungen und Schlaganfälle bestand. Bei den Frauen, die Maxatil einnahmen, erhöhte sich das Brustkrebsrisiko um dreiunddreißig Prozent. Es bestand eine um einundzwanzig Prozent höhere Wahrscheinlichkeit von Herzerkrankungen und ein um zwanzig Prozent höheres Risiko, einen schweren Schlaganfall zu bekommen.

Der Bericht wurde am nächsten Morgen veröffentlicht. Goffmans Aktien gerieten erneut unter Druck und fielen auf einundfünfzig Dollar, als die Meldung in den Nachrichten kam. Clay und Mulrooney behielten den ganzen Morgen über Websites und Kabelsender im Auge, da sie auf eine Reaktion des Unternehmens warteten, aber es kam keine. Die Reporter der Wirtschaftspresse, die Clay in der Luft zerrissen hatten, nachdem er die Klage eingereicht hatte, riefen nicht an, um nach seiner Reaktion auf die Studie zu fragen. Der Bericht wurde am nächsten Tag in einigen Artikeln erwähnt. Die *Washington Post* brachte eine ziemlich trockene Zusammenfassung, erwähnte Clays Namen jedoch nicht. Clay fühlte sich rehabilitiert, aber ignoriert. Er hatte seinen Kritikern so viel zu sagen, doch niemand wollte ihm zuhören.

Das einzig Positive war die Tatsache, dass von den Maxatil-Patientinnen eine wahre Flut von Anrufen einging.

Die Gulfstream musste in die Luft. Sie hatte acht Tage im Hangar gestanden, und Clay brannte darauf, irgendwohin zu fliegen. Er ließ Ridley kommen und hob in Richtung Westen ab, zuerst nach Las Vegas, obwohl niemand im Büro wusste, dass er dort landen würde. Es war eine Geschäftsreise, und eine wichtige noch dazu. Clay hatte einen Termin mit dem großen Dale Mooneyham in Tucson, um mit ihm über Maxatil zu sprechen.

Sie blieben zwei Tage in Vegas, in einem Hotel mit echten Geparden und Panthern, die in einem nachgebauten Wildreservat vor dem Haupteingang ausgestellt wurden. Clay verlor dreißigtausend Dollar beim Blackjack, und Ridley gab in den Edelboutiquen der Hotellobby fünfundzwanzigtausend Dollar für Kleidung aus. Die Gulfstream flüchtete nach Tucson.

Mott & Mooneyham hatten einen alten Bahnhof im Stadtzentrum zu einer etwas schäbig wirkenden Kanzlei umgebaut. Die Rezeption war im alten Wartesaal untergebracht, einem langen, schmalen Raum mit einer Gewölbedecke, in dem zwei Sekretärinnen jeweils in einer eigenen Ecke saßen, als müsste man sie voneinander trennen, um den Frieden zu wahren. Auf den zweiten Blick wurde klar, dass diese Bedenken wohl unbegründet waren, denn die beiden Damen waren weit über siebzig und in ihrer eigenen Welt versunken. Der Raum war eine Art Museum, eine Ausstellung jener Produkte, die Dale Mooneyham mit ins Gericht genommen und den Geschworenen gezeigt hatte. In einer grossen Vitrine stand ein mit Gas betriebener Heisswasserbereiter, und die Bronzeplakette über der Tür gab Auskunft über den Fall und die Höhe der zugesprochenen Entschädigung – 4,5 Millionen Dollar, 3. Oktober 1988, Stone County, Arkansas. Unter den Ausstellungstücken war das Wrack eines dreirädrigen Autos, das Honda in Kalifornien drei Millionen Dollar gekostet hatte, und ein billiges Gewehr, das Geschworene in Texas so erzürnt hatte, dass sie dem Kläger elf Millionen Dollar zuerkannten. Dutzende Produkte – ein Rasenmäher, die ausgebrannte Karosserie eines Toyota Celica, eine Bohrmaschine, eine kaputte Schwimmweste, eine gebrochene Leiter. Die Wände waren mit Zeitungsartikeln und grossen Fotos des erfolgreichen Anwalts gepflastert, auf denen er seinen geschädigten Mandanten Schecks überreichte. Clay, der allein gekommen war, da Ridley einkaufen wollte, sah sich die einzelnen Stücke an. Er war fasziniert von den Siegen, die Mooneyham errungen hatte, und merkte gar nicht, dass man ihn fast eine Stunde warten liess.

Schliesslich kam eine Assistentin und führte ihn durch einen breiten Korridor an grosszügigen Büros vorbei. Die Wände waren mit gerahmten Vergrösserungen von Zeitungsschlagzeilen und -artikeln dekoriert, die alle von packenden Dramen im Gerichtssaal zeugten. Wer Mott auch sein mochte, er war mit Sicherheit ein unbedeutendes Mitglied der Kanzlei. Im Briefkopf standen nur noch vier weitere Anwälte.

Dale Mooneyham sass hinter einem Schreibtisch und erhob sich nur halb von seinem Stuhl, als Clay hereinkam, ohne dass sein Name von der Assistentin genannt wurde. Er kam sich vor wie ein Landstreicher. Mooneyhams Handschlag war kalt und gezwungen. Clay war hier nicht willkommen und verwirrt von der Art des Empfangs. Mooneyham war mindestens siebzig, ein grosser, massiger Mann mit einem gewaltigen Oberkörper und dickem Bauch. Blaue Jeans, leuchtend rote Stiefel, ein zerknittertes Cowboyhemd und selbstverständlich keine Krawatte. Das graue Haar hatte er sich schwarz gefärbt, aber ein Besuch beim Friseur war längst überfällig, da es an den Seiten grau und oben dunkel schimmerte und mit zu viel Pomade an den Kopf geklebt worden war. Langes, breites Gesicht mit den geschwollenen Augen eines Trinkers.

»Schöne Kanzlei, sehr ungewöhnlich«, sagte Clay, um das Eis zu brechen.«

»Ich habe sie vor vierzig Jahren gekauft«, erwiderte Mooneyham. »Für fünftausend Dollar.«

»Ihre Ausstellung draussen ist sehr beeindruckend.«

»Es ist recht gut gelaufen. Seit einundzwanzig Jahren habe ich keinen Prozess vor einem Geschworenengericht mehr verloren. Eine Niederlage ist eigentlich längst fällig – sagen zumindest meine Gegner.«

Clay sah sich um und versuchte, sich in dem alten Ledersessel zu entspannen. Das Büro war fünfmal so gross wie seines, und an den Wänden hingen die Köpfe ausgestopfter Jagdtrophäen, die jede seiner Bewegungen verfolgten. Aus den anderen Räumen der Kanzlei waren keine klingelnden Telefone, keine ratternden Faxgeräte zu gehören. In Mooneyhams Büro stand kein einziger Computer.

»Ich würde mit Ihnen gern über Maxatil sprechen«, sagte Clay, der das Gefühl hatte, man könnte ihn jeden Moment hinauswerfen.

Mooneyham zögerte. Keine Reaktion, nur ein kurzes Blinzeln der kleinen, dunklen Augen. »Ein Medikament mit schweren Nebenwirkungen«, sagte er lediglich, als hätte Clay keine Ahnung. »Vor fünf Monaten habe ich in Flagstaff Klage eingereicht. Das Gericht hier in Arizona arbeitet sehr schnell, daher wird der Prozess vermutlich im Frühherbst stattfinden. Im Gegensatz zu Ihnen reiche ich eine Klage erst ein, wenn mein Fall gründlich recherchiert und vorbereitet ist und ich für einen Prozess bereit bin. Wenn man es so macht, kann einen die andere Seite nicht mehr einholen. Ich habe ein Buch über Prozessvorbereitung geschrieben, in das ich immer mal wieder einen Blick werfe. Das sollten Sie auch tun.«

Jetzt gleich?, wollte Clay fragen. »Was ist mit Ihrer Mandantin?«, sagte er stattdessen.

»Ich habe nur eine. Sammelklagen sind Betrug, zumindest dann, wenn man es so macht wie Sie und Ihre Freunde. Schadenersatzklagen im Namen einer Gruppe sind eine Gaunerei, ein Schwindel am Verbraucher, eine von Gier getriebene Lotterie, die uns eines Tages alle ruinieren wird. Und diese ungezügelte Gier wird das Pendel in die andere Richtung schwingen lassen. Es wird zu einschneidenden Reformen kommen. Anwälte Ihrer Couleur haben dann zwar nichts mehr zu tun, aber das wird Ihnen egal sein, weil Sie ein Vermögen verdient haben. Darunter leiden werden die, die in Zukunft eine Klage anstrengen wollen. All die kleinen Leute, die niemanden mehr wegen eines fehlerhaften Produkts verklagen können, weil Anwälte wie Sie das Gesetz missbraucht haben.«

»Ich habe nach Ihrer Mandantin gefragt.«

»Sechsundsechzig, weiß, weiblich, Nichtraucherin, hat Maxatil vier Jahre lang genommen. Ich habe sie vor einem Jahr kennen gelernt. Hier lassen wir uns Zeit, wir machen unsere Hausaufgaben, bevor wir zu schießen anfangen.«

Clay hatte eigentlich über große Dinge und große Pläne sprechen wollen, etwa darüber, wie viele potenzielle Maxatil-Kläger es geben mochte, was Mooneyham von Goffman erwartete, welche Gutachter er im Prozess einsetzen wollte. Aber jetzt suchte er nur noch nach einem schnellen Abgang. »Sie rechnen also nicht mit einem Vergleich?«, fragte er. Es gelang ihm, einigermaßen interessiert zu klingen.

»Ich lasse mich nicht auf Vergleiche ein. Und das wissen meine Mandanten von Anfang an. Ich habe drei Fälle pro Jahr, die ich mir alle sehr sorgfältig aussuche. Möglichst unterschiedlicher Natur, mit Produkten und Theorien, mit denen ich noch nicht vor Gericht gewesen bin. Gerichte, die ich noch nicht kenne. Ich habe freie Auswahl, weil jeden Tag irgendein Anwalt anruft. Und ich gehe immer vor Gericht. Wenn ich einen Fall übernehme, weiß ich, dass es keinen Vergleich geben wird. Eine Ablenkung weniger. Und meinen Mandanten sage ich gleich zu Anfang, dass ich meine Zeit nicht damit verschwende, über einen Vergleich nachzudenken.« Zum ersten Mal bewegte Mooneyham sich, nur eine leichte Gewichtsverlagerung von einer Seite auf die andere, als hätte er ein Problem mit dem Rücken. »Für Sie sind das natürlich gute Nachrichten. Ich starte den ersten Angriff auf Goffman, und wenn die Geschworenen die Dinge so sehen, wie ich sie sehe, sprechen sie meiner Mandantin eine ansehnliche Entschädigung zu. Sie und die anderen Trittbrettfahrer können dann auf den Zug aufspringen, noch mehr Werbung für neue Mandanten machen, die Kläger mit einem Taschengeld abspeisen und das Honorar kassieren. Ich sorge dafür, dass Sie sich schon wieder eine goldene Nase verdienen.«

»Ich würde gern vor Gericht gehen.«

»Wenn das, was ich gelesen habe, stimmt, wissen Sie nicht mal, wo das Gerichtsgebäude steht.«

»Dann suche ich es eben.«

Mooneyham zuckte mit den Achseln. »Die Mühe brauchen Sie sich vermutlich nicht zu machen. Wenn ich mit Goffman fertig bin, geht die Firma sämtlichen Geschworenen aus dem Weg.«

»Ich bin nicht verpflichtet, einen Vergleich abzuschließen.«

»Sie werden es trotzdem tun. Sie werden tausende Fälle haben. Aber Ihnen fehlt der Mumm, vor Gericht zu gehen.«

Und damit stand Mooneyham langsam auf, verabschiedete Clay mit einem schlaffen Händedruck und sagte: »Ich habe zu tun.«

Clay verließ das Büro und eilte durch den Korridor und das Museum im Eingangsbereich nach draußen in die mörderische Hitze der Wüste.

Spielerpech in Vegas und ein Desaster in Tucson, aber irgendwo über Oklahoma, in zwölftausend Metern, wurde die Reise doch noch gerettet. Ridley lag schlafend auf dem Sofa, hatte die Bettdecke über den Kopf gezogen und war durch nichts zu wecken, als das Faxgerät zu brummen begann. Clay ging in den hinteren Teil der abgedunkelten Kabine und holte eine Seite aus dem Gerät. Das Fax kam aus der Kanzlei, von Oscar Mulrooney. Er hatte einen Artikel aus dem Internet heruntergeladen – die jährlich veröffentlichte Rangliste der Kanzleien und Anwaltshonorare aus der Zeitschrift *American Attorney*. Neu in der Liste der zwanzig bestbezahlten Anwälte der Vereinigten Staaten war Mr Clay Carter, der auf einem beeindruckenden achten Platz gelandet war und im letzten Jahr ein Einkommen von schätzungsweise hundertzehn Millionen Dollar erzielt hatte. Der Artikel enthielt sogar ein kleines Foto von Clay, unter dem »Aufsteiger des Jahres« stand.

Gut geraten, sagte Clay zu sich selbst. Leider waren dreißig Millionen aus dem Vergleich für Dyloft als Prämie an Paulette, Jonah und Rodney gegangen, eine Belohnung, die zwar sehr großzügig, im Nachhinein gesehen aber eine Dummheit gewesen war. Es würde nie wieder geschehen. Die Reporter vom *American Attorney* wussten natürlich nichts von den großherzigen Prämien, was aber nicht heißen sollte, dass Clay sich beschwerte. Unter den ersten zwanzig war er schließlich der einzige Anwalt aus Washington.

Nummer eins war eine Legende aus Amarillo namens Jock Ramsey, der nach einem Giftmüllskandal mehrere Öl- und Chemiekonzerne verklagt hatte. Der Fall hatte sich neun Jahre lang hingezogen. Ramseys Anteil wurde auf vierhundertfünfzig Millionen Dollar geschätzt. Ein Anwalt aus Palm Beach hatte bei einem Vergleich mit einem Tabakhersteller angeblich vierhundert Millionen verdient. Nummer drei war ein Anwalt aus New York mit dreihundertfünfundzwanzig Millionen. Patton French nahm den vierten Platz ein, worüber er sicher maßlos verärgert war.

Clay saß in seiner Gulfstream, starrte den Artikel mit seinem Foto an und sagte sich, dass das alles nur ein Traum war. In Washington gab es sechsundsiebzigtausend Anwälte, und er war der erfolgreichste von ihnen. Vor einem Jahr hatte er noch nicht gewusst, was Tarvan oder Dyloft oder Maxatil waren, und er hatte sich auch nicht sonderlich für Sammelklagen interessiert. Vor einem Jahr war sein größter Traum gewesen, dem OPD zu entkommen und einen Job bei einer anständigen Kanzlei zu finden, die ihm so viel zahlte, dass er sich ein paar neue Anzüge und ein besseres Auto kaufen konnte. Damals hatte er gehofft, dass sein Name im Briefkopf einer Kanzlei Rebecca beeindrucken und ihre Eltern in Schach halten würde. Dass er mit einem größeren Büro und besseren Mandanten endlich aufhören konnte, seinen ehemaligen Kommilitonen von der Universität aus dem Weg zu gehen. Was für bescheidene Träume.

Ridley würde er den Artikel allerdings nicht zeigen. Inzwischen hatte sie sich sehr an sein Geld gewöhnt und zeigte ein auffälliges Interesse an Schmuck und Reisen. Sie war noch nie in Italien gewesen und fing immer wieder von Rom und Florenz an.

Ganz Washington würde darüber sprechen, dass Clays Name auf der Liste der zwanzig erfolgreichsten Anwälte stand. Er dachte an seine Freunde und an seine Konkurrenten, an seine ehemaligen Kommilitonen und an seine alten Kollegen vom OPD. Aber vor allem dachte er an Rebecca.

29

Die Hanna Portland Cement Company war 1946 in Reedsburg, Pennsylvania, gegründet worden, gerade noch rechtzeitig, um den Bauboom der Nachkriegsjahre mitzumachen. Sie entwickelte sich rasch zum größten Arbeitgeber der kleinen Stadt. Die Gebrüder Hanna führten das Unternehmen mit eiserner Faust, aber ihre Arbeiter, die auch ihre Nachbarn waren, behandelten sie gerecht. Wenn die Geschäfte gut liefen, bekamen die Arbeiter großzügige Löhne. War die Auftragslage schlecht, schnallten alle den Gürtel enger und warteten ab, bis es wieder besser ging. Kündigungen kamen selten vor und wurden nur ausgesprochen, wenn es nicht mehr anders ging. Die Arbeiter waren zufrieden und dachten gar nicht daran, sich gewerkschaftlich zu organisieren.

Die Gewinne investierten die Hannas in neue Maschinen und Ausrüstung und in die Stadt. Sie bauten ein städtisches Verwaltungszentrum, ein Krankenhaus, ein Theater und das schönste Highschool-Footballstadion in der Gegend. Im Laufe der Jahre wurden den Gebrüdern Hanna einige sehr gute Kaufangebote gemacht, sodass sie versucht waren, das Geld zu nehmen und für den Rest ihres Lebens Golf zu spielen. Aber man wollte ihnen nie die Garantie geben, dass das Werk in Reedsburg bleiben würde. Daher behielten sie die Firma.

Nach fünfzig Jahren vernünftigem Management beschäftigte das Unternehmen viertausend der elftausend Einwohner der

Stadt. Der Jahresumsatz lag bei sechzig Millionen Dollar, aber die Gewinnsituation war schlecht. Durch starke Konkurrenz aus dem Ausland und einen Rückgang der Bautätigkeit geriet die Gewinn- und Verlustrechnung unter Druck. Die Baustoffbranche war konjunkturabhängig, was die jüngeren Hannas leider erfolglos zu kompensieren versucht hatten, indem sie verwandte Produkte in ihr Sortiment aufnahmen. Die aktuelle Bilanz wies mehr Verbindlichkeiten auf als sonst.

Zurzeit war Marcus Hanna CEO des Unternehmens, obwohl er diesen Titel nie benutzte. Er war einfach nur der Chef, der Mann an der Spitze. Sein Vater war einer der Gründer gewesen, und Marcus hatte sein ganzes Leben im Werk verbracht. In der Geschäftsführung des Unternehmens saßen noch acht andere Hannas, und einige Vertreter der nächsten Generation arbeiteten schon im Werk, wo sie Fußböden kehrten und die gleichen niederen Arbeiten verrichteten, die auch für ihre Eltern einst selbstverständlich gewesen waren.

An dem Tag, als ihm die Klage zugestellt wurde, saß Marcus gerade in einer Besprechung mit seinem Cousin Joel Hanna, dem inoffiziellen Firmenanwalt. Ein Zustellungsbeamter hatte sich an der Empfangsdame und den Sekretärinnen vor seinem Büro vorbeigedrängt und hielt Marcus einen dicken Umschlag hin.

»Sind Sie Marcus Hanna?«, wollte er wissen.

»Ja. Und wer sind Sie?«

»Ich bin Zustellungsbeamter. Hier ist eine Klage.« Er drückte sie ihm in die Hand und ging wieder.

Es war eine in Howard County, Maryland, eingereichte Klage, mit der eine nicht näher bezeichnete Entschädigung für eine Gruppe von Hausbesitzern gefordert wurde, die einen Schadenersatzanspruch aufgrund eines fehlerhaften, von Hanna hergestellten Portlandzements geltend machten. Joel las den Schriftsatz langsam durch und übersetzte ihn dann für Marcus. Als er fertig war, saßen die beiden Männer lange Zeit da und verfluchten sämtliche Anwälte der Welt.

Die kurze Recherche einer Sekretärin ergab eine beeindruckende Zahl von kürzlich erschienenen Artikeln über den Anwalt der Kläger, einen gewissen Clay Carter aus Washington.

Dass es in Howard County Ärger gegeben hatte, war keine Überraschung für die Hannas. Vor einigen Jahren war eine fehlerhafte Charge ihres Portlandzements dorthin geliefert worden. Über die üblichen Vertriebswege war er zu einigen Bauunternehmen gelangt, die ihn für Ziegelverblendungen an Neubauten verwendet hatten. Vor kurzem waren erste Beschwerden eingegangen, und das Unternehmen versuchte gerade, das Ausmaß des Problems zu erfassen. Offenbar fing der Mörtel nach drei Jahren an, sich aufzulösen, und dann fielen die Ziegel von der Wand. Sowohl Marcus als auch Joel waren in Howard County gewesen und hatten sich dort mit ihren Lieferanten und den Bauunternehmen getroffen. Sie hatten sich mehrere betroffene Häuser angesehen. Zurzeit gingen sie davon aus, dass es etwa fünfhundert potenzielle Schadenfälle gab und die Kosten für die Reparatur pro Haus bei etwa zwölftausend Dollar lagen. Die Hanna Portland Cement Company hatte eine Produkthaftpflichtversicherung, die die ersten fünf Millionen Dollar für solche Schadenfälle deckte.

Aber in der Klageschrift wurde behauptet, dass es eine Gruppe von »mindestens zweitausend potenziellen Klägern« gebe, von denen jeder fünfundzwanzigtausend Dollar für tatsächlich entstandene Schäden verlange.

»Das sind fünfzig Millionen«, sagte Marcus.

»Und dieser verdammte Anwalt nimmt vierzig Prozent davon«, fügte Joel hinzu.

»Das kann er doch nicht machen«, sage Marcus.

»Das machen solche Anwälte jeden Tag.«

Es folgten weitere allgemeine Verwünschungen von Anwälten, dann einige konkrete in Richtung von Mr Carter. Joel verließ das Büro und nahm den Schriftsatz mit. Er musste ihre Versicherung informieren, die die Klage an eine Kanzlei weitergeben würde, vermutlich eine in Philadelphia. So etwas passierte mindestens einmal im Jahr, aber bis jetzt waren es immer

Kleinigkeiten gewesen. Da der geforderte Schadenersatz erheblich höher war als die Versicherungsdeckung, war Hanna gezwungen, eine Kanzlei zu beauftragen, die dann mit der Versicherung zusammenarbeiten würde. Und die Anwälte der Kanzlei würden mit Sicherheit nicht billig sein.

Die ganzseitige Anzeige in der *Larkin Gazette* sorgte für Aufsehen in der kleinen Stadt, die sich im Südwesten von Virginia in den Bergen versteckte. Da Larkin gleich drei Fabriken vorweisen konnte, hatte es etwas mehr als zehntausend Einwohner, was es zu einem regelrechten Bevölkerungszentrum in dem Bergbaugebiet machte. Zehntausend war die von Oscar Mulrooney festgelegte Grenze für ganzseitige Anzeigen und Skinny-Ben-Untersuchungen. Er hatte die bisher erschienenen Anzeigen unter die Lupe genommen und war zu dem Schluss gekommen, dass die kleineren Märkte bei der Jagd nach Mandanten völlig übergangen worden waren. Darüber hinaus hatten seine Recherchen ergeben, dass Frauen aus ländlichen Gebieten und den Appalachen schwerer waren als Frauen in Städten. Skinny-Ben-Land!

In der Anzeige stand, dass die medizinische Untersuchung am nächsten Tag in einem Motel nördlich des Ortes stattfinden und von einem Doktor durchgeführt werde – einem richtigen Arzt. Untersuchen lassen könne sich jeder, der Benafoxadil alias Skinny Ben genommen habe. Alles streng vertraulich. Unter bestimmten Umständen werde man Geld vom Hersteller des Medikaments bekommen.

Am unteren Rand der Seite waren in kleiner gedruckten Buchstaben Name, Adresse und Telefonnummer der Washingtoner Kanzlei J. Clay Carter II. angegeben. Allerdings hörten die meisten, die so weit gekommen waren, an dieser Stelle auf zu lesen oder waren zu aufgeregt wegen der Untersuchung.

Nora Tackett lebte in einem Trailer, der eine Meile außerhalb von Larkin stand. Sie sah die Anzeige nicht, da sie keine Zeitungen las. Sie las überhaupt nichts. Sie saß sechzehn Stunden am Tag vor dem Fernseher, und die meiste Zeit über aß sie. Nora lebte mit den beiden Stiefkindern zusammen, die ihr Exmann zurückgelassen hatte, als er zwei Jahre zuvor einfach verschwunden war. Es waren seine Kinder, nicht ihre, und sie wusste immer noch nicht genau, wie sie eigentlich zu den beiden gekommen war. Aber er war weg – kein Wort, kein Cent für die Kinder, keine Karte, kein Brief oder Telefonanruf, um sich zu erkundigen, wie es den beiden Gören ging, die er bei seinem Abgang bei ihr vergessen hatte. Und daher aß sie.

Sie wurde Mandantin von J. Clay Carter II., weil ihre Schwester Mary-Beth die *Larkin Gazette* las und sie zur medizinischen Untersuchung abholte. Nora hatte die Skinny Bens ein Jahr lang genommen, bis ihr Arzt aufgehört hatte, ihr das Medikament zu verschreiben, weil es nicht mehr auf dem Markt war. Falls sie durch die Pillen abgenommen hatte, war davon nichts zu sehen.

Ihre Schwester brachte sie in ihrem Kleinbus unter und hielt ihr die Seite mit der Anzeige vor die Nase. »Lies das«, befahl Mary-Beth. Vor zwanzig Jahren war auch Mary-Beth auf dem besten Weg zur Fettleibigkeit gewesen, aber ein Schlaganfall mit sechsundzwanzig Jahren hatte sie wachgerüttelt. Sie war es Leid, Nora etwas vorzubeten. Die beiden stritten sich seit Jahren. Und während sie durch Larkin fuhren und das Motel suchten, fingen sie schon wieder an.

Das Village Inn war von Oscar Mulrooneys Sekretärin ausgewählt worden, weil es offenbar das neueste Motel in der Stadt war. Außerdem war es das Einzige, das im Internet verzeichnet war, was hoffentlich etwas zu bedeuten hatte. Mulrooney hatte dort übernachtet, und als er frühmorgens im schmutzigen Café des Motels frühstückte, fragte er sich wieder einmal, warum er so schnell so tief gesunken war.

Drittbestes Examen seines Jahrgangs an der juristischen Fakultät von Yale! Heiß umworben von bekannten Kanzleien in der Wall Street und den großen Tieren in Washington. Sein Vater war ein bekannter Arzt aus Buffalo, sein Onkel am Obersten Gericht von Vermont, sein Bruder Partner in einer der renommiertesten Kanzleien Manhattans.

Seiner Frau war es peinlich, dass er schon wieder irgendwo

in der finstersten Provinz war und Mandanten jagte. Und ihm auch!

Oscars Partner für die Untersuchung war ein bolivianischer Assistenzarzt, der zwar Englisch sprach, aber einen derart starken Akzent hatte, dass sogar sein »Guten Morgen« kaum zu verstehen war. Er war fünfundzwanzig und sah aus wie sechzehn, sogar in der grünen OP-Kleidung, die er auf Oscars Anweisung hin tragen musste. Sein Medizinstudium hatte er auf der Karibikinsel Grenada absolviert. Dr. Livan war über eine Stellenanzeige gefunden worden und bekam stolze zweitausend Dollar pro Tag.

Oscar empfing die potenziellen Mandanten und nahm ihre Personalien auf, Livan erledigte anschließend hinten den Rest. Der einzige Konferenzraum des Motels hatte eine klapprige Faltwand, mit der die beiden erst eine Weile kämpfen mussten, bis sie sie auseinander ziehen und den Raum etwa zur Hälfte unterteilen konnten. Als Nora um viertel vor neun zur Tür hereinkam, sagte Oscar nach einem Blick auf seine Armbanduhr so freundlich wie nur möglich: »Guten Morgen, Ma'am.« Sie war fünfzehn Minuten zu früh dran, was nicht ungewöhnlich war; in der Regel kamen die Betroffenen immer vor der angegebenen Zeit.

Das »Ma'am« hatte er sich im Lauf der Zeit während seiner vielen Reisen außerhalb Washingtons angewöhnt. Aufgewachsen war er damit nicht.

Volltreffer, sagte er zu sich, als er Nora sah. Mindestens hundertsechzig Kilo, wahrscheinlich sogar hundertachtzig. Traurig, dass er ihr Gewicht schon so gut schätzen konnte wie ein Schlachter das seiner Steaks. Traurig, dass er es überhaupt tat.

»Sind Sie der Anwalt?«, fragte Mary-Beth misstrauisch. Oscar hatte das schon tausendmal mitgemacht.

»Ja, der bin ich. Der Arzt ist da hinten. Sie müssten zuerst einige Formulare ausfüllen.« Er gab ihr ein Klemmbrett mit ein paar Fragebögen, die so aufgebaut waren, dass sie auch der Dümmste verstehen konnte. »Wenn Sie eine Frage haben, stellen Sie sie bitte.«

Mary-Beth und Nora gingen zu den bereitgestellten Klappstühlen. Nora ließ sich mit einem kräftigen Plumps auf ihren Stuhl fallen und fing sofort an zu schwitzen. Nach kurzer Zeit waren die beiden vollkommen mit dem Ausfüllen der Formulare beschäftigt. Alles war ruhig, bis die Tür aufging und eine korpulente Frau den Kopf hereinstreckte. Ihr Blick blieb an Nora hängen, die wie ein von den Scheinwerfern eines Autos erfasstes Reh zurückstarrte. Zwei Dicke, die man bei der Jagd nach einer Entschädigung erwischt hatte.

»Kommen Sie doch herein«, sagte Oscar, der sich inzwischen wie ein Verkäufer vorkam, mit einem herzlichen Lächeln. Er lockte die Frau durch die Tür, drückte ihr die Formulare in die Hand und bugsierte sie ans andere Ende des Raums. Zwischen hundertzehn und hundertfünfundzwanzig Kilo.

Jeder Test kostete tausend Dollar. Eine Getestete von zehn war eine Skinny-Ben-Mandantin. Für einen Fall gab es zwischen hundertfünfzig- und zweihunderttausend Dollar. Sie sammelten den Rest der Dicken ein, da achtzig Prozent der Fälle bereits den Weg zu einem Anwalt gefunden hatten.

Aber auch mit dem Rest konnte man ein Vermögen machen. Zwar nicht in der Größenordnung von Dyloft, doch immerhin ein paar Millionen.

Nachdem Nora die Fragebögen ausgefüllt hatte, stand sie mühsam auf. Oscar nahm ihr die Formulare ab, warf einen Blick darauf, vergewisserte sich, dass sie tatsächlich Skinny Bens geschluckt hatte, und unterschrieb unten. »Durch diese Tür, bitte. Der Arzt wartet schon auf Sie.«

Nora ging durch einen großen Schlitz in der Faltwand; Mary-Beth blieb zurück und fing an, auf den Anwalt einzureden.

Livan stellte sich Nora vor, die kein Wort von dem verstand, was er sagte. Er konnte sie ebenfalls nicht verstehen. Dann maß er ihren Blutdruck und schüttelte missbilligend den Kopf – hundertachtzig zu hundertvierzig. Sie hatte einen Puls von tödlichen hundertdreißig Schlägen pro Minute. Er deutete auf eine Industrieschlachtwaage, die sie widerwillig betrat – hundertsechsundsiebzig Kilo.

Vierundvierzig Jahre alt. Bei ihrem Zustand hatte sie Glück, wenn sie den fünfzigsten Geburtstag noch erlebte.

Er öffnete eine Seitentür und führte sie nach draußen, wo ein Sanitätswagen geparkt war. »Wir machen den Test hier drin«, sagte er. Die beiden Hecktüren standen offen, zwei medizinisch-technische Assistenten – ein Mann und eine Frau, beide in weißen Kitteln – warteten schon. Sie halfen Nora hinauf und legten sie auf eine Trage.

»Was ist das?«, fragte sie erschrocken und deutete auf das am nächsten stehende Gerät.

»Das ist ein Echokardiogramm«, sagte einer der beiden Assistenten, den sie sogar verstehen konnte.

»Damit scannen wir Ihren Brustkorb«, erklärte die Frau.

»Es ist völlig schmerzlos«, fügte der Mann hinzu.

Nora machte die Augen zu und betete darum, dass sie es überlebte.

Die Skinny-Ben-Fälle waren so lukrativ, weil der Nachweis so einfach war. Im Laufe der Zeit schwächte das Medikament, das im Übrigen wenig zu einer Gewichtsabnahme beitrug, die Aorta. Der Schaden war irreversibel. Bei einer Herzklappenschwäche – auch Mitralklappeninsuffizienz genannt – von mindestens zwanzig Prozent bestand automatisch ein Anspruch auf Entschädigung.

Dr. Livan studierte den Ausdruck von Noras EKG, während sie noch tief in ihr Gebet versunken war, und signalisierte den Assistenten, dass alles in Ordnung war: zweiundzwanzig Prozent. Er nahm den Ausdruck mit in den Konferenzraum, wo Oscar Formulare an eine ganze Schar potenzieller Mandanten verteilte. Oscar ging mit ihm in den hinteren Teil des Raums, wo Nora mittlerweile saß, die blass aussah und in großen Schlucken Orangensaft trank. Er wollte zu ihr sagen: »Herzlichen Glückwunsch, Miss Tackett, Ihre Aorta ist ausreichend geschädigt«, aber so gratulierte man nur den Anwälten. Mary-Beth wurde gerufen, und Oscar erklärte ihnen das Procedere für das Verfahren, wobei er nur die positiven Punkte erwähnte.

Das EKG werde von einem Kardiologen untersucht, der seinen Bericht an die für die Sammelklage zuständige Abwicklungsagentur schicke. Die Höhe der Entschädigung sei bereits von einem Richter genehmigt worden.

»Wie viel?«, fragte Mary-Beth, die mehr an dem Geld interessiert zu sein schien als ihre Schwester. Nora hatte wieder zu beten begonnen.

»Ausgehend von Miss Tacketts Alter, dürften es etwa hunderttausend Dollar sein«, erwiderte Oscar, der vorläufig verschwieg, dass dreißig Prozent davon an die Kanzlei J. Clay Carter II. gehen würden.

Nora, die jetzt wieder hellwach war, rief: »Hunderttausend Dollar!«

»Richtig, Miss Tackett.« Wie ein Chirurg vor einer Routineoperation hatte Oscar gelernt, die Erfolgschancen bewusst herabzusetzen. Es war besser, die Erwartungen etwas zu dämpfen, damit der Schock über das Anwaltshonorar nicht gar so groß war.

Nora dachte an einen neuen, extrabreiten Trailer und eine neue Satellitenschüssel. Mary-Beth dachte an eine Wagenladung Ultra SlimFast. Als der Papierkram erledigt war, bedankte sich Oscar für ihr Kommen.

»Wann kriegen wir das Geld?«, erkundigte sich Mary-Beth.

»Wir?«, fragte Nora.

»Innerhalb von sechzig Tagen«, sagte Oscar, während er die beiden durch die Seitentür hinausbegleitete.

Leider konnte bei den nächsten siebzehn Patienten nur eine unzureichende Schädigung der Aorta festgestellt werden, und Oscar brauchte dringend etwas zu trinken. Aber Nummer achtzehn, ein junger Mann, der die Waage bis auf zweihundertdreiunddreißig Kilo hochtrieb, war ein Volltreffer. Sein EKG war bildschön – vierzig Prozent Insuffizienz. Er hatte die Skinny Bens zwei Jahre lang geschluckt. Da er erst sechsundzwanzig war und – zumindest statistisch gesehen – noch einunddreißig Jahre mit einem geschädigten Herzen leben würde, war sein Fall mindestens fünfhunderttausend Dollar wert.

Am späten Nachmittag kam es zu einem hässlichen Zwischenfall. Eine schwergewichtige junge Dame geriet in Rage, als sie von Dr. Livan darüber informiert wurde, dass ihr Herz völlig in Ordnung war. Keine Spur von einer Schädigung. Aber sie hatte in der Stadt – bei der Kosmetikerin – gehört, dass Nora Tackett einhunderttausend Dollar bekommen würde, und obwohl sie weniger wog als Nora, hatte sie die Pillen doch auch genommen und daher Anspruch auf eine Entschädigung in gleicher Höhe. »Ich brauch das Geld«, beharrte sie.
»Tut mir Leid«, sagte Dr. Livan immer wieder.

Man rief Oscar. Die junge Dame wurde laut und ausfallend. Um sie aus dem Motel zu bekommen, versprach er ihr, dass sich der Kardiologe ihr EKG trotzdem ansehen werde. »Wir holen eine zweite Diagnose ein und lassen sie von den Ärzten in Washington überprüfen«, sagte er, als wüsste er, wovon er sprach. Das beruhigte sie so weit, dass sie ging.

Was mache ich hier bloß?, fragte sich Oscar wiederholt. Er bezweifelte zwar, dass jemand aus Larkin in Yale gewesen war; trotzdem machte er sich Sorgen. Falls das bekannt wurde, wäre sein Ruf ruiniert. Das Geld, denk an das Geld, sagte er sich immer und immer wieder.

Sie testeten in Larkin einundvierzig Skinny-Ben-Patienten. Drei erfüllten die Bedingungen für eine Entschädigung. Oscar ließ von jedem einen Anwaltsvertrag unterschreiben und reiste mit der sonnigen Aussicht auf zweihunderttausend Dollar Anwaltshonorar ab. Nicht schlecht für einen Tag in der Provinz. Er raste in seinem BMW schnurstracks nach Washington zurück. Der nächste Raubzug in das Herz des Landes würde eine ähnlich geheime Tour nach West Virginia sein. Für den nächsten Monat waren zwölf solche Reisen geplant.

Denk nur an das Geld. Es ist ein einträgliches Geschäft. Mit deinem Beruf als Anwalt hat es nichts zu tun. Such sie, finde sie, lass sie unterschreiben, verschaff ihnen die Entschädigung, nimm das Geld und mach dich aus dem Staub.

30

Am 1. Mai kündigte Rex Crittle bei der Buchhaltungsfirma, für die er achtzehn Jahre lang gearbeitet hatte, und zog eine Etage höher, um Controller bei J. Clay Carter zu werden. Da man ihm ein erheblich höheres Gehalt und bessere Sozialleistungen angeboten hatte, hatte er nicht ablehnen können. Die Kanzlei war ungeheuer erfolgreich, wuchs in dem Chaos aber so schnell, dass alles außer Kontrolle zu geraten schien. Clay gab ihm einen großen Handlungsspielraum und ein Büro, das schräg gegenüber von seinem lag.

Crittle freute sich natürlich darüber, dass sein Gehalt so hoch war, wunderte sich aber, dass auch die anderen Mitarbeiter der Kanzlei so gut verdienten. Seiner Meinung nach – die er zunächst jedoch für sich behielt – waren die meisten von ihnen überbezahlt. Die Kanzlei beschäftigte inzwischen vierzehn Anwälte, die alle mindestens zweihunderttausend Dollar im Jahr bekamen, einundzwanzig Anwaltsassistenten zu je fünfundsiebzigtausend; sechsundzwanzig Sekretärinnen zu fünfzigtausend, bis auf Miss Glick, die sechzigtausend verdiente, etwa ein Dutzend andere Angestellte, die rund zwanzigtausend verdienten, und vier Büroboten zu je fünfzehntausend. Insgesamt waren es siebenundsiebzig Mitarbeiter, Crittle und Clay nicht eingerechnet. Berücksichtigte man die Ausgaben für Sozialleistungen, lagen die gesamten Personalkosten bei 8,4 Millionen Dollar pro Jahr – und sie stiegen fast wöchentlich.

Die Büromiete betrug zweiundsiebzigtausend Dollar im Monat. Die laufenden Kosten für das Büro – Computer, Telefone, Büromittel, die Liste war recht lang – lagen bei monatlich vierzigtausend. Die Gulfstream, für die am meisten Geld verschwendet wurde, ohne die Clay aber nicht leben konnte, kostete die Kanzlei dreihunderttausend Dollar an monatlichen Hypothekenraten und weitere dreißigtausend Dollar für Piloten, Wartung und Hangargebühren. Von den Einnahmen aus der Vercharterung der Maschine, mit denen Clay rechnete, war noch nichts in den Büchern zu sehen, was unter anderem daran lag, dass er im Grunde genommen niemand anderen mit der Gulfstream fliegen lassen wollte.

Nach den Zahlen, die Crittle täglich im Auge behielt, fielen für die Kanzlei monatlich 1,3 Millionen Dollar Gemeinkosten an – 15,6 Millionen Dollar im Jahr, vielleicht etwas mehr, vielleicht etwas weniger. Diese Summe konnte jeden Buchhalter in Angst und Schrecken versetzen. Aber nach dem Dyloft-Vergleich und den enormen Honoraren, die auf die Konten der Kanzlei geflossen waren, konnte er sich nicht beklagen. Jedenfalls noch nicht jetzt. Er traf sich mindestens dreimal in der Woche mit Clay, und jede fragwürdige Ausgabe wurde mit dem üblichen »Geld kann man nur verdienen, wenn man es ausgibt« kommentiert.

Das Geld wurde mit beiden Händen ausgegeben. Crittle zuckte zusammen, wenn er die Gemeinkosten sah, aber wenn er sich die Kosten für Werbung und medizinische Tests vornahm, bekam er ein Magengeschwür. Für Maxatil hatte die Kanzlei in den ersten vier Monaten bereits 6,2 Millionen Dollar für Zeitungsanzeigen, Radio- und Fernsehspots sowie Internet-Werbung ausgegeben. Als er sich beschwert hatte, war Clays Antwort gewesen: »Volle Kraft voraus. Ich will fünfundzwanzigtausend Fälle!« Zurzeit waren es etwa achtzehntausend; die genaue Zahl war unmöglich festzustellen, da sie sich mit jeder Stunde änderte.

Dem juristischen Online-Newsletter zufolge, den Crittle jeden Tag las, bekam Carters Kanzlei in Washington nur deshalb so viele Maxatil-Fälle, weil nur wenige andere Anwälte Jagd auf solche Mandanten machten. Aber diese unbestätigte Information behielt er für sich.

»Maxatil wird uns noch mehr einbringen als Dyloft«, sagte Clay wiederholt in der Kanzlei, um die Truppen bei Laune zu halten. Er schien es auch wirklich zu glauben.

Die Skinny Bens kosteten die Kanzlei erheblich weniger, aber die Ausgaben dafür wuchsen ständig, ohne dass Honorare eingingen. Zum 1. Mai hatten sie sechshunderttausend Dollar für Werbung und in etwa die gleiche Summe für medizinische Tests ausgegeben. Die Kanzlei vertrat hundertfünfzig Mandanten, und Oscar Mulrooney hatte ein Memo geschrieben, in dem er behauptete, dass jeder Fall durchschnittlich hundertachtzigtausend Dollar wert sei. Bei dreißig Prozent rechnete er mit einem Honorar von neun Millionen Dollar innerhalb der »nächsten Monate«.

Die Tatsache, dass eine Abteilung der Kanzlei derart gute Ergebnisse erzielte, versetzte alle in Aufregung, nur dauerte es quälend lang. Der Vergleich für die Skinny Bens hatte ihnen noch keinen einzigen Cent eingebracht, obwohl Crittle davon ausgegangen war, dass das Geld automatisch fließen würde. An dem Verfahren waren hunderte Anwälte beteiligt, sodass es keine Überraschung war, als es zu größeren Unstimmigkeiten kam. Er hatte keine Ahnung von den juristischen Feinheiten, aber er lernte schnell. Was die Gemeinkosten und den Mangel an Honoraren anging, konnten die anderen etwas von ihm lernen.

Am Tag nachdem Crittle in sein neues Büro eingezogen war, verließ Rodney die Kanzlei, was allerdings nicht bedeutete, dass die beiden Ereignisse etwas miteinander zu tun hatten. Rodney nahm einfach sein Geld und zog in einen Vorort der Stadt – in ein sehr schönes Haus in einer sehr sicheren Straße, mit einer Kirche am einen Ende, einer Schule am anderen und einem Park um die Ecke. Er hatte vor, sich Vollzeit um seine vier Kinder zu kümmern. Vielleicht würde er sich später wieder einen Job suchen, vielleicht auch nicht. Von einem Jurastudium sprach er nicht mehr. Mit zehn Millionen Dollar auf der Bank – vor Steuern – hatte er keine langfristigen Pläne mehr, er wollte nur noch Vater und Ehemann sein und ein Geizkragen. Er und Clay schlichen sich, ein paar Stunden bevor Rodney die Kanzlei verließ, in einen Deli ein Stück die Straße hinunter, um sich voneinander zu verabschieden. Sie hatten sechs Jahre zusammengearbeitet – fünf im OPD, das letzte in der Kanzlei.

»Gib nicht alles aus, Clay«, warnte Rodney.

»Das schaffe ich ja gar nicht. Es ist zu viel.«

»Sei nicht albern.«

In Wahrheit brauchte die Kanzlei jemanden wie Rodney nicht mehr. Die Yale-Clique und die anderen Anwälte verhielten sich ihm gegenüber höflich und respektvoll, was vor allem an seiner Freundschaft mit Clay lag, aber er war nur ein Anwaltsassistent. Rodney brauchte die Kanzlei ebenfalls nicht mehr. Er wollte sein Geld verstecken und beschützen. Insgeheim war er entsetzt darüber, dass Clay ein Vermögen verpulverte. Eine solche Verschwendung konnte nicht gut gehen.

Da Jonah auf seinem Segelboot ausspannte und Paulette sich immer noch in London verbarg und offenbar gar nicht mehr nach Hause kommen wollte, war jetzt niemand mehr von der ursprünglichen Mannschaft übrig. Das war traurig, aber Clay war viel zu beschäftigt, um sentimental zu werden.

Patton French hatte eine Besprechung des Ausschusses angesetzt, eine logistische Unmöglichkeit, die eine Vorbereitungszeit von einem Monat erforderte. Clay fragte sich, warum sie das nicht per Telefon, Fax, E-Mail und über ihre Sekretärinnen erledigen konnten, aber French bestand darauf, dass sie einen Tag miteinander verbrachten, alle fünf in einem Raum. Da die Klage in Biloxi eingereicht worden war, sollten sie sich dort treffen.

Ridley würde mitkommen. Ihre Modelkarriere war jetzt so gut wie beendet; sie verbrachte ihre Zeit im Fitnessstudio und ging mehrere Stunden am Tag einkaufen. Was die Besuche im Fitnessstudio betraf, hatte Clay keine Bedenken, da dies schließlich ihrer Figur zugute kam. Das Einkaufen fand er allerdings beunruhigend, aber Ridley zügelte sich. Sie konnte stundenlang einkaufen, ohne allzu viel Geld auszugeben.

Einen Monat später, nach einem verlängerten Wochenende in New York, kamen sie nach Washington zurück und fuhren zu seinem Haus. Ridley blieb über Nacht, nicht zum ersten und wohl auch nicht zum letzten Mal. Obwohl sie im Grunde genommen nicht über ihren Einzug gesprochen hatten, wohnte sie plötzlich bei ihm. Clay konnte sich nicht mehr daran erinnern, wann ihm aufgefallen war, dass ihr Bademantel, ihre Zahnbürste, ihre Make-up-Utensilien und ihre Unterwäsche in seinem Haus waren. Er hatte nie gesehen, wie sie die Sachen gebracht hatte – sie waren einfach plötzlich dagewesen. Ridley drängte ihn nicht; ihr Einzug wurde mit keinem Wort erwähnt. Sie blieb drei Nächte hintereinander, machte alles richtig und war ihm nicht im Weg. Dann flüsterte sie, dass sie eine Nacht in ihrer Wohnung verbringen wolle. Zwei Tage lang hörte er nichts von ihr, dann war sie wieder da.

Sie sprachen nie von Heirat, obwohl er so viel Schmuck und Kleidung für sie kaufte, dass es für einen ganzen Harem gereicht hätte. Keiner von beiden schien eine feste Beziehung anzustreben. Sie leisteten sich gegenseitig Gesellschaft und genossen das auch, aber beide riskierten auch einmal ein Auge auf andere. Ridley war von einigen Geheimnissen umgeben, über die Clay lieber nichts wissen wollte. Sie sah atemberaubend aus, war nett und recht gut im Bett, und sie schien es nicht auf sein Geld abgesehen zu haben. Aber sie hatte Geheimnisse.

Clay auch. Sein größtes Geheimnis war, dass er, wenn Rebecca zur richtigen Zeit anrufen würde, alles bis auf die Gulfstream verkaufen, sie in sein Flugzeug packen und mit ihr zum Mars fliegen würde.

Stattdessen flog er mit Ridley nach Biloxi. Sie trug einen Minirock aus Wildleder, der ihren Po nur knapp bedeckte. Eigentlich hätte sie sich splitternackt ausziehen können, denn in der Kabine saßen nur sie und Clay. Irgendwo über West Virginia dachte Clay flüchtig daran, das Sofa auszuklappen und sie ins Bett zu zerren. Der Gedanke spukte ihm kurz im Kopf herum, aber er verdrängte ihn gleich wieder, zum Teil auch aus Frustration. Warum war *er* immer derjenige, der den Anstoß zu Spiel und Spaß gab? Sie spielte zwar bereitwillig mit, ergriff aber nie die Initiative.

Außerdem war sein Aktenkoffer bis zum Bersten mit Papierkram für den Ausschuss gefüllt.

Am Flugplatz von Biloxi wartete eine Limousine. Sie fuhren ein paar Meilen bis zum Hafen, wo sie in ein Rennboot umstiegen. Patton French verbrachte die meiste Zeit auf seiner Jacht, die zehn Meilen vor der Golfküste von Mississippi lag. Er bewegte sich gerade von einer Frau zur nächsten. Ein hässlicher Scheidungskrieg tobte. Seine Noch-Ehefrau wollte ihm das Fell über die Ohren ziehen und forderte die Hälfte seines Vermögens. Auf einem »Boot«, wie er die Sechzig-Meter-Jacht nannte, war das Leben erheblich ruhiger.

Er begrüßte sie in Shorts und barfuß. Wes Saulsberry und Damon Didier waren bereits auf der Jacht und hielten Gläser mit einem hochprozentigen Drink in der Hand. Carlos Hernández aus Miami sollte jeden Augenblick eintreffen. French führte sie kurz auf der Jacht herum, wobei Clay mindestens acht Angestellte in schneeweißen Uniformen zählte, die nur darauf warteten, dass Mr French etwas brauchte. Das Boot hatte fünf Decks, sechs Luxuskabinen, hatte zwanzig Millionen Dollar gekostet – und so weiter und so weiter. Ridley verschwand in einer der Kabinen und zog sich aus.

Die Anwälte trafen sich zu einem Drink »auf der Veranda«, wie French es nannte – ein kleines Holzdeck ganz oben auf der Jacht. French würde in zwei Wochen vor Gericht gehen, was für ihn eine absolute Ausnahme war, da beklagte Unternehmen in der Regel schon anfingen, mit Geld nach ihm zu werfen, wenn sie seinen Namen nur hörten. Er behauptete, sich auf den Prozess zu freuen, und nach einer Runde Wodka langweilte er alle mit den Details des Verfahrens.

French brach mitten im Satz ab. Auf einem der unteren Decks war gerade Ridley erschienen, oben ohne und – auf den ersten Blick – unten auch. Sah man genauer hin, entdeckte man allerdings ein Tangahöschen, das aus einem Stofflappen mit einer dünnen Schnur bestand und irgendwie an der dafür vorgesehenen Stelle festklebte. Die drei älteren Männer saßen plötzlich kerzengerade auf ihren Stühlen und schnappten nach Luft. »Sie ist aus Europa«, erklärte Clay, während er auf den ersten Herzanfall wartete. »Wenn sie in die Nähe von Wasser kommt, zieht sie sich sofort aus.«

»Dann kaufen Sie ihr ein Boot«, erwiderte Saulsberry.

»Ich hab eine bessere Idee – sie kann das hier haben«, schlug French vor, der um Fassung rang.

Ridley hob den Kopf, sah, was sie angerichtet hatte, und verschwand wieder. Vermutlich würden in Kürze alle Angestellten um sie herumscharwenzeln.

»Wo war ich gerade?«, fragte French. Inzwischen atmete er wieder.

Ein zweites Rennboot näherte sich der Jacht. Es war Hernández, der nicht nur eine, sondern gleich zwei Begleiterinnen dabeihatte. Nachdem sie an Bord gekommen waren und French ihnen die Jacht gezeigt hatte, gesellte sich Hernández zu ihnen aufs Deck.

»Wer sind die Mädchen?«, fragte Saulsberry.

»Anwaltsassistentinnen aus meiner Kanzlei«, erwiderte Hernández.

»Machen Sie sie bloß nicht zu Partnern«, sagte French. Sie unterhielten sich ein paar Minuten lang über Frauen. Offenbar hatten alle vier bereits mehrere Ehen hinter sich. Vielleicht war das der Grund dafür, warum sie immer noch so hart arbeiteten. Clay hörte nur zu und sagte nichts.

»Was ist mit Maxatil?«, fragte Hernández. »Ich habe tausend Fälle und weiß nicht, was ich damit machen soll.«

»Wie viele haben Sie?«, fragte French Clay. Die Atmosphäre hatte sich schlagartig geändert; jetzt ging es ums Geschäft.

»Zwanzigtausend«, antwortete Clay aufs Geratewohl. In

Wahrheit wusste er nicht, wie viele Mandanten die Kanzlei inzwischen vertrat. Und was machte es schon, wenn man in Gegenwart von Anwälten, die sich ihr Geld mit Sammelklagen verdienten, ein bisschen übertrieb?

»Ich habe meine Klage noch nicht eingereicht«, sagte Hernández. »Den Kausalzusammenhang nachzuweisen könnte zum Alptraum werden.« Worte, die Clay jetzt schon mehrfach gehört hatte, und die er am liebsten ignorieren würde. Seit fast vier Monaten wartete er darauf, dass sich noch ein bekannter Anwalt auf die Maxatil-Sache stürzte.

»Mir gefällt es immer noch nicht«, warf French ein. »Ich habe gestern mit Scotty Gaines in Dallas gesprochen. Er hat zweitausend Fälle, weiß aber auch nicht, was er damit machen soll.«

»Es ist sehr schwierig, aufgrund einer einzigen Studie einen Kausalzusammenhang herzustellen«, sagte Didier, an Clay gewandt. Es hörte sich wie eine Vorlesung an. »Mir gefällt die Sache auch nicht.«

»Das Problem besteht darin, dass die von Maxatil verursachten Krankheiten auch viele andere Ursachen haben können«, meinte Hernández. »Ich habe das Medikament von vier Experten untersuchen lassen. Alle sind der Meinung, dass es unmöglich ist, einen Zusammenhang zwischen der Krankheit und dem Medikament herzustellen, wenn eine Frau Maxatil nimmt und Brustkrebs bekommt.«

»Gibt es was Neues von Goffman?«, erkundigte sich French.

Clay, der am liebsten über Bord gesprungen wäre, nahm einen großen Schluck von seinem hochprozentigen Drink und versuchte, so auszusehen, als hätte er den Konzern schon im Fadenkreuz. »Nein«, erwiderte er. »Die Beweisaufnahme hat gerade erst angefangen. Ich glaube, wir warten alle nur auf Mooneyham.«

»Ich habe gestern mit ihm gesprochen«, sagte Saulsberry. Den anderen gefiel die Sache mit Maxatil vielleicht nicht, aber sie behielten sie im Auge. Clay beschäftigte sich inzwischen lange genug mit Schadenersatzklagen, um zu wissen, dass alle panische Angst davor hatten, eine große Sammelklage zu verpassen. Und Dyloft hatte ihn gelehrt, dass es am spannendsten war, einen Überraschungsangriff zu starten, während alle anderen noch schliefen.

Er war sich noch nicht sicher, was Maxatil ihn lehren würde. Die anderen sondierten das Terrain und hofften, etwas über die Situation an der Front zu erfahren. Aber da Goffman das Verfahren seit dem Tag, an dem Clay die Klage eingereicht hatte, fast völlig unter Verschluss hielt, hatte er nichts, was er ihnen geben konnte.

»Ich kenne Mooneyham gut. Vor ein paar Jahren haben wir einige Fälle zusammen bearbeitet«, fuhr Saulsberry fort.

»Er ist ein Angeber«, sagte French, als wäre der typische Prozessanwalt verschlossen und schweigsam und jemand mit einer großen Klappe eine Schande für den Berufsstand.

»Stimmt, aber er ist sehr, sehr gut. Der alte Knabe hat seit zwanzig Jahren keinen einzigen Fall verloren.«

»Seit einundzwanzig«, warf Clay ein. »Hat er jedenfalls zu mir gesagt.«

»Ist ja auch egal«, sagte Saulsberry, um die Diskussion zu beenden, weil er Neuigkeiten an den Mann bringen wollte. »Sie haben Recht, Mr Carter, zurzeit blicken alle auf Mooneyham. Sogar Goffman. Die Verhandlung ist für September angesetzt. Der Konzern behauptet, dass er es auf einen Prozess ankommen lassen will. Wenn Mooneyham den Kausalzusammenhang und damit auch die Haftung nachweisen kann, stehen die Chancen recht gut, dass das Unternehmen einen nationalen Entschädigungsplan ausarbeitet. Aber wenn die Geschworenen für Goffman entscheiden, geht der Krieg richtig los, denn dann werden sie keinen Cent zahlen.«

»Das hat Mooneyham gesagt?«, erkundigte sich French.

»Ja.«

»Er ist ein Angeber.«

»Nein, das habe ich auch gehört«, wandte Hernández ein. »Ich habe eine Quelle, und sie hat genau dasselbe gesagt wie Wes eben.«

»Ich habe noch nie gehört, dass ein Beklagter auf einen Prozess drängt«, sagte French.

»Das Management von Goffman ist ein harter Brocken«, gab Didier zu bedenken. »Ich habe das Unternehmen vor fünfzehn Jahren mal verklagt. Wenn man ihnen eine Haftung nachweisen kann, zahlen sie eine ordentliche Entschädigung. Kann man das nicht, hat man Pech gehabt.«

Erneut dachte Clay, dass er jetzt am liebsten schwimmen gegangen wäre. Zum Glück war Maxatil sofort vergessen, als die beiden kubanischen Anwaltsassistentinnen in winzigen Bikinis aufs Deck stolzierten.

»Anwaltsassistentinnen? Das soll wohl ein Witz sein«, sagte French, der sich fast den Hals verrenkte, um besser sehen zu können.

»Welche gehört Ihnen?«, fragte Saulsberry, während er sich vorbeugte.

»Suchen Sie sich eine aus«, sagte Hernández. »Es sind Profis. Ich hab sie als Geschenk mitgebracht. Wir lassen sie rumgehen.«

Das verschlug den Herren auf dem obersten Deck die Sprache.

Kurz vor der Morgendämmerung kam ein Sturm auf, der die Jacht heftig hin und her schwanken ließ. French, der einen furchtbaren Kater und eine nackte Anwaltsassistentin neben sich unter der Decke hatte, verständigte vom Bett aus den Kapitän und befahl ihm, Kurs auf die Küste zu nehmen. Das Frühstück wurde auf einen späteren Zeitpunkt verlegt, aber Hunger hatte sowieso niemand. Das Abendessen war ein vierstündiger Marathon gewesen, gespickt mit Kriegsgeschichten aus dem Gerichtssaal, schmutzigen Witzen und den üblichen Zänkereien nach zu viel Alkohol. Clay und Ridley waren früh zu Bett gegangen und hatten die Tür ihrer Kabine zweimal verriegelt.

Im Hafen von Biloxi, wohin die Jacht vor dem Sturm ausgewichen war, gelang es dem Klägerausschuss, sämtliche Dokumente und Memos zu besprechen, die auf der Tagesordnung standen. Die Abwicklungsagentur brauchte Anweisungen, und Dutzende Unterschriften mussten geleistet werden. Clay war schlecht, als sie mit der Arbeit fertig waren. Er sehnte sich nach festem Boden unter den Füßen.

Einer der Tagesordnungspunkte waren die letzten Honorarzahlungen. Clay, genauer gesagt seine Kanzlei, sollte in Kürze weitere vier Millionen Dollar bekommen. Eine stolze Summe, aber er war sich nicht sicher, ob er überhaupt etwas vom Eingang des Geldes bemerken würde. Die vier Millionen würden die Gemeinkosten ansatzweise aufwiegen, aber leider nur vorübergehend.

Allerdings würde er sich Rex Crittle dann für ein paar Wochen vom Hals halten können. Sein Controller ging wie ein werdender Vater in den Fluren der Kanzlei auf und ab und wartete auf Honorare.

Nie wieder, schwor er sich, als sie von Bord gingen. Nie wieder würde er zulassen, dass man ihn über Nacht mit Leuten zusammensperrte, die er nicht leiden konnte. Eine Limousine brachte sie zum Flugplatz. Die Gulfstream hob ab und flog in die Karibik.

31

Sie hatten die Villa für eine Woche gemietet, obwohl Clay bezweifelte, dass er die Kanzlei so lange allein lassen konnte. Das Haus schmiegte sich an einen Hang über der quirligen Hafenstadt Gustavia, in deren Straßen sich Autos und Touristen drängten. Im Hafen herrschte reger Schiffsverkehr. Ridley hatte die Villa in einem Katalog für exklusive Privatvermietungen gefunden. Es war ein schönes Gebäude im traditionellen karibischen Stil mit rotem Ziegeldach und langen Galerien und Veranden. Die Schlafzimmer und Bäder waren so zahlreich, dass man sich verlaufen konnte. Koch, zwei Dienstmädchen und ein Gärtner gehörten zur Ausstattung. Es dauerte nicht lange, bis sie sich häuslich eingerichtet hatten. Clay begann, in den Immobilienprospekten zu blättern, die jemand freundlicherweise hatte liegen lassen.

Seine erste Begegnung mit dem örtlichen Nacktbadestrand war eine herbe Enttäuschung. Gleich zu Anfang kam ihm eine verschrumpelte Oma entgegen, die gut beraten gewesen wäre, ihre entblößten Körperteile zu verhüllen. Dann tauchte ihr Gatte auf, dessen gewaltiger Bauch so tief hing, dass er seine Genitalien verdeckte. Sein Hinterteil zierte ein Ausschlag, und der Rest sah fast noch schlimmer aus. Allmählich entwickelte sich all diese Nacktheit zum Alptraum. Ridley war natürlich in ihrem Element. Sie stolzierte am Strand auf und ab, während sich die anderen Urlauber den Hals nach ihr verdrehten. Nach ein paar Stunden im Sand flohen sie vor der Hitze in ein exquisites französisches Restaurant, wo sie ein zweistündiges Mittagessen genossen. Alle guten Restaurants waren französisch, und die Insel war voll davon.

Gustavia war völlig überlaufen. Es war heiß und eigentlich keine Reisesaison, aber das schien den Touristen entgangen zu sein. Sie schoben sich auf den Gehwegen von Geschäft zu Geschäft und verstopften mit ihren gemieteten Jeeps und Kleinwagen die Straßen. Der Hafen, wo kleine Fischerboote die Jachten der Reichen und Schönen umschwärmten, kam niemals zur Ruhe.

Während Mustique ruhig und abgeschieden war, erwies sich St. Barth als völlig verbaut und überbucht. Trotzdem besaß die Insel ihren eigenen Zauber. Clay gefielen beide. Ridley, die lebhaftes Interesse an karibischen Immobilien zeigte, zog wegen der Einkaufsmöglichkeiten und Gastronomie St. Barth vor. Sie mochte quirlige Städte und betriebsame Menschen. Schließlich brauchte sie Publikum.

Nach drei Tagen nahm Clay seine Uhr ab und fing an, die Tage in einer Hängematte auf der Veranda zu verschlafen. Ridley las stundenlang Bücher und sah sich alte Filme an. Als Jarrett Carter mit seinem prachtvollen Katamaran *Ex Litigator* in den Hafen von Gustavia einlief, hatte sich bereits Langeweile eingeschlichen. Clay trank in einer Bar in der Nähe des Docks Limonade und wartete auf seinen Vater.

Dessen Besatzung bestand aus einer etwa vierzigjährigen Deutschen, deren Beine so lang waren wie die von Ridley, und einem Segellehrer, einem verschmitzten alten Schotten namens MacKenzie. Die Frau hieß Irmgard und wurde zunächst als Maat vorgestellt, eine in der Schifffahrt eher vage Beschreibung. Clay lud alle in seinen Jeep und fuhr sie zur Villa, wo sie stundenlang duschten und Drinks schlürften, während die Sonne im Meer versank. MacKenzie sprach dem Bourbon so kräftig zu, dass er bald in einer Hängematte schnarchte.

Das Chartergeschäft lief bei Segeljachten ebenso zäh wie bei Flugzeugen: In sechs Monaten war die *Ex Litigator* nur viermal gebucht worden. Die längste Fahrt war ein Törn von Nassau nach Aruba und zurück gewesen, für den ein britisches Rentnerpaar dreißigtausend Dollar bezahlt hatte, die kürzeste eine Spritztour nach Jamaika, bei der sie im Sturm fast das Boot verloren hätten. MacKenzie, damals nüchtern, hatte sie gerettet. In der Nähe von Kuba waren sie auf Piraten gestoßen. Eine Geschichte folgte auf die andere.

Während Irmgard damit zufrieden schien, zu rauchen, zu trinken und die Lichter von Gustavia unter ihnen zu betrachten, stellte Clay ohne große Überraschung fest, dass Ridley Jarrett in ihren Bann geschlagen hatte. Er war stolz auf seinen Sohn.

Lange nach dem Abendessen, als die Frauen zu Bett gegangen waren, zogen Jarrett und Clay auf eine andere Veranda um und genehmigten sich eine zweite Runde. »Wo hast du denn die kennen gelernt?«, wollte Jarrett wissen. Clay erklärte kurz, dass sie mehr oder weniger zusammenlebten, aber keiner von beiden an einer festeren Bindung interessiert sei. Auch die Sache mit Irmgard war nichts Ernstes.

Was Clays Tätigkeit als Rechtsanwalt anging, so hatte Jarrett hunderte Fragen. Die neue Kanzlei seines Sohnes schien ihm viel zu groß zu sein, und er fühlte sich bemüßigt, ihm ungefragt seinen Rat aufzudrängen. Clay hörte geduldig zu. Auf der Segeljacht gab es einen Computer mit Internet-Zugang, daher wusste Jarrett von der Maxatil-Geschichte und dem Echo in der Presse. Als Clay erzählte, dass er mittlerweile zwanzigtausend Fälle betreue, fand Jarrett das zu viel für eine Kanzlei.

»Du verstehst nichts von Sammelklagen«, meinte Clay.

»Klingt mir eher nach Sammelrisiko«, konterte Jarrett. »Wie hoch ist deine Berufshaftpflichtversicherung?"

»Zehn Millionen.«

»Das reicht nicht.«

»Mehr wollte mir die Versicherung nicht geben. Keine Sorge, Dad, ich weiß, was ich tue.«

Der Erfolg gab Clay Recht. Wenn Jarrett daran dachte, welche Summen sein Sohn verdiente, sehnte er sich nach seiner glorreichen Zeit im Gerichtssaal zurück. Wie ein fernes Echo klangen ihm die magischen Worte des Sprechers der Geschworenen in den Ohren: »Euer Ehren, die Geschworenen entscheiden im Sinne des Klägers und erkennen auf eine Entschädigung in Höhe von zehn Millionen Dollar.« Ein weiterer Triumph für Jarrett Carter, der den Kläger umarmte und ein paar liebenswürdige Worte für den Anwalt der Verteidigung fand, bevor er den Gerichtssaal verließ.

Eine ganze Weile herrschte Schweigen. Beide Männer brauchten dringend Schlaf. Schließlich erhob sich Jarrett und trat ans Geländer der Veranda. »Denkst du noch manchmal an diesen schwarzen Jungen?«, fragte er, während er in die Nacht hinausstarrte. »Den, der herumgeballert hat und keine Ahnung hatte, wieso?«

»Tequila?«

»Ja. Du hast von ihm erzählt, als wir in Nassau die Jacht gekauft haben.«

»Manchmal.«

»Gut. Geld ist nicht alles.« Und damit ging Jarrett zu Bett.

Die Fahrt um die Insel dauerte fast den ganzen Tag. Skipper Jarrett schien zwar die Grundlagen des Segelns zu kennen und zu verstehen, wie der Wind auf die Jacht einwirkte, aber ohne MacKenzie hätten sie leicht aufs offene Meer hinaustreiben und spurlos verschwinden können. Obwohl sich der Skipper größte Mühe gab, wurde er ständig von Ridley abgelenkt, die den Großteil des Tages nackt in der Sonne lag. Jarrett konnte die Augen nicht von ihr wenden. MacKenzie ging es zwar nicht besser, aber er hätte die Jacht auch im Schlaf steuern können.

Das Mittagessen nahmen sie in einer abgeschiedenen Bucht an der Nordküste der Insel ein. In der Nähe von St. Maarten übernahm Clay das Ruder, während sein Vater sich dem Biervorrat widmete. Seit etwa acht Stunden war Clay nahe daran, sich zu übergeben, und dass er nun Skipper spielen sollte, verschlimmerte sein Unbehagen noch. Das Leben an Bord war nichts für ihn. Die Welt zu umsegeln barg für ihn nicht die geringste Romantik. Er würde nur ständig die Fische im Ozean füttern. Flugzeuge waren ihm lieber.

Zwei Übernachtungen an Land, und Jarrett zog es wieder aufs Meer hinaus. Sie verabschiedeten sich früh am nächsten Morgen, und der Katamaran verliess unter Motor den Hafen von Gustavia, um Kurs auf ein noch unbekanntes Ziel zu nehmen. Während das Schiff auf das offene Wasser zuhielt, hörte Clay, wie sich sein Vater und MacKenzie zankten.

Ihm war schleierhaft, wie die Immobilienmaklerin den Weg auf die Veranda der Villa gefunden hatte. Als er zurückkam, trank sie jedenfalls dort Kaffee und plauderte mit Ridley. Sie war eine charmante Französin, die angeblich nur vorbeigekommen war, um nach dem Rechten zu sehen, weil sie ohnehin in der Gegend war. Das Anwesen gehörte Kunden von ihr, einem kanadischen Ehepaar, das mitten in einer schmutzigen Scheidung steckte. Und wie ging es Clay und Ridley so?

»Ausgezeichnet«, erwiderte Clay, während er sich setzte. »Ein fantastisches Haus.«

»Traumhaft, nicht wahr?«, stimmte die Maklerin begeistert zu. »Eines unserer schönsten Objekte. Ich habe Ridley gerade erzählt, dass es erst vier Jahre alt ist. Diese Kanadier, die es gebaut haben, waren nur zweimal da, wenn ich mich nicht täusche. Seine Firma geriet in Schwierigkeiten, und sie fing eine Affäre mit ihrem Arzt an. Ziemlich hässliche Geschichte da oben in Ottawa … Deswegen steht es jetzt zu einem sehr günstigen Preis zum Verkauf.«

Ein verschwörerischer Blick von Ridley, und Clay sprach die in der Luft hängende Frage aus. »Wie viel?«

»Nur drei Millionen. Zuerst wollten sie fünf haben, aber das gibt der Markt im Augenblick nicht her.«

Nachdem sie gegangen war, schleppte Ridley ihn ins Schlafzimmer. Normalerweise hatte sie für Sex am Vormittag nicht viel übrig, aber für eine Premiere war es ein beeindruckendes Erlebnis. Am Nachmittag wiederholte sich das Ganze. Als sie in einem eleganten Restaurant zu Abend aßen, konnte sie ihre

Hände nicht von ihm lassen. Die mitternächtliche Sitzung begann im Schwimmbecken, setzte sich im Whirlpool fort und endete im Schlafzimmer. Nach einer leidenschaftlichen, aber schlaflosen Nacht stand die Maklerin schon vor dem Mittagessen wieder vor der Tür.

Clay war erschöpft und eigentlich nicht in der Stimmung für einen weiteren Immobilienkauf. Aber Ridley wünschte sich das Haus mehr als alles andere bis dahin, also kaufte er es. Der Preis bewegte sich tatsächlich am unteren Ende der Skala, ein Schnäppchen, das er jederzeit mit Gewinn verkaufen konnte, sobald sich der Markt erholt hatte.

Während sie den Papierkram erledigten, fragte Ridley Clay unter vier Augen, ob es aus steuerlichen Gründen nicht günstiger wäre, das Haus auf ihren Namen eintragen zu lassen. Dabei verstand sie von französischen und amerikanischen Steuergesetzen so viel wie er von georgischem Erbschaftsrecht, sofern so etwas überhaupt existierte. Nur über meine Leiche, sagte er sich im Stillen. »Nein, das funktioniert nicht. Aus steuerlichen Gründen«, erklärte er laut.

Sie wirkte verletzt, überwand ihren Schmerz jedoch schnell, als das Haus in seinen Besitz überging. Clay ging allein zu einer Bank in Gustavia und ließ sich das Geld von einem Offshore-Konto überweisen. Auch die Besprechung mit dem Immobilienanwalt fand ohne Ridley statt.

»Ich würde gern eine Weile hier bleiben«, sagte sie an einem der langen Nachmittage, die sie auf der Veranda verbrachten. Er hatte vor, am nächsten Morgen abzureisen, und war davon ausgegangen, dass sie ihn begleiten würde. »Ich möchte das Haus in Ordnung bringen«, erklärte sie. »Mich mit dem Innenarchitekten treffen. Einfach eine Woche oder so ausspannen.«

Warum nicht?, dachte Clay. Wenn mir das Ding schon gehört, kann man es auch nutzen.

Er selbst flog nach Washington zurück und genoss zum ersten Mal seit Wochen die Einsamkeit seines Hauses in Georgetown.

Einige Tage lang hatte Joel Hanna einen Alleingang in Betracht gezogen – nur er selbst auf der einen Seite des Tisches, während ihm eine kleine Armee von Anwälten und deren Assistenten gegenübersaß. Er brauchte wirklich keine Hilfe, wenn er den Überlebensplan für das Unternehmen vorstellte, schließlich hatte er ihn sich ausgedacht.

Aber Babcock, der Anwalt der Versicherungsgesellschaft, hatte darauf bestanden, dabei zu sein. Nachdem es für seine Mandantin um fünf Millionen Dollar ging, konnte Joel ihn nicht daran hindern.

Gemeinsam betraten sie das Gebäude an der Connecticut Avenue. Im vierten Stock entließ sie der Aufzug in die üppig ausgestatteten, eindrucksvollen Räume der Kanzlei J. Clay Carter II. »JCC« verkündete das große Bronze-Logo, das an einer Wand prangte, die aus Kirschbaum- oder gar Mahagoniholz zu bestehen schien. Die italienischen Designermöbel im Empfangsbereich waren von pfiffiger Eleganz. Hinter einem Glas-Chrom-Schreibtisch saß eine attraktive, effizient wirkende junge Blondine, die sie mit einem Lächeln begrüßte und auf einen Raum hinten im Gang deutete. Ein Anwalt namens Wyatt empfing sie an der Tür, führte sie hinein und übernahm die Vorstellung der Gegenseite. Während Joel und Babcock ihre Aktentaschen auspackten, tauchte scheinbar aus dem Nichts eine weitere höchst ansehnliche junge Dame auf und nahm ihre Kaffeebestellung entgegen. Serviert wurde in silbernem Geschirr. Auf der Kanne und den feinen Porzellantassen war das JCC-Logo eingraviert. »Sagen Sie Mr Carter, dass wir vollzählig versammelt sind«, blaffte Wyatt einen Assistenten an, als sich alle niedergelassen hatten.

Eine peinliche Minute verstrich, während Mr JCC die Versammelten warten ließ. Schließlich hastete er ohne Jackett herein, wobei er über die Schulter noch mit einer Sekretärin sprach. Eindeutig ein sehr beschäftigter Mann. Er ging direkt auf Joel Hanna und Babcock zu und stellte sich vor, als wären sie alle freiwillig und im allgemeinen Interesse zusammengekommen. Dann fegte er um den zweieinhalb Meter breiten

Tisch herum und nahm seinen Thron inmitten seines Teams ein.

Der Kerl hat letztes Jahr einhundert Millionen Dollar verdient, dachte Joel Hanna unwillkürlich.

Babcock kam der gleiche Gedanke, aber er erinnerte sich an die Gerüchte, dass der Junge keinerlei Erfahrung mit Zivilverfahren habe. Er hatte fünf Jahre mit Drogensüchtigen am Strafgericht hinter sich, aber nie versucht, vor einem Geschworenengericht auch nur einen Cent zu erstreiten. Hinter der großen Pose entdeckte Babcock Anzeichen von Nervosität.

»Sie sagten, Sie hätten einen Plan«, begann Mr JCC. »Lassen Sie hören.«

Der Überlebensplan war relativ einfach. Die Firma war bereit, ausschließlich für die Zwecke dieser Besprechung zuzugeben, dass sie eine fehlerhafte Charge Portlandzement hergestellt hatte und dass aus diesem Grund bei einer Reihe neuer Häuser im Raum Baltimore die Ziegelverblendungen frisch gemauert werden mussten. Wenn die Hauseigentümer entschädigt werden sollten, ohne dass dies die Firma in den Ruin trieb, brauchte man einen Zahlungsfonds. So schlicht der Plan auch war, Joel benötigte für seine Erläuterungen eine halbe Stunde.

Dann sprach Babcock im Namen der Versicherungsgesellschaft. Er räumte ein, dass bis zu einer Höhe von fünf Millionen Versicherungsschutz bestand, obwohl er solche Informationen in diesem frühen Stadium eines Verfahrens normalerweise für sich behielt. Seine Mandantin und Hannas Firma würden einen gemeinsamen Entschädigungsfonds gründen.

Joel Hanna erklärte, dass sein Unternehmen zwar nicht über ausreichende Barmittel verfüge, jedoch bereit sei, sich hoch zu verschulden, um die Opfer zu entschädigen. »Es war unser Fehler, und wir werden alles tun, um es wieder gutzumachen«, verkündete er mehrmals.

»Wissen Sie genau, wie viele Häuser betroffen sind?«, wollte JCC wissen, und jeder seiner Speichellecker schrieb die Frage mit.

»Neunhundertzweiundzwanzig«, antwortete Joel. »Wir haben uns an die Großhändler gewandt, um die Hauptunternehmer und über diese die für die Maurerarbeiten zuständigen Subunternehmer ausfindig zu machen. Die Zahl dürfte bis auf fünf Prozent genau sein.«

JCC kritzelte etwas auf ein Blatt Papier. »Wenn wir also davon ausgehen«, sagte er, als er damit fertig war, »dass es fünfundzwanzigtausend Dollar kostet, jeden unserer Mandanten angemessen zu entschädigen, kommen wir auf etwas über dreiundzwanzig Millionen Dollar.«

»Wir sind davon überzeugt, dass die Nachbesserung keine zwanzigtausend Dollar pro Haus kosten wird«, wandte Joel ein.

Ein Assistent reichte JCC ein Dokument. »Uns liegen Erklärungen von vier Subunternehmern aus Howard County vor, die den Schaden vor Ort besichtigt und dann einen Kostenvoranschlag unterbreitet haben. Der billigste beläuft sich auf achtzehnneun, der teuerste auf einundzwanzigfünf. Der Durchschnitt aller vier Angebote liegt bei zwanzigtausend Dollar.«

»Die Angebote würde ich mir gern ansehen«, meinte Joel.

»Vielleicht später. Außerdem gibt es weitere Schäden. Die Hausbesitzer haben Anspruch auf Entschädigung für Frustration, Unannehmlichkeiten, Beeinträchtigung der Lebensqualität und seelische Leiden. Einer unser Mandanten leidet mittlerweile unter schwerer Migräne, einem anderen ist wegen der heruntergefallenen Ziegel ein Gewinn bringender Verkauf entgangen.«

»Uns liegen Angebote vor, die sich um die zwölftausend Dollar bewegen«, sagte Joel.

»Ein Vergleich in dieser Höhe kommt für uns nicht infrage«, erklärte JCC unter allgemeinem Kopfschütteln auf seiner Seite des Tisches.

Fünfzehntausend Dollar wären ein fairer Kompromiss gewesen. Allerdings wären davon für die Mandaten nur zehntausend übrig geblieben, nachdem JCC sein Drittel abgezogen hätte. Zehntausend Dollar hätten gereicht, um die alten Ziegel zu entfernen und neue liefern zu lassen, aber nicht, um die Maurer zu bezahlen. Zehntausend Dollar hätten die Situation nur verschlimmert: die Mauern bis auf die Rigipsplatten frei gelegt, der Vorgarten eine Schlammwüste und Stapel neuer Ziegel in der Einfahrt, die niemand verbauen wollte.

Neunhundertzweiundzwanzig Fälle zu je fünftausend Dollar, das bedeutete, rechnete JCC schnell, Honorare in Höhe von 4,6 Millionen Dollar. Neunzig Prozent der Fälle gehörten ihm, auch wenn er einige mit ein paar Anwälten teilen musste, die sich erst später an das Verfahren angehängt hatten. Kein schlechter Verdienst. Das reichte für die neue Villa auf St. Barth, in der Ridley immer noch residierte, die offenbar nicht die geringste Lust verspürte, nach Hause zu kommen. Nachdem er seine Steuern bezahlt hatte, würde nicht mehr viel übrig bleiben.

Bei fünfzehntausend Dollar pro Anspruch konnte Hanna überleben. Zusätzlich zu den fünf Millionen von Babcocks Mandantin besaß die Firma zwei Millionen Barmittel, die eigentlich für Betriebs- und Geschäftsausstattung eingeplant gewesen waren. Um alle potenziellen Forderungen abzudecken, war ein Entschädigungsfonds von fünfzehn Millionen erforderlich. Die fehlenden acht Millionen konnten bei Banken in Pittsburgh geliehen werden. Aber das waren Informationen, die Hanna und Babcock für sich behielten. Schließlich handelte es sich um das erste Treffen, und es war nicht der richtige Zeitpunkt, alle Karten auf den Tisch zu legen.

Im Grunde lief alles auf die Frage hinaus, wie viel Mr JCC für seine Bemühungen verlangte. Er konnte einen fairen Vergleich vermitteln, vielleicht seinen eigenen Anteil reduzieren, seine Mandanten schützen, das Überleben einer renommierten alten Firma sichern und das Ganze als Sieg verbuchen.

Oder er konnte sich für die harte Linie entscheiden, bei der am Ende alle draufzahlten.

32

Miss Glick klang ein wenig verstört, als sie Clay über die Gegensprechanlage Besucher ankündigte. »Sie sind zu zweit, Mr Carter«, sagte sie praktisch im Flüsterton. »FBI!«

Neulinge im Schadenersatzgeschäft blicken sich immer wieder verstohlen um, als wären ihre Praktiken irgendwie illegal oder sollten es zumindest sein. Mit der Zeit legen sie sich dann eine Haut zu, die so unempfindlich ist wie Teflon. Clay fuhr schon bei den Buchstaben »FBI« zusammen, musste aber selbst über seine Feigheit lachen. Schließlich hatte er nichts Unrechtes getan.

Die beiden frisch gestriegelten jungen Beamten, die ihre FBI-Ausweise schwenkten, um eventuelle Beobachter zu beeindrucken, wirkten wie einem Film entsprungen. Der Schwarze hieß Spooner, der Weiße Lohse. »LUSCH« ausgesprochen, nicht »*lose*« wie »verlieren«. Mit synchronen Bewegungen knöpften sie ihre Jacketts auf, während sie sich in der wichtigen Mandanten vorbehaltenen Besprechungsecke von Clays Büro niederließen.

»Kennen Sie jemand namens Martin Grace?«, fing Spooner an.

»Nein.«

»Mike Packer?«, übernahm Lohse.

»Nein.«

»Nelson Martin?«

»Nein.«

»Max Pace?«

»Ja.«

»Das ist ein und dieselbe Person«, erklärte Spooner. »Irgendeine Ahnung, wo er sein könnte?«

»Nein.«

»Wann haben Sie ihn zum letzten Mal gesehen?«

Clay ging zu seinem Schreibtisch, nahm seinen Kalender und setzte sich wieder. Er versuchte, Zeit zu gewinnen, um seine Gedanken zu ordnen. Er war nicht verpflichtet, ihre Fragen zu beantworten, und konnte sie jederzeit auffordern, zu gehen und erst wieder zu kommen, wenn sein Anwalt zugegen war. Sollten sie Tarvan erwähnen, war das Gespräch für ihn beendet. »Ich bin mir nicht sicher«, erwiderte er, während er durch die Seiten blätterte. »Das ist schon einige Monate her. Irgendwann Mitte Februar.«

Lohse führte Protokoll, Spooner stellte die Fragen. »Wo war das?«

»Beim Abendessen in seinem Hotel.«

»In welchem Hotel?«

»Das weiß ich nicht mehr. Warum interessieren Sie sich für Max Pace?«

Die beiden wechselten einen raschen Blick. »Es geht um eine Untersuchung der Börsenaufsichtsbehörde«, antwortete Spooner. »Pace hat sich mehrfach des Wertpapierbetrugs und des Insiderhandels schuldig gemacht. Kennen Sie seinen Hintergrund?«

»Nicht genau. Seine Äußerungen klangen ziemlich vage.«

»Wie und warum haben Sie sich mit ihm getroffen?«

Clay warf den Kalender auf den Couchtisch. »Sagen wir, es ging um Geschäfte.«

»Die meisten seiner Geschäftspartner landen im Gefängnis. Sie lassen sich besser was anderes einfallen.«

»Das reicht. Warum sind Sie hier?«

»Zeugenbefragung. Wir wissen, dass er einige Zeit in Washington verbracht und Sie Weihnachten letztes Jahr auf Mustique besucht hat. Wir wissen auch, dass er im Januar, am Tag bevor Sie in Ihrem Verfahren Klage eingereicht haben, Goffman-Aktien leer verkauft hat, und zwar für zweiundsechzig Dollar und fünfundzwanzig Cent. Zurückgekauft hat er sie dann für neunundvierzig und dabei einige Millionen verdient. Wir glauben, dass er Zugang zu einem vertraulichen Bericht der Regierung über ein Medikament von Goffman namens Maxatil hatte und diese Informationen für einen Wertpapierbetrug genutzt hat.«

»Sonst noch etwas?«

Lohse hörte auf zu schreiben. »Haben Sie Goffman-Aktien leer verkauft, bevor Sie Klage einreichten?«

»Nein, habe ich nicht.«

»Haben Sie jemals Goffman-Aktien besessen?«

»Nein.«

»Was ist mit Angehörigen, Kanzlei-Partnern, Mantelfirmen oder Offshore-Fonds, die von Ihnen kontrolliert werden?«

»Nein.«

Lohse steckte seinen Stift in die Tasche. Gute Polizisten hielten die erste Begegnung kurz. Sollte der Zeuge/die Zielperson/der Verdächtige im eigenen Saft schmoren, vielleicht unterlief ihm/ihr dann ein Fehler. Die zweite Befragung würde wesentlich länger ausfallen.

Sie erhoben sich und gingen zur Tür. »Falls Sie von Pace hören, würden wir es gern erfahren«, sagte Spooner.

»Darauf würde ich an Ihrer Stelle nicht zählen«, entgegnete Clay. Niemals würde er Pace verraten, dafür teilten sie zu viele Geheimnisse.

»Doch, wir zählen darauf, Mr Carter. Bei unserem nächsten Besuch unterhalten wir uns über Ackerman Labs.«

Nachdem Healthy Living innerhalb von zwei Jahren acht Milliarden Dollar in bar als Entschädigung ausgezahlt hatte, warf die Firma das Handtuch. Das Management war der Ansicht, dass das Unternehmen in gutem Glauben alles getan hatte, um die Katastrophe mit den Skinny-Ben-Diätpillen wieder gutzumachen. Tapfer hatte man sich bemüht, die rund eine halbe Million Betroffenen zu entschädigen. Geduldig hatte man die wilden Attacken gieriger Anwälte durchgestanden, die sich auf Schadenersatzklagen spezialisiert hatten und auf Kosten der Firma reich geworden waren.

Immer wieder fielen diese Anwälte über das angeschlagene, zusammengeschrumpfte Unternehmen her, das bereits in den letzten Zügen lag. Den Gnadenstoß versetzten ihm zwei nicht abgesprochene Sammelklagen, die von besonders zwielichtigen Anwälten eingereicht wurden. Sie vertraten mehrere tausend »Patienten«, die Skinny Bens genommen hatten, aber nicht unter Nebenwirkungen litten. Diese Leute verlangten Entschädigungen in Millionenhöhe, nur weil sie das Medikament genommen hatten, deswegen jetzt beunruhigt waren und das möglicherweise auch in Zukunft sein würden, was ihre ohnehin angeschlagene emotionale Gesundheit ruinieren konnte.

Healthy Living beantragte Gläubigerschutz und verabschiedete sich aus dem ganzen Schlamassel. Angesichts der Tatsache, dass drei Unternehmensbereiche bereits vor dem Aus standen und es in Kürze auch die Firma selbst nicht mehr geben würde, konnten ihnen die Rechtsanwälte und deren Mandanten den Buckel herunterrutschen.

Die Finanzwelt reagierte überrascht, aber niemand war so entsetzt wie die Anwälte, die sich auf Schadenersatzklagen spezialisiert hatten. Nun hatten sie die Gans stranguliert, die goldene Eier legte. Als Oscar Mulrooney über das Internet davon erfuhr, schloss er seine Tür. Aufgrund seiner visionären Planung hatte die Kanzlei 2,2 Millionen für Werbung und medizinische Tests ausgegeben. Bis jetzt hatte ihnen das zweihundertfünfzehn legitime Skinny-Ben-Fälle eingebracht. Bei einem Durchschnittsvergleich von hundertachtzigtausend Dollar waren die Fälle mindestens fünfzehn Millionen an Anwaltshonoraren wert, und auf dieser Grundlage errechnete sich auch seine sehnlich erwartete Prämie zum Jahresende.

In den letzten drei Monaten hatte die Abwicklungsagentur keine seiner Forderungen mehr genehmigt. Gerüchten zufolge war es zu Differenzen zwischen den zahllosen Anwälten und Verbraucherverbänden gekommen. In einigen Fällen gab es Schwierigkeiten, an angeblich verfügbares Geld zu kommen.

Schwitzend rackerte er sich eine Stunde lang am Telefon ab, rief andere Anwälte an, versuchte, die Abwicklungsagentur und schließlich den Richter zu erreichen. Ein Anwalt in Nashville bestätigte seine schlimmsten Befürchtungen. Der Mann betreute mehrere hundert Fälle und hatte in allen vor Oscar Klage eingereicht. »Wir sind angeschmiert«, sagte er. »Die Verbindlichkeiten von Healthy Living sind viermal so hoch wie die Vermögenswerte, und Bargeld ist keins vorhanden. Wir sind richtig angeschmiert.«

Oscar fasste sich, rückte seine Krawatte zurecht, knöpfte seine Manschetten zu und ging zu Clay, um ihn zu informieren.

Eine Stunde später setzte er einen Brief an seine zweihundertfünfzehn Mandanten auf. Er machte ihnen keine falschen Hoffnungen. Die Aussichten seien trübe. Die Kanzlei werde den Konkurs und das Unternehmen genau im Auge behalten und sich engagiert um jede nur mögliche Entschädigung bemühen.

Aber es gebe nicht viel Grund zum Optimismus.

Zwei Tage später erhielt Nora Tackett ihren Brief. Da der Postbote sie kannte, wusste er, dass sie umgezogen war. Mittlerweile lebte sie in einem neuen, überbreiten Trailer, der näher an der Stadt stand. Wie immer war sie zu Hause, als er das Schreiben der Anwaltskanzlei, drei Rechnungen und ein paar Werbeprospekte in ihren Briefkasten warf. Wahrscheinlich saß sie vor ihrem neuen Breitbild-Fernseher, sah sich eine Seifenoper an und aß Diätkekse. Sie hatte jede Menge Post von den Anwälten in Washington bekommen, und jeder in Larkin wusste, warum. Zuerst hieß es, sie werde von der Diätpillenfirma eine Entschädigung von einhunderttausend Dollar bekommen, dann steckte sie jemandem von der Bank, dass es wohl eher zweihunderttausend sein würden. Während ganz Larkin darüber sprach, wurde es immer mehr.

Earl Jeter aus dem südlichen Umland des Ortes verkaufte

ihr den Trailer, weil er gehört hatte, dass sie sehr bald fast eine halbe Million bekomme. Außerdem hatte ihre Schwester Mary-Beth einen Schuldschein auf neunzig Tage unterzeichnet.

Der Postbote wusste, dass das Geld Nora jede Menge Probleme eingebracht hatte. Jeder Tackett im County wandte sich an sie, wenn er eine Kaution brauchte, um aus der Haft freizukommen. Ihre Kinder, besser gesagt: die Kinder, die sie großzog, wurden in der Schule geärgert, weil ihre Mutter so dick und so reich war. Ihr Mann, der seit zwei Jahren nicht mehr in der Gegend gesehen worden war, kam in die Stadt zurück und erzählte beim Friseur, dass Nora die süßeste Frau sei, die er je geheiratet habe. Ihr Vater allerdings hatte gedroht, ihn umzubringen – ein weiterer Grund dafür, dass sie nicht hinausging und die Türe verriegelt hatte.

Die meisten ihrer Rechnungen waren überfällig. Erst vergangenen Freitag hatte angeblich jemand von der Bank gesagt, dass es keine Anzeichen für irgendeine Entschädigung gebe. Wo blieb Noras Geld? Das war die Frage, die Larkin, Virginia, umtrieb. Vielleicht steckte es in dem Umschlag.

Nachdem sie sich eine Stunde später vergewissert hatte, dass niemand in der Nähe war, watschelte sie vor die Tür. Sie nahm die Post aus dem Kasten und huschte wieder in ihren Trailer.

Ihre Anrufe bei Mr Mulrooney blieben ohne Reaktion. Seine Sekretärin behauptete, er sei verreist.

Die Besprechung fand spät am Abend statt, als Clay gerade gehen wollte. Sie begann höchst unangenehm und blieb es auch.

Crittle kam mit saurem Gesicht hereinmarschiert und verkündete: »Unsere Haftpflichtversicherung hat uns soeben den Versicherungsschutz gekündigt.«

»Was?«, brüllte Clay.

»Sie haben richtig gehört.«

»Wieso sagen Sie mir das erst jetzt? Ich komme zu spät zu meiner Verabredung.«

»Weil ich den ganzen Tag mit denen verhandelt habe.«

Nach einer kurzen Denkpause warf Clay sein Jackett auf das Sofa und ging zum Fenster. »Warum?«

»Die Bewertung Ihres Geschäftsgebarens ist nicht gut ausgefallen. Vierundzwanzigtausend Maxatil-Fälle sind ihnen zu viel. Falls etwas schief geht, ist das Risiko zu groß. Nachdem ihre zehn Millionen möglicherweise nur ein Tropfen auf den heißen Stein wären, steigen sie lieber aus.«

»Können sie das?«

»Natürlich können sie das. Eine Versicherung kann den Versicherungsschutz jederzeit kündigen. Sie müssen uns eine Erstattung zahlen, aber das sind Peanuts. Wir haben nicht die geringste Deckung.«

»Die werden wir auch nicht brauchen.«

»Ihr Wort in Gottes Ohr, aber Sorgen mache ich mir trotzdem.«

»Bei Dyloft haben Sie sich auch Sorgen gemacht, wenn ich mich recht erinnere.«

»Da habe ich mich getäuscht.«

»Und bei Maxatil auch, Crittle, alter Junge. Wenn Mr Mooneyham in Flagstaff mit Goffman fertig ist, werden sie sich unbedingt vergleichen wollen. Sie stellen jetzt schon Milliarden für Schadenersatz zurück. Haben Sie eine Ahnung, was diese vierundzwanzigtausend Fälle wert sein könnten? Was schätzen Sie?«

»Sagen Sie's mir.«

»Fast eine Milliarde Dollar. Und Goffman kann sich das leisten.«

»Ich mache mir trotzdem Sorgen. Was, wenn es schief geht?«

»Haben Sie Vertrauen. Solche Dinge brauchen Zeit. Das Verfahren da unten ist für September angesetzt. Danach fließen die Einnahmen wieder.«

»Wir haben acht Millionen für Werbung und Tests ausgegeben. Können wir nicht wenigstens das Tempo reduzieren? Warum sind vierundzwanzigtausend Fälle für Sie nicht genug?«

»Weil sie nicht genug sind.« Lächelnd griff Clay nach seinem Jackett, klopfte Crittle auf die Schulter und ging zum Essen.

Er hatte sich für halb neun mit einem früheren Zimmerkollegen vom College im Old Ebbitt Grill in der Fifteenth Street verabredet. Als sein Handy klingelte, hatte er bereits fast eine Stunde an der Bar gewartet. Sein Bekannter entschuldigte sich: Er sitze in einer Besprechung fest, die ewig zu dauern scheine. Es folgten die üblichen Entschuldigungen.

Auf dem Weg nach draußen warf Clay einen Blick ins Restaurant und entdeckte Rebecca, die dort mit zwei anderen Frauen zu Abend aß. Er kehrte um, setzte sich wieder auf seinen Barhocker und bestellte noch ein Bier. Erneut hatte sie seine Pläne durchkreuzt. Obwohl er unbedingt mit ihr reden wollte, hatte er nicht vor, sich ihr aufzudrängen. Ein Gang zur Toilette war am unauffälligsten.

Als er ihren Tisch passierte, blickte sie auf und lächelte sofort. Sie stellte ihn ihren beiden Freundinnen vor, und er erklärte, dass er in der Bar auf einen alten Freund vom College warte, der spät dran sei. Es kann noch eine Weile dauern, tut mir Leid, wenn ich störe. Na, ich muss weiter. Schön, dich zu sehen.

Eine Viertelstunde später tauchte Rebecca in der überfüllten Bar auf und stellte sich neben ihn. Sehr dicht neben ihn.

»Ich kann nicht lange bleiben«, sagte sie. Sie zeigte mit dem Kopf in Richtung Restaurant. »Die anderen warten auf mich.«

»Du siehst fantastisch aus«, meinte Clay. Er musste unbedingt herausfinden, wie es ihr wirklich ging.

»Du auch.«

»Wo ist Myers?«

Desinteressiert zuckte sie die Achseln. »Bei der Arbeit. Er arbeitet immer.«

»Wie ist das Eheleben?«

»Sehr einsam.« Sie wandte den Blick ab.

Clay trank einen Schluck. Hätten sie nicht in einer überfüllten Bar gestanden und hätten ihre Freundinnen nicht im Nebenraum auf sie gewartet, dann hätte sie ihm das Herz ausgeschüttet. Es gab so vieles, das sie ihm sagen wollte.

Mit ihrer Ehe klappt es nicht! Nur mit Mühe konnte Clay

ein Lächeln unterdrücken. »Ich warte immer noch auf dich«, sagte er.

Ihre Augen waren feucht, als sie sich vorbeugte und ihn auf die Wange küsste. Dann war sie ohne ein weiteres Wort verschwunden.

33

Als die Orioles ausgerechnet gegen die Devil Rays schier aussichtslos zurücklagen, erwachte Ted Worley aus seinem Nickerchen und überlegte, ob er sofort zur Toilette gehen oder bis zum siebten Inning warten sollte. Er hatte eine Stunde geschlafen, was für ihn sehr ungewöhnlich war, weil er eigentlich jeden Nachmittag pünktlich um zwei ein Nickerchen hielt. Die Orioles waren vielleicht langweilig, aber eingeschläfert hatten sie ihn bis jetzt noch nie.

Nach dem Dyloft-Alptraum wollte er seine Blase nicht überfordern. Nicht zu viel Flüssigkeit, kein Bier mehr. Und kein Druck auf die Organe da unten; wenn er musste, ging er sofort. Was war schon dabei, wenn er ein paar Schläge verpasste? Er machte sich auf den Weg zu der kleinen Gästetoilette im Gang neben dem Schlafzimmer, in dem seine Frau in ihrem Schaukelstuhl saß und an der Stickerei arbeitete, die zu ihrem Lebenszweck geworden zu sein schien. Er schloss die Tür hinter sich, öffnete den Reißverschluss seiner Hose und fing an zu urinieren. Ein leichtes Brennen ließ ihn nach unten blicken. Fast wäre er in Ohnmacht gefallen.

Sein Urin war rostfarben – eine dunkelrote Flüssigkeit. Er rang nach Luft und stützte sich mit einer Hand gegen die Wand. Als er fertig war, betätigte er nicht die Spülung, sondern setzte sich ein paar Minuten lang auf den Toilettensitz, um sich zu sammeln.

»Was treibst du denn da drin?«, rief seine Frau.
»Geht dich nichts an«, brüllte er zurück.
»Ist alles in Ordnung, Ted?«
»Mir geht's bestens.«
Aber das stimmte nicht. Er hob den Deckel, um sich die tödliche Visitenkarte, die sein Körper soeben hinterlassen hatte, noch einmal anzusehen. Schließlich spülte er sie hinunter und ging zurück ins Fernsehzimmer. Die Devil Rays führten mittlerweile noch höher, aber das Spiel hatte für ihn jegliche Bedeutung verloren. Zwanzig Minuten und drei Gläser Wasser später schlich er in den Keller und urinierte dort in einem kleinen Bad, so weit von seiner Frau entfernt wie möglich.

Es war Blut, entschied er. Die Tumore waren wieder da, und es war wesentlich schlimmer als zuvor.

Am nächsten Morgen beim Frühstück erzählte er seiner Frau die Wahrheit. Eigentlich hätte er sie lieber so lange wie möglich im Unklaren gelassen, aber sie lebten zu eng zusammen, sodass es schwierig war, ein Geheimnis zu wahren. Das galt besonders für gesundheitliche Probleme. Sie nahm die Sache umgehend in die Hand, rief seinen Urologen an und putzte die Arzthelferin an der Rezeption herunter, bis sie ihm einen Termin direkt nach der Mittagspause gab. Es handele sich um einen Notfall, und morgen wäre es schlicht und einfach zu spät.

Vier Tage später wurden in Mr Worleys Nieren bösartige Tumore entdeckt. In einer fünfstündigen Operation entfernten die Ärzte alle Geschwülste, die sie finden konnten.

Der Leiter der Urologie beobachtete seinen Patienten genau. Einen Monat zuvor hatte ein Kollege an einem Krankenhaus in Kansas City ebenfalls mit einem Fall zu tun gehabt, bei dem nach der Behandlung mit Dyloft Nierentumore aufgetreten waren. Der Patient in Kansas City erhielt gegenwärtig eine Chemotherapie, doch sein Zustand verschlechterte sich rapide.

Für Mr Worley stand Ähnliches zu befürchten, aber der Onkologe drückte sich bei seiner ersten Visite nach der Operation sehr vorsichtig aus. Mrs Worley arbeitete an ihrer Stickerei und beschwerte sich über das Krankenhausessen. Man erwarte ja keine Delikatessen, aber bei diesen Preisen könne das Essen doch wohl zumindest warm sein. Mr Worley verkroch sich unter seiner Decke und sah fern. Höflich schaltete er den Ton aus, als der Onkologe kam, aber er war zu traurig und deprimiert, um sich an dem Gespräch zu beteiligen.

In etwa einer Woche würde er entlassen werden, und sobald er sich genügend erholt hatte, würde man mit der aggressiven Behandlung der Krebserkrankung beginnen. Als die Besprechung vorbei war, weinte Mr Worley.

Bei einem Gespräch mit dem Kollegen in Kansas City erfuhr der Leiter der Urologie von einem weiteren Fall. Alle drei Patienten waren Dyloft-Kläger der Kategorie eins gewesen. Jetzt lagen sie im Sterben. Der Name einer Anwältin fiel: Der Patient aus Kansas City wurde von einer kleinen Kanzlei in New York vertreten.

Für einen Arzt war es ein seltenes, erfreuliches Erlebnis, den Namen eines Anwalts weitergeben zu können, der einen anderen Anwalt verklagen würde, und der Leiter der Urologie war entschlossen, diesen Augenblick zu genießen. Er ging zu Mr Worley ins Zimmer, stellte sich vor, weil sie sich noch nicht begegnet waren, und erklärte seine Rolle bei der Behandlung. Mr Worley hatte die Nase voll von Ärzten, und ohne die Schläuche, die kreuz und quer durch seinen geschundenen Körper liefen, hätte er sich selbst entlassen. Bald kam das Gespräch auf Dyloft und den Vergleich. Als sie von den Gewinnen sprachen, die die Juristen einstrichen, erwachte der alte Mann zu neuem Leben. Sein Gesicht bekam etwas Farbe, seine Augen funkelten.

Der magere Vergleich war gegen seinen Wunsch geschlossen worden. Schäbige dreiundvierzigtausend Dollar, wobei der Anwalt den Rest eingestrichen hatte! Immer wieder hatte er angerufen, bis er einen jungen Klugschwätzer an die Strippe bekam, der sagte, er solle sich das Kleingedruckte in dem Dokumentenstapel ansehen, den er unterzeichnet hatte. Darin war eine Klausel enthalten, die den Anwalt ermächtigte, sich zu vergleichen, sobald der angebotene Betrag eine sehr niedrige Grenze überstieg. Mr Worley hatte Mr Clay Carter zwei giftige Briefe geschrieben, jedoch nie eine Antwort erhalten.

»Ich war gegen den Vergleich«, wiederholte Mr Worley immer wieder.

»Jetzt ist es wohl zu spät«, fügte Mrs Worley hinzu.

»Vielleicht nicht«, erklärte der Arzt. Er erzählte ihnen von dem Patienten aus Kansas City, dessen Schicksal dem von Ted Worley ähnelte. »Er hat eine Anwältin engagiert, die sich seinen Anwalt vornimmt«, verkündete er voller Befriedigung.

»Von Anwälten hab ich die Nase voll«, sagte Mr Worley. Das galt auch für Ärzte, aber das behielt er für sich.

»Haben Sie die Telefonnummer?«, wollte Mrs Worley wissen, die wesentlich vernünftiger dachte als ihr Mann. Leider musste sie sich überlegen, was in ein oder zwei Jahren sein würde, wenn Ted nicht mehr lebte.

Rein zufällig hatte der Urologe die Nummer bei der Hand.

Auf Schadenersatzklagen spezialisierte Anwälte fürchteten nur eines auf der Welt: jemanden von ihrer eigenen Sorte. Raubritter, Verräter, die hinter ihnen aufräumten, wenn sie Fehler begingen. Diese Subspezies bestand aus wenigen brillanten und knallharten Prozessanwälten, die ihre Berufskollegen wegen fehlerhafter Vergleiche verklagten. Helen Warshaw schrieb gerade das Lehrbuch für sie.

Obwohl sie den Gerichtssaal angeblich so liebten, verließ die Schadenersatzanwälte jeglicher Mut, wenn sie sich vorstellten, wie sie als Beklagte mit belämmertem Gesicht vor einer Jury saßen, während ihre persönlichen Vermögensverhältnisse öffentlich diskutiert wurden. Nicht einmal Ärzte, die Kunstfehler begangen hatten, mieden den Gerichtssaal so wie Anwälte, die im großen Stil Fernseh- und Plakatwerbung betrieben hatten und dann dabei erwischt worden waren, dass sie sich bei einem Vergleich auf Betrügereien eingelassen hatten.

Als Mrs Worley anrief, bearbeitete Helen Warshaw in ihrer

New Yorker Kanzlei vier Dyloft-Fälle und ging Hinweisen auf drei weitere nach. In ihrer kleinen Kanzlei gab es eine Akte über Clay Carter und eine viel dickere über Patton French. Sie beobachtete die etwa zwanzig wichtigsten auf Schadenersatzklagen spezialisierten Kanzleien im Land und verfolgte Dutzende der wichtigsten Sammelklagen. Obwohl sie zahlreiche Mandanten betreute und ausreichend Honorare einnahm, war die Dyloft-Katastrophe ihr bisher aufregendster Fall.

Nach ein paar Minuten am Telefon mit Mrs Worley wusste Helen genau, was passiert war. »Ich bin um fünf Uhr bei Ihnen«, sagte sie.

»Heute?«

»Ja, heute Nachmittag.«

Sie nahm den Linienflug nach Dulles. Einen eigenen Jet besaß sie nicht, und dafür gab es zwei sehr gute Gründe. Zum einen ging sie vorsichtig mit ihrem Geld um und hielt nichts von einer solchen Verschwendung. Zum zweiten wollte sie nicht, dass einem Geschworenengericht zu Ohren kam, dass sie einen Jet besaß, falls sie jemals verklagt wurde. Als es ihr im Vorjahr zum ersten Mal gelungen war, einen Fall vor Gericht zu bringen, hatte sie den Geschworenen großformatige, farbige Innen- und Außenansichten von den beiden Jets gezeigt, die der beklagte Anwalt besaß, und ihnen unter anderem Fotos seiner Jacht und seines Hauses in Aspen präsentiert. Die Geschworenen waren schwer beeindruckt gewesen. Zwanzig Millionen Strafschadenersatz.

Sie mietete ein Auto – keine Luxuslimousine – und fuhr zum Krankenhaus in Bethesda. Mrs Worley hatte die Unterlagen geholt, über denen Helen Warshaw eine Stunde lang brütete, während Mr Worley ein Nickerchen hielt. Als er aufwachte, wollte er nicht mit ihr reden. Er traute Anwälten nicht, und das galt besonders für ehrgeizige, weibliche New Yorker Exemplare dieser Gattung. Aber seine Frau hatte eine Menge Zeit und fand es einfacher, sich einer Frau anzuvertrauen. Daher gingen die beiden in den Aufenthaltsraum, um sich in aller Ruhe bei einem Kaffee zu unterhalten.

Hauptschuldiger war und blieb Ackerman Labs. Das Unternehmen hatte ein Medikament mit starken Nebenwirkungen hergestellt, es durch das Zulassungsverfahren gepeitscht, aggressiv dafür geworben, obwohl es nicht ausreichend erprobt war, und Informationen zurückgehalten. Jetzt stellte sich heraus, dass Dyloft noch heimtückischer war als ursprünglich angenommen. Miss Warshaw befand sich bereits im Besitz von überzeugenden medizinischen Beweisen dafür, dass eine Verbindung zwischen immer wieder auftretenden Tumoren und Dyloft bestand.

Der zweite Schuldige war der Arzt, der das Medikament verschrieben hatte, aber seine Schuld war nur gering. Er hatte sich auf Ackerman Labs verlassen. Das Medikament wirke Wunder. Und so weiter und so fort.

Leider waren die beiden ersten Schuldigen bei dem Vergleich, den Mr Worley im Rahmen der Biloxi-Sammelklage geschlossen hatte, vollständig von ihrer Haftung freigestellt worden. Obwohl der Arzt, der Mr Worleys Arthritis behandelt hatte, gar nicht verklagt worden war, galt die generelle Freistellung auch für ihn.

»Aber Ted wollte keinen Vergleich schließen«, sagte Mrs Worley immer wieder.

Völlig egal, er hatte es getan, indem er seinem Anwalt die Vollmacht dazu erteilte. Der Anwalt hatte den Vergleich geschlossen und wurde so zum dritten Schuldigen. Und zum Letzten, der noch übrig war.

Eine Woche später reichte Helen Warshaw Klage ein gegen J. Clay Carter II., F. Patton French, M. Wesley Saulsberry und alle anderen bekannten und unbekannten Anwälte, die sich bei Dyloft-Fällen auf vorzeitige Vergleiche eingelassen hatten. Hauptkläger war wiederum Mr Ted Worley aus Upper Marlboro, Maryland, für und im Namen aller bekannten und zum gegenwärtigen Zeitpunkt unbekannten Geschädigten. Das Verfahren war im Bezirksgericht für den Distrikt Columbia anhängig, nicht weit von Carters Kanzlei entfernt.

Dem Beispiel der Beklagten folgend, faxte Helen Warshaw eine Viertelstunde, nachdem sie die Klage eingereicht hatte, Kopien davon an ein Dutzend führende Zeitungen.

Am Empfang von Clays Kanzlei erschien ein stämmiger Zustellungsbeamter, der Mr Carter zu sehen verlangte und darauf bestand, dass es dringend sei. Er wurde zu Miss Glick geschickt, die ihren Chef rief. Dieser verließ nur widerwillig sein Büro und nahm die Papiere entgegen, die ihm den Tag und vielleicht sogar das ganze Jahr verderben würden.

Als Clay die Sammelklage eben zu Ende gelesen hatte, riefen schon die ersten Reporter an. Oscar Mulrooney war bei ihm, und sie hatten die Tür abgeschlossen. »Von so was habe ich noch nie gehört«, murmelte Clay, dem schmerzlich bewusst wurde, wie wenig er über das Schadenersatzgeschäft wusste.

Nichts gegen einen Überraschungsangriff, aber zumindest hatten die von ihm verklagten Firmen geahnt, dass sich etwas zusammenbraute. Ackerman Labs war, noch bevor Dyloft auf den Markt kam, klar gewesen, dass das Medikament schwere Nebenwirkungen hatte. Die Hanna Portland Cement Company hatte bereits die ersten Forderungen vor Ort in Howard County begutachten lassen. Goffman war von Dale Mooneyham wegen Maxatil verklagt worden, und weitere Anwälte zogen schon ihre Kreise. Aber das hier? Clay hatte noch nicht einmal gewusst, dass Ted Worley wieder krank war. Nicht der geringste Hinweis darauf, dass ihm Ärger ins Haus stand. Das war nicht fair.

Mulrooney war sprachlos.

»Mr Carter, hier ist ein Reporter von der *Washington Post*«, meldete Miss Glick über die Gegensprechanlage.

»Erschießen Sie ihn«, knurrte Clay.

»Heißt das nein?«

»Das heißt ›Nur über meine Leiche‹!«

»Sagen Sie ihm, Clay ist nicht hier«, brachte Oscar mühsam heraus.

»Und rufen Sie den Sicherheitsdienst«, setzte Clay hinzu.

Wäre ein enger Freund auf tragische Weise ums Leben

gekommen, hätte die Stimmung nicht düsterer sein können. Sie sprachen über Schadensbegrenzung – wie sollten sie reagieren? Und wann? Sollten sie in aller Eile ein aggressives Dementi sämtlicher in der Klage erhobener Vorwürfe verfassen und noch am selben Tag bei Gericht vorlegen? Mit Faxkopien an die Presse? Sollte Clay mit den Reportern sprechen?

Sie kamen zu keiner Entscheidung, weil sie nicht dazu in der Lage waren. Das Blatt hatte sich gewendet, das hier war für sie völlig unbekanntes Terrain.

Oscar erklärte sich bereit, die Neuigkeit in der Kanzlei zu verbreiten und möglichst positiv darzustellen, damit die Stimmung gut blieb.

»Wenn ich im Unrecht bin, übernehme ich die Forderung«, sagte Clay.

»Hoffentlich ist Mr Worley der Einzige von unserer Kanzlei.«

»Das ist die große Frage. Wie viele Ted Worleys gibt es?«

Er fand keinen Schlaf. Ridley war immer noch auf St. Barth und renovierte die Villa, und dafür war Clay dankbar. Zumindest hatte sie keine Ahnung, wie gedemütigt und beschämt er sich fühlte.

Seine Gedanken waren bei Ted Worley. Er war weit davon entfernt, wütend zu sein. Vor Gericht wurden häufig absurde Vorwürfe erhoben, aber diese hier klangen authentisch. Sein früherer Mandant hatte die bösartigen Geschwülste mit Sicherheit nicht erfunden. Mr Worleys Krebserkrankung war die Nebenwirkung eines Medikaments und nicht durch einen schlechten Anwalt verschuldet. Aber sich in einem Fall, der schließlich und endlich Millionen wert war, auf einen Vergleich in Höhe von zweiundsechzigtausend Dollar einzulassen, das klang nach Verletzung der Anwaltspflicht und Habgier. Wer konnte es dem Mann verübeln, wenn er zurückschlug?

Während der endlosen Nacht badete Clay in Selbstmitleid. Sein Ego hatte einen schweren Schlag erlitten. Seine Feinde würden über die tiefe Demütigung triumphieren, die er vor Freunden, Kollegen und Angestellten hinnehmen musste. Ihm den letzten vier Jahren selbst verklagt hatte. Damit nicht genug, erklärte er, das Verfahren »… riecht nach einer Verschwörung der Befürworter einer Reform des Schadenersatzrechts und ihrer Wohltäter, der Versicherungsbranche«. Vielleicht hatte der Reporter Patton nach ein paar kräftigen Wodkas erwischt.

Clay musste eine Entscheidung treffen. Da er tatsächlich krank war, konnte er zu Hause bleiben und den Sturm aussitzen. Oder er konnte sich in die harte Welt hinauswagen und sich der Sache stellen. Am liebsten hätte er ein paar Tabletten genommen, sich ins Bett gelegt und eine Woche geschlafen, bis der Alptraum vorüber war. Noch besser gefiel ihm der Gedanke, ins Flugzeug zu springen und Ridley zu besuchen.

Um sieben Uhr erschien er mit entschlossener Miene und einem Koffeinrausch im Büro, wanderte durch die Gänge und alberte mit der Frühschicht herum. Mutig, wenn auch etwas lahm, witzelte er über Zustellungsbeamte, die bereits unterwegs seien, Reporter, die überall herumschnüffelten, und Vorladungen, die in der Gegend umherflögen. Es war eine glänzende, tapfere Vorstellung, die seine Kanzlei brauchte und zu schätzen wusste.

Er hielt bis weit in den Vormittag hinein durch. Dann versetzte ihm Miss Glick, die durch die offene Tür in sein Büro kam, den Gnadenstoss. »Mr Carter, die beiden FBI-Beamten sind wieder da«, sagte sie.

»Wunderbar!«, rief er und rieb sich die Hände, als wollte er sie verprügeln.

Spooner und Lohse lächelten angespannt und schüttelten ihm nicht die Hand. Zähneknirschend schloss Clay die Tür. Nur keine Schwäche zeigen, rief er sich selbst zur Ordnung. Aber er war völlig erschöpft und hatte Angst.

Diesmal redete Lohse, während sich Spooner Notizen machte. Offenbar hatte Clays Bild auf der Titelseite sie daran erinnert, dass sie ihm noch einen zweiten Besuch schuldeten. Das war das Problem, wenn man prominent war.

»Haben Sie von Ihrem Freund Max Pace gehört?«, begann Lohse.

»Nein, nicht einen Pieps.« Das war die reine Wahrheit, dabei hätte er Pace' Rat in diesen Zeiten der Krise dringend gebraucht.

»Ganz sicher?«

»Sind Sie taub?«, schoss Clay zurück. Wenn ihn die Fragen in Bedrängnis brachten, würde er sie auffordern zu gehen. Schließlich waren die beiden nur Ermittler und nicht Ankläger. »Ich habe Nein gesagt.«

»Wir glauben, er war letzte Woche in der Stadt.«

»Schön für Sie, ich habe ihn nicht gesehen.«

»Sie haben am zweiten Juli letzten Jahres Klage gegen Ackerman Labs eingereicht. Ist das richtig?«

»Ja.«

»Besaßen Sie vor Einreichung der Klage Aktien des Unternehmens?«

»Nein.«

»Haben Sie einen Leerverkauf getätigt und die Aktien dann zu einem niedrigeren Preis zurückgekauft?«

Natürlich hatte er das, auf Vorschlag seines guten Freundes Pace. Sie kannten die Antwort auf diese Frage. Mit Sicherheit waren ihnen die Daten der Transaktionen bekannt. Seit ihrem ersten Besuch hatte er sich eingehend mit Wertpapierbetrug und Insiderhandel beschäftigt. Es war eine Grauzone, in seinem Fall eher hellgrau – glaubte er zumindest. Vielleicht war sein Verhalten nicht einwandfrei gewesen war, aber bestimmt nicht illegal. Rückblickend hätte er nicht mit den Aktien handeln sollen. Tausendmal hatte er sich gewünscht, er hätte es nicht getan.

»Wird aus irgendeinem Grund gegen mich ermittelt?«, fragte er.

Spooner nickte schon, bevor Lohse »Ja« sagen konnte.

»Dann ist diese Besprechung beendet. Mein Anwalt wird sich mit Ihnen in Verbindung setzen.« Clay hatte sich bereits erhoben und ging zur Tür.

34

Für das nächste Treffen des Dyloft-Ausschusses wählte der Beklagte Patton French ein Hotel im Zentrum von Atlanta, wo er eines seiner zahlreichen Seminare zum Thema »Durch Pharmaunternehmen reich werden« hielt. Es war eine Notfallbesprechung.

Wie zu erwarten, hatte French die Präsidentensuite gebucht, ein buntes Sammelsurium überflüssiger Räume im obersten Stockwerk des Hotels. Dort trafen sie sich. Anders als sonst sprach niemand über sein neuestes Luxusauto oder seine soeben erworbene Ranch. Keiner der fünf prahlte mit seinen letzten Triumphen. Die Stimmung war angespannt, als Clay die Suite betrat, und blieb es auch. Die reichen Jungs hatten Angst.

Aus gutem Grund. Carlos Hernández aus Miami wusste von sieben Dyloft-Klägern der Kategorie eins, die mittlerweile unter bösartigen Nierentumoren litten. Sie hatten sich der Sammelklage angeschlossen und wurden nun von Helen Warshaw vertreten. »Die schießen wie Pilze aus dem Boden«, sagte er verzweifelt. Er sah aus, als hätte er seit Tagen nicht geschlafen. Alle fünf wirkten müde und zerschlagen.

»Die Frau ist knallhart«, meinte Wes Saulsberry, und die anderen nickten zustimmend. Offenbar kannte jeder die legendäre Helen Warshaw. Bis auf Clay. Wes wurde von vier früheren Mandanten verklagt, Damon Didier von drei, French von fünf.

Clay war ungeheuer erleichtert, dass es bei ihm nur einer war, aber dieses Gefühl war von kurzer Dauer. »Tatsächlich haben Sie sieben«, klärte ihn French auf und reichte ihm einen Ausdruck, der mit Clays Namen überschrieben war. Darunter waren seine Exmandanten und jetzigen Kläger aufgeführt.

»Wicks von Ackerman meint, die Liste wird schnell länger werden«, sagte French.

»Wie ist die Stimmung dort?«, fragte Wes.

»Nacktes Entsetzen. Das Medikament kostet immer mehr Patienten das Leben. Und Philo hätte am liebsten nie von Ackerman Labs gehört.«

»Geht mir genauso«, stimmte Didier mit einem giftigen Blick auf Clay zu, dem er offenbar die Schuld an dem Dilemma gab.

Clay sah sich die sieben Namen auf seiner Liste an. Außer Ted Worley kannte er keinen Einzigen davon. Kansas, South Dakota, Maine, zwei aus Oregon, Georgia, Maryland. Wie war er dazu gekommen, diese Leute zu vertreten? Was für eine lächerliche Art, Recht zu praktizieren, im Namen von Menschen Klage einzureichen und Vergleiche abzuschließen, die er nie gesehen hatte! Und jetzt verklagten sie ihn!

»Können wir davon ausgehen, dass das medizinische Beweismaterial stichhaltig ist?«, erkundigte sich Wes. »Ich wüsste gern, ob sich der Versuch lohnt nachzuweisen, dass die Rückfälle bei Krebspatienten nichts mit Dyloft zu tun haben. Wenn uns das gelingt, sind wir aus dem Schneider und Ackerman auch. So wenig es mir gefällt, mit diesen Clowns in einen Topf geworfen zu werden, uns bleibt keine Wahl.«

»Vergessen Sie's! Wir sind dran«, sagte French mit brutaler Offenheit. Warum sollten sie ihre Zeit mit falschen Hoffnungen verschwenden? »Wicks hält das Medikament für gefährlicher als einen Kopfschuss. Die eigenen Wissenschaftler verlassen die Firma wegen dieser Sache. Ganze Karrieren sind ruiniert, und niemand weiß, ob das Unternehmen das übersteht.«

»Sie meinen Philo?«

»Ja. Als Philo Ackerman kaufte, dachte man, die Dyloft-

Affäre wäre unter Kontrolle. Jetzt sieht es so aus, als würden Kategorie zwei und drei viel größer und teurer ausfallen als erwartet. Die kämpfen um ihr Überleben.«

»Genau wie wir«, murmelte Carlos und sah Clay an, als hielte er einen Kopfschuss bei ihm für völlig angemessen.

»Wenn wir haftbar sind, können wir in diesen Fällen unmöglich die Verteidigung übernehmen«, meinte Wes, obwohl das ohnehin jedem klar war.

»Wir müssen verhandeln«, sagte Didier. »Es geht um unsere Existenz.«

»Was ist ein Fall wert?«, fragte Clay, der fürchtete, seine Stimme würde versagen.

»Vor einem Geschworenengericht zwei bis zehn Millionen, je nachdem, wie hoch der Strafanteil ausfällt«, meinte French.

»Das ist relativ niedrig«, sagte Carlos.

»Mich bekommt kein Geschworenengericht zu sehen«, verkündete Didier. »Nicht bei diesen Fakten.«

»Der durchschnittliche Kläger ist achtundsechzig und Rentner«, warf Wes ein. »Das heißt, der wirtschaftliche Schaden durch den Tod des Klägers ist relativ gering. Schmerz und Leid treiben die Rechnung natürlich in die Höhe, aber wenn die Geschworenen in Bezug auf uns unvoreingenommen wären, könnten diese Fälle für eine Million geregelt werden.«

»Sie sind aber nicht unvoreingenommen«, fuhr ihn Didier an.

»Was Sie nicht sagen«, zischte Wes zurück. »Wenn sie die Beklagten bloß als einen Haufen geldgieriger Anwälte sehen, die sich auf Schadenersatzklagen spezialisiert haben, gibt es nach oben keine Grenze.«

»Ich wäre lieber auf der Seite der Kläger als auf meiner«, sagte Carlos und rieb sich die müden Augen.

Clay fiel auf, dass nicht ein Tropfen Alkohol getrunken wurde, nur Kaffee und Wasser. Dabei hätte er dringend einen von Frenchs therapeutischen Wodkas brauchen können.

»Vermutlich werden wir unsere Sammelklage verlieren«, sagte French. »Wer noch dabei ist, wird versuchen herauszukommen. Wie Sie wissen, haben sich nur wenige Kläger der Kategorie zwei und drei auf einen Vergleich eingelassen. Aus offensichtlichen Gründen wollen die nichts von diesem Verfahren wissen. Ich kenne mindestens fünf Gruppen von Anwälten, die nur darauf warten, bei Gericht die Abweisung unserer Sammelklage zu beantragen, und ich kann es ihnen nicht verdenken.«

»Wir können uns wehren«, meinte Wes. »Es geht um unsere Honorare, und die werden wir brauchen.«

Aber keiner von ihnen war in kämpferischer Stimmung, zumindest nicht im Augenblick. So reich sie angeblich auch waren, sie waren alle beunruhigt, wenn auch in unterschiedlichem Maße. Clay, der in erster Linie zuhörte, war fasziniert davon, wie die übrigen vier reagierten. Patton French, der vermutlich mehr Geld als alle anderen hatte, schien davon auszugehen, dass er die finanziellen Belastungen eines Verfahrens überstehen würde. Das Gleiche galt für Wes, der mit der Tabakaffäre fünfhundert Millionen Dollar verdient hatte. Carlos gab sich zwar herausfordernd, war aber eindeutig nervös. Wirklich panisch reagierte jedoch nur der sonst so eisenharte Didier.

Jeder von ihnen besaß mehr Geld als Clay. Dafür hatte Clay mehr Dyloft-Fälle am Hals als irgendeiner von ihnen – eine Rechnung, die ihm überhaupt nicht gefiel.

Wenn er von einem Vergleich in Höhe von drei Millionen ausging, kam er bei sieben Klägern auf Zahlungen um die zwanzig Millionen. Das konnte er verkraften. Aber wenn die Liste länger wurde ...

Clay sprach das Thema Versicherungen an und war schockiert, als er erfuhr, dass keiner der anderen vier eine hatte. Der Versicherungsschutz war ihnen bereits vor Jahren gekündigt worden. Nur wenige Gesellschaften, die sich mit Anwaltspflichtverletzung befassten, akzeptierten Anwälte, die sich auf Sammelklagen auf Schadenersatz spezialisiert hatten. Dyloft war ein ausgezeichnetes Beispiel dafür, wie Recht sie hatten.

»Seien Sie dankbar für Ihre zehn Millionen«, meinte Wes. »Zumindest die müssen Sie nicht selbst bezahlen.«

Eigentlich wollte jeder nur jammern und schimpfen. Bald hatten sie jedoch genug vom Unglück der anderen und einigten sich auf einen höchst allgemein gehaltenen Plan, der ein Treffen mit Miss Warshaw irgendwann in der Zukunft vorsah, bei dem sie vorsichtig erkunden wollten, wie die Chancen für Verhandlungen standen. Sie hatte jeden wissen lassen, dass sie nicht an einem Vergleich interessiert war. Ihr ging es um Gerichtsverfahren. Gigantische, Aufsehen erregende Veranstaltungen ohne Gnade, bei denen die gegenwärtigen und früheren Könige der Sammelklagen vor Gericht gezerrt und vor den Geschworenen bloßgestellt wurden.

Clay verbrachte den Nachmittag und die Nacht in Atlanta, wo ihn niemand kannte.

Während seiner Jahre als Pflichtverteidiger hatte Clay hunderte von Erstgesprächen geführt, die fast immer im Gefängnis stattgefunden hatten. Der Anfang war zumeist zäh gewesen, weil der Angeklagte, in so gut wie allen Fällen schwarz, nicht sicher war, wie viel er seinem weißen Anwalt erzählen sollte. Wenn es dann um den persönlichen Background ging, entspannte sich die Atmosphäre etwas, aber Tatsachen, Einzelheiten oder gar die Wahrheit über das Verbrechen kamen während der ersten Sitzungen nur selten zur Sprache.

Welche Ironie des Schicksals, dass Clay nun als weißer Beklagter seinem ersten Gespräch mit seinem schwarzen Anwalt voller Nervosität entgegensah. Bei einem Stundensatz von siebenhundertfünfzig Dollar konnte er nur hoffen, dass Zack Battle eine rasche Auffassungsgabe hatte. Zu diesem Preis konnte er sich weder Ausweichmanöver noch Schattenboxen leisten. Battle würde die Wahrheit zu hören bekommen, und zwar so schnell, wie er schreiben konnte.

Aber Battle war nach einem Schwätzchen zumute. Er und Jarrett waren vor vielen Jahren Saufkumpane gewesen, lange bevor Battle nüchtern und der größte Strafverteidiger Washingtons wurde. Was konnte er für Geschichten über Jarrett Carter erzählen!

Nicht zu siebenhundertfünfzig Dollar die Stunde, hätte Clay am liebsten gesagt. Schalt die Uhr aus, und wir quasseln, so lange du willst.

Battles Büro ging auf den Lafayette Park hinaus. Im Hintergrund war das Weiße Haus zu sehen. Eines Nachts hatten er und Jarrett sich betrunken und beschlossen, mit den Pennern und Obdachlosen im Park Bier zu saufen. Dabei wurden sie von Polizisten beobachtet, die sie für Voyeure hielten. Beide wurden verhaftet und mussten sämtliche Beziehungen spielen lassen, damit die Presse keinen Wind davon bekam. Clay lachte, weil es von ihm erwartet wurde.

Battle hatte das Trinken zugunsten seiner Tabakspfeife aufgegeben, und das voll gestopfte, schmutzige Büro stank nach kaltem Rauch. Wie geht es Ihrem Vater?, wollte er wissen. Clay zeichnete in aller Eile ein großzügiges, geradezu romantisches Bild des Weltumseglers Jarrett.

Als er endlich dazu kam, erzählte Clay die Dyloft-Geschichte, von Max Pace bis zum FBI. Tarvan erwähnte er nicht, aber auch das würde er tun, falls es notwendig wurde. Merkwürdigerweise machte sich Battle keine Notizen. Er hörte nur zu, runzelte die Stirn und rauchte seine Pfeife. Hin und wieder starrte er gedankenverloren in die Ferne, verriet jedoch niemals, was er dachte.

»Was ist mit dieser von Max Pace gestohlenen Studie?«, fragte er nach einer Pause, in der er vor sich hin gepafft hatte. »Befand sie sich in Ihrem Besitz, als Sie die Aktien verkauft und Klage eingereicht haben?«

»Natürlich. Ich musste ja sicher sein, dass ich Ackerman die Haftung nachweisen konnte, falls der Fall vor Gericht ging.«

»Dann war es Insiderhandel. Sie sind schuldig. Fünf Jahre Knast. Aber erzählen Sie mir, wie das FBI Ihnen das beweisen kann.«

Clay blieb das Herz stehen. »Max Pace könnte es ihnen sagen«, erwiderte er, als er sich wieder gefasst hatte.

»Wer hat die Studie sonst noch?«

»Patton French, vielleicht ein oder zwei andere Anwälte.«
»Weiß Patton French, dass Sie im Besitz dieser Informationen waren, bevor Sie Klage eingereicht haben?«
»Das weiß ich nicht. Ich habe ihm nie gesagt, wann ich sie bekommen habe.«
»Dann ist also dieser Max Pace der Einzige, der Sie festnageln könnte.«

Die Geschichte war ziemlich eindeutig. Clay hatte die Dyloft-Sammelklage vorbereitet, aber keine Klage einreichen wollen, solange Pace nicht ausreichende Beweise vorlegte. Mehrmals war es deswegen zu Meinungsverschiedenheiten gekommen. Eines Tages war Pace mit zwei dicken Aktentaschen voller Papiere hereinspaziert und hatte gesagt: »Hier ist das Zeug, aber Sie haben es nicht von mir.« Dann verschwand er sofort wieder. Clay sah sich das Material an und bat einen Studienkollegen, seine Zuverlässigkeit zu überprüfen. Sein Freund war ein prominenter Arzt in Baltimore.

»Ist dieser Arzt vertrauenswürdig?«, wollte Battle wissen.

Bevor Clay etwas sagen konnte, erläuterte Battle: »Im Grunde läuft es auf Folgendes hinaus, Clay: Wenn das FBI nicht weiß, dass Sie zum Zeitpunkt des Leerverkaufs im Besitz der geheimen Studie waren, kann man Sie nicht wegen Insiderhandels belangen. Die Aufzeichnungen über die Wertpapiertransaktionen allein sind nicht genug. Sie müssen beweisen, dass Sie Insiderwissen besaßen.«

»Soll ich mit meinem Freund in Baltimore reden?«

»Nein. Wenn das FBI von ihm weiß, wird vielleicht sein Telefon abgehört. Dann landen Sie für sieben Jahre im Gefängnis und nicht für fünf.«

»Könnten Sie bitte aufhören, so zu reden?«

»Und wenn das FBI *nichts* von ihm weiß, führen Sie es vielleicht unfreiwillig zu ihm. Wahrscheinlich werden Sie beobachtet, möglicherweise werden Ihre Telefone angezapft. An Ihrer Stelle würde ich die Studie vernichten und meine Akten säubern, nur für den Fall, dass die mit einer richterlichen Anordnung daherkommen. Und dann würde ich beten, dass Max Pace entweder tot ist oder sich in Europa versteckt.«

»Sonst noch etwas?«, fragte Clay, der am liebsten sofort angefangen hätte zu beten.

»Suchen Sie Patton French auf, und stellen Sie sicher, dass die Studie nicht zu Ihnen zurückverfolgt werden kann. So wie es aussieht, ist das erst der Anfang der Dyloft-Prozesse.«

»Das habe ich auch gehört.«

Die Absenderadresse war ein Gefängnis. Obwohl viele seiner früheren Mandanten hinter Gittern saßen, konnte sich Clay nicht an jemanden erinnern, der Paul Watson hieß. Er öffnete den Umschlag und holte eine saubere, mit dem Computer geschriebene Seite heraus.

Sehr geehrter Mr Carter,
vielleicht erinnern Sie sich an mich als Tequila Watson. Ich habe meinen Namen geändert, weil der alte nicht mehr zu mir passt. Weil ich jeden Tag die Bibel lese und Paulus mein Lieblingsapostel ist, habe ich mir seinen Namen geborgt. Ein Mithäftling, der sich mit Rechtssachen auskennt, hat mir geholfen, die Formalitäten für die offizielle Änderung zu erledigen.

Ich möchte Sie um einen Gefallen bitten. Vielleicht können Sie irgendwie mit Pumpkins Familie Kontakt aufnehmen und ihr sagen, wie Leid es mir tut. Ich habe zu Gott gebetet, und er hat mir vergeben. Ich würde mich viel besser fühlen, wenn Pumpkins Familie das auch tun könnte. Ich kann immer noch nicht glauben, dass ich ihn einfach so umgebracht habe. Es war der Teufel, der geschossen hat, nicht ich, glaube ich. Aber es gibt keine Entschuldigung für mich.

Ich bin immer noch clean. Im Gefängnis gibt es jede Menge Drogen, ziemlich übles Zeug, aber Gott hilft mir durch jeden Tag.

Es wäre toll, wenn Sie mir schreiben könnten. Ich bekomme nicht viel Post. Schade, dass Sie nicht mehr mein Anwalt sein konnten. Ich fand, Sie waren ein cooler Typ. Mit den besten Wünschen,
Paul Watson

Halt durch, Paul, murmelte Clay vor sich hin. Wenn ich so weitermache, sind wir bald Zellengenossen. Das Telefonklingeln riss ihn aus seinen Gedanken. Es war Ridley, die immer noch auf St. Barth saß, aber nach Hause wollte. Ob Clay bitte morgen den Jet schicken könne?

Natürlich, mein Schatz. Eine Flugstunde kostet ja nur dreitausend Dollar. Vier Stunden hin, vier Stunden zurück, vierundzwanzigtausend Dollar für den kurzen Rundflug. Aber das war nichts im Vergleich zu den Unsummen, die sie für die Villa ausgab.

35

Wer von Gerüchten lebt, wird durch Gerüchte umkommen. Clay hatte selbst einige Male Reporter inoffiziell mit saftigem Klatsch gefüttert und sich hinter einem selbstgefälligen »Kein Kommentar« verschanzt, was wenige Zeilen unter dem schmutzigen Klatsch gedruckt wurde. Damals fand er dieses Spiel witzig, jetzt tat es ihm weh. Er konnte sich nicht vorstellen, wer ihn noch weiter bloßstellen wollte.

Zumindest war er vorgewarnt gewesen. Ein Reporter der *Washington Post* hatte Clays Kanzlei angerufen, von wo er an den ehrenwerten Zack Battle verwiesen worden war, der ihm seine Standardantwort erteilte. Zack rief Clay an, um ihn über das Gespräch zu informieren.

Der Artikel war im Lokalteil abgedruckt, auf der dritten Seite. Eine angenehme Überraschung, nachdem Clay monatelang auf der Titelseite zuerst als Held gefeiert und dann als Schurke verdammt worden war. Da es kaum Tatsachen gab, musste der Platz irgendwie gefüllt werden – in diesem Fall mit einem Foto von Clay. BÖRSENAUFSICHT ERMITTELT GEGEN DEN KÖNIG DER SAMMELKLAGEN. Zack las ihm mehrere Zitate ungenannter Quellen vor, die Clay noch schuldiger erscheinen ließen. Währenddessen erinnerte sich Clay daran, wie oft er Zack bei solchen routinemäßigen Dementis und Abwehrmanövern beobachtet hatte. Immer wieder hatte er die größten Gangster der Stadt energisch verteidigt. Je übler der Gauner, desto schneller rannte er zu Zack Battle. Zum ersten Mal kamen Clay Zweifel, ob er sich für den richtigen Anwalt entschieden hatte.

Er las den Artikel zu Hause, wo er zum Glück allein war, weil Ridley einen Tag oder zwei in ihrer neuen Wohnung verbrachte, die Clay für sie gemietet hatte. Sie brauchte die Freiheit, mit und ohne ihn leben zu können, und da ihre alte Wohnung ziemlich klein war, hatte sich Clay bereit erklärt, für eine angemessenere Unterkunft aufzukommen. Tatsächlich verlangte ihr Freiheitsbedürfnis nach einer dritten Wohnmöglichkeit, bezog man »unsere« Villa in St. Barth, wie sie es nannte, ein.

Nicht dass Ridley Zeitung gelesen hätte. Von Clays Problemen schien sie kaum etwas zu wissen. Dafür interessierte sie sich zunehmend dafür, wie sie sein Geld ausgeben konnte, ohne groß danach zu fragen, wie er es verdiente. Falls sie den Bericht auf Seite drei gesehen hatte, erwähnte sie es nicht. Genauso wenig wie er.

Während er sich durch einen weiteren katastrophalen Tag schleppte, wurde ihm bewusst, wie wenig Leute sich zu dem Artikel äußerten. Ein Studienkollege rief ihn an und versuchte, ihn aufzumuntern, aber das war alles. Er wusste das zu schätzen, aber es half ihm nicht sehr. Wo waren seine anderen Freunde?

Obwohl er verzweifelt versuchte, jeden Gedanken an sie zu verdrängen, fielen ihm immer wieder Rebecca und die van Horns ein. Mit Sicherheit waren sie grün vor Neid gewesen, als er zum neuen König der Sammelklagen gekrönt worden war. War das nicht erst vor wenigen Wochen gewesen? Was dachten sie jetzt? Mir doch egal, sagte er sich. Aber wenn es ihm wirklich gleichgültig war, warum musste er dann ständig an sie denken?

Paulette Tullos kam noch am Vormittag vorbei, und das hob seine Stimmung gewaltig. Sie sah fantastisch aus, hatte ein paar Pfund abgenommen und trug teure Kleidung. In den letzten Monaten hatte sie sich in Europa herumgetrieben, während sie darauf wartete, dass ihre Scheidung rechtskräftig wurde. Die Gerüchte über Clay waren allgegenwärtig, und sie machte sich Sorgen um ihn. Im Laufe des ausgedehnten Mittagessens, das sie bezahlte, stellte sich allmählich heraus, dass diese Sorgen nicht ganz uneigennützig waren. Ihr Anteil an der Dyloft-Beute hatte knapp über zehn Millionen betragen, und sie wollte wissen, ob sie irgendeinem Risiko ausgesetzt war. Clay versicherte ihr, dass das nicht der Fall sei. Während des Vergleichs sei sie in der Kanzlei keine Partnerin gewesen, sondern nur Angestellte. Sein Name stehe auf allen Schriftsätzen und Dokumenten.

»Du warst klüger als ich«, meinte Clay. »Du hast das Geld genommen und bist abgehauen.«

»Ich habe ein schlechtes Gewissen.«

»Brauchst du nicht. Die Fehler habe ich begangen, nicht du.«

Obwohl Dyloft ihn teuer zu stehen kommen würde – mindestens zwanzig seiner früheren Mandanten hatten sich mittlerweile der Warshaw-Sammelklage angeschlossen –, setzte er immer noch auf Maxatil. Bei fünfundzwanzigtausend Fällen würde er irgendwann ganz groß absahnen. »Im Moment ist es ein bisschen schwierig, aber das wird sich bald ändern. Spätestens in einem Jahr ist die Goldgrube wieder geöffnet.«

»Und das FBI?«, fragte Paulette.

»Kann mir nichts anhaben.«

Das schien sie zu glauben. Ihre Erleichterung war offensichtlich. Falls sie Clay tatsächlich alles glaubte, was er gesagt hatte, war sie die Einzige am Tisch.

Das dritte Treffen sollte das letzte werden, auch wenn das weder Clay noch irgendjemand sonst auf seiner Seite des Tisches bewusst war. Joel Hanna hatte diesmal nicht den Versicherungsanwalt Babcock, sondern seinen Cousin Marcus Hanna, den CEO des Unternehmens, mitgebracht. Wie immer saß den beiden eine kleine Armee gegenüber, in deren Mitte wie ein König Mr JCC thronte.

Nach dem üblichen Geplänkel kam Joel zur Sache. »Wir

sind auf weitere achtzehn Häuser gestoßen, die auf die Liste gesetzt werden müssen«, berichtete er. »Das ergibt insgesamt neunhundertvierzig. Wir sind sehr zuversichtlich, dass es dabei bleibt.«

»Sehr schön«, meinte Clay hartherzig. Je länger die Liste, desto mehr Mandanten bekam er und desto mehr Schadenersatz hatten die Hannas zu zahlen. Clay vertrat fast neunzig Prozent der Kläger. Außer ihm hatten sich nur noch ein paar vereinzelte Anwälte an die Klage angehängt. Sein Hanna-Team hatte ausgezeichnete Arbeit geleistet. Es war seinen Leuten gelungen, die Hausbesitzer davon zu überzeugen, dass es sich lohnte, seiner Kanzlei treu zu bleiben. Man hatte ihnen versichert, dass sie mehr Geld bekommen würden, weil Mr Carter Spezialist für Sammelklagen sei. Jeder potenzielle Mandant hatte ein professionell zusammengestelltes Paket erhalten, in dem die Leistungen des neuen Königs der Sammelklagen gepriesen wurden. Das war schamlose Werbung und Akquisition, aber so waren eben heutzutage die Spielregeln.

Bei ihrer letzten Besprechung hatte Clay seine Forderungen von fünfundzwanzigtausend Dollar auf zweiundzwanzigtausend reduziert. Ein Vergleich in dieser Höhe bedeutete für ihn Honorareinnahmen von etwa siebeneinhalb Millionen. Die Hannas hatten ein Gegenangebot von siebzehntausend unterbreitet, damit war der Kreditrahmen der Firma voll ausgeschöpft.

Siebzehntausend Dollar pro Haus bedeuteten Honorare in Höhe von 4,8 Millionen Dollar für Mr JCC, wenn er auf einem Anteil von dreißig Prozent bestand. Falls er jedoch bereit war, sich mit bescheideneren zwanzig Prozent zu begnügen, blieben 13 600 für jeden seiner Mandanten. Ein solcher Nachlass bedeutete für ihn Mindereinnahmen in Höhe von etwa anderthalb Millionen Dollar. Marcus Hanna hatte einen renommierten Unternehmer gefunden, der bereit war, die Fassaden für jeweils 13 500 Dollar zu erneuern.

Während der letzten Besprechung hatte sich herauskristallisiert, dass die Anwaltshonorare mindestens ebenso entscheidend sein würden wie die Entschädigung der Hausbesitzer. Allerdings waren in der Zwischenzeit in der Presse mehrfach Berichte über Mr JCC erschienen, von denen keiner positiv ausgefallen war. Seine Kanzlei war nicht bereit, eine Reduzierung ihres Honorars zu diskutieren.

»Irgendeine Bewegung auf Ihrer Seite?«, fragte Clay ohne Umschweife.

Statt mit einem schlichten »Nein« zu antworten, erläuterte Joel kurz, dass das Unternehmen finanzielle Lage, Versicherungsschutz und die Möglichkeit, einen Kredit über mindestens acht Millionen für einen Entschädigungsfonds aufzunehmen, einer neuerlichen Bewertung unterzogen habe. Leider gebe es keine neuen Entwicklungen. Das Geschäft leide unter der Wirtschaftsflaute. Bei den Auftragseingängen sehe es alles andere als rosig aus, und beim Wohnungsbau sei die Situation zumindest auf ihrem Markt noch verheerender.

So düster die Zukunftsaussichten für die Hanna Portland Cement Company auch waren, auf der anderen Seite des Tisches sah es keineswegs besser aus. Clay hatte zur großen Erleichterung der übrigen Kanzleimitarbeiter von einem Tag auf den anderen jegliche Anwerbung neuer Maxatil-Mandantinnen eingestellt. Rex Crittle arbeitete rund um die Uhr an einem Plan zur Senkung der Kosten, aber die Unternehmenskultur von JCC passte sich nur langsam an diesen radikalen Wandel an. Crittle hatte sogar das Thema Entlassungen angesprochen, was seinem Chef überhaupt nicht gepasst hatte. Es gab keinerlei nennenswerte Einnahmen. Statt an Skinny Bens ein Vermögen zu verdienen, hatten sie durch das Fiasko Millionen verloren. Dass sich immer mehr Dyloft-Mandanten an Helen Warshaw wandten, drohte der Kanzlei den Rest zu geben.

»Also keine Bewegung?«, fragte Clay, als Joel fertig war.

»Nein. Siebzehntausend ist eigentlich schon mehr, als wir uns leisten können. Irgendeine Bewegung auf Ihrer Seite?«

»Zweiundzwanzigtausendfünfhundert sind ein fairer Vergleich«, verkündete Clay, ohne mit der Wimper zu zucken.

»Wenn Sie sich nicht bewegen, tun wir es auch nicht.« Seine Stimme klang hart wie Stahl. Seine Mitarbeiter waren beeindruckt, hätten aber gern einen Kompromiss gefunden. Doch Clay sah Patton French vor sich, wie er in New York die großen Bosse von Ackerman Labs anbrüllte und schikanierte. Er hatte die Situation unter Kontrolle gehabt. Wenn Clay nur genügend Druck ausübte, würden die Hannas in die Knie gehen, davon war er überzeugt.

Der Einzige, der es auf Clays Seite gewagt hatte, seine Zweifel laut zu äußern, war der junge Anwalt Ed Wyatt, der Leiter des Hanna-Teams. Vor dem Treffen hatte er Clay erklärt, dass es seines Erachtens für Hanna nur von Vorteil sein könne, gemäß Chapter 11 des Konkursgesetzes Gläubigerschutz und Reorganisation zu beantragen. Alle Vergleiche mit den Hausbesitzern würden auf Eis gelegt, bis ein Treuhänder ihre Ansprüche geprüft und entschieden habe, welche Entschädigung angemessen sei. Wyatt meinte, falls Chapter 11 zur Anwendung komme, könnten sie sich glücklich schätzen, wenn sie zehntausend Dollar erhielten. Allerdings hatte das Unternehmen nicht mit Konkurs gedroht, was in einer solchen Situation ein normaler Schachzug gewesen wäre. Clay hatte die Bücher der Firma studiert und war der Meinung, dass sie zu viele Vermögenswerte und zu großen Stolz für solch einen drastischen Schritt besaß. Er setzte alles auf eine Karte. Die Kanzlei brauchte alle Honorare, die sie herauspressen konnte.

»Dann ist es Zeit zu gehen«, sagte Marcus Hanna abrupt. Er und sein Cousin rafften ihre Papiere zusammen und stürmten aus dem Konferenzraum. Clay versuchte, ebenfalls einen dramatischen Abgang hinzulegen, um seinen Leuten zu zeigen, dass ihn nichts aus der Fassung brachte.

Zwei Stunden später beantragte die Hanna Portland Cement Company beim Konkursgericht für Ostpennsylvania Gläubigerschutz gemäß Chapter 11 des Konkursgesetzes. Die meisten dieser Gläubiger waren in der von J. Clay Carter II. eingereichten Sammelklage zusammengefasst.

Offenbar verstand sich auch einer der Hannas darauf, Informationen durchsickern zu lassen. In der *Baltimore Press* erschien ein langer Artikel über den Konkurs und die ersten Reaktionen der Hausbesitzer. Die Darstellung stimmte bis ins kleinste Detail, ein Hinweis darauf, dass der Reporter seine Informationen von jemandem bezog, der an den Vergleichsverhandlungen beteiligt gewesen war. Die Firma habe siebzehntausend Dollar pro Kläger angeboten, eine großzügige Schätzung der Renovierungskosten für jedes Haus belaufe sich auf fünfzehntausend. Das Verfahren hätte mit einem fairen Vergleich enden können, wäre da nicht die Frage des Anwaltshonorars gewesen. Die Hannas hätten ihre Verantwortung von Anfang an zugegeben und seien bereit gewesen, sich hoch zu verschulden, um ihre Fehler zu korrigieren. In diesem Tenor ging es weiter.

Die Kläger waren höchst unzufrieden. Der Reporter ging in den Vorstädten auf Tour und stieß auf eine spontane Versammlung in einer Garage. Man zeigte ihm mehrere Häuser, damit er sich ein Bild von den Schäden machen konnte. Immer wieder bekam er Äußerungen wie die Folgenden zu hören:

»Wir hätten direkt mit den Hannas verhandeln sollen.«

»Die Firma war schon hier, bevor sich dieser Anwalt eingemischt hat.«

»Ein Maurer, mit dem ich geredet habe, meinte, er könnte die alten Ziegel für elftausend Dollar entfernen und durch neue ersetzen. Und da lehnen wir siebzehntausend ab? Ich versteh das nicht.«

»Ich bin diesem Anwalt noch nie begegnet.«

»Ich hab erst gemerkt, dass ich mich dieser Sammelklage angeschlossen hatte, als sie schon eingereicht war.«

»Wir wollten wirklich nicht, dass die Firma Pleite geht.«

»Nein, das waren nette Leute. Die wollten uns helfen.«

»Können wir den Anwalt verklagen?«

»Ich hab versucht, ihn anzurufen, aber die Leitungen sind dauernd belegt.«

Nun konnte sich der Reporter einige Informationen über

Clay Carter nicht verkneifen. Natürlich begann er mit den Dyloft-Honoraren. Von da ab wurde es immer schlimmer. Drei Fotos illustrierten den Bericht: Das erste zeigte eine Hausbesitzerin, die auf ihre bröckelnden Ziegel deutete, das zweite die Versammlung in der Garage, und auf dem dritten posierten Clay im Smoking und Ridley in einem bezaubernden Kleid im Weißen Haus, wo sie zu einem Staatsbankett geladen waren. Sie war von umwerfender Schönheit, und er sah auch nicht schlecht aus, aber in diesem Zusammenhang würde es kaum jemand zu schätzen wissen, was für ein attraktives Paar sie waren. Es war eine billige Masche.

»Mr Carter – oben bei einem Staatsbankett im Weißen Haus – war nicht zu erreichen.«

Und ihr werdet mich auch nicht erreichen, dachte Clay.

So begann ein neuer Tag bei JCC. Die Telefone klingelten ununterbrochen, weil wutschnaubende Mandanten ihrer Empörung Luft machen wollten. In der Eingangshalle hatte er für den Fall der Fälle einen Wachmann postiert. Die Anwälte standen in kleinen Gruppen zusammen und fragten sich, ob die Kanzlei überleben würde. Jeder Mitarbeiter äußerte eine eigene Prognose. Der Boss hatte sich in seinem Büro verbarrikadiert. Außer Tonnen von Maxatil-Akten gab es keine echten Fälle zu bearbeiten, und bei Maxatil war nicht viel zu tun, weil Goffman telefonisch ebenfalls nicht zu erreichen war.

Ganz Washington amüsierte sich auf Clays Kosten, aber er erfuhr davon erst durch einen Bericht in der *Baltimore Press*. Angefangen hatte es mit den Dyloft-Artikeln im *Wall Street Journal*. Ein paar Faxe hier und da in der Stadt, damit auch jeder, der Clay vom College, der juristischen Fakultät, über seinen Vater oder aus seiner Zeit als Pflichtverteidiger kannte, auf dem Laufenden war. Richtig in Schwung kam die Sache, als der *American Attorney* ihn dem Verdienst nach an achter Stelle einstufte – weitere Faxe und E-Mails, ein paar Witze, um das Ganze aufzupeppen. Noch beliebter wurde das Spiel, als Helen Warshaw ihre widerwärtige Klage einreichte. Irgendwo in der Stadt erfand ein Anwalt, der offenkundig zu viel Zeit hatte, ein simples Format für die Rundbriefe, überschrieb sie in Anlehnung an Clays Beinamen »*The King of Torts*« – »König der Sammelklagen« – mit »*The King of Shorts*« und fing an Faxe zu verschicken. Jemand mit einer künstlerischen Ader ergänzte sie durch eine grobe Karikatur eines nackten, verblüfft dreinblickenden Clay, dem die Boxershorts um die Fußknöchel hingen. Jede neue Information über ihn wurde mit einer weiteren Ausgabe kommentiert. Der oder die Herausgeber luden Berichte aus dem Internet herunter, druckten sie im Rundbrief-Format und verteilten sie. Ein besonders nachhaltiges Echo fanden die polizeilichen Ermittlungen. Unter anderem erschienen das Foto aus dem Weißen Haus, Klatsch und Tratsch über sein Flugzeug und eine Geschichte über seinen Vater.

Die anonymen Herausgeber hatten von Anfang an Kopien an Clays Kanzlei geschickt, aber Miss Glick hatte sie in den Papierkorb geworfen. Einige Anwälte aus der Yale-Clique hatten ebenfalls Faxe erhalten, doch auch sie schützten ihren Chef. Oscar Mulrooney schnappte sich die letzte Ausgabe und warf sie Clay auf den Schreibtisch. »Nur damit Sie Bescheid wissen«, sagte er. Die aktuelle Ausgabe war eine Reproduktion des Artikels der *Baltimore Press*.

»Irgendeine Vorstellung, wer dahinter steckt?«, fragte Clay.

»Nein. Die werden wie Kettenbriefe durch die Stadt gefaxt.«

»Haben diese Leute nichts Besseres zu tun?«

»Vermutlich nicht. Keine Sorge, Mr Carter, oben war die Luft schon immer dünn.«

»Jetzt habe ich also meinen ganz persönlichen Rundbrief. Dabei kannte vor achtzehn Monaten noch niemand meinen Namen.«

Draußen wurde plötzlich Unruhe laut – scharfe, wütende Stimmen. Clay und Oscar stürzten auf den Gang, wo der Wachmann mit einem sehr aufgebrachten Herrn rang. Von überall her liefen Anwälte und Sekretärinnen zusammen.

»Wo ist Clay Carter?«, brüllte der Mann.

»Hier«, schrie Clay zurück. Er ging zu ihm. »Was wollen Sie von mir?«

Der Eindringling verhielt sich plötzlich ganz ruhig, obwohl der Wachmann seinen Griff nicht gelöst hatte. »Ich bin einer Ihrer Mandanten«, stieß er schwer atmend hervor. »Und Sie nehmen Ihre *Hände* weg!« Damit schüttelte er den Wachmann ab.

»Lassen Sie ihn«, sagte Clay.

»Ich möchte mich mit meinem Anwalt besprechen«, erklärte der Fremde.

»So vereinbart man keinen Termin«, lautete Clays unterkühlte Antwort. Schließlich wurde er von seinen Angestellten beobachtet.

»Ich habe es anders versucht, aber sämtliche Leitungen sind belegt. Sie haben uns einen guten Vergleich mit der Zementfirma verdorben, und wir wollen wissen, warum. Nicht genug Geld für Sie?«

»Sie glauben wohl alles, was in der Zeitung steht«, meinte Clay.

»Ich glaube, dass unser eigener Anwalt uns betrogen hat. Dagegen werden wir uns wehren.«

»Sie und Ihre Freunde sollten aufhören, die Zeitungen zu lesen, und sich nicht so aufregen. Wir arbeiten immer noch an dem Vergleich.« Das war eine reine Zwecklüge, aber zumindest hier in seiner Kanzlei musste er Rebellion im Keim ersticken.

»Reduzieren Sie Ihr Honorar, und besorgen Sie uns ein bisschen Geld«, fauchte der Mann. »Das lassen Ihnen Ihre Mandanten ausrichten.«

»Ich hole einen Vergleich für Sie heraus«, besänftigte ihn Clay mit falschem Lächeln. »Regen Sie sich nicht auf.«

»Sonst wenden wir uns an die Anwaltskammer.«

»Beruhigen Sie sich.«

Der Mann wich zurück, wandte sich um und verließ die Kanzlei. »Alles zurück an die Arbeit!« Clay klatschte in die Hände, als hätten sie jede Menge zu tun.

Eine Stunde später schneite wie eine zufällige Besucherin Rebecca herein und überreichte der Empfangsdame eine Nachricht. »Bitte geben Sie das Mr Carter«, sagte sie. »Es ist sehr wichtig.«

Die Empfangsdame wechselte einen Blick mit dem Wachmann. Immerhin herrschte höchste Alarmstufe. Nach einigen Sekunden kamen sie zu dem Schluss, dass die attraktive junge Frau vermutlich keine Bedrohung darstellte. »Ich bin eine alte Freundin«, erklärte Rebecca.

Wer auch immer sie war, Mr Carter kam so schnell aus den hinteren Räumen der Kanzlei geschossen wie noch nie in der kurzen Geschichte des Unternehmens. Sie ließen sich in der Besprechungsecke seines Büros nieder, Rebecca auf dem Sofa und Clay auf einem Stuhl, den er so nah wie möglich heranzog. Lange Zeit sagte keiner von ihnen etwas. Clay war zu aufgeregt, um einen zusammenhängenden Satz herauszubringen. Ihr Erscheinen konnte hundert verschiedene Dinge bedeuten. Auf jeden Fall war es ein gutes Zeichen.

Am liebsten hätte er sich auf sie gestürzt, um ihren Körper zu spüren, das Parfüm an ihrem Hals zu riechen, mit seinen Händen über ihre Beine zu fahren. Nichts hatte sich verändert – Frisur, Make-up, Lippenstift, Armband, alles war gleich geblieben.

»Du schaust mir auf die Beine«, sagte sie schließlich.

»Stimmt.«

»Clay, geht es dir gut? Ich habe schreckliche Dinge über dich gelesen.«

»Und deswegen bist du hier?«

»Ja. Ich mache mir Sorgen.«

»Das heißt, dass ich dir nicht gleichgültig bin.«

»Nein, das bist du nicht.«

»Du hast mich also nicht vergessen?«

»Nein. Im Augenblick bin ich etwas abgelenkt, wegen meiner Ehe und so, aber ich denke an dich.«

»Ständig?«

»Na ja, immer öfter.«

Clay schloss die Augen und legte eine Hand auf ihr Knie. Rebecca stieß sie sofort zur Seite. »Ich bin verheiratet, Clay.«

»Dann lass uns Ehebruch begehen.«

»Nein.«

»Abgelenkt? Das klingt wie eine vorübergehende Angelegenheit. Was ist los, Rebecca?«

»Ich bin nicht hier, um über meine Ehe zu reden. Ich war in der Nähe, musste an dich denken und kam her.«

»Wie ein Hund, der sich verlaufen hat? Das glaube ich nicht.«

»Brauchst du auch nicht. Wie geht's deiner Gespielin?«

»Sie ist mal hier, mal da. Wir haben uns arrangiert.«

Das schien Rebecca gar nicht zu gefallen. Sie brütete vor sich hin. Sie hielt es anscheinend für selbstverständlich, einen anderen Mann zu heiraten, aber dass sich Clay mit jemandem einließ, ging ihr gegen den Strich.

»Wie ist der Wurm denn so?«, fragte Clay.

»Ganz in Ordnung.«

»Das ist ja eine leidenschaftliche Liebeserklärung von der frisch angetrauten Ehefrau. Nur ganz in Ordnung?«

»Wir kommen zurecht.«

»Du bist seit nicht einmal einem Jahr verheiratet, und zu mehr reicht es nicht? Ihr kommt zurecht?«

»Ja.«

»Du schläfst doch nicht etwa mit ihm, oder?«

»Wir sind verheiratet.«

»Aber er ist so ein kleiner Widerling. Als du bei deiner Hochzeit mit ihm getanzt hast, wäre mir fast das Kotzen gekommen. Sag mir, dass er im Bett ein Versager ist.«

»Er ist im Bett ein Versager. Was ist mit deinem Häschen?«

»Das bevorzugt Frauen.« Sie mussten beide ausgiebig lachen. Dann schwiegen sie wieder, weil es zu viel zu sagen gab. Unter Clays aufmerksamen Blicken schlug sie erneut die Beine übereinander.

»Wirst du es überleben?«, fragte sie.

»Lass uns nicht über mich reden, sondern über uns.«

»Ich werde mich nicht auf eine Affäre einlassen«, sagte sie.

»Aber du denkst daran, stimmt's?«

»Nein, aber ich weiß, dass du es tust.«
»Schön wäre es aber schon, oder?«
»Ja und nein. Ich habe nicht vor, so zu leben.«
»Ich auch nicht, Rebecca. Ich will dich nicht teilen. Früher hatte ich dich einmal ganz, und ich habe zugelassen, dass du mir entglitten bist. Ich werde warten, bis du wieder Single bist. Aber bitte beeil dich damit, okay?«

»Das wird vielleicht nie der Fall sein, Clay.«
»O doch.«

36

Obwohl Ridley neben ihm lag, träumte Clay die ganze Nacht von Rebecca. Immer wieder döste er ein und erwachte kurz darauf mit einem dümmlichen Lächeln. Das war wie weggewischt, als das Telefon um kurz nach fünf Uhr morgens klingelte. Er nahm im Schlafzimmer ab, legte das Gespräch aber sofort auf einen Apparat in seinem Arbeitszimmer.

Der Anrufer war Mel Snelling, mit dem er auf dem College ein Zimmer geteilt hatte und der mittlerweile Arzt in Baltimore war. »Wir müssen miteinander reden, Kumpel«, sagte er. »Es ist dringend.«

»Okay.« Clay wurden die Knie weich.

»Zehn Uhr vor dem Lincoln Memorial.«

»Ich bin dort.«

»Es ist möglich, dass mir jemand folgt.« Dann war die Verbindung unterbrochen. Dr. Snelling hatte die gestohlene Dyloft-Studie geprüft, um Clay einen Gefallen zu erweisen. Jetzt hatte ihn das FBI aufgespürt.

Zum ersten Mal kam Clay der wahnwitzige Gedanke, einfach abzuhauen. Sein letztes Geld in eine Bananenrepublik zu verschieben, aus der Stadt zu verschwinden, sich einen Bart wachsen zu lassen, unterzutauchen. Natürlich würde er Rebecca mitnehmen.

Leider würde ihre Mutter sie noch vor dem FBI finden.

Er kochte Kaffee, nahm eine ausgiebige Dusche und zog seine Jeans an. Dann verabschiedete er sich von Ridley, aber sie bewegte sich nicht.

Es war durchaus möglich, dass Mel abgehört wurde. Das FBI hatte mit Sicherheit seine üblichen schmutzigen Tricks versucht. Bestimmt hatte man ihm damit gedroht, ihn vor Gericht zu bringen, falls er seinen Freund nicht verpfiff, und ihn mit Besuchen, Anrufen und Überwachungsmaßnahmen unter Druck gesetzt. Mel war sicherlich dazu gedrängt worden, sich verkabeln zu lassen und Clay eine Falle zu stellen.

Zack Battle war nicht in der Stadt, sodass Clay ganz auf sich gestellt war. Um zwanzig nach neun traf er am Lincoln Memorial ein und mischte sich unter die wenigen Touristen dort. Wenige Minuten später tauchte Mel auf, was Clay sofort verdächtig erschien. Warum erschien er eine halbe Stunde vor der vereinbarten Zeit? Um den Hinterhalt zu organisieren? Trieben sich Spooner und Lohse mit Mikrofonen, Kameras und Waffen in der Nähe herum? Ein Blick in Mels Gesicht verriet Clay, dass er schlechte Nachrichten für ihn hatte.

Sie schüttelten sich die Hand, begrüßten sich und versuchten, herzlich zu sein. Clay vermutete, dass jedes Wort aufgezeichnet wurde. Es war Anfang September, die Luft war frisch, aber nicht kalt. Dennoch war Mel eingepackt, als stünde ein Schneesturm bevor. Unter all der Kleidung konnten leicht Kameras versteckt sein. »Lass uns ein paar Schritte gehen«, schlug Clay vor, wobei er auf die Mall in Richtung Washington Memorial zeigte.

»Okay«, meinte Mel achselzuckend. Offenbar war keine Falle am Lincoln Memorial geplant.

»Sind sie dir gefolgt?«, fragte Clay.

»Ich glaube nicht. Ich bin von Baltimore nach Pittsburgh und weiter zum Reagan National Airport geflogen. Dort habe ich mir ein Taxi genommen. Ich glaube nicht, dass mir jemand auf den Fersen ist.«

»Waren es Spooner und Lohse?«

»Ja. Kennst du sie?«

»Sie waren ein paarmal bei mir.« Sie gingen jetzt auf dem

südlichen Gehweg am Reflecting Pool entlang. Clay hatte nicht vor, etwas zu sagen, das er nicht noch einmal hören wollte.
»Mel, ich weiss, wie das FBI arbeitet. Zeugen werden unter Druck gesetzt und Leute verkabelt, damit sie mit ihren Apparaten und Hightech-Spielzeugen Beweismaterial sammeln können. Wollten sie dich auch verkabeln?«
»Ja.«
»Und?«
»Ich hab sie zum Teufel geschickt.«
»Danke.«
»Ich habe einen grossartigen Anwalt, Clay, dem ich alles erzählt habe. Ich habe nichts Unrechtes getan, weil ich nicht mit Wertpapieren gehandelt habe. Offenbar im Gegensatz zu dir, aber ich bin sicher, das würdest du heute auch nicht mehr tun. Selbst wenn ich im Besitz von Insiderwissen war, habe ich es nicht genutzt. Ich bin sauber. Problematisch wird es, wenn ich von den Voruntersuchungsgeschworenen vorgeladen werde.«

Bis jetzt waren die Voruntersuchungsgeschworenen noch nicht mit dem Fall befasst. Mels Anwalt musste wirklich brillant sein. Zum ersten Mal in den letzten vier Stunden atmete Clay ein wenig leichter.

»Sprich weiter«, sagte er vorsichtig, die Hände tief in den Taschen seiner Jeans vergraben. Hinter seiner Sonnenbrille beobachtete er die Umgebung ständig.

»Die grosse Frage ist, wie sie mich gefunden haben. Ich habe niemandem gesagt, dass ich mir das Zeug angesehen habe. Mit wem hast du geredet?«
»Mit niemandem, Mel.«
»Schwer zu glauben.«
»Ich schwöre es dir. Warum hätte ich es jemandem erzählen sollen?«

Sie blieben für einen Augenblick stehen, um den Verkehr auf der Seventeenth Street passieren zu lassen. Als sie weitergingen, hielten sie sich möglichst weit rechts, wo ausser ihnen kaum jemand war. »Wenn ich die Voruntersuchungsgeschworenen anlüge, wird es ihnen schwerfallen, dich anzuklagen.«

Mel flüsterte fast. »Aber wenn ich dabei erwischt werde, lande ich selbst im Gefängnis. Wer weiß außer dir noch, dass ich die Studie überprüft habe?«

In diesem Augenblick wurde Clay klar, dass es wirklich keine Kabel und keine Mikrofone gab. Niemand belauschte sie. Mel war nicht auf Beweise aus, er wollte nur beruhigt werden. »Dein Name taucht nirgends auf, Mel«, sagte Clay. »Ich habe dir das Zeug selbst geschickt. Du hast doch nichts kopiert, oder?«

»Nein.«

»Du hast die gesamten Unterlagen zurückgeschickt. Ich bin alles noch einmal durchgegangen, es gibt keinerlei Hinweise auf dich. Wir haben ein halbes Dutzend Mal telefoniert. Alle deine Äußerungen zu der Studie waren mündlich.«

»Was ist mit den anderen Anwälten, die an dem Fall beteiligt sind?«

»Einige von ihnen haben die Studie gelesen. Sie wissen, dass ich sie hatte, bevor wir Klage eingereicht haben. Und sie wissen, dass sie von einem Arzt geprüft wurden, aber sie haben keine Ahnung, von welchem.«

»Kann das FBI sie so unter Druck setzen, dass sie aussagen, dass sich die Studie in deinem Besitz befand, bevor du Klage eingereicht hast?«

»Ausgeschlossen. Versuchen können sie es, aber diese Typen sind Anwälte, große Anwälte, Mel. Die lassen sich nicht so leicht einschüchtern. Sie haben nichts Unrechtes getan – sie haben nicht mit den Aktien gehandelt –, und das FBI wird nichts aus ihnen herausholen. Von dieser Seite droht mir keine Gefahr.«

»Bist du sicher?«, fragte Mel, der keineswegs besonders überzeugt klang.

»Hundertprozentig.«

»Und was soll ich jetzt tun?«

»Weiter auf deinen Anwalt hören. Es besteht durchaus die Möglichkeit, dass die Sache nicht vor ein Geschworenengericht kommt«, sagte Clay, wobei eher der Wunsch der Vater des

Gedanken war. »Wenn du hart bleibst, wird sich das Ganze vermutlich in Wohlgefallen auflösen.«

Sie gingen hundert Meter, ohne ein Wort zu sagen. Das Washington Memorial rückte immer näher. »Falls ich eine Vorladung bekomme«, sagte Mel bedächtig, »unterhalten wir uns besser noch mal.«

»Selbstverständlich.«

»Ich gehe wegen dieser Sache nicht ins Gefängnis, Clay.«

»Ich auch nicht.«

Sie blieben in einer Menschenmenge auf dem Gehweg in der Nähe des Denkmals stehen. »Ich verschwinde jetzt«, sagte Mel. »Wenn du nichts von mir hörst, heißt das, dass alles in Ordnung ist.« Nach diesen Worten zwängte er sich durch eine Gruppe von Schülern und war fort.

Am Tag vor dem Prozess war es im Gerichtsgebäude von Coconino County in Flagstaff relativ ruhig. Alles lief wie gewohnt, nichts wies auf den historischen Konflikt, der bald dort toben sollte, und seine weit reichende Bedeutung hin. Es war die zweite Septemberwoche, und die Temperatur hatte bereits fast die Vierzig-Grad-Marke erreicht. Clay und Oscar Mulrooney, die in der Innenstadt spazieren gegangen waren, flüchteten vor der Hitze in das klimatisierte Gerichtsgebäude.

Im Gerichtsaal wurde über Anträge aus dem Vorverfahren verhandelt, und die Atmosphäre war angespannt. Die Plätze der Geschworenen waren frei; der Auswahlprozess würde pünktlich um neun Uhr am nächsten Morgen beginnen. Dale Mooneyham und sein Team hatten auf der einen Seite der Arena Platz genommen, die Goffman-Leute, die von einem Modeanwalt aus Los Angeles namens Roger Redding angeführt wurde, auf der anderen. Reddings Spitzname lautete »Roger die Rakete«, weil er schnell und erbarmungslos zuschlug, aber man nannte ihn auch »Roger der Trickser«, weil er sich überall im Land mit den größten Prozessanwälten anlegte, um eine Verurteilung seiner Mandanten mit allen Mitteln zu verhindern.

Clay und Oscar setzten sich zu den übrigen Zuschauern, die

überraschend zahlreich vertreten waren, wenn man bedachte, dass nur über Anträge aus dem Vorverfahren entschieden wurde. Die Wall Street würde den Prozess genau verfolgen, die Finanzpresse lückenlos darüber berichten. Selbstverständlich warteten auch Wölfe wie Clay gespannt auf den Ausgang. Die ersten beiden Reihen wurden von einem Dutzend nervöser Geschäftsleute eingenommen, mit Sicherheit Vertreter von Goffman.

Mooneyham stiefelte im Gerichtssaal umher wie ein Schläger in einer Bar und bellte erst den Richter und dann Roger an. Seine Stimme war tief und voll, seine Äußerungen voller Streitlust. Er war ein alter Haudegen, der gelegentlich nach einem Stock griff, um sich darauf zu stützen. Dann wieder schien er sein Humpeln völlig vergessen zu haben.

Roger dagegen hätte direkt aus Hollywood kommen können – maßgeschneiderte Kleidung, grau meliertes Haar, kräftiges Kinn, perfektes Profil. Wahrscheinlich hatte er irgendwann einmal Schauspieler werden wollen. Er erging sich in beredter Prosa, wunderschöne Sätze kamen ihm ohne jedes Zögern über die Lippen. Kein einziges »Äh« oder »Öh«, kein »Also …« Keine Fehlstarts. Sein Vortrag war brillant formuliert und dennoch allgemein verständlich. Außerdem besaß er das Talent, drei oder vier Argumente gleichzeitig zu verfolgen, bevor er sie meisterhaft zu einem einzigen Punkt von überzeugender Logik zusammenfasste. Er fürchtete weder Dale Mooneyham noch den Richter und ganz bestimmt nicht die Tatsachen, um die es in diesem Fall ging.

Selbst wenn Redding nur die banalste Kleinigkeit erörterte, lauschte Clay fasziniert. Ihm kam ein entsetzlicher Gedanke: Wenn er selbst in Washington vor Gericht musste, würde Goffman, ohne zu zögern, Roger die Rakete in den Kampf schicken.

Während er die beiden großen Anwälte auf der Bühne vor ihm beobachtete, wurde Clay erkannt. Einer der Anwälte am Tisch hinter Redding meinte, im Saal ein bekanntes Gesicht zu entdecken. Er stieß einen seiner Kollegen an, der seine Vermutung bestätigte. Die beiden kritzelten Nachrichten an die Anzugträger in den ersten Reihen und gaben sie weiter.

Der Richter ordnete eine fünfzehnminütige Sitzungspause an, damit er zur Toilette gehen konnte. Als Clay den Saal verliess, um sich ein Getränk zu besorgen, folgten ihm zwei Männer, die ihn schliesslich am Ende des Ganges in die Enge trieben. »Mr Carter«, sagte der eine von ihnen höflich, »ich bin Bob Mitchell, Vice President und Firmenanwalt von Goffman.« Energisch drückte er Clay die Hand.

»Ist mir ein Vergnügen«, sagte Clay.

»Und das ist Sterling Gibb, einer unserer New Yorker Anwälte.« Pflichtgemäss schüttelte Clay auch Gibb die Hand.

»Wir wollten Sie nur begrüssen«, erklärte Mitchell. »Keine grosse Überraschung, Sie hier zu sehen.«

»Ich bin gewissermassen an diesem Verfahren interessiert«, meinte Clay.

»Das dürfte eine Untertreibung sein. Wie viele Fälle haben Sie inzwischen?«

»Ich weiss es nicht. Einige.«

Gibb grinste nur höhnisch und starrte ihn an.

»Wir sehen uns jeden Tag Ihre Website an«, sagte Mitchell. »Letzter Stand sind sechsundzwanzigtausend.« Gibb blickte noch verächtlicher drein, offenbar verabscheute er das Schadenersatzgeschäft.

»So ungefähr«, gab Clay zu.

»Sieht so aus, als hätten Sie die Werbung eingestellt. Wahrscheinlich hatten Sie endlich genug Fälle.«

»Man kann nie genug haben, Mr Mitchell.«

»Was tun Sie mit all den Fällen, wenn wir diesen Prozess gewinnen?«, äusserte sich Gibb schliesslich.

»Was tun Sie, wenn Sie diesen Prozess verlieren?«, schoss Clay zurück.

Mitchell trat einen Schritt näher an ihn heran. »Wenn wir hier gewinnen, Mr Carter, dürfte es Ihnen schwerfallen, einen armen Anwalt zu finden, der Ihre sechsundzwanzigtausend Fälle übernimmt. Viel sind die dann nicht mehr wert.«

»Und wenn Sie verlieren?«, fragte Clay.

Gibb kam ebenfalls näher. »Wenn wir hier verlieren, gehen wir nach Washington, um uns gegen Ihre an den Haaren herbeigezogene Sammelklage zu verteidigen. Natürlich nur, falls Sie bis dahin nicht im Gefängnis sitzen.«

»Ich werde Sie erwarten«, brachte Clay heraus, den diese Breitseite schwer getroffen hatte.

»Wissen Sie überhaupt, wo das Gerichtsgebäude ist?«, fragte Gibb.

»Ich habe kürzlich mit dem Richter Golf gespielt«, entgegnete Clay. »Und ich gehe mit der Protokollführerin aus.« Alles gelogen, aber damit hatte er den Angriff für den Augenblick abgewehrt.

Mitchell fasste sich und streckte ihm erneut die rechte Hand hin. »Wir wollten Sie nur begrüßen.«

Clay schüttelte sie. »Wirklich schön, von Goffman zu hören. Auf meine Klage haben Sie ja kaum reagiert.« Gibb wandte ihm den Rücken zu und ging davon.

»Wir reden miteinander, wenn dieses Verfahren hier abgeschlossen ist«, sagte Mitchell.

Als Clay gerade den Saal betreten wollte, verstellte ihm ein wichtigtuerischer Reporter den Weg. Er hieß Derek Irgendwas, war von der *Financial Weekly* und wollte nur ein, zwei Worte hören. Seine Zeitung stand weit rechts, hasste Prozessanwälte, verabscheute Schadenersatzklagen und betätigte sich allgemein als Sprachrohr der Industrie. Clay konnte es sich nicht erlauben, ihn mit »Kein Kommentar« oder »Verschwinden Sie« abzuspeisen. Irgendwie kam ihm sein Name bekannt vor. War das der Reporter, der sich so unfreundlich über ihn ausgelassen hatte?

»Darf ich Sie fragen, was Sie hier tun?«, fragte Derek.

»Warum nicht?«

»Was tun Sie hier?«

»Wahrscheinlich das Gleiche wie Sie.«

»Und das wäre?«

»Ich genieße die Wärme.«

»Stimmt es, dass Sie fünfundzwanzigtausend Maxatil-Fälle vertreten?«
»Nein.«
»Wie viele?«
»Sechsundzwanzigtausend.«
»Was sind die wert?«
»Irgendwas zwischen null und ein paar Milliarden.«

Clay hatte keine Ahnung, dass der Richter den Anwälten beider Seiten mit sofortiger Wirkung bis zum Abschluss des Verfahrens ein Interviewverbot erteilt hatte. Dass er selbst sich so auskunftsfreudig zeigte, erregte daher die Aufmerksamkeit der Menge. Zu seiner Überraschung fand er sich bald von Reportern umringt. Er beantwortete ein paar weitere Fragen, ohne jedoch wichtige Informationen preiszugeben.

Der *Arizona Ledger* zitierte ihn am nächsten Morgen mit den Worten, seine Fälle könnten zwei Milliarden Dollar wert sein. Dazu erschien ein Foto von Clay vor dem Gerichtssaal mit der Unterschrift DER KÖNIG DER SAMMELKLAGEN IN FLAGSTAFF. Es folgten eine kurze Zusammenfassung von Clays Aufenthalt sowie einige Absätze über den großen Prozess. Der Reporter nannte ihn nicht direkt einen geldgierigen, opportunistischen Anwalt, gab aber zu verstehen, dass er wie ein hungriger Geier kreise, um zu gegebener Zeit über den Kadaver von Goffman herzufallen.

Der Gerichtssaal war brechend voll mit potenziellen Geschworenen und Zuschauern. Es wurde neun Uhr und später, ohne dass etwas von den Anwälten oder dem Richter zu sehen gewesen wäre. Sie hielten sich im Richterzimmer auf, wahrscheinlich, um Fragen zu besprechen, die noch vor Beginn der Verhandlung zu klären waren. Gerichtsdiener und -schreiber machten sich am Richtertisch zu schaffen. Dann erschien hinter ihnen ein junger Mann im Anzug, passierte die Schranke und kam durch den Mittelgang auf Clay zu, wo er abrupt stehen blieb. Er beugte sich vor und flüsterte: »Sind Sie Mr Carter?«

Clay nickte verwirrt.

»Der Richter möchte Sie sprechen.«

Die Zeitung lag mitten auf dem Schreibtisch des Richters. Dale Mooneyham stand in einer Ecke des geräumigen Büros, Roger Redding lehnte an einem Tisch in der Nähe des Fensters. Der Richter schaukelte in seinem Drehstuhl hin und her. Keiner der drei wirkte besonders glücklich. Die Vorstellung verlief eher peinlich. Mooneyham weigerte sich, vorzutreten und Clay die Hand zu schütteln. Stattdessen nickte er knapp und warf ihm einen hasserfüllten Blick zu.

»Ist Ihnen klar, dass ich ein Interviewverbot verhängt hatte, Mr Carter?«, fragte der Richter.

»Nein, Sir.«

»So ist es aber.«

»Ich bin in diesem Fall aber nicht Anwalt«, wandte Clay ein.

»Wir hier in Arizona bemühen uns sehr um faire Verfahren, Mr Carter. Beide Seiten wünschen sich Geschworene, die möglichst wenig wissen und daher unvoreingenommen sind. Dank Ihrer Auskünfte ist den potenziellen Geschworenen nun bewusst, dass es mindestens sechsundzwanzigtausend ähnlich gelagerte Fälle gibt.«

Clay konnte es sich nicht leisten, Schwäche zu zeigen oder sich zu entschuldigen – nicht solange Roger Redding jede seiner Bewegungen beobachtete.

»Vielleicht war das unvermeidlich«, gab Clay zurück. Er würde vor diesem Richter nie einen Fall verhandeln, es hatte also keinen Sinn, sich einschüchtern zu lassen.

»Warum verlassen Sie Arizona nicht einfach?«, donnerte Mooneyham aus seiner Ecke.

»Dazu sehe ich keine Veranlassung«, gab Clay zurück.

»Wollen Sie, dass ich verliere?«

Das reichte Clay. Er hatte zwar keine Ahnung, inwiefern seine Anwesenheit Mooneyhams Fall schaden konnte, aber warum sollte er das Risiko eingehen?

»Also gut. Euer Ehren, dann verabschiede ich mich jetzt.«

»Ausgezeichnete Idee«, meinte der Richter.

Clay blickte Roger Redding an. »Wir sehen uns in Washington.«

Roger lächelte höflich, schüttelte aber verneinend den Kopf.

Oscar erklärte sich bereit, in Flagstaff zu bleiben und den Prozess zu verfolgen. Unterdessen ging Clay an Bord seiner Gulfstream, um eine traurige Heimreise anzutreten. Aus Arizona verbannt!

37

Als bekannt wurde, dass die Hannas zwölfhundert Arbeiter entlassen würden, kam das Leben in Reedsburg zum Erliegen. Marcus Hanna hatte sein Personal in einem Brief an alle Mitarbeiter darüber informiert.

In den fünfzig Jahren ihres Bestehens habe die Firma nur vier Kündigungswellen erlebt. Alle Wirtschaftszyklen und Konjunkturflauten habe das Unternehmen überstanden und sich dabei stets bemüht, niemanden zu entlassen. Nun, da die Firma in Konkurs gegangen sei, würden andere Regeln gelten. Es gehe darum, Gericht und Gläubigern zu beweisen, dass die finanziellen Probleme lösbar seien.

Schuld an dieser Situation seien Ereignisse, die außerhalb der Kontrolle der Unternehmensleitung lägen. Ein Faktor sei die schlechte Absatzlage, aber so etwas habe die Firma schon oft erlebt. Vernichtend sei vielmehr die Tatsache, dass in dem Sammelverfahren kein Vergleich habe erreicht werden können. Das Unternehmen habe in gutem Glauben verhandelt, aber eine übereifrige, geldgierige Anwaltskanzlei in Washington habe völlig überzogene Forderungen erhoben.

Nun gehe es ums Überleben. Marcus versicherte seinen Leuten, dass die Firma nicht untergehen werde. Allerdings seien drastische Einsparungen erforderlich. Schmerzhafte Kostensenkungen im nächsten Jahr würden die Rentabilität für die Zukunft garantieren.

Den zwölfhundert gekündigten Arbeitern versprach Marcus jegliche Unterstützung, die das Unternehmen ihnen geben konnte. Ein Jahr lang würden sie Arbeitslosengeld erhalten. Selbstverständlich werde Hanna sie so bald wie möglich wieder einstellen, aber versprechen wolle er nichts. Vielleicht könnten die Ausstellungen nicht rückgängig gemacht werden.

In den Cafés, beim Friseur, in den Gängen der Schulen, in den Kirchenbänken, im kleinen Footballstadion, auf dem Marktplatz, in den Kneipen und Billardhallen gab es kein anderes Thema. Jeder der elftausend Einwohner kannte jemanden, der gerade seinen Job bei Hanna verloren hatte. Die Entlassungen waren die größte Katastrophe in der friedlichen Geschichte von Reedsburg. Obwohl die Stadt versteckt in den Allegheny Mountains lag, blieb dies nicht unbemerkt.

Dem Reporter von der *Baltimore Press*, der drei Artikel über die Sammelklage in Howard County verfasst hatte, war nicht entgangen, dass das Unternehmen Konkurs angemeldet hatte, während er noch Gespräche mit Hausbesitzern führte, deren Ziegelfassaden bröckelten. Die Nachricht von den Entlassungen führte ihn nach Reedsburg, wo er in die Cafés und Billardhallen ging und sich im Stadion mit den Leuten unterhielt.

Der Erste seiner beiden Artikel war so lang wie eine Kurzgeschichte. Wäre er auf absichtliche Verleumdung aus gewesen, hätte der Bericht nicht grausamer ausfallen können. Das ganze Unglück in Reedsburg hätte problemlos vermieden werden können, wenn sich J. Clay Carter II. aus Washington, der Anwalt, der die Sammelklage vertrat, bei der Höhe seiner Honorarforderung flexibel gezeigt hätte.

Da Clay die *Baltimore Press* nicht las und überhaupt einen Bogen um die meisten Zeitungen und Magazine machte, wären ihm die Neuigkeiten aus Reedsburg vielleicht zumindest für eine Weile erspart geblieben, wäre da nicht der immer noch unbekannte Herausgeber des nicht autorisierten und höchst unwillkommenen Rundbriefs gewesen. Dieser faxte ihm die neueste Ausgabe des *King of Shorts*, die offenbar in aller Eile zusammengestellt worden war und den Artikel aus der *Baltimore Press* enthielt.

Als Clay ihn las, hätte er die Zeitung am liebsten verklagt.

Bald jedoch vergaß er die *Baltimore Press*, weil ihn ein neuer Alptraum erwartete. Eine Woche zuvor hatte ein Reporter von *Newsweek* angerufen, den Miss Glick wie üblich abgewimmelt hatte. Zwar wünscht sich jeder Anwalt, dass landesweit über ihn berichtet wird, aber nur wenn es sich um einen Aufsehen erregenden Fall oder um ein Milliardenurteil handelt. Clay hegte den Verdacht, dass es hier weder um das eine noch um das andere ging, und er hatte Recht. *Newsweek* interessierte sich weniger für Clay Carter als für die Frau, die ihn zu Fall bringen wollte.

In dem Artikel wurde Helen Warshaw zwei Seiten lang gefeiert. Jeder Anwalt hätte seinen linken Arm für eine solche Berichterstattung gegeben. Ein sensationelles Foto zeigte Miss Warshaw mit entschlossener Miene in einem Gerichtssaal vor den leeren Sitzen der Geschworenen. Sie wirkte nicht nur brillant, sondern auch sehr glaubhaft. Clay, der sie nie zuvor gesehen hatte, hatte gehofft, sie würde so »knallhart« aussehen, wie Saulsberry sie beschrieben hatte, aber das war nicht der Fall. Sie war sehr attraktiv – klein, dunkles Haar und traurige braune Augen, die jedes Geschworenengericht in ihren Bann schlagen würden. Während Clay auf das Bild starrte, wünschte er sich, auf ihrer Seite zu stehen statt auf seiner. Hoffentlich begegneten sie einander nie. Und falls doch, dann zumindest nicht vor Gericht.

Miss Warshaw besaß mit zwei anderen Partnern eine Kanzlei in New York, die sich auf Anwaltspflichtverletzung spezialisiert hatte, eine seltene, aber wachsende Marktnische. Jetzt hatte sie einige der größten und reichsten Anwälte des Landes aufs Korn genommen, und sie hatte nicht die Absicht, sich auf einen Vergleich einzulassen. »Ich habe noch nie einen Fall gesehen, der die Geschworenen so ansprechen wird«, erklärte sie. Clay hätte sich am liebsten die Kugel gegeben.

Sie vertrat fünfzig Dyloft-Mandanten, die allesamt im Sterben lagen. Der Bericht schilderte die kurze, schmutzige Geschichte des Sammelverfahrens.

Aus den fünfzig hatte der Reporter aus irgendeinem Grund Ted Worley aus Upper Marlboro, Maryland, ausgewählt. Ein Foto zeigte den armen Kerl, wie er in seinem Garten saß. Seine Frau stand hinter ihm. Die beiden hatten die Arme vor der Brust verschränkt und wirkten traurig und besorgt. So schwach Worley auch war, als er von seinem ersten Kontakt mit Clay Carter berichtete, zitterte er vor Wut. Ein Telefonanruf aus dem Nichts, während er sich ein Spiel der Orioles ansah, die alarmierenden Neuigkeiten über Dyloft, die Urinanalyse, der Besuch des jungen Anwalts, die Klage. Alles. »Ich wollte den Vergleich nicht«, sagte er immer wieder.

Für den *Newsweek*-Reporter holte Worley seine gesamten Unterlagen hervor: die medizinischen Berichte, die Gerichtsakten, den hinterhältigen Vertrag mit Carter, der den Anwalt autorisierte, zu jedem Betrag über fünfzigtausend Dollar einen Vergleich zu schließen. Alles, einschließlich der Kopien von den beiden Briefen, die Worley Mr Carter geschrieben hatte, um gegen den »Ausverkauf« zu protestieren, und auf die der Anwalt nie geantwortet hatte.

Seine Ärzte gaben Worley weniger als sechs Monate. Während er langsam jedes der entsetzlichen Worte las, fühlte sich Clay, als wäre er persönlich für die Krebserkrankung verantwortlich.

Helen Warshaw erklärte, dass die Geschworenen viele ihrer Mandanten nur auf Video sähen, weil sie den Beginn des Verfahrens nicht mehr erleben würden. Das klang in Clays Ohren brutal, aber schließlich war der ganze Bericht durch und durch bösartig.

Mr Carter sei, hieß es, nicht zu sprechen. Zu allem Überfluss veröffentlichten sie auch noch das Foto von Clay und Ridley im Weißen Haus und erwähnten, dass er zweihundertfünfzigtausend Dollar für den Expertenrat des Präsidenten gespendet hatte.

»Freunde wie den Präsidenten wird er auch brauchen«,

meinte Helen Warshaw dazu, und Clay konnte die Kugel geradezu zwischen seinen Augen einschlagen fühlen. Er wünschte sich, er wäre nie im Weißen Haus gewesen, nie dem Präsidenten begegnet. Hätte er doch niemals diesen verfluchten Scheck ausgestellt, wäre er doch Ted Worley und Max Pace nie begegnet. Warum hatte er überhaupt Jura studieren müssen?

Er rief seine Piloten an und schickte sie zum Flughafen.
»Wohin geht's, Sir?«
»Das weiß ich nicht. Wo wollen Sie hin?«
»Wie bitte?«
»Also, dann Biloxi, Mississippi.«
»Ein oder zwei Passagiere?«
»Nur ich.« Er hatte Ridley seit vierundzwanzig Stunden nicht gesehen und keine Lust, sie mitzunehmen. Er brauchte Abstand von Washington und allem, was ihn daran erinnerte.

Doch die beiden Tage, die er auf Frenchs Jacht verbrachte, halfen auch nicht viel. Clay sehnte sich nach der Gesellschaft eines Mitverschwörers, aber Patton war zu beschäftigt mit anderen Sammelklagen. Außerdem aßen und tranken sie zu viel.

Zwei von Frenchs Anwälten saßen im Gerichtssaal in Flagstaff und schickten ihm stündlich E-Mails. Obwohl Maxatil für ihn als mögliches Ziel weiterhin nicht infrage kam, verfolgte er alle Vorgänge genau. Das war sein Job, meinte er, schließlich war er der Größte unter den Anwälten, die sich auf Schadenersatzklagen spezialisiert hatten. Er besaß Erfahrung, Geld und den entsprechenden Ruf. Früher oder später musste jede Sammelklage dieser Art auf seinem Schreibtisch landen.

Clay las die E-Mails und sprach mit Mulrooney. Die Auswahl der Geschworenen hatte einen ganzen Tag gedauert. Dale Mooneyham präsentierte nun in aller Ruhe die Vorwürfe der Klägerin gegen das Medikament. Die Studie der zuständigen Behörde untermauerte seinen Vortrag eindrucksvoll, und die Geschworenen waren sehr interessiert. »So weit, so gut«, meinte Oscar. »Mooneyham ist ein brillanter Schauspieler, aber Roger versteht es besser, mit dem Gericht umzugehen.«

Während French trotz seines mörderischen Katers drei Anru-

fe zur gleichen Zeit managte, sonnte sich Clay auf dem oberen Deck und versuchte, seine Probleme zu vergessen. Spät am Nachmittag des zweiten Tages fragte French nach ein paar Wodkas an Deck: »Wie viel Geld haben Sie noch übrig?«
»Weiß ich nicht. Ich habe Angst vor den Zahlen.«
»Schätzen Sie.«
»Vielleicht zwanzig Millionen.«
»Und wie hoch ist Ihre Versicherung?«
»Zehn Millionen. Sie ist mir gekündigt worden, aber für Dyloft müssen sie noch zahlen.«
»Ich fürchte, dreißig Millionen werden nicht reichen«, meinte French, während er an einer Zitronenscheibe lutschte.
»Sieht nicht danach aus, was?«
»Nein. Sie haben es mittlerweile mit einundzwanzig Forderungen zu tun, und es können nur mehr werden. Wir dürfen uns glücklich schätzen, wenn wir einen Vergleich für drei Millionen pro Fall erreichen.«
»Wie viele haben Sie?«
»Bis gestern neunzehn.«
»Und wie viel flüssiges Geld?«
»Zweihundert Millionen. Für mich gibt es kein Problem.«
Und warum leihst du mir dann nicht einfach fünfzig Millionen? Clay fand es geradezu amüsant, wie sie mit Zahlen um sich warfen. Ein Steward brachte mehr Alkohol, den sie auch dringend brauchten.
»Und die anderen?«, wollte Clay wissen.
»Wes ist okay. Carlos kann überleben, wenn er nicht mehr als dreißig Fälle hat. Aber Didier ... Seine beiden letzten Ehefrauen haben ihn bis aufs Hemd ausgezogen. Der Mann ist erledigt. Er wird als Erster bankrott sein, aber das ist für ihn nichts Neues.«
Als Erster? Und wer würde der Zweite sein?
»Was passiert, wenn Goffman in Flagstaff gewinnt?«, fragte Clay nach langem Schweigen. »Ich habe diese ganzen Fälle am Hals.«
»Dann wird es Ihnen dreckig gehen, so viel ist klar. Ist mir

vor zehn Jahren mit verkrüppelten Babys passiert. Ich war voll in Aktion, habe überall Mandanten angeworben und übereilt Klage eingereicht. Als die Sache nicht lief, war das Geld futsch. Meine Mandanten hatten Millionen für ihre behinderten Kinder erwartet und waren deswegen emotional völlig von der Rolle. Mit denen war überhaupt nicht zu reden. Ein paar von ihnen haben mich verklagt, aber ich habe nie gezahlt. Ein Anwalt kann keine Ergebnisse garantieren. Hat mich aber eine schöne Stange Geld gekostet.«

»Das höre ich nicht gern.«

»Wie viel haben Sie für Maxatil ausgegeben?«

»Acht Millionen allein für die Werbung.«

»Ich würde einfach eine Weile abwarten, was Goffman tut. Aber ich glaube nicht, dass die was anbieten, die sind beinhart. Nach und nach werden Ihre Mandanten sauer werden, dann können Sie ihnen sagen, sie sollen abhauen.« Ein kräftiger Schluck Wodka. »Aber denken Sie lieber positiv. Mooneyham hat seit Ewigkeiten nicht verloren. Ein großes Urteil, und die Welt sieht ganz anders aus. Dann sind Ihre Fälle eine wahre Goldgrube.«

»Goffman sagt, dann gehen sie nach Washington.«

»Vielleicht bluffen sie, kommt drauf an, wie es in Flagstaff läuft. Wenn sie im großen Stil verlieren, werden sie über einen Vergleich nachdenken müssen. Fällt die Entscheidung nicht eindeutig aus, probieren sie es vielleicht noch mal. Wenn das bei Ihnen ist, können Sie einen Staranwalt engagieren und ihnen die Hölle heiß machen.«

»Sie meinen nicht, ich sollte es selbst versuchen?«

»Nein, dafür haben Sie nicht genug Erfahrung. Es dauert Jahre, bis Sie in dieser Liga mitspielen können. Viele Jahre.«

So leidenschaftlich er auch von großen Verfahren redete, es war offensichtlich, dass Patton von dem Szenario, das er soeben selbst entworfen hatte, keineswegs begeistert war. Sonst hätte er angeboten, selbst in Washington als Prozessanwalt zu agieren. Mit seinem routinemäßigen Optimismus versuchte er nur, seinen jungen Kollegen zu beruhigen.

Clay brach spät am nächsten Morgen auf und flog nach Pittsburgh. Bloss nicht zurück nach Washington. Unterwegs sprach er mit Oscar und las E-Mails und Berichte über die Verhandlung in Flagstaff. Die Klägerin, eine sechsundsechzigjährige Frau mit Brustkrebs, hatte ausgesagt und ihren Fall überzeugend dargelegt. Sie war sehr sympathisch, und Mooneyham setzte sie optimal ein. Schnapp sie dir, alter Junge, murmelte Clay immer wieder vor sich hin.

Er mietete sich ein Auto und fuhr zwei Stunden lang nach Nordosten, ins Herz der Allegheny Mountains. Reedsburg war auf der Karte fast so schwer zu finden wie vom Highway aus. Als er an der Stadtgrenze über eine Hügelkuppe fuhr, entdeckte er in der Ferne eine gigantische Fabrik. WILLKOMMEN IN REEDSBURG, PENNSYLVANIA, verkündete ein grosses Schild. SITZ DER HANNA PORTLAND CEMENT COMPANY. GEGRÜNDET 1946. Zwei grosse Schlote bliesen Kalkstaub in die Luft, der vom Wind langsam fortgetrieben wurde. Zumindest ist das Werk noch nicht stillgelegt, dachte Clay.

Er folgte dem Wegweiser zum Stadtzentrum und parkte in der Hauptstrasse. Mit Jeans, Baseballkappe und Drei-Tage-Bart würde ihn mit Sicherheit niemand erkennen. Er ging in Ethel's Café und liess sich auf einem wackligen Barhocker an der Theke nieder. Ethel selbst begrüsste ihn und nahm seine Bestellung entgegen. Kaffee und ein getoastetes Käsesandwich.

Am Tisch hinter ihm unterhielten sich zwei alte Männer über die örtliche Footballmannschaft. Die Reedsburg High Cougars hatten dreimal hintereinander verloren, und die beiden wussten besser als der Trainer, was dagegen zu unternehmen war. Auf dem Plan an der Wand hinter der Kasse war für den Abend ein Heimspiel angekündigt.

»Auf der Durchreise?«, erkundigte sich Ethel, als sie den Kaffee brachte.

»Ja.« Clay wurde bewusst, dass sie jeden Einzelnen der elftausend Bürger von Reedsburg kennen musste.

»Wo sind Sie her?«

»Aus Pittsburgh.«

Ihm war nicht klar, ob das gut oder schlecht war, auf jeden Fall verschwand sie ohne weitere Fragen. An einem anderen Tisch redeten zwei jüngere Männer über Jobs. Bald kristallisierte sich heraus, dass sie arbeitslos waren. Einer von ihnen trug eine Jeanskappe mit dem Logo von Hanna Cement. Während Clay sein Käsesandwich aß, hörte er zu, wie sie sich besorgt über Arbeitslosengeld, Hypotheken, Kreditkartenabrechnungen und Teilzeitarbeit austauschten. Einer der beiden wollte seinen Pick-up zum hiesigen Fordhändler bringen, der versprochen hatte, den Wagen für ihn weiterzuverkaufen.

An der Wand neben der Eingangstür stand ein Klapptisch mit einer großen Wasserflasche aus Plastik. Ein handgeschriebenes Schild bat alle Gäste um Unterstützung des »Hanna-Fonds«. Die Flasche war bereits bis zur Hälfte mit Münzen und Scheinen gefüllt.

»Wofür ist das?«, fragte Clay, als Ethel ihm Kaffee nachschenkte.

»Ach das. Wir sammeln Geld für die Familien, die von den Entlassungen im Werk betroffen sind.«

»In welchem Werk?« Clay stellte sich unwissend.

»Bei Hanna Cement, dem größten Arbeitgeber der Stadt. Zwölfhundert sind letzte Woche auf die Straße gesetzt worden. Hier in der Gegend halten wir zusammen. Solche Sammlungen gibt es überall in der Stadt – in Geschäften, Cafés, Kirchen, sogar in den Schulen. Bis jetzt haben wir über sechstausend zusammen. Wenn es hart auf hart geht, soll das Geld verwendet werden, um Stromrechnungen und Lebensmittel zu bezahlen. Ansonsten geht es ans Krankenhaus.«

»Läuft das Geschäft nicht?«, fragte Clay kauend. Das Sandwich in den Mund zu stopfen war einfach, aber das Schlucken fiel ihm zunehmend schwerer.

»Nein, die Firma hat immer gute Chefs gehabt. Die Hannas wissen, was sie tun, aber sie hatten eine Klage irgendwo in Baltimore am Hals. Die Anwälte haben das große Geld gerochen und so viel verlangt, dass die Hannas Konkurs anmelden mussten.«

»Eine verdammte Schande ist das«, mischte sich einer der beiden Rentner ein. An Kneipengesprächen konnte sich jeder beteiligen. »War überhaupt nicht nötig. Die Hannas wollten einen Vergleich und haben ein faires Angebot gemacht, aber die Scheißkerle aus Washington wollten nicht mit sich reden lassen. Da haben die Hannas gesagt: Leckt uns, und sind gegangen.«

Kurz und knapp, dachte Clay, aber keine schlechte Zusammenfassung der Ereignisse.

»Ich hab vierzig Jahre da gearbeitet und immer meinen Gehaltsscheck bekommen. Eine verdammte Schande.«

Um seinen Beitrag zum Gespräch zu leisten, sagte Clay: »Kündigungen sind bei denen wohl nicht sehr häufig?«

»Die Hannas halten nichts davon, Leute auf die Straße zu setzen.«

»Werden die Leute wieder eingestellt?«

»Sie wollen es versuchen, aber jetzt hat das Konkursgericht das Sagen.«

Clay nickte und wandte sich eilig seinem Sandwich zu. Die beiden jüngeren Männer waren aufgestanden und gingen zur Kasse. Ethel verscheuchte sie mit einer Handbewegung. »Ihr schuldet mir nichts, Jungs. Das geht aufs Haus.«

Sie bedankten sich höflich und warfen beim Hinausgehen ein paar Münzen in die Flasche für den Hanna-Fonds. Clay verabschiedete sich ein paar Minuten später, dankte Ethel und beteiligte sich mit einem Hundert-Dollar-Schein am Hanna-Fonds.

Nach Einbruch der Dunkelheit saß er allein auf der Besuchertribüne des winzigen Stadions und sah sich das Spiel der Reedsburg Cougars gegen die Enid Elks an. Die Tribüne für die Clubmitglieder war so gut wie voll. Die Kapelle war laut, und die Menge verlangte brüllend nach einem Sieg. Clay konnte sich nicht auf das Spiel konzentrieren. Als er sich die Aufstellung ansah, überlegte er, wie viele Spieler wohl aus Familien stammten, die von den Kündigungen betroffen waren. Dann blickte er auf die langen Reihen von Reedsburg-Fans auf der anderen Seite des Spielfeldes und fragte sich, wer von ihnen noch Arbeit hatte und wer nicht.

Zwischen Nationalhymne und Spielbeginn hatte ein örtlicher Pfarrer für die Sicherheit der Spieler und die wirtschaftliche Erholung in der Gemeinde gebetet. Sein Gebet endete mit den Worten »Hilf uns durch diese harten Zeiten, o Gott. Amen.«

Clay Carter glaubte nicht, dass er sich jemals schlechter gefühlt hatte als in diesem Moment.

38

Am frühen Samstagabend rief eine sehr aufgewühlte Ridley an. Vier Tage lang habe sie Clay nicht erreichen können! Entweder wisse in der Kanzlei niemand, wo er sei, oder sie wollten es ihr nicht sagen. Und er habe noch nicht einmal versucht, sich bei ihr zu melden. Dabei besäßen sie beide mehrere Telefone. Führe man so eine Beziehung? Nachdem er sich ihr Gejammer einige Minuten angehört hatte, fiel Clay ein Summen in der Leitung auf. »Wo bist du?«
»Auf St. Barth. In unserer Villa.«
»Wie bist du da hingekommen?« Schließlich hatte Clay die Gulfstream benutzt.
»Ich habe einen kleineren Jet gechartert. So klein, dass wir in San Juan zum Tanken zwischenlanden mussten, weil die Maschine es nicht nonstop geschafft hätte.«
Die Ärmste. Woher kannte sie überhaupt die Nummer des Charterunternehmens? »Was willst du denn da unten?«, fragte er ein wenig dümmlich.
»Ich war so verzweifelt, weil ich dich nicht erreicht habe. So was darfst du mir nie wieder antun, Clay.«
Er versuchte kurz, eine Verbindung zwischen seinem Verschwinden und ihrer Flucht nach St. Barth zu entdecken, fand aber keine.
»Tut mir Leid«, sagte er. »Patton French hat mich in Biloxi gebraucht, und ich war zu beschäftigt, um anzurufen.«

Es folgte eine lange Pause. Sie überlegte, ob sie ihm sofort verzeihen oder ein, zwei Tage damit warten sollte. »Versprich mir, dass es nicht wieder vorkommt«, verlangte sie schmollend.

Clay hatte weder Lust auf ihr Gejammer noch auf große Versprechungen, aber er war erleichtert, sie außer Landes zu wissen. »Es passiert nicht wieder. Erhol dich und genieß es.«

»Kannst du runterkommen?«, fragte sie, aber mehr um die Form zu wahren. Echtes Gefühl steckte nicht dahinter.

»Nicht jetzt. Das Verfahren in Flagstaff ist eröffnet.« Er bezweifelte sehr, dass sie auch nur die geringste Ahnung hatte, wovon er sprach.

»Rufst du mich morgen an?«, fragte sie.

»Natürlich.«

Jonah war wieder in der Stadt und wollte von den zahlreichen Abenteuern berichten, die er als Segler erlebt hatte. Sie waren für einundzwanzig Uhr in einem Bistro in der Wisconsin Avenue für ein ausgedehntes spätes Abendessen verabredet. Gegen halb neun klingelte das Telefon, aber der Anrufer hängte wortlos auf. Als es ein zweites Mal läutete, griff Clay danach, während er gerade sein Hemd zuknöpfte.

»Spreche ich mit Clay Carter?«, fragte eine Männerstimme.

»Ja, und wer sind Sie?« Angesichts der Unmengen unzufriedener Mandanten – Dyloft, Skinny Ben und nun vor allem die aufgebrachten Hausbesitzer aus Howard County – hatte Clay in den vergangenen beiden Monaten zweimal seine Nummer gewechselt. Beschimpfungen in der Kanzlei konnte er verkraften, aber zumindest wollte er zu Hause in Frieden gelassen werden.

»Ich bin aus Reedsburg, Pennsylvania, und habe wertvolle Informationen über die Hanna Company für Sie.«

Clay lief es eiskalt den Rücken hinunter. Er setzte sich auf die Bettkante. Ich darf ihn nicht auflegen lassen, sagte er sich, während er versuchte, Ordnung in seine wirren Gedanken zu bringen. »Ich höre.« Irgendwie hatte jemand aus Reedsburg seine neue Geheimnummer herausgefunden.

»Nicht am Telefon«, erwiderte die Stimme. Um die dreißig, weiß, mittlerer Schulabschluss.

»Warum nicht?«

»Es ist eine lange Geschichte. Ich habe ein paar Unterlagen.«

»Wo sind Sie?«

»In der Stadt. Wir treffen uns in der Lobby des Four Seasons in der M Street. Da können wir reden.«

Kein schlechter Plan. Die Lobby würde ausreichend belebt sein, nur für den Fall, dass jemand Anwälte abknallen wollte.

»Wann?«, fragte Clay.

»So schnell wie möglich. Ich bin in fünf Minuten da. Wie lange brauchen Sie?«

Auch wenn seine Adresse kein Geheimnis war, hatte Clay nicht vor zu erwähnen, dass er nur sechs Häuserblocks vom Hotel entfernt wohnte. »Zehn Minuten.«

»Gut. Ich trage Jeans und eine schwarze Steelers-Kappe.«

»Ich werde Sie finden.« Damit legte Clay auf. Er zog sich fertig an und verließ eilig das Haus. Während er mit schnellen Schritten durch die Dumbarton Street ging, versuchte er sich vorzustellen, welche Informationen er über die Hannas brauchen könnte und ob er sie überhaupt wollte. Gerade erst hatte er achtzehn Stunden in Reedsburg verbracht und versuchte nun relativ erfolglos, diesen Ort zu vergessen. Versunken in seine Welt der Verschwörungen, Bestechungsgelder und Spionageszenarios murmelte er noch vor sich hin, als er an der Thirty-First Street nach Süden abbog. Eine Frau mit einem kleinen Hund kam ihm entgegen, der sich auf dem Gehweg nach einer geeigneten Stelle umsah, um sich zu erleichtern. Dann näherte sich ein junger Mann in einer schwarzen Motorradjacke, der eine Zigarette im Mundwinkel hängen hatte. Clay nahm ihn kaum wahr. Als sie einander vor einem nur schwach erleuchteten Haus unter den Ästen eines alten Rotahorns passierten, rammte der Mann Clay die rechte Faust gegen das Kinn. Das Timing war perfekt.

Clay hatte den Schlag nicht kommen gesehen. Er erinnerte sich an ein lautes Krachen in seinem Gesicht, dann schlug sein

Kopf gegen einen schmiedeeisernen Zaun. Plötzlich tauchte ein Knüppel auf, und aus dem Nichts erschien ein zweiter Mann, der ebenfalls auf ihn eindrosch. Clay rollte sich auf die Seite und kam auf ein Knie hoch. Da landete der Knüppel mit der Wucht einer Gewehrkugel auf seinem Hinterkopf.

Bevor er ohnmächtig wurde, hörte er in der Ferne eine weibliche Stimme.

Die Frau, die ihren Hund spazieren führte, hatte hinter sich Lärm gehört: eine Prügelei, zwei gegen einen, wobei der Mann am Boden keine Chance hatte. Als sie näher heraneilte, sah sie zu ihrem Entsetzen zwei Männer in schwarzen Jacken, die mit großen schwarzen Knüppeln auf ihr Opfer einschlugen. Als sie schrie, rannten die beiden davon. Sie riss ihr Handy heraus und wählte die Notrufnummer.

Unterdessen bogen die Männer am Ende des Blocks um die Ecke in die N Street ein und verschwanden hinter einer Kirche. Die Frau versuchte, dem jungen Mann zu helfen, der bewusstlos am Boden lag und stark blutete.

Clay wurde ins Krankenhaus der George-Washington-Universität gebracht, wo er von einem Notaufnahmeteam stabilisiert wurde. Bei der Erstuntersuchung wurden zwei von einem stumpfen Gegenstand verursachte große Kopfwunden, eine Platzwunde am rechten Wangenknochen, eine am linken Ohr sowie zahlreiche Prellungen festgestellt. Seine rechte Wade war gebrochen, sein linker Knöchel ebenfalls, seine linke Kniescheibe zerschmettert. Nachdem man ihm den Kopf rasiert hatte, wurden die beiden großen Wunden mit einundachtzig Stichen genäht. Sein Schädel war schwer gequetscht, aber nicht gebrochen. Sechs Stiche über dem Wangenknochen, elf am Ohr, dann wurde er in den Operationssaal gerollt, wo seine Beine zusammengeflickt werden sollten.

Nachdem Jonah ungeduldig eine halbe Stunde gewartet hatte, fing er an, bei Clay anzurufen. Nach einer Stunde verließ er das Restaurant und ging zu Fuß zu Clays Haus. Leise fluchend klopfte er an die Tür und klingelte. Schon wollte er Steine ans Fenster werfen, da sah er Clays Auto, das zwischen zwei anderen Fahrzeugen auf der Straße parkte. Zumindest glaubte er, dass es sich um Clays Auto handelte.

Langsam ging er darauf zu. Irgendetwas stimmte nicht, er wusste nur nicht, was. Das Auto war zwar tatsächlich ein schwarzer Porsche Carrera, aber es war von einer weißen Masse überzogen. Er rief die Polizei.

Unter dem Porsche wurde ein zerrissener, leerer Sack von Hanna Portland Cement gefunden. Offenbar hatte jemand den Wagen damit bestreut und dann mit Wasser besprüht. An einigen Stellen, vor allem auf Dach und Motorhaube, waren große Zementbrocken angetrocknet und festgeklebt. Während die Polizei das Auto untersuchte, teilte Jonah den Beamten mit, dass sein Besitzer verschwunden sei. Nach einer langwierigen Computersuche fanden sie Clays Namen schließlich, und Jonah fuhr zum Krankenhaus. Er rief Paulette an, die schon vor ihm dort eintraf. Clay wurde noch operiert, aber er hatte nur Knochenbrüche und vermutlich eine Gehirnerschütterung davongetragen. Seine Verletzungen schienen nicht lebensgefährlich zu sein.

Die Spaziergängerin mit dem Hund berichtete der Polizei, die beiden Angreifer seien Weiße gewesen. Drei Studenten, die gerade eine Bar in der Wisconsin Avenue betreten hatten, meldeten, sie hätten zwei Weiße in schwarzen Jacken gesehen, die von der N Street aus um die Ecke gerannt seien. Sie seien in einen metallicgrünen Kleintransporter gesprungen, dessen Fahrer auf sie gewartet habe. Es sei zu dunkel gewesen, um das Kennzeichen zu erkennen.

Der Anruf, den Clay um 20.39 Uhr erhalten hatte, wurde zu einem Münztelefon in der M Street zurückverfolgt, das etwa fünf Minuten von seinem Haus entfernt war.

Die Spur wurde schnell kalt. Schließlich und endlich war Clay nur verprügelt worden. Außerdem war es Samstagnacht, eine Nacht, in der in Washington zwei Vergewaltigungen, zwei Schießereien aus fahrenden Autos mit insgesamt fünf Verletzten und zwei Morde zu verzeichnen sein würden. Für beide gab es kein erkennbares Motiv.

Da Clay in der Stadt keine Angehörigen hatte, fungierten Jonah und Paulette als seine Sprecher und trafen die notwendigen Entscheidungen. Um ein Uhr dreißig nachts erklärte ihnen die Ärztin, die Operation sei reibungslos verlaufen. Sämtliche Knochen seien teils mit Nägeln und Schrauben eingerichtet worden und müssten jetzt nur noch heilen. Besser hätte es nicht laufen können. Da Clay mit Sicherheit eine Gehirnerschütterung hatte, die Ärzte aber nicht wussten, wie schwer sie war, würde seine Gehirnaktivität genau überwacht werden. »Er sieht fürchterlich aus«, warnte sie.

Zwei Stunden später wurde Clay vorsichtig auf sein Zimmer gebracht. Jonah hatte auf privater Unterbringung bestanden. Um vier Uhr morgens sahen sie ihn zum ersten Mal, eingewickelt wie eine Mumie.

Beide Beine steckten in dicken Gipsverbänden, die von einem komplizierten System aus Seilen und Flaschenzügen einige Zentimeter über dem Bett gehalten wurden. Brust und Arme waren von einem Laken bedeckt, während dicke Gazeverbände seinen Schädel und sein halbes Gesicht verbargen. Seine Augen waren zugequollen, und zum Glück war er immer noch nicht bei Bewusstsein. Sein Kinn war angeschwollen, die Lippen waren dick und blau. An seinem Hals klebte getrocknetes Blut.

Stumm registrierten sie das volle Ausmaß seiner Verletzungen, während die Monitore klickten und piepsten. Sein Brustkorb hob und senkte sich ganz langsam. Dann fing Jonah an zu lachen. »Schau dir diesen Mistkerl an!«

»Sei still, Jonah«, zischte Paulette, die ihm am liebsten eine Ohrfeige verpasst hätte.

»Da liegt er, der König der Sammelklagen«, prustete Jonah, von unterdrücktem Lachen geschüttelt.

Nun wurde auch Paulette die Ironie der Situation bewusst. Sie brachte es fertig zu lachen, ohne den Mund zu öffnen. Eine ganze Weile standen sie um Fassung ringend am Fußende von Clays Bett.

»Du solltest dich schämen«, sagte sie schließlich.

»Ich schäme mich ja. Tut mir Leid.«

Ein Krankenpfleger rollte ein zweites Bett herein. Paulette würde die erste Nachtwache übernehmen, Jonah die zweite.

Zum Glück hatte der Überfall so spät stattgefunden, dass in der *Washington Post* vom Sonntag nicht darüber berichtet wurde. Miss Glick rief alle Angestellten der Kanzlei an und bat sie, von Besuchen im Krankenhaus abzusehen und auch keine Blumen zu schicken. Vielleicht würde ihre Unterstützung im Laufe der Woche nötig werden, aber im Augenblick waren Gebete am hilfreichsten.

Am Sonntagmittag stand Clay endlich von den Toten wieder auf. Paulette wälzte sich auf dem Klappbett hin und her, als er fragte: »Wer ist da?«

Sie sprang auf und lief zu ihm. »Ich bin es, Clay.«

Durch seine verschwollenen Augen glaubte er, undeutlich ein schwarzes Gesicht zu erkennen. Ridley war es also nicht. Er streckte die Hand aus. »Wer?«

»Paulette, Clay. Kannst du nichts sehen?«

»Nein. Paulette? Was tust du hier?« Seine Stimme klang belegt, und die Worte kamen langsam und mühsam.

»Auf dich aufpassen, Boss.«

»Wo bin ich?«

»Im Krankenhaus der George-Washington-Universität.«

»Warum, was ist passiert?«

»Du hast eine ziemliche Abreibung nach alter Art verpasst bekommen.«

»Was?«

»Du bist überfallen worden. Zwei Männer mit Knüppeln. Brauchst du Schmerztabletten?«

»Ja, bitte.«

Sie stürzte aus dem Zimmer und informierte eine Krankenschwester. Wenige Minuten später erschien ein Arzt, der Clay mit schmerzlicher Genauigkeit schilderte, wie furchtbar er verprügelt worden war. Nach einer weiteren Tablette versank er wieder in der Bewusstlosigkeit. Den Großteil des Sonntags über lag er in einem angenehmen Nebel, während seine Babysitter

Paulette und Jonah Zeitung lasen und im Fernsehen Football anschauten.

Am Montag schlug die Presse mit voller Wucht zu. Die Berichte glichen sich aufs Haar. Paulette stellte den Ton am Fernseher ab, und Jonah versteckte die Zeitungen. Miss Glick und der Rest der Kanzlei verbarrikadierten sich und weigerten sich, den Vorfall zu kommentieren. Sie erhielt eine E-Mail vom Skipper einer Segeljacht, der behauptete, Clays Vater zu sein. Er war in der Nähe der Halbinsel Yucatán im Golf von Mexiko unterwegs und wollte wissen, wie es Clay ging. Sie teilte es ihm mit – Zustand stabil, Knochenbrüche, Gehirnerschütterung. Er bedankte sich und kündigte an, sich am nächsten Tag wieder zu melden.

Ridley traf am Montagnachmittag ein. Daraufhin verschwanden Paulette und Jonah, die froh waren, für eine gewisse Zeit aus dem Krankenhaus herauszukommen. Offenbar war Ridley als Georgierin aber nicht klar, was von ihr erwartet wurde. Während Amerikaner rund um die Uhr bei ihren geliebten Kranken und Verletzten ausharren, halten andere Kulturen einstündige Besuche für ausreichend. Der Rest bleibt dem Krankenhaus überlassen. Ridley gab sich einige Minuten lang höchst liebevoll und versuchte, Clay für die letzten Verschönerungen an ihrer Villa zu interessieren. Sein Kopf begann noch mehr zu hämmern, sodass er um eine Tablette bitten musste. Sie legte sich auf das Klappbett, um ein wenig zu schlafen, weil sie, wie sie sagte, vom Heimflug erschöpft war. Dabei war es ein Non-Stop-Flug mit der Gulfstream gewesen. Er nickte ebenfalls ein. Als er erwachte, war sie fort.

Ein Detective erschien. Der Verdacht richtete sich auf einige Schläger aus Reedsburg, aber die Beweise waren dürftig. Clay konnte den Mann, der ihm den ersten Hieb versetzt hatte, nicht beschreiben. »Ich habe nichts gesehen«, sagte er, während er sich das Kinn rieb. Um ihn aufzumuntern, hatte der Beamte vier große Farbfotos des schwarzen Porsche bei sich, an dem überall Zement klebte. Clay brauchte eine weitere Tablette.

Alle schickten Blumen. Adelfa Pumphrey, Glenda vom OPD, Mr und Mrs Rex Crittle, Rodney, Patton French, Wes Saulsberry, ein Richter, den Clay vom Obersten Gericht des Distrikts Columbia kannte. Jonah brachte einen Laptop mit, sodass Clay ausführlich mit seinem Vater chatten konnte.

Am Montag erschienen drei Ausgaben des *King of Shorts*, die die letzten Zeitungsberichte und den neuesten Klatsch über den Überfall auf Clay enthielten. Er sah nichts davon. Versteckt in seinem Krankenhauszimmer, wurde er von seinen Freunden abgeschirmt.

Früh am Dienstagmorgen kam Zack Battle auf dem Weg in die Kanzlei vorbei, um ihm die gute Nachricht zu überbringen, dass die Börsenaufsicht ihre Ermittlungen gegen ihn einstellen würde. Er hatte mit Mel Snellings Anwalt in Baltimore gesprochen. Mel gab dem Druck des FBI nicht nach, und ohne Mel hatten sie nicht die nötigen Beweise.

»Wahrscheinlich haben die beim FBI die Zeitungen gelesen und meinen, Sie wären genug gestraft«, erklärte Zack.

»Stehe ich in der Zeitung?«, fragte Clay.

»Es gibt einige Artikel über Sie.«

»Soll ich die lesen?«

»Besser nicht.«

Die Langeweile im Krankenhaus machte ihm zu schaffen – der Streckverband, die Bettpfannen, die endlosen Visiten der Krankenschwestern rund um die Uhr, die ernsten Gespräche mit den Ärzten, die vier Wände um ihn herum, die ständigen Verbandwechsel an seinen Wunden, die Blutentnahmen für immer neue Tests, die durch nichts unterbrochene Eintönigkeit, weil er nur bewegungslos im Bett liegen konnte. Wochenlang würde er diese Gipsverbände tragen müssen, und er konnte sich nicht vorstellen, wie er in der Stadt mit Rollstuhl und Krücken überleben sollte. Zumindest zwei Operationen standen ihm noch bevor, wenn auch kleinere, wie die Ärzte versichert hatten.

Immer mehr plagten ihn nun die psychischen Nachwirkungen des Angriffs, und er erinnerte sich verstärkt an Geräusche, aber auch an seine körperlichen Empfindungen, als die beiden auf ihn eindroschen. Er sah das Gesicht des Mannes vor sich, der ihm den ersten Kinnhaken versetzt hatte, aber da er nicht wusste, ob es nicht nur ein Traum war, erzählte er dem Detective nichts davon. In der Dunkelheit hörte er Schreie, doch auch sie mochten nur Teil des Alptraums sein. Er erinnerte sich, wie über ihm ein schwarzer Knüppel von der Größe eines Baseballschlägers geschwungen wurde. Glücklicherweise hatte er das Bewusstsein verloren und erinnerte sich an die meisten Schläge gar nicht.

Allmählich gingen die Schwellungen zurück, und er konnte wieder klarer denken. Er nahm keine Schmerztabletten mehr, weil er sich sonst nicht konzentrieren konnte, und versuchte, die Kanzlei über Telefon und E-Mail zu leiten. Dort ging es relativ hektisch zu, erzählte man ihm zumindest, aber er hegte den Verdacht, dass das nicht stimmte.

Ridley besuchte ihn am späten Vormittag und am frühen Abend für jeweils eine Stunde, stand an seinem Bett und gab sich sehr liebevoll, besonders wenn Krankenschwestern in der Nähe waren. Paulette konnte sie nicht ausstehen und verließ fluchtartig das Zimmer, wenn sie erschien.

»Die ist doch nur hinter deinem Geld her«, sagte sie zu Clay.
»Und ich will nur ihren Körper.«
»Da fährt sie im Moment wohl besser.«

39

Um lesen zu können, musste Clay das Kopfteil seines Bettes hochstellen. Da seine Beine bereits nach oben zeigten, verbog er sich damit qualvoll zu einem V. Länger als zehn Minuten hielt er diese Position nicht aus, dann ließ er das Bett wieder herunter, um den Druck zu verringern. Als Paulette das klingelnde Telefon abnahm, hatte er Jonahs Laptop auf seinen beiden Gipsverbänden stehen, während er einen Zeitungsartikel aus Arizona überflog. »Es ist Oscar Mulrooney«, sagte sie.

Am Sonntagabend hatten sie kurz miteinander gesprochen, aber Clay hatte wegen der Medikamente keinen klaren Satz herausgebracht. Jetzt war er jedoch hellwach und freute sich auf weitere Details. »Schießen Sie los!« Er senkte das Kopfteil ab und versuchte sich auszustrecken.

»Mooneyham hat seinen Vortrag am Samstagmorgen vorläufig abgeschlossen. Es ist perfekt gelaufen. Der Kerl ist brillant, und die Geschworenen fressen ihm aus der Hand. Zu Beginn der Verhandlung platzten die Goffman-Leute geradezu vor Selbstvertrauen, aber ich glaube, inzwischen würden sie sich am liebsten im nächstbesten Loch verkriechen. Gestern Nachmittag hat Roger Redding ihren Stargutachter aufgerufen, einen Forscher, der bezeugte, dass es keine direkte Verbindung zwischen dem Medikament und der Brustkrebserkrankung der Klägerin gibt. Ich fand ihn sehr gut, immerhin besitzt er drei Doktortitel. Die Geschworenen hörten aufmerksam zu. Dann zerlegte Mooneyham ihn total. Er präsentierte eine fehlerhafte Studie, die der Mann vor zwanzig Jahren durchgeführt hat, und stellte seine Referenzen infrage. Am Ende war der Zeuge völlig erledigt. Am liebsten hätte ich dem Burschen einen Krankenwagen gerufen. Ich habe noch nie gesehen, wie ein Zeuge so gedemütigt wird. Roger war blass, und die Goffman-Leute saßen auf ihrer Bank wie Verbrecher bei einer polizeilichen Gegenüberstellung.«

»Ausgezeichnet, ausgezeichnet«, sagte Clay immer wieder, während er das Telefon an sein unverletztes Ohr hielt.

»Das Beste kommt noch. Ich habe herausgefunden, wo die Goffman-Leute abgestiegen sind, und bin in ihr Hotel gezogen. Jetzt sehe ich sie sowohl beim Frühstück als auch spätabends in der Bar. Sie wissen, wer ich bin, und wir umkreisen uns wie tollwütige Hunde. Sie haben einen Firmenanwalt namens Fleet dabei, der mich gestern nach der Vertagung in der Lobby des Hotels angesprochen hat. Er wollte mit mir was trinken. Ich hab drei Drinks geschafft, er nur einen, weil er zurück in die Goffman-Suite im obersten Stockwerk musste. Die sind da oben die ganze Nacht auf und ab getigert und haben überlegt, ob ein Vergleich infrage kommt.«

»Sagen Sie das noch mal«, sagte Clay leise.

»Sie haben schon richtig verstanden. Goffman überlegt in diesem Moment, ob ein Vergleich mit Mooneyham möglich ist. Die Manager sind völlig verstört. Sie sind wie jeder andere im Gericht davon überzeugt, dass die Geschworenen aus ihrer Firma Hackfleisch machen werden. Ein Vergleich wird sie auf jeden Fall ein Vermögen kosten, weil der alte Haudegen eigentlich keinen Vergleich will. Der macht sie nach Strich und Faden fertig! Roger ist hervorragend, aber Mooneyham kann er nicht das Wasser reichen.«

»Zurück zum Vergleich.«

»Zurück zum Vergleich. Fleet wollte wissen, wie viele unserer sechsundzwanzigtausend Mandanten begründete Ansprüche haben. Ich sagte: alle sechsundzwanzigtausend. Nachdem er eine Weile um den heißen Brei herumgeredet hatte, fragte

er, ob ich glaube, Sie würden sich auf einen Vergleich in Höhe von einhunderttausend Dollar pro Fall einlassen. Das sind zwei Komma sechs Milliarden. Haben Sie mitgerechnet?«
»Akzeptiert.«
»Und das Honorar?«
»Akzeptiert.« Clays Schmerzen waren wie weggeblasen. Das Pulsieren in seinem Schädel hatte aufgehört. Die schweren Gipsverbände fühlten sich federleicht an. Die empfindlichen Quetschungen gab es nicht mehr. Er hätte am liebsten geweint.
»Aber es war noch kein Vergleichsangebot. Die strecken nur die Fühler aus. Die Lage ist ganz schön angespannt. Das Gericht schwirrt nur so von Gerüchten, die vor allem von den Anwälten und Wertpapieranalysten in die Welt gesetzt werden. Angeblich kann sich Goffman einen Entschädigungsfonds von bis zu sieben Milliarden leisten. Wenn sich das Unternehmen jetzt vergleicht, bleibt der Aktienkurs vielleicht stabil, weil der Maxatil-Alptraum damit abgehakt ist. Das ist zwar nur eine Theorie, aber nach dem Gemetzel gestern eine sehr einleuchtende. Fleet hat sich an mich gewandt, weil wir die größte Sammelklage vertreten. Es ist von sechzigtausend potenziellen Kläger die Rede. Damit hätten wir etwa vierzig Prozent des Marktes. Wenn wir mit einhunderttausend pro Fall einverstanden sind, bleiben die Kosten für Goffman kalkulierbar.«
»Wann sehen Sie ihn wieder?«
»Hier ist es fast acht, die Verhandlung geht in einer Stunde weiter. Wir wollen uns vor dem Gerichtssaal treffen.«
»Rufen Sie mich so bald wie möglich an.«
»Keine Sorge, Chef. Wie geht's den gebrochenen Knochen?«
»Jetzt schon viel besser.«
Paulette nahm das Telefon. Sekunden später klingelte es erneut. Sie hob ab und gab es dann Clay mit den Worten: »Für dich. Ich verschwinde jetzt.«
Es war Rebecca, die aus der Eingangshalle des Krankenhauses vom Handy aus anrief und wissen wollte, ob sie ihn kurz besuchen könne. Wenige Minuten später trat sie ins Zim-

mer. Schockiert über den Anblick, der sich ihr bot, küsste sie ihn zwischen die blauen Flecken auf die Wange.

»Die hatten Knüppel, um eine faire Ausgangssituation herzustellen«, sagte Clay. »Sonst wäre ich ja im Vorteil gewesen.« Er drückte die Tasten an seinem Bett und fuhr sich in die V-Form hoch.

»Du siehst fürchterlich aus«, sagte Rebecca mit feuchten Augen.

»Danke. Dafür bist du umso schöner.«

Sie küsste ihn erneut auf die gleiche Stelle und strich über seinen linken Arm. Für einen Augenblick schwiegen beide.

»Darf ich dich was fragen?«, begann Clay.

»Natürlich.«

»Wo ist dein Mann im Augenblick?«

»Entweder in São Paulo oder in Hongkong. Ich hab den Überblick verloren.«

»Weiß er, dass du hier bist?«

»Natürlich nicht.«

»Wie würde er reagieren, wenn er davon wüsste?«

»Er wäre sauer. Wir würden bestimmt deswegen streiten.«

»Wäre das ungewöhnlich?«

»Leider passiert das ständig. Es funktioniert einfach nicht, Clay. Ich will da raus.«

Trotz seiner Verletzungen hatte Clay einen großartigen Tag. Ein Vermögen und Rebecca in Reichweite! Die Tür zu seinem Zimmer öffnete sich leise. Ridley kam herein und stellte sich unbemerkt ans Fußende seines Bettes. »Tut mir Leid, wenn ich störe«, sagte sie.

»Hallo, Ridley«, erwiderte Clay mit schwacher Stimme.

Die beiden Frauen warfen einander giftige Blicke zu. Ridley ging zur einen Seite des Bettes, während Rebecca auf der anderen ihre Hand demonstrativ auf Clays zerschundenem Arm liegen ließ. »Ridley, das ist Rebecca. Rebecca, das ist Ridley«, stellte Clay die beiden vor. Am liebsten hätte er sich die Decke über den Kopf gezogen und sich tot gestellt.

Keine der beiden lächelte. Ridley streckte ihre Hand ein paar

Zentimeter aus und begann, sanft Clays rechten Arm zu streicheln. Obwohl er von zwei schönen Frauen verwöhnt wurde, fühlte er sich wie ein verwundetes Tier, das in der Ferne die Wölfe heulen hört.

Da niemand etwas zu sagen hatte, deutete Clay mit dem Kopf nach links und erklärte: »Rebecca ist eine alte Freundin.« Dann wies er nach rechts: »Ridley ist eine neue Freundin.« Dabei waren beide Frauen zumindest in diesem Augenblick davon überzeugt, dass sie für Clay viel mehr waren als nur »eine Freundin«. Keine wich auch nur einen Zentimeter von der Stelle. Die Positionen waren abgesteckt.

»Ich glaube, wir waren auf Ihrer Hochzeit«, sagte Ridley schließlich, ein wenig subtiler Hinweis darauf, dass Rebecca verheiratet war.

»Obwohl Sie nicht eingeladen waren, wenn ich mich recht erinnere«, konterte Rebecca.

»O verflixt, Zeit für meinen Einlauf«, witzelte Clay, aber außer ihm lachte niemand. Wenn sich die beiden über seinem Bett prügelten, würde ihm das den Rest geben. Noch vor fünf Minuten hatte er mit Oscar Mulrooney telefoniert und von Rekordhonoraren geträumt. Jetzt schärfen die beiden Frauen hier ihre Krallen.

Zumindest waren es zwei außergewöhnlich schöne Frauen. Es hätte auch schlimmer kommen können, sagte er sich. Wo blieben die Krankenschwestern? Sonst kamen sie ständig hereingerannt, ohne sich um seine Privatsphäre oder seine Schlafgewohnheiten zu kümmern, manchmal gleich zu zweit. Wenn er Besuch hatte, konnte er sicher sein, dass eine Schwester ohne ersichtlichen Grund bei ihm vorbeischaute. »Können wir etwas für Sie tun, Mr Carter?« »Sollen wir Ihr Bett verstellen?« »... den Fernseher einschalten?« »... oder ausschalten?«

Doch jetzt blieb es in den Gängen still, während ihn die beiden Frauen befummelten.

Rebecca zeigte zuerst Schwäche. Ihr blieb keine Wahl, schließlich war sie immer noch verheiratet. »Ich gehe wohl besser.« Sie verließ den Raum langsam und widerwillig, als wollte sie ihr Terrain nicht aufgeben. Clay fand das faszinierend.

Kaum schloss sich die Tür hinter ihr, da zog sich Ridley ans Fenster zurück, wo sie lange stehen blieb und ins Leere starrte. Clay, dem sie und ihre Launen herzlich gleichgültig waren, las unterdessen Zeitung. Dass sie ihm so demonstrativ die kalte Schulter zeigte, kam ihm sehr entgegen.

»Du liebst sie, stimmt's?« Ridley, die immer noch aus dem Fenster sah, gab sich große Mühe, verletzt zu wirken.

»Wen?«

»Rebecca.«

»Ach die. Nein, sie ist nur eine alte Freundin.«

Sie fuhr herum und trat zu seinem Bett. »Ich bin nicht blöd, Clay!«

»Das hab ich auch nicht gesagt.« Unbeeindruckt von ihrer Schauspielerei las er weiter Zeitung. Sie griff nach ihrer Handtasche und stürzte mit laut klappernden Absätzen aus dem Zimmer. Kurz danach kam eine Krankenschwester herein, um zu sehen, ob er Schaden genommen hatte.

Wenige Minuten später rief Oscar Mulrooney ihn vom Handy aus dem Gericht an. Der Richter hatte eine kurze Sitzungspause angeordnet. »Es heißt, Mooneyham habe heute Morgen zehn Millionen abgelehnt«, meldete er.

»Hat Fleet Ihnen das erzählt?«

»Nein, den habe ich noch nicht gesehen. Ich werde versuchen, ihn in der Mittagspause zu erwischen.«

»Wer ist der nächste Zeuge?«

»Noch eine von Goffman benannte Sachverständige, eine Professorin von der Duke-Universität, die die Maxatil-Studie der zuständigen Behörde infrage stellt. Mooneyham wetzt bereits die Messer. Könnte hässlich werden.«

»Was meinen Sie zu den Gerüchten?«

»Ich weiß nicht recht, was ich glauben soll. Die Wall Street scheint positiv zu reagieren. Die halten einen Vergleich für das Beste, weil die Kosten damit kalkulierbar bleiben. Ich rufe Sie in der Mittagspause wieder an.«

Im Prozess in Flagstaff waren drei Entscheidungen denkbar, und zwei davon konnten sich für Clay nur günstig auswirken. Ein Urteil gegen Goffman würde das Unternehmen enorm unter Druck setzen. Um jahrelange Verfahren und einen Hagel von vernichtenden Urteilen zu verhindern, würde sich die Firma auf einen Vergleich einlassen müssen. Und ein Vergleich während des laufenden Verfahrens bedeutete wahrscheinlich einen nationalen Entschädigungsplan für alle Kläger.

Ein für Goffman günstiges Urteil wiederum bedeutete, dass Clay sich in aller Eile auf seinen Prozess in Washington vorbereiten musste. Bei dieser Aussicht kehrten die stechenden Schmerzen in Schädel und Beinen schlagartig zurück.

Stundenlang bewegungslos in einem Krankenhausbett liegen zu müssen war an sich schon qualvoll genug. Dass nun auch noch das Telefon stumm blieb, verschlimmerte seine Lage weiter. Jeden Augenblick konnte Goffman Mooneyham so viel Geld anbieten, dass er sich auf einen Vergleich einließ. Sein Ego verlangte vielleicht nach einem Urteil, aber konnte er die Interessen seiner Mandantin ignorieren?

Eine Krankenschwester schloss die Jalousien und schaltete Licht und Fernseher aus. Als sie das Zimmer verlassen hatte, stellte Clay das Telefon auf seinen Bauch, zog sich die Decke über den Kopf und wartete.

40

Am nächsten Morgen wurde Clay noch einmal operiert, um kleinere Korrekturen am Sitz der Nägel und Schrauben in seinen Beinen vorzunehmen. »Nur zur Optimierung«, hatte der Arzt es genannt. Was auch immer es war, er bekam eine Vollnarkose und war für einen Großteil des Tages nicht ansprechbar. Kurz nach zwölf wurde er in sein Zimmer gebracht, wo er drei Stunden schlief, bevor die Wirkung der Narkose nachließ. Als er endlich erwachte, saß Paulette an seiner Seite – nicht Ridley und auch nicht Rebecca. »Hat sich Mulrooney gemeldet?«, fragte er mit schwerer Zunge.

»Er hat angerufen. Das Verfahren läuft gut, viel mehr war nicht zu sagen«, erwiderte Paulette. Sie stellte das Bett ein, rückte sein Kissen zurecht und gab ihm Wasser zu trinken. Als er endgültig wach war, ging sie, um Besorgungen zu erledigen. Auf dem Weg nach draußen reichte sie ihm einen ungeöffneten Umschlag, der mit Expresspost gekommen war.

Er war von Patton French. Eine handschriftliche Notiz mit den besten Wünschen für seine baldige Genesung und noch etwas, das Clay nicht entziffern konnte. Das beigefügte Memo war an den aus den Anwälten der Dyloft-Kläger gebildeten Ausschuss (jetzt die Beklagten) gerichtet. Miss Helen Warshaw meldete die wöchentlichen Neuzugänge bei ihrer Sammelklage. Die Liste wuchs ständig. Überall im Land wurden Dyloft-Spätschäden bekannt, und die Beklagten versanken immer tiefer im Treibsand. Mittlerweile vertrat Miss Warshaw dreihunderteinundachtzig Kläger, von denen vierundzwanzig ehemalige JCC-Mandanten waren. Das waren drei mehr als in der Vorwoche. Wie immer las Clay die Namen langsam und fragte sich, wie es gekommen war, dass sich ihre Pfade gekreuzt hatten.

Wie würden sich seine ehemaligen Mandaten freuen, wenn sie ihn mit Platzwunden, Knochenbrüchen und Prellungen im Krankenhaus liegen sehen könnten. Vielleicht wartete nur ein paar Zimmer weiter einer von denen, bei denen Tumore und ganze Organe entfernt werden mussten, im Kreis seiner Lieben auf das nahe Ende. Clay war klar, dass er die Erkrankungen nicht verursacht hatte; trotzdem fühlte er sich für das ganze Leid verantwortlich.

Schließlich kam Ridley auf dem Rückweg vom Fitnessstudio vorbei. Sie schleppte ein paar Bücher und Illustrierte an und versuchte, besorgt zu wirken. »Clay, der Innenarchitekt hat angerufen«, sagte sie nach ein paar Minuten. »Ich muss zurück zur Villa.«

Ist es ein Innenarchitekt oder eine Innenarchitektin? Er dachte kurz darüber nach, sprach die Frage jedoch nicht aus.

Jedenfalls war es eine hervorragende Idee.

»Wann?«, erkundigte er sich.

»Vielleicht morgen. Wenn das Flugzeug frei ist.« Warum sollte es nicht verfügbar sein? Clay flog bestimmt nirgendwohin.

»Klar. Ich rufe die Piloten an.« Es würde sein Leben vereinfachen, wenn sie die Stadt verließ. Als Krankenpflegerin war sie nicht zu gebrauchen.

»Danke.« Damit setzte sie sich auf einen Stuhl und fing an, in einer Illustrierten zu blättern. Nach einer halben Stunde hatte sie ihre Zeit abgesessen. Sie küsste ihn auf die Stirn und entschwand.

Kurz darauf erschien der Detective. Am Sonntagmorgen waren nach einer Schlägerei drei Männer aus Reedsburg vor einer Bar in Hagerstown, Maryland, verhaftet worden. Die drei hatten versucht, in einem dunkelgrünen Kleintransporter zu fliehen, aber der Fahrer hatte sich verschätzt und war in einem Entwässerungsgraben gelandet. Der Detective legte Clay Farbfotos der Verdächtigen vor – dem Aussehen nach alles harte Burschen. Clay konnte nicht einen von ihnen identifizieren.

Laut Auskunft des Polizeichefs von Reedsburg arbeiteten sie im Hanna-Werk. Zwei von ihnen waren vor kurzem entlassen worden, aber mehr hatte der Detective nicht herausbekommen. »Die da oben sind nicht sehr kooperativ«, sagte er. Nach seinem Besuch in Reedsburg konnte Clay das gut verstehen.

»Wenn Sie die Burschen nicht identifizieren können, muss ich die Akte schließen«, erklärte der Detective.

»Ich habe sie noch nie gesehen.«

Der Detective legte die Fotos wieder in seine Mappe und verschwand auf Nimmerwiedersehen. Eine Parade von Ärzten und Krankenschwestern folgte, die Clay eingehend untersuchten und betasteten. Nach einer Stunde schlief er ein.

Gegen halb zehn abend rief Oscar Mulrooney an. Die Verhandlung war soeben auf den nächsten Morgen vertagt worden. Alle waren erschöpft, hauptsächlich, weil Dale Mooneyham im Gerichtssaal ein wahres Gemetzel angerichtet hatte. Widerstrebend hatte Goffman seinen dritten Sachverständigen präsentiert, eine rückgratlose Laborratte mit Hornbrille. Der Mann war bei Goffman intern für die klinische Erprobung von Maxatil zuständig gewesen. Nach der brillant geführten Hauptvernehmung durch den einfallsreichen Roger Redding hatte Mooneyham den armen Kerl in der Luft zerrissen.

»Goffman bezieht ständig Prügel«, meinte Oscar lachend. »Die trauen sich bald nicht mehr, irgendwelche Zeugen zu präsentieren.«

»Vergleich?«, murmelte Clay benommen. Er war von den Medikamenten benebelt und fühlte sich schläfrig, aber er versuchte verzweifelt, die Details zu erfassen.

»Nein, aber es dürfte eine lange Nacht werden. Es heißt, Goffman wird morgen noch einen einzigen weiteren Sachverständigen präsentieren, dann die Schotten dicht machen und bis zum Urteil in Deckung gehen. Mooneyham weigert sich, mit ihnen zu reden. So wie er aussieht und sich benimmt, erwartet er ein Rekordurteil.«

Als Clay einschlief, lag das Handy noch an seinem Ohr. Eine Krankenschwester entfernte es eine Stunde später.

Spät am Mittwochabend traf der CEO von Goffman in Flagstaff ein und wurde in aller Eile zu einem Hochhaus in der Innenstadt gebracht, wo die Anwälte berieten. Roger Redding und die übrigen Vertreter der Verteidigung berichteten über den aktuellen Stand, und die Finanzleute zeigten ihm die neuesten Zahlen. Bei den Diskussionen ging es ausschließlich um Katastrophenszenarien.

Weil Redding so gründlich niedergemacht worden war, bestand er darauf, dass sich die Verteidigung an den ursprünglichen Plan hielt und die verbleibenden Zeugen aufrief. Irgendwann musste sich das Blatt wenden, dann würde er zu gewohnter Form zurückfinden und bei den Geschworenen punkten. Aber Vice President Bob Mitchell, der Leiter der Rechtsabteilung, und Sterling Gibb, langjähriger Anwalt der Firma und Golfpartner des CEO, hatten genug gesehen. Wenn Mooneyham noch einen ihrer Zeugen zu Kleinholz zerlegte, bestand das Risiko, dass die Geschworenen dem nächstbesten Goffman-Manager an die Gurgel gingen. Reddings Ego war schwer angeschlagen, deswegen wollte er nicht aufgeben. Er hoffte auf ein Wunder. Ein solcher Mann war ein schlechter Ratgeber.

Um drei Uhr morgens setzten sich Mitchell und Gibb mit dem CEO bei ein paar Donuts zusammen. Sonst war niemand zugegen. So schlecht es für die Firma auch aussah, es gab Geheimnisse über Maxatil, die nie jemand erfahren durfte. Falls Mooneyham im Besitz dieser Informationen war oder sie aus einem der Zeugen herauspresste, würde das für Goffman das Aus bedeuten. Zu diesem Zeitpunkt des Verfahrens trauten sie Mooneyham alles zu. Schließlich beschloss der CEO, dem Elend ein Ende zu setzen.

Als das Gericht um neun Uhr morgens zusammentrat, verkündete Roger Redding, die Beweisführung der Verteidigung sei abgeschlossen.

»Keine weiteren Zeugen?«, fragte der Richter. Damit hatte sich das zweiwöchige Verfahren auf die Hälfte reduziert. Das hieß, eine Woche Golf für ihn!

»Das ist richtig, Euer Ehren«, sagte Redding, der die Geschworenen anlächelte, als stünde alles zum Besten.

»Irgendwelche Einwände, Mr Mooneyham?«

Der Anwalt der Klägerin erhob sich langsam, kratzte sich am Kopf, blickte Redding finster an und meinte dann: »Wenn die anderen fertig sind, sind wir es auch.«

Der Richter erklärte den Geschworenen, dass sie sich nun für eine Stunde zurückziehen würden, während er einige Fragen mit den Anwälten besprach. Nach ihrer Rückkehr würden sie die Schlussplädoyers hören, und gegen Mittag würde die Entscheidung in ihren Händen liegen.

Wie alle anderen stürzte Oscar mit dem Handy in der Hand aus dem Saal. Doch in Clays Zimmer im Krankenhaus meldete sich niemand.

Clay musste sich in der Röntgenabteilung drei Stunden lang gedulden. Drei Stunden auf einer fahrbaren Krankentrage, während Schwestern und Pfleger an ihm vorbeiliefen und Belanglosigkeiten austauschten. Er hatte sein Handy im Zimmer gelassen und war so drei Stunden lang vom Rest der Welt abgeschnitten, während er in den Tiefen des Krankenhauses der George-Washington-Universität wartete.

Das Röntgen selbst dauerte fast eine Stunde. Allerdings wäre es schneller gegangen, wenn der Patient nicht so unkooperativ, aggressiv und manchmal geradezu beleidigend gewesen wäre. Der Pfleger rollte ihn in sein Zimmer zurück und verschwand erleichtert.

Clay war eingenickt, als Oscar anrief. Bei Clay war es zwanzig nach fünf, in Flagstaff zwanzig nach drei.

»Wo waren Sie?«, wollte Mulrooney wissen.

»Fragen Sie nicht.«

»Goffman hat heute gleich in aller Früh das Handtuch geworfen und versucht, einen Vergleich zu erreichen, aber Mooneyham ließ nicht mit sich reden. Danach ging alles sehr schnell. Die Schlussplädoyers fingen so gegen zehn an, glaube ich. Pünktlich um zwölf ging der Fall an die Geschworenen.«

»Heißt das, die Geschworenen beraten schon?« Clay brüllte geradezu ins Telefon.

»Berieten.«

»*Was?*«

»Berieten. Es ist vorbei. Nach dreistündiger Beratung haben die Geschworenen zugunsten von Goffman entschieden. Es tut mir Leid. Wir stehen hier alle unter Schock.«

»Nein!«

»Ich fürchte doch.«

»Sagen Sie mir, dass das nicht wahr ist.«

»Das würde ich gern. Ich weiß auch nicht, was passiert ist. Niemand hat eine Ahnung. Reddings Schlussplädoyer war spektakulär, aber ich habe die Geschworenen genau beobachtet. Ich dachte, Mooneyham hätte sie in der Tasche.«

»Dale Mooneyham hat einen Fall verloren?«

»Nicht irgendeinen Fall. *Unseren* Fall.«

»Aber wie ist das möglich?«

»Ich weiß es nicht. Ich hätte alles darauf gesetzt, dass Goffman verliert.«

»Wir *haben* alles darauf gesetzt.«

»Es tut mir Leid.«

»Hören Sie, Mulrooney. Ich liege hier mutterseelenallein im Bett. Ich schließe jetzt die Augen und möchte, dass Sie weiterreden, okay? Lassen Sie mich nicht allein. Hier ist sonst niemand. Reden Sie mit mir. Erzählen Sie mir irgendwas.«

»Nach dem Urteil wurde ich von Fleet und zwei anderen Typen – Bob Mitchell und Sterling Gibb – in die Enge getrieben. Richtig nette Menschen. Sie wären vor Freude fast geplatzt. Zuerst haben sie mich gefragt, ob Sie noch am Leben sind – wie finden Sie das? Dann trugen sie mir Grüße auf, so richtig von Herzen. Und dann haben sie gesagt, sie würden den ganzen Zirkus – Roger die Rakete und Konsorten – nach Washington schicken, zum Verfahren gegen Mr Clay Carter, den König der Sammelklagen, der, wie wir alle wissen, noch nie mit einem Schadenersatzverfahren vor Gericht gegangen ist. Was sollte ich sagen? Sie hatten soeben einen großen Anwalt auf eigenem Terrain geschlagen.«

»Unsere Fälle sind wertlos.«

»Das denken die auch. Mitchell sagte, sie würden keinen einzigen Cent für einen Maxatil-Fall bieten. Sie wollen Verhandlungen, Rehabilitation, ihren Namen reinwaschen. Blablabla.«

Clay hielt Oscar Mulrooney eine Stunde lang am Telefon fest. Weil er das Licht nicht einschaltete, wurde es in seinem Zimmer allmählich dunkel. Oscar schilderte die Schlussplädoyers und die steigende Spannung, mit der das Urteil erwartet worden war. Er beschrieb das entsetzte Gesicht der Klägerin, einer unheilbar kranken Frau, deren Anwalt Goffmans Angebot, das angeblich bei zehn Millionen gelegen hatte, nicht hatte annehmen wollen. Mooneyham, der so lange nicht mehr verloren hatte, dass er vergessen hatte, wie das war, wollte die Geschworenen zwingen, Fragebogen auszufüllen und ihre Beweggründe zu erklären. Nachdem er wieder zu Atem gekommen war und sich, auf seinen Stock gestützt, mühsam erhoben hatte, benahm er sich völlig daneben. Auch die Goffman-Seite war schockiert. Mit gesenkten Köpfen hatten die Männer in den dunklen Anzügen wie ins Gebet versunken dagesessen, bis der Sprecher der Geschworenen die erlösenden Worte sprach. Dann brach eine wahre Stampede los, als die Wall-Street-Analysten mit ihren Telefonen davonrannten.

»Ich geh jetzt was trinken.« Mit diesen Worten beendete Oscar seinen Bericht.

Clay rief eine Schwester und ließ sich eine Schlaftablette geben.

41

Nachdem er elf Tage lang eingesperrt gewesen war, wurde Clay endlich in die Freiheit entlassen. Der Verband an seinem linken Bein war durch einen leichteren Gips ersetzt worden, und wenn er auch nicht gehen konnte, so konnte er zumindest ein wenig manövrieren. Paulette schob seinen Rollstuhl aus dem Krankenhaus zu einem gemieteten Kleinbus, den Oscar Mulrooney fuhr. Eine Viertelstunde später rollten sie ihn in sein Washingtoner Haus und sperrten die Tür hinter ihm ab. Paulette und Miss Glick hatten das Fernsehzimmer im Erdgeschoss in ein provisorisches Büro verwandelt. Telefone, Fax und Computer standen auf einem Klapptisch neben seinem Bett. Seine Kleidung lag sauber gestapelt auf Plastikregalen neben dem Kamin.

Während der ersten beiden Stunden nach seiner Heimkehr las er Post, Finanzberichte und Zeitungsausschnitte, alles von Paulette vorsortiert. Das meiste, das über ihn geschrieben worden war, sollte er nicht zu Gesicht bekommen.

Als er später nach einem Nickerchen mit Paulette und Oscar am Küchentisch saß, verkündete er, dass es Zeit war anzufangen.

Der Auflösungsprozess hatte begonnen.

Als Erstes ging es um die Kanzlei. Es war Crittle gelungen, ein paar Einsparungen vorzunehmen, aber die Gemeinkosten lagen mit einer Million Dollar pro Monat immer noch Schwindel erregend hoch. Ohne gegenwärtige oder zu erwartende Einkünfte waren Entlassungen unvermeidlich. Sie gingen die Liste der Angestellten durch – Anwälte, Anwaltsassistenten, Sekretärinnen, Sachbearbeiter, Laufburschen – und nahmen schmerzliche Einschnitte vor. Obwohl sie die Maxatil-Fälle für wertlos hielten, mussten die Vorgänge abgeschlossen werden. Dafür behielt Clay vier Anwälte und vier Anwaltsassistenten. Er war entschlossen, alle Verträge zu erfüllen, die er mit seinen Angestellten abgeschlossen hatte, aber das würde an seinen dringend benötigten Barreserven zehren.

Als er sich die Namen der Mitarbeiter ansah, die er entlassen musste, wurde ihm übel. »Ich möchte noch mal darüber schlafen«, sagte er, unfähig, eine endgültige Entscheidung zu treffen.

»Die meisten rechnen damit, Clay«, erinnerte ihn Paulette.

Er starrte auf die Namen und versuchte, sich vorzustellen, welche Gerüchte in den Gängen seiner eigenen Kanzlei über ihn in Umlauf waren.

Zwei Tage zuvor hatte sich Oscar Mulrooney widerstrebend bereit erklärt, nach New York zu fliegen und mit Helen Warshaw zu sprechen. Er hatte in groben Zügen Clay Carters Vermögenswerte und seine potenziellen Verbindlichkeiten geschildert und praktisch um Gnade gefleht. Sein Chef wolle nicht in Konkurs gehen, aber wenn Miss Warshaw zu viel Druck ausübe, bleibe ihm keine andere Wahl. Das hatte sie kalt gelassen. Clay war nur einer aus der Gruppe der von ihr verklagten Anwälte, deren Nettovermögen sie insgesamt auf 1,5 Milliarden schätzte. Sie konnte sich unmöglich mit Clay auf beispielsweise eine armselige Million einigen, wenn Patton Frenchs Fälle vielleicht dreimal so viel einbrachten. Außerdem stand ihr der Sinn nicht nach einem Vergleich. Es würde ein wichtiger Prozess werden – ein kühner Versuch, den Missbrauch des Systems anzuprangern, ein großes Medienspektakel. Sie hatte vor, jeden Augenblick zu genießen.

Oscar kehrte mit eingezogenem Schwanz nach Washington zurück. Er war überzeugt davon, dass Helen Warshaw, die die größte Gruppe von Clays Gläubigern vertrat, Blut sehen wollte.

Zum ersten Mal hatte Rex Crittle das gefürchtete Wort »Konkurs« in Clays Krankenzimmer ausgesprochen. Es war eingeschlagen wie eine Bombe. Anschließend tauchte es immer wieder auf. Clay fing an, es vor sich hin zu sagen, wenn auch nur im Stillen. Paulette erwähnte es einmal. Oscar hatte es in New York verwendet. Es passte nicht zu ihnen, und es gefiel ihnen nicht, aber im Laufe der letzten Woche war es Teil ihres Wortschatzes geworden.

Wenn die Kanzlei in Konkurs ging, konnte der Mietvertrag für die Büroräume gelöst werden.

Für die Arbeitsverträge konnte eine Regelung gefunden werden.

Die Gulfstream konnte zu relativ günstigen Bedingungen zurückgegeben werden.

Die verärgerten Maxatil-Mandantinnen konnten auf Distanz gehalten werden.

Die aufgebrachten Hanna-Kläger konnten zu einem Vergleich gedrängt werden.

Noch wichtiger war, dass Helen Warshaw durch einen Konkurs ausgebremst werden konnte.

Oscar war fast so deprimiert wie Clay und entschloss sich, nachdem er dessen Elend einige Stunden mit angesehen hatte, in die Kanzlei zu fahren. Paulette schob Clay nach draußen auf die Veranda, wo sie grünen Tee mit Honig tranken. »Ich muss dir zwei Dinge sagen«, begann sie. Sie hatte sich sehr dicht vor ihn gesetzt und blickte ihn eindringlich an. »Zunächst mal werde ich dir was von meinem Geld geben.«

»Nein, das wirst du nicht tun.«

»Doch. Du hast mich reich gemacht, obwohl du nicht dazu verpflichtet warst. Auch wenn du ein weißer Idiot bist, der alles verloren hat, mag ich dich immer noch. Ich werde dir helfen, Clay.«

»Das alles kann doch nicht wahr sein, Paulette.«

»Eigentlich nicht. Es ist völlig unglaublich, aber es ist geschehen. Und es wird noch viel schlimmer werden, bevor es besser wird. Lies keine Zeitungen, Clay. Bitte. Versprich mir das.«
»Keine Sorge.«
»Ich werde dir helfen. Wenn du alles verlierst, lasse ich dich nicht im Stich.«
»Ich weiß nicht, was ich sagen soll.«
»Dann sag einfach nichts.«
Sie hielten einander an der Hand. Clay konnte die Tränen nur mühsam unterdrücken. Für einen Augenblick herrschte Schweigen. »Zum zweiten«, sagte Paulette dann, »habe ich mit Rebecca gesprochen. Sie traut sich nicht, dich zu besuchen, weil sie Angst hat, erwischt zu werden. Sie hat ein neues Handy, von dem ihr Mann nichts weiß, und hat mir die Nummer gegeben. Du sollst sie anrufen.«
»Was meinst du als Frau dazu?«
»Bei mir bist du an der falschen Adresse. Du weißt, was ich von diesem russischen Flittchen halte. Rebecca ist ein nettes Mädchen, aber sie bringt, vorsichtig ausgedrückt, eine Menge Altlasten mit. Du musst dich schon selbst entscheiden.«
»Danke für diesen wertvollen Rat.«
»Keine Ursache. Du sollst sie heute Nachmittag anrufen, weil ihr Mann dann unterwegs ist oder so was. Ich gehe in ein paar Minuten.«

Rebecca parkte um die Ecke und eilte durch die Dumbarton Street bis zu Clays Tür. Heimlichkeiten lagen ihr genauso wenig wie ihm. Ihre erste gemeinsame Entscheidung war, dass damit Schluss sein musste.
Sie und Jason Myers hatten sich darauf geeinigt, ihre Ehe freundschaftlich zu beenden. Ursprünglich hatte er eine Eheberatung aufsuchen und die Scheidung hinauszögern wollen, aber seine Arbeit war ihm wichtiger. Er verbrachte achtzehn Stunden pro Tag im Büro. Washington, New York, Palo Alto, Hongkong – seine riesige Kanzlei besaß Niederlassungen in zweiunddreißig Städten und vertrat Mandanten aus der gan-

zen Welt. Sein Beruf kam für ihn an erster Stelle. Er verließ Rebecca ohne Entschuldigung und ohne die geringste Absicht, sich zu ändern. In zwei Tagen würde der Scheidungsantrag gestellt werden. Sie war bereits beim Packen. Jason würde die Eigentumswohnung behalten; sie hatte sich nur vage dazu geäußert, wo sie unterkommen würde. Nachdem die Ehe weniger als ein Jahr gedauert hatte, hatten sie nicht viel gemeinsamen Besitz erworben. Er war Partner in seiner Kanzlei und verdiente achthunderttausend Dollar pro Jahr, aber sie wollte sein Geld nicht.

Rebecca sagte, ihre Eltern hätten sich nicht eingemischt. Dazu hatten sie auch keine Gelegenheit gehabt. Myers konnte sie nicht ausstehen, was Clay nicht weiter überraschte. Wahrscheinlich war ihm deswegen die Niederlassung in Hongkong am liebsten. Sie war weit von den van Horns entfernt.

Rebecca hatte ebenso ihre Gründe, Washington zu verlassen, wie Clay. Auf keinen Fall wollte Clay die nächsten Jahre hier verbringen. Dafür war die Demütigung zu schmerzhaft gewesen und saß zu tief. Schließlich gab es jenseits der Stadt eine Welt, in der ihn niemand kannte. Er sehnte sich nach Anonymität. Zum ersten Mal in ihrem Leben wollte auch Rebecca einfach nur weg – weg von ihrer gescheiterten Ehe, weg von ihrer Familie, dem Country Club und den unerträglichen Menschen, die ihn frequentierten, weg von dem Druck, Geld zu verdienen und Besitz anzuhäufen, weg von McLean, Virginia, weg von den einzigen Freunden, die sie in ihrem Leben je gehabt hatte.

Es dauerte eine Stunde, bis Clay sie überredet hatte, sich zu ihm ins Bett zu legen, aber mit den Gipsverbänden und in seinem Zustand war Sex unmöglich. Er wollte sie nur im Arm halten, sie küssen und die verlorene Zeit nachholen.

Sie verbrachte die Nacht bei ihm und entschloss sich zu bleiben. Als sie am nächsten Morgen Kaffee tranken, erzählte Clay ihr die ganze Geschichte, die mit Tequila Watson und Tarvan begonnen hatte.

Paulette und Oscar brachten weitere unerfreuliche Nachrichten aus der Kanzlei mit. Irgendjemand stiftete die Hausbesitzer in Howard County dazu an, wegen des verunglückten Vergleichs mit den Hannas gegen Clay Beschwerde wegen Verstoßes gegen das Berufsethos zu erheben. Mittlerweile waren bei der Washingtoner Anwaltskammer bereits mehrere Dutzend Beschwerden eingegangen. Sechsmal war gegen Clay Klage eingereicht worden, jedes Mal von demselben Anwalt, der aktiv weitere Mandanten akquirierte. Unterdessen arbeitete Clays Kanzlei an einem Vergleichsvorschlag, der dem Richter im Konkursverfahren gegen die Hannas vorgelegt werden sollte. Merkwürdig daran war, dass die Kanzlei möglicherweise ein Honorar erhalten würde, auch wenn es weit unter dem Betrag liegen würde, den Clay abgelehnt hatte.

Helen Warshaw hatte einen Dringlichkeitsantrag gestellt, die Aussagen mehrerer Dyloft-Kläger zu Protokoll zu nehmen. Eile war geboten, weil die Zeugen im Sterben lagen. Ihre auf Video aufgezeichneten Aussagen würden in der Verhandlung, deren Beginn in etwa einem Jahr erwartet wurde, entscheidend sein. Normalerweise setzte die Verteidigung in solchen Fällen auf Hinhalten, Verzögern und Verschieben und scheute auch vor eindeutiger Verschleppung nicht zurück, aber diesen Klägern gegenüber wäre das absolut unfair gewesen. Clay stimmte dem von Miss Warshaw vorgeschlagenen Zeitplan für die Aussagen zu, obwohl er nicht die Absicht hatte, dabei anwesend zu sein.

Auf Druck von Oscar Mulrooney hatte Clay sich schließlich bereit erklärt, zehn Anwälte sowie die meisten Anwaltsassistenten, Sekretärinnen und Sachbearbeiter zu entlassen. Er unterschrieb die Kündigungsbriefe persönlich. Die Schreiben waren kurz gehalten. Er entschuldigte sich bei den Betroffenen und übernahm die volle Verantwortung für den Niedergang der Kanzlei.

Offen gesagt, hätte er auch schwerlich einen anderen Schuldigen gefunden.

Dann wurde ein Schreiben an die Maxatil-Mandantinnen

aufgesetzt. Darin fasste Clay die Mooneyham-Verhandlung in Flagstaff zusammen. Auch wenn er, schrieb er, weiterhin von der Gefährlichkeit des Medikaments überzeugt sei, wäre der Nachweis der Kausalität nunmehr »sehr schwierig, wenn nicht unmöglich«. Das Unternehmen sei nicht zu einem außergerichtlichen Vergleich bereit, und angesichts seiner aktuellen gesundheitlichen Probleme sehe er sich nicht in der Lage, eine langwierige Verhandlung vorzubereiten.

Es war ihm unangenehm, die Tatsache, dass er zusammengeschlagen worden war, als Vorwand zu benutzen, aber Oscar setzte sich durch. In dem Brief klang diese Entschuldigung glaubwürdig. An diesem Tiefpunkt seiner Karriere musste er jeden potenziellen Vorteil nutzen.

Aus diesem Grund gab er seine Mandantinnen frei, und zwar so rechtzeitig, dass ihnen Zeit blieb, sich einen neuen Anwalt zu suchen, um Goffman zu verklagen. Er wünschte ihnen sogar Glück.

Die Briefe würden einen Proteststurm auslösen. »Damit werden wir schon fertig«, sagte Oscar immer wieder. »Zumindest sind wir diese Leute jetzt los.«

Immer wieder musste Clay an seinen alten Kumpel Max Pace denken, der ihm die Maxatil-Sache angehängt hatte. Pace, der mindestens noch vier andere Namen benutzte, war des Wertpapierbetrugs angeklagt worden, bis jetzt aber unauffindbar. In der Klageschrift wurde behauptet, er habe aufgrund von Insiderwissen fast eine Million Goffman-Aktien leer verkauft, bevor Clay Klage einreichte. Später habe er diese Aktien für etwa fünfzehn Millionen Dollar weniger zurückgekauft und mit dem Gewinn das Land verlassen. Lauf, Max, lauf. Sollte er jemals erwischt und vor Gericht gestellt werden, bestünde die Gefahr, dass er all ihre schmutzigen Geheimnisse ausspuckte.

Auf Oscars Checkliste standen noch Dutzende andere Punkte, aber Clay wurde müde.

»Brauchst du heute Nacht eine Krankenschwester?«, flüsterte Paulette in der Küche.

»Nein, Rebecca ist hier.«
»Du bringst dich gern in Schwierigkeiten, was?«
»Sie stellt morgen den Scheidungsantrag. Sie trennen sich einvernehmlich.«
»Was ist mit deinem Betthäschen?«
»Falls sie jemals aus St. Barth zurückkommt, mache ich mit ihr Schluss.«

Während der nächsten Woche verließ Clay das Haus kaum. Rebecca packte Ridleys gesamten Besitz in Hundert-Liter-Müllsäcke, die sie im Keller deponierte. Obwohl Clay sie darauf hinwies, dass er das Haus demnächst verlieren werde, holte sie einige eigene Sachen. Sie kochte exquisite Mahlzeiten und pflegte ihn, wann immer es nötig war. Sie sahen sich bis Mitternacht alte Filme an und schliefen dann bis spät in den Vormittag hinein. Sie fuhr ihn zum Arzt.

Ridley rief jeden zweiten Tag von der Insel aus an. Clay sagte ihr nicht, dass ihr Platz nun besetzt war; das würde er persönlich tun, falls sie jemals zurückkam. Die Renovierung machte gute Fortschritte, obwohl Clay das Budget stark gekürzt hatte. Seine finanziellen Probleme schienen ihr nicht bewusst zu sein.

Der letzte Anwalt, der in Clays Leben trat, war Mark Munson, ein Insolvenzexperte, der sich auf große, komplizierte Pleiten von Privatpersonen spezialisiert hatte. Nachdem Clay ihn engagiert hatte, zeigte Crittle ihm Bücher, Mietverträge, Vereinbarungen, Prozessakten, Vermögenswerte und Verbindlichkeiten – einfach alles. Als Munson und Crittle zu ihm nach Hause kamen, bat Clay Rebecca zu gehen. Er wollte ihr die schmerzlichen Einzelheiten ersparen.

In den siebzehn Monaten, seit er das OPD verlassen hatte, hatte Clay hunderteinundzwanzig Millionen Dollar an Honoraren eingenommen. Dreißig Millionen hatte er als Bonus an Rodney, Paulette und Jonah gezahlt, die Aufwendungen der Kanzlei und die Gulfstream hatten zwanzig Millionen verschlungen, sechzehn Millionen hatte er für Werbung und Tests für Dyloft, Maxatil und Skinny Bens in den Sand gesetzt, vierunddreißig Millionen für bereits bezahlte oder angefallene Steuern, vier Millionen für die Villa, drei Millionen für die Segeljacht. Eine Million hier und dort – das Haus in Georgetown, das »Darlehen« an Max Pace und die üblichen Extravaganzen der Neureichen.

Ein interessanter Punkt war Jarretts Katamaran. Clay hatte zwar dafür bezahlt, aber die Firma mit Sitz auf den Bahamas, in deren Eigentum er sich befand, gehörte ausschließlich seinem Vater. Munson war der Meinung, dass das Konkursgericht die Jacht entweder als Geschenk betrachten würde, was bedeutete, dass Clay Schenkungssteuer zahlen musste, oder davon ausgehen würde, dass sie schlicht und einfach einem Dritten gehörte und damit nicht Clays Vermögensmasse zuzurechnen war. Auf jeden Fall blieb sie Eigentum von Jarrett Carter.

Außerdem hatte Clay bei seinem Handel mit Ackerman-Aktien 7,1 Millionen Dollar verdient. Einen Teil davon hatte er zwar in Offshore-Fonds vergraben, aber diese Gelder würde er zurückholen. »Wenn Sie Vermögenswerte verheimlichen, landen Sie im Gefängnis«, hatte ihn Munson belehrt und keinen Zweifel daran gelassen, dass er ein solches Verhalten nicht dulden würde.

Die Bilanz wies einen Nettowert von rund neunzehn Millionen aus und nur wenige Gläubiger. Dagegen sah es bei den bedingten Verbindlichkeiten katastrophal aus. Mittlerweile sechsundzwanzig frühere Mandaten hatten ihn wegen des Dyloft-Fiaskos verklagt. Diese Zahl würde vermutlich noch steigen, und obwohl es unmöglich war, den Wert der einzelnen Fälle genau zu beziffern, überstieg Clays gesetzliche Haftung sein Nettovermögen beträchtlich. Der Konflikt mit den Mandanten der Hanna-Sammelklage, die dabei waren, sich zu organisieren, schwelte weiter. Die Maxatil-Geschichte würde eine heftige, langwierige Gegenreaktion auslösen. Auch hier ließen sich die Kosten nicht vorhersagen.

»Soll sich der Konkursverwalter damit herumschlagen«,

meinte Munson. »Sie werden dann nur noch das besitzen, was Sie am Leibe tragen, aber zumindest haben Sie keine Schulden.«

»Vielen Dank«, sagte Clay, der immer noch an die Segeljacht dachte. Wenn es ihnen gelang, sie aus dem Konkurs herauszuhalten, konnte Jarrett das Schiff verkaufen, ein kleineres Boot erwerben und Clay etwas Bargeld zukommen lassen, um sein Überleben zu sichern.

Nach zwei Stunden mit Munson und Crittle war der Küchentisch mit Tabellen, Ausdrucken und zerknüllten Notizzetteln bedeckt, ein Trümmerhaufen, der von den letzten siebzehn Monaten seines Lebens zeugte. Er schämte sich für seine Gier und Dummheit. Es war widerlich, was das Geld aus ihm gemacht hatte.

Der Gedanke daran, dass er aus Washington weggehen würde, half ihm, die Tage zu überstehen.

Ridley rief aus St. Barth an. Alarmiert teilte sie ihm mit, dass vor »unserer« Villa ein Schild mit der Aufschrift ZU VERKAUFEN stand.

»Das liegt daran, dass sie jetzt zu verkaufen ist«, erläuterte Clay.

»Das verstehe ich nicht.«

»Komm nach Hause, und ich erkläre es dir.«

»Gibt es Ärger?«

»Das kann man wohl sagen.«

»Ich bleibe lieber hier«, erwiderte sie nach einer langen Pause.

»Ich kann dich nicht zwingen heimzukommen, Ridley.«

»Nein, kannst du nicht.«

»Gut. Bleib in der Villa, bis sie verkauft ist. Mir ist es egal.«

»Wie lang wird das dauern?«

Er konnte sich lebhaft vorstellen, wie sie versuchte, jeden eventuellen Verkauf zu sabotieren. Im Augenblick war ihm das jedoch schlicht und einfach gleichgültig. »Vielleicht einen Monat, vielleicht ein Jahr. Ich weiß es nicht.«

»Ich bleibe«, erklärte sie.
»Gut.«

Als Rodney eintraf, saß sein alter Freund Clay, die Krücken neben sich, auf den Stufen vor seinem malerischen Stadthaus. Gegen die kühle Herbstluft hatte er sich einen Schal um die Schultern gelegt. Der Wind trieb welke Blätter in Spiralen durch die Dumbarton Street.

»Ich brauche frische Luft«, erklärte Clay. »Ich war jetzt drei Wochen lang eingesperrt.«

»Wie geht's den Knochen?«, erkundigte sich Rodney, während er sich neben ihn setzte und auf die Straße hinausblickte.

»Verheilt alles gut.«

Rodney war aus Washington weggezogen und ein echter Vorstädter geworden. Khakihose und Turnschuhe, ein schicker Geländewagen, um die Kinder zu chauffieren. »Wie geht's deinem Kopf?«

»Keine weiteren Hirnschäden.«

»Und was macht die Seele?«

»Zu sagen, dass ich leide, wäre eine Untertreibung. Aber ich werde es überleben.«

»Paulette sagt, du verlässt Washington.«

»Zumindest für eine Weile. Nächste Woche beantrage ich Gläubigerschutz, und bis dahin will ich weg sein. Paulette hat eine Wohnung in London, die ich ein paar Monate lang benutzen kann. Wir werden uns da verstecken.«

»Führt denn kein Weg an der Insolvenz vorbei?«

»Nein. Es gibt zu viele Ansprüche, begründete Ansprüche. Erinnerst du dich an Ted Worley, unseren ersten Dyloft-Kläger?«

»Klar.«

»Er ist gestern gestorben. Ich habe zwar nicht den Abzug betätigt, aber ich habe auch nicht einen Finger gerührt, um ihn zu schützen. Vor einem Geschworenengericht ist sein Fall fünf Millionen Dollar wert, und es gibt sechsundzwanzig solche Fälle. Ich gehe nach London.«

»Clay, ich möchte dir helfen.«
»Ich nehme kein Geld von dir. Ich weiß, dass du deswegen hier bist. Dieses Gespräch habe ich schon zweimal mit Paulette und einmal mit Jonah geführt. Ihr habt Geld gemacht und wart schlau genug auszusteigen. Ich nicht.«
»Aber wir lassen dich nicht vor die Hunde gehen, Mann. Du warst nicht verpflichtet, uns zehn Millionen Dollar zu zahlen, und du hast es trotzdem getan. Jetzt geben wir dir was davon zurück.«
»Nein.«
»Doch. Wir drei haben das bereits besprochen. Wenn dein Insolvenzverfahren abgeschlossen ist, wird dir jeder von uns was überweisen. Es ist ein Geschenk.«
»Du hast das Geld verdient, Rodney. Behalte es.«
»Niemand verdient zehn Millionen Dollar in sechs Monaten, Clay. Eine solche Summe kann man gewinnen, stehlen, vielleicht fällt sie auch vom Himmel, aber niemand verdient so viel. Es ist lächerlich und obszön. Ich geb dir was davon zurück. Das gilt auch für Paulette. Bei Jonah bin ich mir nicht so sicher, aber er wird schon noch zur Vernunft kommen.«
»Wie geht's den Kindern?«
»Du wechselst das Thema.«
»Stimmt, ich wechsle das Thema.«
Und so redeten sie über Kinder, alte Freunde beim OPD, frühere Mandanten und Fälle. Es wurde dunkel, aber sie saßen immer noch auf den Stufen, als Rebecca eintraf und es Zeit fürs Abendessen wurde.

42

Art Mariani arbeitete für die *Washington Post* und war jung. Er kannte Clay Carter gut, weil er dessen erstaunlichen Aufstieg und ebenso überraschenden Fall mit Liebe zum Detail und angemessener Fairness dokumentiert hatte. Als Mariani in Clays Haus eintraf, wurde er von Paulette begrüßt und durch die schmale Diele in die Küche geführt, wo die anderen warteten. Clay stellte sich selbst vor, dann humpelte er um den Tisch herum und erklärte, wer die anderen waren: Zack Battle, sein Anwalt, Rebecca van Horn, seine Freundin, und Oscar Mulrooney, sein Partner. Tonbandgeräte wurden eingestöpselt, und Rebecca machte mit der Kaffeekanne die Runde.

»Es ist eine lange Geschichte«, begann Clay, »aber wir haben Zeit.«

Er nahm einen Schluck Kaffee, holte tief Luft und fing an zu erzählen. Er begann mit Ramón »Pumpkin« Pumphrey, der von seinem Mandanten Tequila Watson erschossen worden war, nannte Datum, Uhrzeit, Ort der Geschehnisse. Clay hatte alles notiert und befand sich im Besitz sämtlicher Akten. Dann berichtete er von Washad Porter und dessen beiden Morden. Er erzählte von D-Camp, Clean Streets, der erstaunlichen Wirkung eines Medikaments namens Tarvan. Obwohl er den Namen Max Pace niemals erwähnen würde, schilderte er in allen Einzelheiten, was der ihm über Tarvan erzählt hatte: die geheime klinische Erprobung in Mexico City, Belgrad und Singapur, der Wunsch des Herstellers, das Medikament an Menschen afrikanischer Herkunft zu erproben, und zwar am liebsten in den Vereinigten Staaten. Das Eintreffen des Medikaments in Washington.

»Wer war der Hersteller?«, fragte Mariani sichtlich erschüttert.

Clay überlegte lange, bevor er antwortete: »Ich bin mir nicht ganz sicher, aber ich glaube Philo.«

»Philo Products?«

»Ja.« Clay griff nach einem dicken Dokument und schob es Mariani zu. »Das ist eine der Entschädigungsvereinbarungen. Wie Sie sehen werden, sind darin zwei Offshore-Firmen erwähnt. Wenn Sie die Hintermänner finden und deren Spur verfolgen, dürfte die Sie zu einer Mantelfirma in Luxemburg und von dort aus zu Philo führen.

»Okay, aber warum verdächtigen Sie Philo?«

»Ich habe eine Quelle. Mehr kann ich Ihnen nicht sagen.«

Diese mysteriöse Quelle hatte Clay unter allen Anwälten in Washington ausgewählt und ihn überredet, seine Seele für fünfzehn Millionen Dollar zu verkaufen. Er hatte das OPD von einem Tag auf den anderen verlassen und seine eigene Kanzlei gegründet. Vieles wusste Mariani bereits. Clay hatte sich den Familien der Opfer als Anwalt angeboten und sie ohne große Mühe dazu überredet, fünf Millionen Dollar zu nehmen und den Mund zu halten. Innerhalb von dreißig Tagen war die Sache erledigt gewesen. Ein Detail folgte auf das andere, belegt durch Dokumente und Entschädigungsvereinbarungen.

»Wenn ich diese Story veröffentliche, was passiert dann mit Ihren Mandanten, den Familien der Opfer?«, fragte Mariani.

»Diese Frage hat mich ein paar schlaflose Nächte gekostet, aber ich glaube, ihnen kann nichts passieren«, erwiderte Clay. »Zunächst mal haben sie das Geld bereits vor einem Jahr erhalten, also gehe ich davon aus, dass sie einen Großteil ausgegeben haben. Außerdem wäre es für den Hersteller des Medikaments Wahnsinn, diese Vereinbarungen anzufechten.«

»Die Familien könnten den Hersteller dann direkt verklagen«, unterstützte ihn Zack. »Und ein solches Urteil wäre das Ende jeder großen Firma. Das ist der explosivste Tatbestand, der mir je untergekommen ist.«

»Die Firma wird die Entschädigungsvereinbarungen nicht infrage stellen«, erklärte Clay. »Die können froh sein, mit fünfzig Millionen davongekommen zu sein.«

»Können die Familien die Vereinbarungen anfechten, wenn sie die Wahrheit erfahren?«, wollte Mariani wissen.

»Das wäre schwierig.«

»Was ist mit Ihnen? Haben Sie Vertraulichkeitsvereinbarungen unterzeichnet?«

»Ich zähle nicht mehr, ich stehe vor der Insolvenz und werde meine Zulassung als Anwalt zurückgeben. Mir kann keiner was.« Das war ein trauriges Eingeständnis und für Clays Freunde ebenso schmerzhaft wie für ihn.

Mariani machte sich ein paar Notizen. Dann fragte er: »Was geschieht mit Tequila Watson, Washad Porter und den anderen, die wegen Mordes verurteilt wurden?«

»Erstens können sie den Hersteller des Medikaments wahrscheinlich verklagen, was ihnen im Gefängnis aber nicht viel nützen wird. Zweitens besteht die Chance, dass ihre Verfahren wieder aufgerollt werden, zumindest was die Höhe des Urteils angeht.«

Zack Battle räusperte sich. Die anderen warteten. »Das ist inoffiziell, okay? Wenn sich die Aufregung nach der Veröffentlichung Ihres Berichts gelegt hat, werde ich diese Fälle übernehmen und prüfen lassen. Vorausgesetzt, es gelingt uns, das Pharmaunternehmen zu identifizieren, werde ich es im Namen der sieben Angeschuldigten verklagen. Möglicherweise werde ich bei den entsprechenden Strafgerichten beantragen, die Verurteilungen zu überprüfen.«

»Das ist wirklich explosives Material«, stellte Mariani fest, eine Tatsache, die allen bewusst war. Er studierte seine Notizen lange. »Wie kam es zu der Dyloft-Klage?«

»Das ist ein anderes Kapitel, das ich heute nicht besprechen

möchte«, erwiderte Clay. »Sie haben ohnehin das meiste dokumentiert. Ich habe nicht vor, darüber zu reden.«
»In Ordnung. Ist die Geschichte damit abgeschlossen?«
»Für mich ja«, erwiderte Clay.

Paulette und Zack fuhren sie zum Reagan National Airport, wo Clays einst so geliebte Gulfstream ganz in der Nähe der Stelle stand, an der er sie zum ersten Mal gesehen hatte. Da sie das Land für mindestens sechs Monate verließen, hatten sie viel Gepäck, besonders Rebecca. Clay, der sich im letzten Monat zahlreicher Besitztümer entledigt hatte, nahm nicht viel mit. Gehen konnte er mit den Krücken, aber etwas zu tragen war unmöglich. Zack schleppte seine Sachen.

Tapfer zeigte er ihnen sein Flugzeug, obwohl jeder wusste, dass dies seine letzte Reise damit sein würde. Dann umarmte er Paulette und Zack, bedankte sich bei beiden und versprach, sich in wenigen Tagen telefonisch zu melden. Während der Kopilot die Tür verriegelte, schloss Clay die Rollos vor den Fenstern, damit er Washington beim Start nicht sehen musste.

Für Rebecca war der Jet ein hässliches Symbol für die zerstörerische Macht der Geldgier. Sie sehnte sich nach der winzigen Wohnung in London, wo niemand sie kannte und sich niemand dafür interessierte, was sie trugen, fuhren, kauften, aßen, wo es allen egal war, was sie arbeiteten, einkauften oder wo sie Urlaub machten. Sie wollte nicht wieder nach Hause. Nie wieder würde sie sich mit ihren Eltern herumstreiten.

Clay sehnte sich nach zwei gesunden Beinen und einem Neuanfang. Er hatte eine der aufsehenerregendsten Pleiten in der Geschichte des amerikanischen Rechts überlebt. Doch das lag nun hinter ihm. Er hatte Rebecca ganz für sich allein, und das war alles, was zählte.

Irgendwo über Neufundland klappten sie das Sofa auf, schlüpften unter die Decke und schliefen ein.

Anmerkung des Autors

An dieser Stelle finden sich oft umfassende Ausschlussklauseln des Autors, der sich damit schützen und eine eventuelle Haftung möglichst vermeiden will. Es besteht immer die Versuchung, lieber Orte, Unternehmen und Organisationen zu erfinden, als bei realen zu recherchieren, und ich muss zugeben, dass ich fast alles lieber tue, als Details zu überprüfen. Erfindungen sind ein wunderbarer Schutzschild, hinter dem man sich leicht verstecken kann. Kommt man aber der Wahrheit nahe, muss man genau arbeiten. Andernfalls sind an dieser Stelle einige Zeilen des Autors erforderlich.

Der *Public Defender Service* (Behörde der Pflichtverteidiger) in Washington, D.C., ist eine stolze, dynamische Organisation, die seit vielen Jahren für die Rechte der Mittellosen kämpft. Die Anwälte dort sind intelligent, engagiert und sehr verschwiegen. Geradezu geheimniskrämerisch. Ihre interne Arbeitsweise bleibt ein Rätsel, deswegen habe ich mein eigenes *Office of the Public Defender* geschaffen. Jede Ähnlichkeit zwischen beiden wäre rein zufällig.

Mark Twain sagte, er habe häufig Städte, Länder und sogar ganze Staaten verlegt, wenn dies für die Geschichte erforderlich gewesen sei. Ich kenne da ebenfalls keine Skrupel. Wenn ich ein Gebäude nicht finden kann, baue ich mir im Handumdrehen selbst eins. Wenn eine Straße nicht auf meine Karte passt, verschiebe ich sie, ohne zu zögern, oder zeichne eine neue Karte. Ich gehe davon aus, dass etwa die Hälfte der Orte in diesem Buch mehr oder weniger korrekt beschrieben ist. Die andere Hälfte existiert entweder nicht, oder ich habe sie so verändert oder verlegt, dass niemand sie mehr wiedererkennen wird. Wer hier nach Genauigkeit sucht, verschwendet seine Zeit.

Das soll nicht heißen, dass ich mir keine Mühe gebe. Recherche bedeutet für mich, hektische Telefonate zu führen, wenn der Abgabetermin näher rückt. Ich verlasse mich auf folgende Personen, wenn ich Rat brauche, und bei ihnen möchte ich mich an dieser Stelle bedanken: Fritz Chockley, Bruce Brown, Gaines Talbott, Bobby Moak, Penny Pynkala und Jerome Davis.

Renee hat den Rohentwurf gelesen und ihn mir nicht gleich um die Ohren gehauen – immer ein gutes Zeichen. David Gernert hat ihn komplett zerlegt und mir dann geholfen, ihn wieder zusammenzusetzen. Will Denton und Pamela Creel Jenner haben ihn gelesen und mir ausgezeichnete Ratschläge gegeben. Als ich ihn zum vierten Mal geschrieben hatte und alles richtig war, las ihn Estelle Laurence und fand hunderte Fehler.

Alle, die ich hier genannt habe, wollten mir nur helfen. Die Fehler lagen wie immer bei mir.